UN ÉTÉ SUISSE

UN ETE SUISSE

À Sofia
Sarah
Véronique
Pascal
Mathieu

Présentation

UN ÉTÉ SUISSE

Est le premier volet d'une quadrilogie et d'un complément. Le roman s'intercale dans les inconnues de l'histoire. Des pages qui permettront de suivre le second conflit mondial semaine après semaine à partir d'avril 1942.

UN ÉTÉ SUISSE 1942

LE MAUVAIS FILS 1943

LA CENDRE DES CERISIERS 1944

NUAGES D'ÉTOILES 1945

Le roman s'intercale dans les inconnues de l'histoire. Des pages qui permettront de suivre le second conflit mondial semaine après semaine à partir d'avril 1942 jusqu'en juin 1945.

Le deuxième livre dispose en toile de fond la bataille de Stalingrad.

Un été suisse aura également tendu dans son arrière-plan la toile d'une enquête menée sur une intrigue historique, sans oublier les diverses conspirations et tentatives de paix mêlés dans la rivalité des services de renseignements.

Les personnages sont réels et dans les rôles et grades qui étaient les leurs au moment où ils apparaissent.

Les pensées et dialogues reflètent les connaissances du jour où elles ont été émises.

Les évènements historiques sont rigoureusement suivis.

Le personnage central Walter Schellenberg, chef des services de renseignements au RSHA AMT VI Ausland permet de naviguer au plus près au cœur du pouvoir allemand tout au long du conflit.

Dès 1942, une partie des dirigeants allemands comprennent que la guerre devient impossible à gagner. Certains prennent la voie de la conspiration et du complot qui mènera à l'attentat du 20 juillet 1944, d'autres, aussi nombreux et parfois les mêmes, partent à la recherche d'une paix séparée.

Le roman souligne le jeu périlleux entre divers services de renseignements alliés, neutres et allemands autant que l'opportunisme et le cynisme dont chacun a fait preuve. Pour étrange qu'elle paraisse, le rôle de protagoniste central tenu par Walter Schellenberg, responsable du service de renseignement extérieur département du RSHA, permet par sa fonction et sa personnalité de déambuler sans retenue au plus haut niveau des méandres de la machine du troisième Reich.

Chaque roman possède un pivot central, un été suisse gravite autour de la bataille de Stalingrad. Cette première partie, tout comme les autres, autorise à de nombreuses occasions de voyager dans le temps, celui de la fin de la Première Guerre et de la politique de l'époque pour laisser entrevoir la construction du troisième Reich par des rappels aux épisodes réels ou considéré comme tels.

Un été suisse aura également en toile de fond l'enquête menée sur une intrigue historique, celle de la bombe atomique.

Toutes les péripéties historiques, parfois celles moins connues et surprenantes, sont conservées. Le roman intervient pour donner la place à la dimension humaine et présenter une réponse envisageable à certaines inconnues. Tous les personnages apparaissent dans leur fonction et grade au moment du récit.

La complexité de cette époque est souvent négligée par une vue schématique. Le récit, s'il ne tente pas de procurer une image fidèle des évènements, cherche à inciter le lecteur à une plus profonde recherche de ses facettes la plupart du temps occultées.

La conspiration reste l'unique moyen de mettre à bas la dictature.

UN ETE SUISSE

UN ÉTÉ SUISSE

MIKAËL CHERN

OLENA CHERNOVA

À Wuster Wiegand, Lieutenant à la 71ème division d'infanterie Allemande

À Rodion Stepanovich Shutenko, lieutenant à la 5ème armée de Choc Soviétique

Merci au cinéaste Didier Feldmann qui cherche à me faire regarder là ou je ne veux pas voir.

UN ETE SUISSE

UN ETE SUISSE

TABLE DES MATIERES

PREMIERE PARTIE 17
Lucerne, samedi 25 avril 1942 17
Lac de Wannsee, Nordhav, villa Marlier, dimanche 26 avril 1942, 14h00 23
Berlin, 8 Prinz Albrechtstrasse, vendredi 1er mai 1942 28
Zurich, samedi 02 mai 1942 30
Berlin, dimanche 03 mai 1942 54
Berlin Charlottenburg, Technische Hochschule, lundi 04 mai 1942 10h30 56
Berlin Tempelhof, lundi 04 mai 1942 18h00 60
Berlin, Abwehr, 68-82 Quai Tirpitz, jeudi 07 mai 1942 66
Berlin 32 Berkaerstrasse premier étage en face de l'école, vendredi 08 mai 1942 71
Berlin, Tiergarten Groupe de l'industrie du Reich, samedi 09 mai 1942 78
Berlin 32 Berkaerstrasse, bureau de Schellenberg, dimanche 10 mai 1942 82
Berlin, 68-82 quai Tirpitz, dimanche 10 mai 1942 84
Berne, 10 mai 1942 87
Zurich, mardi 12 mai 1942 91
Berne, mardi 12 mai 1942, 18h00 96
Berlin, 8 Prinz Albrechtstrasse, bureau d'Heydrich, vendredi 15 mai 1942 20h00 107
Berlin,106 Wilhelmstrasse, Sicherheitsdienst SD, bureau d'Heydrich,
samedi 16 mai 1942 11h50 112
Berlin, Tiergarten, Bellevue allée, samedi 16 mai 1942 12h30 113
Château Junkfern-Breschan près de Prague, vendredi 22 mai 1942 120
Berlin, 9 Prinz Albrechtstrasse, après l'enterrement de Heydrich, mercredi 10 juin 1942 123
Berlin, 76 Tirpitzufer, Bendlerblock Walter et Gehlen lundi 22 juin 1942 11h30 130
Berlin, 32 Berkaerstrasse, mardi 23 juin 1942 144
Berlin, 68-82 quai Tirpitz, Gehlen et Canaris mardi 23 juin 1942 09h00 145
DEUXIÈME PARTIE 150
Berlin, 32 Berkaerstrasse mardi 23 juin 1942 09h30 150
Berlin, 32 Berkaerstrasse mardi 23 juin 1942 10h30 151
Rechlin, centre d'essai de la Luftwaffe, mardi 23 juin 1942 16h00 151
Rechlin, centre d'essai de la Luftwaffe, mercredi 24 juin 1942 12h00 153

Paris, 76 avenue Foch, dimanche 28 juin 1942 06H30 heure allemande 155
Vol à Berne dimanche 28 juin 1942 19h00 159
Berne près du circuit de Bremgarten, dimanche 28 juin 1942 23h30 165
Berlin, hôtel Adlon jeudi 02 juillet 1942, 17 h00 168
Berlin, Hôtel Excelsior Saarlandstraße vendredi 03 juillet 1942 02h00 172
Berlin, Berkaerstrasse 32, Vendredi 03 juillet 1942 08h40 182
Madrid, vendredi 10 juillet 1942 183
Berlin, Grand hôtel Esplanade, dimanche 12 juillet 1942 188
Moscou, centre d'écoute du GRU, lundi 13 juillet 1942 03h25 194
Moscou, Division centrale du GRU, lundi 13 juillet 1942, 05h20 195
Moscou, État-major général de l'armée rouge, lundi 13 juillet 1942, 14h30 195
Zossen, Centre d'écoute de l'Abwher mardi 14 juillet 1942 05h20 197
Berlin, Dellbruekstrasse Centre d'écoute du SD, mardi 14 juillet 1942 05h30 197
Berlin, Berkaerstrasse 32, samedi 18 juillet 1942, 09h40 197
Berlin, 68-82 quai Tirpitz, samedi 18 juillet 1942, 15h30 199
Nauen, Pavillon de chasse de Lina Heydrich, dimanche 19 juillet 1942 208
Berlin, 35 Berkaerstrasse, lundi 20 juillet 1942 212
Berlin, 9 Prinz Albrechtstrasse, Bureau d'Himmler, mardi 21 juillet 1942 214
Ukraine, Werwolf, Quartier général de Vinnitsa, 22 juillet 1942 216
Lisbonne, résidence d'Allen Dulles 22 juillet 1942 217
Ukraine, Werwolf, quartier de Vinnitsa, 23 juillet 1942 11h30 217
Rechlin, centre d'essai de la Luftwaffe, jeudi 23 juillet 1942 12h00 218
Moscou, aérodrome de Khodynka, samedi 25 juillet 1942 221
Moscou, Kremlin mardi 28 juillet 1942 08h20 222
Ukraine, Jitomir « Hegewald », quartier général de Heinrich Himmler,
mardi 04 août 1942 226
TROISIÈME PARTIE 231
Ukraine, Vinnytsia, Werwolf Quartier général de Hitler, jeudi 06 août 1942 231
Berlin, 32 Berkaerstrasse, lundi 10 août 1942 234
Kremlin, Moscou, mercredi 12 août 1942 16h00 235
Kremlin, Moscou, mercredi 12 août 1942 19h00 238
Kremlin, Moscou, mercredi 12 août 1942 23h30 241
Schlachtensee, Betazeile 17, maison de Canaris, samedi 15 août 1942 241

Zossen, Maybach II, état-major de l'OKW, mercredi 19 août 1942	245
Kremlin, Moscou, mercredi 19 août 1942 13h30	248
Kremlin, Moscou, mercredi 19 août 1942, 14h00	249
Ukraine, Vinnytsia, Werwolf Quartier général de Hitler, jeudi 20 août 1942 11h30	250
Ukraine, Vinnytsia, Werwolf Quartier général de Hitler, jeudi 20 août 1942, 13h00	251
Berlin, quai Tirpitz, bureau de Wilhelm Canaris, vendredi 21 août 1942	252
Kalatch, oblast de Stalingrad, samedi 22 août 1942	254
Berlin, Quai Tirpitz, bureau de Wilhelm Canaris, dimanche 23 août 1942	255
Rynok, bombardement de Stalingrad, dimanche 23 août 1942	259
QG de la 62ème armée, zone de Stalingrad, dimanche 23 août 1942	259
Ukraine, Vinnytsia, Werwolf Quartier général de Hitler, lundi 24 août 1942	260
Moscou, Kremlin samedi 29 août 1942, 19h00	261
Kamychine, nord de Stalingrad, dimanche 30 août 1942, 05h00	262
Ukraine, Vinnitsa, Werwolf, lundi 31 août 1942	263
Waldshut, Bade, mardi 08 septembre 1942	264
Quartier général du groupe d'armée A, Stalino, lundi 7 septembre 1942, 09h00	270
Berne, Herrengasse, jeudi 10 septembre 1942	271
Zurich, vendredi 11 septembre 1942	273
Est de Stalingrad, Volga rive orientale, vendredi 11 septembre 1942	275
Ukraine, Vinnitsa, Werwolf, samedi 12 septembre 1942	275
Berlin Berkaerstrasse 35, samedi 12 septembre 1942, 11h00	276
Moscou, rencontre secrète au Kremlin, samedi 12 septembre 1942	282
Berlin, Zoo du Tiergarten, dimanche 13 septembre 1942	283
Berlin, Wilhelmstrasse, lundi 14 septembre 1942	287
Stalingrad, distillerie derrière la gare numéro 1, mardi 15 septembre 1942	292
Moscou, Kremlin, jeudi 17 septembre 1942	293
Moscou, Kremlin, vendredi 18 septembre 1942	294
Schlachtensee, Betazeile 17, maison de Canaris, dimanche 20 septembre 1942	295
Berlin Berkaerstrasse 35, mardi 22 septembre 1942	299
Ukraine, Vinnitsa, Werwolf, jeudi 24 septembre 1942	301
Berlin Berkaerstrasse 35, lundi 28 septembre 1942	303
Moscou, rencontre secrète au Kremlin, mardi 29 septembre 1942	305
Berlin Zehlendorf, maison de Franz Halder, mercredi 30 septembre 1942	306

Berlinerstrasse 131, Maison de Schellenberg, vendredi 02 octobre 1942, 10h45 310
Berlin, 103 Wilhelmstrasse, vendredi 02 octobre 1942 17h30 311
Zossen, Maybach I, bloc A3 centre Walli, FHO, samedi 03 octobre 1942 313
Berlin, café Kranzler, dimanche 04 octobre 1942 317
Moscou, Kremlin, lundi 05 octobre 1942 324
Moscou, rencontre secrète au Kremlin, mercredi 07 octobre 1942 325
Berne, vendredi 09 octobre 1942 327
Moscou, Kremlin, vendredi 09 octobre 1942 328
Berlin Berkaerstrasse 35, samedi 10 octobre 1942 18h00 329
Berlin Berkaerstrasse 35, Hjalmar Schacht jeudi 15 octobre 1942, 11H00 333
Berlin Berkaerstrasse 35, jeudi 15 octobre 1942 16h30 337
QUATRIÈME PARTIE 341
Suisse, Château Wolsfberg, vendredi 16 octobre 1942, 16h00 341
Suisse, Château Wolsfberg, samedi 17 octobre 1942 347
Ukraine, Vinnitsa, Werwolf, dimanche 18 octobre 1942 349
Berlin, lundi 19 octobre 1942 350
Berlin, Berkaerstrasse 35, mercredi 21 octobre 1942, 10h15 351
Berlin, restaurant Neuer Sée, jeudi 22 octobre 1942, 10h15 352
Berlin Grunewald, maison de Franz Halder, jeudi 22 octobre 1942, 17h00 354
Berlin, Berkaerstrasse 35, vendredi 23 octobre 1942 0650 356
Berlinerstrasse 131, Maison de Schellenberg, samedi 24 octobre 1942 19h00 356
Lindow, Gühlen, domaine de Hjalmar Schacht, dimanche 25 octobre 1942 11h00 358
Berlin, Berkaerstrasse 35, lundi 26 octobre 1942 06h50 362
Moscou, Kremlin, bureau de Staline mardi 27 octobre 1942 364
Berkaerstrasse, jeudi 05 novembre 1942 367
Berlinerstrasse 131, Maison de Schellenberg, dimanche 08 novembre 1942 369
Berlin, 68-82 quai Tirpitz, lundi 09 novembre 1942, 10h30 374
Berlin, 9 Prinz Albrechtstrasse, mardi 10 novembre 1942 11h00 376
Berlin, Berkaerstrasse 35, mardi 10 novembre 1942 16h00 378
Berlin, Grunewald Jagdschloss, mercredi 11 novembre 1942, 11h00 381
Schlachtensee, Betazeile 17, maison de Canaris, samedi 14 novembre 1942 11h00 384
CINQUIÈME PARTIE 389
Stalingrad, terrain d'aviation de Pitomnik, mercredi 18 novembre 1942 389

Serafimovitch, jeudi 19 novembre 1942, 11h25	391
Berlin, Berkaerstrasse jeudi 19 novembre 1942 16h00	393
Bords de la Havel, vendredi 20 novembre 1942, 09h00	396
Zossen, Maybach I, bloc A3 centre Walli I, FHO, vendredi 20 novembre 1942 12h00	400
Berlin, Wilhelmstrasse, samedi 21 novembre 1942 01h00	406
Berlin, aérodrome de Rangsdorf, samedi 21 novembre 1942 06h00	412
Nishne Tschirskaya, quartier général de la VIème armée, dimanche 22 novembre 1942, 16h00	414
Stalingrad, lundi 23 novembre 1942, 17h30	421
Rastenburg, Prusse orientale, mercredi 25 novembre 1942	422
Berlin, Tirpitz Ufer, bureau de Wilhelm Canaris, jeudi 26 novembre 1942 10h00	426
Berlin Berkaerstrasse 35, vendredi 27 novembre 1942 17h30	430
Berlin, Wilhelmstrasse, lundi 30 novembre 1942	432
Istamboul, vendredi 04 décembre 1942	437
Berlin Berkaerstrasse 35, mardi 08 décembre 1942	445
Berlin Tiergarten, mercredi 09 décembre 1942 12h30	447
Berlin Berkaerstrasse 35, jeudi 10 décembre 1942	449
Lac de Wannsee, Nordhav, villa Marlier, vendredi 11 décembre 1942	451
Berlin, 68-82 quai Tirpitz, samedi 12 décembre 1942	456
Caserne Brandenbourg, lundi 14 décembre 1942	457
Poltava, Ukraine, jeudi 17 décembre 1942	464
Berlin, Berkaerstrasse 35, dimanche 20 décembre 1942, 12h00	473
Berlin, 9 Prinz Albrechtstrasse, jeudi 24 décembre 1942 11h00	474
Stalingrad, distillerie derrière la gare numéro 1, jeudi 24 décembre 1942 14h30	476
Schlachtensee, Betazeile 17, maison de Canaris, vendredi 25 décembre 1942 14h00	478
Novotcherkask, Groupe d'armée du Don, lundi 28 décembre 1942	481
Stalingrad, gare de Goumrak, mardi 29 décembre 1942	481
Berlinerstrasse 131, Maison de Schellenberg, jeudi 31 décembre 1942, 19h00	482
Stalingrad, Distillerie de vodka derrière la gare numéro un, dimanche 31 janvier 1943	483

UN ETE SUISSE

UN ETE SUISSE

PREMIERE PARTIE

Lucerne, samedi 25 avril 1942

À la dernière minute avant de quitter Berlin il avait choisi le costume gris pour passer inaperçu, manque de chance, tout le monde s'était vêtu avec légèreté pour célébrer la saison naissante, le soleil brillait pour ce beau jour de printemps sur le lac des quatre cantons. Mais bon, il aimait le gris.

Les pales des roues à aubes du « Stadt Luzern » produisaient un bruit de fond qui après la curiosité provoquée dans les premières minutes devenait entêtant et désagréable si l'on en restait proche ; l'avantage, il empêchait quiconque d'entendre la conversation ce qui convenait à merveille à la situation. Pour l'instant, l'officier suisse se contentait de lui sortir des banalités, c'était l'inévitable tour de chauffe : - Étonnant n'est-ce pas, nous ne parvenons pas à construire des bateaux moins chers que ceux de votre industrie, nous sommes donc parfois obligés de vous les acheter.

- Vous pourriez les acquérir à vos amis américains !

Le commandant Hausamann ne souleva pas la remarque, il pressentait l'orientation provocatrice que Walter Schellenberg tentait d'emprunter pour le déstabiliser en le renvoyant sur sa ligne de départ. À contrecœur, il décida de ne pas y donner prise, sa présence sur le lac ne devait pas trop s'écarter de son objectif, convaincre l'officier SS que ce qui brillait dans le coffre qu'il allait entrouvrir était de l'or vingt-quatre carats, brûlant, mais bien réel. L'homme de la confédération demeurait optimiste, par chance il ne s'adressait pas à un Prussien borné ni à un Bavarois fanatique.
Très grand, un corps d'une maigreur maladive surmonté d'une tête de coq, d'un contraste frappant avec l'allemand plutôt petit, mais bel homme en pleine jeunesse, le commandant des renseignements suisses se révélait aussi austère qu'un livre de messe usagé. Pour davantage susciter l'intérêt il poursuivit dans un exercice laborieux ses réflexions en évitant de croiser son regard : - Il en va ainsi pour tout chez nous, tout dans l'excellence, nous sommes un peuple incapable de produire à bon marché. Prenez nos montres, presque personne ne peut se les payer pourtant elles sont les moins chères du monde, car elles fonctionneront toute une vie, voire au-delà si affinités. Moralité, il vaut mieux tenter de faire des affaires avec nous au plus vite.

Walter Schellenberg qui n'ignorait pas la détestation du suisse envers les Allemands, aurait bien aimé lui faire porter une couronne d'épines pour le forcer à aller plus vite, à défaut, il se contenta de répondre d'un air querelleur : - Vous semblez bien sûr de vous commandant. Notre industrie produit à tour de bras du matériel de qualité supérieure parmi les plus avancés au monde que nous n'avons aucune peine à vendre, nos clients sont en général honorés de l'être. Pour le reste, il ne suffit pas à une montre de fonctionner, encore faut-il qu'elle affiche l'heure exacte, je veux dire à l'heure allemande bien entendu !

Le suisse choisit de botter en touche le sous-entendu, inutile pour lui de s'opposer de front à l'officier allemand lorsque le moment d'entrouvrir son coffre approchait : - Oui, mais il tombe quelquefois en panne comme ce fut le cas de ce bateau sans que l'heure à laquelle cela s'est passé ait eu la moindre importance. Ce fut à nous d'y remédier à votre place, ce qui ne nous a pas posé un grand problème, cela a cependant attiré notre attention envers la fiabilité teutonne.

Voyant que la réaction à laquelle il s'attendait ne viendrait pas, il poursuivit d'une diction lente sans exprimer d'émotion : - Mais sans aucun regret dans ce cas précis, ce navire a une énorme valeur symbolique pour nous autres. Il représente bien plus que du bois et de la ferraille. Il se retint à temps d'ajouter « allemande », c'est une sorte de figure emblématique, nous le conservons avec un soin jaloux dans un coin de notre cœur, c'est la raison pour laquelle nous le traitons avec tant d'amour. C'est un acte patriotique, je suis persuadé que vous comprenez cela.

Schellenberg considéra superflu d'embrayer sur ce dernier sujet peu diplomatique, le commandant suisse avait trouvé l'endroit pour lancer sa flèche, inutile de lui faire savoir si elle avait atteint sa cible, il connaissait l'histoire ; le bateau avait servi au transport de centaines de militaires de haut rang rassemblés le vingt-cinq juillet mille neuf cent quarante[1] au début de la guerre pour élaborer la résistance suisse dirigée avant tout contre l'Allemagne. Il le lui avait rappelé, avec maladresse, mais le message demeurait important, assez pour se loger quelque part dans la silhouette visée. L'Allemand fit preuve de doigté en passant outre décidé à calmer le jeu ; après tout, il ne s'était pas rendu à Lucerne dans le but de donner la réplique à un officier atypique des renseignements suisses : - Ne perdons pas de vue que souvent nos clients deviennent par la même occasion nos amis, nous apprécions qu'ils le restent ; clients et avant tout amis. Disons que notre industrie pêche par enthousiasme, elle désire se positionner à la pointe, ce qui ne va parfois pas sans de petites contrariétés. C'est très allemand cette quête de perfection. Les rares anomalies rencontrées n'existent que pour confirmer cette aspiration.

- Peut-être, mais votre recherche d'idéal les fait briller jusqu'à risquer de vous éblouir. Vous connaissez l'expression "Porta, patens esto nulli. Claudaris honesto" ? Pour un point, Martin perdit son âne. Comme le pauvre abbé, vos vilains défauts vous fourrent des bâtons épais pareils à des pylônes dans les roues. Ils desservent de façon royale vos affaires, pardonnez-moi de le répéter, lumineux au point de vous placer en zone périlleuse.

Walter comprit que l'objectif du rendez-vous allait enfin pouvoir être abordé, cela avait nécessité de prendre le temps, d'y mettre les formes. Les Helvètes étaient de redoutables diplomates bien que son interlocuteur testait tout ce qu'il pouvait pour en devenir l'exception. À part dans le cas de Guillaume Tel, chez eux aucune flèche n'atteignait son but par le chemin le plus direct. Les pommes terminaient de préférence cuites mijotées plutôt que mangées crues après avoir été transpercées par le carreau. À présent avec un peu de chance, il allait découvrir pourquoi on avait mis

---

[1] Cérémonie militaire qui a eu lieu le 25 juillet 1940 sur la prairie du Grütli suite à la convocation de cinq cents officiers supérieurs suisses par le général Henri Gruisan. Lieu symbolique où la Suisse a été fondée en 1291.

tant d'insistance à le faire venir malgré le risque politique que cela comportait. Comme le voulait le jeu, même si les dés semblaient un tantinet pipés, il se montra un soupçon intéressé : - Vous m'inquiétez commandant, qu'entendez-vous par là ?

Avec un plaisir manifeste Hans Hausamann lui lança en le regardant dans les yeux cette fois : - Le problème juif est en passe de se retourner contre vous. Votre obstination à vous séparer d'eux risque de vous coûter un prix exorbitant. Il continua à le fixer pour tenter d'apercevoir sa réaction, mais Walter Schellenberg restait inébranlable, devenu avec le temps un professionnel trop rodé que pour laisser transparaître ses émotions. C'était indispensable à la survie dans le monde germanique au sein duquel il évoluait, se permettre de mettre en évidence ses sentiments équivalait à enlever son masque à gaz dans une pièce remplie de chlore. Il ne comptait pas plus l'ôter pour des vapeurs de gruyère fondu.

Perfectionné par le passage au banc du RSHA, il s'était préparé à beaucoup d'éventualités sur le but de la discussion, celle-là le prenait malgré tout par surprise ; un rien déconcerté sa réponse se fit plus incisive qu'il ne l'aurait voulue : - Je ne vous comprends pas. Du reste, je ne crois pas avoir envie de vous comprendre. Au demeurant, qui vous déclare que c'est un problème pour nous ? C'est une affaire allemande. Et s'il faut vous répondre, l'Allemagne avec logique décidée qu'elle n'avait pas besoin d'eux, donc nous les écartons de nous.

Aux yeux de Schellenberg c'était visible, Hans Hausamann en vue de son objectif semblait déterminé à laisser derrière lui toute circonspection pour l'atteindre au plus vite avant que l'allemand ne puisse s'échapper : - Écarter, si vous le dites, joli vocable pour une détestable histoire ! Pour la bonne intelligence de la discussion passons une étape superflue et pénible, le permettez-vous colonel ; nous pourrions employer des mots que nous regretterions l'un et l'autre ! Pour aller un rien plus loin sans perdre dans un gaspillage inutile notre temps, je veux dire ceci. Vous avez par ce rejet ou exclusion si vous préférez, chassé et écarté - pour reprendre à l'aide du même langage policé vos paroles - certain de vos meilleurs scientifiques. Vous auriez mieux fait d'y réfléchir à deux fois. Le national-socialisme s'est tiré un fameux projectile dans le pied de cette façon. Tant mieux peut-être pour le reste du monde d'ailleurs.

Le sixième sens de Schellenberg devenait à présent trop éveillé pour demeurer à l'infini dans le simple registre de la perfidie affectée. Après avoir regardé sa montre il considéra le suisse avec patience : - Vous n'avez pas toujours dit cela, si je ne me trompe, il y a eu une époque où vous adhériez à nos vues, le problème juif comme vous le nommez vous-même vous touchait au plus près. Non ?

- Vous parlez de ce temps mal défini et rempli d'interrogations, les circonstances l'ont révolu depuis belle lurette en ce qui me concerne ; aujourd'hui seul importe mon pays. Laissons donc cela sur le côté pour l'instant. La guerre que votre gouvernement a déclenchée mélange pas mal les cartes, manque de chance, le jeu distribué à la Suisse ne s'avère pas parmi les plus engageants. Dans cette partie, nous offrons malgré tout l'avantage de quelques atouts. En contrepartie, le malheur a voulu que nous soyons à quelques dizaines de kilomètres près encerclés par le vôtre ou par vos amis.

- Au contraire, c'est une main en or, une bonne fortune, vous devriez vous sentir protégé. Walter était persuadé qu'il parviendrait sans peine à l'agacer avec quelques paroles supplémentaires : - Cela dit, personne ne vous déclare la guerre que je sache !

Avant de répondre Hausamann eut un silence qui en disait aussi long que celui d'un banquier de Zurich auquel des jésuites solliciteraient un prêt sans intérêt pour faire comprendre à Schellenberg qu'en plus de ne pas apprécier son humour, il n'en croyait pas un traître mot : - c'est vous qui l'affirmez. Mais en supposant que vous ayez raison, le plus important c'est que cela doit rester ainsi.

- Qui soutient le contraire ?
- Je vous en prie, ne nous considérez pas comme des idiots. Nos services de renseignement travaillent pareil et à la réflexion ils s'élèvent peut-être à la hauteur des vôtres, sans la brutalité teutonne bien entendu. Nous connaissons presque par cœur les projets enfouis dans les sombres cartons de votre état-major.

L'allemand prit avec humour un air offusqué : - Vous m'en direz tant. Je retiens surtout que vous m'avouez par cette phrase que nos états-majors seraient infiltrés. Si j'en croyais un traître mot ce qui n'est pas le cas, je vous répondrais : Et si vos agents étaient des provocateurs de bas étage qui cherchent à nuire à nos bonnes relations. Avez-vous une seule fois envisagé cette possibilité ?

Le commandant Hausamann se rendit compte que le terrain pouvait vite devenir sans raison glissant et l'entraîner, mais il avait bien fallu qu'il introduise le virus par une porte entrouverte : - Ne me faites pas déclarer ce que je n'ai pas dit, deviner équivaut à connaître dans notre métier, vous ne l'ignorez pas. Ma remarque sert juste à établir que nous apprécions au gramme près en tant que militaires la situation dans laquelle se retrouve la Suisse, partant de ce point de vue il devient en logique d'état-major impossible d'imaginer que vous n'élaborez pas de plan pour nous envahir. C'est en tout cas ainsi que nous nous organiserions ou que n'importe quelle armée qui se respecte anticiperait. Que ce plan soit mis en action ou pas n'est ni de votre ressort ni de ma compréhension d'ailleurs. Vous savez bien que la meilleure ligne droite de Berlin à l'Afrique du Nord en passant par Rome croise, hélas pour nous, par nos montagnes.

- Le petit détour que cela nous cause ne représente pas un problème. D'autant plus que la confédération accepte en tant que voisin courtois le transit des marchandises à caractère civil. Walter avait devant les yeux l'image des milliers de wagons de charbon de la Ruhr qui remerciait cette « aimable courtoisie ».
- Peut-être pour l'instant, mais qui peut dire que la situation ne se modifiera pas. Vous n'aviez pas l'allure très fière devant Moscou cet hiver. Cela ne vous a pas frappé ?
- Toutes les guerres peuvent subir une petite déconvenue. Celle-ci n'a été que passagère, due en majeure partie à certains généraux qui ont été écartés et

remplacés depuis. Le russe sera bientôt défait, il n'y a aucun doute à ce sujet !
- Un revers passager, selon vos conceptions, contre Union soviétique pour avoir dans les grandes largeurs sous-estimé leurs forces ou surestimé les vôtres. En l'analysant ainsi vous n'avez, à mon humble avis, pas changé les bons généraux ? Soit, je veux bien vous l'accorder, mais un insuccès a une conséquence logique, celle de donner une piqûre de rappel à l'intérêt de l'Amérique pour ce conflit en leur montrant la façon de vous appréhender. Ils préfèrent de belles images à de grandes explications, j'imagine qu'ils ont fini de vous regarder par le petit bout de la lorgnette, les Russes leur ont fourni des clichés de soldats allemands congelés, cela a dû les surprendre, car je crois que quelque part ils vous admiraient, et vous savez ce qu'il advient des héros déchus ! De rouleau compresseur presque invincible, apte à éradiquer les systèmes, en particulier le communisme, le Reich est passé au rang d'armée napoléonienne capable de faire trembler l'Europe occidentale. À présent, ils doivent vous observer au microscope comme un virus pour lequel ils cherchent d'urgence un vaccin.

Schellenberg balaya l'objection d'un geste de la main : - Ces gens se situent à sept mille kilomètres de nos côtes, ou plutôt de celles qui sont devenues les nôtres maintenant. Nous dominons l'Atlantique avec nos sous-marins, chaque jour ou presque leurs navires vont par le fond. Ils ont déjà assez à faire avec nos alliés japonais, vous ne croyez pas ?

- Que leur importe, vous ne sous-estimez quand même pas la capacité de leur industrie ? L'industrie américaine produit dix bâtiments de mer et dix avions alors que vous peinez à en sortir deux de vos chantiers et usines et vos amis japonais un. Sur les dix qu'ils fabriquent, cinq se retrouveront en Angleterre. Angleterre, pays qui a réussi à détruire vos ambitions à l'ouest en vous échappant par trois fois ; ni vos Panzers pas plus que la Luftwaffe et la Kriegsmarine ne se sont montrés capables de veiller sur vos intérêts.
- C'est pour m'entretenir de ces argumentations qui se résument à de pures spéculations que vous m'avez fait venir ? Je peux donc bien repartir tranquille - sauf à profiter encore un peu de ce merveilleux paysage - car voyez-vous, il n'y a rien de tout cela que nous ignorons, cependant personne ne sait ce que nous gardons en réserve comme surprise à nos ennemis. Malheur à qui s'approcherait trop de nos armées ! Après tout, notre manière de faire n'est peut-être pas pour leur déplaire ?
- Réservez ce discours à qui veut bien l'écouter. Vous vous retrouvez emmêlé dans une bien plus mauvaise position que vous le pensez, répondit Hausamann avec une joie évidente. Si vous n'y prenez garde, elle pourrait devenir inextricable.
- Que cherchez-vous commandant ? Restez prudent, choisissez bien vos amis, le commerce entre nos deux États brille d'un éclat extraordinaire. Si je suis bien informé, vos banques nous fournissent des capitaux avec de magnifiques intérêts, j'ai même entendu dire que vos industriels ne rechignent

- pas à nous vendre des armes, du matériel antiaérien et de "magnifiques" mitrailleuses, je crois ?
- La politique de mon pays est une affaire dans laquelle je ne joue aucun rôle, en revanche, je vous l'ai dit, protéger ma nation est un bonheur complet en plus de rentrer dans mes attributions. J'ajouterais dans l'intention de m'exprimer avec plus de précision : le garantir contre tout risque d'invasion. Et je pense que vous Allemands êtes le seul risque, je me trompe ?
- C'est votre façon de voir, je ne peux vous en empêcher. Mais je ne comprends pas bien, la Suisse dispose de quantité de diplomates pour régler ces affaires et nous, les affaires étrangères Wilhelmstrasse. Vous connaissez l'adresse. C'est là que la discussion doit se passer.
- Pour ce que vaut la parole de Ribbentrop dans un pacte de non-agression répondit-il méprisant. Nous préférons de beaucoup choisir nos interlocuteurs avec soin. Ne croyez pas que je vous ai demandé de prendre le risque de venir ici en secret pour deviser des choses du monde. Si je vous vois en toute discrétion sur ce bateau et non au château, c'est par un souci de confidentialité ; matière dans laquelle nous nous hissons au sommet du podium, vous devez le reconnaître. Nous avons à vous faire part d'informations capitales. Quand je dis « nous », je simplifie la formule. Dans votre cas il faudra très bien sélectionner les vôtres d'interlocuteurs, ces informations ne peuvent pas tomber dans n'importe quelles mains croyez-moi sur parole.
- A qui pensez-vous ? Qui chez nous posséderait les "mains" adéquates pour traiter vos "fantastiques informations" ?

Hausamann se fit plus évasif : - C'est à vous que ce choix incombe, je ne peux me mettre à votre place, mais c'est très restreint, non ? Pour votre propre sécurité vous n'aurez hélas pas un énorme éventail d'élections ni de marche de manœuvre.

- Et je leur dirais quoi à ce ou ces supposés interlocuteurs ?
- Que vous allez perdre la guerre.
- Vous vous fichez de moi, je présume !
- Vous croyez que je vous aurais rencontré pour assouvir ce petit plaisir sournois. Non, ce serait ridicule je peux vous le garantir. Nous avons - moi en tant que commandant de département, j'y suis autorisé dans une maigre proportion, et je tiens à vous assurer de la précision de cette quantité - à vous faire part d'affaires très importantes. Sincèrement en toute franchise, vous avez intérêt à les écouter, ensuite faire tout ce qui est en votre pouvoir pour les transmettre à qui de droit. Un conseil, sautez l'étape Jost[2], comme il se retrouve en Russie du Nord pour l'instant, ce sera chose aisée…

Schellenberg savait que ce qui suivrait allait devenir très déterminant, l'officier suisse

---

[2] Général Heinz Jost responsable de l'AMT VI Ausland du RSHA de 1939 jusqu'en mars 1942.

connaissait son travail, il distillait avec l'art d'un alchimiste l'étendue de ses informations, cela ressemblait à la perfusion d'un venin qu'il introduisait savamment dans ses veines. Par bonheur, il était immunisé depuis des années à l'antidote Heydrich :
- je ne sais où se retrouve Jost, mais je vous écoute. Pour ce qui est de transmettre, on verra, je crois que j'aurai ensuite envie de vous inviter à prendre un bon remontant et en second lieu intérêt à oublier très vite ce bavardage sans manquer de vous remercier de la balade.

- Lieutenant-colonel Schellenberg, vous devez sans doute savoir de quoi parlait Heisenberg fin février ?

Lac de Wannsee, Nordhav, villa Marlier, dimanche 26 avril 1942, 14h00

Un agent des services suisses dépendant du bureau Ha lui avait permis de disposer d'une voiture et d'un chauffeur ; grâce à cette aide il put en vitesse se rendre par la route jusqu'à Kreuzlingen. De là, il se mêla à un groupe de travailleurs italiens qui passaient la frontière avant le lever du soleil.

Lui-même bénéficiait pour la circonstance d'un passeport italien avec tous les visas en règle, le renseignant comme médecin. Au cas ou dans l'urgence l'on ferait appel à sa science la victime aurait intérêt à connaître se prières.

Deux heures plus tard, arrivé à la base de Constance, une vedette rapide de la Kriegsmarine l'emmena à Friedrichshafen. Il était beaucoup trop pressé pour rentrer par le train de la Reischbahn. Rompant avec la confidentialité de rigueur il avait dû faire valoir ses fonctions au SD ce qui ne manquerait pas de laisser une trace dans des registres dont la marine en bonne bureaucrate germanique était friande. Un problème que ses services régleraient sans perdre de temps, les gens de la Kriegsmarine seraient mutés à Kiel et des marins de Kiel les remplaceraient avec joie sur le lac. Une page du minutier ne serait lue que par les poissons au fond de l'eau. Dans ce cas précis, la discrétion primait sur tout.

À l'aérodrome de Friedrichshafen, aux usines Dornier, il prit place dans le seul appareil disponible, un vieux Dornier 15 qui effectuait une navette de la poste vers Berlin à laquelle il interdit les arrêts à Stuttgart et Leipzig. Trois heures plus tard, il avait le terrain de Tempelhof en vue. Le bruit du moteur et le froid de la cabine l'avaient stimulé pour analyser le contexte dans lequel il avait été plongé au lieu de se reposer. Sa bonne étoile qu'il remerciait chaque matin l'avait par chance doté d'un esprit assez vif. Celui-ci lui avait permis de gravir sans beaucoup attendre les échelons dans une institution qui elle-même favorisait, sans perdre de temps et par la contrainte de la sélection naturelle, les facultés indispensables à redouter une situation périlleuse.

Celle qui se présentait à lui aujourd'hui tenait bien sa place sur le podium national-socialiste du risque. Durant le vol Walter avait pris conscience d'avoir devant lui un danger en devenir mortel, il se voyait tel un païen entré par erreur dans une église remplie d'inquisiteurs. Promis à se faire écorcher vif, il devait dans le plus court délai choisir le prélat en face duquel se signer en espérant que ce dernier soit aussi le bon évêque. Il devrait faire preuve d'un solide instinct. Les paroles du commandant Hausamann résonnaient encore dans sa tête, elles n'étaient pas de nature à être répétées sans avoir avant pris le temps de bien y réfléchir.

Le lieutenant-colonel SS, après avoir passé un bref appel téléphonique du bureau SD de l'aéroport, se fit conduire sur le champ de Tempelhof à la « fondation » située au sein de la villa Marlier sur le lac de Wannsee, là où le patron tout puissant du RSHA devait l'attendre. Depuis sa nomination à Prague, ce dernier favorisait de préférence la fondation Nordhav pour régler au calme les problèmes sensibles. Il considérait la demeure comme un bien personnel et éprouvait de la difficulté à la quitter.

Le secrétaire particulier de Heydrich lui communiqua que le général déjeunait encore à son domicile d'Augustastrasse. Pour tuer le temps Walter s'en alla promener le long du parc. Il soufflait une petite brise, malgré l'heure matinale le temps était splendide. Il hésita à s'asseoir au bord de l'eau avant de se raviser, la tension qu'il ressentait le fit retourner dans un automatisme involontaire à la villa sans même qu'il s'en rende compte. De retour à l'imposant bâtiment, Walter décida d'attendre immobile à côté des colonnes du porche. Après une vingtaine de minutes, la grosse Mercedes franchit la grille domaine et s'arrêta avec un léger glissement sur le gravier de la rotonde. Heydrich suivant son habitude sortit de la voiture comme s'il passait à l'abordage d'un navire sans patienter que le chauffeur lui ouvre la porte. Son long visage s'illuminait d'un large sourire ce qui n'était pas son attitude la plus courante. Fidèle à sa règle lorsqu'il il se sentait d'humeur joviale, il commença la conversation par des considérations d'ordre privé : - Vous ne me laissez même plus goûter au plaisir de déjeuner avec Lina. C'est important la famille Schellenberg. Nous sommes occupés à nous préparer pour un interminable séjour à Prague et vous connaissez comment raisonnent les femmes, il faudra ceci, il manquera cela...Oui, bien sûr que vous le savez. La famille en revanche vous maîtrisez moins. Vous devriez plus passer du temps avec Irène cela remettrait de l'équilibre dans votre vie.

Schellenberg eut une légère hésitation en entendant prononcer le nom de Lina par son chef, il lui avait porté une affection particulière à l'époque où il était devenu assez intime avec le couple Heydrich. Bien plus que de la simple sympathie d'ailleurs. Lina était une belle jeune femme de caractère dotée d'une rare intelligence complétée par une grande culture. Il se reprit à temps en se gardant bien d'afficher une mineure expression nostalgique sur son visage ; Heydrich lui avait monté une crise spectaculaire sur le sujet juste après les Jeux olympiques de 1936. Prudent, son chef demeurait un animal implacable à l'affût de la moindre erreur, Walter enchaîna sur le ton le plus jovial dont il pouvait faire preuve sans paraître affecté : - Hélas général, ces jours-ci ma vie ne me laisse pas beaucoup le choix entre le service et le privé. Je ne vois presque jamais le petit Ingo, pire, je délaisse Irène dans sa grossesse. Quand vous entendrez ce que j'ai à vous dire, même si je le déplore, vous me donnerez raison ! Après coup, il trouva sa justification idiote, la fatigue devait y être pour quelque chose.

Heydrich sourit ; pour éviter de répondre, il passa devant lui, mais ne se dirigea pas vers son bureau de l'aile nord, il le fit entrer dans l'immense salle de réunion. Il enleva avec un soin méticuleux ses gants blancs qu'il plia comme d'habitude dans son ceinturon avant de continuer : - Vous paressez soucieux, détendez-vous, ici à Nordhav nous retrouvons chez nous, entre nous, prenez votre temps, vous pouvez tout m'expliquer dans les détails. Qu'y a-t-il de si d'intéressant du côté de nos « amis » pour vous tourmenter à ce point et justifier un entretien aussi pressant. Ils se sont mal réveillés et ont décidé d'arrêter la production du chocolat ?

- Il y a de mon point de vue de l'urgence en effet, très grande urgence. Ils m'ont ménagé une surprise de taille. Hausamann qui pour l'occasion semble travailler en « complète » collaboration avec son « chef » Masson m'a fait comprendre sans aucune équivoque possible qu'ils étaient au courant pour le programme Uranverein. Walter savait que son patron avait difficile à supporter les longues explications, de manière générale il préférait se les réserver. Walter avait malgré tout espéré terminer son exposé sans être interrompu.

- Merde ! Le mot échappa à Heydrich, un mépris profond s'afficha amplifié par son visage allongé. - Voilà ce que ça coûte de confier à la poste un programme aussi secret. Tout ce ramassis de minables scientifiques qui cherchent avant toute nouvelle considération la gloire dans leurs conférences et leurs thèses sous la protection de la Luftwaffe et autres idiots. Milch ce quart juif protégé par Goering passe par leurs quatre volontés dans l'espoir d'impressionner le führer. Ils font la course avec Speer. Tout s'est étalé au grand jour, n'importe qui peut s'en rendre compte sauf cette bande d'incapables bien entendu.

Walter dut faire preuve d'un effort sur lui-même pour ne pas laisser transpercer l'ombre de ses pensées après l'ironie du mot malheureux sorti de la bouche du général. Erhard Milch ou Heydrich, Hitler et Goering trouvaient la même réponse que tous ceux qui pouvaient s'autoriser à donner un avis sur leur ascendance, ils décidaient de qui était juif ou ne l'était pas. Ça se résumait toujours à « papa n'était pas papa, maman avait eu un moment de faiblesse, papa, le vrai, c'est le jardinier pur aryen ». Heydrich était à fleur de peau sur le sujet, Himmler jouait sur cette corde sensible pour le mortifier sur la rumeur qui attribuait à son père le nom d'Isidor Süss. Mais bon, le Reichsführer pouvait se permettre des choses qui lui auraient valu dans le meilleur des cas d'être envoyé accompagner Jost en première ligne à l'Est si par malheur il se risquait à montrer un intérêt sur ce point.

Comme son chef restait silencieux, il décida de continuer : - Ils savent aussi pour la Norsk Hydro !

Même si ça semblait assez difficile vu leur taille, Heydrich ouvrit de grands yeux perplexes : - Rassurez-moi Walter, vous avez fini ou bien cela va s'étendre. D'où viennent les fuites ? Il affichait un bref instant un air incrédule. Son impassibilité habituelle était surmontée par la surprise, mais ce fut de courte durée. Le policier reprit illico le dessus. En plus des Suisses, de quoi se mêlent-ils ?

- Vous savez général, entre le bureau des brevets, Siemens, Krupp sans oublier l'OAAT, il nous faudra sans doute des semaines sinon des mois pour le découvrir. Cependant, ce n'est par malheur pas la seule source d'inquiétude, loin de là. Il prit une pause jusqu'à ce qu'il vît dans le regard perçant de son supérieur qu'il bénéficiait de toute son attention. Satisfait, il lança en le fixant :
- Ils connaissent aussi presque au litre près nos besoins en consommation de carburant et la capacité de nos productions d'où ils concluent qu'elles nous feront défaut sous peu, très peu.

- Vous vous foutez de ma gueule ? Ils sont devenus fous, que souhaitent-ils nous vendre ?

- Je ne me le permettrais jamais Obergurppenführer, bien que dans ce cas cela représente un bien moindre mal si vous m'autorisez à exprimer cette image.

- Et c'est pour vous apprendre cela que ces polichinelles de Suisse voulaient vous parler avec tant d'urgences. Ils vous ont fait prendre tous ces risques pour vous balancer leurs réflexions à la figure ! Vous vous imaginez, si vous aviez été arrêté, je n'ose penser à la colère du führer ? Que désirent-ils mettre au centre de leur poêle à fondue ? Ils exigent toujours quelque chose les marchands de gruyère, c'est leur nature !

- Hausamann en dépit de son organisation indépendante n'est pas assez élevé dans leur hiérarchie, il n'est ni leur porte-parole ni assez respecté pour émettre de façon formelle les vues de l'armée et encore moins celles du gouvernement helvète qu'il désapprouve, à vrai dire, cet homme qui se prend pour un personnage, préfère intriguer en arrière-plan. Les militaires suisses restent très divisés à l'égard de l'Allemagne. Ça inclut par extension leur service de renseignement. En ce qui concerne le commandant Hausamann, passant sur le fait qu'il dispose d'une relative autonomie avec son bureau Ha, beaucoup chez eux s'en méfient comme de la peste. Dans le cas où ce dernier serait au courant de ce qui se trame bien entendu, mais admettons qu'il le soit, il ne pourrait en aucun cas se permettre d'agir pour son propre compte. Il est issu d'une branche comment dire « dissidente » des renseignements qui nous reste un tantinet hostiles, c'est un faible mot. Il fera très attention où il met les pieds et surtout où il ne doit pas les poser. Vous savez bien que la bande à Guisan prend souvent des libertés avec l'orientation de la confédération ; je crois, malgré les inconvénients de sa posture, qu'ils ne veulent pas trop se passer de lui, même si l'Abwher les surveille de près, il dispose d'un de leur meilleur réseau d'information. Cette fois il me semble bien que les deux factions de leurs renseignements se soient « alliés » pour la circonstance. Nous devons le reconnaître, c'est un fin joueur, avoir tenu à me rencontrer sur le « Stadt Luzern » embrasse toute une symbolique, celle de leur résistance en juin 1940. Il a jugé bon de me faire comprendre qu'ils étaient au courant de l'opération « tannenbaum ». Le mot « invasion » n'a pas été mentionné. Les Suisses restent des gens délicats.

- Mais ce projet a été abandonné depuis longtemps !

- D'après ce que j'ai interprété, ils le savent. Leur souci c'est qu'ils ne peuvent pas en avoir la certitude à cent pour cent et encore moins qu'il ne soit pas remis à l'ordre du jour par le führer. Ils veulent à tout prix protéger leur indépendance. Et quand je dis à tout prix c'est ainsi qu'il faut le comprendre. Ils ne nous accordent que très peu, voire aucune confiance. Ils s'imaginent très bien que ce serait très avantageux pour nous de passer par leur territoire en mettant la main sur leurs richesses.

Heydrich grattait toujours au fond de la casserole pour récolter les derniers morceaux avant d'être satisfait : - Qu'espèrent-ils alors ? Ils brûlent leurs cartouches en nous communiquant ces confidences. Ils nous disent presque en face qu'ils disposent d'un ou plusieurs informateurs de première source chez nous au plus élevés des échelons. Les services suisses ne sont pas idiots à ce point, ils savent qu'à présent nous allons les rechercher par tous les moyens en priorité, les trouver et les anéantir.

- Si j'ai bien compris et je pense avoir bien compris, ils veulent avant tout que je vienne présenter mon rapport et ensuite qu'il soit décidé au plus haut niveau de la volonté de continuer nos entretiens, mais cette fois avec la participation du Brigadier Masson[3]. Ils doivent imaginer que la découverte de l'informateur reste impossible ou mettra trop longtemps et ne nous apprendra de toute façon rien de plus. Les évènements risquent de nous prendre de vitesse, il est un peu tard pour fermer la porte. Ils ont une montre dans le ventre ces gens-là et ils maîtrisent la manipulation du temps avec excellence. À présent, ils doivent supposer qu'ils captent toute notre attention. Nous connaissons dès maintenant qu'ils détiennent un message de première importance à nous communiquer. Je conclus de tout ça qu'ils ne sont que des intermédiaires et pour parfaire la logique ils savent que nous devinerons qu'ils ne sont qu'entremetteurs, au mieux des médiateurs drapés d'une toge rouge décorée d'une croix blanche.

- Oui, peut-être que c'est ainsi qu'ils pensent, libres à eux de voir les choses de cette façon. Mais arrangeurs de qui ? Anglo-saxons, Russes, il n'y a pas beaucoup de choix. Au plus haut niveau, vous dites ? Il y a beaucoup de hauts niveaux chez nous. Qu'entendent-ils par-là ?

- Sans que ce soit encore très clair, j'ai compris qu'ils se méfient de nos possibles tergiversations, ils requièrent que ce soit sans hésitation à « notre » plus haut niveau. Ils ont mis d'emblée l'Abwher hors-jeu, ce qui revient à dire éliminer la chancellerie. Quant aux affaires étrangères, ils m'ont exprimé tout le bien qu'ils pensaient de Heer Ribbentrop.

Le patron du RSHA cachait à peine sa satisfaction : - Vous voulez dire que cela m'impliquerait ?

---

[3] Colonel Brigadier Masson créateur et chef du renseignement militaire suisse de 1936 à 1946.

- Je ne pourrais être plus précis général, vous êtes le chef de la sécurité de l'état et tout ceci me semble créer un lien direct avec la sécurité de l'état. Schellenberg observa avec attention son supérieur, celui-ci ne cilla pas, mais le lieutenant-colonel le connaissait bien et savait que dans son esprit il était perturbé. Il choisit ce moment pour ajouter : - Ils nous prédisent aussi la défaite si nous ne les écoutons pas.

Berlin, 8 Prinz Albrechtstrasse, vendredi 1er mai 1942

« Ils nous prédisent la défaite si nous ne les écoutons pas, mais ils ont éventuellement la solution pour qu'elle ne devienne pas complète ». Le responsable de la sécurité du Reich ressassait cette phrase qui lui tournait dans la tête depuis cinq jours sans pouvoir en saisir la dimension. C'était tout simplement ridicule.

Excepté que…ça venait des Suisses, il ne fallait jamais prendre à la légère ces gens-là. Ces rudes montagnards n'avaient rien de fantaisiste, de surcroît l'humour ne constituait pas leur qualité première ; à part les fils d'une fondue rien ne les faisait rire. Entamer des négociations sans fondement n'était pas chose courante dans leurs alpages. À l'exception d'une timide tentative d'alliance avec la France, ils s'en étaient tenus à une stricte neutralité de façade. Heureusement, car la Suisse malgré ses aspects inoffensifs restait un morceau bien plus dur à croquer qu'il n'y paraissait même pour l'Allemagne. Sans perdre de vue que leur modus vivendi donnait l'accès au Reich à un système financier de première importance qui garantissait à l'Allemagne les devises nécessaires à l'achat de matière stratégique indispensable à la machine de guerre. Si cela venait à être remis en cause, ça concernerait la sécurité du Reich.

Excepté que…ça ne le regardait pas, militairement parlant c'était du ressort de l'Abwehr. Malheureusement, comme l'Uranverein avait été inclus dans la partie l'affaire basculait automatiquement dans le domaine de la protection du Reich. Une fois mis au courant, c'est ce que soutiendrait Himmler qui rêvait de diriger ce domaine au profit unique de la SS, il ne voyait aucun moyen qui lui permettrait de le contredire. À moins que …il n'aurait aucun intérêt à le contredire.

Cela impliquait de commencer comme d'habitude à établir avec méthode une liste remplie d'exceptions en regard d'une autre de généralités.

Indépendamment de cela, un officier suisse avait étalé sans aucune retenue devant son responsable des renseignements étrangers leurs connaissances sur deux données très secrètes. Ce n'était pour le moins pas courant dans un organisme de sécurité.

S'il s'engageait à divulguer des informations de caractère militaire, leur service d'intelligence devait inévitablement avoir une bonne raison pour agir de cette façon, laquelle, mystère ?

Cela devenait presque évident, les Suisses tenaient la main sur une source bien introduite dans un ministère ou pourquoi pas à l'OKW. Il y avait beaucoup de chance que cette source ne se déplaçait pas dans leurs montagnes, donc elle transmettait soit par messager, soit par radio ; chemins moins risqués, mais pas pour autant dénués de dangers. Comme ils ne devaient avoir aucune envie de la sacrifier, elle devait être à toute épreuve.

Pour l'instant, il ne voyait pas trop bien comment aborder le sujet avec le Reichsführer qui en parlerait inévitablement à Hitler, ce qui pouvait déclencher une grave crise dont il n'avait nul besoin, les affaires du protectorat réduisait considérablement le temps qu'il consacrait au RSHA sans oublier ses rendez-vous en France. Expliquer la situation à Himmler reviendrait à avouer que ses services pouvaient avoir manqué à la préservation des secrets du Reich, il n'en était pas un instant question.

Bien sûr, le Reichsführer ne l'affronterait jamais directement, cependant il pouvait souffler à Hitler que la charge devenait trop pesante pour lui faire retirer la responsabilité de la sécurité de l'État, il devrait à son tour mordre avec la dernière énergie pour défendre son os, celui qui lui donnait accès à un pouvoir presque absolu, effrayant Himmler en personne.

Dans cette lutte, il ne pourrait avoir qu'un seul perdant. Par chance, la situation n'en était pas encore arrivée à ce point-là, il allait d'abord appliquer la méthode qu'il affectionnait, manipuler. Ensuite, faire surveiller les ondes. Le centre d'écoute de Dresde recevrait ses instructions au plus vite, il allait donner l'ordre de rester à l'affût sur toutes les fréquences jour et nuit, cela représentait un travail de longue haleine avec parfois des centaines de messages émis chaque heure. Pour finir, envoyer Schellenberg vérifier si les crocs du loup tapi en Suisse étaient acérés ou gâtées par l'abus de chocolat.

Les Suisses en parfaits maîtres des mécanismes avaient sans scrupules contrebalancé leurs relations avec les forces de l'axe et plus particulièrement avec le Reich en veillant à ne se fermer aucune porte. Ils se comportaient de façon amicale et intéressée avec l'Allemagne et favorisaient largement les transactions monétaires indispensables à l'économie allemande qui bénéficiait par la même occasion à la leur.

Les échanges de matière première allaient bon train malgré les pressions des alliés sur la confédération. Ils restaient conscients que le triomphe définitif de l'Allemagne les placerait dans une position fort déséquilibrée. Pour l'instant, l'Allemagne se trouvait dans l'impossibilité de les réduire militairement, pas une seule division à libérer pour entreprendre une guerre dans des conditions extrêmement difficiles, protégés comme ils l'étaient par leurs montagnes. Après la victoire en Russie les choses pouvaient changer, ils pèseraient beaucoup moins lourd. Alors pourquoi leur service de contre-espionnage faisait-il preuve d'une diplomatie offensive à la limite de la provocation. Qu'est ce qui motivait le choix du RSHA en temps qu'interlocuteur et non les renseignements du ministre Ribbentrop ou même l'Abwher pour entamer une approche. Ils avaient dû mettre au point un étrange mécanisme digne de leurs foutues montres. Schellenberg avait raison, ils n'agissaient pas pour leur propre compte.

Il n'en restait pas moins que toute cette aventure le perturbait. Un travail énorme l'attendait à Prague où il devait se rendre le lendemain pour ensuite s'envoler à destination de Paris avant la Hollande. D'un autre côté, il pouvait difficilement faire l'impasse sur des renseignements aussi importants, il connaissait l'univers dans lequel il évoluait ainsi que les limites à ne pas franchir. Nonobstant, il ne voyait pas trop à qui confier le cas. Il y avait bien Kaltenbruner, mais c'était une brute imbécile et un peu trop proche de Bormann. Ce dernier, haïssait tout le monde y compris son frère, s'il avait vent de l'affaire il tenterait tout pour s'en emparer. Müller ? Trop policier, dépourvu de la finesse indispensable, imprégné d'aucune idéologie, il regrettait presque de l'avoir convoqué.

Tout-puissant chef de la sécurité de l'État qu'il était, il devait se méfier, ses ennemis demeuraient, malgré tous ses efforts appréciables, souvent influents tel Karl Wolf qui intriguait auprès du Reichsführer pour obtenir sa place.

En outre, c'était prématuré d'en parler à Himmler, l'opération n'était pas encore assez définie, le Reichsführer la monterait poliment en épingle pour vouloir la gérer rien que pour le plaisir de lui faire comprendre qu'il restait à ses ordres. Tant pis, il se convainquit de continuer avec Schellenberg. C'était de loin le plus intelligent de ses subordonnés avec une propension maladive à l'initiative personnelle qui frisait parfois l'inconscience. Trop rusé à son goût, un peu crâneur, mais il n'avait pas le choix, ça semblait la plus raisonnable des décisions, même si lui non plus ne faisait pas grande preuve d'idéologie au moins il le cachait bien. En fin de compte en suivant son avis, Himmler et le führer étaient tombés d'accord, sous peu Schellenberg allait devenir le responsable titulaire du département des renseignements étranger qu'il dirigeait déjà depuis plusieurs mois. Après tout, c'était lui que les Suisses avaient contacté à travers Hans Eggen[4]. Il ordonnerait d'exercer une surveillance discrète, on ne savait jamais. Il fit entrer Müller le chef de la Gestapo, l'ennemi mortel de Walter Schellenberg pour l'entendre sur cette histoire de cercle d'espion que ses hommes infiltraient en Belgique. Les deux affaires présenteraient éventuellement un lien.

Zurich, samedi 02 mai 1942

Walter Schellenberg entama le second voyage en compagnie du capitaine Erich Hengelhaupt. Heydrich avait tenu à ce qu'il soit du périple. Évidemment, sa mission consistait à le surveiller au plus près, il décida qu'il s'en accommodait pour le moment. L'avion, un confortable Ju 52 de la Lufthansa les déposa en à peine deux heures à Stuttgart ; ensuite deux autres heures plus inconfortables furent encore nécessaires pour qu'une voiture les conduise à quelques centaines de mètres du poste frontière.

Walter n'avait pas voulu prendre le risque de repasser par Kreuzlingen. Il choisit de

---

[4] Capitaine Hans Wilhelm EGGEN, associé dans diverses entreprises d'importation de et avec la Suisse, assistant du lieutenant -colonel Walter Schellenberg.

traverser le Rhin à Waldshut par le pont de Laufenburg. La limite du Reich fut franchie au début de l'après-midi avec à l'aide de papiers qui les identifiaient comme deux ingénieurs spécialistes de l'aluminium, cela faisait partie des avantages facilitée par AIAG[5] dont le puisant président Max Hubert[6] était le président ainsi que celui d'Oerlikon[7] tout en coiffant la présidence de la croix rouge suisse. Ce qui ne leur évita pas d'être interrogés dans les grandes largeurs par les gardes-frontières. Les apparences devaient rester sauves.

À quelques mètres, devant la mairie une Mercedes 320 des services suisses était parquée hors de la vue du poste de contrôle. À l'extérieur, un homme les attendait en la personne de Paul Holzach sous couverture d'un fonctionnaire du ministère des Affaires étrangères et fondé de pouvoir chez le fabricant de turbines Escher-Wyss. L'homme était simplement accompagné d'un chauffeur. Walter n'avait encore jamais rencontré l'individu au regard de poisson, mais il savait qu'il appartenait aux renseignements suisses et était un proche associé dans un négoce de construction en bois d'un de ses subordonnés, le lieutenant Hans Eggen.

Après quelques politesses de convenance, chacun se cala en silence dans son siège dès qu'ils prirent la route. Tous semblaient absorbés par le paysage. Puis, imprégnés par l'ennui Walter finit par fermer les yeux pour éviter de devoir entamer une conversation ; une heure plus tard ils arrivaient à Zurich. Ils n'avaient pas échangé une seule parole pendant le trajet. Arrivés à la ville leur chauffeur se gara devant l'hôtel Schweizerhof près de la gare Centrale.

Paul Holzach se retourna : - Ici vous logerez dans un des meilleurs établissements de la cité. Le suisse avait lancé cela sur un ton de regret qui voulait lui faire comprendre que si ça n'avait tenu qu'à lui il aurait opté pour un choix bien moins prestigieux : - Enregistrez-vous sans perdre de temps leur conseilla encore le capitaine des services suisses, ensuite je vous mènerai à votre rendez-vous. Le Brigadier Masson a été clair, il insiste pour que vous veniez seul. Après, ma mission se termine, je suis attendu en Turquie. Il ne cachait pas le déplaisir qu'il avait à traiter avec l'Obersturmbannführer Schellenberg. Ce dernier sortit de la Mercedes sans daigner lui répondre tout en se demandant le motif de cette précision.

Après avoir pris possession de leur respective et confortable chambre, Walter envoya Erich Hengelhaupt profiter du bar de l'hôtel en le chargeant de faire du bruit pour retenir l'attention et lui laisser l'occasion de s'éclipser sans éveiller l'intérêt. Le capitaine SS acquiesça à la proposition avec un plaisir non dissimulé. Son chef savait déjà que la note de frais serait élevée, mais elle ne causerait pas de problème.

À peine une demi-heure plus tard ils prirent la direction du quartier de Kilchberg, la route fut rapide. Après quelques kilomètres, ils s'engouffrèrent dans le parc d'une maison de la Seestrasse en partie masquée par les arbres. Sans une parole supplémentaire Walter fut le seul à sortir de la voiture ; sans plus d'instruction précise,

---

[5] AIAG industrie suisse de l'aluminium employant dans ses usines de Siegen en Allemagne 15.000 travailleurs forcés russes.
[6] Max Hubert, président de AIAG et d'Oerlikon et de la croix rouge suisse prix de la paix Nobel en 1944.
[7] Oerlikon fabricant d'armes fournisseur du Reich en canons anti aériens.

il emprunta l'allée de gravier qui menait à une imposante et luxueuse entrée en fer forgé. Un personnage à l'allure sportive, sans doute un garde du corps habillé en majordome devant guetter son arrivée, lui ouvrit la porte. Après l'avoir dévisagé, satisfait, il lui fit signe du doigt de le suivre. Toujours sans proférer une parole, le déguisé en maître d'hôtel le conduisit dans une salle d'angle avec une immense fenêtre vitrée avant de s'éclipser. Affichant sa décontraction Walter s'avança jusqu'à la grande baie panoramique qui avait captivé son regard. La vue sur le lac était splendide. Un élégant hors-bord acajou était amarré au petit ponton de bois. Deux hommes l'attendaient dans le coin sud de la pièce.

Roger Masson, le patron du renseignement helvète se tenait assis dans un confortable fauteuil tout en affichant de manière ostensible une attitude relaxée. Sa tête imposante aux cheveux tirés en arrière se tournait vers lui avec un sourire bienveillant. Hans Hausamann se maintenait à ses côtés l'air grave, tendu comme à son habitude.

Walter connaissait bien le militaire. À la fin de l'hiver un certain Ernest Mörgeli alors secrétaire du consulat de Suisse à Stuttgart s'était fait arrêter à la gare de la ville par la Gestapo en qui le soupçonnait d'envoi d'informations. Il s'avéra qu'en fait le secrétaire du consulat cachait en réalité un officier de renseignements. Pour le suisse l'affaire s'annonçait fort délicate, car c'était la Gestapo qui menait l'enquête avec comme à l'accoutumée une méchanceté inutile. Par l'intermédiaire de Hans Eggen associé à un certain Meyer[8], les deux hommes s'étaient sans tardé mis en communication dans le plus grand secret. Schellenberg avait à première vue conquis son homologue par son apparente sincérité et son charme « boyich » comme il le qualifiait.

Le suisse ignorait qu'avec la présence de cet l'officier à Stuttgart Walter avait vu une occasion en or pour établir de fructueuses relations. Monter une provocation avec un jeune militaire inexpérimenté était l'abc du métier. Ensuite, il était allé trouver directement Heydrich pour obtenir de ce dernier de brider les ardeurs brutales de Heinrich Müller le patron de la Gestapo qui ignorait tout de la manipulation. Celui-ci n'étant pas arrivé à recueillir des preuves irréfutables, Walter était sans peine parvenu à faire adoucir de plusieurs niveaux la détention du lieutenant au camp de concentration de Welzheim. Dans le plus grand secret Masson et lui avaient d'élaborer un règlement tacite pour freiner les actions respectives des renseignements entre les deux pays. Les deux savaient qu'ils ne tiendraient pas leurs engagements plus d'une semaine ; l'important de l'accord résidait dans l'ouverture d'une ligne de contact qu'ils pourraient dorénavant employer. Ils s'étaient mis en sourdine d'accord sur la promesse d'un rapide échange quand l'affaire se serait calmée.

Schellenberg regarda à tour de rôle Hans Hausamann et Roger Masson en caressant l'idée de quelques sarcasmes, à la réflexion il se contenta d'un petit rire, mais ne put s'empêcher d'ajouter : - Messieurs, ceci ressemble assez bien à une réunion secrète avant un conseil d'administration ? Manque Paul Holzach, non, hélas il est

---

[8] Capitaine Paul Eduard Meyer, responsable de la gestion du service de sécurité du service de renseignement suisse, auteur de romans sous le nom de loup Schwertenbach.

attendu avec impatience chez ses amis ottomans d'après ce qu'il m'a dit. Formez-vous le projet d'ouvrir une nouvelle succursale des services d'intelligences unifiées ? Walter connaissait le conflit doctrinal qui existait entre Hausamann le « patron du bureau Ha » et Masson « son chef ». Il savait qu'il pourrait s'appuyer sur cette rivalité de position si cela s'avérait nécessaire.

- Asseyez-vous, mon cher Schellenberg, répondit le brigadier sans prendre la peine de relever la remarque de l'allemand. Mettez-vous à l'aise. Vous désirez un café, il semble excellent, il vient tout droit du Brésil sans intermédiaires pour le frelater.

- Par avion de l'US air force via le Portugal j'imagine ? Walter jouait la carte d'un cynisme désinvolte de convenance en sachant que l'allusion serait malgré tout saisie. Sans que ce soit vérifié, le patron des services suisses trainait derrière lui la réputation d'évoluer dans une stricte neutralité à la différence de Hausamann. Walter était conscient qu'il le traitait avec une aménité sincère, cela ne faisait pas pour autant des Suisses des alliés. Bien des agents allemands avaient appris à leurs dépens que l'hospitalité helvète avait de sévères limites.

- L'imagination, voilà une chose qui n'a jamais dû vous manquer. Tant mieux, car je pense que vous allez en avoir besoin d'une sérieuse dose aujourd'hui et demain aussi si je ne m'abuse.

Le lieutenant-colonel SS les regarda en pinçant les lèvres avant d'exprimer une moue interrogative tout en dodelinant un rien de la tête : - Alors servez-moi un café d'abord s'il vous plaît, j'ai une pressante nécessité d'apporter de l'aide à mon esprit inventif, ce voyage m'a littéralement rompu. Vous savez que vous nuisez par vos procédés alarmants à mon repos. J'ai la plus grande admiration pour votre pays, mais je crois que je ferais mieux de m'y installer pour m'éviter les allers-retours. Mon épouse adorera. Mes enfants auront la nationalité suisse, c'est toujours utile à ce qu'on dit !

- Vous n'êtes pourtant pas au bout de vos peines articula narquois Hausamann qui s'était levé pour s'emparer d'une cafetière de porcelaine blanche et remplir une tasse. Du sucre n'est-ce pas et sans lait ?

- Vos informations se relèvent exactes. Vous offrez aussi le chocolat ?

- Bien entendu, répondit Masson, fondant ou au lait vous avez le choix ? De fait, nous pensons vous connaître colonel Schellenberg, assez en tout cas pour voir en vous un interlocuteur qui n'est pas dépourvu de compétence particulière comme celle de la négociation par exemple. Le bruit court que ce serait vous qui auriez mis au point le RSHA pour le général Heydrich. Dans une certaine mesure, nous vous apprécions pour ces diverses et nombreuses qualités ; pas celle-là bien entendu, bien que l'expertise d'un organisateur se relève souvent précieuse. La faculté à appréhender une situation dont vous faites d'ordinaire preuve nous semble très intéressante. De son côté, le commandant Hausamann regardait sans s'en cacher le lac visiblement désabusé de la conversation.

- Vous comptez me recruter ?
- Ce n'est pas déjà fait ? Pardonnez-moi nous autres suisses essayons souvent d'adopter l'humour anglais sans réelles dispositions pour y parvenir.
- Dans un certain sens, je pourrais répondre oui. Vous m'appelez, je viens. Vous me parlez, je rapporte à mes supérieurs. Cela dit, je me sens tout à fait heureux là où je suis. Excepté pour le chocolat et le café bien entendu.
- Vous avez raison, là où vous êtes, il risque d'y en avoir de moins en moins. Comme beaucoup d'autres choses d'ailleurs.
- Je ne l'avais pas remarqué, il y a vingt-quatre heures encore j'accompagnais mon dîner d'un excellent vin français. Au menu, il y avait du saumon norvégien et au dessert des pâtisseries aux fruits de Grèce.
- Et vous avez rempli le réservoir de votre voiture avec de l'essence extraite du charbon n'est-ce pas ?

Walter sourit : je plaisantais, c'est la carte du Reichminister Goering que je vous décrivais, hier j'ai pris mon repas en toute simplicité en compagnie de mon épouse, poulet et pomme de terre, elle avait aussi confectionné des biscuits. En ce qui concerne le charbon, c'est plutôt votre pays qui en manque, par chance vos bons voisins allemands vous en fournissent en grande quantité. Pour l'origine du carburant, vous avez peut-être en partie raison, mais ce procédé ne provient-il pas lui-même d'un brevet américain ?

- Comment savoir, dans cette époque tout semble émaner d'Amérique. Vous devriez le demander à vos ex-amis soviétiques si l'occasion se présente.

L'allemand ne prisait pas beaucoup l'orientation donnée à cette conversation qui s'enlisait, sans pour autant faire preuve d'impatience sa réponse leur indiqua que le sujet s'épuisait : - Je tâcherai d'y penser dès que j'ouvrirai une succursale de mon département au Kremlin. Pour l'heure, la Kriegsmarine, comme chacun de nous hélas, n'est pas encore parfaite, l'ensemble du trafic n'est à notre immense chagrin pas intercepté, mais elle ne ménage pas ses efforts, nos sous-marins y mettront bientôt meilleur ordre !

À première vue, le brigadier Masson avait capté le message, il se redressa, regarda Hausamann comme pour chercher son approbation ; en pure perte ce dernier ne semblait pas d'humeur à lui venir en aide. Déçu, il se contenta d'enchaîner sur un ton plus tendu : - Trêve de plaisanteries, à mon grand regret nous ne sommes hélas pas réunis pour deviser à notre aise des choses du monde ni des succès de votre marine. Arrivons-en à l'objet de votre présence. Avez-vous pu faire remonter à qui de droit la teneur de la précédente conversation que vous avez entretenue à Lucerne avec le commandant Hausamann ?

- Elle est en tout cas remontée jusqu'à mon supérieur direct. Pour le reste, je n'en vois pas d'autre. Chez nous la hiérarchie demeure insurmontable, je devrais ajouter inégalable.

- Vous n'êtes pourtant pas des plus portés sur le scrupuleux respect des règles d'après ce que nous savons de vous et de votre impressionnante carrière.
- On vous aura possiblement mal renseigné. Cette carrière a été un simple wagon sur des rails suivant ceux de mon supérieur, le général Heydrich.
- Bien, si vous le dites, espérons pour vous que cela reste ainsi à l'avenir et que ce soit un wagon Pullman ou l'on vous sert et non une voiture-restaurant dans laquelle tout le monde vient prendre la file.
- Il n'y a pas de raison pour que ce vous décrivez arrive, d'un autre côté nous devons tous servir, chez vous, chez nous que ce soient des chefs ou la patrie, c'est le devoir du militaire.

Masson prit un air malicieux : - Mais êtes-vous au sens strict un militaire sans vouloir vous taquiner. Sans attendre la réponse il continua : - Permettez-moi de laisser quelques instants s'envoler mon esprit. Ce n'est qu'une supposition, comme vous le savez elles sont juste faites pour être émises, je formule par un détour simpliste l'hypothèse que peut-être vous n'êtes pas toujours en accord parfait avec les visions et les positions de votre supérieur ? Qui a lui-même une autorité au-dessus de lui je vous ferais remarquer. C'est le cas échéant à ce dernier que reviendraient de tirer les conclusions de ce que nous nous apprêtons à vous expliquer. Je suppose en vous voyant réapparaître à tire-d'aile que le général Heydrich n'aura pas jugé important de le mettre au courant. Je ne me trompe pas colonel Schellenberg ?

Walter était pas mal agacé par la façon qu'avait le Suisse d'interpréter la situation, ça ne correspondait pas au personnage en général empreint d'une bonne dose de courtoisie à son égard, mais à la réflexion c'était motivé en partie par la présence du commandant Hausamann. Comme cela n'avait aucune importance pour l'instant, il ne laissa rien paraître dans sa réponse : - Le Reichsführer a toute confiance dans ses services de sécurité ainsi qu'envers son chef. Si le général le jugeait adéquat, il lui en ferait bien entendu part. Mais jusqu'ici, je ne vois toujours pas ce que vous voulez m'apprendre, a fortiori lui non plus. Il est donc tout à fait naturel de ne pas l'importuner.

- Vous avez raison. Nous allons sans plus perdre de temps y remédier en procédant par étapes. Soyez patient, inutile d'interrompre l'exposé de la situation qui va suivre par de fausses indignations, cela ne ferait que nuire à la compréhension totale du contexte en nous retardant sans motif ; la journée risque déjà d'être fort longue sans y ajouter. Le commandant Hausamann vous a au préalable dévoilé une part non négligeable de l'orientation générale de nos entretiens à venir, si futur il y a bien entendu ; en mon for intérieur je reste optimiste à ce sujet.
- Commencez toujours, je vous écoute. Avec un plaisir individuel doublé d'un intérêt évident. Si vous ne l'avez pas oublié, je vous rappelle quand même que cela fait partie de mon activité.

- En tant que chef « suppléant » des renseignements étrangers vous n'ignorez pas que nous évoluons dans un monde ou peu de choses peuvent demeurer longtemps confidentielles. J'ai toujours considéré le secret comme une matière vivante apte à se recréer quand il est découvert, pas vous ?

Le brigadier fit une pause en regardant Walter dans les yeux, il le testait pour voir s'il comptait objecter. Il savait qu'il garderait sa totale attention jusqu'à la fin de son exposé. Satisfait devant son silence il continua sur le même ton : - Les informations et les informateurs circulent de chaque côté, dans chaque camp. Ce qui est secret d'État aujourd'hui ne l'est plus demain ; c'est une évidence que je vous énonce, si elle semble inutile tant mieux, vous connaissez ma propension à la rhétorique, c'est presque un péché chez moi. Je disais donc que mon pays est pour le bonheur de tous situé au centre de l'Ancien Monde, son histoire en est la preuve, au point que c'est devenu notre fonds de commerce, c'est aisé de comprendre cela. Il l'est géographiquement et politiquement. Nous sommes petits, nos troupes sont à l'avenant, bien qu'elles soient en dépit des apparences robustes et déterminées. Déterminée dans leur ensemble avec armes et bagages, j'insiste à le préciser. Toutefois nous sommes depuis longtemps transformés en une population de tradition pacifique reconnue par l'ensemble des peuples ; la Société des Nations est d'ailleurs implantée à Genève. Quand le dialogue devient difficile, c'est vers nous que les belligérants se tournent, en particulier dans ces moments dramatiques. À la décharge des nations, il y a peu d'États qui dans ces heures pénibles réunissent les qualités de la Suisse. Tout le monde pourrait à un jour ou un autre être tenté de passer par-dessus nous, que ce soit par terre ou par air. Je dis bien tout le monde en pesant mes mots. Je serais même attaché à préciser que notre survie comme pays libre dépend de toute évidence bien plus de notre neutralité que de nos forces armées, mais cela nous convient en fin de compte.

Il s'arrêta de parler un moment pour s'assurer de l'attention qu'il suscitait. Apparemment satisfait, il poursuivit : - Cette neutralité a toutefois son prix. Nous ne pouvons bien entendu nous permettre de fâcher personne, mais sans pour autant complaire à tout le monde, car c'est une chose hélas impossible. De cette horrible guerre ressortira, c'est inéluctable, un vainqueur. Donc qui dit vainqueur doit ajouter qu'il y a un perdant qui sera lui mécontent. Ou plusieurs, selon les cartes qui seront distribuées. Vous me suivez Schellenberg ?

- Parfaitement, c'est clair et limpide. Je ne connaissais jusqu'à présent qu'une seule personne capable de si longs monologues aussi captivants.

Masson fit mine de ne pas avoir entendu la comparaison : - L'autre inconvénient de ce tribut à payer pour la neutralité c'est le risque de se retrouver dans un cercle perpétuel, enfermé dans le rôle de la diplomatie universelle, plus précisément la responsabilité du diplomate universel. Nos bons offices sont très prisés par toutes les capitales quand il s'agit de faire passer des messages à des gens qui ne se parlent pas. Nous partageons ce grand honneur avec la Suède. Sans vouloir les mettre à l'écart, c'est à nous que revient le plus souvent cette tâche. Nous ne colportons certes pas tous les messages, il en va de notre crédibilité. Dans un monde idéal, nos services de renseignement les décortiquent, les analysent avant que nous les retournions avec notre avis à nos politiques qui à leur tour jugent de la suite à donner. Mais vous connaissez cela aussi bien que moi, tout comme vous savez qu'il est parfois nécessaire de passer outre la case diplomatique qui n'est pas un monde idéal, loin de là, pour rester entre militaires avec un langage de militaire. C'est le cas en ce moment. Donc ce dont je vais vous faire part laisse peu de place à la spéculation, vraiment très peu. Il y a trois volets différents. Commençons par le premier. Sans interférer d'aucune forme dans vos affaires guerrières ce n'est un secret pour personne que vous avez subi un terrible revers contre l'armée rouge devant Moscou.

Walter Schellenberg ne put s'empêcher de lever l'index pour le stopper : - Après des dizaines de batailles emportées haut la main, des quantités de prisonniers comme jamais vus dans l'histoire du monde, nous avons exécuté un léger repli stratégique. Sans être militaire, je crois que cette tactique n'implique rien d'inhabituel, elle ne veut rien dire, absolument rien. D'ailleurs, nous avons depuis repris les choses en main !

Masson paraissant contrarié le coupa : - Laissez-moi poursuivre. Ne vous montrez pas naïf. Tout comme moi, vous savez sans risque de vous leurrer comment c'est interprété après presque trois années de succès ininterrompus. Le mal est fait, votre réputation d'invincibilité en a pris un sacré coup. Mais soit, je vais accepter votre remarque. Au même moment, vous avez, sans que personne ne le comprenne, déclaré la guerre aux États-Unis d'Amérique. À la plus grande puissance économique existante sur terre. Vous êtes-vous rendu compte des implications de cela ?

Walter dissimulant son exaspération naissante dirigea un instant son regard vers la fenêtre puis se tourna vers ses hôtes yeux baissés sur la table basse. Par son attitude il démontrait son profond désaccord sur cette décision lourde de conséquences. Il évita avec soin d'y répondre. Comme chef des renseignements Masson excellait dans son rôle de procureur, autant le laisser-aller au bout de l'acte un.

- Votre gouvernement, ou le chef de votre gouvernement puisqu'il semble avoir pris cette initiative seul en surprenant tout le monde, a l'air d'éprouver des difficultés à imaginer la boîte de Pandore qu'il a ouverte. Une partie de ces gens outre-Atlantique, s'ils ne vous étaient pas favorables - bien que d'importants capitaines de leur industrie, voire de leur administration, vous appuyaient à visage découvert et souvent de façon remarquable - restaient neutres et non interventionnistes. Bien évidemment, adopter une politique neutre n'est pas donné à tous les peuples loin de là. Il marqua une pause sur ce bon mot comme s'il s'attendait à des applaudissements venus d'une salle imaginaire. Jusqu'à cette malheureuse déclaration, votre guerre n'avait pas eu pour conséquence de réveiller la bonne conscience de la population américaine. Somme toute, un conflit lui a suffi en 1917, et il a déjà assez à faire avec les Japonais. Mais l'Amérique ne serait pas ce qu'elle est sans son capital, son âpreté au gain. Cette déclaration de guerre a obtenu le même effet que des milliers de litres de sang déversés dans une mer infestée de requins. Vous avez dans une démonstration simple, hors de votre volonté nous en convenons tous, fait entrevoir des possibilités sans limites à la finance du Nouveau Monde. Et croyez-moi, celle-là reste de très loin plus redoutable que quelques divisions de panzer.

Walter pensa que le moment était venu de prodiguer son avis. Fondamentalement, il pouvait trouver certains points d'accord avec l'analyse de Masson, demander de lui donner son assentiment était une autre paire de manches. Il était convaincu que le rusé Brigadier devinait son opinion, mais les formes conservaient leurs dimensions dans le monde où ils évoluaient. Par-dessus tout, il enviait Erich Hengelhaupt assis au bar de l'hôtel sans plus de préoccupation que celle d'écluser quelques verres. L'espoir de le rejoindre pour le dîner restait aussi mince que de trouver du sucre à Berlin. Il avait plus de chances d'escalader le Zugspitze à reculons que de presser un Suisse.

Le Brigadier Masson était un critique avec lequel il se devait de composer du moins momentanément. Néanmoins, lui clouer le bec n'était pas un acte négligeable : - mon cher Masson, laissez-moi vous faire partager un fait totalement occulté au peuple américain par le président Roosevelt dans son discours du huit décembre quarante et un. Contrairement à ce qu'il a déclaré, ce ne sont pas les Japonais qui ont attaqué les premiers, mais bien les Américains en coulant deux sous-marins de nos partenaires de l'axe. Sans me mettre à sa place, le führer a probablement voulu respecter ses engagements vis-à-vis de ses Alliés.

Le Suisse ne parut pas impressionné : - Vous m'apprenez quelque chose, mais quelque chose dont la source se trouve à Tokyo, permettez-moi de donner la préférence à des informations contradictoires.

Malgré la prétention étonnante du Suisse, Walter savait qu'une graine de doute était semée, il pouvait sans risque se montrer à présent plus conciliant - Brigadier, je regrette de vous avoir interrompu. Leur industrie devient sans nul doute de premières importances, d'une envergure incroyable, je le concède, cependant celle du Reich est tout aussi redoutable ; à la différence près que la nôtre produit au cœur de l'Allemagne et de ses nouveaux territoires. La leur demeure à des milliers de kilomètres. Cela vous devez vous en rendre compte depuis un certain temps.

Le brigadier continua comme s'il n'avait rien entendu : - La Grande Guerre les a marqués à tout jamais - je parle des financiers - de proportion tout bonnement immense que totalise ce vaste pays aux ressources infinies, leurs profits sont devenus gigantesques. Il se présente une nouvelle opportunité, ils la saisissent pour rafler l'entièreté du pot. Sauf que cette fois les possibilités se métamorphosent, grâce à une mathématique simple à deviner, elles décupleront. D'ailleurs, une part pas du tout négligeable de leur industrie réside aussi au cœur de l'Allemagne, pas vrai ? Opel, Standard Oil, de l'aéronautique et j'en passe, car ceci nous, éloigne du sujet principal. Non, ils ne sont pas à des milliers de kilomètres. Vous vous trompez sur toute la ligne. Ils sont là devant vous à quelques mètres de toutes vos lignes !

Bon, il allait enfin en apprendre légèrement plus, il serait peut-être de retour à l'hôtel pour le souper, on disait que leur cuisine était une merveille de délices. Il abrégea autant que possible : - Là, mon cher Masson vous m'enfermez dans un cercle de totale inquiétude, celui de l'intellect dépourvu de la lumière nécessaire pour émettre une réponse. Je ne vois absolument pas ce que vous désirez dire pas plus jusqu'où vous voulez en venir ?

- C'est à ce point simple que ce n'est pas visible comme la fameuse lettre cachée, à ce point évident que ça ne prête pas à l'attention. Laissez-moi vous l'expliquer, pour autant que je sois en mesure de vous enseigner quelque chose dont vous devez déjà avoir connaissance par vos services. Ils ont conclu un pacte d'une telle contre nature qu'il en est devenu un trait de génie. Ils ont décidé de fournir tout ce dont manque l'armée rouge. Et quand je précise tout, c'est bien pesé. Carburant, armes, avion, nourriture, matière première, même de nouvelles moustaches à Staline si nécessaire.

- Nous sommes de toute évidence informés de cela, sinon je vous l'apprends, mais cela reste pour son ensemble anecdotique, et durera le temps d'une chanson comme on le dit si bien chez nous. Vous oubliez avec une grande facilité que l'itinéraire à suivre leur fera penser que le chemin de Damas est une partie de plaisir en comparaison. Oui, bien entendu, j'ai connaissance cet accord, mais pour y parvenir il deviendra nécessaire qu'ils creusent une route en direct passant par l'Alaska, que je sache ceci n'est pas d'actualité pour autant que ce soit possible bien sûr. C'est un plan utopique pour ce qui concerne sa réalisation. Vous devriez tenter de vous renseigner sur les formidables tonnages envoyés par le fond grâce à nos U-Boot.

- Votre ministre de la Propagande en fait part chaque jour dans une ferveur religieuse au monde entier, il suffit d'ouvrir un journal allemand ou le poste de T.S.F. sur radio Berlin. Vous, en revanche, vous devriez auparavant essayer de mieux vous informer sur les capacités des chantiers navals de l'oncle Sam, mais peut-être que l'amiral Canaris vous en a averti, ou bien a-t-il peur de vous faire de la peine ? Pour un bateau que votre marine envoie par le fond, ils en produisent trois. Mais pour trois sous-marins coulés, vous en remplacez un en devant sacrifier la production de dix chars ou de cinquante avions. Sans parler des hommes qui eux ne se remplacent pas. Cette partie de guerre industrielle est perdue quoique vous en croyiez. Vous oubliez aussi le chemin de l'Iran ouvert l'an passé par des esprits éclairés.

- Ils s'en rendront compte quand la lumière se mettra à baisser, notre Afrikakorps s'y attelle avec beaucoup de cœur pour mener à terme sa campagne, l'Égypte n'est qu'à trois tours de chenilles des divisions de Rommel, le canal de Suez une fois verrouillée la conquête du moyen orient aura un air de promenade. Peut-être en bénéficiant de la contribution de nos amis turcs à qui le retour de l'empire ne serait pas pour déplaire. Ensuite, l'Angleterre tombera comme un fruit mûr. Soit nous le mangerons, soit il pourrira.

- Vous en êtes convaincu. Les Britanniques seront peut-être moins d'accord avec vos vues ? Et quand bien même, il restera les mers froides, les portes de Sibérie. Vous me direz que les Japonais vous soutiendront. Mais je parierais sans risque de perdre un kilo de chocolat qu'ils ne vous aideront en rien, leur accord avec Staline vous a offert un avant-goût de la façon dont ils veulent boire le thé. Vos alliés asiatiques commencent aussi à se rendre compte de leur inutile agression contre l'Amérique. Interrogez leur marine, ils auront une réponse difficile à vous donner.

Masson semblait de plus en plus certain de son discours à mesure qu'il avançait ses arguments : - Croyez-moi, écoutez cette petite voix au fond de vous qui me donne raison. Vous allez vous retrouver face à une armée rouge équipée en force qui reniflera de loin l'odeur de la Prusse orientale, des effluves irrésistibles qui peuvent sans attendre fournir l'espoir d'une victoire à plus d'un de leurs généraux. Si vous présumez que les neuf mille kilomètres qui vous séparent de Vladivostok vont être une partie de plaisir, il est temps d'apprendre à parler russe, car le chemin risque de durer en repassant en toute éventualité par Berlin. Vous l'avouez, vous n'êtes pas stratège ni tacticien militaire, moi non plus je vous l'accorde, mais nous le sommes toutefois assez pour penser que l'effet de surprise de votre guerre éclair est depuis longtemps terminé. Il faut dès à présent vous habituer à progresser à très petits pas ou dans le cas contraire à reculer très vite. Vous avez déjà connu cela vous autres allemand, non ?

Walter sentait qu'ils approchaient de la raison de la réunion, encore un minuscule effort, inutile de les brusquer : - Ce sont vos vues, ne vous attendez pas à ce que je les partage un seul instant. Bien au contraire. Vous avez l'un et l'autre une bien mauvaise mémoire, permettez-moi de la rafraîchir. Quand nous nous sommes alliés à l'Union soviétique le monde entier, à quelques exceptions près, s'est horrifié, en définitive il ne désirait qu'une simple chose, que nous les combattions. À présent, c'est l'inverse. À un certain moment messieurs il faut savoir ce qu'on veut.

Hans Hausamann qui avait répugné jusque-là à prendre la parole intervint : - Ce que vous partagez pourrait sans difficulté être qualifié d'arrogance toute germanique. D'ailleurs, ce ne sont pas automatiquement nos conceptions, comme « collègue », je ne vous donne pas mon avis, il vous chagrinerait à coup sûr. C'est l'instant où vous devriez commencer à imaginer que, bien que les partageant personnellement, nous vous faisons part de regards extérieurs. Un faisceau d'éléments fournis par des personnes très bien informées nous a convaincus, vous découvrirez sous peu qu'il en sera bientôt de même pour vous quoique vous en disiez.

L'occasion se présentait et elle était bienvenue pour remonter le fil et voir quel poisson se trouvait au bout de la ligne, sardine ou saumon. Walter voulait éviter que Masson reprenne la discussion, l'animosité du commandant pouvait le pousser à lui en enseigner plus que de nécessaire, il allait devoir jeter du sang à l'eau : - Tout chiffre, tout argument peut être interprété, ensuite falsifié à n'importe quelle sauce, c'est le jeu, je ne vous apprends rien, nous faisons le même travail. Tenez, il y a peu, j'ai ouï-dire que le président de votre confédération Pilet-Golaz admire l'autorité du Reich. J'ai moi-même été interloqué quand j'ai vu sa photo dans la Gazette de Lausanne, il me rappelle quelqu'un, la moustache, la mèche, c'est à la fois surprenant et quelque part très intéressant à analyser. À votre tour de me dire comment l'interpréter. Arrêtons ce jeu et retenez ceci, qu'elle soit l'information que vous m'apportez, rien ne changera le cours des évènements, nous allons gagner la guerre. Mais au fait, quel est donc ce mystère ?

Pas de chance, l'appât s'était brisé, le poisson s'était libéré. Ignorant la remarque désobligeante Hausamann se tourna vers Masson : - Brigadier, nous devrions sans perdre plus de temps entamer le second volet de la discussion pour tenter de convaincre notre hôte.

De son côté, le chef du renseignement persistait dans une posture imperturbable, Hausamann, sauf surprise, méconnaissait tout de leur « arrangement », mais le ton de sa voix devenait plus affable : - Vous avez raison commandant, il est évident que notre invité a besoin d'en savoir plus, passons au reste de cette édifiante « étude de situation ». Mon cher Schellenberg, je vais tâcher de vous résumer comment nous a interpellés une vision extérieure sur les circonstances et la conjoncture en empruntant quelques raccourcis. Imaginez une l'Allemagne risquant de se retrouver devant une armée russe appréciant très peu votre façon de faire tout comme la manière dont vous avez procédé jusqu'à présent si je peux me permettre cet euphémisme. Le chemin qu'il vous reste à parcourir en Russie est interminable, d'une longueur infini. Dans cette douloureuse réalité, ni vos avions ni vos chars, pas plus que vos sous-marins et encore moins vos navires de surface censés protéger vos arrières ne fonctionnent à l'eau de mer. Vos réserves de pétrole sont nulles, de quelques semaines tout au plus. Vous devriez interroger Speer à ce sujet.

Schellenberg connaissait Roger Masson de réputation et l'avait lui-même évalué lors de leur tractation secrète concernant Mörgeli, c'était loin d'être un donneur de leçon moraliste, il agissait constamment comme un responsable de la sécurité fort compétent. Cet étalage cachait un but précis, il n'en doutait pas une seule seconde. Il faudrait qu'il s'arme encore de patiente pour le découvrir, les Suisses fidèles à leur habitude avançaient à pas de sénateur. Après coup, l'on se rendait souvent compte qu'ils n'avaient pas abusé de leur temps de parole et qu'aucune ligne n'était écrite sans contenir une bonne signification. Il avait la certitude de connaître bientôt le fin mot de tout cet exposé, un peu plus tôt, un peu plus tard quelle importance. De toute façon, il n'avait ni mieux ni autre chose à faire du reste de la journée. Il devrait de toute manière se contenter de sandwiches. Au moins ça lui aura permis un joli voyage de plus loin de l'atmosphère étouffante de Berlin. Mais une petite voix au fond de lui murmurait que l'affaire était considérable. S'il y avait bien quelque chose à quoi il prêtait toute son attention, c'était son instinct. C'était à son tour de pouvoir répliquer, il ne le laissa pas passer : - Je n'y manquerai pas à l'occasion, mais je me doute un peu de sa réponse pour autant que le ministre me la fournit. Vous pensez bien que toutes les vues stratégiques se discutent assez loin de moi et sont du reste dans leur presque intégralité hors de ma compétence. Personne ne me demande d'ailleurs mon avis, je ne le donne pas non plus.

- Tout finit par se tenir par la barbichette, vous le savez en connaissance de cause. Le monde est toujours beaucoup plus petit qu'on se l'imagine. Le fait demeure quand même que vous allez être confrontés progressivement à une armée qui à l'inverse de la vôtre dispose de réserves presque inépuisables d'une denrée qui va vous manquer un peu plus chaque jour. Ils ont un accès illimité avec l'action de simples foreuses qui explorent le sol à ce que vous élaborez à grand-peine avec du charbon et des pommes de terre. Mais c'est vrai, les Roumains vous soutiennent. Enfin, jusqu'à présent. En parlant de soutien, les Soviétiques de leur côté commencent à bénéficier de la générosité de ces financiers américains dont nous bavardions. Croyez-moi, en comparaison les cadeaux de la reine de Saba c'est du pipi de chat. Ne négligez pas non plus leur gigantesque réservoir humain, mais laissons cela pour l'instant.

Walter se senti rougir, ne pouvant réprimer cet aveu involontaire, il ne pouvait qu'espérer que ça ne se remarquerait pas. Au fond de lui, il savait que Masson ne prêchait pas dans le vide, il avait connaissance des différents rapports, entre autres ceux de l'Abwher Ausland ; ils étaient significatifs : - les financiers n'ont malgré le pouvoir que vous ne leur prêtez pas réussi à éviter la capture de millions de prisonniers, l'aide américaine ne rendra pas l'armée des bolchéviques plus performante, nous disposons des meilleurs officiers au monde. Les Soviétiques déposeront les armes avant l'hiver. L'équilibre sera rétabli, toutes les productions de pétrole de la terre ne pourront empêcher que nous bénéficierons alors de leurs ressources. :

- Certes, certes, vous pouvez bien voir les choses ainsi. À l'inverse, il existe un différend point de vue. Mais je constate que j'ai grand-peine à vous transmettre cette perspective. Alors je crois qu'il est temps, grand temps de vous faire connaître quelqu'un.

À peine ces paroles prononcées, le commandant Hausamann se leva pour se diriger vers une porte qui donnait accès à une autre pièce : - Si vous me permettez de vous présenter quelqu'un, mon cher colonel. Il l'ouvrit après avoir toqué quelques coups. Un individu y était assis derrière un modeste bureau éclairé par une lampe. Walter reconnut cette figure allongée ornée d'une large moustache en brosse.

Le petit frère de John Foster Dulles, l'homme qui avait mis en place le fructueux marché économique du plan Dawes. Ensemble, ils étaient les personnes les plus intrigantes de la finance des États-Unis, ennemis jurés de Roosevelt, le gouvernement secret de l'Amérique.

***

Walter eut beaucoup de mal à garder un visage impassible. Assis, écrivant sur un bureau d'acajou au milieu de la pièce, cheveux ondulés séparés par une impeccable raie, une élégante moustache équilibrant la figure allongée, l'américain avait la tête qu'on imagine en général aux rois des affaires new-yorkais, alors qu'il en était juste leur génie instrumentant. L'homme devant lui avait passé la moitié de sa vie dans la mise au point d'intrigues financières, l'autre dans les manigances politiques qui en étaient le complément. Ce dernier sans doute conscient de la surprise qu'il provoquait chez l'Allemand l'exprimait d'un sourire amusé, puis paraissant satisfait s'était levé après avoir refermé un dossier. Il se dirigea vers la porte pour venir lentement à sa rencontre. Il tendit la main avec un air de jouissance pareil à un joueur de tennis fairplay vis-à-vis de son malheureux adversaire.

Schellenberg qui s'était redressé n'hésita pas un instant à la prendre : - Monsieur Allen Dulles, c'est bien vous ? Vous êtes bien la dernière personne que je me serai attendu à retrouver aujourd'hui. L'Amérique nous envoie un avocat de renommée internationale, y aurait-il par hasard un litige à résoudre ? Ou bien comptez-vous nous vendre des fruits dit-il en la serrant avec une vigueur excessive sans la lâcher. La banane par la force des choses est devenue assez rare chez nous ces temps-ci, vous feriez fortune si ce n'est déjà fait.

Walter avait eu l'occasion de faire sa rencontre virtuelle par le visionnage de photos et de revues qu'il s'était imposé dans son travail au service de l'AMT 6 « ausland ». Il avait grâce à une initiative particulière bousculé les anciennes habitudes en insistant depuis l'été trente-neuf pour créer un bureau des documentations et multiplier les dossiers sur les principaux acteurs connus et moins connus de la plupart des pays belligérants ou non. L'esprit prussien s'en était mêlé et des milliers de répertoires avaient été constitués. Le RSHA était en lui-même un univers composé d'une immense pile d'archives sur tout le monde. Heydrich avait élevé ça en religion. Le classeur des Dulles n'était pas des plus épais, mais la division sur Allen comportait plus de feuilles, sa carrière dans le renseignement avait débuté à l'occasion de la Grande Guerre. Ensuite c'était assez nébuleux, beaucoup de suppositions s'entremêlaient avec la réalité. L'année de la prise du pouvoir, l'homme de la finance avait rencontré Hitler à Berlin, c'était la dernière photo que Walter avait vue de lui, il n'avait presque pas changé.

L'américain se ménagea le temps de sortir une pipe de la poche de son veston en tweed. Il l'alluma avant de répondre sur le même ton : - Grâce à nos amis suisses tout est possible. Compteriez-vous nous les payer comment ces bananes ? En or, de l'or de qualité médicale dentaire bien entendu !

- Cela me procure un réel plaisir de pouvoir dialoguer avec un des hommes qui fut à l'origine de tous nos malheurs. Walter faisait allusion à la participation de Allen Dulles au traité de Versailles.

Imperturbable l'avocat le toisa sans animosité : - Vous n'ignorez pas - sinon je vous en informe - que mon gouvernement n'était pas très favorable aux réparations, dit-il, ça découlait d'une doctrine d'un autre siècle. C'était une mauvaise idée, pour employer le terme exact ; une conception absurde du châtiment, nous le présentions déjà à l'époque. Quelques années plus tard, mon frère a fait tout ce qu'il a pu pour rendre cette charge supportable. Notre Sénat a agi en conséquence et sur nos recommandations, les États-Unis ne l'ont pas signé. On a du vous raconter qu'à cette époque, les Français n'en ont fait qu'à leur tête et l'Angleterre a suivi. Mais ça m'a permis de découvrir Paris. C'est toujours cela de gagné, connaître Paris pour après s'en aller. Ce n'est pas votre avis ?

- Au fond, ce traité a quelque part été utile ; c'est un peu grâce à lui qu'il nous permet avec une vingtaine d'années de retard de profiter à loisir des charmes de la capitale française. À la différence que nous comptons bien rester cette fois.

- On m'avait prévenu, je constate que votre sens de l'humour n'est pas usurpé.

Roger Masson saisit Schellenberg par l'épaule : - Venez reprendre un peu de café, Walter, celui transporté depuis le Brésil par l'armée américaine. Asseyons-nous à l'aise pour le déguster et écouter. Ce que Monsieur Dulles a à dire est très intéressant, je suis certain que ce sera instructif et que vous pourrez sans tarder en dégager quelques conclusions ici même.

Allen Dulles indifférent aux paroles du suisse semblait disposer de tout son temps. Humant l'atmosphère présente pour mieux évaluer le contexte, il tira quelques bouffées de sa pipe avant de daigner se lancer : - Nos amis communs vous ont décrit la situation, je crois ?

- Pour être exacts, ils m'ont dépeint le scénario d'un roman américain en passe d'être adapté au cinéma.
- Ça pourrait aussi s'avérer être un futur documentaire historique. Vous idem, vous devriez pouvoir le concevoir ainsi.
- Très jeune j'ai appris à vivre dans la réalité et non dans la fiction. C'est très allemand comme conduite, vous savez !
- Ne vous sous-estimez pas à plaisir. Vos principales qualités doivent beaucoup à votre imagination sans elle vous ne seriez pas arrivé si vite là ou vous êtes. Avec vos fonctions malgré votre jeune âge, vous avez sans aucun doute un don peu commun à saisir le sens exact des informations et à les interpréter à leur juste mesure. C'est ce qui vous a d'ailleurs valu votre poste, et pour notre grande satisfaction d'être ici aujourd'hui réuni avec nous. À mon opinion, vous êtes un des rares interlocuteurs encore acceptables dans votre pays. Avec assez de bon sens pour faire coïncider les intérêts des parties, de toutes les parties. Ou presque. Pour faire court, vous êtes aussi un des moins infréquentables de votre bord et un des plus qualifiés pour mener…comment la nommer ? Une mission diplomatique pointue et ciblée. À très haut risque bien entendu, mais les dangers ne vous font pas peur n'est-ce pas ?
- Quand ils sont bien calculés, pas vrai monsieur Dulles ?
- Appelez-moi Allen si vous le désirez. Avec ce que nous allons tenter de développer, un peu de familiarité ne fera pas de tort. Nous userons de cela comme d'un symbole de la détente.
- Vous voulez dire comme une détente de révolver ?
- Si vous m'accordez cette remarque, bien que personne ne semble rire, vous êtes un incorrigible farceur dans votre genre colonel Schellenberg. Laissez-moi me permettre de poursuivre votre édification ? Voyez en moi, sans réflexions trop complexes, une sorte de coordinateur d'information ainsi que certaines autorités de mon pays aimeraient parfois décrire ma fonction. Il est évident que ma présence pour l'instant officieuse se voit soutenue par une partie de mon administration qui d'ailleurs en attend un peu plus. Cette partie de notre merveilleux État fédéral a un message de première importance à faire passer au vôtre. Pour ciseler l'explication et aider à trouver la bonne lumière pour éclairer la situation en étant honnête, je devrais spécifier « une portion non négligeable de mon gouvernement à une proportion importante

du vôtre ». Avant cela, il faut que je vous précise comment cette portion estime la conjoncture. Je vais donc vous l'exposer !

Manifestant son impatience devant ce verbiage digne d'un banquier zurichois, Hans Hausamann toussota ce qui signifiait en langage diplomatique suisse qu'il était temps de rentrer dans le vif du sujet : - Mon cher Monsieur Dulles, le brigadier Masson ainsi que moi-même avons eu l'occasion d'effectuer un tour de situation avec le colonel Schellenberg. Bien entendu, nous n'avons pas pu entrer dans les détails aussi bien que vous le feriez. Toutefois, et cela n'engage que moi de le dire, le colonel a su se montrer intéressé. Pour l'heure, il ne partage pas encore ces vues, mais si je résume bien, dans le doute il entrevoit la nécessité de compléter son information pour la faire suivre au niveau correspondant.

- Bien entendu, il faut rester conscient que le plus compliqué sera que notre invité soit en mesure de définir ce niveau, intervint Masson. Le colonel Schellenberg dépend d'une organisation assez complexe et très cloisonnée au sein de laquelle évoluent plusieurs prétendants au pouvoir de décision, ou au pouvoir tout court. Toutefois, au risque de me tromper, dans le cas présent, sans parler à sa place, le colonel ne devrait pas avoir trop de difficulté à pouvoir choisir, il y a son chef direct le général Heydrich. Ou bien entendu le chef de son chef si vous voyez à qui je fais allusion ?

Lassé par ces tours de piste sur la même musique, l'allemand le coupa d'un ton plutôt détaché : - Merci de vouloir m'aider à décider, cependant ne pensez pas un instant que je puisse omettre de rapporter au général et à lui seul. Je n'imagine personne de plus qualifié que lui pour prendre la direction adaptée. C'est à lui que reviendra à définir de la suite à donner, s'il y a suite bien entendu.

- Pour l'instant, c'est exact, mais les choses changent quelquefois et souvent bien rapidement, enchaîna laconique l'américain
- Soyons clair Monsieur Dulles, vous-même, vous représentez qui ? Schellenberg avait omis de l'appeler par son prénom pour bien démontrer qu'il tenait à maintenir la distance ; il fallait être américain pour imaginer le contraire.

Imperturbable, l'américain se leva pour aller se servir du café : - Très bonne question. Je devrais vous déclarer sans ambiguïté, avant tout mon gouvernement. Celui que le peuple américain a désigné dans le secret des urnes, ou presque ; notre système est comme vous le savez plus complexe. En vérité, je dois avouer que ce serait une réponse fort incomplète. Voyez-vous, des désaccords peuvent naître, ce que j'appelle des disharmonies. En général, elles se règlent de manière fort naturelle lors des élections suivantes. Hélas pour cette belle harmonie des équilibres, les circonstances dictent qu'attendre peut parfois se révéler la meilleure façon de desservir les intérêts politiques et économiques du pays, il faut par conséquent trouver comment anticiper par une approche disons plus discrète.

Walter le coupa, il voulait éviter de donner l'illusion de le ménager : - Donc si je comprends bien, vous substituez la finance et le profit au désir du peuple, cela porte un nom. À l'occasion du premier anniversaire de mon entrée au renseignement le général Heydrich m'avait fait cadeau d'un livre assez édifiant que j'ai lu avec attention, c'était celui d'un général des marines, Smedley Butler si ma mémoire est bonne, c'était éloquent. N'y a-t-il pas également eu une tentative de coup d'État contre le président Roosevelt vers cette époque ?

Allen Dulles sourit : - Comme je vous le soulignais, une administration élue par scrutin populaire, sans influences ni contraintes. Par des hommes libres qui ne courent aucun risque d'être détenus arbitrairement. Celui qui garantit les droits de chaque citoyen, quelle que soit son origine ou sa religion. Rectifier sa façon de faire n'a rien de condamnable si cela peut éviter un énorme désastre, c'est même une attitude très protectrice si vous souhaitez mon avis.

- Les droits de chaque citoyen qu'il soit noir, Indien ou blanc vous voulez dire, de New York ou de Montgomery en Alabama. Walter était satisfait de pouvoir affronter ce beau parleur donneur de leçon. Si ça n'avait aucun effet sur l'avocat habitué à ferrailler avec son verbiage feutré, peu importait, en réalité il visait les deux Suisses, inutile de leur faire croire qu'il serait passif. Ça pourrait les pousser à réfléchir aux conséquences que leur vaudrait leur implication, par la même occasion cela tempérerait leur éventuelle subjectivité, en premier le brigadier Masson qu'il trouvait un rien trop sensible aux arguments de l'américain puisqu'il lui avait permis d'organiser cette rencontre. Hausamann ne devait pas beaucoup compter dans l'affaire.

L'américain qui apercevait poindre la menace avait de toute évidence jugé utile de calmer l'échange : - Bien sûr, nous aussi nous avons notre histoire et même si elle n'est pas exempte de taches elle va toujours dans le sens de la liberté et non du contraire.

Walter n'avait pas encore décidé d'en rester là, au plus il argumenterait au plus il diluerait les efforts de Dulles, il avait au moins retenu ça de ses cours de droit. Et au plus il diluerait ses efforts au plus ce dernier devait lui fournir des informations précises pour tenter de le convaincre : - Nous prenons plus exemple sur les États-Unis que vous l'imaginez, c'est exactement pourquoi certains de nos experts tels Konrad Meyer ont tendance à prendre le procédé de la colonisation américaine comme modèle pour notre futur agraire.

Aiguillonné l'américain fit l'erreur de persévérer : - À propos d'interprétation, nous consultons avec la minutie d'inspecteurs fiscaux votre presse dès que l'occasion nous en est donnée. C'est un peu comme lire le mode d'emploi d'une machine à remonter le temps. Vous êtes en passe de réinventer l'esclavage si j'en crois ce qui y est écrit. Ironisa Allen Dulles.

Walter gagnait petit à petit des points en le déstabilisant, il aurait voulu le pousser à peine plus, mais Masson intervint : - Allons, messieurs. Il est inutile d'être tenté d'emprunter des chemins de traverse. Ce dont nous avons à parler dépasse certains clichés. Masson en Suisse qui se respecte n'aimait pas la tournure agressive que prenait la conversation. Les échanges à fleuret moucheté n'étaient pas une spécialité dans les alpages, il tenait à préciser qu'ils étaient des invités sur son territoire.

Allen Dulles qui devait se soucier de l'avis du suisse comme de son premier dollar s'entêta : - Ce qu'a entrepris l'Allemagne n'est pour le malheur de l'humanité pas un cliché pour le Times, permettez-moi d'en faire la remarque, dit Dulles. Les ressortissants juifs d'Europe en connaissent quelque chose ou plutôt ne savent plus rien un peu plus chaque jour. Votre régime s'est fait une spécialité de les faire disparaître les uns après les autres, n'est-ce pas ?

Walter était parvenu à l'endroit espéré, il prit un air offusqué, surjouant pour redevenir l'acteur central de cette comédie même si ça ne lui plaisait qu'à moitié, mais c'était la condition de son rôle.

Il se leva comme si mû par un ressort il sortait d'une boîte surprise en protestant pour la forme : - Si la conversation doit s'immobiliser sur cette antienne, je n'ai plus rien à faire ici. Vous vous êtes pour votre malheur trompés de personne. Je vous le fais remarquer, ce sujet ne dépend d'aucune façon du colonel Walter Schellenberg, il relève en totalité de la politique Reich et de ses lois. J'appartiens à la sécurité de l'état pour ce qui concerne le département du renseignement extérieur, uniquement cela, si je me fais bien comprendre. Il est par conséquent hors de question que j'exprime quoi que ce soit sur ce thème. Si je dois ajouter un dernier mot, la société américaine IBM a été fort heureuse de nous fournir ses machines servant à classer la population via sa filiale Dehomag ! Je vous demande donc de m'excuser. Brigadier, dans ces circonstances, j'apprécierais de bien vouloir me faire reconduire à mon hôtel et ensuite me permettre de rentrer au plus vite dans mon pays.

Masson conciliateur opta pour un ton compréhensif néanmoins teinté d'une pointe de reproche : - Walter, je vous en prie, ne soyez pas si susceptible. C'est une situation désagréable j'en conviens, mais vous êtes au-dessus de ce genre d'attitude. D'ailleurs, ce thème n'est pas l'objectif principal de tout ceci, je vous le garantis. Il est bien plus vaste, d'une dimension bien plus complexe croyez-moi.

Walter avait de l'estime pour le patron des renseignements suisses. Ce dernier n'aurait jamais permis à l'américain de l'entraîner sur un sujet aussi sensible sans une sérieuse raison. L'affaire avait bien sûr un autre but comme l'affirmait le Suisse. Il s'en doutait depuis qu'il avait vu Dulles, maintenant c'était son travail de percer ses intentions, pas les visibles, celles de l'ombre. Il s'imaginait bien que ce n'était pas une voie de garage, mais la ligne principale que cet animal rusé traçait. Il fit mine de reprendre la maîtrise de son indignation en se rasseyant avec une lenteur affectée. L'effet théâtral se terminait là, la dose devenait suffisante : - Désolé Brigadier, mais il y a des sujets qui ne sont pas abordables en tant que tels. Monsieur Dulles de son côté, s'il désire évoquer le sujet, se trompe de personne, ce n'est pas à moi qu'il faut s'adresser pour celui-là. Vous savez, je suis malgré les apparences éloigné de ces affaires et je fais tout ce qui est en mon pouvoir pour que cela reste ainsi !

Allen Dulles en négociateur habile doublé d'un diplomate consommé reprit vite la parole : - Vous avez raison, ce n'est pas la motivation principale de notre rencontre, mais je dois vous prévenir que dans les circonstances qui vont bientôt vous préoccuper, il se fait qu'il y est lié au même degré que le lait et ce café que je ne peux plus séparer. Par la force des choses, je ne peux éviter de le mentionner pour ce qui va nous intéresser. Même si cela ne vous convient pas, considérez-le en tant que toile de fond pour ce qui va suivre.

Il s'interrompit un bref instant en regardant Walter dans les yeux comme tout bon avocat vérifiant s'il avait bien été compris. Satisfait, il poursuivit : - Grâce à nos amis suisses, vous avez deviné que nous connaissons les nombreux projets de l'Allemagne pour obtenir un explosif à base d'uranium. Si je me permets de vous dire que nous sommes au courant, c'est que nous admettons aussi de vous dire que chez vous des gens nous renseignent. Je sais que vous les chercherez, peut-être les trouverez-vous et les exécuterez, mais on ne fit pas d'omelette sans casser des œufs. Cela n'a rien de cynique, à la guerre il faut être capable d'accepter les pertes. Si on ne possède pas cette force morale, mieux vaut rester dans son coin ce qui est loin d'être dans nos intentions. De notre point de vue, de façon mûre et réfléchie, il est primordial de pouvoir vous dire que nous savons. Vous connaissez avec exactitude à quoi mène ce type de développements. Ça vous aidera dans une proportion considérable à prendre au sérieux ce qui va suivre.

Walter intervint : - Je ne cherche pas à vous offenser en vous contredisant. Si par-ci par-là j'avais entendu parler de certaines de ces choses, je ne vous le dirais de toute façon pas, vous vous en doutez bien. En temps de guerre, vous connaissez le nombre de projets d'armes secrètes qui éclosent ? Ils sont sans avoir peur de le déclarer, à quelques exceptions plus farfelues les unes que les autres.

- Farfelu pour vous, chez vous. Mais pas pour votre gouvernement qui a nonobstant commis une gigantesque erreur ce dont il est coutumier.

- Laissez-m'en douter, mais au cas où, je ne vois pas du tout laquelle ?

- Votre problème juif. Vous vous êtes tirés de fameuses balles dans le pied et depuis bientôt dix ans.

- Vous m'en direz tant, vous devenez lassant. Réglez plutôt votre problème noir. Vous oubliez que je suis aux renseignements étrangers. Il m'a été donné de lire des pages intéressantes sur des massacres qui se sont produits en Oklahoma, une ville nommée Tulsa, ça ne vous rappelle rien ?

Dulles fit comme s'il n'avait pas entendu : - Croyez-moi, comme je vous le mentionnais, nous sommes à quelques détails près au courant de ce qui se passe en Pologne et en Union soviétique en ce moment. Je n'ose en outre pas imaginer ce que vous faites avec eux.

À part des banalités Walter ne voyait pas trop quoi répondre : - Renseignés par vos nouveaux, très nouveaux alliés soviétiques, ceux-là mêmes que vous avez combattus en 1919. Ou par les Polonais de Londres, ceux qui ont si bien persécuté les juifs jusqu'à il y a peu. Ils vous ont rempli la tête à coups d'intoxications comme à leur habitude. Vous m'étonnez par le crédit que vous y portez. Que se passerait-il d'après vous en Pologne et en Russie, je devrais dire selon eux ?

- Faites-moi la grâce de m'épargner ce discours colonel Schellenberg, nous perdons sans raison du temps. Laissez-moi aller au sujet principal si vous voulez bien.

- Allez-y, à présent je suis gagné par une réelle hâte de savoir.

- Considérez alors que j'ai une différence de vues avec la vôtre ; pour autant que je vous crois, j'ai une idée précise de ce que vous donnez à endurer aux juifs, vous pouvez sans peine vous douter que je ne suis pas le seul dans ce cas. Pour votre plus grand malheur ou à l'inverse par immense chance pour nous, vous n'êtes pas parvenu à les prendre tous dans vos filets. Et au nombre de ceux qui ont réussi à se soustraire à vos griffes, il y en a des plus spéciaux, des plus qualifiés que d'autres. Ils ne sont pas tous fourreurs, l'ignorez-vous. Il se trouve que parmi eux il y a aussi les plus fameux physiciens, mathématiciens et savants atomistes. Hans Albrecht Bethe, Albert Einstein ça ne vous dit rien ? Votre führer en plus de soigner son ego croyait avoir fait une excellente affaire en annexant l'Autriche, réserve d'or, de devises, spoliations diverses, un million d'hommes supplémentaires, mais le meilleur lui a échappé, Lise Meiter et son neveu par exemple, ou Rudolf Peierls. Ces noms ne vous disent rien. Prenez des notes, vous allez en avoir besoin !

À présent, la lumière esquissait à naître, Walter commençait à deviner qu'une mauvaise nouvelle pointait le bout de son nez : - Expliquez-moi, je comprends tous vos mots séparément, mais une fois mis bout à bout je ne déchiffre plus rien.

- Mais si voyons, le chemin peine à se creuser dans votre esprit, mais il se dessine pourtant. Ces éminents cerveaux sont aussi des hommes constitués de chair et de sentiments. Ils ont laissé des familles, des amis à votre merci ou qui l'étaient. Eux non plus n'ignorent rien de ce que les vôtres font endurer à leur peuple et leurs coreligionnaires partout où vous mettez les bottes. Et croyez-moi au plus profond de leur être ils n'ont qu'une idée, tenter que cela cesse au plus vite ; ceci à n'importe quel prix dans un état d'esprit ou la moindre émotion n'a pas lieu d'exister. Ils ont eu le cœur à l'ouvrage, mirent les bouchées doubles, ou pour être plus exact triples. La, ou votre Heisenberg tâtonne, eux sont maintenant en mesure de sauter sur la case de la phase de production en série sans mauvais jeu de mots.

Walter savait d'expérience reconnaître un danger de très loin. Celui qui venait de lui être jeté à la face méritait sa place au sommet du podium, manquait encore de lui passer la médaille d'or autour du cou ce qui n'allait pas tarder. En attendant il lui fallait tâcher de faire bonne figure : - Vous m'en direz tant que je ne trouve pas par quoi ni par où commencer ma réponse. Il leva la main dans un geste pour stopper toute objection. Je vais vous répliquer avec deux choses qui m'arrivent à l'esprit, elles ne concernent que moi, n'engagent ni mon service ni mon pays. Ce sont juste deux éléments qui font appel à mon bon sens. Vous mettez, sans éprouver aucune peine, en doute le génie allemand. Planck n'est pas américain que je sache. Mais passons ce détail, si ce que vous dites est exact, vous oubliez que nous aussi nous pourrions être au même niveau. Vous ne le croyez peut-être pas tout là-haut sur votre montagne sacrée des dieux. Pire, vous pourriez avoir reçu dans le but de vous duper de faux renseignements. C'est un jeu très compliqué détenir la bonne l'information, depuis le temps vous le savez, moi pour ma part j'y nage depuis quelques années.

Allen Dulles le regardait en affichant un sourire arrogant, comme Schellenberg restait de marbre il continua avec la rhétorique équilibrée d'un missionnaire : - Pour vous faire plaisir et dans ce but un rien biscornu, on va par conséquent tous les deux supposer que nous serions à un niveau identique de développement en ce qui concerne l'explosif à l'uranium. Ce n'est avec certitude pas le cas, mais j'extrapole pour vous être agréable, donc imaginons-le un moment. Cependant arrivé à ce stade, vous vous rendrez compte qu'il manque encore à votre formidable Reich quelque chose de tout à fait indispensable !

Walter ne répondit pas il savait très bien à quoi l'américain maintenant triomphant faisait allusion, il connaissait sa botte secrète et ne pourrait qu'approuver même s'il avait difficile à se l'avouer.

Allen Dulles poursuivit : - Nous sommes, hors quelques petits coups de griffes dus à vos sous-mariniers, inaccessibles à l'ensemble de vos moyens, loin de votre portée opérationnelle. Pas un de vos avions ne peut nous atteindre là-bas sur notre montagne des dieux comme vous décrivez avec tant de pertinence notre forteresse Amérique. À l'inverse, vous connaissez déjà les plaisirs procurés par la Royal Air Force à l'Allemagne. Votre population et votre industrie peut savourer à sa juste mesure le goût douloureux des bombardements. Allez demander aux gens de Kiel ce qu'ils pensent de la nuit qu'ils ont vécu il y a quinze jours. Nous, en revanche, avons été invités par nos cousins à participer aux réjouissances familiales. Nous bénéficions à présent de leurs terrains d'aviation en Angleterre, nous avons donc les capacités aériennes de vous atteindre en quelques heures, Berlin, la Chancellerie et votre führer compris.

Quand vous arrivez à produire à très grande peine un peu moins de trois mille appareils, nous en sortons dix mille de nos usines et les Anglais quatre mille dont une importante partie de bombardiers à long rayon d'action et à la différence de votre Luftwaffe nous disposons à l'excès de quoi alimenter leurs réservoirs. Vous risquez de vous réveiller une nuit avec nos bombardiers disséminés au-dessus de l'Allemagne, leurs soutes remplies de bombes d'une puissance encore jamais vue. Elles nous donneront le pouvoir de détruire l'entièreté de vos villes en quelques jours, réduire la civilisation allemande à son état d'avant Arminius.

Croyez-moi, effectuez le choix qui s'impose colonel Schellenberg. Rentrez à Berlin ou ailleurs, Prague s'il le faut. A vous de déterminer le meilleur endroit et surtout la bonne personne, celle qui se trouvera capable d'entendre cette prophétie et de l'évaluer à sa juste mesure. N'oubliez pas de mentionner notre aide matérielle au peuple soviétique et rappeler votre pénurie en carburant. Ensuite, revenez me voir, cette « bonne personne » vous l'autorisera, n'ayez aucun doute là-dessus. Seulement, la prochaine fois je vous expliquerai ce que nous voulons. Mais ne perdez pas trop de temps, je suis venu dans ce merveilleux pays dans l'unique but d'initier cette affaire avec vous et je compte repartir au plus vite.

- Qu'est-ce qui me prouve que vous dites vrai ? Fidèle à son habitude la question avait été posée avec bonhomie.

La réponse de l'américain apparut plus froide, un rien agacée : - Avouez que c'est très compliqué de vous emmener dans le désert du Nevada ou en Alaska pour assister de vos yeux à une explosion d'uranium. Dommage, une flamme qui s'étend sur plusieurs kilomètres en détruisant tout, c'est un spectacle inoubliable, Dante lui-même n'aurait pas osé l'imaginer. Non colonel, ici je ne dispose de rien pour en faire foi. Interrogez discrètement les physiciens qui vous restent, ils auront peut-être la bonne explication à vous fournir. De votre côté de l'océan, vous jouez à la roulette russe avec un barillet rempli de balles, si vous croyez avoir des perspectives de vous en tirer, tentez votre chance ?

- Nous ne sommes pas si faciles que cela à intimider. J'ai vu quelques films de cow-boy, vous savez, ceux qui se terminent par un duel en pleine rue dans laquelle le méchant meurt. En Allemagne, vous tenez le rôle du méchant, vous vous en doutez. Une dernière question pour la route ?

- Dites !

- Vous voudriez me faire croire que votre pacifique président Roosevelt autoriserait une telle monstruosité ?

Allen Dulles n'incluait pas dans sa nature le triomphe modeste : - Je vais vous raconter une histoire, en fait, c'est autant que possible la même que celle dont Roosevelt a déjà écouté une partie, celle dont il attend sans le savoir la suite de l'épisode que je vais vous dévoiler en primeur. Vous allez admirer de quelle manière vous Allemands avez construit le gibet pour vous passer la corde au cou. Vous avez à coup sûr entendu parler de mon ami le général Veazey Strong[9] ?

- Pas à ma connaissance. Un si drôle de nom je m'en souviendrais !

- Vos services ne seraient pas à la hauteur ? C'est pourtant le nouveau patron de notre renseignement militaire. Je ne devrais pas vous le dire, mais au point où nous en sommes tant pis.

- Vous m'en apprendrez tant !

- Et de Vannevar Bush, encore un Bush me direz-vous !

- Vous devriez en arriver au fait, monsieur Dulles !

- Ne soyez pas si pressé mon cher colonel Schellenberg, détendez-vous, cette histoire vaut la peine d'être savourée par un connaisseur des coups tordus.

---

[9] Général Veazey Strong chef d'état-major adjoint de l'armée américaine pour le renseignement de 1942 à 1944.

Vannevar Bush[10], ingénieur de son état, génial inventeur, mais aussi un admirable organisateur a été nommé par Roosevelt à la tête d'un comité de réflexion pour la défense nationale. Si cela a l'air anodin, cela n'en reste pas moins un diamant brut. Ce comité donne aux scientifiques la puissance de l'armée pour aboutir dans ses recherches. Vous vous imaginez sans peine les enjeux financiers dont il est question. Donc, notre ami le général Strong a, en abordant le sujet, averti Roosevelt et par la même occasion Vannevar Bush que vous êtes sur le point de posséder l'explosif à l'uranium. Il ne s'en est pas tenu à ce simple fait, peu de temps après il est revenu à la charge en affirmant que vous pourriez un jour arriver à bombarder les grandes villes de la côte est des États-Unis. Vous vous imaginez à quel point cette idée peut lui déplaire ! Vannevar, en contact avec de nombreux scientifiques, dont quelques « anciens » de chez vous, demeure de son côté convaincu que vous pourriez détenir cet explosif et Roosevelt porte une totale confiance à Vannevar quand il dit ce genre de choses. Tout comme notre génial ingénieur est persuadé que les enjeux financiers avec l'armée américaine deviendront énormes, trop importants pour vouloir contredire le patron de leurs renseignements, ce général au drôle de nom.

Walter l'interrompit pour la forme, exprimer sa désapprobation ne servait pas à grand-chose : - Sachez que je ne suis plus étonné de rien venant de vous, mais quand même ! Sans spéculer sur la réalité de cet explosif, vos services dirigés par ce général au drôle de nom connaissent de toute évidence que nous ne possédons aucun appareil capable de vous atteindre, vous le faisiez remarquer vous-même il y a quelques instant.

- C'est là qu'intervient la corde dans laquelle vous passez la tête. Vous avez déjà entendu parler de « Verien fur Raumschiffahrt »[11] en abrégé VfR ?

- Jamais.

L'américain le regarda moqueur : - attention, vous étalez toute la vacuité de vos services d'information. Il s'agit d'une société allemande d'hurluberlus qui se sont mis dans le crâne de réaliser des voyages spatiaux.

- Rien que cela ! Cela prouve que nous savons rêver en Allemagne, culture deux fois millénaire ou dans le songe git en quelque sorte l'antichambre de la philosophie.

- Rien que cela comme vous le dites si bien, mais plus encore, malheureusement pour vous ce n'est pas du Goethe dont il s'agit. Ces ambitieux publient en outre un petit journal « Die Rakete ». Non contents de vivre déjà la tête dans les nuages, au début des années trente ils parviennent à élever une fusée de soixante kilos à mille cinq cents mètres.

---

[10] Vannevar Bush conseiller scientifique du président Roosevelt maître d'œuvre de la recherche scientifique et participant au comité de réflexion du projet Manhattan qui conférera l'arme atomique aux États-Unis

[11] Un des fondateur de Verien fur Raumschiffahrt est Wernher von Braun avec Max Valier et Johannes Winkler

Dans l'euphorie de l'exploit, ils s'en vantent auprès de notre « American Interplanetary Society ». De la même manière que nos renseignements militaires accomplissent fort bien leur métier, notre attention a été attirée. Depuis cette époque nous les avons suivis comme une ombre. Si vous me le permettez, je ne vais pas vous faire le plaisir de vous donner avec précision notre niveau de connaissances sur l'avancée de leurs travaux. L'important dans l'affaire c'est que mon ami le général Strong pourra un jour expliquer sans trop de peine à Vannevar et à Roosevelt que vous êtes en mesure de mettre votre explosif à l'uranium dans la fusée et de nous l'envoyer. Vannevar n'en sera pas du tout étonné, c'est un féru d'aéronautique et de fusées.

- Ils ne sont pas idiots au point de croire que nous possédons une fusée capable de traverser l'Atlantique et que nous ne l'aurions pas employé pour bombarder Moscou !

- Vous savez mon pays est un très grand, si pas le plus grand producteur de films au monde. Question scénario, nous en connaissons un sacré bout. Encore une fois la corde est fournie à titre gracieux par l'Allemagne. Votre marine passe son temps à volontiers nous torpiller dans l'Atlantique, autant que ça nous serve à quelque chose.

Walter qui venait de comprendre où l'américain voulait en arriver resta tétanisé, non par ce qu'il apprenait, mais par la qualité incroyable de la manipulation.

- Je vois que vous avez saisi le jeu de mes poupées russes naturalisées américaines ; vos supposées bombes à l'uranium dans vos incertaines fusées, elles-mêmes dans vos bien réels sous-marins à disons dix kilomètres des côtes américaines. Il ne manquera donc plus au général Strong qu'à signaler à Roosevelt que ses services de renseignements ont eu vent que quelques-uns de vos sous-marins gagnaient le large à Lorient pour venir frapper nos villes littorales. Inutile d'ajouter que Roosevelt fait confiance dans leur presque intégralité aux informations du général Veazey Strong quand il les lui communique. Dans le cas présent, il ne voudra prendre aucun risque, nos bombardiers décolleront dès l'instant ou j'avertirai Strong. Racontez l'histoire à Heydrich sans omettre aucun détail, c'est un grand connaisseur dit-on !

Abasourdi par ce qu'il venait d'entendre Walter chercha à gagner du temps, celui de remettre ses idées en place : - Pourquoi vous adresser à moi et non à l'amiral Canaris. L'Abwher devrait vous sembler plus respectable.

L'américain sortit une enveloppe verte de la poche intérieure de son veston : - En apparence seulement, Canaris c'est l'OKW, la ligne directe vers Hitler, là où mène votre trajectoire nous convient beaucoup mieux. Je vous ai confectionné un cadeau qui je l'espère se verra apprécié à sa juste valeur. Cette enveloppe contient une copie d'un rapport absolument secret. Pour vous situer son niveau, nos alliés anglais disposés jusqu'à nous expédier leurs femmes dans un nouveau Mayflower dans le but de nous persuader à leur fournir des équipements de guerre malgré nos lois de neutralité, nous l'ont envoyé au début du conflit

Devant le manque d'émotion Dulles continua : - Des chercheurs viennois l'ont pondu à l'université de Birmingham, celle-ci les avait recueillis alors qu'ils fuyaient votre détestable régime. Roosevelt en a évidemment pris immédiatement connaissance ; il y a de cela deux ans. Dès lors, le président a décidé d'obtenir l'explosif avant l'Allemagne dans une sorte de programme bis à nous tout seul. Les chapeaux melon ont depuis la bonté de croire qu'ils participent à ce projet en ignorent eux-mêmes tout quant à son réel avancement. Cette méfiance à un fonds de commerce très long à expliquer, depuis quelques mois nous nous sommes rendu compte qu'il ne sort pas de leurs universités uniquement d'horribles pédérastes[12]. Nous nous devons bien de partager quelque chose avec vous, alors pourquoi pas le dicton « dans le doute, abstiens-toi » …Allen Dulles lui appuya un regard entendu que Walter eut du mal à interpréter.

Visiblement déçu de ne pas susciter plus de questions de l'Allemand, Dulles ralluma sa pipe : - Hélas, cher colonel, à présent cela se retourne contre vous si notre président venait à penser que vous auriez la capacité de l'employer à réduire en cendres nos merveilleuses villes côtières.

Walter se retrouvait largement démuni devant toute cette quantité d'informations invérifiables. Son idée était de couper court et de rentrer en hâte à Berlin : - Le plus agréable dans les cadeaux c'est le ruban, celui servant à emballer tout cela me semble de belle facture. À voir s'il résistera au poids.

L'américain lui tendit l'enveloppe de papier verte scellée à la cire : - C'est bien sur entendu, vous ne le montrerez jamais qu'à trois personnes. Après en avoir pris connaissance, vous comprendrez sur le champ toute l'impossibilité de le divulguer sauf à votre chef direct qui lui le transmettra à son propre patron. Le troisième vous le choisirez vous-même entre l'institut Kaiser Wilhelm de Berlin Dalhem ou la haute école technique de Charlottenburg.

Walter prit l'enveloppe, elle semblait malgré sa bravade peser une centaine de kilos.

Berlin, dimanche 03 mai 1942

Le retour de nuit à l'hôtel Schweizerhof fut des plus rapides, plus question de perdre une seule minute à faire du tourisme. Quant à Erich Hengelhaupt, qui le surveillait pour le compte d'Heydrich dont c'était une seconde nature, même si peu lui importait, il allait avoir besoin de sa liberté de mouvement. Restant vague sur sa rencontre, il lui avait ordonné de séjourner encore quelques jours à l'hôtel. Selon toute vraisemblance heureux de l'aubaine que représentait ces vacances tous frais payés, le capitaine nostalgique de sa précédente belle vie parisienne ne formula aucune objection, il semblait aussi ravi de sa bonne étoile que du départ de son chef. La fête finie

---

[12] Allusion aux « cinq de Cambridge ». Étudiants dévoué à la cause communiste dès 1930, travaillant pour le NKVD dès 1935. Kim Philby, Donald Duart Maclean, John Cairncross, Guy Burgess et Anthony Blunt.

il adresserait un long rapport à Heydrich. Ça n'aurait plus aucune conséquence à présent.

Schellenberg abandonna le capitaine Hengelhaupt à Zurich en le chargeant de planifier des rendez-vous avec des gens du commerce de l'aluminium pour peaufiner leur couverture ou au moins tâcher de sauver les apparences, cela l'écarterait pendant une semaine de son chemin tout en pouvant lui profiter. La paranoïa étant de rigueur, dans bien des cas plus utiles pour survivre qu'une transfusion sanguine. Les services d'intelligence de presque tous les pays opéraient sur le territoire helvète y compris les Soviétiques du GRU. Le NKVD était lui aussi en activité en confédération, mais à l'inverse des militaires, il disposait d'une présence de portée réduite, à la différence de l'ancien « Razvedoubr » qui restait toujours une institution redoutable. Par chance, le département de Schellenberg les talonnait de très près et les supplantait souvent dans les actions.

Après l'avoir quitté, il s'était fait reconduire à la frontière sans perdre une minute supplémentaire. Une voiture avec chauffeur envoyé à sa demande par le bureau de Stuttgart l'attendait pour le conduire à l'aérodrome. Il avait dorénavant le besoin urgent d'obtenir sa complète indépendance de mouvement. Être pisté d'accord, c'était le jeu, mais à distance raisonnable.

Walter ne doutait pas un instant que l'organisation de Canaris tentait de suivre ses faits et gestes. Se rendre en Suisse allumait des lumières rouges un peu partout du quai Tirpitz jusqu'à Zossen en passant par la Wilhelmstrasse chez Ribbentrop. Le bureau de l'Abwher à Zurich se parait de la réputation du plus efficaces de son service. Le temps lui manquait, en vertu de cela, il n'avait pas eu l'occasion d'élaborer une stratégie suffisante pour s'en libérer. Il faudrait donc avant d'être en mesure d'y remédier, vivre avec et agir en conséquence. Le mieux qu'il pourrait effectuer serait d'œuvrer à créer un brouillard assez épais pour pouvoir toujours disposer de quelques jours d'avance et ça, c'était dans ses cordes.

Sans prendre la peine d'aller retrouver sa famille, dès son arrivée à Berlin il se rendit de l'aérodrome de Tempelhof à son bureau du service central de sécurité ausland au 35 Berkaerstrasse, un grand bâtiment de briques de quatre étages qui ironie du sort avait servi d'home de retraite juif. Il y étudia une bonne partie de la nuit quelques dossiers personnels et finit par s'endormir sur son lit de camp. Après quatre heures de sommeil, il se réveilla presque en pleine forme, passa se doucher au cabinet de toilette attenant son bureau et quand elle arriva, il demanda à Marliese[13] de lui porter un pot de café. Au moins le travail obligatoire du dimanche avait ses bons côtés.

Il avait déjà appris que le général trouvait encore à Prague et rentrerait en fin de journée, mais s'envolerait le surlendemain pour Paris. Temps précieux qu'il allait devoir mettre à profit. Avant tout réfléchir au calme et tenter d'obtenir une vue d'ensemble la plus précise possible. C'était irréaliste de s'adresser à l'OAAT, l'office de l'armement de l'armée de terre, sans éveiller l'attention. Speer et Bormann en seraient sur le champ informés. Pas question non plus d'aller à Gottow pour essayer de rencontrer le physicien Kurt Diebner le directeur responsable de la recherche

---

[13] Marliese Schienke : secrétaire principale de Schellenberg.

nucléaire, c'était trop loin, ensuite à l'Abwher la section III de von Bentivegni serait prévenue dans l'heure qui suivrait. La seule solution envisageable dans l'immédiat, bien qu'aussi hasardeuse qu'osée, c'était le professeur Erich Schumann à la haute école technique de Charlottenburg, c'était également le HWA, le bureau central du développement des armes département F, mais c'était un risque à prendre.

En début d'après-midi tenaillé par la faim, il prit enfin le chemin de sa maison avec honte mais au moins ses idées étaient claires.

Berlin Charlottenburg, Technische Hochschule, lundi 04 mai 1942 10h30

Par prudence Walter n'avait pas pris la peine de téléphoner au professeur pour prendre rendez-vous, inutile de lui donner l'occasion de contacter les responsables du projet, il n'avait aucun besoin d'une pénible confrontation avec le rigide bureau de l'armement de la Wehrmacht. Par chance, le scientifique se trouvait dans son laboratoire ce matin-là. À l'aide d'un subterfuge le chef du contre-espionnage SD avait obtenu d'être reçu quelques instants. Pour éviter tout inconvénient, il avait laissé son uniforme dans son armoire pour revêtir un simple complet qui dissimulait mieux sa mission. Après tout la propagande n'affichait pas sa photo mise à toutes les sauces dans les revues. Heureusement pour la discrétion nécessaire à son département, il ne subissait pas la même publicité que celle offerte au général Heydrich, tout le monde ne le reconnaissait pas. Il se présenta comme un envoyé spécial de l'institut Kaiser Wilhem.

Le professeur Erich Schumann[14] le reçut dans la grande bibliothèque vide de monde à cette heure encore matinale. C'était un homme énergique à l'allure sévère et au regard pénétrant. Par sa position de dirigeant ministériel, il possédait un équivalent militaire avec rang de général dont il aurait pu porter l'uniforme ; il travaillait en costume civil.

Le scientifique convaincu de son savoir avait au premier regard l'apparence d'une personnalité pas commode. Schellenberg se rendit compte à temps qu'il ne serait pas aisé de lui en conter sans risquer d'être percé à jour. Il allait devoir se montrer très prudent . Le Reich ressemblait de plus en plus à une autoroute encombrée de véhicules dépourvus de phares qu'il fallait traverser de nuit, Erich Schumann chef de section ministérielle ne représentait qu'un gros camion de plus.

- Vous appartenez à l'institut ? Je ne vous ai jamais remarqué là-bas lança le professeur avec un regard sceptique, sans le saluer ni lui tendre la main. Qu'avez-vous de si important à me communiquer.

- J'ai bien à voir avec Wilhelm, mais Wilhelmstrasse. Qui est d'ailleurs aussi la

---

[14] Professeur et général de l'armée Erich Schumann physicien allemand spécialisé dans les explosifs et dirigeant du programme d'énergie nucléaire allemand de 1939 à 1942. Également directeur du nouveau département de physique de l'Université de Berlin.

rue du Kaiser. C'était misérable comme explication, mais il n'avait pas mieux, de toute façon maintenant qu'il l'avait devant lui, l'homme aurait plus difficile à se dérober. Je veux juste vous entretenir quelques minutes d'un sujet urgent. Schellenberg avait décidé de jouer la carte de la franchise. Il savait que la personne à qui il s'était risqué à parler comptait dans la hiérarchie nationale socialiste, il devait avancer avec beaucoup de prudence. Il sortit ses papiers qu'il lui tendit.

Le professeur y jeta un œil distrait et fit remarquer : - alors Obersturmbannführer, vous devriez être informé qu'à moins que ce soit pour une affaire privée, il vous faudra obtenir l'autorisation du bureau de l'armée dont je dépends en tant que scientifique pour que nous puissions parler. Un accord reste une pure hypothèse bien entendu, toutefois je dois vous prévenir que mon ami Emil Leeb[15] n'est pas un homme facile à convaincre.

- Ne vous méprenez pas mon général, je ne cherche pas à sauter des barrières, ni éviter personne, aucun passe-droit, mais les circonstances m'apparaissent exceptionnelles, elles ont à voir d'une façon alarmante avec la sécurité de l'état ; ceci de manière plus qu'urgente. Si je suis ici, c'est avec l'assentiment de la plus haute instance de la sûreté du Reich vous vous en doutez. D'ailleurs je ne tiens pas à parler de vos travaux. Vous devez apprendre, si vous l'ignorez encore, que je crée depuis peu une toute nouvelle section en relation avec l'espionnage scientifique ce qui demande une indispensable dose de collaboration !

Le physicien parut sceptique : - De quoi pourrions-nous bien bavarder dans ce cas ?

La tâche n'allait pas s'avérer facile, à aucun moment le jeu semblait évident en Allemagne : - mes services entendent dernièrement des bruits étranges, des rumeurs dangereuses provenant de très loin de l'autre côté de l'Atlantique. Ma question paraîtra simple à quelqu'un d'aussi éminent, elle se résume en une phrase, celle-ci : croyez-vous professeur qu'au travers de son complexe militaro-industriel le gouvernement américain soit capable d'une avancée dans la recherche d'un explosif de très haute puissance basé sur l'uranium cela au point de le posséder ?

Erich Schumann afficha d'abord une franche surprise, puis ses yeux laissèrent un instant exprimer de la colère. Walter s'attendait à un esclandre, mais l'homme se ravisa aussitôt : - comment voulez-vous que je vous réponde. Nous n'avons bien entendu aucune information ni contact. Ce serait d'ailleurs à vos services d'investiguer, pas à moi.

La fureur visible dans son regard cachait de la frustration, cette conversation prenait par chance la tournure qu'il désirait. Inutile de lui laisser le temps de réfléchir, un peu de manipulation ne causerait pas de tort : - pardonnez-moi professeur, avec votre permission, je préférerais au demeurant vous appeler ainsi pour le cas qui m'embarrasse, j'ai mal formulé ma question. Je vais la reposer de cette façon : - Le monde

---

[15] Général d'artillerie Emil Leeb responsable du Reichwaffenamt (RWA) centre de recherche et de développement de l'armement.

scientifique reste - c'est relatif bien entendu – restreint. La soif de connaissance y demeure omniprésente, les frontières ne stoppent pas la curiosité, elle dépasse à certains moments les préjugés. Chacun reste plus ou moins au courant de ce qui se fait ou tente de se faire dans la communauté internationale. C'est votre rôle précis de spécialiste d'être intéressé par toute avancée sur le sujet, c'est mon humble avis. Donc, détiennent-ils le matériel intellectuel pour effectuer de telles recherches.

- Mon explication vous semblera très franche : Sans aucun doute. Une partie de ce « matériel » comme vous le dites provient d'ailleurs en général de notre pays, berceau de la physique nucléaire. Je n'imagine pas utile de devoir vous le rappeler.

- Professeur, je sais que c'est délicat de vous imposer une réponse, si les circonstances étaient différentes je m'en abstiendrais croyez-moi sur parole.

- Les circonstances sont souvent ce qu'elles sont Obersturmbannführer, difficiles. Demandez toujours, je verrai !

- Se pourrait-il qu'ils aient pris une avance sur notre recherche.

- Impossible de vous le dire. Je peux juste vous commenter qu'ils rencontrent par hypothèse moins d'obstacles à franchir que nous.

- Qu'entendez-vous par là ?

- Cette question il vous faudra la poser à Carl von Weizsäcker[16] ou mieux, à Werner Heisenberg[17], pas à moi. C'est lui qui va diriger le programme à présent. Schellenberg perçut une pointe d'amertume dans l'explication, il décida d'exploiter ce créneau, la jalousie déliait souvent les langues.

- Mais encore, si c'est à vous que je la demande, vous êtes sans aucun doute un des plus éminents spécialistes sur le sujet ?

Walter vit qu'il ne restait pas totalement insensible à la flatterie, à sa formulation il pressentait qu'il avait des chances de lui faire lever la barrière : - Je n'ai, malgré cette avantageuse position que vous me donnez, aucune envie de vous fournir un éclaircissement personnel, c'est pourtant facile à deviner, avec un peu d'effort vous pourriez d'ailleurs arriver à vos propres conclusions.

- L'heure ne se prête hélas pas aux devinettes. Vous pouvez me répondre sans crainte, votre opinion n'aura bien entendu aucune conséquence pour vous, bien au contraire, vous nous rendriez un immense service et par la même occasion à la sécurité de l'état.

- Répondre sans crainte à votre organisation n'est pas la phrase que j'aime

---

[16] Carl Friedrich von Weizsäcker physicien allemand participant au programme d'armement nucléaire allemand. Cosignataire d'un rapport militaire sur les possibilités de production d'énergie à partir d'uranium raffiné prédisant la possibilité d'utilisation du plutonium pour l'armement.
[17] Werner Karl Heisenberg physicien allemand prix Nobel de physique de 1932. Il dirigea le programme nucléaire allemand.

m'entendre dire pour ensuite la croire sur parole. Mais s'il en va de la protection de l'état, je peux me permettre une hypothèse supplémentaire dans l'unique but de vous aider. Vous et notre gouvernement bien sûr !

Son ironie devenait palpable, mais Walter s'en souciait comme de ses premières fraises : - Je vous en prie, je n'en attendais pas moins de vous Professeur.

Depuis quelques années, depuis 1936 pour rester précis, nous nous sommes éloignés de beaucoup de chercheurs avec qui nous travaillions avant 1933. Pour être exacts, c'est le contraire qui s'est produit, nous avons mis à l'écart ou chassé des gens avec un haut potentiel que nous aurions pu exploiter, tout ça pour les jeter dans les bras de ceux qui s'avèrent être nos ennemis actuels. Renseignez-vous sur les problèmes qu'a eus à franchir Heisenberg au sujet de « la physique juive » ! Le ton était devenu plus amical, comme si le sujet nécessitait une certaine complicité.

- J'apprécie votre franchise professeur, vos réponses sont on ne peut plus claires. Vous voulez dire que cela expliquerait une autre voie dans la recherche, une qui pourrait avoir abouti ?
- Vous savez, la science est un être complexe qui s'alimente de matière grise et au plus il y a de cerveaux qui lui sont connectés au plus vite elle progresse. Les connaissances ne sont après tout que des fragments qui ensuite s'assemblent. C'est une constante mathématique si je puis me permettre de résumer avec cette image.
- C'est aussi évident que cela ? Il nous manque des cerveaux ou nous n'en avons pas en suffisance de la bonne souche, eux en disposent à présent ? Il s'était retenu à temps de compléter sa phrase « grâce à notre égarement »

Le professeur eut un haussement d'épaule : : - C'est amusant votre façon de récapituler, mais cela me plaît assez. Ajoutez-y que rien n'est simple, je devrais plutôt dire que tout est compliqué. Ils possèdent à la fois les moyens financiers et des gens comme Eugène Wigner[18] qui a d'ailleurs appris tout ce qu'il sait ici à l'institut. Notez toutefois que ce n'est pas à proprement parler le plus important, nous pourrions malgré tout y parvenir s'il ne nous manquait aussi le plus essentiel.

- C'est-à-dire ?
- Le Congo belge !

Walter sorti de son enveloppe verte décachetée le feuillet que lui avait confié l'Américain Dulles et le tendit au professeur Schumann. Quand il arriva au bout du document celui-ci était devenu aussi blanc que le mur de son laboratoire.

---

[18] Eugene Wigner physicien hongrois associé au projet Manhattan. Concepteur des plans du premier réacteur industriel destiné au raffinage du plutonium. Un des informateur en 1939 du président Franklin D. Roosevelt sur la possible utilisation militaire de l'énergie atomique.

Berlin Tempelhof, lundi 04 mai 1942 18h00

Walter était venu attendre Heydrich à Tempelhof. A présent, il admirait l'étonnante grâce du lourd appareil qui se posait. Le Reichprotector avait pu disposer du condor 200 spécial de Himmler pour le ramener de Prague où il avait dû effectuer un rapide aller-retour avant de devoir se rendre à Paris le lendemain. Malgré le souffle des hélices le responsable des renseignement étranger, négligeant la grosse Mercedes du général, s'était rendu à pied sur l'aire de parcage avant l'arrêt complet de l'appareil.

Descendant la passerelle en grand uniforme, sourire au visage, le général cria pour tenter de couvrir le bruit : - Walter, je ne vois plus que vous ces temps-ci. Vous ne pouvez plus vous passer de votre chef ? Walter claqua des talons et salua de façon réglementaire.

- Heil Obergurppenführer.

- Vous vous croyez à Bad Tölz, mon cher ? Heydrich paraissait d'excellente humeur, avec lui cela ne signifiait en aucun cas qu'il s'abstiendrait d'enfoncer par surprise ses crocs dans la chair de son interlocuteur. Vous allez vous faire mal au bras, vous manquez d'habitude, exercez-vous devant une glace à l'occasion. Alors, vous avez rencontré votre bonheur auprès des marchands de fromage ? Ils doivent s'ennuyer ferme dans leurs vallées au milieu des vaches, Ces quart Allemands honteux avaient besoin de vous pour balayer leur ennui ! Avez-vous fini par découvrir leur formidable énigme, celle des trous qu'ils y creusent pour enfuir leurs secrets ?

- Hélas non, Général, je m'imagine avec plus de facilité assis dans la grande roue de Vienne qui ne pourrait pas s'arrêter de tourner.

- Dans ce cas un seul remède, venez, je meurs de faim, je vous invite chez Horcher au Kunfurstendamm. Ne me dites pas que cela ne vous va pas. Allons manger quelques médaillons, vous m'expliquerez cela au complet devant une nappe blanche.

Schellenberg afficha le sourire charmeur dont il avait le secret, celui qui en principe assurait ses succès. Hélas, ça avait aussi peu de chance de prendre avec Heydrich que la culture des ananas à Berlin en hiver. : - Ce n'est pas quelque chose qui se refuse général. Et c'était vrai, il fallait montrer patte blanche pour y obtenir une table sans réserver. Le responsable du RSHA était doté de celle d'un ours polaire en plus terrifiant.

Ils montèrent ensemble dans la Mercedes. Heydrich fit stopper le chauffeur Prinz Albrechtstrasse pour prendre le temps d'aller enfermer des documents secrets dans son coffre. Des fois que nous prolongions la soirée dans les bars d'Alexanderplatz ou mieux, chez Kitty, avait-il laissé entendre.

Relaxés par le confort luxueux de l'endroit ils s'étaient assis à une table du fond située devant une grande fenêtre. À part la leur, assez éloignée, une seule autre était occupée par un couple. Heydrich avait insisté pour déguster un homard accompagné de champagne. Son humeur semblait excellente comme à chaque retour de la capitale tchèque dévorant avec une avidité joyeuse sans porter trop d'attention à son interlocuteur. Quand ils l'eurent fini, alors qu'il ne subsistait que les carapaces vides dans leurs assiettes, le serveur vint leur apporter la spécialité de la maison, les fameux médaillons Horcher. Tout en mangeant, Schellenberg débitait dans un calme de circonstance le compte rendu de son voyage. Lorsqu'il termina en racontant sa visite au professeur Schumann, Heydrich se tourna vers son subordonné en le dévisageant durement. Par chance pour lui, il n'était pas d'humeur agressive, mais ça pouvait changer en un clin d'œil.

- Donc si je comprends correctement vos conclusions, ce seraient les Américains qui contrôlent un informateur chez nous, ensuite ils partageraient leurs informations avec les marchands de gruyère. Je me disais aussi. Et ces suisses que veulent-ils ? Vous le savez au moins ?

- Général, j'avais espéré que vous ne me poseriez pas la question avant que je tienne la réponse. Pour l'instant, je ne peux qu'émettre des suppositions. Washington et Londres leur font subir des pressions. Pas nécessairement ensemble. De notre côté nous procédons de cette façon depuis pas mal d'années. Par contre, ils craignent que nous ne puissions vaincre. De là à penser que nous pourrions perdre il n'y a pas loin. Leur problème réside en ce que Moscou deviendrait susceptible de nous défaire dans ce cas de figure. C'est pour eux le pire des scénarios, en conséquence duquel tout autre évolue vers un meilleur dans leur représentation de la courbe de risques tels d'excellents banquiers, et ils le sont un peu tous. Le bruit court aussi que l'Administration américaine leur a confisqué plus de cinq milliards de francs suisses d'avoir dans les coffres américains en rétorsion de l'aide financière et industrielle qu'ils nous fournissent. Dans le cadre d'un accord, cette somme retrouverait le chemin de leurs montagnes. Sans oublier leur espoir qu'une Europe centrale majoritairement sous notre emprise et sous contrôle américain montrerait un signe de stabilité économique particulièrement apprécié à Berne.

Visiblement, Heydrich en attendait un peu plus. De son côté, il ne voulait pas trop s'aventurer, son chef prendrait toutes ses hypothèses pour du pain bénit et le noierait dans un océan de reproches s'il se trompait ; si pas dans une simple baignoire. Walter se retrouvait à court de supputations pour alimenter l'appétit insatiable du général. À part la lettre : - Vous devriez aussi prendre connaissance de ceci, ce Dulles m'a conseillé de le faire parvenir au Reichsführer par votre intermédiaire. Walter lui tendit l'enveloppe contenant le rapport en omettant de préciser que le professeur Schumann l'avait lu avant lui. À présent l'enveloppe était brune et n'était scellée par aucun cachet de cire ; qui s'en étonnerait. Ce serait toujours temps de lui expliquer plus tard si besoin, mieux valait pour l'instant ménager sa susceptibilité.

Le tout puissant directeur du RSHA était demeuré un long moment silencieux après avoir lu le document de l'Américain : - Et alors ? Vous n'allez quand même pas vous laisser rouler par un cow-boy venu du Far West. *...Da steh ich nun, ich* *armer Tor, und bin so klug als wie zuvor...*[19] Ce sont des manœuvres de dissuasion, je ne le vois pas d'autre manière de l'interpréter. Du reste, je le concède, c'est indiscutable, les Américains savent certaines choses. Comment pourrait-il en être autrement sinon ? Nous n'avons, comme d'habitude, pas été capables de garder le secret.

Par "nous" je désigne ces faisans dorés de la Luftwaffe, de la marine, de l'armée. Ces pantins emplumés passent leur temps à exécuter des ronds de jambe en exhibant leurs décorations pour tenter de se rendre intéressants auprès du führer. Je n'ose imaginer qu'il y existe un traître qui se cache dans son entourage. Je vous le dis Walter, le moment est proche de monter à la vitesse supérieure pour effectuer un grand nettoyage. Vous devez bien avoir une idée de qui les informe, c'est de votre responsabilité après tout. S'il le faut prenez conseil auprès de la Gestapo, Müller est en passe de réussir un coup de maître à la barbe de l'Abwher en démantelant un réseau communiste en Belgique.

Schellenberg s'efforça de cacher son malaise devant le reproche, ne supportant pas que son chef l'envoie dans les cordes de Müller ; celui-ci était d'ailleurs parfaitement conscient que cela blesserait son subordonné, c'était le but : - Nous suivons plusieurs pistes, nous avons des doutes, de sérieux soupçons mêmes, d'après nos analyses c'est une possibilité qu'elles nous mènent au ministère des Affaires étrangères, mais c'est une vaste organisation. Dans ce cas, cela ne pourrait correspondre qu'à un homme occupant un haut poste dans l'état. Si c'est exact, je payerais une bonne somme rien que pour voir la tête de Ribbentrop. Si nous voulons mettre la main sur des preuves irréfutables, cela prendra du temps, beaucoup de temps.

Voyant son supérieur se calmer il décida de sauter sur une des marottes favorites du général : - D'un autre côté, celui des ondes, en suivant votre conseil, il résulte du positif. Nous avons percé une partie des émissions qu'ils emploient au Portugal, mais nos écoutes des Américains à partir des centres de funkstelle Wannsee et Dellbruekstrasse donnent d'assez maigres résultats. Si je dis positif, c'est qu'un nom de code revient souvent « wood ». À l'évidence si nous pouvions avoir la mainmise sur le réseau d'interception radio de l'Abwher à Zossen ou à Cadix, ça nous faciliterait les choses. Inutile de leur demander malgré les accords ils ne daigneront rien partager et puis ça leur mettrait la puce à l'oreille. Ils informeront l'OKW qui préviendra le führer via Schmundt. Vous pourriez peut être intervenir ?

Son subordonné venait de lui renvoyer la balle, il savait pertinemment que Canaris leur rirait au nez, mais aiguillonner Heydrich donnait parfois de surprenants résultats positif. En s'efforçant de garder son calme Heydrich visiblement indisposé en entendant prononcer le nom de l'Abwher dirigea sa vindicte vers un adversaire plus à sa portée immédiate : - amenez tout ce monde scientifique dans nos caves l'affaire se réglera très vite. Des soupçons suffisent pour leur faire avouer tout ce que nous voulons. Le regard du couple voisin s'était plongé dans leurs assiettes et y restait noyé par prudence.

---

[19] Équivalent allemand entre « gros-Jean comme devant » et « retour à la case départ ».

Walter savait ce que cela signifierait dans la pratique, pas grand-chose, sauf beaucoup d'ennuis et de temps à se justifier, beaucoup de chercheurs avaient un grade dans la Wehrmacht. Il avait un avis qui différait de celui de son chef. Mais Reinhardt Heydrich n'était pas quelqu'un qui cédait à un raisonnement sans de solides arguments à l'appui. Choisissant de ne pas souligner la complication en vue, il laissa s'éteindre l'orage. Après quelques moments de silence mis à profit par chacun pour savourer leur verre de champagne, il continua d'une voix douce : - Général, vous avez à l'évidence raison, mais vous risqueriez de provoquer quelque chose dont la portée éventuelle pourrait nous échapper, ces gens disposent de soutiens qui en cas de besoin ont l'écoute du führer, dit-il avec prudence. Et si nous envisagions à titre d'essai une autre voie ?

Schellenberg se demandait à combien s'élèverait le prix qu'il aurait à payer en échange de cette phrase, avec Heydrich les mauvaises initiatives étaient facturées au prix du marché, fort : - Nous aurions plus de complications à redouter que d'avantages à en tirer. Laissez-moi développer ma théorie.

Il attendit quelques instants une réponse qui ne vint pas, il avait deux yeux perçants rivés sur lui. Partant du principe que qui ne dit mot consent il continua : - le seul qui fermera la bouche c'est Keitel. Premièrement, Bormann s'en mêlerait pour se mettre en avant aux yeux de Hitler et parce qu'il ne peut s'empêcher de fourrer son gros nez dans tout. Si ce n'est lui, ce sera le maréchal Goering qui est impliqué par Milch, je vois plutôt les deux tour à tour ou unis pour placer le Reichsführer dans l'embarras par la faute du RSHA, donc de vous, de moi. Canaris sautera illico sur l'occasion en passant au-dessus de la tête de Keitel et tenter par tous les moyens d'introduire l'Abwher en premier. Cette affaire touche l'armée, il l'obtiendra. Vous savez qu'il garde toujours l'oreille de Hitler malgré ses soucis actuels. Ce sera l'opportunité rêvée pour lui de nous rendre la pareille.

Heydrich rit, probablement à l'évocation des malheurs de Canaris. C'était un signe encourageant : - Vous me faites me rappeler, nous avions dîné à cette table avec l'amiral le soir précédant l'invasion de la Russie répondit Heydrich qui se détendait un peu à l'évocation de ce moment. Nous avions mangé exactement la même chose, vous vous remémorez ?

- Espérons que les micros auront été enlevés depuis ! Trêve de plaisanterie, en raison de son attitude provocante, cet Américain Allen Dulles veut nous mener quelque part de bien précis. Bien entendu, il doit avoir une motivation que nous ne saisissons pas encore. C'est impossible que les Américains dévoilent autant leur jeu. Ils risquent de perdre beaucoup trop avec ce qu'ils nous ont appris sans avoir une manœuvre bien plus importante derrière la tête. La raison d'État se manifeste parfois sous des formes bien étranges…

- Quand elle se manifeste, répondit Heydrich lugubre. En tout état de cause je vos interdit formellement de montrer ce document au Reichsführer, je m'en chargerai moi-même au moment opportun. C'est un ordre Schellenberg ! Reprenez votre lettre, je vous charge de la garder dans votre coffre Berkaerstrasse. La suite ….

- Voici les conclusions auxquelles je suis parvenu : Depuis quelques mois je reçois plusieurs communications de nos meilleurs et plus confiables agents actifs en Union soviétique ; tous affirment le déchargement sur le sol russe de wagons entiers de matériel en provenance des États-Unis. Ce n'est pas encore gigantesque en quantité, mais c'est en progression constante et cela leur arrive par des voies très diverses. Je vous avais déjà transmis mon rapport là-dessus, il détaille dans les grandes lignes de la nature des marchandises envoyées.

    Je poursuis, pour le pétrole notre situation peine à s'améliorer et c'est un euphémisme, je devrais la qualifier de « très inquiétante », incompatible avec la guerre telle que nous la menons. Nos chances sont meilleures en Orient, mais ce ne sont pour l'instant que des perspectives, hélas, de toute évidence les réservoirs des divisions de panzer ne s'alimentent pas d'espérance. Pour en terminer avec ce fameux explosif d'uranium comme je vous l'ai suggéré et vous avez lu la lettre, la probabilité de son existence entre les mains de l'armée américaine reste forte, je dirais cinquante- cinquante. Si je ne me montrais pas raisonnable, j'élèverais la température vers cinquante et un, cinquante-deux pour ne plus m'arrêter avant quatre-vingt-dix. C'est une arme très convoitée, car elle conduirait en ligne directe à une suprématie totale sur le champ de bataille. C'est donc invraisemblable, voire impossible qu'ils ne s'y sont pas intéressés.

Le chef du RSHA regardait le couple comme s'il ne s'intéressait pas à la conversation. Habitué Walter poursuivit : - Pas depuis aussi longtemps que nous, mais pas avec la pluie tombée hier non plus. Ils ne suivent pas les mêmes priorités économiques que le Reich, les Américains ont à leur service des cerveaux en partie issus de nos écoles pour arriver à le mettre au point. Je viens d'apprendre qu'en outre ils disposent de quantités impressionnantes de minerais de ce métal qui leur a été confié par les Belges qui l'extraient dans leur colonie du Congo. Rien ne permet de dire qu'ils ont déjà procédé à des essais, mais vous savez bien que pour nous renseigner nous manipulons peu d'agents sur leur immense territoire, plutôt des sympathisants non formés qui ne maîtrisent bien souvent pas ce qu'ils doivent rechercher. Les orienter prendrait des mois, un rien moins avec l'aide de l'Abwher, mais j'en doute, ils n'y ont tissé aucun réseau digne de ce nom quoi qu'en dise Canaris. Sans oublier bien entendu de signaler que ces cow-boys tueurs d'Indiens ont les moyens aériens de bombarder à peu près partout sur la moitié de l'Europe. Malheureusement, le Reich est inclus dans cette moitié.

Sceptique et de toute évidence peu emballé Heydrich regarda son colonel : - Si le demi de ce que vous affirmez est exact, vous devez bien vous imaginer qu'il n'est plus possible d'aller de l'avant sans en informer le Reichsführer. Vous le connaissez à peu de choses près autant que moi, je veux dire assez pour deviner qu'il souhaitera explorer tous les aspects de l'affaire, pointilleux et détailliste lorsque cela lui prend, c'est-à-dire presque toujours. Il ne se contentera jamais de vagues explications surtout en ce qui concerne la sécurité extérieure qui - ce que je dois vous rappeler - est de votre entière responsabilité ou de celle de Jost. Étant donné que ce dernier remplace sur le terrain cet idiot de Stahlecker, je ne suis pas prêt à le faire revenir. Vous savez que je n'apprécie pas des masses Jost, il est bien là où il est. Le froid de la Biélorussie lui remet les idées en place. Donc, c'est vous qui êtes aux commandes et par la même occasion aux responsabilités.

- Depuis quelques mois à peine, répliqua Walter.
- Ça, ça n'a aucune importance, personne ne s'en souviendra. Répondit Heydrich cynique à souhait : - Laissez-moi terminer. Ensuite, une fois qu'Himmler aura pris les choses en main ce seront ses décisions, seules celles-ci qui primeront. Il pourrait aller jusqu'à mettre en cause nos services et croyez-moi, je ne m'interposerai pas entre lui et votre département. D'ailleurs, je suis indispensable pour remettre les Tchèques au pas après l'intermède von Neurath et bien trop occupé à y réussir pour vous chaperonner. Ce qui veut dire qu'en cas d'échec cela pourrait débuter la fin de votre carrière. Je me fais bien comprendre ?
- C'est tout à fait clair général. Autorisez néanmoins qu'en cas de besoin, il me sera commode de faire établir que tous les problèmes proviennent de l'armée et des intrigues de l'Abwher avec les affaires étrangères de von Ribbentrop. Cette façon de voir devrait plaire au Reichsführer, il les maudit autant l'un que l'autre. Ce serait peut-être même l'occasion de ramener l'Abwher sous notre tutelle.
- Vous m'impressionnez parfois Walter, ce qui n'est pas une chose facile. Enfin, c'est votre culot qui m'impressionne. Ne vous laissez pas emporter, ni Canaris, ni Ribbentrop ne se laisseront acculer sans livrer bataille, une bataille qui finira inévitablement dans le bureau du führer et vous savez combien ce dernier est grand, nous pourrions nous courir après longtemps avant de parvenir à les coincer dans un coin. À mon retour, je verrai également cela avec le Reichsführer. Vous, de votre côté vous me monterez un dossier tout à fait complet dans les détails sans le communiquer à aucun prix hors du cercle le plus étroit des hommes de confiance de votre département.

Walter cru discerner une occasion pour profiter des bonnes dispositions de son chef à son égard s'il se dépêchait : - À propos du Reichsführer, vous m'avez dit qu'il tient beaucoup à ce que j'intervienne dans cet incident du général Giraud. Ce n'est pas que gagner 100.000 marks me déplairait. Toutefois à mon grand regret, je ne vois pas de quelle manière mener les deux missions de front, je crois que c'est à vous de choisir !

Heydrich méfiant de nature prit le temps de terminer son dessert : - vous m'avez assuré que l'opération américaine pouvait devenir primordiale pour l'Allemagne. Ce français n'est pas très important, juste une affaire de principe pour le führer. Affaire que tente de s'approprier Canaris pour faire de la mousse, laissons-la-lui, ça ne peut qu'être provisoire, le pauvre vieux surnage avec trois requins prêts à le dévorer,

Piekenbrock[20], Lahousen[21] et Bentivegni[22]. Ils veulent l'éjecter pour prendre sa place. Ce qui est parfaitement idiot puisque c'est nous qui allons bientôt les avaler comme cette tarte à la rhubarbe. Dès que possible je parlerai à Himmler pour voir ce qu'il en pense, et demain à Paris j'en toucherai un mot à Knochen pour qu'il surveille tout cela de près. Traitez cette affaire suisse avec votre petit préféré, le Sturmbannführer Wilhelm Höttl, mais dans la plus grande discrétion possible. Vous allez être ravi, Müller ignorera tout. Des bruits parviendront inévitablement à ses oreilles, je lui ferai comprendre que c'est du Schubert et de la nécessité de posséder une carte du parti pour l'écouter.[23] Maintenant, allons-nous amuser, d'abord chez « Frida » pour commencer, ça vous rappellera le bon vieux temps…ensuite, nous finirons comme toujours au salon de Katherine…

En se levant il dévisagea les occupants de la table voisine puis dit tout haut avec un plaisir non dissimulé en les désignant de la tête : - Quand j'aurai réglé la note, convoquez ce charmant couple demain Prinz Albrecht Strasse. Au cas où ; histoire de leur faire comprendre ce qu'ils risquent s'ils ne perdent pas la mémoire.

Berlin, Abwehr, 68-82 Quai Tirpitz, jeudi 07 mai 1942

L'amiral Canaris était une personne posée, convaincu de l'authentique valeur de ses qualités d'officier de marine, au demeurant il avait eu déjà maintes occasions de le prouver tout au long de sa vie riche en rebondissements. Ni le titre de comte d'Helmut James von Moltke ni sa haute lignée familiale n'impressionnait le patron des services de renseignement de l'armée allemande. C'est son esprit ouvert et sa naturelle stature d'homme politique dissident qui l'émouvaient chez son interlocuteur, car c'était là des dispositions dangereuses pour l'époque que traversait le pays.

Assis entre deux chaises, le dirigeant de l'Abwher connaissait avec précision le rôle important joué par le comte dans les cercles d'opposition. Un romantique de plus. Selon toute évidence von Moltke exécrait le parti national-socialiste, Canaris qui n'ignorait rien de ses activités parvenait à le dissimuler sous un vernis diplomatique ; de cela von Moltke avait parfaitement conscience. Sa mission d'intermédiaire entre le ministère et l'armée pour véhiculer et approfondir des informations lui procurait l'avantage d'évoluer en complète confidentialité dans les deux cercles. Les affaires étrangères entretenaient de leur côté en toute indépendance un service de renseignement ce qui l'agaçait. Que von Moltke travaille pour l'Abwehr lui mettait un léger de baume au cœur.

Son interlocuteur qui à la réflexion se considérait comme son « ami de circonstance

---
[20] Colonel Hans Piekenbrock responsable du département I de l'Abwehr service de renseignements étranger.
[21] Colonel Erwin Lahousen responsable du département Ii de l'Abwehr sabotage et contre sabotage.
[22] Colonel Egbert von Bentivegni responsable du département III de l'Abwehr sécurité de la Wehrmacht.
[23] Heinrich Müller responsable de l'AMT IV Gestapo n'a jamais été autorisé à devenir membre du NSDAP en raison de son rôle passé dans la police à l'époque de Weimar

» à défaut de mieux posa un instant son attention sur la petite mappemonde perdue au milieu des livres de la minuscule bibliothèque encombrée du chef de l'Abwher. Un regard triste comme s'il était désolé au plus profond de sa personne de la situation du monde : - Mon cher Wilhelm vous avons en toute probabilité une épineuse affaire en devenir sous les bras. L'amiral le gratifia d'un sourire empreint d'affection sans l'interrompre. Après une légère hésitation il poursuivit : - Il semblerait que les Américains rechercheraient à constituer une bande à eux tout seul, si je peux m'exprimer ce cette façon imagée.

- Ce n'est pas une nouvelle en soi, ces gens-là finissent toujours par faire bande à part, rétorqua Canaris avec un petit ricanement.
- Cela se passerait en Suisse, en mélangeant Américains, officiers allemands et service de renseignements helvètes, laissant les Anglais sur le carreau. Ne parlons pas des Russes, ceux-là ne comptent même pas pour eux.

Wilhem Canaris pouvait donner une impression d'un placide médecin de campagne posant un diagnostic sur un villageois ignorant, mais quand il vous examinait de ses yeux plissés son regard était perçant, trahissant un être en permanente ébullition. De tout cela il avait été informé dans les grandes lignes par ses propres réseaux au moment où Schellenberg avait mis le pied à l'hôtel Schweizerhof, mais il n'en laissa rien paraître, le comte ne représentait qu'une source parmi d'autres : - Là, ça pourrait devenir intéressant, mon cher Helmuth. Vous attisez ma curiosité. Des généraux seraient-ils à nouveau chatouillés par des velléités de sédition. Je parle des nôtres bien entendu. Notez que les leurs depuis que le Nord et le Sud se sont réconciliés apparaissent à peine plus conviviaux. Sauf l'inatteignable Pershing bien sûr. Il aurait dû terminer président si vous voulez mon avis. Revenons à ce que vous m'apprenez, lassé des Anglais les révoltés de Zossen se rapprochent-ils des Américains tels des amoureux éconduits ?

Von Moltke ne souleva pas l'ironie coutumière dans les paroles de Canaris et se borna à poursuivre : -Selon moi, l'armée reste au plus haut niveau de tranquillité. S'ils préparent quelque chose, les généraux l'accomplissent dans un bien grand silence. C'est bien de la horde noire qu'il s'agit. Le jeune collaborateur de Heydrich, Schellenberg, rôde bien souvent au milieu des montagnes suisses ces dernières semaines et je doute que ce soit pour admirer le paysage.

L'amiral afficha un air surpris : - A votre avis que viendrait intriguer notre ami Schellenberg dans ce cortège, que je sache l'ordre d'Himmler et la Heer n'ont pas pour coutume de dîner ensemble, même dans le meilleur hôtel de Zurich. D'habitude ce voyou de Walter y transporte des valises pleines de valeur. Ces SS sont occupés à se remplir les poches d'une façon honteuse. D'autre part ou voulez-vous d'autre qu'ils puissent cacher le produit de leurs larcins ?

Il continua sans attendre de réponse : - ne vous méprenez pas, j'éprouve une forme d'affection particulière pour Schellenberg. Nous nous connaissons depuis longtemps, nous avons eu l'occasion de tisser des liens personnels que je crois sincères, d'ailleurs mon épouse Érika l'apprécie beaucoup ; elle possède un excellent flair en ce qui concerne les gens. Il en résulte que nous l'avons souvent accueilli chez nous à Zehlendorf en compagnie de sa charmante femme. Canaris omis de spécifier qu'il recevait aussi parfois le couple Heydrich inutile de faire fuir le comte. Et nos généraux là-dedans ?

Von Moltke hésita, il ne restait pas entièrement dupe du jeu subtil du patron de l'Abwehr : - Vous ai-je mentionné des généraux de la Heer, si c'est le cas ce ne fut qu'un stupide lapsus de ma part. Quant à l'homme qui bénéficie de « votre affection particulière, je ne pense toutefois pas que ce soit la finance la véritable raison de ses allées venues. C'est un certain Gerhard Wessel qui a attiré mon attention. Il s'agit d'un capitaine qui effectue ses classes à l'école de guerre, un brillant officier d'état-major qui ambitionne de rejoindre notre premier département. Il y a cinq jours, il travaillait à Zossen au groupe 1 dans le bunker. Ils ont réussi à capter des lambeaux de communication provenant d'un appareil inconnu jusqu'ici, il émettait de Berne vers les États unis. Malheureusement, tout n'a pas pu être décodé. Par chance, le nom de Schellenberg comporte treize lettres, il n'avait pas été fragmenté par l'opérateur en Suisse, l'amateurisme du début, sûrement un novice à qui l'on n'a pas consacré le temps nécessaire à lui apprendre les ficelles du métier.

Son vis-à-vis restant imperturbable le comte ne put que poursuivre : - C'est sans aucun risque d'erreur d'interprétation possible ressorti à cinq reprises, il n'y a pas de doute, c'est de lui qu'il s'agissait, sinon la coïncidence deviendrait énorme. La malchance a voulu que vous ne fussiez pas là. Wessel en a référé à l'adjoint du lieutenant-colonel Piekenbrock. Ce dernier, après en avoir pris connaissance, avec sa logique habituelle a transmis pour faire vérifier de plus près à Zurich. Il semblerait d'actualité que quelque chose se trame par là. Nous soupçonnons les Américains tentent de mettre sur pied une officine de renseignement avec un certain Dulles à sa tête sous couvert diplomatique. Là où c'est devenu intéressant, c'est qu'on est persuadé d'avoir repéré cet homme à Zurich. Schellenberg y a lui également été localisé à l'hôtel Schweizerhof le dimanche quatre. Dans la même journée, la présence du brigadier Masson était aussi détectée à Zurich. Le chef de leurs services ne compte pas que des amis dans son pays, loin de là s'en faut, nous avons été avertis par un agent des affaires étrangères infiltré dans son département. Sa venue dans cette ville ne revêt rien d'exceptionnel sauf quand elle correspond à l'agenda des deux autres. En revanche, aucun Anglais ne s'est manifesté dans le cercle jusqu'à présent, même à l'heure du thé. Impossible d'en savoir plus, ni si c'était une opération militaire ou civile. Je vous laisse apprécier.

L'amiral leva intérieurement les yeux. Comment pouvait-il supposer que l'Abwehr ignorait tout de cette affaire. Pas étonnant qu'avec de tels amateurs aucune révolte ne s'était jamais produite en neuf ans. : - Ces derniers jours, j'ai été très accaparé par une démarche importante qui m'a mené à Paris, le cas délicat d'un général français évadé de la forteresse de Königstein et qui s'est réfugié dans la zone libre. De toute façon, je vais de moins en moins à Zossen, tout comme moi mes chiens détestent l'humidité qui y règne. Je préfère de loin mon minuscule bureau ici au Tirpitzufer. Bref, pourquoi n'ont-ils pas eu recours à l'amiral Bürkner et pourquoi ça me revient par vous ?

- On n'a pas voulu le contacter au vu de tous, pas plus que votre fidèle colonel

Piekenbrock, cela laisserait trop de traces. C'est le colonel von Bentivegni qui a supervisé le volet suisse qui a eu l'idée de s'adresser à moi. Étant donné que cela intéresse le RSHA et qu'il se fait que son ennemi juré le général Bamler de retour de Norvège était par hasard dans les parages, nous avons été a inspirés à procéder avec la plus grande discrétion pour lui éviter la tentation de faire tomber l'affaire dans les oreilles de la Gestapo. Bamler a toujours la fâcheuse manie de mettre son nez ou il ne faut pas.

- Vous avez rudement bien fait. Rudolf Bamler possède l'âme d'un policier. Son rêve serait de fusionner mon service avec la sécurité de l'état et de prendre ma place par la même occasion. Laissons cet aspect des choses sur le côté pour le moment. Quel cours pourrions-nous envisager de donner à l'affaire. Je présume que vous ne détenez aucun autre élément.

- Si, au contraire, c'est là que ça devient passionnant. Von Bentivegni avec qui vous vous trouvez un peu en froid si j'ai bien compris, me demande de la même façon de vous transmettre ceci en faisant en sorte que ce soit tout sauf officiel, dans son langage cela se résume à aucune trace possible. Le bureau de l'armement a de son côté fait suivre un rapport rédigé par le professeur Erich Schumann. Vous allez le recevoir de l'OAAT, mais il tenait à vous faire gagner quelques jours. Cela a tout son intérêt, car c'est à ce moment-là que ça se complique. Walter Schellenberg est allé questionner cet expert. Et ses interrogations portaient en principal sur les possibles avancées américaines en matière d'un explosif fabriqué à base de minerai d'uranium.

Cet évènement-là lui demeurait inconnu pour l'heure. Canaris n'appréciait que très peu que soit von Moltke des affaires étrangères qui le renseigne. Ce qui ne l'empêchait pas d'avoir vu juste, cette histoire se situait des deux côtés de la ligne rouge, civile et militaire, intérieure et extérieure, donc très épineuse, von Bentivegni prudent avait quelque part raison, ça ne devait laisser aucune trace et en aucun cas l'impliquer pour l'instant : - En effet, tout cela est bizarre à souhait, mais il serait ô combien hasardeux d'en déduire que Schellenberg agit de sa propre initiative, il pourrait se fourrer dans une situation fort délicate en outrepassant les prérogatives de son département qui comme vous le savez est nommé « ausland ». Müller pourrait l'amener à s'expliquer chez le Reichsführer. Il y a l'empreinte de la patte d'Heydrich là derrière. Nous devons prendre en considération que si Schellenberg y est associé l'affaire doit être importante, très importante. Walter demeure de loin le plus intelligent de la bande outre beaucoup d'autres qualités humaines qu'il possède en comparaison de Reinhardt. Tout ceci pour vous expliquer qu'il est facile de succomber à son charme, si ce que vous détenez l'intéresse, vous vous retrouvez dépouillé en moins de temps qu'il faut pour le dire. Un gentleman qui n'en pas moins un gangster de haut vol affilié à une sinistre « *verein*[24] ». Je vais tenter d'en toucher un mot à mon ami l'amiral Wilhelm Rhein, il dépend de l'office de l'armement de la marine, ils possèdent une annexe à Wannsee, il me donnera peut-être un avis là-dessus. C'est

---

[24] Verein, union ou association, qualificatif précédent généralement le nom de groupes de la pègre berlinoise.

près de chez moi, ça fera promener mes chiens à défaut d'autre chose.
- Donc, quelles conclusions en tireriez-vous et le cas échéant de quelle façon compteriez-vous intervenir d'une manière ou d'une autre ? demanda von Moltke curieux. Naturellement, je n'aurais pas dû vous poser cette question, mais j'ai aussi mes faiblesses.

Canaris n'avait, malgré tous les bons rapports qu'il désirait maintenir, aucune intention de révéler quoi que ce soit au comte. Von Moltke dépendait des affaires étrangères et par conséquent de Ribbentrop. Il en savait déjà beaucoup trop à son goût, mais il avait été utile. C'était d'un autre côté un farouche opposant au régime qu'il se devait de ménager pour mieux le contrôler sinon il le perdrait. Il décida de lâcher une petite dose de lest : - Mon cher Wilhelm vous connaissez ma faculté à présenter mon doigt devant un engrenage qui tourne. Une intuition me souffle que la chancellerie considérer peut-être pas d'un bon œil que ce genre de conversations soit mis en scène au pays du chocolat et du gruyère. Ces SS viennent de créer une cabale à mon encontre et je dois dire que l'idée de leur rendre la monnaie de leur pièce me semble très attractive. Cela dit, nous manquons bien, c'est évident, de la hauteur de vue indispensable, je vais être contraint de sortir sur la dunette et regarder par la longue-vue. Il nous faudrait sonder avec circonspection et habilité les services suisses ce qui ne représente pas une légère opération ; avec eux ça demande toujours un certain doigté. Mais je crois que nous pourrons y mettre le pied avec douceur si nous restons raisonnables. Avec prudence, cela va de soi. Vous connaissez le protocole qui nous lie à Heydrich, celui qui n'a jamais été respecté. A eux la politique, à nous les questions militaires. Que je sache, le professeur Schumann détient aussi un grade de général ?

Von Moltke se fit admiratif : - Vous êtes un fin joueur Wilhelm. De mon côté, je crois avoir l'homme idéal pour cette tâche. Adam von Trott, issu d'une vieille noblesse hessoise millénaire. Il a obtenu un poste d'une relative importance aux affaires étrangères. Il entre et sort de la confédération comme bon lui semble. Il s'y fait d'ailleurs soigner à l'occasion. C'est un ami assez proche, ils viennent de mettre au monde une petite fille et le futur de son enfant le préoccupe beaucoup. Il souhaiterait au plus haut point l'élever dans un univers apaisé si vous voyez ce que je veux dire. Von Trott connaît beaucoup de gens, il est si charmant que tout le monde a envie de se lier avec lui. Avec votre accord, je lui parlerai.

Le chef de l'Abwher était offensé de la proposition, comme si lui aussi ne disposait pas de ses propres hommes. Encore un aristocrate, un de plus, il devait y avoir un nid quelque part. Il parvint à ne rien laisser transparaître, nonobstant qu'il venait d'apprendre un nom, un de plus : - Parfait, touchez-lui-en un mot, mais n'en dites quand même pas trop, c'est-à-dire le moins possible et à la condition que cette conversation entre nous n'ait toujours pas eu lieu.

L'amiral se cacha bien de lui faire part que l'Abwher savait à l'avance par ses agents à Lisbonne qu'un bureau d'information américain issu d'une toute nouvelle organisation s'efforçait de s'implanter à Berne avec en toute évidence à sa tête un avocat appelé Dulles, Allen Dulles, un personnage au passé complexe et ambigu. Pas vraiment un inconnu au bataillon de l'espionnage, il avait déjà officié à Berne ou il avait été envoyé via son oncle par Woodrow Wilson pour effectuer ses classes en suisse dans le renseignement en 1917. Cette décision n'était pas anodine, il avait aussi été présent au traité de Versailles, son frère participait aux questions du remaniement de la dette dans le début des années trente. Comme à son habitude Canaris considérait qu'il fallait battre le fer tant qu'il était chaud. Premier arrivé, premier servi, il tenterait avec une légère longueur d'avance d'infiltrer la future agence de Dulles. Pour cela il avait le choix entre deux hauts fonctionnaires, Fritz Kolbe[25] et Hans Gesivius[26]. Un des deux y parviendrait bien, c'était mathématique.

Berlin 32 Berkaerstrasse premier étage en face de l'école, vendredi 08 mai 1942

Hjalmar Schacht était un homme d'une soixantaine d'années bien sonné. D'une allure très austère, impressionnante dans la catégorie vieille Prusse bien qu'il soit né à cheval sur la frontière avec le Danemark. Sa tête ronde comme un ballon, surmontée d'une coiffure du siècle passé avec sa raie au milieu tracée avec délicatesse au cordeau, affichait sans aucun doute possible sa profession de banquier. Son regard centré au travers de ses fines lunettes sans monture était des plus soutenus, donnant la désagréable sensation de savoir à l'avance ce que son interlocuteur objecterait, prêt à le contredire sur-le-champ. Une personnalité à qui le sourire restait aussi étranger que de sortir sans son complet trois pièces. Un homme convaincu de ses hauteurs de vue, de sa supériorité en matière financière et monétaire ; le tout emballé dans un costume noir et une chemise à haut col fraîchement amidonnée. Il n'aurait pu demeurer qu'un petit individu austère de plus dans les méandres de la bureaucratie allemande, mais il avait tenu d'une main de fer et redressé avec succès l'économie du Reich grâce à son coup de génie des bons MEFO et à ses amitiés auprès d'importants banquiers américains et anglais lui accordant depuis des années toute leur confiance.

Walter avait bien entendu par-ci par-là quelques murmures de couloirs qui transpiraient la jalousie sans y prêter trop d'attention, il était persuadé de sa réputation irréprochable malgré les rumeurs dues en majorité au large éventail d'ennemis qu'avait immanquablement provoqué son manque de souplesse. C'était, à n'en pas douter, le plus grand économiste vivant que l'Allemagne ait eu. Il s'était handicapé aux yeux de ses pairs par une attitude dépourvue de la moindre modestie, celle qui lui aurait permis de freiner ses élans. Cela lui avait valu de redescendre d'une marche, Hitler l'avait pris en grippe depuis qu'il avait osé émettre qu'une guerre restait hors des possibilités financières de l'Allemagne national-socialiste, le chancelier lui avait alors préféré un Funk bien plus accommodant. Il était à présent toujours

---

[25] Fritz Kolbe fonctionnaire du ministère des Affaires étrangères allemand. Antinazi, une des sources de renseignement des services américains pendant la Seconde guerre. Nom de code de George Wood

[26] Hans Bernd Gesivius diplomate agent de l'Abwehr travaillant au consulat de Zurich en Suisse. Devenu agent de liaison entre l'O.S.S américain, par l'entremise d'Allen Dulles, et la résistance interne en Allemagne.

ministre, mais dorénavant sans portefeuille.

Walter commença la discussion avec déférence comme il se devait avec un tel personnage. À la différence des éminences aux aptitudes douteuses qui gravitaient dans le Reich, depuis la fin de ses études, il avait toujours admiré le personnage pour ses qualités intellectuelles hors du commun quitte à le confondre avec le sauveur de l'Allemagne : - Monsieur le Ministre, laissez-moi vous remercier avec l'expression de ma plus grande gratitude de bien vouloir collaborer à cette petite réunion - par le nombre restreint de participants s'entend - dans mes modestes locaux. Par la même occasion, vous nous ferez sans doute profiter de votre rare expertise en matière économique. Je vous dois une explication, par mes nouvelles fonctions et dans l'intérêt supérieur de la sécurité du Reich je me retrouve chargé de réaliser au plus pressé un rapport de situation destiné au niveau le plus élevé. J'exprime par la même occasion ma reconnaissance envers le haut représentant de la Kriegsmarine de nous honorer de sa présence. Le contre-amiral Walter Warzecha[27] a bien voulu se joindre à nous malgré ses nombreuses occupations lui procurant un emploi du temps des plus chargé.

L'amiral qui était l'autre invité de la réunion releva la tête comme s'il sortait d'hibernation en se demandant bien ce qu'il fabriquait dans cette pièce, mais ne dit pas un mot. Walter se posait la pareille question. Le marin n'avait pas l'air d'appartenir à la race humaine avec ses immenses yeux surmontés d'un front de géant. Pour couronner le tout, avec les manches de son uniforme cousues trop longues, l'officier supérieur semblait muni de toutes petites mains.

Le responsable des renseignement extérieurs l'avait convié sans beaucoup d'espoir à la réunion informelle ; ce dernier l'avait accepté sans déclencher une avalanche d'exigences, après tout RSHA ou pas, il n'était que lieutenant-colonel. C'est vrai qu'il était difficile de repousser une invitation amicale de la sécurité de l'État quand bien même on était un des amiraux les plus importants du quartier général de la Kriegsmarine. Sa présence avait pour seul but d'essayer par un écran de fumée de retarder l'Abwher de Canaris à découvrir la véritable raison de sa mission tout en espérant collecter des déductions intéressantes. Au plus, il se cacherait, au plus le chef de l'Abwher serait tenté de mettre son long nez dans ses affaires, autant lui donner du grain à moudre. Il devait cependant veiller à marcher sur des œufs, les renseignements militaires n'étaient de son ressort que de loin ; en s'approchant trop près, il risquait de provoquer une grosse vague qui remonterait la plage jusqu'aux rives de la Chancellerie ce qui lui vaudrait la colère du Reichsführer et par gravité celle d'Heydrich.

Après réflexion, Walter avait préféré la vaste salle de réunion du premier étage qui n'était autre que l'ancien réfectoire aménagé avec un maximum de soin. Quand il en avait l'occasion, il optait pour cette technique des grands espaces copiée chez Hitler et qui fonctionnait à merveille sur les visiteurs. Bon, ici il n'y avait pas un gramme de marbre, le plancher était usé et les boiseries veillottes, mais il n'avait pas mieux sous

---

[27] Contre-amiral Walter Wilhelm Julius Warzecha, dirige le haut commandement de la marine (OKM) en 1942

la main. Par prudence, il avait décidé de revêtir un costume civil connaissant l'aversion du ministre Schacht pour la chose militaire. Ça le desservait un peu vis-à-vis de la Kriegsmarine friande de pompe martiale, mais il fallait bien choisir par ordre d'importance suivant les circonstances. Au surplus, il savait depuis longtemps qu'entre lui et la marine ce ne serait jamais une grande histoire d'amour, ces messieurs n'oublieraient jamais qui était son chef direct[28].

Sa secrétaire Marliese assistait à la réunion pour prendre note, au préalable elle avait fait le service et servi le thé réclamé par les deux participants. Malgré son peu de gout pour le breuvage, il s'était fait servir une tasse qu'il ne comptait pas finir. Son intention consistait à débuter la conversation par un grand nuage de fumée : - Mon département, celui des renseignements étrangers, il insista exprès sur la dénomination précise, reçoit des informations alarmantes sur des fournitures américaines à l'Union soviétique. Le Reichsführer est avec raison fort inquiet, car il transparaîtrait de diverses sources que des pays neutres, par exemple, la Suède, via la vraie fausse ambassadrice Alexandra Kollontaï, faciliterait ces échanges. Ce qui se passe en Suède est fort délicat pour la Chancellerie, nous avons un immense besoin de leurs aciers spéciaux, il en résulte que nous devons à tout prix les ménager ce qui nous prive de nos moyens pour protester.

Les deux hommes le regardaient sans trop comprendre où il voulait en venir, c'était le moment idéal pour préciser sur le ton de la confidence. – Vous devez vous demander en quoi cela concerne la sécurité de l'État, je vous demande de patienter quelques instants. Pour en revenir à cette Alexandra, malgré les rumeurs de possibles tractations particulières, elle semble en façade remontée contre nous depuis la rupture du pacte, elle le prendrait pour un affront personnel. Nos sources nous révèlent qu'elle aurait noué des liens lors de son voyage en Amérique. À présent, elle mettrait toute son énergie pour que des accords commerciaux entre leurs deux pays puissent se réaliser. Tout indique qu'elle a décroché un début d'accord. Les laissant à leurs réflexions Walter se leva et tenta de se verser subrepticement une tasse de café tout en observant leur réaction. Ils ne le quittaient pas des yeux : – Si vous voulez du café, servez-vous, je vous en prie, je vous préviens, il n'est pas très fameux, mais il y a du vrai sucre et du lait de ferme. Les biscuits proviennent de notre cuisine.

Les deux refusèrent. L'amiral paraissait complètement désintéressé par l'objet de la conversation et ne se privait pas de le montrer en lorgnant la cour de l'école des filles par la fenêtre. Hjalmar Schacht captivé par l'évocation de l'Amérique le considérait maintenant avec curiosité. Il poursuivit : - Messieurs, il apparaîtrait suivant l'estimation de nos agents que plus d'un million de tonnes de marchandises diverses auraient déjà touchés les ports de Mourmansk et d'Arkhangelsk. Comment interpréteriez-vous cela ? En disant cela, Schellenberg jeta un regard de désapprobation en direction du représentant de la Kriegsmarine.

Hjalmar Schacht s'empressa de réagir le premier comme s'il prenait la parole dans

---

[28] Reinhardt Heydrich fut chassé de la marine en 1931 pour attitude inconvenante à l'occasion d'une promesse de mariage.

un conseil d'administration : - Mon cher monsieur, vous pourriez de la même façon poser des questions identiques à monsieur Speer ou monsieur von Ribbentrop et pourquoi pas à monsieur Funk, ils doivent avoir leurs idées, avec un peu de chance elles seront étayées par de nombreuses informations répondit Schacht avec calme et une fermeté qui dissimulait à peine son mépris.

- Monsieur Schacht, c'est n'est pas un grand secret que je vais vous dévoiler, le führer avec son sens de la formule a signifié au Reichsführer son désir de voir la sécurité de l'état prendre la chose en main en ce qui concerne les implications politiques et économiques susceptibles d'influencer le cours de la guerre. Il a laissé entendre que les informations du ministère des Affaires étrangères n'avaient plus la pertinence souhaitée étant donné l'évolution du flux. Qui mieux que vous peut nous aider à décortiquer la situation ? Personne ne saurait égaler vos connaissances en la matière, Monsieur le Ministre, cela inclut aussi monsieur Funk.

Une lueur de fierté brilla dans le regard de Hjalmar Schacht : - Si vous estimez que mes compétences peuvent vous éclairer, alors les voici. Je ne m'étendrai pas sur les discours ou intentions isolationnistes de ces gens. Mon point de vue est celui sur l'entreprise et la finance, le véritable pouvoir qui règne à Washington, tout le reste n'est que façade. La réalité est la suivante, avant l'entrée en guerre, les deux cent cinquante plus grosses firmes américaines contrôlaient deux tiers des avoirs industriels aux États-Unis, dont la majorité était dans les mains d'une centaine de sociétés. Les Américains, ceux qui font la pluie et le beau temps au Capitole, ceux qui nous considèrent maintenant un rien plus dangereux que les Soviétiques, c'est Roosevelt qui l'a fait savoir. À Chicago, je crois. Je ne peux vous assurer si c'est son opinion profonde, mais c'est devenu tout cas celle de son administration. Avec un bémol, quand je me mets à lire entre les lignes, pour eux nous sommes au final plus un péril financier que militaire. Dans cette optique, leur position envers l'Allemagne tient compte de vues à très court terme, actuellement dues à l'état de guerre entre nos deux pays, ils ne peuvent plus rien - ou presque - nous vendre. Sans passer par des chemins compliqués s'entend. Ils ont en son temps déjà à l'aide de moyens considérables financés l'industrie allemande, ça leur a rapporté gros c'est évident et ils en sont conscients. Ils sont bien représentés dans l'actionnariat de nombreuses sociétés allemandes parmi les plus importantes. Ajoutez à cela ce que la guerre de 1914 leur a procuré comme richesse. Mais ensuite, il y a eu la crise de 1929 et le problème du remboursement de la dette accentué par la rupture du payement en devises, en ce sens nous ne les intéressons plus guère, nous cessons d'être prioritaires, ils nous font passer au rang secondaire, ce qui n'est pas une si mauvaise position, j'y reviendrai plus tard.

Walter impressionné par cette tirade lancée de tête se demandait s'il s'arrêterait un jour : - À très moyen terme ils savent que nous ne pourrons jamais ni les concurrencer avec notre force de production ni bien entendu les envahir, donc ils vendent à notre détriment comme bon leur semble. À l'inverse, il est important que vous notiez que par ricochet nous leur plaisons beaucoup par l'appel d'air que nous créons. Si mes connaissances sont bien actualisées, leur industrie ne tournait même pas à quarante pour cent de sa capacité. C'est en toute probabilité dû à l'échec partiel du plan de Roosevelt. Pour adopter un raccourci, cette guerre est dans ce contexte la bienvenue. Les Anglais survivent grâce à eux. Les Soviétiques vont dans le futur recevoir de tout à part du sable à l'exception de celui contenu dans le verre que les Américains leur fourniront. Pardonnez-moi, Monsieur Schellenberg, je suis un rationaliste impénitent. Si vous le désirez, je prendrai le temps de rentrer dans les détails pour vous convaincre, mais je vous préviens cela risque d'être long.

- Grand dieu non, Monsieur le Ministre, il n'est pas question fusse un instant de mettre en doute votre immense expertise. Dites-moi plutôt, quel peut être leur intérêt, nous allons gagner la guerre ?

Hjalmar Schacht le regarda avec insistance, Walter comprit sur le champ que le ministre pensait peut-être tout le contraire : - Eh bien dans ce cas la diplomatie prendra à nouveau le relais, pendant ce temps leur économie aura fonctionné à plein, ils auront généré assez de richesses internes pour passer à une autre étape. Mais de leur point de vue que nous gagnons la guerre ou non n'est pas primordial, ils sont de toute manière hors d'atteinte. Cela n'engage bien entendu que moi, toutefois là-bas, certaines personnes influentes doivent se réjouir des déboires soviétiques. Croyez-moi, ils sont bien plus préoccupés par nos alliés japonais, ceux-ci ont jeté une pierre dans leur mare privée, le Pacifique ; pour l'Amérique il reste la zone la plus importante et ils veulent assurément la dominer maritimement avec des bases disséminées un peu partout. Leur conflit avec le Japon n'est qu'un affrontement économique commencé à la fin de la précédente grande guerre quand ils étaient encore coalisés et que la marine japonaise défendait les côtes américaines, inclut leurs transports maritimes. Le Pacifique c'est leur clé du commerce avec le monde, car elle donne accès à l'Asie. La faute de cet affrontement incombe à Roosevelt, mais ils ne peuvent pas le reconnaître ouvertement.

Schellenberg se doutait que Schacht aurait pu continuer des heures sur le sujet, il tenta de reprendre le fil : - Pour en revenir à notre problème, le russe ne peut pas payer toutes ces marchandises !

- Oui et non. En novembre de l'année passée en cadeau d'anniversaire de la révolution bolchévique Roosevelt a étendu le prêt bail à l'Union soviétique. Je tiens d'une source bien informée qu'ils ont, avec une adresse sans scrupule, libéré les fonds russes gelés après le renversement du tsar, il s'agit quand même de plus d'un demi-milliard de dollars bien que je concède que ce n'est pas en soi énorme à leur niveau. Sans attendre, j'ai écrit un mémo à Funk à ce sujet, mais il ne m'a jamais répondu. Pour le reste, ils créent de la dette avec les Russes comme ils l'ont fait avec nous dans le passé ainsi qu'avec la France et l'Angleterre avant nous, tout cela va dans le sens de leur nouvelle économie. Ils n'ont aucune peur d'un mouvement inflationniste que du contraire. Pour faire simple disons qu'ils peuvent organiser des olympiades sans que chaque Américain doive se priver d'omelettes, car ils prêteront l'argent nécessaire pour que chacun puisse acheter sa poule et le four qui se prépare avec pour la cuire à son goût. Le ministre sans portefeuille sembla s'illuminer de l'intérieur comme si une lampe s'était allumée derrière ses yeux, Schellenberg comprit que c'était sa façon de rire.

Walter ne souleva pas l'allusion aux jeux de Berlin qui avait fort rationné la population pour alimenter les visiteurs, d'ailleurs elle ne le gênait pas, il y avait longtemps que le colonel était orienté pragmatique.

Il regarda l'amiral avec insistance : - Je vais avancer l'hypothèse - sûrement infondée je l'espère - que notre marine ne puisse dépasser le tonnage jusqu'à ce jour envoyé par le fond. Devant son indifférence, il s'adressa à nouveau à Schacht : - A quoi pouvons-nous nous attendre Monsieur le Ministre ?

Hjalmar Schacht était impatient de continuer : - bien entendu, je ne suis pas devin, mais je possède une très bonne connaissance de comment fonctionne l'économie américaine, j'avais beaucoup d'amis là-bas. La phase actuelle est une période préliminaire. Disons comme si vous désireriez être concessionnaire d'équipements électriques Siemens, cette société d'envergure mondiale avant de vous fournir à crédit en grande quantité, écoulera auprès de vous de plus anciens stocks mêlés aux derniers modèles et sera attentif à votre comportement vis-à-vis de la concurrence, vos fréquences de payements et ce genre de choses. Ensuite, Siemens veillera à ce que vous importiez et vendiez si possible en exclusivité du Siemens et dépendiez sans partage d'eux. Vous commanderez de plus en plus de marchandises. Dans ce cas précis, les soviétiques seront amenés à s'enhardir à une plus considérable résistance dans de plus en plus nombreuses offensives nécessitant de plus en plus de matériel équivalent ou supérieur au nôtre pour autant que ce soit envisageable. Ceci est une explication économique appliquée à la guerre elle-même ce dont je ne suis en rien spécialiste tout en ayant mes idées bien entendu. Dans ma retraite de Gühlen j'ai bien du temps à consacrer à ce genre de spéculations acheva-t-il d'un air entendu.

- Votre démonstration est pertinente monsieur le Ministre. Nos informateurs nous font souvent mention du mécontentement grandissant des Soviétiques, par exemple sur plus de mille avions livrés, le plus important nombre s'est révélé des modèles en majorité obsolètes. En revanche, les denrées alimentaires et les matières premières rares seraient quant à elles de premier ordre. De même que les camions. Vous pensez donc que le gouvernement des états unis pourra envisager d'augmenter cette aide.

- Bien entendu, même la doubler, sinon la quadrupler sans aucun problème pour leur capacité de production. Il y a un compte rendu que vous devriez lire de manière approfondie, c'est l'étude du général Goerg Thomas[29], elle établit que le matériel américain peut remplacer les pertes de l'industrie soviétique.

Walter connaissait le rapport qui faisait rire Hitler et son état-major, il définissait aussi que l'Allemagne devrait pousser jusqu'à l'Oural pour avoir une chance de détruire le pourcentage de fabrication soviétique. De toute évidence un but improbable sinon impossible à atteindre. En se gardant bien d'opiner, il se tourna vers le représentant de la Kriegsmarine : - Et vous amiral vous en pensez quoi ? Walter voyait bien combien cela lui en coûtait de répondre, non pour les résultats à dévoiler, mais de le faire pour l'organisation que représentait le RSHA ; c'était visible qu'il la méprisait

---

[29] Général Goerg Thomas planificateur de la mise en œuvre de la politique d'occupation des territoires Est.

comme tous les officiers de la Kriegsmarine. Ils pouvaient se le permettre sans crainte, le führer avait un grand respect pour ses amiraux même en regard leurs piètres scores à l'exception des sous-marins. La mer restait pour Hitler un domaine mystérieux dans lequel il ne prenait pas le risque de s'aventurer.

Affichant son mépris le contre-amiral Warzecha répondit distrait en regardant ostensiblement par la fenêtre, lui démontrant ainsi son désintérêt : - Que les résultats de la flotte parlent pour nous. Nos U-Boot appuyés par nos vaisseaux de surface eux-mêmes parfois aidés par la Luftwaffe, mais trop rarement, il faut le souligner, mènent la guerre sous-marine sans relâche. Chaque semaine, des navires sont engloutis et c'est nouveau, souvent dans les flots territoriaux américains ou caraïbes. Hier de même un de nos U-Boot a torpillé un cargo dans l'entrée du Mississippi, un pareil tir au but fut réalisé avant-hier à l'endroit du précédent par avec le même sous-marin, et encore lui le jour d'avant dans les eaux de la Floride. Début avril, un convoi a dû faire revenir les deux tiers de ses bâtiments, à la fin du mois nous avons hélas réussi qu'à couler un petit tonnage du convoi suivant. Cependant, les premiers cent vingt jours de la campagne donnent le volume encourageant d'un million cinq cent mille tonnes envoyées par le fond avec deux cent quatre-vingts navires pour une perte de moins de quinze de nos submersibles. Il faut constater avec ces éléments que nos chiffres sont en constante progression. Nous adaptons par des avancées régulières nos procédures d'attaques aux actuelles méthodes d'organisation de leurs escortes. Nous mettons en même temps au point une nouvelle génération d'U-Boot, mais ceci est très secret, je n'ai pas le droit d'en expliquer plus ajouta-t-il avec un sourire venimeux. De cette façon, il avait enfin réussi dire à demi-mot que la Kriegsmarine resterait maîtresse chez elle, quelles que soient les pressions.

Walter s'en moquait autant que du retour de l'empereur, il avait entendu de la section économique du RSHA que par la volonté de Speer, qui semblait pouvoir tout se permettre, les nouveaux crédits passeraient à l'armée de terre et sa production de chars. La marine venant loin derrière, après le ministère de l'air. Ce n'est pas demain qu'on reconstruirait le Bismarck ! Le chantier de leur porte-avions longtemps bloqué par Goering allait à grand-peine reprendre la semaine suivante. Cela fera à la rigueur bien dans Signal ou lors d'un discours du ministre de la Propagande.

- Vous voyez Monsieur le Ministre, ces chiffres devraient nous rassurer.

Hjalmar Schacht se redressa, ce n'était pas un homme à ne pas faire partager son opinion : - certes, mais pour être exact, la Kriegsmarine devrait aussi nous faire part de l'analyse réalisée par leurs propres services de renseignement en nous fournissant les volumes estimés de la quantité de navires marchands alliés qui sont parvenus à rallier leurs quais de débarquement, car vous l'avez dit vous-même plus d'un million de tonnes sont arrivées à bon port. Nous avons échoué à prendre Mourmansk, la marine anglaise a contrecarré les plans de l'OKW ajouta-t-il en évitant de regarder l'amiral et ils ont finement anticipé en envahissant l'Iran. Si nous ne réussissons pas, dans calcul le plus optimiste, à empêcher plus de deux bateaux sur dix d'atteindre leur destination alors qu'il en faudrait sept ou huit, nous n'influencerons d'aucune manière significative la courbe des approvisionnements soviétiques. Pour parvenir à des résultats concrets tangibles, nous devrions multiplier notre flotte par quatre, voir cinq en compensant les pertes et ça, c'est tout à fait impossible voyez-vous.7

À n'en pas douter, Hjalmar Schacht avait le don de se faire des amis.

Berlin, Tiergarten Groupe de l'industrie du Reich, samedi 09 mai 1942

Edmund Geilenberg[30] arborait l'insigne d'or du parti à sa boutonnière et des senteurs d'eau de Cologne à la lavande entouraient sa personne d'effluves écœurante. Il s'efforça de sourire, mais ne parvint qu'à afficher une grimace qui lui traversait le visage en diagonale. Ancien directeur de la Stahlwerke Braunschweig, aciérie filiale des industries Goering, il avait en parfait opportuniste poursuivi sa carrière dans l'ombre d'Albert Speer et était à présent détaché auprès de l'OKH pour tenter de réguler l'approvisionnement en munitions et carburant. D'un aspect physique assez inquiétant et sinistre, lui non plus n'éprouvait aucun plaisir à recevoir Schellenberg et bien entendu il voulait le lui faire comprendre. Le haut fonctionnaire observait plus la montre posée sur la cheminée de son vaste bureau que ce petit lieutenant-colonel des services de sécurité aux airs d'adolescent. Il se mit à parler paresseusement en la regardant comme s'il s'adressait à elle : - Obersturmbannführer, l'organisation de mes journées, en particulier de celle-ci ne me permet pas de vous consacrer du temps. Elle est chargée comme la chaudière du Frédéric le grand à la bataille du Jutland. C'est la conséquence de ma mission actuelle auprès du plan global. J'y suis attendu avec le ministre Speer et le général Fromm. En fin d'après-midi, nous devons monter dans le train spécial du führer. Nous y préparerons la réunion de la Zentrale Planung du 15 mai. Nous y aborderons un programme de production aussi révolutionnaire que secret.

Walter s'était depuis longtemps fait une raison du peu d'empathie stimulé par le RSHA et du désamour qu'il inspirait un peu partout. À présent la mode était devenue de l'ignorer en parlant ainsi que de mentionner des secrets soi-disant inaccessibles. Son plus grand atout consistait à faire preuve le plus souvent possible de sa bonne humeur proverbiale, beaucoup s'y laissaient prendre. Ce faisan doré semblait créer l'exception, il allait tenter d'y remédier, sinon tant pis. Il prit soin d'afficher un sourire naïf comme s'il allait inviter son interlocuteur à dîner : - C'est le général en chef de la sécurité du Reich par l'intermédiaire du Reichsführer lui-même qui m'a autorisé à insister, je vous remercie d'avoir pu trouver ces quelques minutes. Une nouvelle fois Walter devait marcher sur des œufs. Le haut fonctionnaire dépendait d'Albert Speer, il avait lui aussi la déplaisante possibilité de faire remonter toutes ses initiatives jusqu'à Hitler lui-même, ce qui lui procurerait une considérable gêne, ou pire, pour

---

[30] Edmund Geilenberg, conseiller industriel du haut commandement de l'armée dirige le programme de protection et de décentralisation des usines suite aux bombardements. Principalement celle produisant des carburants.

parvenir à son but.

Walter avait déjà questionné Fritz Kranefuss ami personnel de Himmler et autorité importante de BRABAG principal producteur d'essence synthétique du Reich ; à présent, il avait besoin de confirmations bien que l'affaire semblât entendue. Il savait en outre qu'Heydrich avait appuyé de tout son poids pour qu'il soit reçu le jour même, et quand Heydrich encourageait une démarche en général on se démenait pour trouver une solution. En ce milieu de 1942, il n'était pas bon de contrarier un des hommes le plus puissants du Reich de surcroît rancunier comme une mule pourvue de griffe et de crocs. Et tant pis s'il fallait sauver un rien les apparences en commençant d'abord par le flatter : - Je fais appel à vos responsabilités de membre éminent du parti et à vos qualités de spécialiste reconnu exprès par le ministre Speer et le Reichsmarschall Goering dont vous dépendez. Cependant si vous désirez les consulter nous pouvons passer par cette formalité, mais elle m'occasionnerait une perte de temps précieux dans une affaire concernant au plus haut point la sécurité de l'état.

Le compliment avait pris comme prévu, cela fonctionnait toujours avec ce genre de matamore et le chef du renseignement extérieur du SD était rodé à ces mises en scène. Radouci, il daigna enfin regarder son interlocuteur dans les yeux : - Ce ne sera pas nécessaire. Vos questions s'annoncent comme toute simples d'après ce qu'on m'a fait comprendre, elles demandent des réponses concises. Bien entendu, tout dépend de ce que vous baptisez de « simple », il se pourrait que nous n'en ayons pas la même conception. Alors, pourquoi ne pas commencer, allez-y !

Walter fit comme s'il n'avait pas attendu la remarque : - C'est sans plus de complication ce que j'escompte de votre part si nous nous entendons sur ce que vous appelez « réponses ». Parlez-moi des réserve de carburant disponibles.

Geilenberg choisit de le prendre avec humour et consentit enfin à débuter ses explications : - Les chiffres restent un secrets d'État, vous devez vous en douter, mais bien entendu si cela intéresse directement la sécurité du Reich je vais tenter de vous dépeindre un tableau approximatif. En fait plusieurs. Ils devraient bien sûr être ajustés, mais ça nécessiterait du temps, temps que je n'ai hélas pas. Vous ne voudriez pas que je fasse patienter le führer quand même ?

Walter n'ignorait pas qu'il devait se rendre à la gare ou attendait le train spécial faisant office de quartier général du führer pour le voyage jusqu'à Berchtesgaden, mais il savait aussi qu'Hitler ne serait pas présent à leur réunion. Eux, ils embarqueraient dans le « Württemberg », le train de l'OKH et non dans « Amerika ». Quel courtisan pathétique. Il fit mine d'être impressionné :

- À aucun prix bien entendu ! Une estimation sommaire, mais réaliste, c'est tout ce dont j'ai besoin pour l'instant.
- Compte tenu des problèmes rencontrés par la Deutsche Petroleum avec la Standard Oil, depuis six mois nos importations de carburants ont baissé de moitié à 2.500.000 tonnes, mais bonne nouvelle, notre production synthétique a doublé. Elle n'arrive cependant, hélas, qu'à la moitié des hydrocarbures

extérieurs soit 1.500.000 de tonnes. Ce qui nous donne donc 4.000.000 de tonnes. Les autres exploitations confondues donneront 8.000.000 de tonnes en incluant les champs roumains bien indispensables. Nos approvisionnements vont à peu de chose près parvenir à 12.000.000 de tonnes, mais l'OKW calcule un besoin de 14.000.000 de tonnes à 18.000.000 de tonnes suivant les objectifs. Comme d'habitude, elle sous-estime ses besoins entre nous c'est une timidité que j'ai d'ailleurs difficile à comprendre. Si j'ajoute à cela la revendication de l'industrie et celle de la population, nous pourrions arriver à une demande à satisfaire de 22.000.000 à 28.000.000 de tonnes. Mais pour disposer d'une marge confortable, nous devrions plutôt tabler sur 35.000.000 pour une année sans compter les exigences de la Kriegsmarine qui restent toujours immenses. Nos réserves stratégiques demeurent une donnée qui n'est accessible qu'à la chancellerie. Si c'est destiné à l'oreille du Reichsführer, je peux avancer qu'elles descendent aujourd'hui à un chiffre ridiculement bas, 1.000.000 de tonnes environ.

Schellenberg avait une vague idée de la réalité, il était malgré tout abasourdi par les chiffres. Il afficha un air stupéfait de circonstance : - N'y a-t-il pas d'autres sources d'approvisionnement ?

- Dans notre sphère d'influence, vous voulez dire ? Il y avait bien des visées concernant l'Irak et l'Iran, mais c'était un projet commun avec les Hollandais et les Américains abandonnés depuis vous vous en doutez.
- Si j'interprète ce que vous m'annoncez, nous pourrions donc tout à fait manquer de ressources pour poursuivre nos offensives.
- Les ressources telles que vous les nommez ne sont pas chose rare. Ça peut aller des puits du Caucase à ceux de l'Iran en passant par la Caspienne. Les perspectives apparaissent en principe favorables. D'abord en Afrique du Nord et en Égypte vers où notre corps se dirige à toute vitesse. En ce moment même comme vous le savez Tobrouk est en passe d'être pris par Rommel et c'est presque le dernier verrou à faire sauter avant de posséder les gisements du moyen orient.
- Vous estimez qu'ils arrivent à notre portée ?
- Geilenberg arbora l'air supérieur du professeur au mauvais élève :
- Bien plus que vous ne le pensez Obersturmbannführer ! Il y a des choix à effectuer, par exemple immobiliser la flotte de surface et réduire l'approvisionnement de la marine italienne pour le reporter sur nos divisions terrestres. Le point de départ c'est d'axer nos efforts stratégiques en premier sur le sud de la Russie et l'Égypte grâce à l'aviation et aux blindés et de capturer leurs puits.
- Cette situation tendue m'oblige malgré tout à vous poser la question suivante : s'il par malheur ils nous échappaient ?
- C'est comme si vous me disiez que nous devrions apprendre à parler russe.

UN ETE SUISSE

Berlin 32 Berkaerstrasse, bureau de Schellenberg, dimanche 10 mai 1942

Walter Schellenberg avait étudié tous les dossiers, les reprenant un à un avec l'aide du Sturmbannführer Wilhelm Höttl[31], officier très brillant quand il s'agissait d'analyser des données. Aucun doute ne subsistait, l'américain Allen Dulles avait raison, les livraisons américaines à l'Union soviétique se succédaient à un rythme ininterrompu et rien ne paraissait susceptible d'entraver ce mécanisme. Pour l'instant pas encore de quoi leur procurer un semblant d'équilibre sur le terrain, loin de là, cependant si elles s'intensifiaient cela deviendrait vite problématique. La Kriegsmarine obtenait de très bons résultats, mais incomplets en regard de l'énormité de la tâche à accomplir pour les stopper. Les pertes d'U-Boot augmentaient avec une régularité inquiétante et comme l'avait fort à propos souligné Schacht, à cause de la priorité donnée à l'armée de terre, leur production s'avérait insuffisante au simple renouvellement des bâtiments disparus. Sans compter le matériel humain bien plus difficile à remplacer.

- Croyez-vous Höttl que cette alliance entre les Américains et les Russes puisse résister ? Walter faisait confiance au bon sens de l'autrichien titulaire du solide bagage d'un doctorat en d'histoire.

- À première vue, ça semble contre nature et donc impossible, mais à la réflexion je le pense, c'est ma culture en tant que professeur d'histoire qui m'incline à le présumer. Lors de la Grande Guerre, ils n'ont pas pu intégrer comme ils le désiraient l'ensemble de l'aspect financier et politique à cause de la puissance anglaise sur mer et dans ses colonies. Ils se sont contentés d'envoyer des troupes et de fabriquer du matériel, beaucoup de matériel, souvent inutile, ce qui a permis une extension considérable de leur industrie, parallèlement de gagner à court terme des masses d'argent. En contrepartie, l'affaire de Versailles leur a beaucoup déplu. Pas autant qu'à nous bien sûr, mais quand même, ce n'est pas ainsi qu'ils voyaient les choses. Pour eux, la France et l'Angleterre font partie d'un vieux monde avec des territoires coloniaux disséminés un peu partout. Cette guerre-ci s'annonce d'une tout autre ampleur, ils auront la tentation de récupérer les années perdues de la crise et de s'affirmer comme la puissance planétaire de référence en faisant table rase de l'ancienne organisation des gouvernements occidentaux et de cette Société des Nations qui ne sert à rien. Aucune nouvelle considération ne va les affecter. En toute sincérité, je crois qu'ils pensent que l'URSS reste une étendue bien trop vaste pour être envahie par nous dans son entièreté.

- Drôle de constatation ! Je crois que nous envisageons la même chose, Arkhangelsk, Leningrad, Moscou, La Volga, Bakou. Qui a dit que nous voulons plus.

Le major exprimait un sourire qui en disait long : - Eux. Toutefois, c'est plus plausible

---

[31] Major Wilhelm Höttl, docteur en histoire à l'université de Vienne, devenu un des principaux seconds de Walter Schellenberg.

qu'ils y voient un scénario à la française incluant un armistice similaire à celui de dix-huit et ils doivent tabler que cela entraînera par gravité, tradition de mise au sein du pouvoir soviétique, la destitution de Staline. De la même manière que nous avons par le passé réussi à conclure un accord avec Lénine pourquoi ne repasserions-nous pas les plats ? Ils rencontreront alors à la tête de la Russie un nouvel interlocuteur en face d'eux, plus souple, plus conciliant ce qui apparaitra sans difficulté. Il doit bien exister quelques candidats à l'affut.

- C'est une maladie fort rependuë, mais ne prêtez pas attention Wilhelm, ce n'est que de l'humour.

Un ange passa, Höttl se caractérisait souvent par son manque de tact : - Si je me trouvais devant des étudiants je continuerais à échafauder ainsi. -Cela dans un pays où tout sera à réindustrialiser. Ils touillent dans une autre casserole qu'il leur faut retirer du feu avant qu'elle ne sente le brûlé. La guerre avec le Japon doit pas mal leur donner à réfléchir. Ils se montreraient trop heureux de disposer dans l'immédiat un allié sur le flanc nord de leur agresseur japonais. Cela renforcerait leurs bases à l'ouest sur le territoire chinois. Pour l'instant, Moscou a conclu un traité avec le Japon, mais en cas de changement de régime tout reste envisageable. Ils doivent griller d'impatience qu'un vent favorable souffle pour protéger autant que possible la zone persique et mésopotamienne de l'influence soviétique ou de la nôtre. Le moment venu, ils éclipseront l'Angleterre si nous ne les devançons pas ; c'est de cette façon que j'agirais à leur place. Cela dit, la ligne de leur président demeure bizarre, imprévisible et roublarde. Roosevelt tout en mangeant sa parole est parvenu à se rallier les non-interventionnistes. Hélas pour nous, ce n'est malheureusement pas Lindbergh.

- C'est vrai, tout en n'étant pas d'accord avec la totalité de ce que vous dites, la distribution des cartes leur reste avantageuse. Ils détiennent une main gagnante dans tous les cas de figure.

- Qu'entendez-vous par « tous les cas de figure » ?

Walter le regarda dans les yeux, s'il y avait eu un miroir il aurait constaté qu'une lueur malicieuse et froide illuminait les siens : - Vous m'avez très bien compris Wilhelm, car je crois que vous êtes aussi doué que moi pour lire entre les lignes.

- Colonel, je constate avec plaisir que c'est un don que nous partageons.

- Pour le pétrole votre analyse coïncide-t-elle avec la mienne ?

- Là, ça devient un petit peu plus complexe. Ce n'est pas à vrai dire ma partie. Geilenberg et Kranefuss nous ont confirmé ce dont nous nous doutions. C'est un sujet très sensible, vous mettez le doigt sur notre principal point faible avec les munitions. Cela nous permettra de démarrer une offensive d'été très puissante et concentrée sur un secteur du front, celui du pétrole, sans doute de la poursuivre jusqu'à leurs premiers puits. Mais nous allons maintenir nos lignes d'approvisionnement si étendues que c'en est effrayant. La logistique d'aucune armée depuis deux mille ans n'a encore jamais été confrontée à un problème de cette ampleur, y compris Hannibal. Nous avons intérêt à aller

vite, très vite sinon nous verrons à nouveau les tours du Kremlin de loin.
- Passons au volet de l'explosif à l'uranium. Que pouvons-nous conclure ?
- À tout le moins que de notre côté nous ne progressons pas à la vitesse de l'atome. Au mieux, nous pourrions obtenir des résultats pour mi 1943 à condition d'en avoir les moyens et de regrouper toute la recherche sous une seule bannière. C'est un secret si mal gardé, nous manquons de matière d'après ce que j'ai compris. Ce qui ne semble pas leur cas, ils ont accès à de multiples sources d'approvisionnement. En ce qui concerne les chercheurs, ils ont tout à fait raison, l'appareil humain ne leur fait pas défaut, ils bénéficient des gens appropriés. En combinant ces deux éléments, ils ont très bien pu aller deux fois plus vite que nous en démarrant presque au même moment, mais il est très vraisemblable qu'ils aient franchis la ligne de départ bien en avance. Ils ne comptent pas endosser le rôle du renard
- Ce qui les mènent au mieux à aujourd'hui et au pire à fin 1942….
- Hélas ! C'est ainsi qu'il faut l'intégrer à notre problème. À votre place, je parlerais d'hier, ils pourraient l'avoir depuis peu.
- C'est effrayant, me semble-t-il ?
- Vous employez un mot bien faible colonel !

Berlin, 68-82 quai Tirpitz, dimanche 10 mai 1942

Walter Warzecha franchit la porte de l'autre bureau, celui du troisième, de Canaris avec un grand sourire aux lèvres : - Il est peut-être trop tôt pour une tasse de thé mon cher Wilhelm ?

- Jamais pour vous Walter, surtout un dimanche et c'est toujours un plaisir de vous voir. Je pourrais même vous le corser avec un bon whisky irlandais bien neutre.
- Ce sera avec une énorme satisfaction, nous ne disposons que trop rarement de ce genre de denrée en excès à l'état-major. Dites-moi, Wilhelm, vous comptez réintégrer votre grand ami Heydrich dans la Kriegsmarine ?
- Ce n'est pas à l'ordre du jour, nous ne pouvons risquer de priver le Reich d'un si important policier. Pourquoi demandez-vous cela ?
- Il a l'air de s'intéresser de près à notre flotte de l'Atlantique et aux navires marchands alliés que nous envoyons par le fond. En réalité, il semble obnubilé comme un petit capricieux par ceux qui parviennent à toucher les ports de l'Union soviétique.
- Prenez garde, il est tout sauf fantasque. Je le connais assez pour dire qu'il se

passionne pour « trop » de choses, mais j'étais loin d'imaginer celle-là. C'est autant de sa compétence que la confection des crêpes, bien qu'Heydrich n'éprouve pas une conception bien définie des frontières !

Chaque officier de la Kriegsmarine collait au mur un portrait imaginaire de l'ancien subordonné de Canaris pour jouer aux fléchettes : - Son ombre, l'adjoint Walter Schellenberg, en tant que chef intérim du contre-espionnage SD, autorisé soi-disant par Himmler en personne, m'avait invité sans s'encombrer du protocole, mais avec beaucoup de politesse, à participer à une réunion informelle ou Hjalmar Schacht serait également présent. Il a présenté cela à mon second sous le couvert d'une note urgente du RSHA destinée au Reichsführer. Comme il se doit, cela a d'instinct éveillé ma méfiance, ces gens sont aussi mal venus chez nous qu'un calmar géant au bal de la flotte, c'est un euphémisme. Entre leur donner un coup de pied aux fesses ou me faire offrir une tasse de thé, j'ai opté pour le second choix. Dans l'intention d'en savoir plus, j'ai donc accepté sans rechigner d'y participer. Par discrétion j'y ai assisté sans aide de camp. À la réflexion, je me dis que j'aurais mieux fait d'adopter la première solution, pourtant le thé avait bon goût.

- Non, vous avez très bien fait, vous me rendez un fieffé service. Ce n'est pas un secret, ils sont prêts à toutes les manigances pour nous absorber, tout ce qui peut m'en apprendre sur leurs noirs desseins est bienvenu. Et puis, une réunion avec Hjalmar Schacht reste une chose qui ne se refuse pas. Cet homme est un génie dans sa partie. Vous auriez dû abuser de la situation pour lui extorquer une idée qui augmenterait les allocations de la Kriegsmarine, elle en a un urgent besoin. Je parie que vous avez oublié de lui demander !

- Hélas, vous avez raison, ça ne m'est pas venu à l'esprit. Il souleva son verre : À la santé du porte-avions « Graf Zeppelin », nous avons dû vider les fonds de tiroir pour pouvoir reprendre sa construction dès lundi en profitant du fait que la tête du gros Hermann regarde ailleurs. Pour en revenir à ce qui vous vaut ma présence ici, en plus de bénéficier de votre hospitalité et de boire votre excellent whisky irlandais, il ressort donc de l'entretien que les services de Heydrich sont tourmentés par la force de production américaine et la contribution que celle-ci apporterait à l'Union soviétique sans que je puisse percer leurs véritables intentions. Vous devriez vous en mêler et pousser une bonne gueulante. Ce ne sont pas leurs oignons que je sache.

- D'aucune manière ! Cet homme est incapable de s'en tenir à un accord. Je pourrais sans difficulté motiver une plainte, mais je dois l'adresser à l'OKW. Cela terminera sur le bureau de Keitel. Si la demande émane du Reichsführer, il y a tout à parier qu'il ne bougera pas le petit doigt, vous le connaissez. Le moment est mal choisi, je préfère faire le gros dos et voir venir. Canaris évita de lui avouer que les circonstances étaient peu propices à se dissiper. Deux officiers de l'Abwher de Munich étaient soupçonnés d'un trafic de devises avec la Suisse, il tentait malgré les obstacles d'étouffer l'affaire dans l'œuf. Vous auriez par hasard appris quelque chose que nous ignorions ?

- Pas de façon directe Wilhelm, pas du tout même, mais je suis persuadé que Schellenberg non plus, il cherchait plus une confirmation des évènements que percer des secrets bien gardés. Peut-être qu'en m'invitant son but était d'un tantinet me balader sur une voie de garage en sachant que je vous en parlerais ! Un rien jeune pour cela, vous ne croyez pas ?

Canaris réfléchit un instant avant de répondre : - Le moins que je puisse dire c'est que celui-là adopte une attitude très « américaine » depuis quelques semaines. Ce ne sera pas une perte de temps de suivre le bonhomme de près. Je vais suggérer à von Bentivegni d'organiser cela discrètement. Dans son département chargé des relations avec le RSHA il a quelques solides connexions sur qui il devrait pouvoir compter.

- Mon cher Wilhelm, bien que vous soyez mon aîné, acceptez ce conseil de ma part en tant qu'ami et comme amiral de la Kriegsmarine dont vous défendez l'honneur. Ne vous laissez pas faire. Dépêchez-vous de botter le cul de ce Heydrich par Schellenberg interposé s'il le faut. Ces gens ne vous apporteront que des ennuis.

Berne, 10 mai 1942

Allen Dulles agacé regardait avec curiosité le colonel Masson. : - Votre interrogation est légitime, en revanche j'éprouve quelque peu de la difficulté à vous répondre. La question que ce dernier avait formulée : - « Les Allemands ont-ils ou sont-ils proches d'être en possession un explosif à l'uranium » ne l'avait pas surpris. Il tournait lui-même cette question dans sa tête cent fois par jour. Pas question de l'avouer.

- Ma foi, c'est à peu près impossible à savoir brigadier. Si vous me demandez de réponse par oui ou par non, j'opterai pour non.

Le patron des renseignements suisses ne semblait pas disposé à se contenter d'une réponse aussi simple : - Et si je souhaite plus qu'un avis qui se borne à contester ce que nous avons tous peur de concevoir, quelque chose qui avoisinerait une explication rationnelle ? Le général Guisan en a perdu le sommeil, c'est aisé à imaginer avec les responsabilités qui sont les siennes ! Elle a une importance nationale pour nous. Nous autres suisses ne rêvons pas de subir le sort de l'Autriche voyez-vous. S'ils ont la main haute sur une arme aussi puissante ils mettront en moins de deux le grappin sur tout ce qui reste du continent, nous y compris. Je ne peux pas me permettre de lui répondre de façon si tranchée sans plus d'explications, il risquerait de me retirer sur-le-champ cette opération confidentielle, vous avez peut-être entendu parler de son intransigeance. J'ai besoin d'arguments pour le convaincre de me laisser poursuivre notre collaboration.

- Nos agents de pénétration s'infiltrent de mieux en mieux, vous pouvez déjà lui faire savoir que nous avons un homme très haut placé aux affaires étrangères du Reich qui désire commencer à travailler pour nous. Je vous donne cette information très secrète pour vous prouver notre bonne foi. Il est formel, ils tâtonnent. Cet homme semble des plus fiable. Jusqu'à présent, la plupart de ses renseignements se sont révélés exacts. Il est motivé par la terreur que lui inspire l'idée des Soviétiques remportant la guerre, car il doute dur comme fer des chances de l'Allemagne à obtenir une victoire. Alors il a pensé que si nous la gagnons le risque s'effacerait de lui-même.

- Les affaires étrangères ne sont pas le bureau de l'armement. Vous l'avouez, il commet des erreurs ! Et si c'était un provocateur ! C'est leur habitude.

L'américain éluda la réponse : - C'est presque une certitude. Les scientifiques allemands ont disséminé leurs recherches dans une multitude d'entités. Ils tiennent conférence sur conférence ce qui corrompt le secret nécessaire à ce type d'entreprise. S'ils avaient eu l'élémentaire intelligence de se regrouper, peut-être qu'ils avanceraient à grands pas. Chez eux, cette affaire n'a pas été prise avec le sérieux requis. De ce que je sais, ils n'ont pas réussi à convaincre Goering ni la majorité de leur état-major, mais surtout Hitler lui-même ne veut pas en entendre parler. Notre « candidat » espion a eu accès à leur Adolf lors d'une réunion ou le sujet a été abordé dans toute sa largeur. Ils n'en ont tout simplement pas les moyens, ils ont d'autres priorités avec leurs munitions. Cela leur nécessiterait des fonds hors de leur portée, croyez-moi je sais de quoi je cause. Vous avez une idée de ce qu'il faut suer pour obtenir un gramme de cette matière ?

- Non et ce n'est pas cela qui m'intéresse non plus.

Dulles commençait à s'agacer devant cet entêtement typiquement suisse : - D'abord, votre « Schelli » se montre un peu trop empressé dans cette affaire. Même si je l'espérais, je n'ai jamais pensé qu'il reviendrait en courant. L'évocation d'Heisenberg les a de toute évidence perturbés, ils ont voulu connaître l'étendue de nos renseignements. Ensuite, les Allemands ont tout intérêt à nous laisser imaginer avoir abouti, ils doivent déchanter pour l'instant. Pour finir, s'ils possédaient un tel explosif, ils l'auraient au préalable testé. Vous vous doutez que ce ne serait pas sur des souris de laboratoire, ils auraient sans scrupule sacrifié des prisonniers, l'information nous aurait déjà remontées. Cette race de prétendus philosophes citant du Goethe en écoutant du Beethoven se comporte comme des monstres vous le savez aussi bien que moi.

- Vous n'avez ni des yeux ni des oreilles partout !

L'américain voyant qu'il n'arriverait à rien en poursuivant sur le même ton se fit plus didactique : - Nous bénéficions de ceux de nos alliés. Du côté soviétique jusqu'à présent rien sur leurs divers fronts n'a été signalé ressemblant à une explosion hors du commun. Pour finir, je ne suis pas un spécialiste, mais si j'ai bien compris ils s'efforcent de le produire à partir de l'eau parce qu'ils n'ont pas accès comme nous aux gisements du Congo belge, c'est là que se trouve en grande quantité ce minerai magique qui nous a permis de prendre une longueur d'avance. En résumé, je vous conseille de dire à Guisan que nous sommes informés qu'ils ont dû procéder à quelques expériences mineures, qu'elles n'impliquent aucun essai d'explosif jusqu'à ce jour. Mais vous pouvez lui affirmer de ma part que si nous avions le moindre soupçon, nous emploierions tous nos moyens aériens pour faire disparaître en fumée tous leurs centres de recherche sans exception. Ceci est une promesse ferme.

- Je m'en chargerai, c'est malgré tout un peu court, j'espère que ça lui suffira. Il vous reste en outre à convaincre Staline du bien-fondé d'un armistice. Il pourrait posséder cet explosif, y avez-vous pensé ?

Dulles se dit qu'il allait souffrir à Berne : - Lui non plus ne l'a pas, je vous le prétends une fois encore. Ce criminel n'aurait pas hésité un instant à en user et croyez-moi c'est aussi une chance pour vous sinon il mangerait déjà votre fromage. Il doit tout ignorer de son existence, du moins jusqu'à présent. C'est vrai comme vous le dites il va falloir le persuader, mais nous avons beaucoup de cartes dans notre jeu, presque un poker d'as. Joseph a réussi l'exploit d'éviter la conquête de Moscou, je ne sais pas comment il s'est débrouillé pour stopper leurs panzers, mais il y a abouti. Hélas pour lui, les Allemands se sont repris, ils font toujours cuire leurs saucisses à cent kilomètres de sa chambre, il peut en sentir l'odeur chaque matin. Ce renard n'est pas certain d'y parvenir deux fois. Les Géorgiens sont de grands négociateurs et des roublards de première surtout quand ils ont été formés par les jésuites. Pour l'instant, il doit évaluer ses chances. Staline comme toujours ne cherchera que son intérêt, son unique ambition est de détenir le pouvoir absolu à vie. Il n'ignore pas un instant qu'il finira avec une balle dans la nuque s'il en perd une petite partie. Il ne devra pas s'attendre à la moindre pitié de ses coreligionnaires. Ils sont tous plus sanguinaires les uns que les autres. S'il l'avait je vous assure que vous parleriez déjà quelque mots de russe.

- Je vous fais remarquer que ce sont vos alliés.
- On ne choisit pas toujours ses amis. En ce qui me concerne, ils m'ont été imposés. Si ça n'avait dépendu que de moi…J'ai en général tenu ces Russes pour responsable de la guerre. S'ils n'avaient pas signé ce maudit pacte, Adolf n'aurait jamais osé bouger et serait reparti dans ses montagnes avec ses culottes de peau. N'oubliez jamais que les chars allemands ont envahi la Pologne avec de l'essence russe, idem pour les bombardiers qui ont dévasté Londres. Leurs équipages riaient en s'empiffrant de blé bolchévique. Pour en revenir au petit père des peuples, il sera bientôt aussi mûr qu'une orange de Floride au soleil, il en a déjà la tête. Il va devoir bientôt penser qu'à cela.

Après une pause pour vérifier si son interlocuteur le suivait, Dulles les mains jointes derrière le dos tel un professeur s'était remis à parler : - Laissez-moi vous préciser certaines choses mon cher Masson, il y a chez nous un foutu général, un certain Marshall, rêvant chaque nuit d'être président un jour, il pousse Roosevelt à intervenir encore cette année en France ce qui serait une folie absolue. Il pense que les Russes sont battus et qu'il doit les soulager, il s'est logé dans la tête que cela le mènera à la maison blanche. Son assistant Eisenhower qui voit cela d'un très mauvais œil va sous peu être nommé à un très haut poste. Pour ce dernier, il faut obtenir un au plus vite un cessez-le-feu. La vie de centaines de milliers de soldats américains en dépend, des combattants nécessaires sur un autre front.

- Ça ne va pas plaire à vos amis anglais.
- Ils ont bien concocté leur traité avec la Pologne avec les Français sans nous demander notre avis, non ? J'ai toujours soutenu que l'assurance donnée à la Pologne entérinait une décision stupide, sans elle ils vous laissaient Dantzig. L'Europe de l'Est n'a jamais figuré comme une préoccupation britannique et pourtant c'est eux qui vous ont à nouveau déclaré la guerre comme en quatorze. Pour les Tchèques, « paix pour le siècle », l'homme au parapluie[32] ne nous a pas consultés que je sache. Par la porte ou par la fenêtre, Staline devra se résoudre à composer à nouveau avec Hitler.
- D'après certains bruits, son ambassadrice en Suède a déjà laissé entendre cette possibilité. Entre pays neutres, nous nous comprenons assez bien pour nous tenir au courant au sein de notre club.

Allen Dulles reprenait son ton mordant : - Voyons voir la belle affaire. Si c'est vrai que croyez-vous qu'ils vont faire de différent de partager le continent à notre nez et notre barbe ? Nous sommes maintenant trop agacés et impatients pour rester de simples spectateurs. Quand bien même le serions-nous, je doute malgré tout que cela soit suffisant pour en terminer à notre satisfaction, loin de là. Ces deux paysans

---

[32] Neville Chamberlain, Premier ministre du Royaume-Uni de mai 1937 à mai 1940.

ont semé, bien, ils se disputent le champ, bien, à présent nous allons les mettre d'accord en recueillant les fruits. Après les avoir mis en boîte, notre spécialité, nous les vendrons. S'ils sont sages ils pourront en acheter. Mais c'est là que vous allez pouvoir nous donner un petit coup de pouce, mon cher Masson. Vous avez tout intérêt à nous aider. Réfléchissez au sort de votre pays si nous ne parvenons pas à les tenir en laisse par la terreur !

- J'ai de la peine à voir de quelle façon je pourrais vous prêter main-forte en dehors de la négociation actuelle ?

- Faites discrètement savoir à Beria que nous Américains sommes susceptibles de posséder l'explosif à l'uranium prêt à l'emploi et par la même occasion l'avion qui va avec. Croyez-moi il abandonnera la petite fille qu'il a sur les genoux pour courir ventre à terre chez son maître au Kremlin. Lui aussi a tout à perdre. Ne dites rien, je soupçonne que vos services sont en mesure de souffler une musique dans les oreilles d'un de leurs agent au point que celui-ci la prenne pour une parole d'évangile délivrée par un ange. Inutile de préciser au suisse que si Roosevelt apprenait ça, il finirait sa vie dans un pénitencier fédéral au mieux, au pire sur la chaise électrique. C'était une simple vue de l'esprit. Dans son monde les affaires délicates se réglaient avec d'avantage de discrétion.

- Comment cela ? Ça équivaudrait à lui avouer que vous pourriez stopper les Allemands.

L'américain nota amusé que le suisse n'avait pas refusé, au contraire : - Pas du tout, ironisa Dulles avec un large sourire. - Le géorgien ne saura plus quoi croire, cependant il se montrera assez rusé pour lire entre les lignes, cela voudra plutôt lui laisser comprendre que si par d'aventure il pousserait son armée trop à l'ouest à notre goût nous avons éventuellement de quoi l'arrêter et d'obliger sa neige à fondre si besoin !

- Il n'y a pas à redire, vous êtes né pour le renseignement mon cher Dulles. Vous allez peut-être me faire regretter de vous avoir communiqué cette infiltration, en accédant à votre demande car elle comporte le risque de sacrifier un pion de leur réseau. Ce sera difficile voire impossible de l'employer à nouveau dans le futur !

- C'est l'opération la plus importante de cette guerre, non ?

- Bien sûr, on peut voir ça de cette façon. Vous pensez que le colonel Schellenberg vous croit, tout repose sur lui ?

- J'ai passé ma vie à étudier le profil de mes adversaires. C'est en tout cas le seul qui peut arriver à convaincre l'unique personne qui a le pouvoir d'affronter Hitler. Dans les profondeurs de son cerveau, une voix doit lui hurler que la guerre est perdue, il se montre trop intelligent et opportuniste pour ne pas l'écouter.

- Encore une question monsieur Dulles : - si ce mystérieux agent du ministère des affaires étrangères était malgré tout un agent de désinformation des renseignements allemands ?

- Et si vous travailleriez pour Heydrich mon cher Masson ?

Zurich, mardi 12 mai 1942

Dès le lundi matin à l'aube Walter s'était fait réserver par Marliese un transport vers la Suisse. Par chance, un des rares vols direct de Swissair à destination de Zurich décollait de bonne heure ce mardi. Il réalisa un agréable trajet en Fokker DC3 dans lequel une jolie préposée servait un copieux petit déjeuner. Les Suisses ne devaient pas donner le même sens à « restrictions ».
Il descendit à l'escale de Dübendorf en pleine forme. Il disposait toujours de sa couverture d'ingénieur représentant de la branche allemande d'Alusuisse. Vu son allure sportive et l'âge d'être mobilisé, quiconque se posant un peu la question n'y croirait pas une seconde, mais bon, il n'avait pas le choix, le temps jouait contre lui. À Tempelhof, la Gestapo, comme des vautours habillés en manteaux de cuir, surveillait les passagers embarquant ; il échappa sans peine aux formalités en leur faisant discrètement mention de sa fonction. Müller serait rapidement au courant, c'était sans importance, s'il en parlait à Heydrich il serait bien mal reçu.
Cette facilité n'était pas envisageable aux douanes suisses. Son passeport, une merveille due à un Bernhard Kruger précautionneux et confectionné dans son atelier de la Dellbruekstrasse, était en ordre avec le visa qui allait avec. La légation suisse de Berlin s'en était occupée avec un petit coup de pouce de Masson. Par chance, les limiers helvètes recherchaient en priorité l'importation illégale de devises, n'ayant rien à déclarer il évita toute tracasserie superflue après une vérification sommaire de son maigre bagage. Comme prévu, une voiture l'espérait. Le temps était radieux.

Cet après-midi-là, le brigadier l'attendait seul à la villa, aucun signe visible de la présence du soi-disant majordome. Vêtu avec élégance d'un costume de flanelle grise c'est qui lui qui ouvrit la porte, Walter s'empressa de franchir le seuil. Malgré un premier sourire, sa grande tête reflétait une inquiétude inhabituelle, celle d'un homme perturbé par un évènement désagréable. Après quelques rapides politesses de circonstance le suisse entama sans perdre de temps la conversation avec le sujet de ses préoccupations : - Walter, laissez-moi vous transmettre que tout ce que je vous ai exprimé jusqu'à présent est en total accord avec le général Guisan. Notre ambition première consiste à vivre en dehors des hostilités. Nous ne recherchons aucun autre intérêt que l'inviolabilité de notre territoire. Nous ne souhaitons être envahis par personne. Que ce soit par vous ou par qui que ce soit, Russe inclus.

- Pour vous, en tant que dernière "ambition", il vaudrait mieux que ce ne soit pas eux. Remarquez, vous avez déjà eu un aperçu, les Anglais vous ont bel et bien bombardés. D'accord, ils se sont excusés, mais cela n'a pas redonné vie à vos victimes ! Ces gens sont devenus insupportables vous ne trouvez pas ? C'est également l'opinion de beaucoup de Parisiens qui comptent leurs morts par centaines. En tant qu'Allemands j'estime que nous sommes plutôt de bons voisins.

- Pourrions-nous progresser dans le bon sens alors ?

Après une hésitation, Walter acquiesça d'un léger signe de tête. Subitement, sur une inspiration du moment il décida d'essayer un coup d'intimidation. Qui ne tente rien n'obtient rien : - Je pense que oui, mais mon chef veut une preuve de bonne volonté de votre part. Un témoignage personnel.

Le suisse le regarda méfiant : - Lequel ?

Schellenberg choisit un ton neutre plutôt amical, celui qu'il emploierait à l'occasion d'un simple rapport de service entre officiers du même bord : - Grâce à des informations importantes recueillies, des messages que nos centres d'écoute ont interceptés, nous connaissons qu'un réseau communiste opère depuis des années dans la confédération, c'est d'ailleurs le contraire qui m'aurait surpris. Je ne vous demande pas si vous le savez, vous seriez peut être obligé de ne pas me répondre, mais cela ne laisse planer aucun doute. Ne vous en offusquez pas c'est votre travail.

Malgré le danger d'une manipulation par laquelle il pouvait perdre la confiance du suisse, Walter avait décidé de prendre un risque calculé, ceux qui la plupart du temps payaient le mieux : - Le général Heydrich estime que le moment d'une petite dérogation serait bienvenu. C'est très simple, un témoignage d'amitié entre nos peuples l'influencerait positivement, par exemple un accès à Moscou par le réseau Rado que vous contrôlez probablement de main de maître par le commandant Hausamann interposé.

Même si c'était la dernière chose qu'il désirait au monde le brigadier Masson changea de couleur, il serait sans problème passé inaperçu devant le drapeau de son pays. Le silence qui s'ensuivit pesait son poids de fondue, les fils en prime. Walter jubilait sans le montrer, le chef SD avait depuis longtemps récupéré dans une prison de Berlin un couple d'espions soviétiques, les Wilmer[33]. Face à la corde ils n'avaient pas hésité retourner leurs connaissances aux profits de la division VI de Walter. Pour en extraire le jus, il leur avait trouvé une place confortable aux archives, un endroit douillet là ou leurs convictions communistes s'étaient diluées dans un relatif bien-être financier. En échange, le couple d'espions avait complaisamment dressé la liste des agents avec qui ils avaient reçu un entraînement à Moscou, Alexandre Rado[34] était l'un d'eux ; un sous-marin du GRU destiné à épier le Reich depuis la Suisse. La formidable organisation F de l'Amt VI avait accompli son travail à la perfection, le hongrois avait été repéré à Genève ville où il dirigeait depuis des années une société

---

[33] Georg et Johann Wilmer (Max Steinberg) espionnant pour le compte de l'Union soviétique avant d'être démasqués et retournés.
[34] Alexandre Rado responsable de l'espionnage militaire soviétique en Suisse pendant la Seconde Guerre mondial.

de cartographie lui servant de couverture. Ses contacts avec Hausamann étaient devenus évidents grâce à la surveillance étroite du SD, restait à savoir si le brigadier Masson jouait la même partition : - Le général déduit que tout en n'entretenant pas de relations diplomatiques avec Moscou vous facilitez en quelque sorte l'espionnage du Reich. Dans le but de réparer cette entorse, il vous demande ceci : donnez-nous le Juif hongrois Alexandre Rado. Non pas du seul fait qu'il est juif, pas plus parce qu'il est Hongrois, mais dans la mesure où il agit à la barbe de tout le monde sur votre sol en dépit de votre neutralité. Cela choque au plus haut point mon chef. Constater que son réseau opère presque sans restriction à partir de votre territoire lui est déjà assez insupportable, convenez-en. Je devine - par respect, je vous épargne le mot « savoir de bonne source » - que Hausamann doit se trouver en mesure de communiquer avec lui ! Là, l'affaire devient très indigeste.

- Vous n'ignorez pas l'indépendance du commandant. Il a des idées bien à lui et une façon de contrôler les réseaux, disons particulière. N'en déduisez en aucun cas qu'il y a collusion.

Masson s'était malgré lui placé exactement au point où il voulait le mettre, l'endroit ou du bout des lèvres l'homme confessait en tant que chef des renseignements connaître le jeu dangereux de son indomptable subordonné. Difficile d'exécuter une marche arrière : - Alors, offrez-le-nous. Pas pour le neutraliser physiquement, offrez-le dans le sens de nous permettre à son insu de transmettre vers Moscou des morceaux sélectionne par nous. Uniquement dans le cadre de cette affaire, je vous en donne ma parole. Si nous tenons Rado sous notre main, nous pourrions en disposer à notre guise sans qu'il en ait la moindre conscience, il deviendra un joker important à notre entière dévotion dans ce jeu. Cette action ne pourra que nous profiter, elle confortera la confiance que me portent Heydrich, le Reichsführer et par extension le führer lui-même. Vous savez, il m'a déjà questionné sur la confédération ? Apprenez que j'ai toujours eu à cœur de la lui dépeindre en tant qu'une nation amicale, très bienveillante, qui sert souvent nos intérêts. Intérêts bien entendus mutuels. Il est naturellement impensable que vous approuviez l'idéologie communiste. Facilitez de votre mieux cette demande légitime, bien évidemment si vous acceptez le commandant Hausamann devra tout ignorer, c'est indispensable à la bonne marche de cette affaire.

En réalité, à part une froide logique Schellenberg possédait peu d'éléments pour étayer ses dires et aucun concret. Juste une certitude forgée entre autres grâce au couple Wilmer. La présence du Hongrois à Genève était pourtant bien réelle. Qu'il émettait à partir de cette ville était évident, tout autant que les écoutes suisses avaient dû repéré ses transmissions. Cependant il comprenait le point de vue du brigadier, arrêter Rado ne rapporterait rien aux suisses, tandis que le surveiller de près leur fournirait peu à peu le schéma complet du réseau soviétique. Afin de conserver son image de neutralité, Masson avait mis la main devant les yeux en écartant les doigts au maximum pour mieux pouvoir observer. Son pion le plus utilement placé ne pouvait être qu'Hausamann, le chef d'un bureau « indépendant » qui pourrait se transformer en fusible en cas de besoin. Walter coinçait bel et bien le suisse. Si ce dernier niait, les efforts qu'il déployait pour le convaincre du plan de Dulles s'écrouleraient. Avouer serait un signe de bonne volonté qui ne lui coûtait pas grand-chose, sinon rien. Il restait maître de la situation et pouvait arrêter l'espion soviétique ou le laisser continuer sous contrôle selon son bon gré ; même le vendre aux Américains si ce n'était déjà fait. Alors le cas échéant, négocier deux fois la même chose ne devait pas lui causer trop de désagrément moral. Son pays était entouré de lions prêts à le dévorer, mais l'Allemagne se trouvait pour l'instant être le fauve le plus proche.

Masson afficha pendant quelques instants encore son étonnement avant de se ressaisir. Rien dans son visage permettait de dire si c'était feint ou pas.

Ce qui le surprenait n'était pas que Schellenberg soit au courant, l'allemand était dans son rôle, mais qu'il lui demande ce service si rapidement. Comme l'allemand devait le supposer, démentir aurait été la pire des solutions. Avec son expérience, par ses connaissances sur la pénétration du Reich en Suisse, il savait que le chef SD ne plaisantait pas. Il prit le temps de décoder point par point l'exposé de l'Allemand en cherchant à donner une valeur ajoutée à la réponse que son « homologue » attendait. Paraissant convaincu il conclut après un long soupir : - Vous me demandez là quelque chose d'extrêmement difficile colonel Schellenberg. Le commandant Hausamann relève théoriquement de nous à présent, mais il reste toujours très indépendant et dispose d'une autonomie très étendue. C'est également un personnage qui possède lui aussi un réseau de protections hautes placées dans la confédération. Je ne vous cacherai pas qu'il ne vous aime pas, s'il apprend que vous trouvez derrière tout cela, il va créer un sacré vacarme. Il faudrait que je puisse en quelque sorte assurer mes arrières auprès du général Guisan.

Schellenberg s'était attendu à ce qu'il renâcle un peu pour la forme toutefois pas en cherchant à obtenir un échange de bons procédés. Légèrement pris au dépourvu il préféra laisser venir : - Comment envisagez-vous cette arrière-garde ?

- Si le service que vous me demandez pouvait être compensé par une petite victoire personnelle. Après tout, ce que vous reprochez aux soviétiques, vous vous l'autorisez. Rien de bien grave donc, juste l'arrestation d'un ou deux agents allemands, peut être trois, que nous nous contenterions d'expulser après quelques mois de prison par exemple. Pas des gens de chez vous bien entendu, pourquoi pas ceux de vos concurrents comme la Gestapo ou l'Abwehr. De cette façon je pourrais démontrer que l'échange d'un simple service de messagerie m'a fait bénéficier d'une belle opération de contre-espionnage. Voyez le bon côté des choses, en affaiblissant les autres services vous renforcerez forcément le vôtre.

Sans l'ombre d'un doute, les marchands de fromages comme les appelait Heydrich connaissaient la manière de vendre leurs services, il aurait été naïf en pensant qu'il partirait sans payer sa tournée malheureusement pour le patron des renseignements suisses elle se résumerait à un simple verre d'eau à peine froid. Le lieutenant Ernest Mörgeli était conservé au chaud dans les mains de Gestapo Müller, Masson tenait à le récupérer à tout prix, détenir quelques otages représenterait pour lui une partie de la rançon. Moralement, cela se résumait à échanger un bolchévique haï contre un jeune officier helvète, les autres n'étant que la menue monnaie d'appoint. À l'évidence, le patron helvète ne soupçonnait pas que Walter était à l'origine de l'affaire.

Pourtant, Masson était bien arrivé à la conclusion que l'élimination d'agents de Canaris ou de Müller serviraient plus ses plans qu'il ne le desserviraient. Décidément les cerveaux suisses étaient traversés de galeries qui ne demandaient qu'à communiquer ; il se faisait fort de les boucher au fur et à mesure de leur avancée. Quoi qu'il en soit, il en faudrait légèrement plus dans la balance plus pour arriver au compte du lieutenant Mörgeli : - C'est du domaine de l'envisageable, laissez-moi le temps d'organiser tout cela. Walter laissa planer le doute, il voulait d'abord choisir s'il sacrifierait des agents de l'Abwher ou de Ribbentrop. S'il mettait hors circuit des hommes de Muller Heydrich ne le lui pardonnerait jamais. Quant à Himmler il l'enverrait admirer la Russie en compagnie de Jost : - Considérez la chose comme faite, je m'y engage.

Masson parut satisfait : - Une idée me vient à l'esprit, j'ai un homme sûr, Max Weibel[35], un officier qui a reçu une formation chez vous à l'académie de guerre, ce qui ne l'empêche pas de réprouver votre politique, mais il déteste encore plus celle des communistes. Je veillerai à ce qu'il garde un œil sur le commandant qui reste théoriquement son subordonné ; ce sera probablement insatisfaisant pour le contrôler cependant cela devrait suffire pour tenter quelque chose.

Enfoncer le clou jusqu'à la tête pouvait s'avérer utile pour autant que peu de coups y suffisent : - Malheureusement, le fameux bureau Ha a étendu sa mauvaise réputation jusque Berlin. C'est un caillou dans ma chaussure comme il devrait l'être dans la vôtre. Hausamann ne se prive pas d'envoyer des gens essayer de percer nos petits secrets. Walter en feignant d'ignorer que cela se passait avec l'entière bénédiction de Masson tâchait de ne pas mettre le chef du renseignement suisse trop mal à l'aise. A chaque jour sa croix même rouge. Stoïque le Brigadier attendait que la pluie se calme sur le lac ; maintenant que le message était passé Walter décida que le moment était venu de faire faiblir le vent tout en changeant sa direction : - Mais je laisse cela pour l'instant à Canaris, après tout, le bougre a le droit de s'occuper lui aussi. Pourtant il est absolument clair que Hausamann ne rendrait pas service à la Suisse en frayant de trop près avec des potentiels traîtres. Il devrait en outre s'abstenir de se mêler de politique. Nous savons qu'il déconseille trop souvent à votre gouvernement de se rapprocher du nôtre. Le führer pourrait le prendre très mal un jour. Le commandant se croit malin, saisissons-le à son propre jeu.

- Mon cher Schellenberg, les affaires publiques de la confédération apparaissent très complexes. Il ne faut pas toujours chercher à les comprendre. Faites confiance au général Guisan, il manie avec génie l'art de remettre tout le monde au pas.

- Raison de plus de nous donner une preuve de bonne volonté.

- Colonel Schellenberg, il n'y a qu'avec vous que je prendrais cette décision, mais soit, vous l'aurez votre Hongrois à condition de parvenir à manœuvrer

---

[35] Colonel divisionnaire Max Weibel officier des renseignements militaires suisses responsable du bureau Allemagne.

le commandant Hausamann ce qui n'est pas évident, car cela aura un prix. J'espère de tout cœur qu'il ne sera pas trop élevé.

Il avait tenté un coup de poker sur une idée personnelle, il pouvait soupirer intérieurement, la partie était remportée haut la main. Si cela fonctionnait, il gagnerait sur deux tableaux et pas des moindres. D'un côté, une légère prise sur l'organisation parallèle de Masson et de l'autre en manipulant un rien la vérité il aurait dorénavant à sa disposition un gros atout dans sa manche contre l'Abwher. Il comptait bien garder cela secret. Il allait s'attacher à finasser avec Heydrich en évitant de lui parler de l'accord obtenu, pour le décider à confier la surveillance discrète de Rado au capitaine Horst Kopkow un spécialiste des agents infiltrés qui avait recueilli de bons résultats contre un réseau communiste belge. C'était un ancien subordonné compétent et fiable qui savait y faire, pour autant que la notion de fiable existât au RSHA. Il essayait depuis un moment de le soutirer au département IV. Étant donné que le général venait d'étendre ses fonctions, l'ambitieux capitaine ne pourra pas s'empêcher de sauter sur l'occasion de briller pour tenter d'intégrer l'AMT VI et son nouveau chef, échappant ainsi à l'ambiance morbide de la Gestapo. Ça servirait en temps utile tout en lui procurant un spécialiste du contre-espionnage supplémentaire : - Parfait, en cas de besoin nous l'actionnerons au moment voulu par votre intermédiaire, vous trouverez bien une explication. Ce ne sont malgré tout que des communistes qui agissent sous votre nez, c'est une opportunité qui se présente de leur faire payer leur sans-gêne. Quelle sera la suite de la journée ?

- À présent, il vous faut prendre la route de Berne. Vous y allez seul. La voiture est à votre disposition, vous la rendrez ici quand vous en aurez fini, on se chargera de vous reconduire à Dübendorf. Je vous donne l'adresse. Ne prenez pas note, vous bénéficiez d'une excellente mémoire. Vous choisirez éventuellement l'itinéraire qui passe par Lucerne, profitez de l'occasion pour remettre le bonjour à votre ami Hausamann si vous le voyez aux fenêtres du château.

Berne, mardi 12 mai 1942, 18h00

La maison von Wattenwyl situé au numéro 23 de la Herrengasse est un bâtiment historique de Berne transformé en appartement. Une rue calme, une jolie façade aux couleurs de ce vert pâle indéfinissable typiquement bernois abritait le secrétariat de l'International Standard Electric qui était situé au rez-de-chaussée de l'immeuble à deux cents mètres de la rivière Aar. Pas vraiment minuscule, en grande partie encombré de caisses de documents, on pouvait le qualifier de gigantesque débarras. De grosses tentures assombrissaient encore plus le local sans charme. C'est là que comptait s'installer prochainement un faux diplomate doublé d'un vrai espion.

Allen Dulles avait l'air ravi de l'accueillir, affichant le sourire réjoui d'un châtelain faisant visiter son domaine seigneurial. Il s'était emparé de la main de Walter et ne paraissait pas se décider de la lâcher comme s'il avait oublié qu'il la tenait : - Mon cher colonel Schellenberg, c'est un réel plaisir de vous revoir si vite, j'ai l'impression de vous avoir quitté depuis quelques heures à peine. Il semblerait que nous avons gagné l'émancipation de nos amis suisses, nous voilà abandonnés à nous-mêmes. Il balaya le local exigu d'un geste de sa main libre : - Pardonnez le désordre, le temps me manque, je dois repartir sans tarder à Lisbonne. Toutefois, je pense établir un jour des attaches plus importantes dans ce merveilleux pays.

Walter réussit à poliment se dégager : - Il faut croire que les renseignements suisses n'ont pas trop à cœur de connaître la teneur de notre conversation.

L'américain fidèle à son habitude prit quelques secondes pour allumer sa pipe en fixant son interlocuteur : - quittez-vous cette idée de la tête, au contraire, ils meurent d'envie de savoir, mais pas de nous voir. Vous devez garder à l'esprit que je ne suis pas officiellement dans leur pays, vous non plus d'ailleurs. Le conseil fédéral n'apprécierait pas. D'une autre part je pense que ces militaires ne regardent pas d'un très bon œil la perspective de ma présence permanente chez eux. D'ici peu ils seront malgré eux obligés, un de l'accepter de la même manière qu'ils le tolèrent pour vous. Deux, sous la pression de mon gouvernement, de rendre des comptes, ne vous en déplaise. À ce moment-là ils me témoigneront plus de chaleur. Du moment qu'ils voient que nous ne touchons pas à leur sacro-sainte neutralité, ils nous proposeront du café et le sucre avec une très longue cuillère.

Walter s'irritait envers l'attitude de l'Américain se comportant comme s'ils étaient des alliés devisant sur la stratégie à adopter. C'était son ennemi, pas un simple antagoniste qu'il suffisait de contredire avec tact sur le terrain policé d'une nation neutre. Malheureusement, il n'en subsistait pas moins un adversaire sournois, mortel, qui pour le moment pouvait convaincre Roosevelt de frapper et détruire à distance son pays. Il surmonta sa colère naissante d'un épais couvercle de savoir-vivre mondain : - Si vous le dites, alors demeurons les bienvenus dans le groupe des « invités » de la confédération, j'ai peine à trouver le service de renseignement qui n'a pas la bouche pleine de chocolat suisse ! Je vois que vous vous liguez à nouveau à deux contre un, lança-t-il en désignant le second personnage dans la pièce. Les mauvaises habitudes restent difficiles à abandonner ! J'aurais peut-être dû amener le général avec moi ?

- Nous ne l'aurions pas laissé repartir vivant ! Ne faites pas cette tête, riez, c'est de l'humour new-yorkais colonel, à Princeton nous en prenions quelques doses à chaque repas, une vieille tradition !

- Je ne crois pas qu'un seul Américain se trouverait capable de croquer le général Heydrich entre deux tranches de pain sans risquer d'être terrassé ! Ce n'est pas « die blaue Blume ».

L'Américain devait considérer avoir assez donné pour émousser les pointes de leurs crocs, il continua sans soulever : - Avec un retour si rapide, je comprends par-là que votre organisation est à l'écoute du bon sens. Mais laissez-moi vous présenter monsieur Édouard Hofer. J'estime que dans le futur son bienveillant intermédiaire nous apparaîtra très utile pour certaines liaisons inévitables avant que ma présence soit définitivement admise dans ce charmant pays. Avec votre accord bien entendu.

Walter se tourna vers l'homme occupé à se servir un verre du bar dissimulé dans un secrétaire. Après une légère hésitation, il l'avait reconnu. Wilhelm Höttl l'avait inclus dans les nombreux dossiers sur les principaux acteurs de la sphère d'intérêts américains en Europe et en particulier avec l'Allemagne d'avant la guerre. Ils avaient passé leur dimanche après-midi à les consulter un par un. Il fit fonctionner sa mémoire à toute vitesse : - Je connais de réputation Monsieur Édouard Hofer, il représente ITT en Suisse n'est-ce pas ? Enfin, ici ça s'appelle l'ISE si mes informations demeurent à jour. L'Oberführer Kurt von Schröder en pense beaucoup de bien, il serait inconvenant de ne pas prendre en compte cette considération avec une telle recommandation. À ce propos mon cher monsieur Dulles, je pourrais si vous le désiriez transmettre vos amitiés au baron von Schröder. Vous êtes une de ses vieilles connaissances si je ne me trompe pas ?

L'américain laissa échapper avec lenteur un nuage de fumée, l'observant avec la crainte d'un joaillier négociant une pierre précieuse à la fois trop belle pour être vraie et trop petite pour être fausse : - Vous êtes fort bien renseigné, votre réputation n'est pas surfaite colonel, vous allez immédiatement au cœur du problème avec un esprit extrêmement aiguisé. C'était en effet un de mes clients chez Sullivan et Cromwell.

Le commentaire de Dulles le fit tiquer à l'instant où il sortait de sa bouche, il réussit à ne rien laisser transparaître. Walter avait pu à l'occasion consulter sa fiche d'appréciation au SD et c'était ainsi mot pour mot que sa compréhension avait été notée quelques années auparavant « va immédiatement au cœur du problème avec un esprit extrêmement aiguisé ». Il enregistra mentalement d'approfondir la remarque dès qu'il pourrait le vérifier, il devait d'urgence apprendre comment Dulles pouvait en avoir connaissance ou si c'était un simple hasard, mais il savait qu'il évoluait dans un métier ou la coïncidence était aussi rare que l'humour du führer. Il enchaîna : - Cela tente juste de démontrer à quel point le monde reste petit. Il continua sur le même ton : - C'est un fait, vous conseilliez de nombreux clients allemands. C'est un plaisir étrange de constater combien les liens de nos deux pays étaient étroitement attachés il y a peu.

- Étaient ! Vous avez raison mon cher colonel, étaient ! Ceci dit, faut-il à tout prix employer le passé ? Avec une dose de volonté suffisante, le futur évoque une époque qui pourrait se redessiner sans encombre, avec un peu de bonne volonté bien entendu.

- Qu'attendons-nous alors pour le construire ? Allons de ce pas organiser la rencontre du führer et de votre président !

- Ne riez pas, colonel. Une volonté politique marquée et intentionnelle de votre hiérarchie directe suffirait à rebattre les cartes.

- Vous devez imaginer avec facilité qu'elle a été trop surprise pour l'apprécier en détail. Comme il se doit avec toutes les informations sensibles, nous l'avons traitée dans la plus grande discrétion. Vos arguments n'ont été évalués qu'entre quatre yeux si vous voyez ce que je veux dire ?

- S'il y avait deux participants borgnes, le compte est faussé. Il en a résulté une quelconque conclusion ?

Mal pris par la question qu'il prévoyait, mais pour laquelle il n'avait pas encore trouvé de solution, Walter opta pour une réponse vague qui laissait la voie ouverte : - Pourquoi, vous vous attendiez à une résolution brutale, une décision sur-le-champ après une discussion rondement menée ? Certes, une réflexion peut raisonnablement s'envisager, mais de façon momentanée et modérée. Rien de bien sérieux pour l'instant en tout cas, vos informations sont trop nébuleuses. L'essentiel de mon rapport s'est borné à reporter vos paroles.

- Mais encore ? fit l'américain.

- À Zurich, vous m'aviez laissé entendre que vous vous montrerez explicite, je pense que l'occasion est idéale pour exprimer plus clairement vos vues.

- C'est tout à fait exact et je compte tenir ma promesse. Je vais vous faire part de considérations confidentielles, de celles qui ne souffrent aucune indiscrétion ni intermédiaire, vous devez connaître ça. Votre sens de l'analyse basée à la fois sur le pragmatisme, la réalité des choses, va vous être utile, vous le comprendrez vite. Soyez indulgent, cela pourrait s'avérer long. N'hésitez pas à m'interrompre si vous le jugez bon.

- Alors préparez-vous à de nombreuses questions.

Allen Dulles eut d'abord soin de remplir lentement sa pipe ; après l'avoir rallumé il commença à parler avec le calme d'un homme ayant l'habitude d'être écouté : - Votre déclaration de guerre, il faut bien le dire, nous a pris de court. Pour exprimer le fond de ma pensée au risque de vous peiner, je ne me serais jamais attendu à une telle idiotie. Tenter pareil tour de force demande des moyens dont vous ne disposez pas. Le président Roosevelt n'en a pas cru ses oreilles. Au-delà de l'aspect purement militaire qu'inclut ce morceau de bravoure, votre führer a manqué de conseillers pour lui expliquer que mon pays est en relance industrielle depuis des années. Cette occasion présentée sur un plateau en or à nos financiers leur donne accès à des opportunités infinies. Croyez-moi sur parole, en Amérique, les manieurs d'argent, ceux qui dirigent l'économie, ne sont pas une race en voie de disparition. Il en va ainsi avec la guerre, la ruine des uns crée la richesse des autres. Ce fut le cas pour vos barons de la Ruhr, dans une moindre mesure.

Il était temps pour Walter de franchir une première fois le mur du silence pour mener l'ex-avocat à commettre un faux pas. Il tria mentalement ses notes, pour ne pas changer, il allait chercher les agaceries, ça finirait bien par payer : - Une telle excitation de votre imagination me laisse perplexe. C'est à croire qu'une amnésie soudaine vous touche. D'après mes connaissances, la finance américaine s'est associée de très près par des montages industriels et bancaires opportuns à « nos barons » comme vous les appelez. Prescott Bush et Averell Harriman aidés des Thyssen administrent bien des aciéries allemandes ainsi que la banque UBC ? En tant qu'avocat chez Sullivan et Cromwell, ils vous ont tous demandé de défendre leurs intérêts. Vous-même ne vous trouviez vous pas à la direction de la Consolided Silesian Stell ? Votre frère est bien venu à Berlin négocier des accommodements avec monsieur Schacht ? J'ai aussi entendu dire qu'à Yale il existe un groupe qui n'est pas loin de penser comme nous. Ils affichent, paraît-il, le même emblème que celui qui orne ma casquette, enfin, celle que j'ai laissée dans mon placard à Berlin.

L'animal n'était pas facile à bousculer, imperturbable il distribuait les bons points comme un instituteur : - Vos dossiers semblent bien tenus. Quoi qu'il en soit, c'était dans une époque non suspecte. Le congrès s'est chargé de dissoudre tout cela depuis que nous sommes « ennemis en guerre ». Je leur souhaite bonne chance si vous voulez mon point de vue !

- Il ne me reste donc qu'à vous faire part de ma gratitude de l'obstination industrielle que votre pays a prodiguée pour aider à édifier notre état national-socialiste. De votre côté, cher Monsieur Hofer, remerciez à l'occasion votre patron, monsieur Sosthenes Behn de ses investissements dans notre production aéronautique. À ce niveau, c'est presque de la perversion.

- Colonel Schellenberg, intervint Allen Dulles, je suis venu à votre rencontre dans un but précis, notre entretien n'a pas pour objectif de se centrer ou de se chamailler sur le monde des basses affaires, laissons ces luttes aux financiers.

- Commerce et politique se retrouvent souvent indissociables, riposta Walter conscient de l'idiotie de ce qu'il sortait. En bon avocat, l'américain recherchait les points forts et surtout les zones faibles de ses adversaires, il s'aventurait sur la mauvaise pente en continuant avec de telles niaiseries. Par chance, cela sentait la fin de la récréation, le cours allait commencer.

- Certes, certes, mais laissez-moi y arriver. À ce propos, je m'apprêtais à exprimer qu'au sein de mon gouvernement il y a des « gens », beaucoup de « gens » préoccupés. Ils voient d'un œil sombre, très noir même, l'intérêt que témoigne l'administration actuelle de mon pays au régime bolchévique. Beaucoup chez nous, Charles Lindbergh en premier, avaient applaudi des deux mains quand vous avez attaqué les hordes de Staline après ce mariage contre nature. Ils restent convaincus que les communistes restent notre plus grand ennemi. Nos chefs militaires portent un très mauvais regard l'aide que l'Amérique leur apportons à leur détriment. Je résumerais avec un euphémisme en disant que le président Roosevelt n'est pas entouré des personnes les plus averties sur le danger que représentent les communistes. Son plus proche ami Harry Hopkins a réussi à le persuader que Staline loin d'abriter le monstre décrié était un simple paysan. Cet idiot utile lui a fait croire qu'en lui fournissant du matériel nous éviterions de répandre le sang des Américains en Europe. Roosevelt a acheté l'idée de cet idiot et ils ont paraphé une charte de l'Atlantique comme on signe un accord sur le menu de mariage que soumet un traiteur.

- Si vous voulez les combattre à nos côtés, il doit y avoir moyen d'arranger cela.

Allen Dulles poursuivit comme s'il n'avait pas entendu la remarque : - Ces "gens" ont pour habitude d'exprimer avec une énergie croissante leurs inquiétudes. Hélas pour vous ces mêmes « gens », dans un certain sens, considèrent à présent de façon identique le gouvernement du Reich comme dangereux, voire incontrôlable, pour préciser le fond de leur réflexion. C'est leur grande préoccupation de l'année.

- Ça n'a pourtant pas été le cas jusqu'à il y a peu, au contraire. Bien entendu, vous faites partie de ces « gens ».

Sans prendre la peine de le confirmer, comme si cela allait de soi, Allen Dulles continua décontracté : - Depuis que votre deuxième führer Rudolf Hess a entrepris sa petite escapade anglaise, ils ont par la force des choses dû repenser pas mal à la situation du monde. C'était un coup astucieux de la part de votre führer, leur proposer une paix séparée dans notre dos en confortant les Anglais dans leur gigantesque empire après avoir brisé les reins des états coloniaux européens concurrents tels la France, la Hollande et la Belgique. Mais voilà, nous reléguer dans un second rôle où nous aurions ramassé les miettes comme de bien sages spectateurs n'est pas l'option que mes « gens » vont apprécier sans broncher. Après tous les financements bienveillants dont ils ont fait bénéficier votre économie, ce n'était pas la bonne carte à jouer avec eux. Les amis finissent toujours par trahir et nous avons un rien anticipé ce coup tordu. L'attitude passive ne figure au catalogue de nos points forts, vous devriez le savoir.

Walter cacha sa surprise, il n'avait jamais imaginé un scénario autant déformé. À la réflexion, l'idée aussi énorme qu'elle paraissait pouvait même tenir la route si elle était vraie. Outre qu'Heydrich devait en ignorer tout et il y avait gros à parier qu'il en allait de même pour le Reichsführer : - choisir ses amis est souvent d'une affreuse complication, les garder est une douleur qui provoque des larmes à chaque instant.

- Vous avez la chance d'être né dans un pays de philosophes, nous américains sommes plus enclins aux jeux lucratifs. Et pourquoi ne pas avoir le meilleur des deux mondes tant que vous le pouvez encore ? Enchaîna l'américain. Nous pourrions rebattre les cartes et commencer une nouvelle et fructueuse partie !

- Je crains de ne pas bien vous comprendre, par contre concevez qu'il y a une impossibilité à participer à une partie dont j'ignore l'enjeu.

- Cela doit être surprenant, depuis notre dernier entretien vous entendez une voix au fond de vous murmurer que l'Allemagne n'est plus en position de gagner cette guerre. Je présume que vous-même aviez déjà certains doutes, je n'ai fait que vous les confirmer. Sinon, vous ne seriez pas revenu me voir avec une telle précipitation après avoir étudié la question avec votre chef. J'en déduis que sans son autorisation vous ne vous trouveriez pas là, mais que pour l'obtenir vous avez dû vous démener à le persuader de la donner.

L'américain était rusé et roublard, il savait gérer les mots. La perspicacité dont il faisait preuve impressionnait autant Walter que son arrogance : - Laissez-moi m'arranger de mes doutes, mon cher monsieur Dulles. Comme beaucoup d'avocats, vous avez une imagination féconde.

- Avec plaisir, vous allez avoir besoin de votre temps pour y parvenir. Mais pour reprendre le fil de mes explications sans devenir simpliste à l'excès, je dirais que beaucoup de « gens » chez nous ne verraient pas d'un œil favorable une victoire soviétique. Ils ne peuvent pas tolérer une pareille idée. Ne sursautez pas, ça n'a rien d'extraordinaire, c'est un réflexe épidermique, aucun d'eux n'a oublié ce qui est arrivé à l'élite dirigeante du temps du tsar. Leur domination s'étendrait tel un cancer implacable à toute l'Europe. Vous pouvez imaginer une Europe bolchévique de Vladivostok à Paris ? Sans doute que Stockholm et Zurich soient dévorés par la même occasion.

- Dans cette perspective, je commence à mieux comprendre la hâte de nos hôtes suisses à favoriser notre accommodement !

- Pour l'instant, traitons de préférence de conciliation, à l'heure actuelle la distance qui nous sépare reste plus importante que celle qui nous rapproche. Sans doute qu'un jour les diplomates prendront le relais, hélas cette date ne s'affiche pas encore au tableau des actualités. Disons plutôt qu'une communauté d'intérêts pourrait nous unir.

- Surprenez-moi une fois de plus, quelles en deviendraient les grandes lignes d'après vous ?

En écartant les bras l'américain illustrait ses paroles : - C'est de cela même qu'il s'agit d'un trait dont nous devons parler, une frontière établie en travers de l'Union soviétique qui s'axerait approximativement de Novgorod à Rostov en passant par Orel et Karkhov. Voire, vous pourriez en plus être autorisés à aller jusqu'au Caucase conformément aux plans de la campagne d'été que vous préparez. La directive 41, c'est bien de cette façon chronologique que procède votre führer. Avec tous ces numéros, on s'y perd un peu ? N'ayez pas peur de sursauter, vous allez-vous demander encore longtemps comment nous sommes si bien informés.

La pause qu'il imposa ne fit pas réagir un Walter surpris, un peu déçu il continua : -

Où en étions-nous ? Ah oui, la marche vers les puits du Caucase. Ça ferait notre affaire, les communistes disposent à ma plus grande surprise de capacités qui inquiètent mes amis. Prenez garde, j'ai appris que les rouges vous bousculent ces jours-ci dans le Sud. Leur limer un rien de plus les griffes les rassureraient, sans trop exagérer bien entendu.

Walter encaissa le coup porté en dessous la ceinture. Il avait connaissance de ce plan qui demeurait pourtant un secret bien gardé, pas si bien s'il en croyait ses oreilles. Il dut fournir un effort extraordinaire pour ne rien laisser paraître mais à présent cela devenait urgent de trouver le traître, l'Abwehr se montrait en dessous de tout. L'américain se plia au jeu en donnant à penser que sa remarque semblait un simple détail dans le décor avant de porter le coup final : - Vous admettez un cessez-le-feu sur ce point, nous nous chargerons de faire entendre raison à Staline.

Impossible de répondre à une telle énormité sans sortir une grosse banalité : - Qu'est-ce qui pourrait vous pousser à imaginer qu'il vous écouterait ? Décontenancé, c'est la seule phrase qui lui était venue à l'esprit. Je vous pose la question par pure curiosité. S'il y a une chose que l'on peut dire, c'est que vous ne manquez pas de naïveté !

- Mon tempérament a toujours été porté à l'optimisme ; en règle générale ça m'a bien réussi, ma doctrine réside en cette phrase : pour le mieux dans le meilleur des mondes possibles. Prenez en compte que l'oncle Jo ne doit pas savoir sur quel pied danser avec vos divisions prêtes à l'abordage de la forteresse Kremlin, sa grande préoccupation se résume à conserver le pouvoir à tout prix. Il y a beaucoup de chance qu'il ignore jusqu'à quel point votre situation économique devient dramatique. Quel individu sain d'esprit imaginerait la partie adverse se lancer dans un conflit d'une telle ampleur en disposant de si peu de moyens. D'accord, je vous l'accorde, en ce qui concerne votre chancelier son état mental n'est pas sa marque de fabrique. En revanche, Staline connaît la sienne qu'il croit suspendue pour une large part au bon vouloir d'une personne aux États unis. Jo se berce d'illusions s'il pense que l'aide américaine dépend uniquement de l'administration Roosevelt obtenue par un vote démocrate. Les républicains dont je suis y sont opposés. Le Congrès pourrait bien la bloquer et la rediriger vers l'Angleterre. Il suffira de le lui faire savoir au moment voulu.

- J'ai hâte de savoir comment cela nous concerne.

Comme tout avocat qui se respecte Dulles aimait ménager ses effets : - Laissons cela pour plus tard. Pour en revenir à ce qui nous occupe, ce tracé ne devrait pas lui sembler insurmontable à Jo. D'abord, ce ne serait pas la première fois que l'Ukraine vous appartiendrait ; déjà en 1918 ça a été le cas pendant quelques mois, ce n'est en somme qu'une question d'habitude. Il perdra un peu de bons territoires, mais cela ne devrait pas le gêner. À la place que nos industriels lui fournissent le matériel militaire de leurs fabriques, nos fermiers du Middle West lui enverront le blé égaré d'Ukraine. Son peuple mangera pour une fois à sa faim et un ventre plein est bien plus enclin à oublier la disparition de quelques plaines même si elles ont été engraissées par des milliers de morts. De la terre, ils en ont assez de toute façon, et des prolétaires en quantité suffisante idem, je crois.

- Vous ne doutez de rien, une telle insouciance ne se voit pas tous les jours. Je m'attendais à des arguments forts, mais pas aussi divertissants. Je trouve cela un peu léger comme élément de persuasion, pas vous ?

Se penchant en avant l'américain ralluma sa pipe, il regarda Édouard Hofer avant de poursuivre : - Oui, vous avez raison. N'oubliez pas que je viens du pays des chercheurs d'or, j'ai toujours une petite pépite dans ma poche. Pour vous témoigner de notre bonne foi et susciter votre intérêt je partagerai avec vous une information secrète et savoureuse, en tant que spécialiste vous allez vous délecter. Pour l'aider à prendre sa décision, un émissaire personnel de nos « gens » qui a accès à ce voyou géorgien, lui remettra copie d'un dossier dont nous possédons l'original.

- A l'occasion pensez à m'en fournir une.

Habitué aux interventions intempestives il continua imperturbable : - Après la débâcle de la révolution un membre très haut placé de l'Okhrana[36] est parvenu en pleine guerre civile à s'enfuir avec les archives que le petit Josef « sosso » avait chez eux. Nous l'avons laissé embarquer sur un de nos navires à Vladivostok avec la cosaque Marina Yurlova[37] puis nous lui avons facilité son établissement au Chili contre les rapports complets de ses divers agents traitants. Pour revenir à ce dossier, on peut y lire que l'air de Batoumi l'avait stimulé tout en aidant à délier la langue au petit séminariste, il ne pouvait plus l'arrêter. Il a vendu pendant des années tous ses amis bolchéviques à la police du tsar. Une joyeuse intuition me fait croire que cela l'assiéra en sueur sur sa chaise quand il en prendra connaissance. Tout ça a été corroboré par un transfuge du NKVD qui est passé chez nous un peu avant la guerre, un certain Alexandre Orlov, si le service de sécurité d'Heydrich fonctionne bien vous devriez en avoir entendu parler. Celui-là a emporté avec lui des photos des dénonciations du petit Koba.

Walter avait eu vent de la première affaire, Heydrich s'était servi de la rumeur pour concocter un plan machiavélique destiné à attirer les foudres de Staline sur le maréchal Toukhatchevski qui était supposé tenir une copie du fameux dossier. Néanmoins, il feint la surprise : - Ce n'est donc pas une légende. Chez nous, le bruit a toujours couru que les services secrets du Kaiser détenaient dans la pile de documents sur Vladimir Ilitch quelques pages de sa négociation avec entre autres un certain Parvus pour autant que j'ai bonne mémoire. C'est un cas d'école au SD. On nous l'enseigne dans les premiers jours pour nous souhaiter la bienvenue. Si je ne me trompe, à l'époque, il y a eu une entente pour passer par le territoire allemand. Accord complété par le transfert de millions de marks via des sociétés-écrans pour

---

[36] Okhrana, police secrète du Tsar Nicolas II.
[37] Marina Yurlova actrice fille d'un colonel cosaque, engagée sur le front dans un régiment combattant. Après la révolution s'engage dans le régiment tchèque pour poursuivre la lutte contre les bolchéviques.

contribuer au déchaînement révolutionnaire contre le pauvre Romanov. Il paraîtrait que Lénine faisait mention de soupçons de trahison dans le noyau bolchévique de Petrograd. Ces archives dorment à l'abri au fond d'un coffre, du Benderblock peut-être. Très peu de gens y ont accès.

- Un certain amiral doit connaître la combinaison !

Walter calcula mentalement la distance entre ce qu'il croyait des arguments de Dulles et ce qu'il savait de la froide détermination de ses pairs. Trop long pour aller à pied, assez court pour ne pas prendre la peine d'équiper un cheval, mais suffisant pour entreprendre de vendre la balade à Heydrich. Il sentait qu'il allait connaître le fin mot dans les minutes qui allaient suivre : - Oui, c'est probable, c'est l'époque de ses débuts dans le renseignement. Votre stratagème ne manque pas d'originalité c'est le moins qu'on puisse en dire. Vous devriez aussi tenter de faire expliquer votre merveilleux plan à notre führer. Au risque de vous faire de la peine, personnellement je ne me montre pas volontaire, je doute même que vous en trouviez un suffisamment sain d'esprit dans tout le Reich.

Allen Dulles rayonnait et ne put s'empêcher de s'enhardir : - Pourquoi pas à votre Reichsführer Himmler, il suffirait ensuite d'éliminer « Reich » pour rendre cette affaire plus simple.

Les oreilles entendent parfois des paroles que le cerveau a peine à croire, Walter se retrouvait ainsi au milieu du gué malgré bien qu'il avait senti un coup aussi tordu arriver. Il avait raison, en aucun cas il ne devait sous-estimer l'ambition débridée de l'américain. Sauf qu'il avait beau se marteler que c'était absurde et en même temps se dire qu'étudier le cas n'était pas dénué de piquant. Le dicton allemand « Se laisser convaincre qu'un X est identique à un U » prenait tout son sens. Il choisit de jouer les offensés sachant que Dulles ne se montrerait pas dupe un instant : - Vous devenez fou ? À tout vous dire, je préférerais éviter de discuter de cela avec vous.

L'objection fut balayée sur-le-champ, le discours final avait été préparé de la même manière qu'une plaidoirie devant un grand jury : - Depuis plus de dix ans votre patron concentre la majorité des rouages de l'état dans son cercle de pouvoir. Il est toujours parvenu à influencer, parfois contre son gré, votre chancelier, comme en juin 1934. Pareil pour le fidèle Heydrich.

- Il est impossible d'aller contre la volonté du führer, vous devriez le savoir.

- Qui doit lui demander son avis ?

- Qui pourrait se permettre de ne pas le faire ?

- Chez nous dans ce genre d'affaires nous disposons de la tournure d'esprit pour mettre l'individu devant le fait accompli. Devenez pragmatique, votre führer a parcouru son temps, ses pensées ne sont plus réalistes pour autant qu'elles l'aient été un jour. En tout cas, elles n'apparaissent plus en concordance avec la situation actuelle. C'est à présent devenu un personnage du passé. La place doit revenir aux idées nouvelles, aux hommes nouveaux comme vous. Une retraite heureuse en statue vivante au milieu des montagnes vaut mieux qu'une captivité à Moscou dans une cage ainsi que le laisse entendre Staline. Ou la disparition dans une grande explosion. C'est dans la recherche de son bien que vous agiriez, certes contre sa volonté, mais qu'est-ce la volonté devant des enjeux de cette ampleur.

- Qu'est-ce qui vous fait penser que le Reichsführer pourrait même concevoir une pareille aventure ?

- Une intuition, j'imagine, sans trop avoir peur de me tromper que son rêve secret serait une paix séparée. Il doit être dans une certaine mesure fort réaliste, sans être militaire, si ce n'était pas encore le cas, il saura conclure que la victoire devient impossible. C'est un politique, laissons-lui donc faire de la politique et satisfaire ses ambitions.

- Vous oubliez une chose très importante, le Reichsführer n'a aucun pouvoir sur l'armée et cette dernière respectera sa parole.

- Un serment extorqué, beaucoup s'en souviendront. Ceux-là pourraient devenir vos meilleurs alliés. La loyauté ressemble souvent un mariage forcé, il suffit d'une belle maîtresse pour le remettre en question. Ceci devrait vous aider, nos amis anglais de l'intelligence service nous ont informés que depuis 1938 et jusqu'au début de la guerre ils ont été approchés à plusieurs reprises par des groupes d'officiers opposants en désaccord avec votre régime. Contacts auxquels ils n'ont pas jugé utile de donner suite, nos cousins sont des gens timides, il ne faut pas surestimer leurs capacités pour l'intrigue. Vous êtes d'ailleurs personnellement en partie responsable de leur défiance. Vous devriez étudier de plus près cet aspect de la subversion, ça ne devrait pas être insurmontable pour le contre-espionnage politique de remonter dans le passé.

L'énormité de ce qu'il entendait le rendit Walter silencieux quelques instants : - Quel jeu voulez-vous débuter avec moi ? Mes oreilles laissent s'écouler vos paroles que mon cerveau refuse d'assembler. Vous parlez d'un coup d'État ? Une de ces errances qui me vaudrait d'être dégradé, jugé et attaché à un poteau si j'ai un peu de chance en ce qui concerne cette dernière étape !

Allen Dulles posa sa pipe avec précaution dans un cendrier de marbre : - Non, car cela ne convient pas à la situation. Une simple mise devant un fait accompli. Vous êtes courageux, cela ne devrait pas vous effrayer outre mesure. Je suis persuadé que l'idée ne doit pas vous déplaire tant que ça, elle pourrait même correspondre à vos ambitions. Trouvez comment manipuler l'armée. Aucun de ces Prussiens ne souhaitait réellement d'une guerre. En tout cas pas de cette ampleur et encore moins à l'est. Une petite revanche sur la France agrémentée de quelques médailles n'était pas mauvaise à prendre après tant d'humiliations, mais plus devient de la gloutonnerie. Que je sache, vous avez conclu un armistice avec Pétain. Pas très intelligent de la part de votre grand stratège, à sa place j'aurais poussé jusqu'aux plages de la Méditerranée, si vous voulez mon avis, mais bon, c'est fait.

- Vous usez de beaucoup de théorie, hélas, souvent les théories s'adaptent très mal aux réalités. Supposons un instant que je prenne position, vous surestimez mon échelon. Pour reprendre les mots de Nietzsche, je suis libre de pouvoir danser avec des chaînes. Ce n'est pas un échiquier ou j'aurais la faculté de sauter de deux cases, vous semblez oublier qu'entre le Reichsführer et moi il existe quelqu'un. Reinhardt Heydrich pourrait se mêler à l'affaire, disons entrer dans la compétition et brouiller les cartes.

- Et de quelle manière ?

- Celle qui lui fournirait la place de Reichsführer à la place de Himmler.

    Heydrich, oui vous avez raison, cela pourrait être un obstacle, mais connaissez-vous des problèmes qui n'ont pas leurs solutions. Ça pourrait être plus qu'une vue de l'esprit…

Berlin, 8 Prinz Albrechtstrasse, bureau d'Heydrich, vendredi 15 mai 1942 20h00

Le chef du RSHA venait de rentrer de La Haye dernière étape après Paris où il avait rencontré le secrétaire général de la police française plus quelques autres responsables en tant que président de la commission internationale de police criminelle. Rempli d'orgueil, il avait ramené avec lui quelques exemplaires du journal parisien France soir de la veille dans lequel il apparaissait en première page. Dans l'enthousiasme du moment, il en avait offert un à Walter. Malchance pour cette denrée si rare, son enjouement fut vite douché quand Schellenberg lui exposa la situation. « Nous passons par-dessus le führer, eux sautent au-dessus de Roosevelt ! ». C'était déjà la troisième reprise que Heydrich répétait à haute voix la phrase qui résonnait contre les murs de son somptueux bureau : - depuis août 1931 je croyais avoir tout entendu, observé les coups les plus tordus, mais là, Schellenberg, tout le monde s'est surpassé. Pour la première fois de ma carrière, je suis pétrifié des pieds à la tête. Je ne sais pas si le meilleur remède ne serait pas de vous abattre sur-le-champ et d'oublier toute cette affaire ou bien malgré tout tenter d'en parler au Reichsführer pour lui exposer les faits en faisant preuve de la plus grande des circonspection.

- Sans vous commander, la deuxième solution m'irait très bien général.

- Je verrai, je n'ai pas davantage décidé. Ce plan se transforme en une folie totale. Reinhard Heydrich resta un moment songeur - Quel but recherchent ces Américains ? Et d'abord ce Dulles, il représente qui ? Comment peuvent-ils être au courant de l'opération Siegfried [38]? C'est maintenant une certitude, il y a encore un traître à l'OKW. Vous verrez, il s'agira à coup sûr du même qu'en juin quarante, celui que Canaris suivait à la trace au bureau de recherche, ce qui nous a valus à tous les deux une remontée de bretelle mémorable dans le cabinet du führer. Vous connaissez la question, vous vous en étiez chargé. J'espère pour vous que vous le coincerez cette fois, ce serait désagréable pour vous si je devais repasser l'affaire à Müller. Le général le fixa de ses yeux froids, avec lui la mise en accusation se comportait comme son ombre, elle ne s'éloignait jamais beaucoup de son corps. Par chance, il s'en détourna, hélas, il en faudrait une dose beaucoup plus importante pour que le provisoire devienne définitif : - Depuis lors, nous n'avions plus constaté de fuites, ce qui ne veut pas dire qu'elles n'ont pas eu lieu, juste que vous, Müller ou Canaris ne vous en êtes même pas rendu compte. Parlez-moi de cet Américain, de choses que je ne sais pas sur lui.

La pure méthode Heydrich, mordre, distiller le venin pour ensuite laisser penser qu'il dominait tous les sujets : - C'est d'une grande complexité, général, il y a plusieurs côtés par lesquels je pourrais commencer. Il s'avère qu'il existe au cœur de Yale, l'une de leurs meilleures universités, une puissante société secrète qui compte en son sein de prestigieux membres intégrés au niveau supérieur dans la politique, la finance et l'industrie. Des gens viscéralement anticommunistes qui nous ont démontré jusqu'à présent une attitude fort accommodante. Prescott Bush par exemple, l'associé de notre Fritz Thyssen[39]. Sans prétendre vous informer de quelque chose, j'ai appris cela en lisant les dossiers d'interrogatoire de Thyssen lorsque nous l'avons récupéré. Ce Dulles qui a été leur avocat nage comme un poisson dans l'eau au sein de ces hautes sphères. Il a depuis longtemps acquis leur totale confiance et eux la sienne sans perdre de vue ce qu'ils lui auront promis en retour pour ses bons offices. Peu après la prise du pouvoir, notre ministre Schacht a signé avec son frère des accords qui nous étaient très profitables. Au demeurant, je compte me rendre dès que possible à Oranienburg pour avoir une petite conversation approfondie avec notre, vieux Fritz.

- Je vous l'interdis, vous n'en ferez rien, n'y allez pas sans mon autorisation expresse. Fritz est le prisonnier personnel du führer, personne ne l'approche. D'ailleurs, vous ne seriez pas certain de l'y trouver.

- À vos ordres Obergurppenführer, je vous soumettrai une demande.

- Schellenberg, je n'ai pas encore décidé de votre sort et un P38 attend chargé

---

[38] L'opération Siegfried renommé opération Braunschweig premier nom donné au plan bleu d'offensive du groupe d'armée sud.
[39] Fritz Thyssen industriel de la Ruhr un des premier donateur au parti d'Hitler. Après sa fuite en France en 1934 il fut remis par le régime de Vichy à l'Allemagne en décembre 1940 et interné dans un camp de concentration.

dans mon tiroir que je lui fasse prendre l'air ...alors, mettez votre impertinence au vestiaire ! Donc, d'après vous les Américains feraient à nouveau sécession. Bonne nouvelle, non ?

- Général, il serait plus approprié de parler d'une faction puissante d'Américains qui dans un passé récent sont devenus fort proches de nous, économiquement, mais aussi souvent moralement quand ce n'était pas idéologiquement. En ce moment, le rapprochement de l'administration Roosevelt avec Staline les perturbe à l'excès et c'est un faible mot, ils veulent à tout prix l'éviter. Qu'aucun vainqueur ne ressorte du conflit paraît au mieux de leurs intérêts. Même si elle n'est pas parfaite, c'est pour eux la solution idéale vu les circonstances. Cela ne comporte que des avantages à leurs yeux. Avant tout, elle assouplira la politique guerrière de Churchill et dans le cas contraire faciliterait son remplacement par un Premier ministre plus accommodant comme Lord Halifax. À coup sûr, ils savent pour Hess, du moins l'essentiel de la manœuvre, le reste ils le devinent sans peine.

Heydrich hocha la tête, sa longue figure affichait une expression amère : - Cette affaire était mal ficelée depuis le départ, une grossière erreur, mais Himmler ne m'a pas prêté l'attention voulue. Mais dites-moi, ça ne les gêne pas que nous nous emparions de leur île ?

Walter était surpris de ce que lui faisait comprendre à demi-mot son chef tout en jugeant indispensable de l'oublier au plus vite : - Laissez-moi vous exposer la finesse de l'opération jusqu'à la fin. Mis à part Roosevelt et sa bande, outre-Atlantique beaucoup de ces gens influents sont persuadés que si Staline l'emporte, plus rien ne l'arrêtera, l'Europe entière sera envahie Gibraltar inclus, si pas une partie de l'Afrique. Le canal, les puits de pétrole, tout serait tôt ou tard aux mains des Soviétiques. Ce qui les obligera inévitablement à intervenir contre le russe avec la majorité de leurs forces dans un conflit beaucoup plus considérable que celui en cours alors que l'Asie demeure leur préoccupation prépondérante malgré ce qu'ils proclament.

Heydrich, fait rare, ne cacha pas son admiration : - Belle déduction, je n'avais pas envisagé la chose ainsi. De grands joueurs d'échecs ! Cela ferait remonter dans le temps de vingt-cinq ans. Ce fut la plus grossière des erreurs de croire que nous avions perdu la guerre en 1918. Nos armées étaient parvenues jusqu'à Tsaritsyne, Bakou et Tbilissi. Il s'en est fallu d'un cheveu que Ludendorff redresse la situation, le blé et le pétrole se trouvaient à nouveau à notre disposition de la Baltique à la mer Noire et l'Allemagne était en mesure de rendre le blocus inopérant. Nous avions gagné à l'Est et si les politiques n'avaient pas pris la main et fomentant la révolution nous aurions obtenu un cessez-le-feu à l'ouest.

- Vous avez raison général, l'histoire semble repasser les plats, mais dans un autre restaurant. D'un autre côté, cette fois les alliés créent un bloc commun avec les bolchéviques, car si nous réduisons le russe nous pourrions en second lieu retourner tous nos efforts sur l'Angleterre, un peu comme en 1918 et à notre tour dominer l'entièreté de la Méditerranée incluant au passage l'Afrique du Nord et ensuite le Moyen-Orient jusqu'à obtenir la jonction avec nos amis japonais. Ce qui obligerait de la même façon les Américains à intervenir encore une fois avec des millions d'hommes. En revanche, un armistice sur un front de plus de deux mille kilomètres nous mobilisera au minimum une centaine de divisions les premières années d'après leurs estimations.

- Ils y gagneraient quoi ? Heydrich avait posé la question machinalement, mais bien entendu il en connaissait la réponse.

- À première vue, les intérêts de ces Américains apparaissent assez complexes, comme souvent. Nous laisser pousser un peu plus loin en territoire soviétique en est la preuve évidente. Cependant et avec un peu d'inventivité en les détricotant leurs intentions apparaissent plus nettes. Avant tout, terminer une fois pour toutes la guerre d'indépendance de Georges Washington dans son volet économique. Le vieux rêve de reléguer sans retour possible l'Angleterre dans un rôle vassal mineur.

Heydrich ricana comme s'il s'agissait d'un bon tour joué aux Britanniques : - Je ne peux pas leur donner tort. Le Canada regagnerait sa position naturelle. L'Inde et l'Australie tomberaient dans leur giron. Ils domineraient à leur tour les océans avec des milliers de kilomètres de côtes amies pourvues de centaines de ports, leur commerce ne connaîtrait plus de limites. Évidemment, il y a le problème japonais.

Schellenberg emporté par son sujet poursuivit : - Le Pacte de non-agression signé l'année passée entre les Russes et le Japon n'est pas estimé par eux comme un acte cordial de Staline, il permet de concentrer une quantité énorme des forces japonaises dans le Sud au risque d'envahir tout le territoire chinois. À ce propos, la Thaïlande vient elle aussi de s'allier avec le japon dimanche. Ils vont avoir la partie dure dans tout le Pacifique, c'est une zone qu'ils considèrent de la même manière qu'une portion intégrale et intouchable de leur sphère. Ils doivent à tout prix la reconquérir et ils risquent de la perdre s'ils n'agissent pas à la hâte pour contrer les Nippons. Pas trop vite quand même, ceux-ci les servent pour le moment dans une certaine mesure pour nettoyer les territoires où les Anglais et hollandais sont établis. Grâce à l'arrêt des hostilités sur le théâtre européen, ils parviendront à concentrer la majorité de leurs forces en Asie du Sud et dans le Pacifique. Ils ont le ferme espoir de vaincre nos alliés japonais. Ce Dulles m'a bien fait comprendre qu'ils n'utiliseraient pas leur explosif à l'uranium uniquement contre nous, nos complices nippons en recevraient leur part si nécessaire. En cas de réussite ce dont ils ne doutent pas un instant, ils obtiendront la main mise sur toute cette partie du monde au détriment de l'Angleterre. Avec l'Inde en prime et une pénétration très importante en chine ou ils jouent avec intelligence la carte de Tchankaychek et celle des communistes en même temps.

Heydrich semblait de plus en plus admiratif devant une joute aussi machiavélique tout à fait à son goût : - Ce sont des vues intéressantes par leur audace, cela mettra en péril leurs alliés anglais.

- Il m'a fait entendre qu'ils ne retireront jamais leur soutien au Royaume uni. L'Angleterre pour sa part se retrouvera de toute évidence isolée sur le front occidental prête à tomber dans leurs bras pour créer une copie d'état américain. Ils y maintiendront en suffisance des moyens militaires pour empêcher que nous mettions un jour les pieds là-bas ; avec l'aide de leur explosif à l'uranium si nécessaire. Ils tiendront par la même occasion une base avancée de ce côté de l'atlantique. Pour eux, un remaniement du gouvernement anglais deviendra inévitable, cela se conclura à une époque pas trop éloignée par un cessez-le-feu général.

- Nous serions maîtres absolus en Europe continentale ?

- Mis à part l'Angleterre, la Suisse, la Suède et l'Islande, oui. Il trouve cela très intéressant. Selon lui ça se terminera tôt ou tard par une grande fédération européenne sous notre bienveillance. Ses amis considèrent que tous ces petits pays européens font désordre et qu'ils doivent être regroupés sous une seule administration. Les affaires pourront reprendre comme si de rien n'était, mais à une beaucoup plus importante échelle. Londres ne donnera plus d'ombre à Wall Street.

- Et vous Schellenberg, vous voudriez que je trouve les mots pour expliquer ça au Reichsführer ? Par chance, lui au moins n'est jamais armé. Par prudence, dans un premier temps je ne lui parlerai pas du traître, avant nous allons être contraints en savoir plus, il est fort possible qu'il y en ait d'ailleurs plus d'un. Il faudra mettre discrètement Müller sur l'affaire sans lui donner plus de détails que nécessaire, mais c'est vous qui êtes chargé de le débusquer.

Walter tiqua : - si je peux me permettre général ; l'affaire est délicate ce n'est pas ce qui caractérise Müller qui pourrait être tenté de se rendre intéressant auprès du Reichsführer. Ne serait-il pas judicieux de le laisser venir vous rapporter le résultat de son enquête sur ce réseau belge et de l'orienter subtilement ? Moi de mon côté j'entreprendrai en toute discrétion Canaris. Heydrich le fixa sans répondre, c'était dans ses habitudes.

- Il y a encore un dernier point général.

- Lequel Schellenberg ?

- « Il » demande de tous les libérer !

- Libérer qui ça ?

- Vous le savez bien !

Berlin,106 Wilhelmstrasse, Sicherheitsdienst SD, bureau d'Heydrich, samedi 16 mai 1942 11h50

L'euphorie du matin portée par une perspective exaltante d'un séjour à Prague s'était vite évaporée au regard de l'étendue de la tâche. Heydrich contemplait la vaste pièce blanche à peine meublée dans laquelle il pensait emménager son nouveau bureau berlinois ; sa tête l'était tout autant avec en prime une légère sensation de vertige à chaque reprise que ses yeux se posaient sur le portrait d'Hitler celui-ci semblait lui demander de se justifier. Les alternatives qui s'offraient à lui se comptaient non sur les doigts d'une main, mais s'appuyaient sur un unique d'entre eux. Lui-même avait donné le coup de départ de la course en revoyant Schellenberg en Suisse ; à l'arrivée, à part le vainqueur personne n'aurait l'honneur d'exister.

À présent, il concourait dans un marathon impossible à arrêter, l'entraînant trop rapidement à son goût. Ce qu'il détestait par-dessus tout c'était de ne pas décider de la route à suivre de façon indépendante. Il faudrait redoubler de prudence et se préparer à tout, quitte à sacrifier Himmler ce qui ne serait pas une mince affaire. Son choix personnel consistait à lui donner plus de recul pour permettre au projet de mûrir jusqu'au moment où il se détacherait seul de sa branche. Alors seulement, il imaginerait un procédé plus lent, bien assuré ; pour l'instant ce n'était pas envisageable, le temps ne pouvait être allongé, ils n'auraient droit à aucun délai. Cela se résumera en définitive à un assaut brutal comme à l'escrime. Après tout, c'était son sport favori.

Dommage, combien Prague lui allait à merveille, il voulait participer à la vie mondaine de l'été, profiter de la réconciliation avec Lina, s'occuper des enfants. Mais Himmler n'était pas homme à laisser refroidir une affaire ni à l'oublier. Son entêtement dépassait dans certains cas l'entendement. Comme tous les mystiques il ne changeait que très rarement d'opinion pour ne pas dire jamais. Ses talents d'organisateur étaient redoutables, analogues aux siens à la différence que le Reichsführer s'arrêtait au moindre détail parfois jusqu'à l'absurde. Ceci expliquant cela, la connivence des deux dignitaires de l'État était parfaite en façade. L'avantage allait à Reinhardt doté d'un esprit d'une dangereuse rapidité, il usait souvent de cette faculté pour faire diversion avec les hauts responsables du mouvement. Quand même, quelle époque se dit-il , un éleveur de poulets, qui l'eut cru, les volatiles n'avaient pas dû être à la fête tous les jours. Le parti était rempli de gens qui avaient revêtu des fonctions étranges, mais la SS dépassait de loin la moyenne. Ici, on était issu soit d'une ferme, soit d'une université.

Il n'avait pas une minute à perdre, le soir même il devait s'envoler pour Prague afin d'organiser les accords de collaboration entre les services de renseignements. Après une courte réflexion, il prit son téléphone demandant poliment, mais sèchement au standard de le mettre en communication avec Schellenberg.

Dix minutes plus tard, la voix rauque du lieutenant-colonel emprunte d'une douce ironie retentissait dans le cornet : - Obersturmbannführer Walter Schellenberg à vos ordres Obergurppenführer. Le ton était décontracté. Un peu trop comme à son habitude. Schellenberg était un mondain dans l'âme et tenait à le faire savoir. Heydrich avait tout essayé pour le mettre à la tête d'un des groupes d'action à l'est pour lui faire passer le goût de ce détestable esprit sarrois. C'était pourtant une règle absolue que le général avait édictée à laquelle Schellenberg, malgré ses efforts, était parvenu à se soustraire de justesse à force de contorsions intellectuelles. Il en avait profité pour comploter finissant par réussir le tour de force d'y envoyer son chef Jost à sa place pour ensuite prendre l'espace libéré dans la partie de chaises musicales du Reich. Depuis que le général l'avait soupçonné d'être l'amant de sa femme, il lui prodiguait une indulgence indivisible dont personne ne bénéficiait au RSHA. Mais Walter connaissait bien les limites de son pré carré et quand il s'aventurait au-delà de la frontière, il prenait soin de parsemer le chemin de petites pierres pour lui assurer le retour.

- N'en faites pas trop voulez-vous…mais moi aussi je suis « presque » d'excellente humeur, ça doit être la proximité de l'été. Je sors à l'instant d'une réunion chez Himmler. J'ai besoin de vous parler discrètement, cela présente une certaine urgence. Que diriez-vous d'une balade au Tiergarten à moins qu'un bar près de l'Alexanderplatz vous convienne davantage ? Comme son interlocuteur ne répondit pas, il enchaîna : - Mieux vaut le parc, ça vous évitera des souvenirs déplaisants... Au bout de Bellevue dans vingt minutes nous pourrons nous promener le long de la Spree.

- Avec Plaisir Obergurppenführer rien de tel que la Spree au printemps pour aimer encore plus Berlin.

Ensuite Heydrich demanda à son ordonnance de préparer sans prévoir de chauffeur une des voitures banalisée stationnée dans la cour intérieure.

Berlin, Tiergarten, Bellevue allée, samedi 16 mai 1942 12h30

Schellenberg pénalisé par la distance parvint malgré tout à arriver le premier de peu. De loin il aperçut une BMW 321 remonter l'allée ce qui était depuis peu interdit aux véhicules particuliers, il nota que la voiture n'était pas pourvue de plaque SS, mais de l'immatriculation RAD du service du travail. Heydrich qui conduisait l'automobile en personne s'arrêta à sa hauteur. Cela respirait l'intrigue de théâtre à plein nez.

- Montez, nous irons un peu plus loin vers le Château et le quai Bellevue, près de la station du S-Bahn cette voiture passera inaperçue parmi les autres.

Le général ne lui jeta pas un regard, sa voix était haut perchée comme d'habitude, puis il ne dit plus un mot, affectant d'être concentré sur la conduite. Schellenberg le connaissait mieux que quiconque, il savait que c'était le signe d'une forte préoccupation. Son chef ne se laissait d'ordinaire pas aller à la démonstration de ses états

d'âme, sauf le soir dans les bars où il aimait s'encanailler. Pas une posture au point d'être rigide, il pouvait parfois être cassant et odieux à l'extrême, jamais distant. Un de ses plaisirs malsains s'exprimait dans une certaine proximité envers son entourage, celle du chat qui s'amuse avec une souris.
Après s'être parqués dans allée discrète proche de la gare ils sortirent de la voiture. Heydrich toujours coquet passa la main sur sa tunique pour la défroisser, mit un soin maniaque à plier ses gants sous sa ceinture. Satisfait, il esquissa un sourire froid : - Marchons !

Les deux hommes firent quelques pas en silence, le général avait l'air de s'intéresser aux arbres, on aurait cru qu'il s'adressait à eux quand il se décida à rompre son mutisme : - Les temps changent, « Il » m'a demandé de planifier une opération « au cas où ». Il ignore bien entendu que nous avons déjà quelque peu anticipé son vœu, mais c'est notre travail d'anticiper ses requêtes, pas vrai Obersturmbannführer ?

Schellenberg prudent lui lança un regard de côté, mais s'abstint de commenter. Heydrich changea de thème : - Parlons donc de l'armée, de notre chère armée puisque c'est le sujet de toutes nos préoccupations. Pour commencer communiquez-m'en les dernières nouvelles des fois que j'ignorerais quelque chose, voulez-vous ?

Walter était habitué à sa tactique verbale, c'est sans se laisser déstabiliser qu'il répondit : - C'est une armée bien mise au pas, qui ne bronche pas ou si peu. L'hiver semble avoir donné une bonne leçon à ces Prussiens arrogants.

- Je me méfie de ces vieilles ganaches décorées, percluses de leur propre admiration. Vous avez pu trouver dans ce nid de vipères l'homme qu'on pourra manœuvrer au moment voulu ?

Pour une fois, il avait fait court ; en général l'armée lui inspirait de longues diatribes haineuses. Walter revint vite sur le sujet : - Ils vont bientôt lancer une offensive d'été dans le Sud, dans un mois au maximum.

- Vous ne m'apprenez rien, Schellenberg !

La pure école Heydrich, pointer les défauts ou les faiblesses des autres pour s'en moquer sans retenue : - Non, bien sûr, je ne fais que résumer à haute voix général. Comme vous le savez, la Heer ne peut par manque de moyens attaquer au nord, au centre et au sud en même temps. Il leur faut donc une concentration des ressources sur un seul point. Le führer s'est décidé pour celui des champs de pétrole. Ce n'est bien entendu pas idéal, mais c'est tout ce qu'il y a de réalisable avec de grandes chances de succès. Je ne parle pas de la décision, bien de la contrainte imposée par les moyens. Le führer veut à tout prix les puits du Caucase, les bandes rouges ont promis de les lui offrir.

- Ce sera un beau présent, un peu tard pour son anniversaire, mais bon. Ils vont se plier en quatre pour réussir le paquet-cadeau.

- C'est une forte partie, général. Ils jouent gros. Si les Soviétiques attaquent au-delà de la ligne d'Orel nous pourrions avoir les pires difficultés à faire face matériellement et humainement. C'est la conclusion de Wilhelm Höttl, vous savez qu'il est très fin dans ses analyses. Je suis obligé de vous dire que je la partage. Sans être un expert militaire, j'ai pris en compte divers éléments remarquables. Si j'ai pu y parvenir, à plus forte raison les généraux ont pu arriver à la même conclusion. Il semblerait en tout cas que ce soit aussi celle de Friedrich Fromm selon ce que m'a rapporté une agente que nous avons infiltrée très près de ce vieux cochon. Höttl estime pour sa part que nos lignes d'approvisionnement seront tendues au maximum de leurs capacités et vont irrémédiablement se rompre. Il ne l'a pas exprimé ainsi, mais j'ai compris que cette offensive ne le convainquait pas beaucoup, pas du tout même pour être exact.

Incapable d'intérioriser, le chef du RSHA ne put s'empêcher d'ironiser : - Intéressant de connaître l'opinion défaitiste de l'un de nos meilleurs officiers.

Schellenberg ne prêta pas attention et continua sur un ton identique : - Comme vous l'avez lu, les agents que nous avons réussi à infiltrer derrière leurs lignes confirment que le russe a accompli non seulement le tour de force de rétablir sa production de guerre, mais de dépasser de loin la nôtre. Ajoutez à cela qu'ils ont le pétrole illimité et que leurs troupes demeurent toujours supérieures aux nôtres en quantité malgré leurs pertes abyssales. Complétez le tableau en ajoutant l'aide des Américains. Je suis obligé de conclure que si nous présentons la moindre faille et qu'ils lancent une contre-offensive générale sur tout le front, celle de l'hiver passé sera une aimable plaisanterie en comparaison. On pourrait se retrouver sur le Bug aussi vite que nous l'avons quitté.

- Ils n'attaquent jamais l'été et le Bug est bien loin !

Schellenberg ne put s'empêcher d'être sarcastique : - L'été est court !

Heydrich prit une inspiration avant de déduire à contrecœur : - Bref, nous devrions prévoir, planifier et commencer à exécuter en un peu plus d'un mois une solution de la dernière chance. Je n'aime pas ce mot, mais pour l'instant je n'en vois pas d'autre, de chance. Somme toute, l'équation est assez simple, nous enfonçons le russe au-delà de ce que les Américains considèrent comme acceptable, ils nous le font payer au prix fort avec leur bombe. Nous ne parvenons pas à enfoncer le russe et nous nous retrouvons à Gumbinnen de la même manière qu'en 1914. Il faut être assez fort ou assez faible, c'est selon l'interprétation, pour rester au milieu avec assez de puissance afin que Joseph Staline admette nos positions en tant que ses nouvelles frontières pour les neuf cent quatre-vingt-dix années à venir.

Schellenberg approuva de la tête : - Parfait résumé général. Nous avons encore une chance de l'emporter à l'Est, mais elle est très maigre et quasiment nulle à l'ouest. Ce cesser le feu compte tenu de la menace américaine représente ce que nous pourrions espérer de mieux. Comme il est impensable que la Chancellerie adopte une telle stratégie, l'unique façon dont elle y consentirait serait de la mettre devant un fait accompli d'une pareille ampleur qu'elle serait obligée de changer d'opinion. Il constata qu'il avait réussi à prononcer ni le nom d'Hitler ni celui de führer.

- Où en est votre plan ?

Walter afficha un sourire : - vous en êtes bien conscient, je dois faire avec ce qui n'existe pas. C'est évident, je ne suis pas dupe, sans la coopération de l'armée nous n'y parviendrons jamais. Il faut que ce soit très ciblé. Je pense avoir trouvé ou créer le point de gravité recherché. Les mots commençaient à être difficiles à sortir, pas à cause d'Heydrich, mais bien par ce qu'ils impliquaient, mais ce n'était pas le moment de reculer. En fait, il y en a deux. Il faut que cette campagne d'été ne soit en aucun cas un succès, les armées doivent s'arrêter face à face bloquées les unes par les autres. Ensuite, laissons notre chef convaincre la chancellerie de la manière qui lui semblera la plus appropriée en lui faisant bénéficier de notre appui au besoin.

Heydrich parut prendre plaisir, son visage se décontractait au fur et à mesure des explications : - Rarement conspiration, rébellion et sédition ont été résumées avec tant de délicatesse !

Le chef de L'AMT VI Ausland apprécia le compliment : - Mon premier pion serait Walther von Seydlitz-Kurzbach[40] dit : « l'ouvre-boîte ». Il m'apparaît être la personne tout indiquée ; il est à l'état-major de la sixième de Paulus et celui-ci a la charge du plus puissant corps d'armée de cette campagne. Paulus est nommé depuis relativement peu à la sixième. On m'a rapporté qu'en ce moment même il fait son baptême du feu à Kharkov et pas de la manière la plus convaincante. Ce général, d'après certaines confidences, ne serait pas du tout de l'envergure de Reichenau et c'est tant mieux pour nous. Il est plus ... disons « délicat » comme tous les gens nés en Hesse.

Heydrich lui lança un regard noir, Walter continua comme de rien : - Un homme assez fade, aucun dossier sur lui chez nous à part qu'il a réussi à se mettre Rommel à dos.... Marié à une sorte de comtesse roumaine, il est plus tourné vers la planification du bac à sable que partisan de l'agression brutale pure. Bref, une espèce de rat d'état-major à lignes rouges comme notre bonne Allemagne peut en fournir par centaines, un de ces faux aristocrates qui lèvent le petit doigt en buvant du thé. Il doit sa nomination à son ami Halder. En outre, le bruit court qu'il est influençable, lent à décider. Donc plus à même d'être enclin à prendre avis et conseils, à se laisser manipuler ce qui correspond à la perfection à notre canevas. Kurzbach lui est fonceur avec des nerfs solides, regardez la façon dont il s'en est sorti à Demyansk il y a deux semaines. Une armée allemande encerclée pour la première fois de son histoire, pendant trois mois à se les geler, cernée dans son hérisson sans que l'OKH bouge d'un pouce, c'est Eicke qui les a délivrés avec sa Totenkopf. On raconte que Théodor roulait par terre ivre de joie, pas seulement de joie d'ailleurs. Ce von

---

[40] Général d'artillerie Walther von Seydlitz-Kurzbach commandant du LI. Corps d'armée au sein de la VIème Armée.

Seydlitz sait que c'est grâce à notre division qu'il a remporté cette victoire même si l'offensive a pris son nom, ça devrait créer des liens de confiance. Ce n'est pas votre opinion ?

- Ne mentionnez pas confiance et Wehrmacht dans la même phrase, c'est presque indécent. L'Ostheer est divisée en deux clans comme le reste de la Heer. Il faut trouver le moyen de les mener à l'affrontement pour en prendre le contrôle comme nous avons commencé à le faire avec l'Abwher.

- C'est évident, par chance, pour la bande à Canaris nous avons l'habitude depuis le temps que nous les manipulons. Avec l'armée, ça ne devrait pas non plus être un problème ; chaque partie n'a de cesse de dominer l'autre, il suffit que nous tirions quelques ficelles.

- Raison de plus pour le voir rechercher la gloire et non une défaite répondit brutalement Heydrich, c'est contradictoire. D'après ce que j'ai lu des rapports du colonel Erwin Weinmann, en ce moment il met la zone sud de Karkhov à feu et à sang. Il doit être assoiffé de vengeance.

Walter balança sa tête, faisant la moue en regardant son chef avec des yeux pétillants de malice : - Une gloire peut en cacher une autre, il s'agit de le lui faire comprendre. Les généraux rêvent d'être maréchaux et les maréchaux ministres. Bref, lui, c'est le deuxième choix, il n'est pas à la direction du groupe d'armée, mais il y a un poids suffisant. Le premier choix est Franz Halder, le chef adjoint de l'état-major de l'armée de terre. Vous serez surpris du pourquoi quand j'y viendrai. Prenez en compte que les deux ont le pouvoir d'influencer significativement les évènements suivant nos désirs. Je reste persuadé qu'il y en a d'autres et je ne tarderai pas à les faire apparaître.

- C'est votre part de travail, Schellenberg. Faites attention ces gens du nord ont plus d'un tour dans leur sac j'en sais quelque chose.

- Cela pourrait s'avérer plus facile que ce qu'il y paraît. Vous vous souvenez de von Blomberg ?

- Quelle question ! Comment voulez-vous que je l'efface de ma mémoire, répondit Heydrich en riant. Le ministre de la Guerre von Blomberg, le vieux satyre et la prostituée. Comment pourrais-je oublier cette aventure de ce que j'appelle la jeunesse du SD, celle d'avant le RSHA, notre Abitur en quelque sorte. Vous savez combien j'ai été très actif et patient dans cette affaire. Un vrai pêcheur à la ligne. Le führer était aux nues, il m'a remercié en personne.

- Un coup de maître de notre service, c'est vrai, parfois j'en ris encore.

- Nous les aurons tous, les uns après les autres, ces vieilles badernes, dit Heydrich avec un regard lourd de sous-entendus.

Walter ne tenait pas à baigner dans les souvenirs, il était pressé d'en arriver au fait, il ramena la conversation sur son axe : - Général, depuis notre premier entretien pour cette diversion des évènements j'ai passé mes nuits dans mes dossiers, réveillé pas mal de gens qui me sont redevables ou ne peuvent pas faire autrement que de m'être redevables, c'est selon l'interprétation. Le tout dans la plus complète discrétion bien entendu. Il en ressort que von Blomberg à la différence de von Fritsch[41] avait un groupe d'amis très proches. Dans ce groupe figurait aussi le général Beck[42].

À présent Heydrich avait l'air un peu plus détendu : - Ce vieil aristocrate guindé et suffisant. Nous n'avons jamais pu le serrer, il a su tirer son épingle du jeu juste à temps.

Schellenberg continua : - ils se sont connus à l'académie de guerre de Berlin il y a bien longtemps, l'un était capitaine, l'autre lieutenant. Ils ont participé avec bienveillance à la restructuration de l'école de guerre secrète de la Kruppstrasse que Beck a d'ailleurs dirigée. Des liens familiaux les unissaient, l'oncle de Beck était très proche du père de Kurzbach.

- Vous m'en direz tant, quel petit monde ces Prussiens. Paulus y a aussi traîné à cette académie, non ? Je crois avoir lu ça dans son dossier de sécurité.

- Oui, mais attendez, ce n'est pas tout, le meilleur arrive. Normalement, Beck aurait dû être le troisième homme de l'affaire des généraux après von Fritsch. Lui non plus ne considérait pas d'un très bon œil nos vues guerrières, mais il a su tenir un profil très bas en janvier trente-huit, à cette époque il ambitionnait de devenir ministre de la Guerre et nous n'avions rien trouvé de tangible contre lui. D'ailleurs trois personnages de l'état-major à la trappe, le führer aurait de toute façon refusé, la Wehrmacht se serait rebellée, je veux dire aurait renâclé.

- J'ai survolé ce volet de l'affaire, mais quelles conséquences pour ce qui nous intéresse ?

Walter avait sciemment décidé d'omettre certaines de ses conclusions : - Plus qu'on pourrait penser à première vue. À ce moment-là, l'état-major était fort divisé, comme vous, j'ai toujours été persuadé que certains envisageaient un coup d'État. Je le suis encore si vous me demandez mon opinion. Souvenez-vous, à l'époque les services de l'armée m'ont empêché par tous les moyens d'investiguer en profondeur, j'ai dû le faire très secrètement. Ce furent sans cesse des rumeurs, aucun nom n'est jamais clairement ressorti. La chancellerie ne pouvait pas non plus se permettre une purification à la sauce moscovite.

---

[41] Général Werner Freiherr von Fritsch commandant en chef de l'Armée de terre allemande à partir de 1934 jusqu'à février 1938.
[42] Général Ludwig chef d'état-major adjoint de l'Armée de terre allemande de 1935 à aout 1938.

- Nous nettoierons ces écuries quand ces messieurs auront terminé le travail. Le führer ne tolérerait aucune désorganisation pour l'heure.

Walter nota qu'Heydrich avait réagi comme si rien n'avait changé : - Bien sûr général. Ma meilleure piste était un certain Wessel von Loringhoven, vous savez celui que Max Thomas nous a renseignés comme fauteur de troubles en Ukraine. Soit, passons, la Heer est pleine de ces gens qui croient nous faire subir la morale prussienne en réglant les affaires de l'État. Mais mon flair me dit que Kurzbach était très proche du cercle. Un autre élément m'a interpellé, c'est un très grand ami de Hans Oster[43] ce colonel, chef du département administratif de l'Abwher que nous suspectons de conspiration, les deux se connaissent depuis le milieu des années vingt, ils ont servi sous les ordres de von Fritsch. Il a d'ailleurs pris sa défense lors du tribunal d'honneur. Seydlitz fréquentait beaucoup Beck à cette époque. Dans son dossier j'ai fait ressortir qu'il a aussi défendu son ami le général von Sponeck au début de l'année, il n'est pas prêt à pardonner au Reichsführer de l'avoir fait fusiller. Kurzbach aurait pu aussi bien être le quatrième homme, lui non plus n'était pas très favorable aux vues de guerrières du führer.

Heydrich l'apostropha un peu trop rudement à son goût, le chien policier refaisait surface : - D'après vous, il aurait comploté contre le führer ?

- Je n'ai pas de preuves formelles bien entendu, mais j'en ai la certitude. C'est par ce biais que je vais l'entreprendre. Bon, l'idée est un brin plus tordue que cela, je vais me faire aider par l'Abwher, mais eux ne le savent pas.

- Que vient faire Franz Halder là-dedans ?

- Très proche de Ludwig Beck, Hans Oster et un certain Goerg Thomas. Le cinquième homme en somme !

Ils étaient à présent à l'arrêt comme s'ils contemplaient le cours tranquille de la rivière. Heydrich dominait son subordonné d'une tête, son long nez lui donnait un air d'oiseau de proie, il le regarda surpris : - Il y en a encore combien ? Continuez, vous m'intéressez prodigieusement, mon cher Schellenberg.

Ce dernier secoua lentement la tête : - À chaque semaine à sa vérité ! Je vais rendre la situation davantage plus compliquée. Je suis persuadé qu'on tient là nos deux hommes, ils détiennent chacun un profil on ne peut plus parfait. Je propose d'avancer en plusieurs phases. Je parviendrai sans peine à brancher les gens de l'Abwher, pourquoi pas en attirant Canaris de la même manière qu'un ours bondissant sur un pot de miel, il ne pourra dès lors s'empêcher de me tourner autour comme ses horribles teckels. Mais comme il s'agira d'une affaire de l'Est, je devrais en premier lieu impliquer le FHO[44]. Ils se détestent, j'en profiterai pour qu'ils se chargent du sale

---

[43] Colonel Hans Oster responsable du département Z organisation et administration de l'Abwehr.
[44] FHO « Abteilung Fremde Heere » Division des armées étrangères service d'écoute et de renseignement de l'armée de terre (OKH).

travail d'approche, pendant ce temps nous demeurons en second plan. Ainsi, si le vent vire au dernier moment nous resterons à l'abri, mieux nous montons sur l'heure une opération de la sécurité de l'État, on envoie tout le monde en camp de concentration. Ce dont j'ai besoin c'est que vous tenez Müller et sa Gestapo loin de moi.

Heydrich se massa le menton, il paraissait dérangé par cette requête, mais il finit par approuver de la tête : - La seconde phase ? Prenez des décisions sans appel, ceci n'est pas un cahier d'exercices.

- Pas d'affaire de sexe cette fois, l'ambition deviendra le moteur, accessoirement l'argent. Il y aura de nouvelles cartes à distribuer, beaucoup de belles carrières à envisager. La Heer a toujours fonctionné ainsi, je ne vois pas en quoi cela changerait maintenant. J'interviendrai en personne le moment voulu quand ils ne pourront plus reculer. Je vous accompagne ce soir à Prague pour la conférence de demain, lundi je serai de retour, vendredi je viendrai vous retrouver au château avec un plan.

Château Junkfern-Breschan près de Prague, vendredi 22 mai 1942

Le Reichprotector venait de passer quelques jours en compagnie de Canaris et son épouse qu'il avait en personne invitée après la conférence de Prague dans sa nouvelle demeure au château de Junkfern-Breschan. Contrairement à ce que pensaient leurs subordonnés respectifs, les deux hommes s'entendaient à merveille sur une généralité de sujets. Grâce à ses conversations lors de leurs balades dans le parc l'amiral l'avait aidé à éclairer certains points de détails. À présent, il recevait Himmler, mais le cœur n'y était pas. Il affecta de paraître joyeux en veillant à ne pas trop forcer ; son "patron" avait le flair exercé pour parvenir à détecter les plus subtiles émotions.

- Reichsführer, je dois reconnaître que mademoiselle Hedwige, votre secrétaire et la charmante petite Helge ont su séduire Lina.

En disant cela, Heydrich regardait la statue invoquant une chasse érigée au fond du jardin là où les deux femmes promenaient un landau de bébé. Il affichait un sourire à peine marqué, ce qui dans son visage allongé prenait une allure ironique et inquisitrice. Devant son chef ses yeux s'éteignaient et ne brillaient jamais de l'ardeur de son pouvoir despotique. L'Obergurppenführer connaissait parfaitement la relation amoureuse qu'avait Himmler avec sa secrétaire, mais il se sentait obligé de souligner qu'impliqué dans la confidence il faisait partie du cercle rapproché.

Une tension infime passa entre les deux hommes : - Elle ne manque jamais de tarir d'éloges sur votre épouse et son caractère volontaire. Schellenberg ne devrait pas tarder à les rejoindre à mon avis. Himmler renvoyait à son subordonné une autre allusion destinée à démontrer que lui aussi pouvait rentrer dans l'intimité et bousculer ce que bon lui semblait. Müller avait appris au Reichsführer que Heydrich avait soupçonné sa femme d'avoir eu une relation avec Schellenberg.

- Il eût peut-être été utile qu'il participe à notre entretien ?

- Patientons un peu. Nous devons avant tout tomber en accord total et indéfectible. Avez-vous pu tout examiner une fois encore, Reinhardt ?

- Parfaitement, il n'y a pas place pour le doute ni pour d'autres considérations. Ceci revêt malgré tout quelque chose de terrifiant.

- Je ne vous connaissais pas si sensible Reinhardt, je croyais jusqu'à cette minute que rien ne pourrait jamais vous effrayer.

Heydrich était piqué au vif : - Ce qui engendre mon malaise c'est de nous substituer aux décisions de notre chef suprême. Répondit Heydrich sans grande conviction.

- Ne perdez jamais de vue que nous sommes la souche, Reinhardt. Nous venons du fond des âges, de la plus vieille essence germanique, nous avons pénétré le national-socialisme avant même qu'il ne soit correctement élaboré pour l'élever vers sa forme actuelle presque parfaite, mais à laquelle il manque également tant. Nous deviendrons les héritiers de nos décisions. Rappelez-vous les nettoyages de nos écuries que nous avons dû entreprendre. Le destin funeste de Röhm n'impliquait pas explicitement le choix du führer, mais nous avons su le guider malgré ses nombreuses réticences et vous en avez vu le résultat. Nous et l'ordre représentons bien la souche et une fois encore nous devons influencer le cours du combat. Il nous faut choisir entre et entre, tout autre ne nous irait pas, cela a toujours été la force vitale de notre race. Que le führer en ait conscience ou non a somme toute très peu d'importance, mais dans l'état actuel de l'histoire, il vaut mieux qu'il en ignore tout. Un jour peut-être, dans des années…ou jamais en respectant les circonstances !

- Reichsführer, il n'y a aucun doute à avoir sur mon indéfectible loyauté, ma personne tout entière est acquise à notre cause. En sera-t-il de même du maréchal Goering et du docteur Goebbels ?

- Hermann n'est plus l'homme que nous avons connu en 1934, Sa Luftwaffe se réapproprie de la puissance, elle retrouve cette force grâce à un environnement fort politisée. Ils comprendront, tant pis pour ceux qui hésiteront trop longtemps à nous suivre. Lui-même nous l'apprivoiserons en le lui laissant porter ses ridicules uniformes pour parader dans la forêt de Schorfheide. Le petit boiteux quant à lui se montrera trop reconnaissant qu'on lui permette de sauter sur toutes les actrices d'Europe, on pourra même lui faire revenir cette actrice tchèque qui avait presque réussi à lui égarer ce qui lui reste de tête. Si ça ne tenait qu'à moi, l'affaire serait vite réglée. Toutefois, je dois prendre en compte qu'il faut veiller à ne pas provoquer des changements trop brutaux pour le peuple allemand ; ensuite, les moyens de les conduire vers la disparition ne manqueront pas.

Le directeur du RSHA était quelqu'un de solide, il pouvait entendre des choses pareilles sans sourciller, l'ironie de la situation le mit de bonne humeur, il ne se ferait pas prier pour ajouter un nom de plus à la liste.

Heinrich Himmler le défiait du regard comme si la menace s'adressait par la même occasion à son chef de la sécurité. Le moment va devenir historique Reinhardt, l'épopée qui se présente ne se répétera pas. Si nous perdons la guerre, ça en sera fini de l'Allemagne, de nous, de tous nos idéaux. Mû par un bouton imaginaire Himmler poursuivit son monologue en haussant peu à peu le ton, emporté dans ses sombres rêves mystiques. : - Les germains seront bannis de l'humanité, nous serons broyés sans merci par nos adversaires. Vous et moi disparaîtrons, le führer pareillement.

Horrible putois pensa Heydrich en le regardant d'un air savamment mis au point depuis des années, si tu crois me faire subir le même chemin ! Himmler continuait d'une voix égale sautant brusquement sur un autre sujet comme si ses propres paroles l'avaient effrayé : - Le professeur Schumann l'a confirmé, suivant ses calculs une bombe de cette matière peut détruire et raser à plat toute une grande ville. Ces ignobles gens ont la possibilité de nous exterminer en quelques heures sans que nous puissions répliquer. Laissons passer cette malheureuse période où ils se sentent maîtres, un jour, nous mettrons au point des explosifs supérieurs, plus terrifiants, avec les moyens de les leur faire parvenir. Malencontreusement, c'est à l'heure actuelle que nous avons le devoir sacré de réagir. Nous devons provoquer cet armistice ou cesser le feu comme vous l'appelez. Il faut à tout prix arriver à signer un traité de paix avantageux pendant qu'il en est encore temps.

- Les aiguilles du chronomètre sont déjà en mouvement Reichsführer. Dans deux jours, la « Das Reich » doit commencer son mouvement du nord de la France pour rejoindre la sixième armée fin juillet. Moi-même avant mon allocution de demain je comptais donner des instructions à Otto Ohlendorf[45] pour ordonner à Seetzen qui commande le groupe d'action 10A en attente à Taganrog de se préparer à faire marche vers Millerovo.

- Vous devez stopper sans tarder ces actions Reinhardt. Nous devons impliquer le moins possible de nos hommes dans cette affaire. Aucun si c'est faisable, il faudra les tenir en réserve. Laissons ces quelques juifs nous échapper, de toute façon notre autre plan se met correctement en place en Pologne. Pour la Das Reich j'en appellerai au directement au führer. Pour une question de prestige, j'argumenterai qu'elle devra atteindre la première sur les rives de la Caspienne et qu'il est nécessaire de la garder en attente jusqu'à ce mo-

---

[45] Général Otto Ohlendorf, responsable du SD Inland, secrétaire d'État ministère de l'Économie du Reich, commandant de l'Einsatzgruppe D de juin 1941 à juillet 1942.

ment-là pour qu'elle se perfectionne sur les nouveaux chars lourds. Ils mobilisent suffisamment de troupes disponibles à l'OKH[46] que pour pouvoir objecter. Keppler sera ravi et Ostendorff qui ne supportait pas l'idée de passer sous les ordres de Paulus filera le rejoindre. Je vais aussi demander de retirer la Leibstandarte pour les mêmes raisons. D'ailleurs, Sepp Dietrich[47] est épuisé, il voulait fêter son anniversaire en France, au moins il va en avoir les moyens, le führer lui a préparé une belle surprise sonnante et trébuchante. Pour le reste, nous ne pouvons pas nous permettre d'envoyer un seul de nos régiments intervenir dans cette offensive si nous en avons la possibilité. Nous risquerions de devoir les utiliser nous-mêmes…en cas de malheur…

- Nous exécuterons ce que la providence nous dictera Reichsführer. Heydrich avait employé à propos une phrase fétiche d'Hitler.

Himmler ne souleva pas, mais il discerna à son ton combien elle l'agaçait : - Fiez-vous à votre destin Heydrich de toute façon on ne peut lui échapper. Alors faites entrer ce, comment dire, ce jeune voyou de Schellenberg. Nous déclenchons l'opération. Au fait, c'est très allemand de nommer une action. Avez-vous une idée ?

- Redistribution, oui, comme une nouvelle répartition des cartes au jeu.

Berlin, 9 Prinz Albrechtstrasse, après l'enterrement de Heydrich, mercredi 10 juin 1942

Walter Schellenberg sans être dupe se retrouvait le plus souvent déconcerté par l'allure débonnaire et courtoise dont faisait preuve Himmler. À l'inverse, ce mercredi matin, le Reichsführer avait la mine grise et un air exténué. Sa voix amplifiée par son immense bureau était caverneuse : - Le général nous a maintenant quittés à jamais. Avant que son corps ne gît en terre, j'avais encore l'impression qu'il circulait parmi nous. En le pensant, j'étais loin de me tromper. À présent, je suis persuadé que son esprit continuera à nous guider c'est pourquoi je le dis au présent, il s'agit d'un homme incomparable, mon cher Schellenberg, je pèse mes mots, en totalité irremplaçable que ce soit en tant que policier ou comme organisateur, sans parler du protectorat. J'ai tenu à le souligner à l'occasion de mon discours hier. Mais quelle idée lui a pris de se balader de cette façon stupide, je ne me l'expliquerai jamais.

Schellenberg ne doutait pas un instant que son émotion était feinte, son mauvais aspect physique était sans doute dû aux secrets qu'avait laissés derrière lui Hey-

---

[46] OKH Oberkommando des Heeres (OKH) commandement suprême de l'armée de terre de la Wehrmacht.
[47] Colonel général Sepp Dietrich commandant de division SS, un des principaux participant de la nuit des longs couteaux aboutissant à l'exécution, d'Ernst Röhm en juin 1934.

drich. Le seul qui avait paru fort affecté à la cérémonie était l'amiral Canaris : - Personne à ce jour ne parvient à donner un éclaircissement rationnel aux évènements Reichsführer. Kurt Daluege[48] demeure vague, beaucoup trop évasif si vous voulez mon avis ; quand j'approfondis l'affaire, beaucoup de questions restent sans réponses. Je sais qu'il doit se sentir débordé et à bout de fatigue, mais quand même ça ne me plaît pas du tout. Envoyez-moi sur place comme votre observateur j'y verrai peut-être plus clair.

Le Reichsführer demeurait immobile pareil à une tortue qui sentant le danger rentre dans sa carapace, à la différence que jamais aucune tortue ne deviendrait un jour aussi redoutable que lui. Sa tête refit surface transformée en « bon Heinrich » : - Kurt et Hermann sont dévoués, ils ne ménagent pas leurs efforts. Horst Böhme[49] s'occupe en ce moment même des représailles. Tous prendraient votre venue comme un manque de confiance de ma part. De toute façon, pas question, vous devenez à présent et par la force des choses indispensable pour la suite de ce que le général nommait « redistribution ».

Walter nota le léger mais subtil glissement d'Himmler en direction de la responsabilité de son ex-patron au RSHA : - Je reste à vos ordres Reichsführer, je suggérais juste qu'il y a beaucoup d'incohérence dans cette affaire. Les Tchèques n'ont rien ou si peu à gagner dans un attentat de cette ampleur en revanche ils ont beaucoup à y perdre. Beneš[50] ne doit pas être loin de penser la même chose. Il faudrait diriger les investigations du côté de ceux qui ont un possible intérêt à nous plonger dans d'aussi dramatiques circonstances. Il serait utile de rechercher plus large, une réaction à une situation a le pouvoir de changer la situation en elle-même.

- Quelle situation ? demanda Himmler surpris et à nouveau sur la défensive.

Walter en se retenant de sourire pensa à la blague qu'avait lancé Herman Goering « le cerveau d'Himmler s'appelait Heydrich » : - Le général est irremplaçable dans le sens où il devait transmettre et organiser vos vues à tout l'appareil de sécurité de l'État.

Évidemment, Walter ne pouvait exprimer de front que Reinhardt était sans discussion plus intelligent et un cran retors au-dessus de son chef. Ce dernier qui ne l'ignorait pas lui devait en partie ses maux d'estomac. Heydrich avait tracé depuis des années sa route avec une infinie patience dans le but à peine caché d'atteindre le sommet, le plus haut sommet possible. Selon Walter, il lui manquait peut-être encore trois années pour y parvenir…à la limite moins. Il poursuivit en ayant soin d'adopter une de ces tournures de phrase qu'Himmler affectionnait : - En conséquence si nous

---

[48] Colonel général Kurt Daluege chef de la police d'ordre allemandes en uniforme (Ordnungspolizei) de 1936 à 1945.
[49] Colonel Horst Böhme responsable du massacre de Lidice.
[50] Edvard Beneš président de la République tchécoslovaque de 1939 à 1948 (en exil de 1939 à 1945 (président du Gouvernement provisoire tchécoslovaque).

accordons que notre interprétation de l'éventuelle politique future de notre Reich emprunte la définition que vous lui avez donnée le 22 à Prague nous restons tout deux les seuls dépositaires des actions qui devraient se produire dans les prochains mois.

Malgré qu'Himmler répondit indifférent, un imperceptible sourire confirmait qu'il semblait apprécier autant la phrase que l'évocation d'un si petit nombre : - Oui et ensuite ?

Méfiant, Walter observa une légère pause pour chercher ses mots avant de continuer sur un ton adouci : - S'il y a des suspicions à faire valoir, il devient donc raisonnable pour progresser de nous mettre hors de cause. Je le répète, pour autant qu'il y ait quelque chose à suspecter. Je me dois vous parler avec franchise Reichsführer, au fil du temps c'est devenu ma seconde nature d'envisager toutes les alternatives. Soit, Je serai le plus direct possible pour emprunter le chemin de ma pensée.

Toujours aucune réaction : - Je ne sais pas par quel mystère une autre de nos nombreuses organisations, pourquoi pas l'Abwher, soupçonnerait quelque chose, ce serait un moyen de choix pour nous arrêter !? Les alliés ont pu mettre au point une opération de déstabilisation de grande envergure en faisant supprimer le général pour ensuite laisser fuiter des informations dans des oreilles proches du führer vous impliquant dans des négociations de paix, Canaris utilise des espions un peu partout, des amis aussi, pourquoi pas de l'autre côté. Heydrich hors circuit il ne reste que vous à éliminer pour que s'écroule un pilier vital du Reich.

Les yeux d'Himmler plongèrent dans le regard de son subordonné : - C'est ridicule Schellenberg. Les Américains souhaitent un cessez-le-feu et estiment que je suis le seul dirigeant capable de le leur offrir ?

- Je ne fais que penser tout haut Reichsführer, l'analyse fait partie de mon travail. Toutes les analyses y compris les plus improbables. Les Américains semblent divisés sur la conduite de la guerre, une faction pourrait vouloir contrarier les desseins de l'autre !

- Je doute de cela, mais supposons que vous ayez raison. Ensuite, pourquoi ces proches d'Hitler ne présenteraient-ils pas leurs soupçons au grand jour devant lui ?

Walter se souvenait d'une phrase de Schopenhauer qu'il avait apprise à l'Université Frédéric-Guillaume « Le talent atteint une cible que personne ne peut toucher ; le génie atteint une cible que personne ne peut voir ». C'était le moment de l'appliquer à bon escient, il se devait d'obtenir qu'Himmler vienne à s'en remettre à lui comme jadis il s'en remettait à Heydrich : - Pour diverses raisons, personne ne se risquerait de vous accuser devant le führer, c'est impensable, cet individu jouerait sa tête. C'est une affaire d'avoir des soupçons, une tout autre démonter des preuves. Ils attendraient leur heure dissimulée.

- Et qui vous verriez ? Göring ? Bormann ? Canaris... comme vous le suggérez ? C'est ridicule !

- La liste des candidats est trop longue, mais en tous les cas une personne qui aurait un accès direct au führer en cas de besoin. Un individu qu'un changement du cours de l'histoire contrarierait. Pourquoi pas Hans Frank, Erich Koch ? Les gauleiters se montrent avides de pouvoir. L'amiral cherche à rentrer en grâce auprès du führer, il se verrait bien à la tête de la sécurité de l'État. Walter était satisfait des graines qu'il semait, Daluege, Kaltenbruner et Canaris étaient ses plus redoutables ennemis. Müller aussi, mais il ne devait pas se laisser tenter à déplacer trop vite ses pions vers l'autre bout du damier.

Himmler comme à son habitude observa une longue pose en regardant par la fenêtre, il sombrait souvent dans la contemplation caché derrière un bouclier de verre avant de prendre une décision. Sans prendre la peine de se retourner il continua : - Vous évoluez un peu trop loin dans les méandres de la spéculation, toutefois votre réflexion n'est techniquement pas dénuée de sens. Procédons par ordre. Je devrais éliminer d'office l'armée des suspects. Cette dernière serait sans l'ombre d'un doute trop heureuse d'en terminer avec la guerre à l'Est. Le führer a gâté à suffisance les généraux, ceux-ci ont envie de profiter des domaines reçus de ses mains avec les fortunes qui vont avec.

En parlant du d'Hitler, il avait coutume des courtes pauses comme pour réécouter ses propres paroles avant de continuer : - Combien de fois n'ai-je pas fait remarquer au führer qu'il était trop bon. Cela inhibe leur ardeur combattante, ils ont à présent l'unique ambition d'exhiber leurs médailles et de pérorer dans leurs cercles habituels. Cependant, à la réflexion, je ne les éliminerai pas. Afin de faire en sorte que leur situation soit parfaite, il faudrait que notre institution soit affaiblie de façon indéniable ou assez significative aux yeux du führer pour qu'il nous retire sa confiance. Il y a dix ans, ils voulaient la disparition des S.A. et dans leur esprit ces prussiens n'ont pas changé, l'armée reste un nid de conspirateurs, il se pourrait bien qu'à l'heure actuelle nous devenions leur cible. Notre ordre fragilisé au point d'être neutralisé, une paix établie sur d'immenses territoires conquis, ils ne pourraient rêver mieux. Nous pouvons donc à la fois les enlever de la liste des suspects et les y placer. Je pencherais pour la première option.

- Même l'Abwher ? lui répondit Walter.

- Surtout elle. Avant tout, sa structure telle qu'elle est ne lui permettrait pas d'agir sur le territoire Tchèque même s'ils disposent des gens capables parmi les Brandenburg. Ensuite, l'amiral Canaris n'ignore pas que si les services de renseignement de l'armée arrivaient à être mis en cause, c'est l'armée tout entière qui en subirait les conséquences. Non, croyez-moi, dans le Reich il n'y a personne, aucune instance, ayant la faculté ou le besoin de mener à bien une pareille opération.

« Sauf toi » pensa Walter. Il avait un temps soupçonné Himmler d'être l'inspirateur

de l'attentat. Le Reichsführer soignait une coterie d'officiers SS qui lui étaient dévoué corps et âme. Jusqu'à ce jour. Il n'avait pas encore pris la décision de le soustraire de la liste des suspects. C'étaient ses médecins qui avaient soigné le général à Prague. Himmler s'était toujours défié de Reinhardt Heydrich au point de le haïr en silence depuis des années en partie à cause de la crainte du contenu ses dossiers secrets. Schellenberg savait comment Himmler aidé par Kaltenbruner avait fait disparaître dès le quatre juin les masses d'archives confidentielles élaborées depuis des années par le général avec la minutie d'un moine franciscain. Au moins tous ceux sur lesquels ils avaient pu mettre la main, car lui-même avait déjà un peu fait le ménage au préalable. Il était rentré à toute vitesse d'une visite en Hollande en effectuant un petit détour lorsqu'il avait appris l'action des assassins. Les principaux documents récupérés s'additionneraient à ceux qu'il détenait auparavant sur les plus importants dignitaires du III Reich. Manque de chance, malgré des recherches désespérées il n'avait pas pu découvrir où se cachait le dossier du général le concernant, celui qui mentionnait que sa femme Irène d'origine polonaise avait de la famille juive, avec les conséquences que ça impliquait pour les siens.
Himmler ne lui en avait jamais parlé, mais il y avait une possibilité infime qu'il soit en sa possession et le fasse ressortir en cas de besoin.

Au fil des jours, il était parvenu à la seconde hypothèse, celle que l'attentat était une chose et la mort surprenante d'Heydrich pouvait en être une autre. Le général se rétablissait très bien quand son état s'était mis soudain à empirer. Mais à la réflexion, la disparition d'Heydrich s'avérait plus un handicap qu'une émancipation. Les capacités du chef de la sécurité étaient un atout indéniable dans leur engagement, agir sans son appui allait être beaucoup plus compliqué, ramener « le bon Heinrich » à ses vues était sa grande spécialité. Heydrich avait entre autres le don de concevoir et de mettre au point les coups les plus tordus en évitant soigneusement de se placer dans la ligne de mire. Bien entendu, le Reichsführer pouvait avoir en secret changé d'avis sur leurs projets, mais alors lui Schellenberg aurait dû être éliminé à son tour, sans attendre une semaine. Il se trouverait au moins déjà dans les caves de Prinz Albrechtstrasse pendu par les pieds par Müller. Le fait est qu'il se retrouvait à présent seul comme Robinson Crusoé avec son Vendredi, à la différence qu'ici Vendredi endossait le rôle du chef. La démonstration était suffisante, il était temps de freiner le réflexion pour d'enclencher la marche arrière. À chaque jour sa peine.

- Voyez-vous Reichsführer, toutes mes réflexions devraient se diriger en priorité vers nos ennemis. J'élimine Staline. Pas par logique, mais disons plutôt que c'est dicté par mon instinct. Heydrich ne représente pas grand-chose pour lui. Au contraire, il servait à merveille sa propagande.

- Qui reste-t-il alors, mon cher Schellenberg ?

Walter ne pouvait s'empêcher de se remémorer les paroles de Dulles « connaissez-vous des problèmes qui n'ont pas leurs solutions. Ça pourrait être plus qu'une vue de l'esprit... ». Les alliés ? De préférence les Américains en manœuvrant les Anglais, c'était d'une simplicité à leur porté. Dans quel but à part celui de s'adresser un jour à quelqu'un qui risquerait moins de les manipuler pour mettre au point un coup tordu ; avoir affaire à moins forte partie. Et surtout ne jamais se retrouver un jour avec un Reinhardt Heydrich ayant toutes les commandes de l'État dans les mains. Chapeau bas, Walter appréciait : - Je dois avouer que je n'en ai pour l'instant aucune idée Reichsführer !

D'avoir prononcé le mot « avouer » l'averti qu'un moment délicat s'ouvrait devant lui tel un précipice au fond duquel coulait un minuscule Rubicon. A sa disposition pour le franchir une étroite planche, en avançant doucement c'était faisable : - En ouvrant mon coffre ce matin je me suis souvenu, il insista sur cette phrase décupalbilisatrice, d'un document que le général m'avait confié à garder. Je crois qu'il espérait vous le communiquer dans un rapport des plus complet. Les évènements me l'ont quelque peu fait perdre de vue. Évidemment, j'ai estimé qu'il est maintenant de mon devoir de vous le remettre sans plus tarder. Elle provient de Washington via la Suisse.

Depuis qu'elle était devenue brune l'enveloppe fut ouverte pour la deuxième fois par un Himmler soudain attentif. Sortant l'unique feuille. Il rajusta ses lunettes en se penchant pour lire.

« *Hautement confidentiel*

Mémorandum sur les propriétés d'une « superbombe » radioactive

Le rapport détaillé joint concerne la possibilité de construire une superbombe qui utilise l'énergie stockée dans les noyaux atomiques comme source d'énergie. L'énergie libérée dans l'explosion d'une telle superbombe est à peu près la même que celle produite par 1 000 tonnes de dynamite. Cette énergie est relâchée dans un petit volume, dans lequel elle va pour un instant produire une température comparable à celle de l'intérieur du soleil. Le souffle d'une telle explosion détruirait la vie sur une grande surface. La dimension de cette surface est difficile à estimer, mais elle est probablement de l'ordre de celle du centre d'une grande ville.

En outre, une partie de l'énergie libérée par la bombe produit des substances radioactives, et celles-ci émettront des rayonnements très intenses et dangereux. L'effet de ces rayonnements est maximum immédiatement après l'explosion, mais il ne décroît que graduellement, et pendant des jours, toute personne pénétrant dans la zone affectée serait tuée.

Une part de cette radioactivité sera emportée par le vent, ce qui étendra la contamination ; ceci pourra tuer des gens à plusieurs milles sous le vent. »

Himmler se tourna brièvement vers le buste d'Hitler semblant y chercher l'inspiration ; probablement déçu de la réponse de son maitre il reprit d'un air triste : - Vous voyez par vous-même puisque vous nous l'avez rapporté de Suisse et l'avez sans aucun doute lu, bien qu'ils aient eu la délicatesse de nous l'écrire en allemand, il n'y a aucun rapport qui l'accompagne. Faites attention à ne pas devenir paranoïaque

Schellenberg ! Ne nous laissons pas distraire par des détails épouvantables, revenons simplement à ce qui nous préoccupe en considérant que tout ceci est exact puisque nos meilleurs savants arrivent aussi à cette conclusion.

Le buste du führer eut droit à un nouveau regard : - Vous avez pu vous rendre compte de la dévastation de Cologne réalisée par des centaines de bombardiers le 31 mai D'après le document que vous me montrez et ce que vous avez établi, ce n'est qu'un simple amusement comparé à ce qu'un seul avion avec de l'explosif à l'uranium peut anéantir. Bien, fort de ces constatations je crains hélas que nous ne disposons d'autres alternatives pour empêcher cela que celle d'aller de l'avant sans rien changer sur le plan initial du général Heydrich. J'insiste en particulier pour que vous obteniez mon autorisation pour la moindre modification. Ceci dit, Il eût été préférable que je prenne connaissance de ce document il y a un mois.

Himmler le fixa une interminable minute sans ciller ni bouger les yeux. Walter avait l'impression de se regarder idiot dans le reflet de ses lunettes, ressentant une cape le reproche le couvrir, mais parvint à soutenir modestement son regard : - j'exécutais une instruction Reichsführer. Le général ne voulait probablement pas vous alarmer sans approfondir la question. Il vous aimait tant, ajouta-t-il, n'étant pas à une duplicité près.

Himmler avait saisi un coupe papier en or qu'il brandissait comme une épée : - Considérant respectable d'exécuter un ordre, je ne peux donc vous en tenir grief. Par contre, votre attitude n'en est pas pour autant méritoire envers ma personne. Vous devriez plutôt exprimer son désir de contrôle. Le général voulait avant tout dominer la sécurité de l'État dans je ne sais quel but. C'est donc sans m'étonner que j'en prends note de sa dissimulation. Toutefois, je tiens à vous faire savoir que je vous lave par avance de toute complicité ceci malgré votre proximité. D'autre part ceci est sans surprise, mes propres sources m'ayant de leur côté auparavant éclairé sur le sujet, j'alimentais jusqu'à peu encore un infime espoir ; il y a de cela une semaine Heisenberg m'affirmait qu'une bombe à l'explosif d'uranium de la taille d'un ananas aurait la capacité de détruire une ville et que nous pourrions la posséder dans un délai raisonnable. Il exprima un long soupir déçu : - Hier, avant l'enterrement de Heydrich le führer a accueilli en audience le ministre des Postes Ohnesorge[51], pour lui 'expliquer que la recherche sur l'explosif de l'uranium ne recevrait pas les crédits demandés, la priorité va toujours aux blindés et aux avions.

La tempête de sable pouvant tout gripper s'éloignait lentement, c'était le moment de passer le balai : - C'est compréhensible Reichsführer, ce même jour, nous venions de remporter une grande victoire à Kharkov. Le russe a subi la perte de plus d'un quart de million d'hommes, dix fois plus que nous grâce à la sixième armée, aux chars et aux avions. En ce moment, von Manstein est sur le point de faire tomber Sébastopol à coup de canon. Le führer est influencé par ces évènements au détri-

---

[51] Karl Wilhelm Ohnesorge, ministre des Postes, proche d'Hitler, à qui Goering confia un groupe de recherche sur le développement de l'arme atomique allemande.

ment des armements du futur. Hélas, ces victoires éclatantes risquent malheureusement de conforter les Américains dans leur détermination de nous arrêter avec des moyens radicaux. Eux-mêmes viennent de remporter une importante bataille navale contre la flotte de nos alliés japonais dans le Pacifique. Ils entrevoient de nouvelles perspectives. Une des premières conséquences fut de déclarer la guerre à nos alliés hongrois et roumains. Cela n'aurait sans doute pas trop de causes à effet, mais tout ce qui servait à troubler Himmler était bienvenu.

Le visage d'Himmler s'assombrit, le « bon garçon » dans un dernier aller-retour s'en était allé, son regard était devenu incandescent : - Schellenberg, déclenchez l'opération « redistribution » sans tarder, qu'elle devienne effective au plus tard dans quinze jours. Quant à moi, je me rends à Jitomir puis je rejoindrai le führer à Vinnytsia. Ne me contactez qu'en cas d'absolue nécessité et par voie directe avec le Sturmbannführer Werner Grothmann[52]. Surtout, ne passez jamais par Karl Wolf, il éprouve une détestation à votre égard !

Berlin, 76 Tirpitzufer, Bendlerblock Walter et Gehlen lundi 22 juin 1942 11h30

Walter avait tué la dernière heure de la matinée à flâner au deuxième étage du grand magasin KDW, celui des produits de beauté, les parfums restaient bien la seule marchandise qui ne souffrait pas trop de pénurie, qu'ils provenaient de France n'expliquait pas sa relative abondance. C'était un mystère qu'il cherchait à élucider. Interpréter le sens dissimulé des faits avait toujours été une seconde nature. Quand la nécessité de réfléchir hors du monde se montrait oppressante et qu'il passait à Schöneberg en se rendant de son bureau au quartier des ministères, il choisissait sans hésiter cet agréable endroit pour une courte halte sans jamais rien y acheter. Pour ses besoins personnels, il préférait le grand magasin Wertheim. Ce qui ne l'empêchait pas de se faire présenter les nouveaux produits par les avenantes vendeuses qui se prêtaient volontiers au jeu, l'officier savait de manière pertinente que son charme, sa belle gueule sous la casquette portée de travers, l'uniforme impeccable, n'en laissait aucune indifférente, il avait simplement le désir de le tester.

De sa propre volonté, il aurait flâné le reste de la matinée dans les allées un peu vides du grand magasin. Walter avait un besoin urgent de se remettre les idées en place. Depuis quelque temps, il avait le sentiment désagréable que les décisions et la maîtrise de la situation lui avaient peu à peu échappé depuis les derniers jours de mai et le rendez-vous de Prague avec en point d'orgue la mort de son chef qui avait suivi son ultime entrevue avec Himmler. Il avait la plupart du temps eu conscience d'incarner le talon d'Achille du général Heydrich. Au fil des années c'était devenu un jeu d'enfant perfectionné à l'aide d'une infinie patience, se cachant derrière l'impertinence de sa jeunesse pour tenter d'arriver à ses fins. Nonobstant qu'il avait toujours soupçonné que celui-ci était loin d'en devenir dupe. Cela ne lui avait pas mal réussi

---

[52] Werner Grothmann premier adjudant d'Himmler chargé de la tenue de son agenda.

il faut dire. Par malheur, Himmler s'avérait beaucoup plus imprévisible que l'ex-patron du RSHA. Celui-ci pouvait prendre un jugement contraire en quelques heures, souvent en demi-mesure. Cela provenait sans doute de la terreur que lui inspirait le führer qui le partageait en deux hommes, l'un soumis, l'autre belliqueux, mais les deux éternellement dangereux.

Par la force des choses, la disparition du général n'allait pas arranger les choses, bien au contraire. Walter conservait peu d'illusion, à la moindre erreur le Reichsführer le sacrifierait à l'instant même où la question se poserait. L'unique solution qu'il entrevoyait consisterait à opérer le plus secrètement possible tant qu'il le pourrait en rendant compte d'un minimum de détails. Rien ne lui promettait une tâche facile, après les années Heydrich. Himmler n'avait pas perdu de temps pour évoquer sa ferme intention de reprendre l'ensemble du RSHA sous son autorité directe. Fidèle à son habitude le Reichsführer ne manquerait pas d'imposer à tous la démonstration de ses qualités de chef infaillible avant de tenter le saut vers une plus haute marche du pouvoir. Bon, il imaginerait bien comment éviter un coup trop brutal si nécessaire. De son côté sa main s'était également posée sur pas mal de dossiers compromettants du général. Kaltenbrunner, Wolf et son principal ennemi « Gestapo » Müller n'avaient pas été assez rapides à ce jeu-là.

Par bonheur, l'avenir ne s'annonçait pourtant pas aussi sombre qu'il voulait le voir. Depuis quelques jours il disposait d'un atout d'importance dans sa manche, le vendredi précédent le centre d'écoute radio SD de Dresde appuyé par la station de Sigmaringen avait localisé une émission sur une ligne Madrid Augsbourg. La chasse au traître avait commencé, d'expérience de la traque à la curée il n'y avait jamais très loin. La triangulation désignait un récepteur entre Berne et Zurich.

Un bonheur qui ne s'était pas présenté seul à sa porte, après des mois le service de veille était parvenu à isoler un mot « Everhard ». Par chance, un des opérateurs féru de romans, avait reconnu une héroïne du livre « talon de fer » de l'américain Jack London. Ils avaient réussi à en dénicher un exemplaire à la bibliothèque d'Ulm. Le manuscrit ne leur permit guère plus que de décrypter les communications de décembre, janvier et février, le code avait sans nul doute changé depuis, mais c'était suffisant, tous les messages concernaient les opérations du front de l'est, mouvements des divisions, approvisionnements, orientations d'attaques.

Walter pourtant rodé avait eu difficile à le croire, la transmission qui aurait dû passer dans l'axe immédiat vers Moscou était dirigée vers la Suisse. Cela lui semblait à première vue assez compliqué à comprendre, sans pour autant douter un instant d'y trouver une explication cohérente. L'affaire le faisait malgré tout tiquer, pourquoi émettre vers la Suisse pour ensuite le relayer vers Moscou alors que la ligne directe représentait le même risque d'être repéré ? En attendant, cela pouvait signifier énormément. Le traître renseignait des Suisses et qui d'autre que leurs services secrets ? Hausamann ou Masson ? Pourquoi pas les deux ! Si cela se confirmait, quels buts recherchaient les Suisses en édifiant les Russes dont ils avaient tout à craindre ? Dans quel coin se tenait tapi le judas ? Chez Canaris ou dans le nid des éternels conspirateurs de l'armée et surtout quel était son mobile ?

Une chose à la fois, il allait en premier lieu il chargerait Höttl de vérifier si les informations du début de l'année avaient permis aux Soviétiques d'en tirer des avantages pour pouvoir remonter le fil à l'envers. Filtrer jusqu'à découvrir celui qui en avait eu connaissance. Si cela se confirmait, il disposerait d'un puissant levier. Si leurs renseignements jouaient dans cette pièce, cela signifiait de la part des Helvètes d'une violation flagrante de leur neutralité. Le führer risquait de prononcer un verdict funeste à leur égard, ou du moins Walter pourrait le leur faire croire. Il était temps de donner de sérieuses instructions à l'antenne de Stuttgart. Sans oublier que s'il choisissait de dévoiler l'affaire Walter fournirait là un formidable cadeau au Reichsführer. En attendant, il devait se concentrer sur le problème de sa matinée.

À contrecœur, il se décida à franchir la porte du grand magasin. Le soleil brillait aveuglant pour ce deuxième après-midi du solstice d'été. Pris d'une soif particulière des jours passés, il savoura la lumière intense procurée par sa montée au zénith, il se laissa quelques instants imprégner par la douce atmosphère berlinoise qui rappelait celle d'avant les conflits, celle d'avant 1933, celle d'Unter den Linden avec ses arbres fleuris au finir du printemps, ceux qu'il avait découverts lors de son premier voyage de Bonn à Berlin en songeant aux cerisiers du Japon. Comme il n'y avait pas eu d'alertes aériennes depuis deux semaines, on pouvait sans peine effacer le présent, s'imaginer que la guerre ne constituait rien d'autre qu'un mauvais rêve.

Hier, il avait été élevé organiquement au grade de standartenführer, en quelque sorte un cadeau posthume d'Heydrich entériné par Himmler. Avec en prime la promesse à peine voilée qu'en cas de réussite de sa mission il dirigerait l'ensemble du contre-espionnage du Reich et pourquoi pas, une sérieuse espérance d'endosser un jour les fonctions prévues pour Heydrich, celles de ministre. À trente-deux ans, ce serait une performance providentielle avec dix ans d'avance sur les échéances qu'il s'était définies. Qui plus est dans la perspective de l'arrêt des hostilités, c'était alléchant. En tout cas une position qui lui donnerait les mains libres pour des projets plus ambitieux. La condition était fixée, en cas de triomphe uniquement, s'il échouait l'entièreté du Reich lui réserverait un sort à ce point peu enviable qu'aller mourir sur le front de l'Est serait une bénédiction.

Routinier des opérations complexes élaborées par ses soins dans le détail, il les avait souvent menés à bien avec presque toujours le succès à la clé, mais ceci était bien plus qu'une intervention délicate, cela avait un nom précis, cela s'appelait une conspiration.

Sa voiture, une Opel de service, par superstition il n'employait plus sa Mercedes décapotable habituelle depuis fin mai, était garée en infraction à l'ombre des arbres sous la petite terrasse d'angle du magasin près de la Wittembergplatz, seul véhicule de l'avenue, mais personne ne se serait aventuré à lui en faire la remarque. Walter préférait conduire lui-même pour se laisser absorber par ses réflexions hors de toute présence. En règle générale, il n'appréciait ni chauffeur, ni aucune compagnie masculine. D'ordinaire, ses semblables l'indisposaient, dans un moment compliqué comme celui-ci, il n'avait nul besoin de se laisser céder à la distraction.

Lentement, presque à contrecœur il avait emprunté la route longeant le Landwehrcanal, la voiture munie de plaques SS lui permit de passer sans encombre la chicane posée devant la grande porte du quai Tirpitz en écartant le risque d'être bloqué pour une inspection. Il préféra quand même garer le véhicule à hauteur de l'ambassade d'Espagne pour remonter à pied vers l'entrée de la Bendlerstrasse dans une relative discrétion.

Tant pis pour la furtivité, après avoir hésité il avait revêtu son uniforme avec l'inévitable insigne SD cousu sur la manche. S'il était venu en civil comme il n'avait ni l'âge ni le profil d'un diplomate ou d'un haut fonctionnaire, on aurait imaginé qu'il appartenait à la Gestapo et il se serait encore plus fait plus remarquer.

Walter franchit sans problème les contrôles de sécurité pour pénétrer dans le hall du bâtiment. Le sous-officier qui avait vérifié ses papiers avait pris un temps infini pour les examiner avant de les lui rendre et de lui faire signer le registre. À chacune de ses visites il restait impressionné voir admiratif au bas des colonnes monumentales qui supportaient les étages illuminés par le toit de verre. En comparaison de ses bureaux de la Berkaerstrasse, l'armée avait à sa disposition le palais de Nabuchodonosor.

Dans ce bâtiment conçu à l'origine pour la marine impériale aucune fioriture, tout manifestait un air martial, empreint de raison, de belle logique militaire. Un endroit où tout avait été étudié dans les moindres détails avant d'être exécuté dans un soin méticuleux. Un morceau de la Rome antique en Germanie, de même les colonnes paraissaient attendre la revue au garde à vous. Quelle différence aussi avec la Prinz Albrechtstrasse, là-bas dans l'ancienne demeure d'Albert de Prusse, malgré les gigantesques fenêtres et les gigantesques escaliers, l'ambiance devenait lourde, même les murs transpiraient l'intrigue, la peur et la méfiance comme si le prince à la lignée tumultueuse hantait des lieux dont il n'avait jamais voulu. Distante d'à peine plus de mille mètres, personne ne se serait hasardé d'emprunter sans raison la sinistre rue pour passer devant le numéro huit. Walter se félicitait de son indépendance avec des bureaux presque à la limite de la ville. Bon, le Benderblock ne se rapprochait pas non plus de l'endroit rêvé, mais au moins on ne risquait pas d'y croiser Müller. À part Heydrich, il ne connaissait personne qui appréciait Müller, à la réflexion, peut-être même pas Müller lui-même.

Pour donner une belle image, plus envers lui-même que pour le garde qui le suivait distraitement des yeux, Walter monta d'une allure sportive le gigantesque escalier jusqu'au balcon intérieur du troisième étage, pendant un instant il fit semblant de s'intéresser au panorama plongeant vers le rez-de-chaussée pour voir si on l'observait. Il se força une ultime fois à rassembler ses idées pour se préparer mentalement à son entretien qu'il misait bien convertir en laïus pour en dernier recours le terminer en plaidoyer. D'un côté comme de l'autre, il était de toute façon coincé. Dans la stratégie tortueuse qu'il avait élaborée depuis la disparition du général, c'est par ici qu'il devait commencer. Aucun nouveau choix ne s'offrait à lui excepté celui d'aller de l'avant ce qui le menait à cet étage devant ce bureau.

Bien sûr, il était encore temps de se raviser et de laisser tomber. Sous le prétexte de la mission, il pourrait passer sans difficulté en Suisse là où il totalisait quelques amis sur qui il pourrait compter, d'autres moins. Il faudrait abandonner Irene et Ingo en espérant qu'ils survivent.

S'ils étaient placés devant le fait accompli, pour les alliés il deviendrait une énorme prise de guerre à défaut d'autre chose. Avec un peu de fortune dans un mois il foulerait le sol américain. Un peu de chance ! Un peu plus qu'un peu deviendrait quand même nécessaire, car il avait conscience d'en avoir déjà trop fait, beaucoup trop à son goût, pour recevoir l'absolution inconditionnelle des Américains. Bien évidemment, comme il ne s'inviterait pas les mains vides ça aiderait. Mais ici à Berlin, partout en Allemagne, dans les moindres recoins des territoires occupés par le Reich, il n'avait aucune façon de s'échapper de sa prison dorée. Des barreaux invisibles l'empêchaient de sortir du couloir à sens unique qu'il devait emprunter. Néanmoins, son choix consistait si possible à rester de ce côté-ci de l'Atlantique.

Dans moins d'une semaine, le grand programme de l'offensive d'été serait déclenché dans le sud de l'Ukraine. Le secret était à l'évidence bien gardé, mais il était dans la confidence depuis le vingt mai, jour où ses deux supérieurs le lui avaient dévoilé au château de Junkfern. Reinhardt avait d'ailleurs fait plus que le lui divulguer, il avait superposé l'ébauche de son propre plan par-dessus celui des généraux et s'il y avait bien eu une personne dans le Reich pour élaborer des schémas tortueux c'était l'Obergurppenführer Heydrich. Ce dernier viscéralement méfiant ne l'avait par prudence pas soumis dans son entièreté à Himmler.

Qu'il tourne bien ou mal au moins Reinhard avait eu droit à des funérailles nationales grandioses ainsi que quelques jours de deuil dans tout le Reich. Lui dans le rôle du fusible serait livré en pâture aux chiens en cas de fiasco, mais son option impliquait la réussite et non l'échec.

Le responsable des renseignements extérieurs un peu dépassé avait espéré un court moment qu'avec la disparition d'Heydrich le projet serait abandonné, qu'il reprendrait le cours normal de sa vie avec les risques et les avantages qu'elle procurait ; laissant après tout aux Américains l'initiative. Bien entendu, il n'était pas fou au point de considérer la destruction totale de son pays comme un destin idéal. Quand bien même s'il l'avait envisagé un court instant, le chef de l'empire SS maintenant convaincu d'avoir rencontré son destin l'avait rappelé au bon souvenir de son devoir envers la nouvelle voie qu'il comptait faire emprunter à l'ordre noir. Dans quelques minutes il aurait franchi une mortelle ligne invisible avec aucun retour en arrière possible, l'homme qu'il allait rencontrer se montrait redoutable de ruse et d'intelligence, difficile à berner, dangereux comme un cobra capable de déployer son capuchon pour donner le change.

Il inspira, réalisa un semblant de vide dans la tête avant de plus réfléchir et s'en alla frapper à la porte d'un autre Reinhard. Celui-ci dépendait de l'OKH, il disposait d'un petit bureau au dernier étage de l'aile sud du Bendlerblock qu'il occupait quand il s'absentait de ses quartier généraux de Mauerwald, Zossen ou Voronin. Endroits où il avait réussi à regrouper les centres Walli qui échappaient chaque jour un peu plus à l'Abwher puisqu'il avait déclaré une guerre ouverte avec l'amiral.

Au grand désespoir de Canaris et de ses responsables de département, le lieutenant-colonel Reinhard Gehlen[53] profitant d'un désaccord entre Hitler et l'OKW venait

---

[53] Reinhard Gehlen chef du FHO (service des renseignements de l'OKH à l'Est) dès 1942. Patron du futur BND

d'être nommé chef du renseignement pour l'Est, le FHO. Le FHW[54], l'ouest, lui ayant pour le moment filé entre les mains en glissant vers le RSHA. Walter avait apprécié comme tout ce qui contrariait la structure de l'Abwher. Entraver le renseignement militaire servait avant tout ses intérêts à long terme ; l'AMT VI du RSHA étendait son territoire sur tous les fronts, mais l'Est restait encore sa grande faiblesse. Schellenberg espérait que bientôt le jour viendrait d'enfin d'unifier les renseignements du Reich. Dans un premier temps tous les départements de l'Abwher, Canaris inclus, et pourquoi pas le FHO. Mais pour l'instant, Gehlen incarnait l'allemand dont il avait le plus besoin.

Après s'être fait annoncer, l'adjoint du lieutenant-colonel le fit entrer. Le bureau aux murs vert pâle semblait minuscule, une règle assez rare au Bendlerblock lorsqu'il s'agissait du local d'un chef de service. Meublé de deux tables et d'un immense coffre dont la porte n'était pas fermée, la pièce austère à souhait ne devait pas inspirer l'épanouissement à son occupant ; un local qui ne devait pas souvent recevoir la visite de son occupant principal. Il le partageait avec un capitaine de cavalerie lui faisant office d'adjoint.

Schellenberg avait toujours imaginé que le responsable du FHO[55] ferait bonne figure dans un hôpital avec un stéthoscope sur la poitrine. De taille modeste, il réussissait à être plus petit et plus mince que lui. Il présentait une tête ronde à la calvitie prononcée ce qui lui donnait l'air d'un praticien aux yeux rusés sauf à regarder ses oreilles décollées qui lui valaient un aspect comique. Après l'avoir reconnu son hôte faisant fi des habitudes hautaines en cours dans la Herr vis-à-vis de la SS se leva à la hâte pour venir à sa rencontre. Walter évita à dessin le salut du parti et lui tendit la main comme s'il s'agissait d'une vieille connaissance. Ce n'était pas le moment de manquer de diplomatie.

- Bonjour lieutenant-colonel, pardon, standartenführer…. Depuis hier. Sincères félicitations !

Machinalement, Walter regarda son poignet orné à présent d'une montre-bracelet Glashütte, un cadeau envoyé spécialement par le Reichsführer pour célébrer son brevet de colonel : - Mes respects Oberst. Je me dois de mon côté de vous dire que le général Heusinger a eu un trait de génie en vous plaçant à la tête du FHO.

Le lieutenant-colonel Gehlen prit un air énigmatique, Walter se doutait qu'il affectait de dissimuler ses sentiments sous un vernis de politesse sans en penser le début d'un traître mot : - Merci, j'espère évoluer à la hauteur de la tâche. Au nom du service, recevez mes plus sincères condoléances pour l'Obergurppenführer Heydrich. Une perte terrible pour tous. Je l'avais encore rencontré en Ukraine il y a peu, nous avions mis au point un plan de coopération pour une nouvelle opération de pénétration du russe avec l'aide de l'Abwher. Gehlen lui faisant poliment remarquer qu'ils avaient collaboré derrière son dos : - L'amiral lui-même est tout à fait bouleversé. Ils

---

service de renseignement de la RFA.
[54] FHW Fremde Heere West chargée d'espionnage sur le front occidental.
[55] Abteilung Fremde Heere Ost ou FHO

se connaissaient depuis très belle lurette, ils ont servi sur le même bâtiment de la marine, le croiseur Berlin, comme vous le savez ?

Schellenberg ne prit pas la peine de soulever les propos d'un homme qui tentait de vendre du vent à un voilier. Comme s'il méconnaissait la saga et l'antagonisme qui opposait les deux autorités souvent en conflit. Elle s'était logée dans une longue histoire compliquée débutée entre deux officiers de marine, lui n'avait jamais pu percer leur relation exacte. Heydrich était déterminé, du moins en apparence, à faire chuter le chef de l'Abwehr, le temps lui avait juste un peu manqué pour décider comment parvenir à ses fins. Mais l'avait-il voulu vraiment, cela resterait un mystère ? La situation de Gehlen impliquerait une démarche plus complexe, il dépendait de l'état-major de l'armée de terre. Le FHO disposait à peu d'exception près d'une totale autonomie au sein de l'OKH et rendait compte au général Halder et non à Keitel comme Canaris.

Le nouveau responsable du FHO n'était pas reconnu pour quelqu'un de gai, cette fois il accomplit un réel effort pour ne pas apparaître morose : - Je suis surpris par votre visite, je vous croyais encore à Prague. Moi-même je rentre de Poltava, une sale affaire de documents égarés par un officier dont l'avion est tombé derrière les lignes russes. Je peux vous mettre dans la confidence, vous en entendrez sans doute parler, le führer ne décolère pas. À moins que ce soit cela qui vous amène, je ne m'attendais pas à votre venue avant votre appel d'hier matin. Mon petit doigt me dit qu'il ne s'agit pas du bon motif, quelque chose semble vous inquiéter. Qu'est-ce qui nous vaut alors le plaisir du plus célèbre chef du renseignement de la sécurité d'état ?

Piqué d'avoir laissé entrevoir ses sentiments, Walter afficha un sourire radieux tout en prenant un air débonnaire pour répondre : - Vous me flattez colonel Gehlen, votre service est devenu à ce point compétent que vous devriez déjà connaître avant moi la raison de ma présence. Je me trompe ?

- Nous tentons chaque jour de faire montre d'une plus grande efficacité, mais pas à ce point quand même standartenführer. Je doute malgré tout que ce soit pour fêter l'anniversaire de l'invasion de l'Union soviétique que vous venez me parler.

- Non, il ne s'agit en l'occurrence pas de ça, mais appelez-moi Walter, cela me ferait plaisir Reinhard.

Le lieutenant-colonel fronça les sourcils. Tout en s'appuyant sur le dossier de sa chaise il tendit la main vers un tiroir de sa table travail et fit apparaître une bouteille de cognac français. - D'accord Walter, trinquons donc déjà à cela et à Reinhardt bien entendu. Il remplit deux verres à ras bord puis en poussa un vers son hôte. En levant le sien, il marqua un mouvement d'arrêt comme s'il hésitait puis l'avala d'un trait.

Dans le geste de porter un toast, Walter souleva son verre puis le but aussi d'une traite. L'alcool était le bienvenu, il avait besoin d'un minimum de remontant pour aborder la conversation qui allait suivre.

- Vous avez raison, ce ne sont pas des documents disparus qui m'amènent. Il y a autre chose dont j'aimerais vous entretenir, une affaire, comment bien le formuler, très personnelle voilà le mot. Elle demande une grande confidentialité.

Assis à son bureau de coin le capitaine de cavalerie qui devait être habitué à ce genre de situation toussa délicatement et questionna : - Mon colonel, que diriez-vous si je me rendais au département des opérations pour préparer la réunion d'information de dix-sept heures ? Ils arrivent si souvent en retard, je ferais bien de les presser un peu.

- Faites Victor répondit son chef en le gratifiant d'un large sourire, faites et prenez le temps qu'il vous faudra. Si j'ai besoin de vous, je passerai un coup de fil.

Gehlen remplit à nouveau les deux verres puis leva le sien devant ses yeux en formulant : - De la confidentialité dites-vous, rien que la sincérité alors ? Ignorons la propagande, c'est de cela que vous voulez m'entretenir ? La vérité, rien que la vérité accompagnée de franche camaraderie. Ironisa-t-il après que le capitaine eut franchi la porte.

Sans trop savoir que penser, Walter observa Gehlen en laissant une expression embarrassée s'afficher sur son visage avant de continuer : - Vous concevez que la propagande ne reflète pas la réalité ? Ça commençait mal, sa réplique idiote était tombée à plat. Il se dépêcha de trouver un ton rassurant : - C'est vrai que depuis quelque temps il y a parfois en Allemagne une certaine fougue à trop bien expliquer ce qui pourrait accroire que la vérité ne coïncide pas à première vue avec certains élans. Mais mettons cela de côté, vous et moi à l'heure de nous endormir avons à quelques détails près en tête le tableau exact de la réalité.

- J'ai l'impression que vous connaissez quelque chose que je cherche à découvrir depuis longtemps rétorqua le responsable du FHO.

Un silence s'imposa entre eux, mais loin de devenir pénible, il murait chacun dans ses pensées. Ni l'un ni l'autre ne trouvait un motif à le rompre, chacun impassible persistait à laisser à l'autre l'initiative. Schellenberg en tant qu'invité se lança : - Ma démarche vous paraîtra complexe, elle contient plusieurs, comment dire.... « Volets », je vais tenter de les ouvrir un à un. Toutefois si vous estimez que cette conversation ne vous concerne pas, interrompez-moi et nous en resterons là. J'ai un immense respect pour votre organisme et le travail qui y est effectué. Mais c'est d'abord en l'homme que j'ai une grande confiance, sans elle je ne serais pas venu vous trouver.

- Vous savez, standartenführer, pardon, Walter, par vocation tout m'intéresse et par principe je reste toujours disposé à tout entendre inclus l'improbable.

- Même les propos hors propagande ? Je dis cela pour vous taquiner, n'y prenez pas garde. On me taxe parfois de cynique alors que je cherche juste à me montrer ironique. Je ne réussis pas souvent, mais employé à petite dose ça me détend. Il releva la tête pour admirer le ciel au travers de la haute vitre puis son regard revint à son interlocuteur qu'il fixa à nouveau dans les yeux. Ceci peut sembler direct et très personnel, mais votre épouse Helena est bien une von Seydlitz-Kurzbach ou je me trompe ?

Sans ne laisser paraître aucune surprise Gehlen répondit sur le même ton : - Exact, il ne s'agit pas d'un très grand secret vous savez Walter !

- Apparentée au général de division von Seydlitz-Kurzbach ?

- Ce n'est toujours pas confidentiel. Mais je ne vois pas encore où vous voulez en venir ?

- Nous nous trouvons à la veille de notre offensive d'été.

- Vous avez l'air bien renseigné des affaires de l'armée. Cela dit, elle a déjà entamé sa phase initiale depuis un moment et avec un beau succès, me semble-t-il.

- Notre travail à tous les deux consiste à s'informer de ces choses-là, pour des motifs différents bien entendu. En définitive l'objectif reste identique, la protection du Reich, les circonstances m'ont mis à la place que j'occupe, vous à la vôtre, les rôles auraient pu s'inverser, pas vrais ? Reservez-moi encore une rasade de votre cognac voulez-vous, pour mes péchés passés, présents et à venir.

Le lieutenant-colonel s'exécuta et ils vidèrent leurs verres d'un coup sec : - C'est à la fois exact et cohérent convint Gehlen. Chacun dans la compétence de son service respectif. Dites-moi, un seul cognac ! Vous croyez que cela suffira pour vos péchés. Si ce sont les vôtres personnels, à la limite, si ce sont les vôtres au RSHA j'en doute fortement ?

- C'est pour cette raison que la France est venue à en manquer. Sans oser rire de sa propre remarque, Walter continua presque à contrecœur. - Pourtant nos services semblent assez proches si l'on veut le voir ainsi.

- Vous le dites, moi je persiste à constater un énorme contraste entre les deux.

- Nous sommes chargés l'un et l'autre de la mission d'informer et d'anticiper les comportements de nos ennemis, n'est-ce pas. Les sphères d'action bien que différentes restent parallèles.

- Les parallèles ont la particularité qu'elles ne se rejoignent jamais, vous le savez ça Walter ?

- Oui, mais elles peuvent œuvrer côte à côte dans le même but. Il vit un nuage passer sur les traits de Gehlen. Visiblement, l'idée de collaborer avec un service du RSHA ne l'emballait pas fort.

- Précisez-moi votre pensée, je vous prie, mon cher Walter. Dit-il prudent.

- J'y viens. Le général von Seydlitz s'apprête à prendre après-demain dans le secteur de Kharkov la direction d'un corps d'armée intégré à la sixième de Paulus. En fait, il a déjà commencé les opérations dans la région d'Izium ? Arrêtez-moi si je me trompe.

- Vous paraissez bien renseigné en ce concerne la Herr mon cher…confrère. Vos groupes d'action s'apprêtent à marcher derrière et ils craignent de ne pas recevoir de carburant ? Considérez ceci pour une boutade de ma part, bien sûr. Le général a bien pris le commandement du LI corps au début du mois passé avec grand succès comme vous semblez le savoir.

- Je tente d'être en général bien averti quand il s'agit des choses de l'état. Et J'ai toujours pensé que dans chaque plaisanterie il y a un fond de vérité. Pas vous ?

Proverbe russe que celui-là rétorqua Gehlen.

- Disons que sur ce genre de considérations ils ont parfois raison, sans plus. Revenons à notre chère Wehrmacht en campagne. Il est essentiel, j'ajouterais d'une importance capitale pour mon service, d'avoir accès quelque instant auprès du général.

En joueur accompli Gehlen, à la place de montrer sa surprise, fit mine d'être ennuyé par la demande de Schellenberg. C'était palpable, au plus profond de lui il savourait sa position privilégiée. Bien entendu il avait l'intention d'abuser aux dépens de son visiteur l'occasion qui lui était offerte sur un plateau : - Le général Seydlyz doit tenir quelques fers au feu en ce moment. À l'heure actuelle il a délaissé sa maison de Königsberg pour se trouver dans les environs de Kharkov ou en chemin pour se rendre au quartier général de Prusse Orientale avec Paulus. Pourquoi ne partez-vous pas par là-bas pour tenter d'obtenir une entrevue. Vos pourriez de même vous engager sur le front. Votre ancien patron a bien combattu dans les airs à quelques occasions, votre ami Alfred Naujocks[56] aussi, bien que cela ne lui a pas trop réussi …aux dernières nouvelles le gaillard cicatrise ses blessures en convalescence à Karlsbad. Il paraît qu'il vous tiendrait pour responsable de ses aventures en Russie.

---

[56] Major Alfred Naujocks qui dirigea l'attaque contre la station radio allemande de Gleiwitz provoquant la seconde guerre mondiale.

Prendre sur soi de ne pas s'offusquer en jouant au fonctionnaire borné ne dérangeait pas Walter : - Alfred n'a jamais été un ami, c'était un subordonné avec beaucoup de goût pour les entreprises de cinéma…mais bon, mettons ce sujet sur le côté voulez-vous ? Aller à sa rencontre disiez-vous Reinhard. J'imagine sans peine que dans l'état actuel des opérations cela aurait peu de chance de réussir. Je crois qu'il n'apprécierait pas qu'un collaborateur immédiat du Reichsführer vienne lui parler sans un ordre direct de Rastenburg, il n'a pas dû oublier les évènements de février[57]. Sans perdre de vue qu'il doit avoir très peu de temps à consacrer hors de l'organisation de l'offensive d'été. Et puis ce que j'ai à lui dire est au plus haut point confidentiel. J'aimerais lui procurer une notion préliminaire de mes idées avant que nous nous rencontrions. Il est même possible qu'il soit inutile que nous nous retrouvions en présence dans l'immédiat étant donné sa lourde charge. L'important c'est le message et non celui qui le porte, vous ne trouvez pas ? Il se montrera plus enclin à offrir quelques instants à quelqu'un de sa famille. Pour ce qui est du front, je ne dis pas que l'envie me manque, cependant le combat intérieur me suffit jusqu'à présent à occuper tout mon temps.

- Je vois. Le lieutenant-colonel Gehlen laissa passer un silence avant d'enchaîner : - si je poursuis votre raisonnement, vous avez pensé que mon épouse serait une parfaite ambassadrice du RSHA ?

- En quelque sorte si vous n'y relevez aucun inconvénient. Une lettre de sa part, une communication par radio téléphone pour solliciter de la contacter, il y a beaucoup de possibilités. Elle ne devra pas obtenir autre chose que de m'introduire auprès du général pour qu'il ne soit pas surpris lorsque je demanderai à le rencontrer, de façon que nous puissions organiser cela dans de bonnes conditions.

- Votre manière de procéder me paraît, comment dire, pour le moins inhabituelle sinon interloquant. Pardonnez-moi, mais je n'imagine aucune raison que j'aurais de faire cela. Je n'entrevois pas bien l'objectif de cette démarche. Pourquoi un service comme le vôtre avec le pouvoir qu'il a veut-il persuader un membre héroïque de notre armée d'être approché par le biais de sa famille ? Je ne comprends toujours pas, désolé standartenführer, mais là vous me surprenez. Il termina la fin de sa phrase en baissant la voix : - Vous me faites un peu peur avec tout ce mystère. Un peu, deviens même une quantité assez faible.

- Walter avala sa salive, l'affaire s'avérait aussi compliquée que prévu, il regarda à nouveau brièvement par la fenêtre en réfléchissant : - Je crains que ma démarche soit hélas, la seule possible. Après une nouvelle hésitation il inclina la tête avant de dire avec conviction : - Elle est d'une très grande importance vous vous en doutez. Puis son expression changea pour passer à celle « d'un camarade s'adressant à un autre camarade » : - Ceci

---

[57] Condamnation à mort en février 1942 du général Hans Graf von Sponeck défendu par le général von Seydlitz. Condamnation commuée en six années de forteresse. Sera exécuté en juillet 1944.

aura une portée toute particulière, là je ne parle pas uniquement en mon nom. De raison ? J'en vois une, Je peux vous aider à créer les armées de russes anticommunistes dont vous rêvez !

Même s'il n'en montrait rien sa réponse témoignait d'un soudain intérêt : - Et au nom de qui d'autre parlez-vous ?

- Bonne question, pour l'instant il m'est difficile de répondre, mais comme vous le savez je me trouve soumis à peu de supérieurs. Ce qui veut aussi dire que j'en ai…trêve de langue de bois. Mon département est détenteur de renseignements qui donnent lieu à de grandes inquiétudes quant à la sécurité même de l'état dans son ensemble.

Reinhard Gehlen savourait l'embarras de son visiteur, sachant qu'il y trouverait son avantage, il ne semblait disposer d'aucune volonté à y mettre fin : - Le mien me donne des sueurs froides chaque jour, à la longue je m'en suis forgé une raison.

- J'ai partagé ces renseignements de la plus haute importance avec Reinhardt Heydrich peu avant l'attentat. C'était un homme ferme sachant prendre de rapides décisions. Dans ce cas précis, l'information est remontée par la ligne directe à qui de droit et une conclusion s'est imposée. Hélas sa disparition a aussitôt suivi. Aujourd'hui, je dois m'en accommoder au mieux pour poursuivre dans le secret le plus absolu la voie qu'il avait tracée.

Walther l'observa, enfin l'ébauche d'un sourire apparut sur les lèvres de Gehlen : - Maudits tchèques, si vous voulez mon avis c'est un coup des services alliés, pourquoi pas les Anglais ? D'après ce que déclarait le général Heydrich lui-même, il n'y a pas de résistance tchèque ! Une opération si complexe si loin en profondeur. Et vous n'avez rien vu venir ?

Walter ignora le sarcasme : - Quand on ne voit rien arriver, il y a toujours deux réponses, l'une d'elles consiste en celle-ci : peut-être que tout simplement nous regardions dans la mauvaise direction. Quoi qu'il en soit, puisque vous en parlez, il y a des faits qui me troublent dans l'attentat de la Kirchmayerstrasse. De son côté le Reichsführer s'acharne à décortiquer les circonstances. L'enquête sur place est dirigée par Kaltenbrunner[58] et Daluege. Je vous en fais part en toute confidentialité, à mon grand regret mon travail se résumera à évaluer à leur juste mesure toutes les informations politiques. Pour revenir à l'affaire qui me tourmente, pour l'heure je ne sais pas si les évènements de Prague sont liés avec ce qui nous cause une si grande inquiétude, mais je n'écarte bien entendu aucune possibilité.

- Kaltenbrunner n'était-il pas le plus grand policier autrichien ? Un homme d'une intelligence remarquable parait-il. Il a étudié dans le même collège que

---

[58] Général de division de la police Ernst Kaltenbrunner est membre du parti national socialiste autrichien depuis 1932. À la tête en 1938 de la police régionale autrichienne. Chef et responsable de la SS et de la Police pour la région Danube », qui comprend l'Autriche.

notre führer. Ceci expliquant peut-être cela.

- Vous avez trouvé sans peine l'explication Reinhard.

Mon cher Walter, j'ai beaucoup de respect pour vous, par extension aussi envers votre service, croyez-moi, je suis sincère. Pardonnez ma franchise, je vous ai toujours considéré comme quelqu'un de bien différent de la bande de brutes incultes qui vous entoure. Je ne doute pas un moment de l'importance de votre mission, mais je ne pense pas être l'officier le plus compétent pour partager vos vues qui me semblent bien politiques.

- Tout tourne en politique depuis quelques années, vous ne vous en étiez pas aperçu ? Bref, il est impératif que je puisse avoir tôt ou tard une conversation privée avec le général Seydlyz. Vous dire qu'au plus tôt serait l'idéal est une évidence. Cela doit bien entendu vous paraître aussi étrange qu'inhabituel. C'est une affaire exceptionnelle née dans l'urgence, je ne peux me permettre le moindre contretemps. Reinhard, vos propres services on avec la Heer quelquefois des tournures mettons peu orthodoxes auxquels les miens n'ont pas accès…question de proximité ! Nous devrions collaborer, si vous en doutez demandez l'opinion de l'amiral Canaris, il vous suggérera que la coopération ne peut que nous bénéficier.

Le chef du FHO rit franchement, ignorant la dernière phrase, il se radoucit : - Vous en rendez-vous compte Walter, vous requérez d'impliquer Helena, Il est normal que j'insiste pour en savoir plus. Ce serait déjà une de mes conditions, si j'acceptais, bien entendu.

Walter réfléchit à la hâte, pas question de braquer en vain l'impénétrable lieutenant-colonel. Tel prévu dans son plan, s'il voulait obtenir des résultats, il devrait abandonner un peu de son apparente réserve pour lui donner l'illusion de placer un pied dans la confidence. Un poisson tel que Gehlen ne se transformait pas d'un coup de baguette magique en une simple sardine à mettre en boîte. Il reprit : - Vous êtes d'habitude bien informé Reinhard, il y a beaucoup de chance que ce que je vais vous dire vous le savez déjà : Rappelez-vous de la mort d'Heydrich, le même jour Heisenberg tenait une conférence…

Prudent Gehlen resta sur sa réserve : - J'ai entendu de vagues rumeurs traîner, par-ci, par-là, mais je suis très occupé, ce sont les fruits amers qui vont avec ma nouvelle fonction, je manque de temps pour m'intéresser à autre chose qu'à l'Est.

Ne pas perdre patience, surtout ne pas lui offrir ce plaisir : - Toutefois, si vous l'avez gardé en tête, en rassemblant vos souvenirs vous vous remémoreriez qu'il traitait d'explosif.

- Tout le monde discute d'explosif par les temps qui courent !

- Oui, bien sûr, mais je parle d'un explosif bien particulier Reinhard, inconnu jusqu'à présent, inimaginablement dévastateur.

- Vous m'en direz tant. Une bonne nouvelle en somme !

Il avait l'impression de s'adresser à une muraille : - Hélas, cet explosif ne se trouve pas en notre possession, pas pour l'instant, bien au contraire continua Walter sans recueillir plus de réactions ; prudent Gehlen restait aux abonnés absents. Il n'obtiendrait rien en s'entourant d'inutiles précautions, comme prévu il lui faudrait opter pour la ligne rugueuse, celle qui laisse des marques. Autant commencer par une belle circonlocution qui n'engageait à pas grand-chose : - J'ai besoin de parler dans un environnement clos et hermétique de ces renseignements avec des officiers supérieurs qui pourraient être concernés, le général Seydlyz en fait partie. Pour l'instant, ne m'en demandez pas la raison, ni pourquoi lui. Au moment voulu, je vous promets que vous serez le premier à savoir, je vous donne ma parole. Ce que je vous propose ici c'est une réelle collaboration. Pas entre deux services, mais bien entre deux hommes qui placent l'Allemagne au-dessus de tout. Il n'avait pas trouvé mieux que cette formule ridicule et pompeuse, mais il n'avait pas beaucoup réfléchi non plus. Le patron du FHO allait poliment l'envoyer paître, ce serait le signal pour déclencher le tir.

Le lieutenant-colonel Gehlen resta en effet élégant malgré ses nombreux défauts il ne chercha pas à économiser sa salive, un Prussien n'aurait employé qu'un seul mot pour lui conseiller d'aller voir ailleurs : - Vous me paraissez bien dramatique. Permettez-moi de réfléchir Walter, laissez-moi quelques jours, cinq, six. Une sale affaire de documents égarés au quarantième corps qui m'empoisonne l'existence comme je vous le disais. C'est à présent établi, je devrai effectuer un rapide aller-retour sur cette zone d'opérations. Je peux vous promettre que je prendrai la température du front et si possible auprès du LI corps d'armée. Après tout, c'est dans les attributions de mon service de renseignements.

Walter était ce qu'on peut appeler un pragmatique ; à l'Université de Bonn, il avait beaucoup aimé le cours sur le philosophe Ferdinand Schiller maintenant interdit : la vérité n'existe pas en tant que telle, seule la pensée trouve les implications. La vérité ne se révèle que peu à peu dans l'expérience. Par malheur pour le lieutenant-colonel Gehlen, il avait lu le dossier qu'Heydrich avait ordonné d'établir sur lui avant de se voir nommé à la tête du FHO. Rien de formel, juste assez pour qu'un souffle le classe du côté des opposants et non des adeptes du régime. À présent, il allait tester ses hypothèses.

Le temps était venu de lui faire avaler son thermomètre : - Puisque nous traitons d'informations, on m'a fait part de quelque chose d'amusant.

- Dites-le-moi, ce monde semble parfois si triste que l'occasion de rire ne se refuse pas !

- J'y viens. Vous avez été l'adjoint du général Hans Halder et vous dépendez d'ailleurs toujours de lui. Il s'avère qu'il fait aussi partie des officiers à qui je dois parler, à la réflexion von Seydlitz peut encore attendre un peu, le chef d'état-major devient plus approprié par rapport à l'urgence de l'affaire. Comme en ce moment vous le voyez presque chaque soir, ce sera pour vous une chose assez facile à organiser. Vous lui direz de ma part que l'ex-ambassadeur britannique Sir Nevile Henderson[59] est au plus mal.

- Pour la première fois depuis qu'il avait pris ses fonctions au FHO le visage de Reinhard Gehlen changea de couleur.

Berlin, 32 Berkaerstrasse, mardi 23 juin 1942

Schellenberg était assez content de lui, son plan avait plus ou moins fonctionné comme prévu ? Son dessein reposait sur une intuition, quand il avait sorti la carte de son chapeau par chance c'était un as. Reinhard Gehlen devait sa fulgurante ascension à son intelligence hors norme, mais dans le Reich c'était un peu court pour percer. Il fallait ajouter que c'était aussi grâce à ses relations, une bonne dose de chance lui avait obtenu le reste. La compagne de France de mai quarante lui avait permis de rencontrer les plus importants généraux de la Wehrmacht. A l'occasion de son travail à l'état-major il fut remarqué et apprécié par ses extraordinaires facultés d'analyses. C'était un bourreau de travail qui ne voyait pratiquement jamais ses enfants, il abattait sans peine seize à dix-huit heures par jour parfois jusqu'à l'épuisement en accomplissant une tâche minutieuse ou rien ne lui échappait.

Son protecteur était le général Halder chef de l'état-major, cela avait forcément créé des liens surtout pour un habile observateur des évènements. Même s'il n'avait lui-même trempé dans aucune conspirations, ce qui n'était d'ailleurs pas prouvé, il n'en ignorait probablement rien et dans le Reich c'était largement suffisant pour que sa tête soit mise sur le billot. Himmler pour se rendre maître du FHO y veillerait particulièrement si l'opportunité se présentait. Dans un contexte d'incertitude, il est impératif de réagir et il allait devoir le faire. Quoi qu'il en pense Gehlen imaginait à présent qu'il ne pourrait se soustraire à la nécessité de s'impliquer en personne en tentant par tous les moyens de la minimiser.

Connaissant les règles du jeu ce dernier n'ignorait rien des dangers de l'appareil de l'état. Pour Seydlitz, il tolérerait éventuellement que son épouse contacte le général, mais il y avait peu de chance pour qu'il la compromette ; lorsque Walter le pousserait dans le dos, il choisirait de se rendre lui-même auprès de l'état-major du groupe d'armée sud pour faciliter la situation. Une fois qu'il aura accepté, l'affaire serait renvoyée à plus tard ce qui le dérouterait. C'était bien le plan.

Évidemment, les révélations que Walter allait lui distiller au compte-gouttes l'obligeaient à engager une minuscule partie son service. Depuis quinze jours, Gehlen effectuait de fréquents aller-retour entre Poltava, Vinnytsia, les différents quartiers généraux et Berlin cela ne se remarquerait pas. De toute façon pour l'instant il n'y

---

[59] Nevile Henderson ambassadeur du Royaume-Uni en Allemagne entre 1937 et 1939.

avait aucune autre option. Pour le général Halder l'affaire se présentait favorablement, il n'avait pas dit oui, mais ça n'avait pas été nécessaire, Walter attendait qu'il lui communique le lieu et l'heure. Il ne devait pas perdre de vue que le patron du FHO restait quelqu'un de très dangereux. Pour le moment, ils convoitaient tous les deux le même trésor, l'absorption de l'Abwher à leur profit. Cet objectif allait mettre de l'huile dans l'engrenage de leurs relations jusqu'à un certain point.

Avant de passer à la suite de son programme, il avait besoin d'une confirmation, une conviction absolue. L'homme qui pourrait la lui offrir se trouvait à Berne ; s'y rendre en personne sans attirer l'attention des services de Masson représentait une sérieuse difficulté. Peu à peu un plan s'esquissait pour y parvenir.

Son téléphone sonna, l'opératrice annonça l'adjudant d'Himmler, Werner Grothmann.

- Bonjour Werner, je peux quelque pour adoucir votre journée ?

- Non, mais c'est fort aimable à vous de le proposer. Moi en revanche je vais aigrir la vôtre. Le laboratoire de Heisenberg vient d'exploser…

Le dernier espoir de gagner la guerre venait de partir en fumée !

Berlin, 68-82 quai Tirpitz, Gehlen et Canaris mardi 23 juin 1942 09h00

Une mauvaise journée de plus s'annonçait pour l'amiral ; à peine était-il arrivé à presque se débarrasser de l'affaire de l'évasion de ce maudit général Giraud qu'il venait d'apprendre qu'une de ses meilleures opérations d'infiltration sur le territoire américain échouait lamentablement. Le colonel Lahousen lui avait expliquai que ses hommes avaient été capturés peu après avoir débarqué du sous-marin qui les avaient emmenés sur la côte .
Ce n'était malgré tout pas une raison pour renvoyer Gehlen à ses stratagèmes. Wilhelm Canaris regardait goguenard le tout nouveau chef du FHO. Leurs relations n'étaient pas à parler vrai au beau fixe, le lieutenant-colonel avait intrigué ferme pour en évincer le colonel Kinzel son prédécesseur qui, c'était exact, ne se doublait pas d'un foudre de guerre, c'est le moins qu'on pouvait en dire.
Pour lui succéder, Wilhelm Canaris avait mis en avant le colonel von Bentiveni responsable de la 3ème division de l'Abwher qui obtenait de bons résultats avec ses groupes Walli. Hélas l'amiral avait dû se battre sur deux fronts et le plus dangereux demeurait celui du RSHA d'Heydrich qui rêvait de l'absorber au profit de son département VI aux mains de Schellenberg.
Le général Halder qui depuis longtemps avait pris Ghelen sous son aile protectrice

était parvenu à l'imposer avec l'aide du général Heusinger[60]. Canaris restant historiquement proche des visions de Franz Halder malgré des multiples heurts dans le passé y avait vu le meilleur compromis possible. Pour en terminer, le maréchal Keitel avait apposé sa signature pour la désignation du Thuringeois. Le patron de l'Abwher se plaisait à dire que c'était en partie grâce à lui qu'il devait sa nomination, ce à quoi Ghelen consentait en public.
Quoi qu'il en soit, le FHO lui restait en travers de la gorge. Si l'Abwehr n'avait pas été en mesure de créer un réseau performant à l'Est la faute en revenait à Hitler. Ce dernier avait pendant les deux années qu'avait duré le pacte avec les Soviétiques totalement interdit à Canaris toute action sur leur territoire pour ne pas les effaroucher. À présent, le prix à payer s'avérait très lourd.

Fidèle à son habitude patricienne il prit un long moment avant d'articuler chaque syllabe : - Ne soyez pas surpris. Vous le saviez Reinhard, Schellenberg se montre le plus rusé de cette bande, à quoi vous attendiez vous ? Heydrich l'était à peine moins mais démontrait au plus haut point un manque de finesse, il y a toujours eu terriblement de férocité en lui. Je n'aurais pas été étonné outre mesure qu'Himmler le nomme sans perdre de temps ce jeune loup à la tête du RSHA pour remplacer le général Heydrich. Son hésitation démontre à quel point il s'en méfie. Ce Schellenberg a repris à son compte l'habitude de son ancien maître de constituer des dossiers sur tout ce qui respire ; cette manie aide beaucoup dans le troisième Reich !

Reinhard Ghelen s'agaçait toujours du goût détestable de Canaris pour résumer longuement les situations faisant passer ses interlocuteurs pour des ignares. Cette fois, il voulait faire court en laissant ses gants au vestiaire : - C'est probable. N'empêche, il est malgré tout occupé à tracer un cercle autour de moi comme s'y prendrait un peau rouge s'attaquant à des chariots des colons dans l'Ouest américain.

- Quoi qu'il en soit, voyez le bon côté des choses, sans chef, le RSHA se retrouve avec un handicap de taille pour un certain temps ! Himmler a bien pris les affaires en main. Techniquement en tant que supérieur de Heydrich il maintenait le RSHA sous ses ordres. A présent que la succession est ouverte les candidats vont s'efforcer de briller comme des lucioles.

- Exacts, qu'ils vont avoir pas mal à faire et aussi à se faire pardonner. Si j'en crois la rumeur, le bruit court déjà que les Anglais étaient informés de façon très précise des déplacements de Heydrich. Et pas par la résistance tchèque. Ghelen avait posé un regard lourd de sous-entendus sur l'amiral.

Canaris sourit en le toisant avec défi : - Pourquoi imaginez-vous ça Reinhard, personne n'aurait eu l'idée de renseigner les Anglais voyons ! Qui ici pourrait avoir voulu tant de mal au « Reichprotector » ? D'ailleurs, pourquoi me mentionnez-vous les Anglais ? C'est là une bien drôle de théorie !

---

[60] Major général Adolf Heusinger, chef de la section des opérations à l'OKH en 1942. Chef d'état-major adjoint de la Heer en juillet 1944. Blessé et impliqué dans le complot du 22 juillet 1944. Futur conseiller du chancelier Adenauer et créateur en 1955 de la Bundeswehr avec le grade de Lieutenant général.

Richard Ghelen afficha le même sourire, le regardant sans gêne dans les yeux en disant : - Absolument personne « amiral », j'en suis convaincu autant que je le suis de gagner cette guerre. Pour la deuxième question, cela m'est venu à l'esprit quand je me suis rappelé que vous conversiez couramment dans cette langue avec l'ambassadeur anglais lors des accords de Munich de septembre trente-huit. J'ai toujours présumé que vous appréciez les Anglais.

- Pour leurs bonnes manières et leur excellent thé entre autres !

- C'est bien dommage, si vous aviez gardé quelques relations ils pourraient nous en envoyer. Je parle de thé bien sûr. Pour en revenir à Walter Schellenberg, il va sans l'ombre d'un doute se comporter à présent comme un requin qui a senti l'odeur du sang.

- Ça vous effraie ?

- C'est pour le moins inconfortable dans le contexte actuel dans lequel je me retrouve surchargé de travail avec ce qui se prépare à l'Est. Le temps me manque pour gérer cette affaire comme il se devrait. Il aura suffi à Schellenberg de fermer les yeux pour additionner Beck, Halder, von Seydlitz, von Wietzleben et votre Oster qui a tendance à se prendre pour un perroquet. Étant donné que j'ai été l'aide de camp de Halder, il ne lui a pas fallu longtemps pour échafauder des déductions et par la même occasion me rajouter au convoi.

- Ne vous préoccupez pas, Reinhard. Il ne vous l'a pas dit, car il sait bien que je le ferai moi-même, à cette longue caravane il introduira un chariot de plus avant de conclure, le mien. Ne confondez pas Reinhard, Schellenberg n'est pas un requin qui engloutit d'un coup sa proie, c'est de préférence un chat qui s'amuse avec la souris dans le but de la vendre, pas de la tuer !

- Dans ce cas comment comptez-vous réagir, Wilhelm ? C'est une situation dangereuse. Le RSHA, requin ou chat, reste un animal féroce envers ses victimes.

- Pas autant que vous le croyez. Ce brave Schellenberg vise une cible que nous ignorons, mais par chance je connais déjà le chemin qu'il emprunte, et je peux vous assurer ce n'est pas celui qui mène à Georg Thierack[61] ni au démantèlement de quoi que ce soit, mais celui qui profite au mieux à ses intérêts personnels. Sa méthode nous procure un court, mais bel avantage. Il dispose de toute évidence d'un plan bien établi, nous devenons sans nul doute à la fois proie et chasseur. Pour l'heure tout au moins.

- Vous m'en voyez ravi !

---

[61] Otto Georg Thierack ministre de la Justice du Troisième Reich de 1942 à 1945.

Le chef de l'Abwehr passa outre : - Cet opportuniste nous considère comme sa meute de chiens, celle qui va lui servir à rabattre le gibier. Une petite voix au fond de moi me murmure que ses buts ne sont pas trop éloignés des miens et peut être des vôtres. Pour terminer, je dirais que Walter dispose d'un RSHA qui lui est propre et qui ne ressemble en rien au RSHA original. Mon cher Ghelen, il serait peut-être temps de laisser de côté nos modestes querelles, avec votre aide nous allons ferrer de plus près ces maudits SS.

- Vous ne pourriez me rendre plus joyeux amiral. Toutefois, n'oubliez pas deux choses, un, je dois rejoindre sous peu le groupe d'armée sud dans la région de Karkhov, deux je ne dépends pas de l'Abwher, donc je ne reçois aucun ordre de vous.

- Un, vous effectuerez une abondance d'aller-retour dans les tubes de tôle pour être à même de garder cette affaire sous votre coupe. Deux, je vais devoir me mettre un peu en retrait, je deviens trop visible, ce n'est pas approprié à la situation actuelle, en revanche Schellenberg semble avoir besoin de vous. Je ne dois pas vous rappeler à quel point nous avons intérêt à nous serrer les coudes. Nous ne jouerons pas à l'aveugle portant le paralytique, mais pas non plus aux prétendants jaloux. Apprenez à travailler avec le colonel von Bentiveni, il vous aime beaucoup à ce que l'on m'a raconté. Je sais que le bougre ne cracherait pas sur l'occasion de s'asseoir dans mon fauteuil ou même le vôtre, donc dites-lui juste le strict nécessaire. Pour certains aspects, vous pouvez aussi toucher un mot au colonel Hans Oster. Vous vous informerez mutuellement. Le FHO peut bien collaborer avec leurs départements, non ?

- Avec Hans ! est-ce bien prudent ? Les ragots vont bon train, je tiens de bonne source que le SD aurait déjà ouvert une enquête à son sujet.

- Colonel, dénichez-moi une personne sur qui ils n'ont pas débuté une investigation. Ils soupçonneraient même mes chiens.

- Il y a enquête et enquête. Selon les rumeurs qui m'ont été rapportées par le FHW, celle-ci prend peu à peu de la profondeur. Étrangement, c'est leur division II et non la Gestapo qui s'en charge, pour passer inaperçus ils ont trouvé malin de diriger leurs recherches depuis la Belgique. Un certain Andreas Biederbick[62] est désigné, en temps normal il dépend de Paris, mais ils l'ont détaché à Bruxelles. Évidemment, avec leurs gros souliers les manteaux de cuir ont été repérés dès le premier jour.

- Gestapo Müller tente de nous tordre le bras pour l'aider à démanteler un réseau là-bas. Si le nom de Hans Oster apparaît, c'est à la taille d'une puce

---

[62] Major Andreas Biederbick affecté au département II Problèmes étrangers du SD en France de juin 1940 à 1942.

prise par erreur dans l'un de leurs nombreux peignes. Ils n'ont d'autre but que celui de m'indisposer.

- S'il ne parvient pas à sauter vite hors des dents, le colonel Oster représente un danger.

- Soit, mais il faut savoir prendre des risques, Oster est le seul avec qui peut approcher au plus près les services suisses via ses contacts et si nous voulons connaître le fin mot de l'histoire, c'est le meilleur chemin à emprunter.

- Le lieutenant-colonel Ghelen se félicita de sa prudence, il avait bien fait de ne pas communiquer grand-chose d'important au chef de l'Abwher. Contrairement à sa première idée il s'était ravisé ; après tout, même s'ils finissaient par échanger sur presque tout, le FHO ne dépendait pas de Canaris, mais de l'OKH. Le patron de l'Abwehr avait un comportement étrange depuis quelques mois, beaucoup de bruits de couloir étaient parvenus à ses oreilles. Son intuition lui dictait qu'il pourrait convertir toute cette affaire en quelque chose de hautement profitable pour son avenir. Il ne savait pas encore quoi au juste, mais il le sentait. L'amiral et lui-même partageaient de redoutables secrets ce qui ne l'empêcha pas de répondre avec un air de bon élève : – Si vous aviez un dernier conseil à me donner Wilhelm, je l'accepterais volontiers ?

- Pour l'instant, arrangez-vous pour qu'il rencontre Franz Halder. Si le général fait des manières, faites-lui connaître que c'est moi qui le lui demande personnellement.

Canaris venait de décider qu'il allait de préférence employer son viel ami Gesivius à la place d'Oster, mais cela ne regardait pas Gehlen.

DEUXIÈME PARTIE

Berlin, 32 Berkaerstrasse mardi 23 juin 1942 09h30

Walter s'était toujours méfié des Autrichiens « sans exception aucune », se convainquait-il dans ses pensées secrètes. Pourtant Wilhelm Höttl, sans déroger à sa règle, détenait un statut privilégié dans ce qu'il appelait son « générique d'acteurs ». Cette relative indulgence qu'il lui concédait était née sans doute grâce au mélange de ses connaissances historiques dû en partie à son parcours universitaire - mais pour lesquels il possédait un véritable don - auquel s'ajoutait son allure inoffensive inspirée par sa tête rondouillarde. Ses analyses apparaissaient souvent irréprochables. Pas toujours exactes, mais irréprochables. Par souci de sécurité son subordonné n'entrait jusqu'à ce jour pas dans la "grande" confidence de ce qui se tramait, de loin s'en fallait. Malgré tout il en savait suffisamment pour en retirer un partenaire efficace du travail en cours.

Dès son arrivée, autour d'une pot de café, il s'était lancé avec lui dans des considérations générales sur le réseau d'espionnage en espérant éclaircir ses idées : - Nous allons avoir très difficile Wilhelm, la Suisse est infectée d'espions de tous bords, une véritable contamination et les plus gros virus proviennent en toute logique de chez nous. C'est une conséquence normale de la politique allemande depuis la prise du pouvoir. Nous avons implanté des fronts et des sections du NSDAP dans toutes leurs villes. Toute cette soupe a fermenté, le résultat nous donne ce bouillon incontrôlable.

- Ils ne se sont pas trop fait prier pour le mélanger depuis le l'assassinat de Wilhelm Gustlhof ? Une partie appréciable de leur gouvernement fédéral est proche des idées de Berlin. Leur armée est divisée en deux, ceux qui sont partisans d'un rapprochement et les autres qui prônent une résistance acharnée de leur territoire. Quant au chef de leur armée, allez connaître ce qu'il pense.

Penser aux difficultés du général Gruisan le stimulait : - Il doit penser à juste titre que son pays est totalement encerclé et que sa marche de manœuvre consiste à danser le tango argentin sur un timbre-poste et la valse viennoise sur l'enveloppe. Pour le moment, leur police est intransigeante, plus un seul réfugié ne rentre plus sur leur sol et ils nous réexpédient ceux qui s'y trouvent. En même temps, ils font des ronds de jambe aux alliés, en particulier aux Américains. Je commence à comprendre pourquoi leur gruyère est plein de trous comme autant de pièges impossibles à combler.

Walther s'amusa de l'image qui se diluait dans les paroles de Höttl : – Ils n'ont pourtant pas su complètement museler leurs journaux, les articles de presse qu'ils s'apprêtent à sortir vont faire monter la tension entre les cantons, c'est inévitable. Quelle idée a eu l'état-major de l'armée d'incorporer des médecins suisses de la croix rouge dans nos unités sanitaires de Smolensk. Ce qu'ils ont vu là-bas va bientôt s'étaler

en première page.
- Notre ministre de la Propagande découvrira bien une parade comme toujours. En revanche, pour nous, il n'existera aucun remède, la moindre de nos respirations en territoire helvète est commentée à Berlin que ce soit à la chancellerie, aux affaires étrangères ou chez Canaris. Les agents allemands nous pouvons encore les repérer, mais il y a autant de Suisses que de compatriotes qui informent nos services de renseignements que nous reproduisons comme des lapins.
- La solution pourrait consister à l'annexer comme mon Autiche.
- Que le Ciel ne vous entende jamais Wilhelm... commençons par nous occuper des nôtres... qui avons-nous de plus confiables au centre de transmission ? Par plus confiables je veux dire celui qui risquerait de tout perdre s'il se mettait à parler. Par tout perdre, j'inclus sa fonction, son grade, sa vie, sa famille. Hans Eggen se trouve actuellement à Zurich, je dois lui faire parvenir un message secret d'état.

Berlin, 32 Berkaerstrasse mardi 23 juin 1942 10h30

Walter se retrouvait perturbé jusqu'à une profondeur qu'il appréciait peu. Il n'avait plus eu aucun contact avec Himmler depuis le dix juin, le lendemain de l'enterrement d'Heydrich à l'exception d'un coup de téléphone lui intime l'ordre d'annuler l'opération de récupération du général Giraud en zone libre française. De son côté, il avait passé une semaine de juin à l'extérieur du Reich pour sortir de la ligne de mire et prendre un peu de recul pour mieux observer les évènements.

Sa principale inquiétude concernait l'attitude du Reichsführer à l'opposé complet de celle qu'il espérait. Les déportations avaient atteint un niveau sans précédent comme s'il voulait défier les alliés par sa position inflexible. Il avait depuis longtemps eu loisir d'étudier le caractère du chef suprême de la SS, ce dernier était de toute évidence à classer parmi les tourmentés perpétuels. Hanté par l'idée de sa trahison à l'évidence il compensait en se montrant zélé et féroce. Walter avait tout intérêt à se méfier ; à présent, se retrouvant dans l'inconfortable peau de l'unique individu à partager son secret, sa vie ne valait plus grand-chose aux yeux d'un personnage aussi retors. Il décida de gravir une marche supplémentaire.

Rechlin, centre d'essai de la Luftwaffe, mardi 23 juin 1942 16h00

Walter avait conduit sa voiture pour se rendre au centre de test de la Luftwaffe à Rechlin distant de cent kilomètres après s'être éclipsé en toute discrétion de Berlin.

Les pilotes d'essai logeaient au groupe sud dans une petite maison de brique rouge. Le garde après avoir vérifié avec soin ses papiers lui indiqua le chemin à suivre en insistant pour qu'il ne s'écarte pas de la route

Hanna Reitsch était une magnifique femme de l'avis de tous les aviateurs étendu à la généralité des Allemands. Pas à proprement parler une beauté, pourtant elle affichait un visage d'une fraîcheur éclatante qui transpirait l'énergie et la bonne humeur. Tous les mâles de la Luftwaffe se transformaient en admirateurs passionnés, mais le cœur d'Hanna penchait à l'occasion du côté de Schellenberg de deux ans son aîné. Walter éprouvait depuis longtemps beaucoup de tendresse pour elle. Ils s'étaient rencontrés à l'occasion des Jeux olympiques de mille neuf cent trente-six. À cette époque, l'esprit de Walter était occupé, mais cet été-là, il y avait trouvé une petite place pour Hanna. Ils ne s'étaient pas revus souvent, mais à chaque fois le feu s'était ranimé. Les yeux bleu brillant d'Hanna le lui prouvaient une fois de plus. Par chance, elle se trouvait présente dans son logement de fonction, un petit pavillon légèrement à l'écart. La plus célèbre pilote d'Allemagne lui sauta au cou dès qu'elle l'aperçu au pas de sa porte. Après une courte étreinte elle le regarda en riant : – Walter, tu viens t'engager dans la Luftwaffe ou tu t'es souvenu de moi ?

- Comment t'oublier, c'est un sentiment impossible, même si je vivais cent ans. La seule chose que j'ai omis d'apporter ce sont les fleurs !
- Tant mieux, les fleurs portent malheur, dans cet endroit c'est destiné aux morts.
- Tu ne dois pas avoir peur, tu es immortelle. Heureux de te retrouver. Je n'ai pas pu prévenir, je t'expliquerai pourquoi.

L'aviatrice lui lança un regard curieux : - Tu as de la chance de me trouver dans cette base, j'ai pu revenir au centre d'essai, le château de Fürstenstein devient vite trop déprimant, ici je me sens chez moi. C'est très excitant, nous mettons au point un nouvel avion-fusée du docteur Messerschmitt. C'est bien entendu un secret absolu, mais toi tu dois figurer sur la liste des huiles qui le partagent.

- Pas vraiment, tu sais la Luftwaffe ne nous voit pas d'habitude d'un bon œil. Ton chef en veut encore au mien de lui avoir soufflé les services de sécurité.
- Bah, tant que moi j'aurai des yeux pour toi tu ne dois pas te préoccuper.
- Je ne m'inquiète pas, Hanna. Toi par compte tu ne changes pas au contraire tu comme toujours de plus en plus belle.
- Tu es venu me demander en mariage ?
- Hélas non, et je crois que je le regretterai toute ma vie, Hanna. Il s'agit d'une expédition secrète. Pour ce que je projette, il n'y a qu'en toi que je puisse faire confiance.
- Toi aussi tu souhaites te rendre en Angleterre ?
- Ne ris pas, je suis sérieux. Très sérieux. C'est une mission de la plus grande importance pour la sécurité du Reich. Elle est couverte par mon supérieur

direct et tu sais qui est mon chef à présent n'est-ce pas ?

- Comme je le disais, tu veux te rendre en Angleterre pour retrouver la trace de Hess... Eh oui, je connais qui est ton chef !
- Non, Hanna, en Suisse, rien qu'en Suisse. À Berne précisément. Le plus secrètement possible. Dans la confidentialité la plus totale pour être exact et cela implique aussi mon service de renseignements ! Le Kurfürst de Postdam ne doit pas s'en douter.

Elle le regarda malicieusement : – Laisse-moi étudier la chose. Si tu l'as mérité, je déciderai. Demain à la même heure tu sauras si c'est oui ou si c'est non ! En attendant, tu peux dormir ici, tu le sais...

Rechlin, centre d'essai de la Luftwaffe, mercredi 24 juin 1942 12h00

Walter s'était réveillé tard. À son lever, Hanna avait disparu. Il se confectionna un café dans la cuisine, du vrai café. Décidément, ces aviateurs ne manquaient de rien. Elle réapparut peu avant midi dans un semblant d'uniforme, l'air radieuse.

- Je constate avec plaisir que tu t'es bien remis de la nuit. Moi aussi, merci de me le demander... pour ton escapade secrète, je pense tenir la solution.
- J'aime entendre ta voix, encore plus quand elle annonce de si bonnes nouvelles ! Tu veux du café ?
- Un grand bol avec du lait et du sucre pour me redonner des forces. Actuellement, nous effectuons des tests pour adapter un système d'atterrissage sans visibilité au bombardement. Le terrain de Maulburg à dix kilomètres au nord-est de Lörrach dans le sud-ouest de la forêt noire près la frontière française possède une station expérimentale de ce que nous appelons le réseau Knickebein[63]. Je pourrais sans difficulté m'y rendre en vol sous prétexte de procéder des tests complémentaires.
- Ça n'éveillerait pas l'attention ?
- Premièrement, je réalise à peu de chose près ce que je veux ici et puis le bombardement stratégique devient la grande priorité de Milch.
- Ensuite ? Je ne compte pas bombarde la Suisse, tu sais !
- Tais-toi et ouvre tes oreilles. J'ai bien étudié l'affaire, l'unique solution c'est un vol de nuit à partir du terrain situé à l'ouest de Pontarlier qui lui se trouve à cent trente kilomètres de Maulburg. On passerait la frontière à très basse altitude au ras du relief jusqu'au sud du lac de Neuchâtel à Yverdon. Ensuite

---

[63] Réseau Knickebein : système de guidage à faisceaux croisés pour amener les bombardiers sur leur objectif.

une montée à trois mille mètres dans l'axe du lac ; après on coupe le moteur, je survole le cours de l'Aar et j'atterris en vol plané sur un champ à la lisière de la ville. Une heure, ça devrait te suffire pour tes affaires ?
- Les Suisses entretiennent une veille aérienne assez efficace, non ?
- Sur les frontières du Reich oui, sur la frontière française la vigilance s'est relâchée. J'ai moi-même effectué plusieurs vols de reconnaissance dans la région quand nous mettions au point une tactique pour attirer leurs chasseurs à notre portée. J'ai souvent pénétré le territoire helvète sans me faire repérer.

Devant sa façon simple d'écarter le épines du chemin Walter ne pouvait qu'être admiratif : - Dis comme ça, cela paraît simple !
- En aviation, tout est simple. Le seul souci c'est l'appareil, à part un Fieseler, je ne vois aucune autre machine capable d'atterrir aussi court ; en vol plané qui plus est. L'ennui c'est son autonomie. Trois cent cinquante kilomètres maximum. Pour le trajet à Maulburg pas de problème, je pourrais ravitailler à Halle et Stuttgart. Ensuite un saut de cent trente kilomètres pour te prendre, puis encore cent cinquante kilomètres jusqu'à Berne aller-retour et cent de plus pour le voyage retour. C'est limite, tout juste, mais jouable. Comme je serai seule à l'aller, je pourrai embarquer cinq bidons de vingt litres pour assurer mon vol qui me permettra de revenir à Maulburg cependant ça pourrait attirer l'attention et laisser des traces. Tout compte fait, il vaudrait mieux que tu te débrouilles pour les fournir toi. Le Fieseler est capable de beaucoup de choses y compris celle d'avaler de l'essence auto. On les cachera au terrain de Pontarlier, je rapporterai les miens remplis ce sera noté dans le carnet de vol. cela me donnera une sécurité au cas où tu ne parviendrais pas à en obtenir. Ce qui va brûler du carburant c'est la montée au-dessus du lac, mais ce sera compensé par le vol plané. Tu ne pèses pas lourd, moi non plus, on décollera vite et court. Au retour, on volera au ras du sol, je me faufilerai dans les vallées, ça consommera un peu, mais la tranquillité n'a pas de prix. La frontière sera repassée en trente minutes. Je ferai mettre au point le moteur et équiper le Fieseler pour contrôler le système Lorenz. De retour à Pontarlier je ravitaille et l'on se quitte ; moi j'aurai simulé une panne de moteur sur mon carnet de vol. Atterrissage dans un champ, pas de contact radio par discrétion pour le système, une réparation sur le pouce. Ils me connaissent, ça passera sans problème.
- Si tu es repérée à m'attendre sur la prairie près de Berne ?
- Tant pis pour toi, je décolle et tu te débrouilles. Tu trouveras bien une solution, tu peux disposer de tous les papiers que tu veux à mon avis.
- Exact, je prévoirais cela. Tu peux être prête quand ?
- Ce serait une belle balade pour un dimanche, pas vrai mon bel espion ?
- Vrai ma belle capitaine…

Hanna tapa dans ses mains pour simuler sa joie : - Ce dimanche alors. Et puis ce

sera très romantique il y aura la pleine lune
- C'est court, mais ça pourrait fonctionner. Dans mon programme je dois aller au Portugal et ensuite en Espagne, mais je peux sans trop de complication remettre au mois prochain. Par contre, à la place je peux très bien aller à Paris pour une visite d'inspection surprise suite à une affaire de corruption. Là, je trouverai bien le moyen de m'éclipser une douzaine d'heures. Pour une histoire d'amour !
- J'aime les histoires d'amour Walter…

Ils mirent une heure à régler les détails suivant les prescriptions d'Hanna avant de se quitter : - Je te retrouverai au champ d'aviation à Pontarlier dimanche. Donnons-nous rendez-vous à vingt heures sur le terrain. Pas l'heure de Berlin, la solaire. J'essayerai d'arriver une paire d'heures avant pour régler les imprévus au cas où la Wehrmacht chercherait des problèmes. En général ce sont des zones surveillées. Le RSHA, ils ont horreur de ça alors ils y regardent à deux fois avant de nous mettre des bâtons dans les roues, c'est aussi valable pour la Gefepo ! Je file sur le champ à Berlin ma belle, il faut que j'organise tout cela en urgence.
- Et notre déjeuner ?
- Nous avons toute la vie devant nous…

Paris, 76 avenue Foch, dimanche 28 juin 1942 06H30 heure allemande

Schellenberg avait atterri à cinq heures du matin à l'aérodrome du Bourget, le jour allait se lever incessamment. Une voiture avec un lieutenant et deux sous-officiers du SD l'attendait pour le conduire avenue Foch. Il avait tenu à arriver à l'aube pour surprendre tout le monde, mais aussi pour avoir les meilleures chances de parvenir à temps à son rendez-vous du soir. Il se réjouit presque de pouvoir profiter de la vue des boulevards de Paris dans une douce aurore d'été. L'officier assis à ses côtés déploya beaucoup d'ardeur à se transformer en guide touristique en lui décrivant chaque rue de la capitale. Walter qui ne voulait pas passer pour hautain l'écoutait d'une oreille distraite en lui répondant avec de larges sourires. Il mettait en permanence un point d'honneur à se montrer accessible et cordial envers ses subordonnés. Quand il le pouvait évidemment.

Son motif de visite était légitime, Himmler dans sa volonté de s'affirmer au sein du RSHA avait décidé de remodeler à sa main l'organisation de la France comme un démenti à l'ancienne politique de Reinhardt Heydrich qui l'avait pourtant initiée début mai. Walter avait une autre bonne raison, il devait rencontrer Knochen[64] pour discuter de la façon de terminer l'opération Leiermann[65] qui lui avait empoisonné la vie

---

[64] Colonel Helmut Knochen chef du service de sûreté SD pour la France et la Belgique de 1942 à 1944
[65] Opération Leiermann : concerne la capture ou l'élimination du Général Giraud évadé d'Allemagne.

une solide partie du printemps.

Le Reichsführer avait une personnalité complexe que Schellenberg tentait de « cartographier » par mesure de précaution afin de se ménager au minimum un coup d'avance. Dans le cas de Paris, Himmler avait pris une décision étrange, car tout fonctionnait relativement bien dans la capitale française. Et en particulier le département des renseignements qui avait des relations acceptables et bénéfiques avec l'Abwher. Le résultat de la réorganisation avait profondément indisposé les services de l'OKW qui à présent se vengeaient en refusant de partager leurs informations. Dans la situation actuelle, cela profitait à ses intérêts immédiats, puisqu'il avait l'avantage de justifier un aller-retour Paris Berlin sans éveil l'attention. Dans le futur il pressentait que ça compliquerait passablement ses objectifs.

Le major Herbert Hagen[66] à l'air mal réveillé l'attendait dans le bureau du chef du renseignement en France visiblement contrarié par sa présence imprévue et son réveil matinal. Revenu depuis peu à Paris après avoir été évincé de Bordeaux il avait du mal à digérer ce mauvais tour qu'on lui avait joué. Il abhorrait les Français, mais préférait les détester dans le calme de la Gironde.

Après l'avoir salué il prit un air désolé de circonstance : – Vous ne vous êtes averti de votre venue que tard hier colonel. À cette heure-là, Knochen était déjà parti accompagne de Lischka[67] et Henschke[68]. Ils font une tournée dans l'est de la France pour réorganiser les antennes locales. Ils mettent au point une réunion en rapport avec une opération de grande envergure qui doit se dérouler dans peu en collaboration avec la police française. Dannecker[69] est lui aussi absent, quelques tracasseries administratives sans importance d'après ce que j'ai compris. Schellenberg ne répondit rien, comme chef de département il était parfaitement au courant de leur emploi du temps et de leur éloignement, c'est en partie en vertu de ces données qu'il avait programmé son expédition. Quant à Dannecker, son avenir semblait plutôt sombre, tous ces dirigeants de Paris manipulaient beaucoup d'argent, des sommes énormes. Ça commençait à se savoir et l'affaire était remontée assez haut pour lui valoir de sérieux ennuis, la corruption étant une des phobies de Himmler.

La meilleure attitude à adopter consistait à laisser planer le doute sur le motif de sa venue. Depuis la disparition du général Heydrich, Himmler avait mis les services parisiens en effervescence. Le problème de Dannecker l'arrangeait fort bien. Il prit un air très contrarié : – C'est extrêmement fâcheux, je dois sans faute voir Helmut. Indispensable même. Malheureusement, ça ne peut pas attendre un jour de plus. Cela résulte de directives secrètes très précises dont m'a chargé le Reichsführer en personne. Je dois lui en rendre compte mardi au plus tard. Le mensonge était assez gros, mais il espérait bien que personne ne vérifierait, dans le cas contraire il parviendrait toujours à donner une explication plausible à Himmler, par exemple cette

---

[66] Major Herbert Hagen chef d'état-major à la direction du renseignement AMT VI situé au 76 avenue Foch.
[67] Major Kurt Paul Werner Lischka : chef du bureau de la Sipo-SD pour la France de fin 1940 à fin 1943
[68] Commandant Hans Henschke : candidat adjoint de la police de sécurité et du SD à Paris en 1942.
[69] Capitaine Theodor Dannecker délégué à la préfecture de police de Paris en qualité de représentant de la section aux questions juives.

affaire du général français évadé qui les narguait depuis la zone libre.
- S'il avait eu votre message à temps il ne fait aucun doute qu'il aurait retardé son départ. Il aurait été si heureux de vous voir, il parle souvent de vous. Vous avez vécu ensemble une aventure historique en Hollande[70]. Ici, c'est devenu une légende.

Walter le connaissait effectivement fort bien. Quant à l'apprécier c'était beaucoup moins certain : – Quel plaisir j'aurais eu à remémorer le bon vieux temps avec lui ! il avait pris son air le plus enjoué pour répondre. Puis il continua sarcastique : – il est évident major que vous avez à votre disposition les moyens pour organiser mon déplacement jusqu'à lui ?

- Je peux à la rigueur contacter le bureau du transport de la Luftwaffe, mais je n'ai pas beaucoup de pouvoir pour leur faire mettre à la hâte un avion à votre service. Nos relations avec l'armée et la Luftwaffe sont un peu tendues en ce moment. Ces messieurs n'apprécient pas beaucoup que nous fassions cavalier seul et par mesure de rétorsion ils jettent du sable dans l'engrenage, si vous voyez ce que je veux dire colonel.
- Mais, je ne pensais pas du tout à la voie aérienne, la voie terrestre m'ira très bien. Ou doivent-ils se trouver demain ?
- D'après ce que je connais, ils doivent visiter le nouveau KDs de Dijon et ensuite celui de Besançon. Mais colonel, vous le savez, mettre au point un transport avec des hommes de protection prendra du temps, il faut prévoir les itinéraires et les étapes d'appui locaux pour sécuriser le trajet.
- Qui vous parle de partir en convoi ? Pas question de me faire remarquer, ma mission est secrète. C'est une raison de plus, je peux sans problème prendre une voiture et la conduire.
- Vous n'y pensez pas ! Ce n'est pas l'Allemagne ici. Si la collaboration avec les autorités françaises dépasse nos espérances, il y a aussi des terroristes dans ce pays. Ceux-ci pourraient mettre la main sur vous les doigts dans le nez. Vous seriez facilement repérable, peu de voitures circulent et encore moins à l'essence. Vous pourriez être contrôlé par la feldgendarmerie.
- Je ne suis pas Heydrich. Personne ne me connaît. Et puis je voyagerai en civil. J'avais prévu une sortie au Sphinx ce soir, pour l'occasion j'ai pris un costume avec moi. Dijon ce n'est pas le bout du monde, non ? En partant au plus vite j'y serai au milieu de l'après-midi. Ôtez les plaques SS de la voiture, tachez de me trouver une immatriculation diplomatique, l'Espagne, le Portugal ! Vous devriez être en mesure d'organiser cela en peu de temps. Produisez-moi un laisser passer en béton.

Hagen le regardait septique. Walter s'apprêtait à lui donner sèchement l'ordre de se conformer à sa demande quand l'autre céda. L'idée d'un attentat contre le

---

[70] Affaire de Venlo

nouveau chef du renseignement ne devait pas être pour lui déplaire, elle fournirait un excellent motif à la nouvelle politique de répression.

- Nous avons bien évidemment un véhicule à mettre à votre service. Ce que nous avons de meilleur et de plus puissant s'avèrent être des automobiles françaises. Je me sers moi-même de l'une d'elles, je la laisserai volontiers à votre disposition. C'est une très agréable voiture et elle consomme assez peu, vous ferez environ cent kilomètres à chaque quinze litres. Vous arriverez à l'étape sans devoir remplir. Pensez à vérifier l'huile de temps à autre, car elle en est friande. Il y a un bidon et quelques chiffons dans le coffre.
- Vous voyez comme tout est simple major !
- Je vous fais établir des bons de carburant au cas où. Sans chercher à me répéter, vous vous ferez malgré tout remarquer, les civils qui ont l'autorisation de circuler en automobile à essence sont en peu de temps repérés par les terroristes. Vous aurez même mon pistolet mitrailleur et quelques chargeurs en prime. Je vous aurai prévenu !

Le risque d'un attentat était infime sinon nul, personne ne pouvait préparer un attentat ou une embuscade en aussi peu de temps : - Elle va vite votre voiture, je veux dire plus rapide que l'imagination de vos terroristes demanda Walter en français ?

* * *

La Citroën pouvait sans démériter assurer la confrontation avec beaucoup de voitures allemandes, même avec la fantastique Adler Autobahn sport. La Française avait une ligne beaucoup plus moderne tout en étant d'un grand confort ce qui ne gâchait rien. Le moteur de six cylindres de trois litres émettait une musique agréable en délivrant sa puissance et les roues avant motrices lui conféraient une tenue de route incomparable. Le compteur descendait rarement en dessous des cent kilomètre-heure. C'était une belle journée d'été, les champs étaient en fleurs. Walter aimait beaucoup ce pays, peut-être parce qu'il était né à deux kilomètres de ce qui était redevenu la France après la Grande Guerre. Son père l'avait plusieurs fois emmené avec lui quand son travail l'appelait au-delà de la frontière.

Le major Haggen s'était débrouillé pour la munir de plaques diplomatiques. Une simple copie impossible à démasquer sans une attention particulière. Probablement une réplique tirée des vraies qu'il avait moralement "emprunté" à l'ambassade de Suède. Pourquoi ne pas se perdre dans les détails, cela correspondait mieux à son physique qu'une origine portugaise. La police française ne le contrôlerait sans doute pas, quant à l'allemande il en faisait son affaire. A onze heures Walter laissait derrière lui le bois de Vincennes et franchissait la Seine.

Les routes à part quelques charrettes agricoles et des vélos étaient vides. A treize heures Sens était dépassé et Montbard laissé derrière lui sans s'en rendre compte. Peu après seize heures il fut bien obligé de faire halte autant pour la forme que pour ravitailler à la nouvelle centrale du SD de Dijon. Par chance, Höttl qui avait ses entrées partout avait calculé juste ; comme prévu tous étaient absents pour faire la fête à Besançon. Inclus le terne Karl Oberg. Walter ne l'encaissait pas non plus celui-là, tout comme Heydrich qui au printemps s'en était débarrassé en le faisant muter en France. Le général avait même, poussé par son orgueil démesuré, fait le déplacement à Paris pour cyniquement l'introniser en grande pompe dans ses nouvelles fonctions.

Il passa une demi-heure en partie fort ennuyeuse avec le Hauptsturmführer Gustav Meier [71] prévenu de son arrivé, en tenant une conversation sans intérêt axée sur l'utilité de créer une division du contre-espionnage dans la capitale de la Bourgogne. Comme il commençait à poser des questions trop précises, Schellenberg mit son pied dans la ruche en interrogeant discrètement le capitaine sur Théodor Dannecker. Meier de peur d'être mêlé au dossier fut prêt à tout pour faciliter sa mission. Ils prirent une légère collation, après laquelle il refusa poliment le logement qu'il lui proposa, car disait-il, il était pressé de gagner Pontarlier ou une affaire de la plus haute importance l'attendait. Il profita des bonnes dispositions de l'officier pour demander de faire remplir son réservoir ainsi que quelques bidons de réserve. Obséquieux à souhait le capitaine l'accompagna en personne au dépôt de la rue des Perrières située à quelques mètres des bureaux de la rue docteur Chaussier. Après lui avoir fit signer les bordereaux de carburant le préposé du garage poussa la prévenance en lui vérifiant l'huile. Walter prit congé de Meir en l'assurant d'une visite plus longue à son retour, il lui intima aussi l'ordre de ne prévenir personne de son arrivée ce que le capitaine accepta complice avec un air de conspirateur. Provoquer la surprise restait une des friandises préférée des SD.

Le soleil commençait à descendre, sa montre affichait déjà dix-sept heures quinze. Il avait sollicité plus fort l'accélérateur depuis la ville bourguignonne et la voiture française avait docilement répondu à la demande en tenant l'aiguille près du cent. Peu avant Dole, en franchissant le pont de la Soane, Walter passa sans contrôle la « ligne du führer » de la zone interdite ; cela lui faisait drôle de penser que la région serait bientôt peuplée d'Allemands. En quittant la nationale cinq à Mont-sous-Vaudray pour empruntant la nationale soixante-douze, le chemin du roi, afin de parcourir les quatre-vingts derniers kilomètres, il fut soulagé, il serait à temps au rendez-vous si aucune panne ne surgissait.

Vol à Berne dimanche 28 juin 1942 19h00

En remontant le petit chemin qui menait au champ d'aviation, Schellenberg stoppa à dix-huit heure cinquante pile, soit une heure de moins en solaire, devant une barrière gardée par un feldwebel entre deux âges accompagné de deux caporaux affichant une totale indifférence envers sa présence. Rien d'important ne se passait

---

[71] Capitaine Gustav Meier : responsable du Sipo SD de Dijon

jamais près de la ligne de démarcation. La vie y était facile, rythmée par de juteux trafics en tout genre et personne n'avait l'idée qu'il pourrait en advenir un jour autrement. Excepté une cabane décrépie en bois le terrain était vide comme abandonné. Le sous-officier s'était levé de sa chaise l'air boudeur, un civil au volant d'une voiture fonctionnant à l'essence circulant dans la zone réservée révélait un signe précurseur de complication.

Walter avait pris soin de se munir de papiers qui le décrivaient comme un major SD du RSHA. Il existait peu de chance que le KDs de Pontarlier ait des contacts avec les gardes de l'aérodrome. S'ils faisaient la relation, il serait depuis longtemps de retour à Berlin sous la relative protection du Reichsführer. Personne n'oserait se risquer à lui demander des explications. Il devait courir le danger de laisser son vrai uniforme empaqueté dans la voiture, mais il ne voyait pas d'autre solution.

Après avoir pris son temps pour contrôler ses documents en lui jetant quelques coup d'œil suspicieux, prouvant que la minutie germanique n'était pas un vain mot, le feldwebel se redressa au garde à vous comme il pouvait ; son gros ventre lui donnait un aspect comique. – Heil Hitler Sturmbannführer ! Vous cherchez votre chemin ?

Schellenberg en partie étonné que les plaques diplomatiques n'aient pas suscité de commentaire de sa part s'efforça de prendre l'expression la plus sérieuse possible, mais la scène devenait trop amusante. Le sous-officier affichait la médaille du front de l'Est et celle des blessés, ce qui voulait dire quelqu'un qui ne s'attirerait aucune complication susceptible de lui faire quitter la douce France. Ses deux acolytes qui avaient tout entendu les observaient à distance, méfiants. Il décida d'adopter une attitude décontractée et proposa une cigarette au garde avant de répondre. : – si c'est bien le champ d'aviation de Pontarlier je me situe exactement à l'endroit où je dois être. Il laissa sa phrase en suspens dans le but de permettre que l'inquiétude à présent visible dans ses yeux prenne le temps de monter d'un cran. Avec les tentations qu'offrait la France, ce serait des plus étonnant qu'ils n'aient pas un petit trafic à se reprocher et la présence d'un officier SD n'était jamais anodine. Quand il consentirait à faire retomber la pression ils lui seraient tout dévoués : – Je suis heureux de vous trouver là soldat, étant donné que je vais avoir besoin de vous et de vos hommes quelques heures. Avant cela, présentez-moi à votre tour vos documents, voulez-vous feldwebel !

Bien que la demande s'était vue formulée sur un ton fort amical, le militaire le regarda prudent comme s'il allait lui ordonner de quitter la France. Après une courte hésitation, il déboutonna sa poche de poitrine pour en sortir un petit rectangle de toile cirée que le sous-officier déballa soigneusement avant de tendre son contenu au souriant major du SD.

> Walter prit son temps pour prendre connaissance des deux livrets, le premier était le soldbuch, un document complexe presque identique au sien. Croyant à une mauvaise blague, il se tourna son regard vers le garde et demanda sur un ton mi amusé, mi soupçonneux : - Müller Heinrich, né le 11 août 1908 à Solingen. C'est bien Solingen ?
>
> - Très Sturmbannführer, particulièrement Ohligs, ma maison donne sur la forêt.

- Contremaître, marié, un enfant, luthérien. Contremaître dans quel secteur.

- Une fabrique de couteaux, mais je me suis engagé en trente-six.

- J'aurais dû y penser, à la fabrique de couteaux, je veux dire. Il ouvrit l'autre livret, le militaire. Vous avez servi sur le bug dans une compagnie de grenadier, la 125 ème, participé à l'offensive du Dniepr fin juillet 41. Blessé je vois. C'est quoi la blessure 31b ?

- Blessure par grenade, un éclat m'a traversé le poumon, j'ai eu la chance d'être évacué par train sanitaire vers un hôpital de la Ruhr.

- J'avais remarqué vos deux médailles, le ruban rouge du front de l'est et celle des blessés.

Le feldwebel Heinrich Müller qui se détendait un peu sourit d'un air entendu : - Et vous n'avez pas encore vu celle-ci, Sturmbannführer, dit-il en avançant fièrement son épaule droite ou était cousu l'insigne qui attribuait au porteur la destruction d'un blindé[72].

Walter le regarda faisant mine d'être impressionné : - un vrai héros si je ne me trompe pas. J'observe aussi dans votre soldbuch la mention g.v.F., et que vous avez perdu votre boussole, pelle, baïonnette et masque à gaz.

- Après l'explosion, j'étais inconscient, on me les aura volés. g.v.F veut dire apte au service limité au combat.

Walter sauta sur l'occasion pour lui donner une bonne raison de l'aider, un motif bien plus fort que quelques bouteilles de cognac français : - Je suis au courant, c'est pareil chez nous. Il se fit un instant énigmatique. Le but de ma présence ici est d'accomplir une mission Gekados[73], je dois pouvoir compter sur votre obéissance la plus totale. Malgré le losange SD cousu sur la manche de mon uniforme qui se trouve sur la banquette arrière, je n'appartiens pas à la Gestapo, mais aux services de renseignements. Nous soupçonnons qu'un espion anglais se cache dans les parages muni d'un émetteur. D'après nos informations, celui-ci attend dans les collines pour aider de dangereux agents ennemis qui doivent franchir la frontière suisse cette nuit. Un avion spécialement équipé va arriver pour procéder à un survol discret de la zone, car nous allons tenter de repérer leur émetteur quand ils communiqueront avant qu'ils n'aient le temps de s'évaporer dans la nature. Avec un peu de chance, ils nous conduiront vers un autre transmetteur, celui du terrain par lequel ils comptent s'envoler vers l'Angleterre, du coup nous mettrons la main sur ceux qui arrivent. C'était un peu gros mais il n'avait pas eu le temps de préparer mieux. - Je vais vous confier deux petit travaux. En compagnie de vos gardes, vous irez vous patrouiller

---

[72] Sonderabzeichen für das Niederkämpfen von Panzerkampfwagen durch Einzelkämpfer
[73] Geheime Kommandosache, niveau de protection très élevé contre la divulgation et la trahison

différents bouts du champ et interdirez l'accès à quiconque sans exception. Vous surveillerez aussi la voiture et nos réserves d'essence. Dans cinq ou six heures, vous pourrez regagner votre cantonnement. En échange je vous garantit d'user de mon influence pour vous faire catégoriser g.v.H.

Le sous-officier paru d'abord contrarié, car l'homme devait avoir de bien autres projets pour sa soirée, mais dû se dire qu'il s'en tirait somme toute à bon compte avec une promesse d'être classé service limité en garnison ce qui revenait à déclarer : plus jamais de front de l'Est ; pour autant qu'il pouvait y croire. Il claqua lourdement des talons : – A vos ordres Sturmbannführer ! De quel travail s'agit-il ?

Walter ayant prévu ce genre de situation à Paris, prit deux flacons de cognac derrière son siège et les lui offrit en complément : – Tenez feldwebel, buvez-les à ma santé dès que vous vous en sentirez autorisé. L'autre travail est très simple, je vais vous donner deux boîtes de conserve avec des chiffons et une bouteille d'essence. Après notre décollage, vous les poserez sur la meilleure partie du terrain à deux cents mètres de distance l'une de l'autre, pas plus ; à partir du moment où vous entendrez le bruit de notre moteur revenir, allumez-les, nous atterrirons entre les deux. Vous veillerez également à ce que personne ne s'approche de ma voiture. Il tendit une enveloppe scellée qu'il avait sortie de sa poche, elle contenait les coordonnées du Sturmbannführer Höttl à Berlin : - en cas de problème voici des instructions, mais interdit de l'ouvrir sans une raison impérative, vous me la rendrez au retour. Si je constate que vous l'avez décacheté je vous ferai mettre k.v.[74] rompez maintenant, j'ai besoin de préparer l'opération. Quand les trois hommes se furent éloignés d'une centaine de mètres, il inspecta le terrain, très caillouteux, les herbes n'étaient pas très hautes, probablement qu'un berger du cru avait reçu l'autorisation d'y faire paître ses moutons en échange de quelques agneaux ; puis alla s'allonger dans l'herbe pour tenter un court somme avant l'arrivée d'Hanna. Il était malgré tout un peu stupéfait du laxisme qui régnait dans le pays. La France venait à bout de tout, même de l'esprit le plus combatif.

Le soleil était descendu sous l'horizon dans un ciel sans brume quand elle atterrit avec vingt minutes d'avance. Schellenberg n'était pas parvenu à dormir. Alerté par le bruit de l'avion, il suivit des yeux l'appareil qui se posa puis roula à une dizaine de mètres de son automobile. Sans attendre l'arrêt de l'hélice, il alla à sa rencontre malgré les projections de poussière. La pilote ouvrit la vitre latérale après avoir coupé le moteur, il lui saisit doucement la main. Elle rit : – je vois que je t'ai manqué !

- Tu ne crois pas si bien dire. Ton vol s'est bien déroulé ?
- J'effectue toujours de bons vols, je laisse les mauvais aux autres. Rends-toi utile, aide-moi à décharger les bidons d'essence que je vais te passer. Il s'exécuta en se contentant de les ranger à l'arrière de l'automobile près des siens. Alors qu'il pensait en avoir terminé, elle lui tendit encore un sac en cuir semblable à ceux qu'on employait pour des excursions en montagne. Pose-le dans la voiture et veille à ce que les vitres soient ouvertes. Devant son air surpris Hanna précisa : - c'est une petite merveille de Siemens, une radio

---

[74] k.v. kriegsverwendungsfähig : apte au combat

balise. Nous la mettrons simplement en veille quand nous partirons. Elle est très intelligente, cette fille se laissera allumer pendant trente minutes dès je lui enverrai un signal de l'avion par une fréquence radio VHF. Je pourrai le transmettre à environ trente kilomètres de distance, c'est-à-dire peu après que nous repasserons au sud-ouest du lac au retour, elle nous mènera directement au-dessus du terrain. Nous devrons juste veiller à voler assez haut pour la capter, ensuite de quoi il suffira de nous laisser doucement glisser vers elle sans bruit, hélice au neutre. Tu as pu te charger du reste ?

- Oui, les gardes allumeront les feux suivant tes instructions, je les leur ai expliqués, ils ne te verront pas, je suis persuadé que comme tous les Allemands ces braves t'ont déjà vu aux actualités cinématographiques et te reconnaitraient.

- tu ne t'imagines pas la quantité lettre de demande de mariage que je reçois. Dommage que je n'en ai jamais lu une venant de toi, j'y aurais éventuellement répondu. Va savoir si c'aurait été oui. Tu veux deviner ?

Walter éluda prudemment : - Nous disposons encore d'une longue heure à attendre avant que la nuit tombe ! Puis ils s'assirent tous les deux sous l'aile de l'avion.

- Alors, nourris-moi Walter, je meurs de faim et n'oublie pas que je viens d'Allemagne. J'espère que tu as rapporté de Paris le genre nourriture qui en vaut la peine ? Walter avait tout prévu, il ouvrit le panier rempli de fromages et de charcuterie qu'il avait dégottée en vitesse à Dijon grâce au complaisant Hauptsturmführer Gustav Meier : – sers-toi !

- Tu es le meilleur mon colonel, le meilleur entre tous. Apprends-moi ce que tu comptes faire quand la guerre sera finie ? Ça m'intéresse !

- Tu crois qu'elle se terminera un jour Hanna ? Pour ne rien te cacher, je pense, souvent le contraire dit-il d'un air sombre !

- Bien sûr que si, je veux plein d'enfants, des petits aviateurs avec qui je visiterai le monde. Tu pourrais même venir avec nous à condition de quitter cette mine triste…

Après avoir mangé, ils avaient attendu en silence la nuit. Quand enfin ils distinguèrent la faible lumière de la première étoile, ils montèrent dans l'appareil. Le décollage fut impressionnant, à peine le biplace avait-il commencé à rouler qu'ils se retrouvèrent déjà en l'air. Montée quelques mètres plus haut que les arbres Hanna replongea vers le terrain pour prendre de la vitesse puis redressa pour tenir une trajectoire parallèle à la terre. Au dernier moment elle effectua un virage sur la gauche passa par-dessus un bois à toucher la cime des pins puis ils contournèrent la ville par le sud : – On va grimper sec au ras du sol pour sauter au-delà de la montagne du Larmont ; d'après la carte je devrais bientôt voir un petit fortin qui me servira pour m'orienter.

Quelques instants plus tard, il entendit à nouveau sa voix dans le casque de vol : – nous voilà au-dessus de la Suisse, tu as quelque chose à déclarer ?

- Déjà !
- Ce n'est pas un chasseur, mais pas non plus un zeppelin !
- Tu as aperçu le fort ?
- Non, je priais les yeux fermés...
- Je vais passer au nord d'Yverdon, par cette route la probabilité qu'on nous découvre reste minime.
- On y voit comme en plein jour, tu es certaine qu'on ne peut pas nous repérer du relief ?
- Certaine, non, surtout à cause du bruit, un peu de chance sera nécessaire comme toujours. Même si nous étions signalés, personne ne connaît notre destination, vu de la terre, nous devenons presque invisibles. Leur chasse n'aura pas le temps de décoller que nous aurons déjà atterris. Du sol, on entendra s'ils tournent dans le ciel à notre recherche. Ne t'inquiète pas, les Anglais viennent souvent par les nuits de pleine lune déposer des armes et des agents, ils penseront que c'est un de leurs avions qui se sera un peu égaré, les Suisses sont très complaisants avec eux. Regarde devant sur la droite, le lac est en vue sur l'horizon.

Décollés depuis à peine dix minutes et ils volaient déjà au-dessus de l'eau. Quand ils atteignirent le milieu du lac de Neuchâtel, Walter vit la surface bleu brillant dans la lumière de l'astre disparaître devant lui et se sentit basculer en arrière. Les huit cylindres du moteur faisaient monter l'avion presque à la verticale. Regardant par la verrière, il remarqua que le cristal de l'étendue liquide s'éloignait rapidement. Après une nouvelle dizaine de minutes, l'appareil se stabilisa. Il entendit un murmure avant de réaliser que c'était la voix d'Hanna dans le casque : – Nous arrivons au bout du lac et avons atteint l'altitude nécessaire, c'est parti, je coupe tout, l'hélice fera un peu de trainée, en revanche le moteur sera silencieux ! Effectivement, il perçut bientôt plus que le bruit de l'air qui glissait sur la carlingue. – Nous voilà des oiseaux, tu aimes les oiseaux Walter ?

Il ignora sa question, car il était concentré sur son rendez-vous : –Tu crois qu'on y parviendra ?

- Ce sera juste, mais je pense que oui, je ne constate pas de vent de face, c'est toujours ça, pour atterrir c'est moins bien, mais à chaque minute son problème et à la suivante sa solution. Cet appareil est merveilleux, il peut réellement accomplir beaucoup de choses. Admire, on voit déjà la ville au loin. De fait, contrairement aux zones urbaines allemandes il y avait de l'éclairage, il pouvait discerner les contours de la cité au lointain.
- Regarde, on aperçoit la rivière Aar, il ne reste plus qu'à la suivre.

En effet, il observait la courbe sinueuse du cours d'eau qui s'élargissait subitement, l'agglomération se rapprochait à toute allure.

Il avait perdu la notion du temps, il fut surpris quand elle parla : –Nous nous retrouvons même un peu haut, je vais sortir les volets pour rectifier. La rivière rétrécissait à nouveau et la lumière de la lune fit apparaître des bancs de sable blanchâtres dans un méandre du cours d'eau.

- Tu vois la grande prairie là à gauche, ça me semble parfait. Hélas, pas question d'exécuter un tour de reconnaissance. On garde encore beaucoup d'altitude, je vais tenter une glissade sur l'aile, serre tes sangles au maximum et tiens-toi fort à la barre métallique. Si l'on rencontre un obstacle, ça pourrait se transformer en un choc violent !

Hanna inversa le manche d'un geste brusque et poussa du pied la dérive en sens inverse. Walter vit l'horizon défiler sous ses yeux, l'axe du Fieseler opéra un quart de tour à droite. À présent, ils volaient avec l'aile gauche presque devant eux. Il n'osait plus dire un mot, l'appareil se rapprochait du sol à toute vitesse. Au moment où il croyait qu'ils allaient percuter le champ, la pilote renversa à nouveau les commandes et releva le nez de l'avion comme si elle voulait remonter. Il sentit un choc brutal et le Fieseler s'immobilisa.

- Moins de dix mètres, mais je présume qu'on peut faire encore mieux lança-t-elle. Un vrai hélicoptère ! Tu sais ce que c'est un hélicoptère Walter ?

Il recracha d'un souffle tout l'air qu'il avait retenu dans ses poumons. : –Tu es la meilleure aviatrice du monde, c'est tout ce que je sais !

Elle avait enlevé son casque et se retourna : – Pas de flatterie, saute. Le pont sur la rivière se trouve à environ cinq cents mètres. Reviens vite. Je tourne l'oiseau pour me tenir prête. À tout de suite ou à la semaine prochaine.

Schellenberg ouvrit la verrière et descendit au sol en s'aidant du marchepied, il se retrouvait de nouveau à Berne. Il rectifia son costume puis vérifia son P38. À la réflexion, il le reposa sur le siège. Pas question de tirer sur quiconque. Déjà qu'il se trouvait sur le territoire de la confédération en toute illégalité. S'il était contrôlé, ses faux papiers devraient résister à une inspection sommaire. Mais il devrait se montrer, prudent la police helvétique était tout sauf laxiste. Seul il parviendrait toujours à s'en sortir. Avec l'avion, ça deviendrait beaucoup plus difficile à expliquer. Il croisa les doigts.

Berne près du circuit de Bremgarten, dimanche 28 juin 1942 23h30

Il fut soulagé, personne ne s'était trouvé sur le pont traversant l'Aar ni aux alentours immédiats. En quinze minutes son pied se posait sur l'autre rive de la rivière. Le club d'aviron de Berne était le lieu idéal à la lisière de la forêt au nord de la ville près du circuit automobile et à moins d'un kilomètre du champ où ils avaient atterri. Hans

UN ETE SUISSE

Eggen avait effectué du bon travail. Chi Tsai-Hoo[75] le plénipotentiaire chinois l'attendait dans sa voiture comme c'était prévu, il remercia mentalement Hans Eggen. Schellenberg ouvrit la porte et s'assit à ses côtés. Le chinois le dévisagea un long moment sans afficher la moindre émotion, puis s'exprima dans un anglais recherché sans accent : – Un bel endroit pour une rencontre, mais une mauvaise heure mon cher monsieur Schellenberg.

- Je dois malheureusement profiter de l'heure ou le bon peuple suisse est endormi. Je vous remercie d'être venu, Monsieur le Ministre.
- Cela fait maintenant bien longtemps que je ne vous ai vu malgré cela je n'ai pas oublié le plaisir que j'éprouve à discuter avec vous. De quel sujet désirez-vous m'entretenir, mon cher monsieur Schellenberg ?

Walter était impressionné par ce calme oriental ; d'habitude, il s'essayait à présenter l'image de la même retenue, mais cette nuit le temps pressait : – Monsieur le Ministre, vous vous en doutez, les circonstances font que je dispose malheureusement de très peu de temps à consacrer à cette rencontre, pour cette raison j'irai droit au but. Nous savons que des informations ultra-secrètes vous parviennent du quartier général allemand. Je ne dis pas que vous nous espionnez, je ne dis pas non plus que c'est un canal direct, je dis que simplement que vous avez parfois connaissance de certaines données.

- Vos propres fonctions donnent lieu de penser que vous aussi vous vous renseigner au sujet sur la situation militaire de la chine monsieur Schellenberg, jamais il ne me viendrait à l'idée de vous désapprouver.
- Moi non plus je ne vous le reproche pas, Monsieur le Ministre. Au demeurant, ce ne sont pas à vrai dire les informations qui nous intéressent, mais bien qui les divulgue.
- Et qu'est-ce qui vous fait croire que je le sais ? Et d'ailleurs si vous persistez à supposer que je le sache, comment pouvez-vous déduire malgré toute l'appréciation et l'estime que je vous porte que je vous dirais ce dont éventuellement j'aurais connaissance ?
- N'existe-t-il pas toujours un cercle supérieur à atteindre monsieur le ministre, souvenez-vous, nous en avions bavardé autrefois. Pour parler plus clairement, votre pays mène contre le Japon une guerre rude et coûteuse en vies chinoises. On peut dire que l'Amérique ne vous aide pas vraiment beaucoup. Les communistes de ce Mao Tsé Toung veulent votre place. Mais moi j'ai quelque chose à vous proposer qui vaut bien un nom.
- Les surprises quand elles s'annoncent bonnes ont une saveur particulièrement délicieuse, sinon elles ne deviennent qu'amertume. En quoi consisterait donc cette chose de grande valeur, monsieur Schellenberg.

---

[75] Chi Tsai-Hoo : secrétaire général de la délégation chinoise auprès de la Société des Nations. Directeur du Bureau des plénipotentiaires chinois de la Société des Nations Chine. Ministre en Suisse de 1933 jusqu'à fin 1942

- Celle-ci monsieur le ministre, les Japonais sont nos alliés. Nous pouvons, avec des chances raisonnables de réussir, tenter de les décider à entamer des pourparlers de paix avec le gouvernement que vous représentez. En cas de succès, vous brûleriez par la même occasion la politesse aux communistes avec qui vous êtes actuellement bien obligés de vous accorder. Le général Tchan Kai Chek épargnerait de cette manière des centaines de milliers de vies chinoises ce qui lui donnerait un prestige d'autant plus grand. Sans oublier que vous ne devriez strictement rien à Roosevelt après cela, et encore moins à Staline. Ça vaut bien un petit nom vous ne pensez pas.
- Même si je montrais un certain intérêt à votre séduisante proposition, ce n'est pas dans l'habitude chinoise de divulguer un nom monsieur Schellenberg.
- Bien sûr, mais avec votre accord c'est moi je vais vous en donner un. Si c'est le bon, vous clignerez des yeux. Quant à moi, vous recevez ma parole pour amorcer les pourparlers. J'en ai obtenu la confirmation au plus haut niveau.

Quand Schellenberg eut prononcé le nom de l'informateur de l'ambassadeur Henderson en poste au quartier général de l'armée, le ministre Chi Tsai-Hoo cligna des yeux comme si le soleil venait de se lever.

Berlin, hôtel Adlon jeudi 02 juillet 1942, 17 h00

Le retour de France s'était passé sans incident, selon toute apparence personne ne s'était aperçu de son escapade. L'organisation française était trop occupée, pour le reste les visites à Paris n'étaient jamais considérées comme faisant partie du travail. Elles jouissaient de la réputation de procurer une sérieuse excuse pour s'adonner aux plaisirs et au luxe de la capitale française complété par les emplettes de produits introuvables dans le Reich. À son retour à Paris il avait rendu la voiture à un Herbert Hagen. Ce dernier, trop heureux de se débarrasser de lui, n'avait posé aucune question embarrassante.

Le colonel Ghelen avait sans problème et en toute discrétion organisé in extremis la rencontre. L'hôtel Adlon était une fourmilière où se côtoyait le Tout-Berlin. En règle générale, ça se résumait au Berlin des dirigeants et des artistes cooptés par le ministre Goebbels. Le ministre de la Propagande y donnait l'après-midi une de ses réceptions habituelles sous un motif futile n'ayant d'autre ambition que le luxe des salons et le décolleté des pseudos actrices. Le chef du FHO, probablement grâce au nom de son épouse, était sans difficulté parvenu à y faire inviter Schellenberg et le général Franz Halder.

Avec ses cheveux courts coupés en brosse et sa figure carrée le général bien qu'originaire de Franconie était l'archétype de l'armée prussienne. L'air sévère Il donnait l'impression de s'ennuyer ferme en se demandant ce qu'il faisait là.

Walter l'observa quelques instants pour jauger le personnage avant de se décider. Ses dernières vingt-quatre heures s'étaient écoulées à lire et relire des dizaines de dossiers ultra-secrets appartenant la division politique du bureau quatre en ne relevant la tête que pour passer des coups de fil et actionner des leviers occultes. Il avait pu prendre connaissance d'un rapport secret de feu le général Walter von Reichenau grand enthousiasme du NSDAP. Une mine d'or dans laquelle il avait pioché pour découvrir ce qu'il avait à vendre.

Prêt à l'affronter, il traversa sans se presser le salon pour aller l'aborder avec des paroles courtoises sans consistances : – Permettez-moi de vous féliciter. Votre photo en couverture du Times donne un énorme prestige à l'armée allemande mon général, nous devrions tous vous en être infiniment reconnaissant.

Après quelques instants de silence, Franz Halder après l'avoir toisé consentit à se rendre compte que le petit colonel qui se trouvait devant lui existait. : –Vous voulez peut-être parler du prestige de la Herr, monsieur le colonel ? Franz Halder l'avait presque fusillé du regard et parvenait avec peine à dissimuler le mépris que lui inspirait l'uniforme de son interlocuteur. Walter devinait qu'il aurait eu droit à la même considération habillé en postier. C'était évident que si l'on discutait de l'armée allemande, à ses yeux Schellenberg n'en faisait visiblement pas partie. On aurait pu croire que le chef d'état-major s'adressait à un fonctionnaire de la poste pour envoyer un colis tant le ton demeurait distant. Le général venait à l'évidence de se rendre compte que Walter serait la seule personne de la soirée avec qui il aurait à tenir une conversation, sans attendre de réponse il continua sans pour autant faire varier le timbre grave de sa voix : – Une sinistre farce de la presse américaine dont nous nous serions bien passés, mais que nous traitons par le mépris. La marine a déjà eu les honneurs en avril, je crois ? Et avant cela votre défunt chef. Qui sait, vous serez peut-être le prochain ? Il vit les yeux du général ajouter « s'ils ne trouvent personne de plus intéressant » !

- Vous avez bien entendu raison général, c'est bien de la Heer dont il s'agit. À ce propos je remercie un de ses membres, notre ami le colonel Ghelen, d'avoir facilité cette rencontre dans la plus grande discrétion.
- Reinhard n'est pas un ami, mais un subordonné dit-il d'un ton sec. D'ailleurs, cet officier se trouve à présent à la tête du FHO, et de ce fait il ne se retrouve plus sous mes ordres directs.
- J'avais cru comprendre que vous ne cachez pas une certaine admiration pour le lieutenant-colonel !
- C'est, je dois l'avouer, exact, Reinhard Ghelen a rejoint le cercle des officiers les plus intelligents et les plus capables qu'il m'a été donné de commander. Nous nous connaissons de la veille de l'attaque contre la hollande, il faisait partie de la division de Hoth. Je m'en souviens bien ; c'est, vous vous en doutez, un moment difficile à effacer de la mémoire pour qui y a participé, il n'en reste pas moins qu'il demeure un subalterne.

Walter encaissa la remarque insidieuse du général sans y prêter attention : –Les subordonnés deviennent la plupart du temps des gens très proches qui à force de nous côtoyer se retrouvent souvent au fait de nos pensées les plus intimes ! Je croyais que vous aviez fait sa connaissance bien avant !

- Halder continua hautain : – Encore faudrait-il pour cela avoir des pensées intimes. Il fit mine de ne pas avoir écouté la deuxième partie de la phrase.
- Et ensuite, les dévoiler !
- Que me voulez-vous colonel ? Philosopher sur les inévitables liens imposés par la hiérarchie de l'armée ou me questionner sur le fonctionnement d'une vraie institution historique de l'état ?
- Vous ne croyez pas si bien dire mon général, j'entends sur les liens et par conséquent leurs implications. Ce qu'ils créent, ce qui fait que souvent ils nous rendent débiteurs de nos pensées, de nos aspirations.
- La guerre ne me laisse hélas pas du temps libre pour ces considérations philosophiques ! À vous peut-être ?
- Parlons d'avant les hostilités alors, de l'été 1938 par exemple. Une bonne année n'est-ce pas. Pour le vin, je ne sais pas trop, mais pour l'état-major une excellente cuvée, Beck, Brauchitsch, von Witzleben… peut être un représentant de la marine, Canaris apparaît comme un choix idéal ? Ou son adjoint Oster ? Vous prépariez un projet commun avant les accords Munich, il me

semble ?

- Franz Halder devint cramoisi comme une tomate surmontée de courts poils châtains.
- Prenez un autre verre de ce délicieux champagne et mettons-nous un peu à l'écart au jardin d'hiver. Walter fit signe à un serveur qui s'empressa de venir remplir leurs coupes. Après réflexion, il s'empara de la bouteille tenue dans les mains du garçon et l'emporta.

Le général après avoir ostensiblement hésité en regardant les participants se décida à le suivre à contrecœur avec quelques instants de retard. La somptueuse pièce apparaissait presque déserte, seul un couple s'y trouvait qui semblait absorbé par une discussion passionnée, la femme riait aux éclats. Walter gagna la fontaine un endroit du salon délaissé par les invités sans doute à cause du bruit de l'eau. Il attendit Halder en arborant un sourire sarcastique : – j'ai pris soin de disposer de la bouteille, car vous pourriez avoir besoin d'une coupe supplémentaire, ne sait-on jamais ! Mais revenons-en à l'époque des accords de Munich voulez-vous. L'armée, en tous les cas une faction dont je suis en mesure d'alléguer que vous faisiez partie, si pas la tête pensante, n'était pas, c'est le moins que je puisse en déduire, en accord avec les vues d'annexion de son chef suprême. Ceci en dépit du serment prononcé. C'est faire peu de cas de la parole donnée, vous ne pensez pas ?

- Vous mettez en doute mon honneur de militaire ?
- Général, avec tout le respect que je vous porte, nous ne sommes pas ici pour deviser sur l'honneur. Ou l'aviez-vous placée votre dignité quand vous rencontriez en secret l'ambassadeur britannique Sir Nevile Henderson ?
- Colonel, vous semblez oublier que je suis le chef d'état-major adjoint de l'armée de terre. Détenez-vous des preuves de ces graves insinuations, un moindre témoignage de ce que vous osez avancer ?
- Monsieur le général d'artillerie, Schellenberg souligna ostensiblement le « monsieur », vous savez bien que je n'ai nul besoin de ces preuves, vous pourriez très bien ne pas être à l'heure actuelle dans ce lieu fastueux à parler, disons souplement avec moi, mais dans un endroit à quelques rues d'ici ou le désagréable côtoie l'infini. J'ai la certitude, vous entendez bien, la certitude que vous et vos amis aviez envisagé de régler cette différence de vue avec le führer d'une manière radicale si vous comprenez ce que je veux dire par là ?

Schellenberg progressait sur un terrain meuble, une conviction basée sur ses analyses et déductions étayées par un clignement d'yeux bridés. Il savait aussi que ce qu'il avançait était suffisant pour lancer la machine répressive de Müller. Le général de son côté ne l'ignorait pas, c'était évident, que de son côté l'armée interviendrait, avec en première ligne l'Abwher cornaquée par Canaris pour invoquer une provocation, car un général de l'envergure de Franz Halder ne pouvait pas être malmené comme le premier venu. D'un autre côté, il fallait poser dans la balance que dans l'intervalle le mal serait consommé. Et cela, Halder le savait aussi. Les déboires du général von Fritsch demeuraient encore dans toutes les mémoires. De toute manière, c'était sa plus grosse carte à jouer et il était déterminé à la sortir. Walter voulait récolter le miel en enfumant les abeilles, pas détruire la ruche.

- Vous m'en direz tant ! Le ton de la voix du général Halder était devenu beaucoup moins assuré.

- Mon département possède également la preuve formelle que ce qui se décidait au quartier général du führer se retrouvait sans tarder à Londres ou Washington après avoir transité par la Suisse. Je rentre de Berne ou j'en ai eu la confirmation. Par chance pour vous en ce qui concerne cette enquête, "mes services" se résument pour l'instant à quelques hommes triés sur le volet dont je réponds comme de moi-même. Ne dites plus un mot général, ne jouez pas avec moi à l'officier prussien outragé. Si je l'avais souhaité, à l'heure qu'il est, c'est envisageable que vous soyez déjà fusillé avec vos amis. Bien que je penche plus pour la décapitation à Plötzensee dans votre cas !

Franz Halder était devenu livide, sa figure était à nouveau passée du rouge au blanc en quelques secondes. Mais il se reprit vite, cet officier n'était pas arrivé au sommet de l'état-major pour rien. : – Et pourquoi ne le voudriez-vous pas colonel Schellenberg ?

Walter décida de lâcher du lest. Son habitude à manipuler ses semblables lui chuchotait de procéder par étapes. Son interlocuteur n'était pas à sous-estimer ni homme à se laisser trop facilement impressionner : – Car ce n'est tout simplement pas la principale raison de cet entretien. Aussi étrange que cela pourrait vous paraître, pour moi, comme pour vous je l'imagine, la défense du Reich, l'avenir de l'Allemagne prime sur toute autre considération. C'est en outre ce que vous avez dû penser en complotant avec vos amis, non ? Il m'est impossible de vous informer ici de tous les détails, mais croyez-moi sur parole. L'heure s'annonce grave, plutôt à l'urgence et cette urgence pourrait me dicter de faire abstraction du passé pour me concentrer sur le futur. Vous êtes, malgré ce coup de canif à l'allégeance, à mes yeux le militaire le plus important à qui je peux m'adresser. Pour vous dépeindre la situation en deux mots, nos ennemis américains ont mis au point une arme à un tel point puissante, à ce point destructrice qu'elle pourrait provoquer l'anéantissement total de l'Allemagne en quelques semaines, si pas en quelques jours. Si une issue rapide n'est pas trouvée, je peux vous garantir qu'un sort vraiment funeste attend l'Allemagne, des conditions bien pires que celle de novembre 1918 et des traités qui ont suivi.

- Une position pire que l'humiliation de l'Allemagne avec ces traités me semble une chose impossible !

- Bien sûr que si, mais avant, si vous refusez de m'aider, je vous sacrifierai sans aucun remords. Vous rabaisseriez l'armée, le corps des officiers, votre famille. Et croyez-moi général, un suicide à la Prussienne n'arrangerait rien, car cela ne m'arrêterait pas.

Le général Halder c'était visible, apparaissait ébranlé par ces dernières paroles. Il tenta un combat d'arrière-garde, mais sans grande conviction : – Je reste persuadé que l'armée peut rétablir toutes les situations quelles qu'elles soient si on la laisse faire avec ses méthodes et pourquoi pas sa politique.

- Gardez-vous de vos illusions, la seule façon de ne pas subir cet anéantissement serait, vous m'entendez bien, d'empêcher que notre offensive d'été soit couronnée de succès. Un manque de supériorité suffisant pour provoquer un cessez-le-feu avec les Soviétiques. Réfléchissez bien, monsieur le général d'état-major. Demain, je dois effectuer un court voyage au Portugal et en Espagne dans le but d'inspecter mes services locaux. Avant mon départ, nous nous verrons pour adapter les évènements à notre manière, surtout à la mienne. Je vous attendrai cette nuit à deux heures à l'hôtel Excelsior dans Saarlandstrasse, c'est tout proche du 8 Prinz Albrecht Strasse. Si vous le préférez, nous nous retrouverons à cette dernière adresse, ils travaillent aussi de nuit. Moi bien entendu je nierai tout de cette conversation. Qui pensez-vous que mes collègues au pardessus de cuir croiront ? Moi, à votre place, je choisirais l'Excelsior.

- La neuvième armée de Model vient de déclencher une importante offensive dans le secteur de Rzhev. Demain, je dois me présenter à l'aube à Tempelhof, ce soir je dois en outre me rendre à Zossen !

- Et moi au contre-espionnage chez Müller à la Gestapo. Nous pouvons encore trouver le moyen de changer chacun nos agendas ! Allez à Zossen, nous nous retrouverons ensuite.

Halder marqua un imperceptible mouvement de recul de la tête : –Je verrai ce que je peux mener à bien.

Walter sourit : –De mon côté, j'estimerai ce que je peux consentir pour que vous preniez votre avion. Pour la discrétion, passez par le tunnel de la gare d'Anhalt. Vous demanderez le directeur, herr Thelen, il saura vous orienter, il sera prévenu. Je vous laisse la bouteille de champagne !

Berlin, Hôtel Excelsior Saarlandstraße vendredi 03 juillet 1942 02h00

Walter contemplait avec une attention marquée les bouteilles millésimées empilées dans leurs niches respectives. La gigantesque réserve de vin de l'hôtel Excelsior impressionnait souvent les visiteurs qui avaient la chance d'y pénétrer. La majorité des crus provenaient de France et dataient d'avant-guerre, voire parfois d'avant l'autre. On trouvait aussi des cuvées plus jeunes de la Moselle et de diverses contrées allemandes ou hongroises. Une cinquantaine de tonneaux étaient dispersés dans plusieurs pièces, car en véritable institution de la gastronomie berlinoise l'Excelsior embouteillait le produit des vignobles soigneusement sélectionnés.

Franz Halder passa la porte à deux heures deux, il n'avait pas eu à attendre longtemps. Ne recherchant pas d'effet théâtral particulier il se tourna souriant vers l'arrivant : – Vous voyez général ce n'était pas plus difficile que ça ! Un de ses principaux atouts consistait à pouvoir exhiber dans une majorité de circonstances un air parfaitement angélique à ses interlocuteurs dont beaucoup cédaient au charme du très jeune colonel. Cela avait même fonctionné avec Heydrich ce qui en soi s'avérait un exploit. Ceux, par chance un peu moins nombreux, qui ne se montraient pas dupes complotait en général pour le faire tomber en disgrâce. Aidés en partie par sa bonne étoile, jusqu'à présent peu avaient eu la possibilité de l'organiser.

Dans son impeccable uniforme à bandes rouges et croix de fer au col le général offrait le spectacle d'un homme fatigué en affichant d'épaisses poches sous les yeux et ne démontra aucun intérêt pour les lieux ; il était à l'évidence contrarié et tenait à ce que Walter le sache. C'est en l'occurrence le message qu'il voulait lui envoyer : – Croyez-vous colonel ? En premier lieu, mes réunions d'hier soir étaient de la première importance, j'ai dû trouver une excuse pour couper court. Mon départ sera noté au compte rendu. Ensuite, c'est pour me donner à contempler la cave à vin de l'hôtel que vous m'avez obligé à me déplacer ?

- Cette cave à vin vaut bien les bunkers de Maybach à Zossen. Parions que ce que vous risquez d'y apprendre est plus passionnant que tout ce que vous auriez déjà pu entendre cette nuit. Comme vous le remarquez, elle a un autre intérêt évident, sa discrétion. Ce dont nous avons à nous entretenir n'est pas à proprement parler d'intérêt public. Et puis courir le danger d'être aperçu ensemble dans une chambre pourrait faire jaser et recréer une affaire von Fritsch. Ce serait amusant d'être pris pour deux homosexuels sous le coup de l'article 175, ce n'est pas votre avis ? Franz Halder ne répondit pas, à voir sa tête c'était visible qu'il n'appréciait pas l'allusion. Walter continua sur le ton de la confidence : –Le salon ou la bibliothèque de l'hôtel sont trop fréquentés par des gens susceptibles de nous reconnaître. J'ai pu disposer discrètement de la cave, une façon de se faire pardonner, vous saviez qu'au début des années vingt ils ont refusé de louer une chambre à Hitler. Ceci peut clôturer l'explication. Il désigna les bouteilles impeccablement rangées : –Détendez-vous général, une des vertus de ce merveilleux breuvage est d'apaiser les tensions. Faute d'en boire, laissons-nous pénétrer par l'ambiance pourpre qu'elle apporte.

- Une atmosphère particulièrement bizarre que vous affectionnez de créer, mais soit. Après m'avoir menacé du pire vous avez tenu à me voir de manière, disons pour le moins que je puisse dire, surprenante autant que discrète. Apprenez que si je me présente ici, c'est avant tout dû à la singularité de votre démarche qui m'a profondément intrigué. Votre organisation n'a pas pour habitude de lancer ses convocations de cette façon. Vous agissez vous aussi comme un conspirateur. Voilà pour le motif déterminant de ma présence si vous insistez pour le connaître.

Walter n'objecta pas à cette façon avantageuse que le général avait décidé de discerner les évènements. Pour l'amener à lui offrir ce qu'il voulait, il avait plutôt intérêt

à faire preuve des qualités d'un pêcheur en haute mer que celles d'un boxeur sauvage. Rien ne l'empêcherait d'assommer le poisson si le besoin s'en faisait sentir :
– A vous de vous débrouiller avec vos justifications, vous êtes là, c'est le principal. Nous avons à notre disposition peu d'heures, chacun avons un avion à prendre sauf si vous deviendrez tout à coup déraisonnable bien sûr. Alors, montrons-nous pratiques voulez-vous ? Comme vous venez de le souligner, c'est une démarche bien singulière en effet. Aussi ne perdons pas de précieuses minutes en palabres inutiles et autres futilités de ce genre. Vous admettez à présent que je connais énormément d'affaires et vous vous rendez compte qu'à l'heure qu'il est vous n'êtes pas dans les mains d'horribles interrogateurs de la Gestapo. Bien évidemment, vous pourriez objecter que cela pourrait s'avérer qu'une simple ruse de ma part. Mais vous n'ignorez pas que, si je vous avais fait arrêter avec vos « amis », il n'existe aucun doute là-dessus, la vérité jaillirait de l'un d'entre vous comme d'un vieux tonneau percé en moins de temps qu'il n'en faut au maréchal Goering pour changer de costume. Donc, vous vous demandez ce que je manigance là avec vous cette nuit. Ami ou ennemi, vous ne savez pas de quel côté pencher, quoiqu'ami vous conviendrait mieux. Je me trompe ? Vous auriez peut-être effectué le choix correct. Je ne crois pas être votre adversaire. Pour l'instant, je n'ai rien d'autre à ma disposition pour vous prouver mes meilleures intentions et je crains que vous allez devoir vous contenter de ma bonne mine. Je vais entrer sans tarder dans le vif du sujet par une question. Suivez-vous toujours les mêmes orientations et par ce fait les motivations qu'en 1938 ? Avant de répondre considérez à sa juste valeur que l'homme en face de vous connaît tout de vos conspirations, qu'ici ce sont les caves de l'hôtel Exelsior et non celles de la Gestapo. C'est par l'entremise du lieutenant-colonel Gehlen que nous nous sommes rencontrés, non par celle de Müller.

Walter fit une pause pour lui laisser assimiler ses dernières paroles. Satisfait, il continua : - A cette occasion, Reinhard n'a pas pu éviter de vous parler de moi. Que ce soit en bien ou en mal peu importe, le seul élément qu'il n'a pu omettre de vous dire puisque vous n'avez pas du manquer de le questionner à mon sujet, c'est celui de mon indépendance doublée du peu de cas que je fais de la doctrine de mon gouvernement. Une dernière chose, vous avez accroché au ceinturon votre pistolet d'ordonnance, vous remarquerez que je ne porte rien de tel, je ne suis pas armé. A cette distance même sans entraînement, votre P38 me réduirait au silence en un geste. À part le directeur Thelen, personne ne sait que nous nous retrouvons ici. Gehlen trouverait bien une solution pour vous innocenter, il vous doit bien cela !

Peut être rassuré par cette idée, Halder le regarda longuement puis sembla se décider : –Les motivations, vous ne l'ignorez sûrement pas colonel Schellenberg, se retrouvent très souvent sujettes à un contexte particulier.

- Parlons de visées si vous préférez ce mot.
- En ce temps-là, j'avais la haute ambition de préserver la paix. Le peuple allemand dans son immense majorité ne voulait pas d'un conflit. L'armée ou au moins une grande partie d'elle a tout tenté pour l'éviter. Au risque de notre vie, nous avions entrepris une multitude de démarches pour informer les puissances occidentales, Churchill, Eden, Chamberlain, Lord Halifax et bien

d'autres. Ces messieurs ont été prévenus et avertis à temps de ce qui se passait et de la conséquence inéluctable d'une nouvelle guerre mondiale. Si ces avertissements avaient été pris en considération, qu'il n'y eut pas d'accord à Munich, l'Allemagne serait aujourd'hui libérée de Hitler. Le monde aurait vécu sous à une ère de paix et de prospérité. Mais ils n'avaient à la bouche que le mot apaisement, ils croyaient Hitler manipulé entre les modérés et les extrémistes. Mais laissons cela, si vous ne le saviez pas, vous voilà à présent dans la confidence, pour ce que cela changera !

Le général cru bon d'expliquer ce que Walter n'avait pas pu connaître : - Étant jeune officier, j'ai connu la guerre précédente et le prix qu'elle a coûté à l'Allemagne dans la défaite. La république de Weimar qui s'en est suivi n'a pu donner aucun éclat de lumière. Dans cette obscurité, en trente-trois le maréchal Hindenburg, paix à son âme, a jugé bon de confier le pays à un artiste peintre autrichien. Depuis lors, je vois ma patrie partir de nouveau à l'affrontement dans une gigantesque guerre. En tant qu'Allemand je me dois de lui offrir le meilleur de moi-même. J'ajouterais que si je peux considérer le meilleur de moi-même comme étant ma vie, j'y suis préparé. Sans hésitation aucune.

Halder laissa planer un silence sur ces dernières paroles. Comme elles ne semblaient pas impressionner Schellenberg il continua : – Il va de soi que je n'ai pas la prétention à être seul dans ce cas. Mais quel rapport a tout cela avec votre étrange affaire des Américains ?

- Nous n'en sommes pas encore arrivés là, nous y viendrons dans un moment. Je cherche à vous situer général, car je ne bénéficie moi non plus d'aucun droit à l'erreur. Répondez-moi d'abord. S'il subsiste quelque chose de vos « ambitions » pacifiques d'avant-guerre, ne se heurtent-elles pas de front avec la réalité de cette troisième année de combat. N'avez-vous pas l'impression que l'Allemagne s'apprête à revivre son passé ?

- Vous voulez parler d'une défaite ?

- S'annonce-t'elle possible d'après vous ?

- Je suis officier d'état-major et non devin !

- C'est à l'officier d'état-major lucide et extrêmement compétent que je pose la question. Avons-nous les moyens de ce que nous avons entrepris ?

- Colonel si vous me posez la question, c'est évident que vous avez une idée déjà bien définie de la réponse.

- C'est exact général, pour résumer ma pensée, je crois que ça va sous peu se révéler effectivement assez difficile.

- Pourtant pas impossible ! Il nous reste des forces très vives avec sur le terrain un commandement largement à la hauteur de la situation, la conjoncture pourrait dans ce cas nous devenir favorable. Redevenir, si je la compare avec celle de décembre et que j'inclus qu'il nous manque certains de nos meilleurs généraux.

- J'apprécie votre précision « sur le terrain ». Walter poursuivit : – Vous ne semblez pas donner votre adhésion complète au cours des choses dans le contexte de la reprise de la campagne d'été.

Comme prévu, Walter avait touché la corde sensible du général, la stratégie. C'est d'une voix teintée d'amertume qu'il répondit : - Il est évident qu'une offensive d'été portée sur un axe unique dans le secteur sud du front n'est pas militairement le remède parfait pour gommer notre déroute de fin 1941. Emporter Moscou correspondrait mieux à ma conception de l'affrontement, je soutiens sans ambiguïté cette idée depuis le début de l'automne passé. Depuis les revers de cet hiver, pour l'heure, l'idéal eût été deux assauts, hélas les ressources pour les réaliser nous font cruellement défaut. Nous devrons maintenir le russe le plus longtemps possible dans l'ignorance de notre réel axe d'attaque, mais il comprendra cependant assez vite.

- Nous grattons donc au fond du tiroir ?
- Je ne vous cacherai pas qu'à la fin de l'été 41 j'ai tenu une réunion avec le général Thomas ainsi qu'avec Fritz Todt. Ils ne m'ont pas laissé méconnaître que pour eux la guerre apparaissait impossible à gagner. Fritz s'en était même ouvert au führer. Une discussion désagréable et houleuse d'après ce que je sais.
- Pauvre Fritz, il l'a payé de sa vie.
- C'était un accident d'avion !
- Heydrich pourrait mieux vous en expliquer les détails, hélas il va avoir difficile d'où il est.
- Un homme d'une telle valeur. Quelle horreur ! Je parle de Fritz Todt… ajouta Franz Halder avec un léger sourire.
- Rassurez-vous, ce ne fut pas la seule, d'horreur ! Vous pensez que malgré tout nous pourrions l'emporter. Ou bien ce ne serait rien d'autre qu'une question de chance ?
- Ce ne serait pas la première fois que la chance, ou la providence pour paraphraser notre führer, choisiraient notre côté. Souvenez-vous de la campagne de France, nous nous trouvions en infériorité matérielle avec bien moins de divisions que l'adversaire. Nous avions à l'époque aussi réussi à concentrer nos efforts sur un point. Ainsi va la guerre. Mais la notion de guerre n'est pas à proprement parler le reflet exact de la situation dans laquelle nous nous retrouvons en ce moment. Je n'arrête pas de mettre en garde contre notre évidente sous-estimation des forces ennemies. Pour faire simple, il nous manque vingt divisions dont au moins cinq de chars et sept motorisées. J'analyse que nous en arrivons au point charnière de l'affrontement, celui où les parties en présence deviennent de ressources humaines et matérielles équivalentes à peu de chose près si nous faisons abstraction du pétrole et de l'étirement des lignes d'approvisionnement. Ajoutez à cela qu'il y a deux

- guerres dans cette conflagration. Une de ces deux guerres échappe au contrôle rationnel des états-majors.
- Qu'entendez-vous par là ? Walter avait posé la question par pure mécanique, il connaissait la réponse mieux que le chef d'état-major ne pourrait jamais la donner.

Halder répliqua avec lassitude comme s'il tenait en face de lui un mauvais élève qui s'obstinait à ne pas comprendre : –Au point où nous en sommes vous et moi, autant vous exprimer sans détour le fond de ma pensée. Cette offensive à l'est avait comme but initial la conquête des céréales de l'Ukraine et le pétrole du Caucase dans l'espoir de se retrouver en condition pour faire face à une guerre de longue durée contre les Anglo-américains. Le véritable ennemi demeure l'Amérique. C'est la façade stratégique de cette gigantesque opération. Je vous le rappelle, nous n'avions pas de justifications à court ou moyen terme d'envahir l'URSS qui nous procurait profusion de matières premières. Ce sont là des raisonnements d'ordre guerrier bien entendu. La recherche de l'espace vital reste une question de haute politique, hors des considérations militaires. Si vous voulez mon avis, en récupérant les territoires de la Prusse occidentale et des Sudètes qui nous ont été arrachés à Versailles, si on y additionne l'Autriche, l'affaire devenait suffisante en soi, la production pouvait supplanter l'espace dans une large mesure.

- Mais la Russie soviétique nous imposait d'énormes livraisons impliquant des technologies aussi préjudiciables que dangereuses pour notre sécurité à dévoiler.

- Certes, mais nous agissons de même de la Suède à l'Espagne en passant par la Hongrie et la Roumanie. À cette décision stratégique s'est greffé sans attendre son verso idéologique. À l'Est, il se commet des abominations qui se révèlent devenir en plus des aberrations d'un point de vue purement militaire. Sans elles, nous aurions déjà remporté la victoire rien qu'en nous alliant l'Ukraine et la Russie blanche, c'est évident. Mais je n'imagine pas devoir vous apprendre grand-chose sur le sujet.

Walter se demandait quoi lui répondre : – Croyez-moi si vous le voulez, toutefois dans le cas présent cela a tout compte fait peu d'importance, je ne sais pas dans les détails ce qui s'y passe « à l'Est ». Bien entendu, j'en ai une connaissance générale et je peux sans peine deviner le reste, je ne vis pas idiot. En revanche, je deviens un parfait coupable en refusant par tous les moyens de m'en approcher ou de prendre conscience de ces détails. Ne pas se montrer d'accord n'est en aucun cas une option chez nous. Alors, ne pas chercher ce qui imposerait un accord se transforme une solution de facilité fort commode. C'est très lâche, je vous le concède, à ma décharge nous sommes assez nombreux dans le club.

Le général Halder le regarda avec un soupçon de mépris avant de répondre avec aigreur : – C'est pourtant votre organisation, la sécurité de l'état, le RSHA avec ses, chefs, qui en est le principal responsable tout comme il est le coupable de son exécution, vous me permettrez donc d'avoir difficile à vous croire !

Schellenberg n'aimait pas cette tentative typiquement prussienne de reprendre le dessus, cependant pour ne pas mettre en branle un engrenage qui en fin de compte ne lui rapporterait rien il opta pour rester le plus neutre possible : – Oui et non. En apparence, c'est ainsi que ça peut être perçu, mais je dois vous dire que depuis longtemps des officiers SS très hauts gradés ont repris la main sur tout cela. Au départ des initiatives d'officiers zélés se sont produites sur le terrain, elles ont surpris et pris de court à Berlin qui de son côté à avalisé une escalade sans fin devenue la norme. Dès que je m'en suis rendu compte, je me suis toujours démené pour en rester le plus éloigné qu'il m'en était possible. Et je dois dire qu'avec le général Heydrich ce ne fut pas une chose très aisée. La Heer ne doit pour autant pas jouer la carte des valeureux et héroïques soldats et croire qu'elle peut se dissocier de ces horribles évènements en exécutant un pas en arrière. Elle y a à sa manière trempé les mains jusqu'aux coudes d'après mes informations. Il avait lancé cette flèche pour mettre à mal ses propos tout en tentant de déstabiliser l'arrogance naturelle du militaire.

Sa manœuvre sembla porter ses fruits, car le chef de l'état-major général s'assit sur une barrique de vin les yeux perdus dans le vide avant de continuer d'une voix radoucie : –Je ne sais pas comment nous en sommes arrivés là, mais nous nous y retrouvons bel et bien.

- Je peux en partie vous l'expliquer général. Plus d'un siècle de discipline prussienne, soixante-dix années de nationalisme rigide, vingt années d'humiliations et de misère, une communauté à laquelle on a inculqué depuis presque dix ans qu'elle existe supérieure à toute autre en lui faisant ranger ses habits civils au vestiaire. Que vouliez-vous que ça donne ?

- Je ne suis pas prussien, mais bavarois dit Halder comme pour s'excuser.

- Moi non plus, je suis né sarrois. Lorrain Romain, devenu aussi, jusqu'il y a peu, un produit de la Société des Nations. Cependant à présent cela ne change rien à rien, nous sommes allemands.

- Colonel ne me forcez pas à rire, vous avez jusqu'à présent bénéficié dans les grandes largeurs de cette situation et de ses privilèges alors permettez-moi de vous demander pourquoi vous développez maintenant cette réaction étrange ?

- Bien entendu, je reconnais sans aucune ambiguïté que je n'ai jamais été en reste pour jouir des perspectives et des avantages que pouvaient m'offrir mes fonctions. La boue qui va avec m'a éclaboussé sans distinction. Mais voyez-vous, par chance une partie de moi est demeurée cachée bien à l'abri. Il n'y a pas très longtemps que j'ai à nouveau fait connaissance avec elle. En cela j'ai été un peu aidé parce que j'ai compris que nous aurions très difficile à emporter la victoire dans cette guerre tout comme nous avons été incapables à gagner la précédente. Le mieux aurait bien évidemment été de ne jamais la commencer et c'est en total accord sur ce point que je vous rejoins. À la seule différence que vous êtes militaire dans l'âme et que votre conclusion s'est manifestée bien plus vite.

- Colonel, vous rendez vous compte quel dilemme nous nous posons. Nous nous devons à présent de gagner la guerre de la manière dont nous la menons. Si nous nous avisons de la perdre, notre châtiment deviendra exemplaire. En rapport, 1919 et les cinq années qui suivirent seront définies comme des années de bonheur. C'est en partie la raison de mon acharnement et de mon optimisme criminel lors de la bataille de Moscou.

- Ceci n'est pas la bonne perspective d'avenir général, c'est en définitive si nous risquons de la gagner que notre châtiment se montrera exemplaire. Les Américains ont dessiné un plan du monde dans lequel nous tenons en tant qu'Allemands une position bien précise tout comme les Soviétiques y obtiennent la leur, et ils ont les moyens de nous y contraindre. L'arme dont ils semblent jouir sans beaucoup s'en cacher possède à ce jour une place sans équivalent dans leurs arsenaux. Ils détiennent un nouvel explosif à l'uranium qui leur permet de fabriquer des bombes qui dépassent en puissance tout ce que nous connaissons. Ils disposent de l'aviation pour nous les délivrer à domicile. En quelques simples survols l'Allemagne sera rayée de la surface de la terre et avec elle son peuple. En comparaison, le bombardement de Cologne de fin mai paraîtra une aimable plaisanterie.

Walter remarqua que Franz Halder avait joint ses mains puissantes dans un geste inattendu de prière : – Général, comme le mentionne un rapport du SD, en tant que chef adjoint de l'état-major, vous avez participé à quelques réunions de l'OAT pour le projet de l'explosif à l'uranium et sa mise au point. Vous n'ignorez donc pas de quoi je parle.

- J'ai écouté des comptes rendus de ces rencontres avec le général Friedrich Fromm. Il avait pourtant la conviction que nous avons la possibilité de détenir une telle arme.

- Ce n'est pas encore l'occasion de rentrer dans le détail, pour diverses raisons nous ne l'obtiendrons pas. Pas avant longtemps du moins et pour autant que beaucoup de circonstances soient réunies. Eux de l'autre côté de l'Atlantique, ils ont réussi à la mettre au point. Nous devons au contraire créer les conditions propices à un cessez – le – feu avec le russe pour empêcher cette apocalypse. C'est eux qui imposent leurs modalités, elles sont non négociables, elles consistent à créer un équilibre des forces dans ces territoires. Forces qui demeureraient bien moindres que les leurs et qui nous soumettraient à une perpétuelle « pax americana ».

- Un armistice ? Dans l'armistice réside l'antichambre de la capitulation !

- Ça ne servirait à rien, nous sommes contraints à ce que cela débouche sur un traité de paix en bonne et due forme comme celui que nous avions conclu avec Lénine.

- Pour ce type de pacte, c'est nécessaire de se retrouver au moins deux à la table de la signature !
- Ça ne me paraît pas insurmontable, j'entrevois un chemin qui y emmènerait le russe.
- Ce n'est pas à lui que je pensais en particulier colonel.
- D'où le plan de faire avorter notre campagne d'été. Si cet été nous sommes en peine de réunir les ressources d'une offensive générale et que celle en cours ne se voit pas couronnée de succès, il ne nous restera plus que l'espoir de verrouiller de manière définitive la ligne de front ce qui par une inévitable gravité mènera à un traité. Mais c'est vous le stratège général Halder.
- C'est résumé dans une simplicité qui ignore les choses militaires, ce n'est pas exactement comme cela que ça devrait à coup sûr se passer, mais ça pourrait évoluer ainsi j'en conviens. Vous concevez sans peine qu'en convaincre le führer sera l'obstacle principal et pour le pratiquer souvent, j'ajouterais insurmontable. Il est malgré mes avertissements persuadé que le russe se métamorphose à présent en un colosse d'argile épuisé et sans ressource. Il fait, à l'aide de son habilité de manipulateur, régner une certaine euphorie communicative à beaucoup de membres de l'état-major, du moins en apparence, beaucoup ne se montrent pas naïfs dans l'intimité. En aparté, les langues se délient. Parfois!
- Chaque chose en son temps. Je dois juste vous dire que ce ne sera pas aussi impossible que vous le pensez de le convaincre. Partez du principe que ce soit réalisable. Sur votre honneur d'officier, garantissez-moi le secret le plus absolu sur ce qui va suivre.

Après que le général Halder le lui eût assuré, il se résolut à lui dresser le tableau de la situation. Sans entrer dans les détails au point de parfois devoir se dérober aux questions, Schellenberg prit son temps pour lui expliquer le plan ainsi que les raisons avancées par les Américains. Malgré la difficulté de l'exercice, il tenta d'éluder et de traiter l'implication éventuelle du Reichsführer comme accessoire. En dépit de ses efforts, il sentait que le général ne semblait pas dupe.

Le chef d'état-major hésita une interminable minute avant de rétorquer : – en première analyse cela apparaît si invraisemblable, irréel, mais à la réflexion, vu ainsi, ça dénote d'une certaine logique ! Il n'en reste pas moins que cela a un nom, un coup d'État, c'est bien ça colonel Schellenberg ? Halder le fixait d'un regard intense comme si la phrase pesait des tonnes et qu'il veillait à ce le sol résiste au poids de ses mots.

- Walter lui lança une œillade encore plus pénétrante : – Ca ne devrait pas vous effrayer outre mesure !

Le général prit son temps pour se frotter le menton dubitatif, visiblement il profitait du geste pour réfléchir quelques instants ; quand il parut avoir trouvé la réponse appropriée il poursuivit : – si vous parlez d'une peur excessive, non. Effrayé n'est d'ailleurs pas le mot qui me viendrait à l'esprit. Comment vous vous y prendrez n'est pas plus l'essentiel pour le moment. Ce qui m'inquiète voyez-vous, c'est avec qui ? Le sort d'Hitler ne m'importe pas plus que ça, mais dans votre scénario il faudra bien le remplacer. À qui avez-vous pensé ? Dans votre cas vous n'avez pas beaucoup de solutions. Mon cher colonel, si vous me donnez un autre nom que celui d'Himmler vous me surprendriez !

Walter décida de parler au général Halder avec toute la sincérité dont il se sentait capable dans les circonstances présentes. Il était difficile, voire impossible, de faire différemment avec cet homme d'un rigorisme quasi excessif. C'était perceptible à son air tendu, la réponse n'allait pas lui plaire, mais avec l'intelligence qui était la sienne, il devait s'en douter. Halder attendait juste une confirmation de sa bouche, il choisit de la lui donna sans plus tergiverser : – Vous savez tout comme moi qu'il n'est pas envisageable dans la position qui est la mienne de concevoir une autre alternative. Elle est d'ailleurs la plus appropriée.

- Appropriée ! Si vous espériez me faire rire, vous avez raté votre effet colonel.

Walter se dit qu'il était à présent nécessaire de ne pas se laisser déborder, il prit un ton un rien plus ferme : – Général, je n'ai, loin de là, pas votre expérience des coups d'État. Néanmoins, je veux m'en tenir à deux règles absolues qui sont les uniques envisageables dans les circonstances, celle du moindre mal suivi de celle de chaque chose en son temps. Celui qui signera un traité devra aussi s'imposer comme le seul en mesure de maintenir les structures du pays sous contrôle. Désolé de vous le dire si crûment général, mais la Wehrmacht n'est pour l'instant pas en mesure d'y parvenir. Il faut d'abord qu'elle rentre dans ses casernes.

Halder afficha une moue sceptique : – permettez-moi d'en douter ! Je parle du fait qu'elle accepte de se soumettre et de réintégrer ses garnisons comme si rien ne s'était passé. L'armée réclamera le prix du sang, vous serez contraint de le lui payer rubis sur l'ongle. Ce sera peut-être moi que vous retrouverez face à vous pour l'exiger. Mais vous avez raison chaque chose en son temps et il y a selon toute apparence beaucoup à régler vu l'urgence. Le führer vient de mettre en branle la puissante sixième armée qui pour l'heure balaye tout sur son passage. Cet après-midi, je dois m'envoler avec lui au quartier général du groupe d'armée sud à Poltava pour finaliser la préparation d'un encerclement massif avec le maréchal von Bock et suivre de près l'évolution de Model à Rzhev.

- Général c'est vous le stratège, c'est à vous que revient de trouver la manœuvre adéquate, nous disposons malgré tout d'un peu de temps pour l'étudier.

- En supposant que je sois la bonne personne, ce dont je ne suis pas encore convaincu, laissez-moi comme vous le dites si bien un peu de temps. Affronter le führer ne servirait à rien, il faut au contraire abonder dans son sens pour avoir une chance de provoquer des erreurs de choix lourdes de conséquences. Il se pourrait que j'aie une idée, je dois avant toute considération arriver à la prendre moi-même au sérieux !

- D'accord, alors nous nous reverrons dans une dizaine de jours pour réévaluer la situation. Ma présence dans le secteur de Poltava ne serait pas justifiée, tâchez de trouver un motif pour revenir me rencontrer à Berlin.

Le chef d'état-major ne répondit pas, il semblait perturbé : –Et notre combat contre les Anglais que devient-il dans tout cela ?

- Je ne suis pas non plus devin général. En attendant la suite, c'est d'ailleurs de fort peu d'importance. Le principal reste que les Américains actent cette évolution de situation sur le champ de bataille. Je présume que les cessez-le-feu et les traités de paix sont comme les déclarations de guerre. L'un entraînant l'autre.
- Vous pensez que l'Amérique s'en tiendra là ?
- Non, mais dans le cas contraire elle ne s'en tiendra pas « là » non plus. Entre ne pas remporter un affrontement, mais quand même quintupler le territoire national ou le perdre en totalité, le choix n'est pas fort difficile à déterminer.
- Pourquoi agissez-vous seul et en secret colonel ?
- Si je vous le disais, il y a des chances que vous me mépriseriez.

Berlin, Berkaerstrasse 32, Vendredi 03 juillet 1942 08h40

Walter tentait de soulager ses courbatures dans le confort relatif de son fauteuil de travail. Assis derrière son bureau, il regardait avec intérêt son adjoint en face de lui qui versait avec délectation un mince filet de breuvage brûlant d'une cafetière dans deux tasses de porcelaine blanche. L'odeur délicate du nectar fumant emplissait toute la pièce.

Il avait dormi une paire d'heures sur le lit de camp en toile de son bureau, ce qui avait eu pour résultat de lui rompre le dos. Trop nerveux, il s'était réveillé et levé pour réfléchir. Après avoir soupesé le pour et le contre, il en était arrivé à la conclusion que le moment était venu de faire avancer d'une case supplémentaire un des pions à sa disposition.

- Wilhelm, après avoir dégusté ce merveilleux « vrai café », je vais vous demander de transmettre à Hans Eggen un communiqué des plus confidentiels à destination du brigadier Masson, il doit veiller à le lui donner à connaître uniquement oralement. Ne faites confiance à personne, la missive doit parvenir sous enveloppe cachetée à Eggen par porteur. Munissez ce dernier de trois plis distincts avec un contenu différent. À part vous et moi, seul Eggen possède la grille chiffrée du bon message, nous en avions convenu. Débrouillez-vous, ce ne sont pas les ressources qui vous manquent, vous disposez de facultés hors du commun, c'est le moment de les mettre à contribution.

- Et moi qui pensais que le café était gratuit !
- Le café oui et Dieu sait le mal que j'ai eu à me le procurer. Le prix, c'est rien que pour le sucre.
- Quel sera le contenu de ce message au coût si élevé ?

« Rado doit rapporter d'urgence à sa centrale l'étendue du nouveau pouvoir dont disposent les militaires américains ».

Wilhelm Höttl ne cacha pas sa surprise : – Sans interférer dans votre jugement, ce n'est pas risqué pour le brigadier Masson d'ainsi se compromettre avec un agent soviétique ?

Walter éclata d'un rire franc : – Comme disent les Français, l'hôpital ne doit pas se moquer de la charité. Les cantons sont d'immenses fromages de gruyère dans les trous desquels circulent les espions du monde entier, c'est un secret de polichinelle gardé par des marionnettes. Ils font semblant de tous s'ignorer, mais les Suisses loin d'être des pantins sont fins joueurs, ils conservent un parfait contrôle de la situation. C'est fort possible ou même certain que Masson se servira de Hausamann. Comment, je ne sais pas encore, et d'ailleurs je ne le saurai sans doute jamais, ce qui n'a aucune importance, mais il y parviendra n'en doutez pas un instant Wilhelm.

Madrid, vendredi 10 juillet 1942

Le passage à Lisbonne avait été merveilleux, comme des vacances dans la tourmente qu'il vivait depuis maintenant plus de deux mois. Séjour émaillé par des rencontres insignifiantes avec un opposant brésilien qui aspirait à fomenter un coup d'État pour ensuite devenir le dirigeant de son pays. Si l'Allemagne l'aidait dans son projet, il offrait l'accès à leurs ports pour les sous-marins de la Kriegsmarine. Si c'était exact que le président brésilien Vargas se plaignait que l'Administration Roosevelt cherchait à entraîner sa nation dans le conflit mondial, le renverser était impensable sans leur appui. Depuis la rupture des relations diplomatiques avec l'axe, des navires brésiliens avaient soi-disant étés envoyés par le fond par des submersibles Allemands. Schellenberg savait par l'état-major de la Kriegsmarine que c'était faux. Ils en avaient déduit à une machination dont Washington avait investi la marine américaine pour les pousser à la guerre.

Un soulèvement restait pour les mêmes raisons totalement impensables, Les États-Unis qui ne voulaient plus voir une centaine de millions de sac de café brûlés avaient applaudi sans réserve au coup d'État du dictateur Getúlio, vieux combattant de la révolution communiste. Ils ne le permettraient à aucun prix. Un nouveau changement de régime signifierait leur intervention. Une « bataille du Rio de la Plata » suffisait à l'Allemagne, inutile d'en créer des supplémentaires dans la Baie de Guanabara ou de Marajó tel qu'on le lui avait proposé. Décidément, le monde était peuplé de doux rêveurs.

Il allait préparer un rapport à Canaris là-dessus, au moins ça mettrait un peu d'humour dans leur vie à défaut d'autre chose.

Walter témoignait d'une affection particulière pour la métropole portugaise avec ses ruelles étroites et colorées parcourues en tous sens par des tramways bizarres. En revanche, la capitale espagnole l'oppressait. Pour ne rien arranger, il y faisait une chaleur abominable, il n'y avait pas un souffle de vent.

Comme à son habitude il s'était logé au Palace. Ce bâtiment chargé d'histoire l'attirait en particulier. Son propriétaire était un Belge passionné des nouvelles techniques. C'était le premier de la ville construit en béton armé. L'édifice avait même servi d'embrassade à l'Union soviétique pendant la guerre civile, ensuite d'hôpital. Walter se demandait si tous les micros avaient bien été enlevés. On ne sait jamais !

Bravant la chaleur de la rue étouffante malgré l'heure tardive, il se dirigea comme à son habitude d'une allure volontaire vers son rendez-vous. Ils s'étaient mis d'accord pour dîner à deux pas de son hôtel dans un restaurant réputé de la calle San Jeronimo. Le chef de l'Abwher n'aurait pas non plus un long déplacement à effectuer, il logeait au Ritz, lieu où la vie mondaine qu'il affectionnait tant battait toujours son plein. Bien qu'il appartienne au même propriétaire, le Palace se montrait beaucoup plus discret et l'activité sociale plus invisible.

La façade du Lhardy était originale, revêtue en bois sombre de Cuba, comme souvent il devait s'agir d'un héritage de l'ancienne colonie. L'intérieur réservait une autre agréable surprise par son élégance recherchée et l'opulence de la présentation de tout ce qui pouvait se boire et manger dans la péninsule. À rendre jaloux Kempinski. Le local du restaurant était presque occupé dans sa totalité. Un capitaine de salle le conduit d'une démarche sobre à la table qu'avait retenue Canaris. Il s'excusa de les installer au fond en expliquant que l'établissement était à trois tables près destiné ce soir-là à un congrès de cardiologues. Tant mieux se dit-il, ce serait plus confidentiel et faciliterait le repérage d'un intrus.

Walter feignit quelques instants de s'intéresser à la bruyante conversation des médecins qui très vite l'ennuya. Il regarda sa montre, déjà quinze minutes de retard. Justement, l'amiral franchissait la porte de la vénérable institution madrilène habillé dans un élégant blazer croisé qui lui donnait un air d'officier de marine encore plus inévitablement que s'il avait revêtu son uniforme. Il scruta avec flegme la salle encombrée, sa figure afficha un large sourire en le voyant, il se dirigea vers lui comme un navire de bataille lancé à toute vitesse. Walter savait que son attitude chaleureuse restait pour une grande partie sincère, leurs relations avaient toujours été très amicales. Il avait beaucoup d'admiration pour le passé du vieux marin dont il connaissait par cœur les légendaires aventures. Mais voilà, les temps avaient beaucoup changé, les bonnes manières aussi.

- Bonjour, Walter, je ne vous ai pas trop fait patienter ? Décidément, vous arrivez en général le premier ces derniers temps.
- Restez sans inquiétude Wilhelm, j'en ai profité pour déguster ce merveilleux Jerez Solera Gran Reserva en vous attendant dit-il en désignant son verre.

- Canaris s'assit en face de lui et appela d'un geste le garçon qui rappliqua sur le champ : – Servez-moi la même chose formula-t-il en espagnol !

Quand il eut sa boisson en main, le patron de l'Abwehr la tint levée devant lui : –À votre santé Walter, en généreux allemand je trinque à ce que vous deveniez sans tarder général. Vous empruntez le bon rail, celui d'un express, ne vous arrêtez pas aux gares de banlieue mon cher ami !

- Et à la vôtre de santé et de votre bâton de grand amiral.
- Celui-là ! Je doute que l'arbre qui en fournira le bois soit déjà planté ! Mais c'est tant mieux, je me sens on ne peut plus à ma place dans mon organisation.

Walter le toisa d'un air espiègle puis rit avec chaleur : – exact, qui mieux que vous pourrait remplir ce poste ?

- À part vous personne Walter ! Il avait proféré cette phrase avec un visage sérieux en regardant Schellenberg dans les yeux.
- Ne plaisantez pas avec ça Wilhelm les choses sont bien équilibrées en ce qui nous concerne. Nous nous trouvons à pied d'œuvre chacun dans sa sphère.
- Vous vous moquez ou vous y croyez encore ? Vous voulez dire entre nous deux ou nos deux services ? Vous ignorez peut-être ce qui se passe en France !

Pour souligner sa phrase, Canaris avait usé d'un ton sarcastique qui le mit un tantinet mal à l'aise. La vieille canaille avait-elle eu vent de son escapade ? L'amiral dirigeait un réseau d'informateurs incomparable, il parvenait toujours à être tenu au courant de tout. Et quand ce n'était pas le cas, il n'hésitait pas à bluffer. Walter préféra changer de sujet tout en évitant de l'effectuer de manière trop brusque pour ne pas marquer le coup : – Ici ce n'est pas glorieux non plus. L'attaché Paul Winzer pour les questions de police est en guerre ouverte avec mon représentant le Sturmbannführer Kraus et d'après ce que j'ai pu comprendre c'est en leur offrant un voyage à Berlin qu'il faudra que j'arrive à les raisonner. Le gestapiste est appuyé par Heinrich Müller qui me déteste. Soit, s'ils préfèrent respirer l'air d'Unter den Linden à celui de la Gran via, ils pourront bientôt s'en remplir les poumons à satiété s'ils ne parviennent pas à s'entendre.

- Vos services prennent de plus en plus d'espace les autres finissent par s'en agacer. Et puis il y a cette affaire Giraud, il faudra bien un jour décider qui s'en occupe, vous ou moi ? C'est ridicule de laisser le soin à Keitel et Himmler de la résoudre.

- Sans doute, c'est probable que vous ayez raison concéda Walter comme si ça ne le concernait pas.

- Bien entendu que j'ai raison, chez vous les gentlemen deviennent assez rares. Par chance, vous vous échappez à la règle. Jusqu'aujourd'hui en tout cas. Agissez comme tel, reprenez l'affaire et n'en parlons plus.

Il ne souleva pas, se demandant si c'était un encouragement. Il décida pour un compliment ficelé sur une flèche empoisonnée. Ne trouvant rien à répondre, il tenta à nouveau de changer de propos : – J'ai aussi vu l'ambassadeur Eberhard von Stohrer. Rien de très neuf avec lui.

L'amiral ne le laissa pas continuer sur un sujet qu'il considérait comme son pré carré dans lequel personne n'avait le droit de brouter : – il s'entend trop bien avec le généralissime qu'il a peur de brusquer, nous n'obtiendrons jamais rien ainsi sans le secouer un peu. Comme toujours, les Espagnols rechignent à augmenter l'aide militaire sans un important soutien économique de notre part. Une énorme contribution quand je lis ce que comporte leur liste. À les écouter, ils mourraient de faim. Bref l'impasse totale. Inutile de revenir sur la question, nous le savons, jamais Hitler n'enverra son assistance s'ils ne nous permettent pas de transiter avec quelques divisions pour envahir Gibraltar. Le prix qu'ils exigent est beaucoup trop élevé. Croyez bien que je m'use les dents sur cet os.

Walter doutait de sa sincérité, Franco était un vieil ami du chef de l'Abwher : –Nous devrions peut-être passer sans demander leur avis ?

- Vous voilà bien belliqueux, mon cher. Ce sont vos palmes de colonel qui vous rendent si agressif ? Gibraltar après tout c'est un peu de l'histoire ancienne. Nous employons un récent système de surveillance à infrarouge pour observer le trafic du détroit. Il semble fonctionner à merveille. C'est bien suffisant pour contrôler les manigances des Anglais. Pour le reste à quoi cela servirait, notre flotte ne parvient pas à s'enorgueillir de nouveaux bâtiments autres que des sous-marins. Quels navires placerions-nous à Gibraltar qui ne serait pas coulé à brève échéance par la Royal Navy ? Que voulez-vous, ils dansent sur leur musique depuis Trafalgar.

- Nous pourrions y mettre quelques pièces d'artillerie.

- Et risquer un débarquement allié au Portugal ?

Walter décida de ne pas persévérer sur un sujet qui ne l'importait pas, il termina sur une note fataliste : –Nous devons donc nous contenter de jumelles améliorées.

- Oui, répondit l'amiral en riant, elles nous permettent de comptabiliser les quantités invraisemblables de bâtiments anglais qui franchissent le détroit ! Nous devons bien reconnaître que les alliés sont les maîtres incontestés de la méditerranée. J'ajouterais entre autres, mais je mise mes galons sur vous pour ne pas le répéter !

- C'est du domaine de la Kriegsmarine à laquelle vous appartenez Wilhelm, pas du mien.

- C'est surtout du domaine des crédits qui nous sont alloués. À peine de quoi faire naviguer une chaloupe. Sans parler de la Luftwaffe qui n'assure que dans de rares occasions la protection de nos bâtiments. Il n'y en a que pour les chars. Un nouveau modèle sort d'usine chaque mois.

- Ne devenez pas amer Wilhelm, pensez à la conférence qui nous attend. Vous allez les éblouir comme toujours quand vous prendrez la parole.

Le marin se tut, le garçon était venu avec un petit carnet pour noter leur commande. Canaris lui suggéra pour commencer le consommé, l'incontournable de la maison servi à partir d'un grand samovar. En second lieu, comme plat des tripes à la Madrilène.

Walter fit mine d'être étonné, il connaissait bien les mets. Il écouta avec enthousiasme le conseil. Ça aiderait à démontrer sa bonne volonté pour amadouer le loup de mer ; l'amiral démontrait souvent des attitudes très paternelles à son égard. Le marin se décida lui aussi pour le consommé, mais le fit suivre d'une viande rouge accompagné d'un Marques de Riscal cuvée 1934 : – Et mettez-nous des assortiments de gâteaux commanda-t-il encore, des petits-choux, des éclairs et les millefeuilles pour désert.

Quand le serveur eut disparu, il continua d'un ton qu'il voulait anodin, mais pour qui le connaissait, savait sans risque de beaucoup se tromper que cela ne laissait aucun doute sur ses futures intentions : – C'est presque une certitude, vous prendrez du fromage. C'est rare en Espagne, mais c'est une tradition de la maison. Vous ignorez peut être que le premier chef a été formé en France, il en est resté quelque chose dit-il avec l'accent de la confidentialité en baissant la voix. Ils en ont de l'excellent quoique l'assez fort à mon goût. Mais accompagné d'un Riscal 1934 ça devrait passer. Une bonne année 1934, surtout pour votre patron, ce n'est pas votre avis ? Peut-être que vous n'aimerez pas. J'ai cru comprendre que vous préfériez de loin le fromage suisse. Si je me trompe, vous me le dites ? Je compte beaucoup d'amis là-bas. Je pourrais peut-être vous conseiller, car tous ne sont pas digestes, loin de là.

- Les trous, amiral, ce sont les trous qui m'attirent dans leur fromage.
- Et vous savez pourquoi les Suisses façonnent tant de trous dans leur fromage. Sans attendre la réponse Canaris ajouta : – Les Suisses laissent se creuser des trous dans leur fromage, car les trous sont faits pour tomber dedans. Restez donc prudent Walter, ce sont parfois des trous sans fond.

Un garçon de salle vint les informer qu'ils pouvaient à présent aller se servir le consommé ce qui lui fournit l'excuse pour ne pas devoir répliquer. Le sujet de la conversation se porta ensuite sur la cuisine espagnole comparée à la gastronomie française. Après les desserts, tout en dégustant son café Canaris revint à la charge sans prévenir, mais Walter s'y était préparé, il savait que l'amiral ne lâchait jamais. : – Suivant l'hypothèse d'un savant que nous avons eu l'idée de génie d'envoyer inventer loin hors du Reich, l'avantage des trous sans fond c'est qu'ils permettent de voyager d'un seul jet sur de longues distances. J'extrapole peut-être, mais vous me pardonnerez, je ne suis pas physicien. Si j'ai bien compris sa théorie quand elle est appliquée à votre cas, elle se résumerait à pouvoir tomber dans un trou suisse pour ressurgir dans une ouverture en Amérique. Ce savant enseignait en suisse avant de franchir l'Atlantique. Amusant, pas vrai ? On revient sempiternellement aux mêmes points : Suisse ou Amérique ! Qu'en pensez-vous Walter ? Intéressant non ?

- Très instructif, je ne vous soupçonnais pas de telles connaissances.

- Ce qui me pousse à dire que c'est probable que vous ne savez pas tout de moi. C'est plutôt ennuyeux pour un chef des renseignements et réconfortant pour moi. Mais rassurez-vous ce n'est pas un défaut, nous retrouvons tous un jour ou l'autre dans le même cas. Heureusement qu'il y a les amis pour prévenir, pour attirer l'attention sur les dangers des trous.

- Et d'après vous, il y aurait du danger, mon cher ami ?

- Naturellement, il y en a en toute circonstance et en tout lieu par les temps présents. Il faut donc évoluer très prudemment relié à la surface par une corde de sécurité. Par exemple quand les Suisses creusent un trou, ils n'ont à la rigueur pas de mauvaises intentions, probablement pas des bonnes non plus. Ils sont tenaillés par la peur. Plus, ils ont peur, au plus ils creusent. Mais celui qui se trouve à l'autre bout du terrier est le vrai maître d'œuvre. Lui seul sait comment attirer sa proie dans son piège. Vous me comprenez Walter ?

- Vous semblez connaître bien des choses, je peux même imaginer que vos mains tiennent une corde. Ce qui reste certain c'est que dans le cas contraire vous ne vous trouveriez pas à la place où vous êtes.

- Oui, c'est exact, mais bien moins que je le voudrais mon jeune ami. Assez cependant pour vous mettre en garde. L'armée n'est pas de votre ressort, laissez les militaires traiter entre eux.

Schellenberg le regarda le temps de lui faire comprendre qu'il n'en avait aucune intention puis détourna son attention sur le menu en souriant. Après un moment, il dit d'une voix chaleureuse : – Je vous propose d'attaquer ces merveilleux desserts. J'aperçois sur la carte qu'il y a un magnifique vin doux français qui les accompagnerait à merveille. Un Château d'Yquem, justement le cru 1938. Le bruit court que c'est l'année préférée de Ludwig Beck, de Franz Halder, bien entendu celle de votre adjoint le colonel Hans Oster. Qu'en pensez-vous Wilhelm, 1938 cette année devrait vous convenir comme elle a correspondu aux intentions de vos amis ! Vous vous rappelez l'été 1938 ?

Berlin, Grand hôtel Esplanade, dimanche 12 juillet 1942

Son vol retour s'était déroulé sans le moindre incident, il avait eu hâte de toucher le sol de la capitale allemande. Après une apparition éclair à son bureau il s'en alla sans tarder à son rendez-vous.

Avec sa proximité du Benderblock, le Grand hôtel Esplanade sur Bellevue près de la Postdamerplatz était fort apprécié des officiers de l'état-major et des militaires de haut rang. Son luxe se montrait plus discret que l'Adlon et l'ambiance de la place moins étouffante que celle du Kaiserhof de la Wilhelmstrasse face à la chancellerie. Franz Halder y avait réservé une chambre.

Walter s'était décidé pour la table près des escaliers du jardin de la cour intérieure sous l'énorme dôme de verre pour retrouver le général. Ce n'était pas idéal au vu de tout le monde, mais il n'avait pas beaucoup le choix, en cas de besoin il pourrait le cas échéant justifier d'une rencontre fortuite. Il croisa les doigts, il était le seul occupant du jardin à cette heure. Ce dernier toujours aussi ponctuel arriva à l'heure prévue et chose rare il affichait un air détendu. En lui tendant la main. Il annonça presque jovial : – J'exécute un aller-retour rapide pour me rendre à une réunion de planification à l'OKW. C'est l'unique moyen à ma disposition, nous sommes en pleine offensive et le führer me veut à ses côtés.

- Désolé général, je suis conscient que nous prenons un léger risque, cependant il n'en reste pas moins indispensable que nous fassions le point de la situation. Je crains que des gens de l'autre bord de l'Atlantique ne commencent à s'impatienter. Je dois à tout prix avoir la certitude que nous travaillons de concert.

- N'en doutez pas mon jeune ami, de quelle manière puis-je l'exprimer ? Vous m'avez tout simplement réveillé. Votre intervention deviendra le cas échéant celle de la dernière chance, ne croyez pas un instant qu'à ce stade de l'affrontement je puisse encore me faire l'illusion que ma patrie ne sera pas anéantie sans appel si cette menace est mise à exécution, le désastre de Cologne était éloquent. Voyez-vous notre guerre à l'est n'est pas comme nous l'appelons « le schwerpunkt ". Le vrai centre de gravité de la bataille se retrouve bien à l'intérieur des frontières du Reich. Que nous l'emportions contre le russe ne changera rien à l'issue du conflit mondial... Il est évident que si ce qui m'a été expliqué de ses possibilités est exact je ne minimise pas que cet explosif ne peut qu'aggraver sans limites la démolition de nos villes et entraîner la perte de centaines de milliers de vies humaines. Mais même sans lui les alliés y arriveraient.

Cette dernière semaine Walter avait pas mal réfléchi sur le bien-fondé d'impliquer le général Halder dans son plan, comme il n'avait pas l'embarras du choix il avait arrêté de se questionner sur le sujet. D'autant que le personnage lui inspirait peu à peu plus de sympathie. Il savait qu'il pouvait faire confiance à ces tenaces officiers prussiens qui pour rien au monde ne trahiraient leur parole. Bon, la Gestapo n'était « pas rien au monde » et un interrogatoire un peu poussé détruirait la parole prussienne, il en était tout à fait convaincu. D'autant plus que jusqu'à présent le vieil officier ne lui avait donné aucune parole. Pour lui répondre il concocta des mots que le militaire apprécierait à coup sûr : – J'en suis infiniment flatté général, à la fois de votre espérance en ma démarche et de croire en la justesse de mes vues. Venant d'un homme tel vous c'est réconfortant à entendre. Vous devez savoir que je dois souvent faire face à mes doutes et me persuader que mon action est la meilleure qui puisse être envisagée.

Halder sembla ému pour autant qu'il était possible d'émouvoir un chef d'état-major général qui avait dans les grandes largeurs contribué par ses compétences au succès des opérations depuis trois ans : –Je vais vous apprendre une chose dont c'est une certitude vous ignorez tout. Après la campagne victorieuse contre la Pologne, Hitler marqua sa volonté d'en découdre sans tarder avec la France. L'affrontement s'était révélé beaucoup plus coûteux en personnel et matériel que ce qui paraissait. Pour satisfaire la nouvelle campagne nous estimions avoir besoin de deux millions d'hommes supplémentaires ainsi que de leurs équipements alors que nous manquions de tout, même jusqu'aux munitions ; notre industrie se montrait dans son ensemble défaillante. Pour nous, il en allait de la survie de l'Allemagne, nous étions quelques-uns convaincus du futur désastre et avons tenté de raisonner le führer pour qu'il entame des pourparlers de paix, mais il restait intraitable. Dès lors, devant son intransigeance nous avons remis sur pied la conception du coup d'État pour destituer « Emil » c'est le nom que nous lui avions donné. C'est moi qui ai manqué de courage, au dernier moment, ensuite, j'ai abandonné l'idée puis j'ai détruit tous les plans. Ce n'était pas la dernière fois. En cette fin d'année 1940, je me suis rendu à maintes reprises à des réunions chez le führer muni de mon arme de service avec la ferme intention de l'abattre, le sang-froid m'a à nouveau fait défaut alors que j'étais à deux doigts de passer à l'acte.

- Walter prit son temps pour le regarder, il ne s'attendait pas à ça. Il savait qu'à cette époque le général Halder avait rencontré en secret un émissaire du Vatican. Il choisit de ne pas en parler, ça ne l'avancerait à rien aujourd'hui, chaque chose en son heure : – votre confiance m'honore général. Personne ne peut blâmer votre attitude. Je vous dois des excuses pour la manière dont je vous ai abordé et la façon dont je vous ai menacé.
- Laissez cela, ça n'a plus la même importance à présent. Toutefois, je voudrais que vous gardiez ceci en tête. Que la coalition alliée emploie ou non leur explosif à l'uranium me paraît secondaire dans un certain sens. Toutefois, je tiens à souligner avec une simple logique militaire qu'il serait envisageable sinon inévitable qu'ils arrivent à un résultat identique sans cet explosif, ça ne prendra en définitive que beaucoup plus de temps.

Franz Halder effectua une nouvelle pause pour juger de l'attention de Walter, satisfait il poursuivit : – Avec le bombardement de Cologne après celui de Lübeck, les alliés ont démontré sombrement que leurs intentions devenaient sans équivoque autant le massacre de la population que celle de la destruction des objectifs stratégiques. En combat terrestre, nous aurions une réelle chance de nous défendre. Nous n'avons aucune certitude de l'emporter, mais bien d'en faire un enjeu à ce point coûteux pour leurs hommes que nous pourrions entamer des pourparlers raisonnables. En aucun cas, nous ne pourrons faire face à une guerre dans les airs. J'ai parcouru les rapports concernant la destruction de Cologne, je suis même allé jusqu'à lire les comptes rendus d'autopsie. Quand ça touche les populations innocentes, ce n'est plus un endroit où le sang est versé, mais un lieu hors du monde où la vie n'apparaît tout simplement plus. On passe de l'existence sur terre à celle d'une autre planète en une nuit. Ils en sont à présent à leur centième incursion aérienne sur notre territoire sans que nous ayons trouvé la façon efficace de les en empêcher. Et quoi qu'en disent les rodomontades de la propagande, nous ne les aurons jamais faute de capacité industrielle suffisante. Ajoutez à cela le blocus maritime auquel la Kriegsmarine ne peut faire face par manque de ressources... Halder laissa sa phrase en suspens.

Walter se félicitait du rapprochement de vues, en outre il craignait de rompre le fil en modifiant son argumentation : – Sans remettre votre jugement en doute il est malgré tout impensable d'ignorer le facteur temps puisqu'ils ont les moyens d'en user à leur guise. Nous sommes tous les deux bien conscients qu'il faut mettre fin le plus rapidement possible à tout ceci au meilleur avantage pour l'Allemagne !

- Rappelez-vous, je l'ai déjà fait remarquer, cela ne sera pas une chose aisée d'arrêter le cours de l'histoire. Le général Halder afficha un sourire malicieux dans le style de quelqu'un qui était occupé à jouer un bon tour : – Néanmoins je crois être parvenu à quelques résultats. Ma conclusion est la suivante, le meilleure manière d'avoir une chance d'avorter l'offensive serait de mener les opérations en parallèle et non les unes après les autres de façon séquentielle comme prévu avec les phases une et deux du plan bleu.

Halder se rendit compte qu'il parlait un langage inconnu de son interlocuteur : - Pour faire bref, le plan qui doit nous mener vers les champs de pétrole comporte plusieurs phases. Quatre initialement. J'en reviens à la façon parallèle. De cette façon, il faudra sans cesse que nous choisissions qui alimenter en ressources au détriment de l'autre groupe. De toute évidence, ça nous freinera, autrement dit, cela laissera le temps aux adversaires de se stabiliser sur une éventuelle ligne de défense.

- C'est en effet intéressant. Avez-vous le moyen d'agir ainsi ?
- Pas de manière directe bien entendu. Travailler avec lui est loin de ressembler à une sinécure, il épuise les nerfs dans une érosion constante par son argumentaire. Cela n'a pas été aisé. Pied à pied, usant de ma méthode avec une patience de bénédictin, j'ai pu inspirer le führer à diviser son offensive en deux groupes d'armées avec des objectifs différents. Quand j'insiste sur un point de vue il s'ingénie à réaliser le contraire. En réalité, je n'ai pas droit à trop de mérite pour l'avoir fait, attiré comme il l'est par l'odeur du pétrole. Le plan originel prévoyait deux pinces dirigées vers la Volga dans le secteur de la grande boucle du Don. J'ai montré un tel acharnement pour qu'il l'exécute en conformité avec les séquences initiales qu'il veut à présent à tout prix favoriser l'offensive au sud vers les puits proches de la mer Noire. Une aberration du point de vue des opérations, nos forces divisées en deux avanceront de façon perpendiculaire l'une vis-à-vis de l'autre. Au surplus, j'ai évité avec beaucoup de difficultés que la onzième armée de Manstein se joigne au nord à la déjà très puissante sixième armée à partir du fleuve Mious. Outre la congestion des chemins de fer qui rend l'action très compliquée, j'ai usé d'un tour

qui a fait tomber Hitler dans le panneau. Un vieux différend m'oppose à von Manstein qui a jadis été évincé d'un poste important en ma faveur. À présent, ce dernier est techniquement depuis un mois mon supérieur hiérarchique. En le réclamant en appui de la sixième, il a dû penser à un piège de ma part, comme prévu, il a dû raisonner en caporal et estimer que d'anciennes rancœurs nous empêcheraient de travailler de concert de la même manière que cela s'est passé pour le plan d'invasion de la France. Hélas, croyant dur comme fer la bataille déjà gagnée il a encore tranché hier en ma défaveur et veut envoyer von Manstein et sa onzième armée réduire la plaine du Kouban grâce à une opération maritime qui lui ferait traverser le détroit de Kertch. J'ai pu contacter Jodl qui cherche à tout prix à s'attirer les faveurs des Finlandais. Ce dernier va faire des pieds et des mains afin d'obtenir la onzième armée dans le but d'appuyer le groupe d'armée nord. La bonne nouvelle, c'est que dans son euphorie Hitler pense non moins renvoyer la Grossdeutschland en France. Là, je n'y suis strictement pour rien, ça lui est soudain apparu comme une évidence !

- C'est finement joué.

- Comme je vous le disais, le mérite n'est pas énorme, connaissant assez bien l'homme c'était à tenter. À présent l'autre de mes principaux soucis réside dans la présence du maréchal von Bock qui il faut bien l'admettre est brillant et possède une vue très claire de la situation. Si nous le laissons faire nous camperions sur la Caspienne dans moins de deux mois, forces divisées ou non.

- Général tenez en compte que je ne dispose pas de votre formation militaire, je ne détiens pas la qualification nécessaire pour apprécier ces subtilités tactiques !

Halder sourit : - Pour faire simple, je m'efforce de contredire avec toute mon énergie le maréchal et jusqu'à présent Hitler qui pourtant ne me porte pas dans son cœur suit mes recommandations contre celles de von Bock. Il n'aime aucun de nous deux, j'en déduis par-là que le maréchal l'insupporte encore plus que ma personne. En lui faisant miroiter de gigantesques encerclements comme à l'été 1941, il ne pense plus à rien d'autre excepté à l'or noir qui le focalise presque en entier. Je l'ai aidé à le décider comme si l'idée venait de lui de pousser à étirer ses lignes en urgence et au maximum de sa logistique en direction d'une ville nommée Millerovo contre l'avis du maréchal von Bock qui voulait un quadrillage beaucoup plus large au Sud-est. Cette tactique aurait permis de capturer un maximum de divisions en retraite. Cette ville de Millerovo n'a à ce jour plus une énorme importance stratégique. Par une communication secrète que j'ai reçue du colonel Ghelen, il apparaît que l'armée rouge a en grande partie retraité de cette zone. Ce sera donc une manœuvre en pure perte. L'encerclement projeté par von Bock avait toutes les chances de réussir, celui-ci pratiquement aucun. Je crois mêmement que ceci aura pour effet d'aider le russe à y trouver l'occasion d'établir une ferme ligne de défense plus à l'est et au sud sur le Don. À leur place, c'est ce que je chercherais à obtenir. Hitler va comme toujours avoir besoin d'un responsable qui répondra de l'échec de l'opération. Comme il imagine que je conserve une similitude de vues avec lui, c'est à von Bock que va être imputée la faute. Ce dernier est déjà enragé par la scission du groupe d'armée sud et il profère des paroles que le führer ne veut entendre à aucun prix. L'écartement du maréchal von Bock devient une probabilité qui tend vers une certitude. Ce serait un affaiblissement considérable du commandement.

- Félicitations, mon général, moi qui croyais qu'au RSHA nous avions l'apanage des coups tordus !
- Ceci se nomme stratégie jeune homme !
- Sommes-nous en bonne voie ?
- En ce qui concerne la disparition des deux maréchaux, je suis optimiste. Pour ce qui est du reste, nous ne le saurons pas avant quelques semaines. Je dois avancer par degrés sans l'accabler. Le führer devient méfiant à l'extrême vis-à-vis de l'état-major.
- Ce n'était pas ma question !

Le général après une courte hésitation comprit à quoi il voulait en venir et afficha une moue mi-figue mi-raisin : –Pour vous exprimer le fond de ma pensée, je n'en ai pas la réelle l'impression, le russe retraite, ce n'est pas à son habitude d'abandonner à telle vitesse le terrain. J'ai donc pu me tromper, il se retrouve peut-être en réalité à court de ressources et prêt à s'effondrer.

Walter ne parvint pas à cacher sa déception, il émit soupir révélateur : –Il faut à tout prix tenter l'impossible pour stabiliser le front. Quand nous reverrons-nous ?

- Je vais devoir accompagner Hitler à son quartier général de Vinnitsa. Je vais être bloqué là-bas pour un bon bout de temps !
- Ne vous préoccupez pas, ce ne sera pas un handicap, j'ai toujours voulu visiter l'Ukraine !
- La chaleur la transforme en un endroit insupportable en cette saison. Avant cela colonel, j'aurais cependant une question à vous poser ?
- Laquelle ?
- Quel cas faites-vous de votre chef le Reichsführer Heinrich Himmler dans tout cela.
- Schellenberg le regarda surpris en se disant « quel vieux renard rusé » !

Moscou, centre d'écoute du GRU, lundi 13 juillet 1942 03h25

Le lieutenant Petro Prikhodko enleva ses écouteurs, il avait vérifié plusieurs fois, les clés à usage unique correspondaient bien et la fin d'émission était authentifiée sans laisser de place à un quelconque soupçon. Sans aucun doute, c'était bien une transmission de l'agent Dora à Genève.

- Camarade major, un message VYRDO prioritaire urgent de la station Lausanne émis par NDA, donc Dora.

Couché sur le lit de camp l'officier se releva : –Tu es certain de ça Piotr ? Le major Valentin Morozov était déconcerté, cet agent diffusait aussi rarement que Staline prenait le métro et les consignes concernant « Dora » étaient très strictes. Méfiant, il ne perdait jamais de vue que le camarade lieutenant Petro Prikhodko venait de la République ukrainienne, mais il persistait à l'appeler sous sa forme russe Piotr. Il ne parvenait pas à faire confiance dans ses compétences, si ça n'avait tenu qu'à lui, il n'y aurait que de vrais Russes dans son service.

- Aucun doute, c'est authentifié par l'indicatif FRX répondit avec lassitude le lieutenant habitué depuis longtemps à ces brimades.

Valentin se gratta la tête, la malchance tombait sur lui un lundi matin de bonne heure. Le colonel Vitaly Kolmakov responsable du centre de transmission pour la semaine avait été convoqué au quartier général dimanche soir. L'officier savait en connaissance de cause que c'était aussi faux qu'une distribution de viande rue Furkasovsky. C'était notoire, il s'était éclipsé pour participer à une beuverie monstre avec la même justification que tous les autres dimanches : – Fiodor Issidorovitch Kouznetsov est le seul que nous puissions prévenir... lâcha-t-il amer plus pour lui-même que pour son opérateur. Il connaissait d'avance qu'il risquait d'avoir droit à la distribution de chair, accompagnée d'os et de muscles dans les caves de la Loubianka.

Fiodor Kouznetsov venait d'être nommé général lieutenant. Membre du Conseil militaire de la 60e armée il était pressenti pour commander bientôt les renseignements de l'armée rouge. Pour lui permettre de prendre le service en main, le général officiait déjà en remplacement en tant que commandant en second. Bien entendu, comme tous les nouveaux responsables, il tenait à démontrer qu'il dirigeait ses divers départements avec une poignée de fer, en Union soviétique il n'y avait jamais d'exception à la règle.

Le major était partagé, entre attendre le retour du colonel ou de téléphoner à l'aide de camp du général. Il savait qu'il se créerait un ennemi mortel de Vitaly en décrochant l'appareil, mais d'un autre côté un message de Dora absorbait toute la priorité, ne pas en avertir à temps pouvait lui coûter très cher par les temps qui couraient. Ça pourrait être interprété comme sabotage en période de guerre, dix ans de goulag à régime sévère paraîtraient une bienveillance, rejoindre la ligne de front une faveur. La différence entre bienveillance et faveur se mesurait en jours restant à vivre. Maudit lundi jura-t-il en empoignant le combiné.

Moscou, Division centrale du GRU, lundi 13 juillet 1942, 05h20

L'aide de camp dut subir la très mauvaise humeur du général Kouznetsov. Celle-ci prit fin dès qu'il eut pris connaissance du message : – qui a été informé de ce message ?

Le capitaine Vladimir Fomienko eut un instant d'hésitation, car il savait très bien ou le général voulait en venir. : –Le colonel Vitaly Kolmakov, le major Valentin Morozov, son opérateur, je présume, et moi-même ajouta-t-il d'une voix dont le timbre se perdait en direction des couloirs de la Loubianka.

- Personne d'autre, tu en es tout à fait certain ?

- La procédure est stricte et toujours respectée camarade général !

- Toujours respectée ! répéta le général. Ne te montre pas aussi idiot ! Tu fais mettre ce colonel, le major et son opérateur aux arrêts provisoires. Défense d'avoir un contact avec quiconque excepté avec moi.

En s'en allant dans le couloir, le capitaine Fomienko essuyait avec son mouchoir la sueur qui coulait de son front.

Moscou, État-major général de l'armée rouge, lundi 13 juillet 1942, 14h30

Le général Alexandre Vassilievski revenait du front de Leningrad, car il venait d'être nommé chef d'état-major général. Par ordre de Staline, il allait sous peu prendre en charge le volet politique du front du Don, rôle dans lequel il devait à tout prix se racheter de la désastreuse bataille de Kharkov. En toute logique en tant que chef d'état-major général fraîchement promu l'information suisse était de son ressort. Il regardait avec condescendance le général Fiodor Kouznetsov : – Il ne subsiste aucun doute vous dites ?

- Aucun, si notre résident avait émis sous la menace l'authentification aurait terminé différente, c'est la procédure.

Vassilievski leva un sourcil soupçonneux : –Et s'il s'était fait retourner ? Devenu un agent double ?

- Alexander est un ancien commissaire politique, son épouse était une proche du camarade Lénine. Aucune chance camarade général.

Vassilievski soupesa la réponse et parut satisfait : –J'ai été reçu en urgence à la

Stavka en fin de matinée. Le patron est prévenu, Lavrenti aussi. À vrai dire le Vojd n'y croit pas, mais il ne veut prendre aucun risque. Lavrenti avait l'air moins affirmatif. Sous la pression de Staline il semble cependant d'accord de laisser le GRU s'en occuper à la condition que ce soit dans un cercle des plus restreints, de toute façon nous sommes les seuls à avoir une présence en Suisse. Si l'information s'ébruite vous connaissez les conséquence ajouta-il d'un ton lourd de menaces. Portez-y une attention toute particulière, Fiodor Issidorovitch. Personnellement, je pense qu'une pareille arme peut exister, nous réalisons des recherches sur le sujet, l'un de nos meilleurs physiciens Igor Kourtchatov a acquit pour sa part la certitude qu'elle peut être mise au point avec des ressources nécessaires.

- Cet explosif à l'uranium se trouverait dans les mains des alliés alors ?

- Des Américains, semblerait-il, et cela fait une sacrée différence. Avec une telle arme plus besoin d'alliés.

- Qu'envisagez-vous camarade général ?

- Faites transmettre en Suisse à Alexander d'employer tous les moyens à sa disposition pour connaître le fin mot. Brouillez les pistes, veillez à émettre pendant quelques jours un trafic intense vers tous les récepteurs de son réseau sauf sur le sien. Sacrifiez des agents si nécessaire !

- Tout son réseau ?

- Je n'ai pas été assez clair camarade ?

UN ETE SUISSE

Zossen, Centre d'écoute de l'Abwher mardi 14 juillet 1942 05h20

Le capitaine von Eisenblad avait veillé à son poste dans le bunker de Maybach I toute la nuit. Par chance, c'était un vieux routier avec plus de dix ans d'expérience à qui on ne la lui faisait pas. Dès qu'il eut la certitude de la fin des transmissions, il se rendit au bureau de son chef direct le major Kremer. Il lui présenta ses feuillets avec une joie non dissimulée : – Les renseignements de l'armée rouge apparaissaient frénétiques cette nuit. Cela a éveillé ma méfiance, ils agissent toujours de cette façon quand ils veulent noyer le poisson. Ils ont dirigé le flot de diffusions vers la Hollande, la Belgique et la France. Dissimulé au milieu de tout ce flot, je suis parvenu à intercepter un signal vers une station connue près de Lausanne en Suisse. Ils ont espéré cacher le poste destinataire dans une marée de messages en changeant la longueur d'onde d'émission et celle de réception, mais depuis le temps je maîtrise leur tactique. Il a simplement fallu finasser, je me suis donc concentré sur les gammes des bandes de transmissions proches. Par chance, nous-mêmes n'avions pas beaucoup de trafic cette nuit cela a facilité le travail.

Le major Kremer se mit à lire le compte rendu du rapport, son sourire mua instantanément : – Avertissez l'amiral Piekenbrock. Les instructions sont claires en ce qui concernait la Suisse, priorité absolue !

Berlin, Dellbruekstrasse Centre d'écoute du SD, mardi 14 juillet 1942 05h30

Hauptsturmführer, nous venons d'intercepter une communication de Moscou, transmetteur vraisemblable le service de sécurité de l'armée rouge à destination de Lausanne vers un émetteur déjà repéré en juin, la station de Dresde a confirmé à l'instant. Deux mots déchiffrables : un avec une bonne probabilité de certitude, « Amérique » et l'autre il y a une forte éventualité que ça désigne « argument, moyen secret »… mais il peut y avoir plusieurs significations, dont arme.

L'Hauptsturmführer Kruger n'hésita pas un instant, ses instructions étaient des plus précises : – Rapportez sans perdre de temps chez Schellenberg au département Ausland.

Berlin, Berkaerstrasse 32, samedi 18 juillet 1942, 09h40

Walter frissonnait, la pluie ininterrompue qui inondait Berlin depuis une semaine venait enfin de stopper, mais la température restait basse et le chauffage coupé en cette saison n'arrangeait rien.

Depuis la communication radio du mardi silence total

Hans Eggen lui avait transmis en urgence une requête de Suisse, Masson demandait qu'il mette en œuvre à une rencontre officieuse entre eux deux, mais avec assez d'indiscrétion pour qu'assez vite le secret ne soit pas gardé. Une certaine urgence se faisait ressentir, le brigadier flairait qu'une alliance se formait contre lui, les services de renseignements helvètes étaient gangrénés par un groupe d'officiers antiallemands qui avaient déjà fait vœu de désobéissance auparavant. Hausamann en faisait partie. Les mutins avaient bien été punis par le général Guisan, mais de façon à ce point insignifiante que cela équivalait à l'approbation tacite de leur attitude. Masson ne voulait pas donner prise à des spéculations sur son comportement secret qui ne le resterait d'ailleurs plus pour très longtemps. Pour cela, il nécessitait un entretien semi-officiel avec une bonne raison politiquement adroite, humanitaire si possible, de se rencontrer. Quant au motif on trouverait toujours un qui conviendrait. Entre la conférence d'Interpol, Hans Eggen et la visite du capitaine Meyer, il y avait matière à creuser.

Un problème de plus qui lui tombait dessus. Tôt ou tard, l'Abwher en prendrait connaissance c'était inévitable, mais c'était pareillement valable pour la Gestapo et par la même occasion tous les ennemis qu'il comptabilisait au RSHA. Peut-être même que cela arriverait aux oreilles du GRU soviétique, pourquoi pas avec les délateurs qui évoluaient dans le Reich. D'un autre côté, il n'imaginait pas quoi avancer pour refuser cela à Masson. Il avait beau se creuser les méninges il ne voyait pas non plus quel prétexte plausible invoquer pour faire circuler la rumeur. Eggen avait reçu la consigne de transmettre son accord, mais aussi d'appuyer de tous ses vœux pour qu'elle soit reculée jusqu'en septembre. Chaque jour de gagné était bon à prendre dans l'état actuel des choses.

Son moral n'affichait pas le beau fixe, c'est le moins qu'il pouvait en dire. Les mauvaises nouvelles se succédaient. Hier le 11 Giesebrechtstrasse, là où était situé la « maison Kitty » s'était vue transformée en décombres par les bombardiers anglais. Ça lui faisait un drôle d'effet. C'était une importante source de renseignements qu'il avait mise au point avec Heydrich qui disparaissait. En même temps, il avait l'impression qu'ainsi le général finirait enfin de hanter Berlin. Il verrait avec Kitty Schmidt[76] si cette organisation pourrait être remise sur pied, mais il en doutait. Madame Kitty vieillissait et n'avait plus trop la volonté de continuer la collaboration un peu forcée il devait bien l'avouer.

Pour couronner le tout, Himmler qui rentrait de Pologne venait de faire exécuter une énorme rafle à Paris impliquant plus de dix mille personnes d'origine juives. Le Reichsführer suivait la voie diamétralement opposée à celle prévue. Que pensait-il obtenir avec cette façon de procéder alors que la carte de l'apaisement se retrouvait sur la table à portée de sa main. Les Américains devaient peu apprécier, il s'attendait au pire de ce côté-là. D'après ses informations, ils venaient de nommer un nouveau

---

[76] Salon Kitty est une maison close de plaisir de haut-standing de Berlin géré par Kitty Schmidt. En 1939 Heydrich lui impose la mise en place d'un centre d'écoute des confidence émises dans les chambres.

commandant en chef en Europe qui tenait la réputation de ne pas être très accommodant.

Le mardi suivant, il était requis à une petite cérémonie protocolaire avec le « bon Heinrich » au motif lui remettre officiellement son brevet de colonel. Il profiterait de l'évènement pour tâter le terrain et tenter de découvrir ce que le dirigeant du RSHA avait derrière la tête.

Il se devait d'agir sans perdre une minute pour essayer de créer un contrepoids même infime aux dessins « d'Henri l'oiseleur » et s'efforcer de gagner un léger sursis. C'était le temps d'imposer ses vues à Halder.

Berlin, 68-82 quai Tirpitz, samedi 18 juillet 1942, 15h30

Le bureau de Canaris situé au dernier étage du vieil immeuble n'était pas parmi les plus grands du bâtiment, encore moins le plus convivial, loin de là, mais c'était celui convenait le mieux à la part d'ombre de ses fonctions. Depuis qu'il en avait pris possession, il l'avait encombré à sa manière désordonnée de piles de dossiers prêtes à s'écrouler. Derrière lui bien en évidence à côté d'une maquette du croiseur Bremen, les trois singes sensés évoquer sa philosophie. C'était une mise en scène bien orchestrée, un peu trop manifeste. Comme chacun de ses actes, ce décor avait une raison d'être dont lui seul détenait la mystérieuse clé, s'il ne l'avait pas perdue depuis longtemps ; l'amiral ne consultait sa documentation que quand il ne pouvait faire appel à sa phénoménale mémoire ce qui était fort rare. Son visiteur devait être coutumier de ce désordre, assez en tout cas pour n'y prêter aucune attention. Depuis quelques minutes, il s'était plongé avec un intérêt non dissimulé dans la contemplation de la mappemonde, le doigt posé sur l'Amérique du Sud, allant d'une ville à l'autre.

Le chef de l'Abwher le regardait amusé : –Je crois savoir ce que vous vous dites « pourquoi ne suis-je pas là-bas » !

- L'Amérique du Sud ! J'ai bien peur que ce ne soit pas assez isolé pour moi !

Vous n'en avez pas gardé une merveilleuse impression non plus...

L'amiral se gratta le menton le temps nécessaire pour soupeser la réponse avant de la classer dans un coin de sa mémoire. Aujourd'hui, il ne se sentait pas d'humeur à philosopher, même avec un de ses « amis » : – Mon cher Hans nous travaillons ensemble depuis 1935 si mes souvenirs sont bons et depuis cette date notre amitié s'est toujours basée sur une confiance réciproque. Le patron de l'Abwehr savait que sa phrase était aussi creuse que dénuée de sens depuis juin 1940. À l'époque, il avait eu la preuve par l'enquête du chef de la section spéciale de contre-espionnage, le lieutenant-colonel Joachim Rohleder, que Hans Oster avait trahi l'armée en informant les alliés, via l'avocat Joseph Müller et le Vatican, de l'invasion imminente de la Belgique et de la Hollande. Cela lui avait valu de se voir convoqué en compagnie d'Heydrich chez un Hitler furieux. Canaris avait décidé de protéger son subordonné pour ne pas se retrouver lui-même éclaboussé et par la même occasion discréditer l'Abwher. Cela ne se pardonnait pas vraiment. Un coup d'État était une chose, trahir l'armée une autre. L'amitié n'était plus formée que de quelques fines brique rugueuses assemblées pour constituer une mince façade.

- Je pourrais même préciser, une totale confiance en ce qui me concerne amiral. La date est bonne, en juin 1935 exactement, six mois après votre prise de fonction ; j'avais été mis en civil à cette époque, vous vous en souvenez, mais nous avions fait connaissance en 1931 !

Le chef de l'Abwher après une mûre réflexion avait décidé de se servir du colonel ; ce dernier abusait souvent d'une impossibilité maladive à tenir sa langue. Il allait aller à la pêche muni d'un gigantesque filet nommé Hans Oster, à coup sûr il ramènerait bien quelque chose, au moins son adjoint offrirait encore un intérêt : – Alors je n'ai pas peur de vous dire qu'il devient grand temps de passer à la vitesse supérieure dans l'affaire Schellenberg. Elle me tracasse trop pour continuer à la considérer comme anodine, bien du contraire étant donné l'expérience que j'ai de l'homme.

Le colonel Oster acquiesça d'un imperceptible mouvement de tête, mais sans pour autant répondre.

Canaris fidèle à son habitude poursuivit sur un ton léger d'où ne perçait aucune émotion : –N'ayez crainte, ce bureau n'est pas sonorisé par la Gestapo, du moins ne l'était pas jusqu'à ce matin. Pour en revenir vers le sujet dont je désirais vous entretenir, comme vous le devinez, je suis forcé de constater que le colonel Walter Schellenberg est omniprésent dans le décor, il ne se passe pas une semaine sans qu'un rapport sur ses activités me soit soumis. Vous devez vous l'imaginer, cela a eu pour effet d'allumer des lumières rouges un peu partout dans mon esprit. Endroit particulièrement soupçonneux je dois bien l'admettre.

L'amiral fit une pause pour vérifier l'attention avec laquelle Oster l'écoutait. Visiblement satisfait, il continua sur un ton plus léger : –On le repère en premier lieu deux fois en Suisse. Ensuite, c'est à Paris, mais sans savoir ce qu'il est allé y faire. C'était peu avant l'action des rafles d'hier, mais je suis persuadé que cela n'avait rien à voir avec le but de son voyage. Cette affaire avait encore été planifiée en mai par Heydrich en personne en collaboration avec les Français. Perfidement, Canaris lâcha une information. : –J'ai un homme au SD, le lieutenant Heinz Felfe, il est à l'unité de protection, mais est pressenti pour le département Ausland, il va presque chaque jour Berkaerstrasse et laisse son oreille traîner un peu partout pour récolter tous les bruits de couloir qu'il me rapporte régulièrement. Il agit pareil Prinz Albrechtstrasse.

C'était improbable, mais mieux valait se méfier. Si Oster était en contact avec Schellenberg, il s'en apercevrait vite, les comptes rendus du lieutenant n'auraient plus la même teneur, une vieille méthode que lui avait appris Richard Protze[77] : – Ce Felfe

---

[77] Kapitan zur see Andreas Richard Protze : responsable du contre-espionnage de l'Abwehr (III F) jusqu'en

est formel Schellenberg n'est pas resté à Paris ce qui m'a été confirmé par mon officier de liaison auprès du SD parisien le colonel Oscar Reile[78]. À peine arrivé, il a quitté la Ville lumière, parti seul au volant d'une voiture, libre pendant deux jours puis il est rentré à Berlin via la capitale française où il est demeuré approximativement deux heures. Grâce à Dieu rien ne se perd dans la bureaucratie allemande, Schellenberg se voit trahi par les bons de carburant qu'il a signé ; notre homme a d'abord ravitaillé à Paris et ensuite à Dijon. Felfe a pu consulter en toute discrétion le double des bordereaux, vu qu'on lui avait remis le courrier comptable à transférer à la centrale économique du RSHA de la Wilhelmstrasse. Pour briller il a voulu me préciser le litrage, deux cent trente litres et c'est là que mon attention a été attirée, car ces bordereaux ont une histoire à raconter, en outre une foule de mentions, y sont aussi indiqués les kilomètres du compteur. C'est souvent en fouinant dans des détails insignifiants qu'on progresse. Felfe m'en a fourni le nombre. Avec le type de voiture mis à sa disposition, c'est cent trente litres de trop d'après mes calculs, nous jouissons d'autos identiques en France.

- Une « erreur de marché noir " Le chef de garage aura traficoté les chiffres pour mettre une centaine de litres de côté ?

- Ces SD ne traficotent pas de la même manière que la Wehrmacht, chez eux un litre est un litre puisqu'ils doivent l'acheter à l'armée. Peu probable donc ; ensuite Schellenberg ne serait jamais rentré dans une combine pareille et c'est bien lui qui a signé les bordereaux. Alors d'après mes calculs, il manque environ neuf cents kilomètres de parcours dont nous ignorons tout. Comme les kilomètres correspondent à un aller-retour Paris Dijon plus une centaine de kilomètres supplémentaires, j'en déduis qu'il a changé de véhicule. Mais pour quelle raison et pour aller où ?

- Très intéressant, aurait-il une vie secrète ?

- Avec certitude, mais pas celle à laquelle on pense. Pas que Schellenberg crache sur une aventure féminine, mais pas au point d'effectuer un voyage express dans la capitale française et par la suite se rendre à plus de mille kilomètres de là.

Hans Oster à son habitude posa le coude sur le bureau pour soutenir sa tête avec la main droite ce qui était chez lui un signe extérieur d'une profonde réflexion qui crispait l'amiral, il finit par dire : – Mille kilomètres aller-retour à partir de Dijon on est à Gênes, Francfort ou à Biarritz à la frontière espagnole si on rentre à Paris plus tard.

- J'y ai pensé et même déployé une carte pour vérifier. On peut y être, mais pas en un peu plus d'un jour. J'élimine provisoirement l'Espagne, il aurait été contraint à contourner la zone libre, ensuite nous y étions ensemble il y a une

---

1938, ensuite il dirigera un bureau de renseignement indépendant pour le compte de Canaris en Hollande.
[78]Oscar Reile adjoint du département III du centre de contrôle de l'Abwehr en France en 1942.

semaine. Quant aux autres que vous citez, cela implique traverser des frontières et ça génère des traces. Bon, je laisse ce problème en suspend pour l'instant, mais l'explication existe quelque part et je la trouverai, soyez-en convaincu.

À présent, si vous le permettez, Hans, procédons par étapes, revenons-en aux éléments connus. Je vous ai communiqué le rapport de Bernd Gesivius[79]. Vous avez pu y lire que Bernd a la presque certitude que Schellenberg a rencontré le brigadier Masson par deux fois au moins. Quand Bernd a une presque certitude, vous pouvez risquer de mettre votre main au feu, il n'avance jamais rien sans avoir recoupé ses renseignements, il ne nous fait suivre que du sérieux.

- Oster acquiesça, il avait toujours tenu Bernd Gesivius en estime et ce qui ne gâchait rien, son poste au consulat allemand de Zurich était une source d'information très précieuse pour l'Abwher : – Vous avez raison, Bernd est des plus fiable, jamais il ne nous fournirait une donnée basée sur des approximations. Il aura vérifié plutôt deux fois qu'une, c'est une certitude.

- Donc quand il renseigne dans la même communication la forte probabilité que Schellenberg a rencontré un envoyé américain, nous pouvons nous y fier.

- Je pense que oui.

- Et pas n'importe quel américain. Un certain Allen Dulles. Un personnage bien connu. Depuis les traités qui ont suivi la Grande Guerre, cet homme gravite avec une régularité lunaire dans notre sphère.

- Tout à fait exact. Acceptez mon conseil, soyez deux fois plus prudent que d'habitude, l'Amérique ne vous a pas porté chance le mois passé. Oster voulait parler des agents de l'Abwher débarqués par sous-marin sur le territoire américain au large de New York et capturés presque aussitôt. - Ce coup de filet est tout sauf neutre, le hasard n'existe pas dans notre métier.

Canaris plissa les yeux à cette douloureuse évocation : –Par la force des choses, ça m'est aussi venu à l'esprit, je suis bien obligé de tout envisager. Ces affaires n'ont cependant aucun lien. Schellenberg n'aurait jamais fait capoter une de nos opérations surtout de cette importance. Il n'est pas encore assez fou pour provoquer la colère du führer. Le patron de l'Abwher se demandait si son chef du département Z complotait toujours autant. Il allait profiter de l'occasion pour obtenir une réaction à chaud, c'était en général les plus révélatrices. Cela exigeait une sérieuse formation pour passer l'épreuve sans dégât et le colonel Oster n'était pas entraîné à cela : – Hans ne soyez pas surpris, j'imagine connaître d'avance votre réponse, mais je vais quand même vous poser la question, vous comprendrez plus tard pourquoi. Croyez-vous que nous puissions encore gagner cette guerre ?

---

[79] Hans Bernd Gesivius diplomate au consulat de Zurich en Suisse et agent de l'Abwehr

Le colonel Oster ne parut pas étonné outre mesure par une demande à laquelle une mauvaise réponse, à un autre que l'amiral, pouvait tout lui faire perdre y compris la liberté : –Vous avez connaissance de la conclusion sans concessions à laquelle j'en étais arrivé en 1938 au début de la crise des armements, ce que nous avons entrepris en tant que nation depuis dépasse de loin mes prévisions les plus pessimistes de l'époque. Ma réponse est non, bien sûr que non. Vous pensez différemment ?

C'était l'endroit du point d'équilibre, celui où Canaris devait bien se résoudre à verser du miel dans le thé chaud : –Nous en avons déjà parlé, comme vous le savez, j'ai pendant un intervalle changé d'avis, c'était après la campagne de France, le temps semblait suspendu dans un espace au-dessus de l'Allemagne. Je m'étais dit qu'il y avait une chance, certes toute petite, mais elle existait, que nous l'emportions. J'y ai cru jusqu'en août 1941 et la bataille de Smolensk. Nous avons été aveuglés par les mauvaises analyses, en priorité celles à partir des constations faites lors de la guerre de Finlande, je n'ai pas voulu voir qui était en réalité le russe, de quelle puissance matérielle et humaine il pouvait bénéficier et de celle dont nous ne disposions pas une fois la surprise des premières semaines passées.

Le regard du colonel Oster s'était voilé comme de la cire qui durcit. : pendant cette euphorie nous n'avons pas daigné prendre garde de ce que se déroulait à l'est sur les arrières et dont nous avions connaissance. Nous avons signé un chèque en blanc à nos dirigeants. À présent, nous pleurons à chaudes larmes, car l'Amérique est entrée dans le jeu. Par la faute de ces hommes, la guerre a pris une autre dimension, nous ne serons plus jamais vus avec les mêmes yeux par nos ennemis. À cause de cette nouvelle donne, il devient impensable d'emporter la résolution du conflit à l'avantage de l'Allemagne.

- Si j'écoute le colonel Ghelen, et la plupart du temps je l'écoute, nous avons cependant encore un espoir de renverser les choses et de les vaincre à l'est.

- Bien sûr, tout est envisageable, surtout en changeant d'approche, en tendant une main aux peuples du Caucase et autres minorités, mais à quoi ça servirait ? Nous pourrions aussi bien envoyer un bataillon Brandenburg au Kremlin pour y enlever Staline. Avec Smolensk nous avons démontré nos limites et réveillé l'Amérique, la défaite de Moscou n'a fait que confirmer ce que les généraux, pour ne parler que d'eux, pressentaient, sauf notre plus grand stratège de tous les temps. Que nous n'allons pas gagner la guerre est une certitude ; ce que nous devons nous demander c'est de quelle façon la perdre dans une paix honorable si c'est toujours du domaine du possible. La seule solution consiste à stopper tout cela au plus vite, ne pas rééditer l'erreur de 1938.

L'amiral en bon marin savourait les minutes ou la proie se mettait enfin sous le vent, fidèle à son mauvais penchant Oster s'était laissé dominer une fois encore par son impétuosité : –Je ne souhaite pas à mon pays de revivre une deuxième fois des évènements similaires ou bien pires. Mais pour y parvenir, c'est aussi nécessaire d'envisager une solution diplomatique pour l'Allemagne. Canaris tendait une perche, il savait de source sûre qu'Oster conspirait avec son chef de la division ZB, Hans von Dohnanyi[80], responsable pour la politique étrangère. Les deux s'efforçaient avec une funeste inconscience de reformer un groupe de comploteurs impliquant le général Olbricht et un certain von Treskow[81] fraîchement promu colonel. Le tout sous le toit du retraité Ludwig Beck[82]. Canaris allait devoir surveiller cette bande de près avant qu'ils ne conduisent l'Abwher dans les griffes de l'ordre noir. Si possible il agirait de façon naturelle, par gravité. Tôt ou tard, ces conspirateurs de salon tenteraient à nouveau de lui faire rejoindre leur mouvement.

Les yeux du colonel s'étaient mis à briller d'une ferveur qu'il y avait déjà remarquée des années auparavant. Au fond, c'était un romantique exalté, les plus dangereux, qui réagirait toujours avec la passion coulant au bout du nez : – Une solution qui ne mettra pas uniquement fin à la situation actuelle, mais aussi à la guerre. Un remède de cheval qui garantirait à l'Allemagne sa souveraineté politique, économique et militaire.

- C'est ce qui s'appelle accomplir un tour de manège. Pour revenir à notre affaire, mon petit doigt me dit que Schellenberg en est arrivé au même constat.

Oster ricana : –Ce n'est pas une conclusion difficile à laquelle aboutir quand on a un cerveau et qu'on sait comment le faire fonctionner. Je ne l'aime pas, mais je suis obligé de concéder que c'est de toute évidence son cas à l'inverse de la majorité de ses coreligionnaires.

- D'accord avec vous, mais entre le fait d'être placé devant une révélation tardive et celui de se rendre en Suisse pour parler avec un Américain important il y a un pas de géant à franchir. Dites-vous bien que seul Schellenberg n'est rien, ne représente personne et ne peut rien. C'est pour ma part impossible d'envisager que Schellenberg agisse de sa propre initiative, cela lui coûterait sa peau et il le sait bien, déduit Canaris. De toute évidence, le chef de l'Abwher n'allait certainement pas partager l'entièreté de ses conclusions avec son subordonné. Il avait depuis quelques temps la conviction que le Reichsführer tentait une ouverture avec les alliés. C'était le seul personnage du troisième Reich capable de renverser Hitler. S'il parvenait à en obtenir les preuves toutes les perspectives deviendraient imaginables.

L'infime plissement du front d'Oster signifiait qu'il n'avait pas envisagé l'affaire sous cet angle, il mit une seconde de trop à répondre : –Cette affaire suisse date déjà du temps d'Heydrich amiral, mais Heydrich est mort depuis presque deux mois et il continuerait cependant à bousculer du monde de la ou il est ?

---

[80] Hans von Dohnanyi : juriste au bureau des affaires étrangères et contre-espionnage du haut commandement des forces armées. Opposant au régime de la première heure.
[81] Colonel Henning von Tresckow : conspirateur dans diverses tentatives d'attentat contre Hitler.
[82] Général Ludwig Beck : chef adjoint de l'état-major de l'armée de terre jusqu'en 1938.

- Reprenons chronologiquement Hans, il se rend d'abord en suisse, en second lieu à son retour il rencontre un de nos plus éminents chercheurs travaillant sur les explosifs à l'uranium, le questionne sur le sujet. En troisième lieu, il retrouve notre ami Hjalmar Schacht, l'interroge à son tour sur l'économie pour quatre, ensuite se réexpédier en Suisse.

- Vous pensez que sachant la guerre perdue il trahirait en livrant nos secrets pour s'acheter un futur dans un ranch en Arizona ?

Canaris se demandait si « son » Oster était idiot ou faisait l'idiot, par prudence il arrêta son choix pour la deuxième solution : –L'idée m'a tourné dans la tête, mais je l'ai abandonnée, enfin presque, pas tout à fait à vrai dire, tout reste toujours envisageable. Je tiens cette option en réserve dans mon coffre-fort interne comme un bien précieux un jour très utile. Si par malheur on venait à apprendre que nous le surveillons, j'invoquerais le volet de la sécurité militaire pour justifier une enquête. Le RSHA n'a de cesse de prétexter les dépenses et la corruption au sein de l'Abwher pour tenter de nous mettre en porte à faux, ainsi nous leur rendrions la pareille avec plaisir. Reprenons le fil voulez-vous, l'affaire de Paris reste un mystère. Ensuite, il persuade Ghelen de lui favoriser une rencontre avec notre ami le général Halder. Pour des raisons évidentes, nous ne pouvons bien entendu pas demander à Halder de nous informer de ce qui a été dit. Pas dans l'état présent des évènements.

- Par prudence, nous avons pris la décision de ne jamais communiquer entre nous pour d'autres motifs que ceux du service, c'est beaucoup trop risqué, il faut s'y tenir. Rien ne justifie de la rompre. Franz ne franchirait cette barrière pour rien au monde.

- Dans l'épisode actuel c'est très bien ainsi pour le. Reste à voir ce qu'inclut dans la réalité son « rien au monde ».
  Après un instant de silence Canaris repris avec une voix plus douce, signe de sa part d'une intense spéculation interne : – Réfléchissons en nous mettant une minute à sa place. Il sait que Reinhard Ghelen pour se couvrir nous rapportera tôt ou tard son intervention auprès de Halder, mais cela ne le fait pas reculer pour autant. S'il ne fait pas machine arrière, c'est qu'il a de l'eau sous la quille comme on dit chez nous. Notre lascar s'imagine très bien que nous le suivons, le contraire serait impensable venant d'un fin manœuvrier comme lui, mais il doit considérer qu'il a toujours quelques longueurs d'avance et que cela doit lui suffit s'il parvient à les maintenir. C'est une presque certitude, il n'agit pas pour son propre compte. Alors pour qui ? Je réfléchis tout haut. Schellenberg s'est ingénié à rendre le SD Ausland aussi indépendant qu'il est possible de l'être. À la Gestapo, il n'a que des ennemis ou presque. Müller voudrait le faire disparaître du paysage. S'il n'avait bénéficié de la protection de Heydrich c'eût été fait depuis longtemps.

- Donc par extension, Heydrich hors du jeu il se sait toujours soutenu, par la force des choses quelqu'un de haut placé !

- Oui, mais par qui. Kaltenbrunner ? Non, je n'y crois pas, ils se haïssent.

- La chancellerie, Bormann peut-être ?

- Qui dit Bormann parle au führer répondit sans hésitation Canaris ! Cependant, c'est peu probable, Martin aurait mis Ribbentrop et ses propres services de renseignement sur le coup, aux dernières nouvelles ils sont cul et chemise. Ce dernier ne bougerait jamais le petit doigt pour un homme à Himmler, ils ne peuvent pas se sentir ces deux-là non plus.

- Le colonel Oster rit de bon cœur : – Pour ma part, je ne souffre ni l'un ni l'autre, mais si je suis contraint de choisir, je donne la première place au Reichsführer.

- Je crois que nous venons de lâcher le bon nom Hans. Le Reichsführer est le seul qui puisse dicter la conduite de Schellenberg en lui assurant une protection suffisante.

- C'est énorme que vous avancez là amiral, car ça revient à dire que le Reichsführer aurait des contacts avec des Américains avec ou sans l'accord du führer par Walter Schellenberg interposé. Canaris était attentif à sa réaction, il savait que l'assistant d'Oster, von Dohnanyi avait des relations avec Karl Wolff l'adjoint de Himmler. Si Oster était au courant, il devait s'employer à découvrir en quoi consistait ce contact contre nature entre un opposant déclaré et la haute sphère SS.

- Je suis enclin à croire sans l'accord du Führer Hans.

- Mais pourquoi ?

- Ça m'étonne que vous me posiez la question alors que vous connaissez la réponse. À présent, vous savez pourquoi je vous ai reposé la question sur l'issue du conflit. Nous ne sommes pas les seuls à penser que la guerre est perdue, c'est évident.

- Le colonel Oster réfléchit quelques secondes : – ce qui ne cadre pas dans ce raisonnement c'est cette histoire d'explosif à l'uranium. Que je sache pour l'heure, sauf si l'on me cache des choses ce qui est fort probable, nous ne possédons encore rien de tel, demain non plus. D'après ce que j'entends, ces scientifiques tournent en rond, ils ne reçoivent pas les reichsmarks qui devraient alimenter leurs recherches.

- Votre déduction n'est pas dénuée de bon sens Hans, toutefois n'allons pas si vite. Nous devons en premier lieu découvrir l'objectif supposé d'Himmler.

- Offrir sur un plateau une porte de sortie de la guerre à son maître ?

- C'est une possibilité, mais il y en existe une autre.

- Laquelle amiral ?

- Passer au-dessus de son maître comme vous dites.

- Et dans quel but ?

- Pour prendre sa place.

- En Général si on veut employer les bons mots, on appelle ça un coup d'État.

- C'est à la lettre près le bon mot Hans. Subsiste un unique écueil, mais de taille. Comme vous vous en doutez, même Hitler mort jamais au grand jamais l'armée ne suivrait Heinrich Himmler, Hitler vivant n'y pensons pas un instant. La Wehrmacht n'est pas l'armée mexicaine quand même. Sauf bien entendu si l'Allemagne se trouvait dans un péril tel que cela deviendrait la seule alternative.

L'eau de mer venait d'être injectée dans l'eau douce du moteur pour l'oxyder peu à peu. À présent, il allait faire surveiller Oster de près par Lahousen du contre sabotage qui le détestait. Si les conspirateurs de l'armée se rapprochaient du Reichsführer, il devait être le premier à le savoir. Ayant eu vent de contacts indirects, il soupçonnait qu'il n'existait pas de stricte membrane étanche entre les conspirateurs et le chef SS. Oster pouvait bien assumer le rôle de la chèvre, ce serait son acte de rédemption. Après tout, c'est en secouant le prunier que les fruits tombent.

- Ça ne fait pas l'ombre d'un doute.

- On en revient donc à l'explosif à l'uranium et à Halder.

- Le colonel Oster réfléchit un court instant : – Alors je suggère de mettre les bouchées doubles pour trouver. Je propose que ce dossier devienne prioritaire.

- Tout à fait d'accord. Deux dernières choses avant de se quitter, Hans. Je suis convaincu qu'à présent Schellenberg soupçonne ce que nous avions envisagé avant les déplorables accords de Munich !

- L'inquiétude perça dans le regard du colonel Oster, mais il se reprit vite : – Quelle est l'autre ?

- Au fait Hans, pourquoi vous ne m'appelez plus Wilhelm ?

Nauen, Pavillon de chasse de Lina Heydrich, dimanche 19 juillet 1942

Heydrich grand traqueur de gibier dans l'âme possédait un pavillon de chasse à Nauen à une cinquantaine de kilomètres à l'ouest de Berlin dont son épouse avait hérité. Peu avant sa mort il avait organisé l'évènement, ensuite sa veuve n'avait pas voulu l'annuler en sa mémoire. Schellenberg y avait été invité, Canaris aussi.

Lina était venue les accueillir, mais elle était restée assez distante, ils ne l'avaient plus vue depuis.

L'amiral arborait une tenue de chasseur couronnée d'un chapeau à plume qui lui donnait un air saugrenu. Connaissant l'homme, il savait que c'était un accoutrement minutieusement étudié. L'image recherchée par le marin pour paraître inoffensif en frôlant la caricature ridicule. Après l'épisode désagréable de Madrid, Walter n'avait pas trop envie de sa compagnie sans pour autant pouvoir invoquer un motif valable pour l'éviter. Ils prirent ensemble le sentier qui menait vers un petit bois.

- Alors colonel, êtes-vous en forme ? D'ailleurs, vous semblez toujours en excellente condition, c'est caractéristique de la jeunesse. Comme vous voyez, je suis seul. Mes chiens sont restés à la maison, ils ne supportent pas trop le bruit des armes. Sans attendre la réponse il poursuivit : – accompagnez-moi donc. Si vous comptez offrir un délicieux canard rôti à Irène, je vous aiderai à le débusquer, je n'ai pas mon pareil pour chasser. Déloger, démasquer c'est un peu ma spécialité. La vôtre aussi. Pas vrai ?

- Entre autres amiral, mais les temps s'annoncent difficiles. Ça tombe bien, je voulais justement vous entretenir d'un sujet qui me tient à cœur. Comme vous le savez, le projet de doubler mon service reste bien d'actualité, il est à présent impératif d'étendre la récolte de renseignement. Mais le recrutement de qualité devient un obstacle majeur, les meilleurs hommes sont en grande partie sur le front extérieur, les autres bien casés avec des relations qui les rendent intouchables.

- Allons, allons, écoutez mon conseil, ne vous perdez pas trop vite et trop loin. Je ne cesse de vous le répéter, les données qui nous parviennent par les canaux politiques et militaires suffisent en général, il faut juste les gens capables de les interpréter.

- Vous déduisez que mon département manque de l'habileté nécessaire pour cela ?

- Pas du tout, mais vous n'avez pas les mêmes circuits d'information que l'armée ni la pareille quantité de spécialistes à votre disposition. Nous analysons des masses de nouvelles qui nous arrivent chaque jour des quatre coins du monde et croyez-moi le plus consiste à retirer l'ivraie du bon grain. Le principal travail de l'ennemi se résume à nous faire prendre des vessies pour des lanternes. Nous avons plus de neuf dixième de déchets dans ce qui nous parvient, mais ça veut aussi dire que plus de neuf dixième de mon personnel trie du rebut. Bon, ce qui me console c'est que nous agissons pareil avec eux. Non, j'ai mon idée fixe, nos services devraient être harmonisés sinon assemblés. C'est le général Heydrich qui s'y opposait, mais à présent la situation pourrait progresser dans une direction satisfaisante pour chacune des parties.

- Évoluer dans votre sens en passant sous votre coupe, c'est bien de cela que vous voulez parler ? Sauf votre respect amiral, j'ai l'impression que vous tentez de toujours me vendre le même tapis de fibre de coco pour un pure laine persan.

Canaris afficha une mine bourrue dont s'échappait un sourire : – Non, pas nécessairement. D'abord à propos de tapis, je vous répondrais que l'essentiel c'est de ne pas avoir froid aux pieds.

- L'un gratte et l'autre est doux !

- Qu'importe, nous pourrions chacun mettre des pantoufles à notre taille et commencer par créer un groupe de concertation. Par un simple officier de liaison. Conduire un pot commun pour toutes ces affaires qui virevoltent à la frontière du politique et du militaire si vous comprenez ce que je veux dire.

- Il y a donc quelque chose de militaire qui aurait à voir avec la politique, vous m'intéressez et par la même occasion je vous rappelle l'accord toujours en vigueur entre nos services.

Canaris ne l'écoutait déjà plus : –Je vais vous donner un exemple. Sauf erreur de ma part, vous ne jouissez pas de pénétration valable en Angleterre. Pays pourtant aussi important stratégiquement que la Russie. Et si vous voulez mon analyse profonde, beaucoup plus préoccupant.

- Les nouvelles en provenance de cette île me passionnent uniquement dans le cas d'un éventuel remaniement de leur gouvernement, ce qui ne semble pas prêt d'arriver. Mais c'est exact que si c'était le cas je l'apprendrais plutôt par la lecture du Times que par mes hommes.

- Vous voyez maintenant tout l'intérêt de ma proposition. Mon réseau en Angleterre me permet encore de récolter de fructueuses informations. Pourtant l'Angleterre c'est un peu votre spécialité, non ?

Comme toujours, avec Canaris mieux valait demeurer vigilant et rester sur ses gardes, il esquiva avec une réponse laconique : –Un temps, je m'y suis penché sur ce pays en particulier, mais à présent c'est de l'histoire ancienne, ça m'aura donné l'occasion de découvrir le Portugal.

- Ce n'est pas de votre aventure royale que je voulais parler. Ne devenez pas si modeste cela ne vous va pas au teint, le bruit court que vous aviez rédigé un passionnant mémorandum dans l'éventualité de l'invasion de leur île. A propos de teint je vous trouve jaunâtre, vous ne vous trouveriez pas malade ?

Walter affecta la surprise en riant : –Vous êtes au courant ? En définitive, rien n'atteint le secret pour vous ! Ni ma santé, ni mes notes. La table de concertation et d'échange existe déjà, je n'en suis juste pas prévenu.

- Mon cher, vous oubliez que je suis le patron de l'Abwehr. Mais ce que je vais vous communiquer ne concerne à la réflexion pas les Anglais, mais plutôt vos amis américains.

- D'après vous, j'aurais des amis américains !

- On a toujours un ami américain, un oncle d'Amérique caché au fond d'un placard.

- Vous faites bien de me le dire, je vais entreprendre de fouiller mes armoires dès ce soir.

- Ne riez pas, ce que je vais vous apprendre va vous ôter votre bonne humeur de manière radicale comme s'il s'agissait d'une rage de dents. Vos copains viennent de déployer leur huitième division de bombardier stratégique dans le nord de Londres. Je peux vous assurer qu'ils disposent à présent dans cet endroit des engins assez terrifiants, des centaines d'appareils qui peuvent se déplacer à presque dix mille mètres d'altitude hors de portée de nos canons antiaériens. Des machines volantes qui possèdent plus d'une douzaine de mitrailleuses logées un peu partout dans l'avion. Ce n'est pas tout, ils emportent huit mille kilos de bombe. Et allez savoir quel genre de bombes ils sont susceptibles d'inventer !

Walter était maintenant en alerte. Le vieux bandit en disait à peine trop pour paraître honnête. Restait à trouver pourquoi il tenait tant à faire part de ses informations.

- J'ai gardé le meilleur est pour la fin, ils deviennent à présent capables de réaliser l'aller-retour jusqu'à Breslau sans problème en passant au-dessus de Berlin bien entendu.

- C'est assez terrifiant en effet répondit prudemment Walter, mais en quoi vous pourriez penser que cela puisse m'intéresser en particulier, c'est du ressort de la Luftwaffe, non.

- Vous faites confiance à la Luftwaffe à présent ? C'est une éventualité à laquelle vous pourriez vous risquer s'ils bénéficiaient du même genre d'appareil et de bombes, ce qui n'est hélas pas le cas. Milch joue au malin main dans la main avec Speer et leur prétendu miracle des armements. Si on y regarde de près, l'un et l'autre créent de toute pièce un prodige qui a trait à la guerre précédente, pas à celle-ci. Cette affaire devient hautement politique, car ses conséquences seront politiques, pour autant que la politique existe encore dans un futur proche bien entendu. Je vous tends la main Walter elle est propre, ne la refusez pas.

- Vous ne remarquez pas quelque chose amiral !
- Quoi Walter ?
- On ne perçoit plus de coups de feu, la chasse est finie.
- La guerre aussi si nous ne prenons pas en vitesse les choses en main !

Berlin, 35 Berkaerstrasse, lundi 20 juillet 1942

Karl Lindemann, était président de la Nord Deutscher lloyd, directeur adjoint de la chambre internationale de commerce et chef d'une de plus anciennes et grandes sociétés faisant du négoce avec Extrême-Orient. Les deux hommes se connaissaient vaguement, mais Walter avait eu de très bons échos sur sa personnalité. C'était aussi un des rares individus qui avait l'oreille de l'Allemagne et un peu de crédit dans celle de l'Angleterre. Il avait répondu directement à l'appel de Schellenberg et était venu au plus pressé au 35 Berkaerstrasse. Après l'avoir invité à pénétrer dans son bureau et émis quelques politesses d'usage, il lui offrit de s'installer dans les fauteuils du petit salon d'angle.

- Vous désirez boire quelque chose, du café, du thé ? Sinon je peux vous proposer du Coca-cola ou du Fanta !

- Vous êtes gâtés au RSHA. Ces boissons deviennent introuvables.

- Max Keith[83] est une bonne connaissance ! Et ici c'est une division on ne peut plus autonome, comme un cousin lointain du RSHA.

- Nous avons tous besoin de "bonnes connaissances", de famille et de liberté d'action.

Un homme à la pensée directe et plaisante. Walter décida d'entrer au plus vite dans le vif du sujet : – Cher Monsieur Lindemann, je ne vais pas aller par quatre chemins, l'urgence de la situation m'impose de parler sans détour, de façon très franche même. Vous êtes très proche du cercle des amis du Reichsführer, je crois ?

- C'est exact mon cher Schellenberg, nous avons tous besoin d'amis !

- Cependant, vous êtes aussi très proche de la Standard Oil.

- On pourrait ainsi exprimer quelque chose qui s'en approche.

- Je dois faire passer de toute urgence un message à une certaine personne qui se retrouve aujourd'hui en suisse.

- Ce n'est pas le plus mauvais endroit pour vivre !

- Cette personne est américaine.

- Ce n'est pas la plus mauvaise des nationalités !

---

[83] Max Keith : homme d'affaire allemand disposant de la licence de Coca Cola. Développeur de Fanta.

- On peut la rencontrer en ce moment à Berne.

- Ce n'est pas la plus désagréable ville de Suisse !

L'homme plaisait beaucoup à Walter qui appréciait ce genre d'humour ; on l'avait d'ailleurs prévenu que « son éducation chinoise » l'avait durablement marqué : –Ce n'est pas un mystère que vous avez sur place des amis dévoués et intelligents avec qui vous pourriez communiquer sans intermédiaires dans un délai rapide.

- Ce n'est pas le plus compliqué !

- Il s'agirait de faire passer un message secret à un Américain qui ouvrira bientôt un bureau à Berne.

- Ce n'est pas des plus anodin ! Quel avantage pourrait je en récolter ?

- Ma grande reconnaissance, ce qui n'est pas négligeable.

- Je disais cela aussi dans le sens des inconvénients que ça pourrait me procurer.

- Ma déception ce qui n'est pas agréable. Non, rassurez-vous mon cher Lindemann, ceci est commandé au service de l'état, mais c'est à ce point secret que l'état doit lui-même l'ignorer. Je ne vous en voudrais pour rien au monde si vous refusiez, mais je préférerais de beaucoup que vous acceptiez de m'aider bien entendu.

- Je vois dans le centre d'une lueur sombre l'étendue du dilemme. Je suis parfois en contact avec un certain Klein, il a quitté le Reich l'année des Jeux olympiques pour s'installer chez nos amis helvètes dont l'air lui semblait plus tonique. C'est un homme très rusé possédant des ressources énormes qui vont de pair avec de belles relations. Quelle serait la teneur du message.

- « Ne faites pas tomber la pluie, la terre est assez mouillée, je sème et récolte au plus vite, la moisson est prometteuse ».

- C'est tout ?

- Ça manque de poésie, mais ce n'est pas le plus difficile à retenir.

- Et à qui le délivrer ?

- À un grand et élégant Américain qu'on aperçoit parfois à Berne près des quais de l'Aar, il est en général précédé d'une pipe et d'une moustache. Ce n'est pas le plus difficile à trouver.

Berlin, 9 Prinz Albrechtstrasse, Bureau d'Himmler, mardi 21 juillet 1942

En fin de compte, Irène ne l'avait pas accompagnée, elle éprouvait beaucoup de difficultés à supporter le Reichsführer, son état lui fournissait l'excuse rêvée.
Après une sobre réception de pure forme en compagnie de deux généraux, à son grand soulagement, Himmler après lui avoir délivré son brevet de standartenführer évita de formuler un long discours comme à son habitude. Après avoir invité les autres participants à vider une coupe de champagne, il expédia les officiers d'un bref salut à la suite de quelques mots et l'entraîna dans un petit cabinet attenant à la salle de protocole. Il s'assit derrière un bureau sans lui proposer d'en faire autant, c'était dans ses manières.

- Schellenberg, vous voilà à présent sur le chemin qui mène au plus haut niveau. Si je fais confiance à mon intuition, vous ferez très rapidement partie du cercle des généraux !
- Merci Reichsführer, c'est une perspective extrêmement flatteuse et séduisante. Devoir rester debout comme un élève devant le proviseur lui indiquait que c'était le jour des réponses prudentes.
- Vous le méritez et je le déclare sans aucune exagération. Votre carrière se trouve pour l'instant sur une voie express. Vous êtes jeune, très alerte, presque dans la fleur de l'âge, mais je l'étais aussi quand je suis rentré au service du führer. Vous gravissez en moins de rien les échelons en suivant mon exemple. Cependant, prenez garde, écoutez mon conseil, cette jeunesse peut parfois se convertir en un handicap par la fougue qu'elle procure. Moi-même j'ai bien souvent du manœuvrer pour éviter de trébucher dans les pièges qui m'étaient tendus. Mais je me suis toujours tenu à la ligne de la fidélité à l'ordre. Ce qui figure aussi gravé dans notre devise.

Walter se dit que Röhm avait payé le prix fort pour se rendre compte de la loyauté du « Bon Heinrich ». Il n'avait aucun désir de figurer en tant que suivant sur la longue liste des sacrifiés. Si Himmler le lâchait il deviendrait alors urgent d'agir en conséquence, si possible grâce à la rapidité avec laquelle il franchirait la frontière suisse accompagne d'Irène et des enfants. Avec une très légère anticipation, du moins si c'était envisageable.

Pour l'instant, il se demandait de quelle manière aborder le sujet qui le préoccupait, il ne pouvait en aucun cas sortir de ce bureau sans l'avoir fait, l'occasion ne se représenterait pas de sitôt.

En attendant de créer l'opportunité il opta pour la meilleure tactique imaginable, celle qui n'aurait d'aucune façon fonctionné avec Heydrich, mais tout à fait adaptée à l'homme égocentrique et imbu de son pouvoir qui se trouvait en face de lui : –C'est grâce à vous Reichsführer. Travailler sous votre ordre direct donne de l'énergie dans les situations compliquées. Et dans l'époque que nous vivons, les contextes intriqués ne sont pas ceux qui manquent le plus.

- Vous avez quelque chose en tête ?

Himmler qui avait enlevé ses lunettes le fixa de ses petits yeux inquisiteurs. L'homme se montrait parfois plus fin que ce que l'on pouvait en attendre. Il décida de ne pas tergiverser plus longtemps : – Pour dire vrai Reichsführer je suis préoccupé. Les évènements de France, Belgique et Hollande en particulier attirent mon attention. J'ai peur qu'ils soient de nature à contrarier nos ennemis américains et à provoquer une réaction excessive et désagréable de leur part.

Himmler continua à le scruter en silence pendant d'interminables secondes telle une mangouste prête à fondre sur sa proie. Il lâcha enfin d'un ton qui se voulait des plus amicaux : – Comprenez le bien et je suis certain qu'il en est ainsi, notre tâche se trouve devenir exceptionnelle autant que difficile, elle paraît parfois insurmontable Schellenberg, une des plus dures qui soit donné à un homme d'entreprendre, mais nous avons le devoir de l'accomplir sans faillir. Ce dimanche, le führer s'est ouvert à moi avec une extrême franchise, il m'a exprimé des consignes précises dans le but de réaliser un plan général pour l'est. Comme vous vous en doutez, c'est d'une évidence de fait telle que je ne peux ni m'y soustraire ni refuser de m'exécuter. Ils vont donc par la force des choses être encore plus contrariés quand ils apprendront que j'ai dès à présent communiqué l'ordre d'entamer pas plus tard que demain la déportation de 350.000 juifs de Varsovie. Je rentre d'ailleurs d'une visite d'inspection dans le gouvernement général, croyez-moi, je sais de quoi je parle ... il laissa sa phrase en suspens comme s'il en avait déjà trop dit.

- Leur réaction excessive pourrait devenir disproportionnée Reichsführer, vous l'avez envisagé bien entendu. Walter était toujours au comble de l'étonnement devant la faculté de Himmler à rester ambigu sur ses verdicts. Jamais il ne quittait d'un pas franc une position pour en adopter une autre, il naviguait entre elles par des chemins sinueux connus de lui seul tel un furet dans son terrier. Tout le contraire de Heydrich. Certes, le général avait été une bête horriblement cruelle sous toutes les formes, mais au moins quand il se décidait pour une solution il s'y conformait ; du coup on savait à peu près à quoi s'en tenir par la même occasion.

- C'est une éventualité Schellenberg, mais je l'écarte provisoirement. Puisque vous mentionnez la France, Roosevelt devrait s'en prendre à eux également. Ce gouvernement m'a surpris en dépassant de loin mes directives sans que nous devions intervenir d'une quelconque manière. Chaque chose arrive en leur temps. Pour l'instant, le plus important c'est d'exécuter les ordres tels qu'ils sont donnés sans état d'âme quoiqu'il en coûte. Toutefois, à bien y réfléchir, détenir une pareille quantité d'otages entre nos mains n'est pas une mauvaise monnaie dans la négociation. Qu'en pensez-vous ?

- Ils vont vouloir se préoccuper de leur destin ?

- Selon moi, ces Américains ne restent pas à ce point aussi ignorants qu'il le montrent. Je vais vous faire une autre révélation, celle d'un évènement maintenu très confidentiel. Dans les derniers jours de juin, des prisonniers polonais sont parvenus à s'évader de l'un de nos nouveaux camps du gouvernement général pour lequel j'ai de gigantesques projets. De surcroît en volant la voiture du commandant et comble de l'affaire, dans nos uniformes ; aussi incroyable que cela paraisse... Comme nous n'avons pas réussi à remettre la main dessus, je suis obligé de conclure qu'ils auront pu gagner la résistance polonaise en emportant avec eux le secret que nous pensions si bien gardé. En partant de là, je présume que leur rapport est déjà à Londres et à Washington...

- Vos conclusions Reichsführer ?

- Vous n'avez aucune raison de modifier ce que vous avez entrepris. Prenez juste en compte mon intuition sur les otages. De mon côté, j'agis en conséquence des nombreuses orientations, visibles ou non.

Ukraine, Werwolf, Quartier général de Vinnitsa, 22 juillet 1942

Le général d'artillerie Franz Halder sortait de la réunion de situation avec le führer. Rostov était sur le point de tomber et Hitler exultant de joie lui annonça que l'armée rouge était terminée. Devant les autres généraux, le chef d'état-major avait bien été forcé de le reconnaître du bout des lèvres. Dans son for intérieur il dut admettre qu'il n'était malgré lui pas loin de le concevoir. Cette perversion de sa propre pensée mettait du désordre dans sa détermination, il prit la décision de jouer son va-tout.

L'après-midi, le chef d'état-major de l'OKH sollicita une entrevue particulière avec le führer qui par extraordinaire accepta de le recevoir séance tenante. Pendant plus d'une heure Hitler écouta sans objecter ses arguments, Halder s'employa à y placer toute la persuasion dont il était capable et même un peu plus, ouvrant des cartes, déployant des graphiques, des notes des unités avancées. Il finit son brillant exposé épuisé.

Un long silence étouffa quelques instants la pièce après qu'il eut terminé. Hitler visiblement agacé ne lui posa aucune des innombrables questions auxquelles le général s'était préparé. Ensuite, il s'était borné à lui demander de le laisser seul en promettant d'y réfléchir. Halder venait de lui démontrer que l'alternative militaire idéale consisterait à revenir au plus vite sur le plan bleu initial en ralentissant la course vers le Caucase pour diriger dans le délai le plus court possible la plus grande quantité des forces sur un point précis, l'entre fleuve entre Don et Volga, interdire l'important trafic sur cette dernière près de la ville de Stalingrad, la cité devant être prise au plus vite pour stopper la production des usine de cet important centre industriel. C'était la stratégie du maréchal von Bock qui venait de se faire remercier.

À présent, deux maréchaux aux ambitions opposées occupaient sa place, Wilhelm

List et Maximilian von Weichs. List, il en faisait son affaire, ils se connaissaient depuis longtemps.
Pour chacun des deux hommes l'enjeu était majeur, la gloire bien entendu, mais le führer qui maîtrisait jusqu'au bout des doigts les penchants de ses généraux assortissait les médailles avec de gigantesques domaines souvent agrémentés d'une belle rente financière.

Lisbonne, résidence d'Allen Dulles 22 juillet 1942

Allen Dulles préparait progressivement son déménagement définitif vers Berne. Son réseau « the room » lui avait fait savoir sans surprises que son chef Bill Donovan[84] sur ordre du président Roosevelt avait placé ses bureaux sur écoute et voulait l'immobiliser en Suisse. Quelle erreur, c'était le meilleur endroit du monde pour arriver à ses fins. Quand il reçut un câble d'un « ami » du département de la guerre à Washington, il le déchiffra sans tarder. Le contenu était bref, il indiquait une diminution très importante de la résistance de l'armée rouge. Il le compara au message du colonel Schellenberg expédié le matin même par Berne. Chose inhabituelle pour un responsable des services secrets il décida de donner du crédit aux deux missives.
Il se dit qu'il était aujourd'hui temps de mettre la clé dans la serrure et d'activer le mécanisme du détonateur. Trente minutes plus tard, il se rendit dans le local de transmission et tendit un papier chiffré à l'opérateur de garde. Il demandait à son « ami » du ministère de la Guerre, Pennsylvania avenue, de faire délivrer en personne la communication suivante à son autre ami et ancien client Averell Harriman :
– « La tradition russe veut que quand on est invité on apporte un cadeau précédé par un joli mot ». Après tout, le colonel Schellenberg méritait bien un petit coup de pouce.

Ukraine, Werwolf, quartier de Vinnitsa, 23 juillet 1942 11h30

À onze heures trente, Hitler termina son petit déjeuner puis convoqua les membres de son état-major pour leur faire part de sa décision. La directive 45 précisait de porter l'effort principal sur trois axes, le Caucase, Maïkop et Grozny. Il avait dessiné un plan dans son ensemble contraire à celui proposé par le général Franz Halder.

---

[84] Major Général William Joseph Donovan : a créé l'Office of Strategic Services, l'ancêtre de la CIA, en juin 1942 précurseur de la CIA en 1947.

Rechlin, centre d'essai de la Luftwaffe, jeudi 23 juillet 1942 12h00

Walter avait pris tôt la route de Rechlin avec une bonne humeur évidente qui contrastait avec les tensions des jours précédents. Il était heureux de revoir Hanna, son énergie était communicative, même à distance. Par chance, elle se trouvait encore dans sa villa quand il frappa à la porte. Elle portait son éternelle salopette d'aviateur lorsqu'elle lui ouvrit.

- Une bouteille de champagne ! De France, le pays du parfum, de la mode et des bijoux ! Comme c'est original ! Hanna Reitsch pouffa d'un rire narquois.

- Il regarda dépité le magnum qu'il tendait devant lui : – Hanna, ce n'est pas très gentil de se moquer, on ne t'a donc jamais appris ça là-haut près des saints ! J'avais aussi rapporté des fleurs, mais elles se sont fanées depuis trois semaines.

- Quatre, Walter, quatre semaines sans nouvelles de ta part. En revanche, ici-bas, on m'a donné des notions d'en quoi devait consister la galanterie et pour ton plus grand malheur je dois t'annoncer que tu te retrouves hors du schéma.

- Le temps est notre pire et plus cruel ennemi. J'étais au Portugal ensuite en Espagne.

- Merci de m'avoir invitée... La Suisse avait un goût de trop peu ! Tu sais je parle un peu espagnol depuis mon voyage en Amérique du Sud.

- Pour ta gouverne, je dois dire que c'était ennuyeux et discret et puis tu aurais accaparé la vedette dans les journaux.

- Et Irène t'aurait jeté à la porte !

Walter préféra ne pas soulever : – Hanna, il me faut à tout prix ton avis, tu es la seule à qui j'accorde un réel crédit en matière d'aviation.

- À tout prix, tu dis ? Tu t'aventures en territoire dangereux ! Le champagne on le boit avant ou après l'avis ?

- Après ; nous aurons tout le temps !

- Prétentieux... terminons-en au plus vite alors !

- Tu ne seras pas surprise, mais depuis le printemps certains services reconsidèrent leur position, ils estiment avec raison la menace des bombardements comme devenant la plus périlleuse.

- Certains services du RSHA tu veux dire ? En quoi cela vous concerne-t-il ?

Vous espérez créer une section de voltige aérienne ?

Walter se résigna à ce qu'elle laisse couler son venin, quand il fut certain qu'elle s'en tiendrait à peu près là il continua : –À l'occasion cela aurait à voir avec mon département qui se préoccupe de la politique de l'industrie aéronautique alliée.

Elle lui fit des grands yeux : - Et comme on dit, l'occasion fait le larron ! Quand tu mens, une petite croix noire se dessine sur ton front. Ce ne serait pas un peu le rôle des renseignements militaires d'étudier ça ? Le Reichsmarschall pourrait te sauter dessus et avec le poids qu'il réalise tu pourrais ensuite passer sous ma porte sans difficulté.

- En général dans mon métier c'est moi qui pose les questions à des gens qui y répondent.

- Tu devais le dire que c'était pour du boulot, je serais venue à une convocation dans tes jolis bureaux de Berlin, la capitale me manque parfois. Tu es certain d'avoir le droit de boire du champagne en travaillant ?

- Hanna, je t'en prie, ne sois pas bête, c'est une affaire fort complexe et d'une extrême confidentialité instruite au plus haut niveau, mais cela je te l'ai précédemment expliqué.

- Parce que c'est toujours la même affaire !

- C'est une affaire compliquée.

L'aviatrice se fit boudeuse : – Cela aussi tu l'as déjà dit, tu te répètes. Bon, tu veux savoir quoi ?

- Quels sont les moyens dont nous disposons pour arrêter les vagues ennemies de bombardiers ? Tiens, je vais te faire une confidence qui ne va pas te réjouir, les Américains sont occupés à déployer leur huitième division de bombardement stratégique dans le nord de Londres.

- Merci de m'apprendre ce que nous connaissons déjà. Nous avons nous même des services de renseignements à la Luftwaffe tu sais. Ça fait partie de notre travail d'être au fait de ce genre d'informations. Galland nous a prévenus histoire de nous stimuler. Tu as entendu parler de Galland ? Un très beau et jeune général de la Luftwaffe. C'est aussi un ex-colonel comme toi, mais lui est décoré de la croix de chevalier de la croix de fer avec plein d'épées et de brillants. Plus de cent victoires et tout ça.

- Même en cent ans tu ne parviendras pas à me rendre jaloux ! Vous en concluez quoi toi et ton prince volant ?

- Si je te donne le fond de sa pensée, tu l'enverrais peut-être en camp de concentration.

- Il y serait à la rigueur plus à l'abri qu'en ta compagnie. Trêve de plaisanteries. Vas-y !

- Que ça va être difficile, très difficile. Malgré tous nos efforts, nous ne parvenons pas à leur infliger plus de dix pour cent de pertes et cinq seraient un chiffre plus réaliste. Ça risque hélas d'aller en diminuant.

- La raison ?

- Les bombardiers anglais ne disposent pas encore de chasse d'escorte digne de ce nom, ils ne possèdent que leurs mitrailleuses pour se défendre c'est en grande partie pourquoi ils viennent la nuit. Les Américains c'est bien différent, avec la puissance de leur industrie ils développeront en quelques mois des chasseurs d'accompagnement et là ça va se corser et évoluer vers une situation très compliquée.

Walter fit la grimace : – Dis-moi en plus.

- Nos propres chasseurs commencent à dater, ils deviennent, excuse-moi pour l'ironie, à tire-d'aile obsolètes ; il faut sans cesse les modifier. Galland estime que le temps de l'avion à hélice est largement révolu. C'est secret, mais bon, pour toi le secret devient toujours un élément relatif ; pour les remplacer nous progressons dans l'élaboration d'avions mus par un autre dispositif, ça s'appelle le moteur à réaction, sa particularité c'est le souffle d'une turbine qui propulse l'appareil ce qui permet d'atteindre des vitesses inimaginables, en pratique ils devraient se montrer presque invincibles.

- C'est une bonne nouvelle.

Hanna Reitsch refit la moue : – bien entendu, mais c'est une technique délicate à maîtriser, la mise au point de ces appareils s'avère fort longue, bien plus qu'initialement prévu. J'en suis partie prenante, je devrais y participer comme pilote d'essai. Fritz Weindel[85], un collègue, m'a dit qu'un des premiers vols a eu lieu la semaine passée en ce qui concerne le modèle le plus prometteur. La mauvaise nouvelle c'est que ça va prendre encore pas mal de mois.

- C'est-à-dire ?

- Les ingénieurs estiment davantage de temps nécessaire, peut-être même une année d'expérimentations avant d'entamer la production en série, ensuite il faudra former les aviateurs. C'est toujours comme ça.

---

[85] Flugkapitän Fritz Weindel : pilote d'essai détenteur de records de vitesse, premier à avoir testé en vol le Me262 le 25 mars et le 18 juillet 1942.

- C'est-à-dire vers l'été 1944. Ce n'est pas un peu tard ?

- Il n'est jamais trop tard !

- Si tu le dis, Hanna. Qu'est-ce qui est proposé en attendant ?

- Beaucoup de choses. Tu sais Cologne a été attaquée par plus de mille bombardiers. Tu connais la quantité d'intercepteurs qu'il faut pour réduire une telle flotte ? Non, mais pour te donner une idée plus de deux mille. Nous utilisons bien un dispositif assez efficace et très compliqué, ça s'appelle la ligne Kammhuber qui comprend de nombreux radars. Notre Flak de son côté s'avère très puissante, un vrai mur de feu, mais elle a l'inconvénient d'empêche nos propres chasseurs d'intervenir. Les Anglais ont hélas mis au point un système un peu comparable au nôtre, celui dont je t'avais parlé le « Knickebein ». Nous l'avons découvert dans un de leurs avions abattus l'année passée à Hanovre. En gros, ce sont des ondes radio qui leur permettent de se positionner sans visibilité au-dessus de l'objectif.

- Nous pouvons donc leur rendre la politesse si nous possédons un dispositif similaire.

- Bien entendu, mais pour cela, il faut des bombardiers

    Walter parut surpris : –Ce n'est pas ça qui nous manque, non ?

- Tu ne t'es jamais demandé pourquoi Ernst Udet est mort suicidé contre sa volonté ?

Moscou, aérodrome de Khodynka, samedi 25 juillet 1942

Le capitaine John Russell Deane Jr venait d'atterrir sur le sol de la capitale soviétique après un voyage compliqué de soixante heures. Presque à l'endroit où les pointes de reconnaissance de la Wehrmacht s'étaient arrêtées le deux décembre 1941, mais cela il l'ignorait avant qu'un major de l'armée rouge venu l'accueillir le lui apprenne dans un anglais approximatif.

Officiellement, il accomplissait une mission particulière pour le ministère de la Guerre devant soi-disant aider à préparer d'urgence l'arrivée imminente de l'envoyé spécial du président Roosevelt. Cinq personnes au monde savaient qu'il cachait dans une poche secrète de sa serviette une lettre cachetée à remettre en main propre à Joseph Staline ; il était le cinquième, mais ça, il se garda de l'expliquer au major. Il avait abandonné sa division d'infanterie pour porter le pli confidentiel à son père le général John Russell Deane du même nom attaché à l'ambassade des États-Unis à Moscou et qui était également l'homme d'Averell Harriman.

Moscou, Kremlin mardi 28 juillet 1942 08h20

Iossif Vissarionovitch Djougachvili avait décacheté tard dans la nuit le pli que le général John Russell Deane, sous ses airs énigmatiques, lui avait furtivement remis en main propre lors de la réception de la soirée du dimanche donné dans ses appartements privés. Un prétexte à fêter l'arrivée dans les prochains jours d'Averell Harriman, l'envoyé spécial de Roosevelt. Le cocktail terminé, il ne l'avait pas oubliée, car le mystérieux document le brûlait dans sa poche comme un fer chaud ; seulement le Vojd renvoya son ouverture à plus tard. Son redoutable instinct l'avait déjà averti que ce n'était pas une bonne nouvelle qui restait tapie au fond de l'enveloppe. Pour conjurer le sort, il avait tourné autour de l'objet au point de retarder d'une journée sa prise de connaissance.

Comme il l'avait prévu, c'était mauvais, même très mauvais. Bien plus encore qu'il se l'était imaginé. L'avoir pressenti avait eu l'avantage de l'empêcher de blêmir quand il lut la lettre tapée à la machine rédigée en russe.

Des photos étaient jointes, celle des fiches de dénonciations récoltée par la police secrète du tsar. Le document expliquait qu'elles avaient été transmises à certains américains par le colonel transfuge du NKVD Lev Nikolski alias Alexandre Orlov. Dès 1905, l'Okrana avait infiltré le parti bolchévique à l'aide de douze agents principaux, tous traîtres au mouvement de Lénine. Le douzième homme était toujours resté un mystère impossible à élucider. Le douze juillet 1913 le colonel Alexandre Eremin responsable du bureau de Kiev avait écrit la lettre « très confidentielle » 2898 à son homologue le colonel Anton Zhelievzniakov dirigeant de la section de l'Oural. Dans cette lettre figuraient les détails de la capture de l'imprimerie clandestine du parti bolchévique saisie le quinze avril 1906 ainsi que les douze noms des agents de la police secrète de Nicolas II. À la troisième ligne, on pouvait lire en toutes lettres Iossif Djougachvili dit « Koba », dit « Staline ». C'était cette dernière photo, la plus redoutable, qu'il tenait entre ses mains.

Ainsi le traître du NKVD en avait détenu les clichés et les avait fournis aux Américains en échange de son installation dans leur pays ; cela Iossif Djougachvili qui s'enorgueillissait pourtant de tout savoir l'ignorait. Par la même occasion, ils possédaient aussi la démonstration que le maréchal Mikhaïl Toukhatchevski mis au courant de la trahison de « Koba » par Orlov s'était vu éliminé pour cette raison. Il avait toujours réussi à détruire les preuves au fur et à mesure de leurs apparitions, il avait même pu détourner Beria lorsqu'il avait écrit un mémoire sur la capture de l'imprimerie.

Ainsi comme il l'avait longtemps craint cette affaire ressortait au grand jour et dans les plus mauvaises circonstances imaginables. La menace de voir sa collaboration avec l'Okrana étalée dans tous les journaux du monde entier dans une phase abominable où ses armées reculaient partout dans le sud au point de couper bientôt le territoire en deux suffisait pour pousser la clique du Politburo à le faire destituer d'une balle dans la tête, sinon bien pire.

La Crimée et le Donbass définitivement perdus, le Don étant maintenant franchi, les Allemands allaient déferler sur les puits de pétrole de la mer Noire. Le pays se trouvait en ruine, la production diminuée par deux ou par trois, l'agriculture par cinq. Les gens commençaient à être atteints par le scorbut. Molotov serait en toute vraisemblance le chef de file à réclamer sa tête, il s'allierait à Lavrenti Beria et à la clique des militaires qui ne lui avaient en aucun cas pardonné l'été 1937. Ça avait déjà failli d'un cheveu en juin de l'année passée, cette fois-ci il y laisserait la vie. Il maudissait Beria encore plus que Trotski en lui mettant sur le dos la faute de tous ses problèmes avant de se rappeler qu'Alexander Orlov avait fait défection sous Yesov. Il avait réussi à faire chanter ce nabot en menaçant de dénoncer les agents du NKVD opérant dans le monde.

Il avait relu une centaine de fois la phrase : « *Dans l'intérêt de l'organisation des nations, il n'apparaît pas souhaitable que l'Allemagne du chancelier Hitler par la force de ses divisions soit en mesure de contraindre les armées de l'Union soviétique à la capitulation. A contrario, une résistance redoublée de l'armée rouge avec endurance et sang-froid sur une vigoureuse ligne de défense serait propice à rendre favorable l'entame de pourparlers en vue de la négociation d'un cessez-le-feu. Les états unis d'Amérique et ses alliés ont la ferme volonté d'octroyer une aide matérielle accrue pour la réalisation de ce but* » sans la comprendre. C'était pourtant écrit dans un russe parfait qui n'autorisait aucune place pour une mauvaise interprétation. La signature était un griffonnage illisible.
Que pouvaient bien vouloir ces Américains. La mainmise de l'Allemagne sur l'Union soviétique ? Sans pour autant être à éliminer, cette option ne correspondait pas à son analyse attentive. Si c'était cela, ils ne viendraient pas marchander la semaine suivante l'envoi d'armements, à moins bien entendu que ce ne soit une ruse. Ils prétendaient bien que leur dernier convoi s'était en grande partie vu envoyé par le fond dans l'Atlantique. Cette lettre était d'ailleurs arrivée au moment propice, le choix du calendrier s'annonçait idéal, juste avant les négociations. Les États-Unis n'avaient pourtant en apparence rien à gagner à la succession de l'Union soviétique par la dictature du troisième Reich. C'est vrai qu'ils venaient de lui refuser de créer un nouveau front. Churchill quant à lui racontait n'importe quoi, débarquer en Afrique était sa dernière idée. Pourquoi pas au pôle Nord. Les Anglais ne comptaient pas dans cette aventure, ils exécuteraient ce que les Américains leur dicteraient un point c'est tout.

Depuis son entrée au séminaire de Tiflis il avait construit sa vie à se méfier de tout et de tous, de voir en toute action humaine une tentative destinée à l'anéantir et il s'enorgueillissait devenu maître en la matière. Cette histoire de bombe terrifiante dont lui avait parlé Vassilievski était somme toute peut-être vraisemblable et non le délire d'un agent probablement double. Si cette chose existait dans la réalité, les Américains disposaient à présent de trois cartes majeures en main. Son passé trouble, un explosif superpuissant et du matériel militaire à lui fournir en énorme quantité. Il décida comme toujours dans tous les moments difficiles qui avaient jalonné son existence de ne pas ciller, de ne rien dire, d'attendre que l'adversaire dévoile son jeu pour pouvoir le foudroyer si c'était encore possible.

Seulement, il allait décider d'une petite entorse qui suffirait à terrifier pour un court temps ses ennemis de l'intérieur. Cela donnerait à vrai dire peu de résultats sauf celui de calmer l'armée. Ce n'était pas sans dangers si, comme il hésitait à trancher depuis début juillet, les Allemands effectuaient une gigantesque manœuvre de diversion pour cacher le véritable objectif de leur offensive, Moscou. Particulièrement ces dernières semaines ! Ils l'avaient déjà effectué lors de la bataille de Kiev l'été passé et ils étaient assez retors pour recommencer. Risqué, mais jouable. Son jeu n'était pas encore assez beau que pour oser de le montrer, il lui fallait obtenir de meilleures cartes aux tours suivants. Optimiste, le maître de la Russie rédigea une note avant de s'endormir.

***

Assis à son bureau après une courte et très désagréable nuit Staline regardait d'un œil sombre le général Vassilievski sans dire un mot ce qui apparaissait toujours comme un très mauvais signe. Son interlocuteur le savait et n'en menait pas large. Il était rentré le matin même en urgence de Stalingrad où il avait mission de lancer une contre-attaque suivant les ordres de son maître. Le but de sa visite était simple, plaider en personne pour obtenir un sursis de quarante-huit heures pour réunir plus de forces réparties dans deux attaques différées. Il y retournerait au front avant la fin de la journée avec un peu de chance, mais ça pouvait aussi bien devenir en soirée l'antichambre de la Loubianka. Après trois interminables minutes, le Vojd sortit du tiroir de son bureau cinq feuillets qu'il étala puis il observa à nouveau le général avant de laisser tomber d'une voix qu'il voulait glaciale : – Deux cent vingt-sept. C'est son numéro. Une fois encore, je suis contraint de constater que mes ordres n'ont selon toute apparence pas été bien saisis. Je me retrouve dans l'obligation de les répéter. Si la Volga est coupée, la guerre est perdue. Vous comprenez ça général ?

Vassilievsky, face au danger mortel que représentait son patron en menait de moins en moins large, déglutit tant bien que mal avant de rétorquer d'une voix mal assurée : – parfaitement !

Staline le perça du regard : – Alors nous sommes bien d'accord, vous répondrez de son exécution sur votre tête. Plus un pas en arrière, fusillez, destituez, faites arrêter les familles, accomplissez ce qu'il faut, avant tout votre devoir, mais plus un pas en arrière.

- Ce sera diffusé avec effet immédiat vous avez ma parole. Le général désapprouvait de tout son savoir militaire cet ordre en se demandant bien de quelle manière les hommes pourraient stopper leur retraite et faire face aux divisions allemandes dans les plaines pelées du Kouban. Cela ne conduirait qu'à accentuer les pertes, mais Vassilievsky n'ajouta aucune objection, il n'avait aucune intention d'en être la première victime.

- Je l'entends bien. Donnez instruction de le présenter exclusivement par un discours à la troupe, ne le leur donnez pas. Dites-moi, dans cette affaire d'explosif y a-t-il quelque chose de nouveau.

Le général qui s'attendait à lutter pour obtenir son sursis de quarante-huit heures fut déstabilisé par la demande sans rapport avec l'ordre qu'il venait de recevoir, il dut rassembler ses idées pour comprendre de quoi le maître du Kremlin lui parlait : – Rien pour l'instant, nous avons mis toutes nos antennes en alerte.

Staline paraissait à présent plus calme, la voix était moins rocailleuse ce qui ne le rendait pas sans danger pour autant : –Que ce ne soit cependant pas une priorité, ce n'est à coup sûr que le délire d'un agent perturbé.

- Cet agent a donné d'excellentes informations par le passé !

- C'est le propre d'un agent double qui cherche à vous piéger. Pour le reste inutile de revenir sur la question, attaque immédiate, Stalingrad doit être sauvée à tout prix. Laissez-moi maintenant, allez plutôt prendre votre avion.

À peine Vassilievsky sorti de la pièce Staline empoigna le combiné de son bureau et se fit mettre en relation avec le chef du NKVD. Quand celui-ci décrocha, il le coupa d'une voix brutale : – Lavrenti, fourni moi tous ce que tu sais et ce que tu ne sais pas sur l'américain Averell Harriman.

Moscou, Kremlin jeudi 30 juillet 1942 07h40

De toute évidence, Lavrenti Beria savourait une à une les paroles qu'il distillait à son maître. Entre eux, ils employaient le géorgien, ça leur facilitait les échanges tout en donnant un air de connivence pour peu qu'on pût s'imaginer être le complice de Staline.

- William Averell Harriman de la Harriman Bank, devenue la Brown Brothers Harriman Bank. Il y est associé à un certain Prescott Bush. Lors de leurs études à l'université de Yale, c'est fort probable qu'ils aient fait partie de la société secrète de ladite université, les « Skull and Bones ». Ce qui va vous amuser c'est que cette société tient pour symbole un crâne sur deux tibias croisés. Vous savez, l'emblème dont les SS sont si fiers de porter sur leur casquette.

Beria prit une pause pour jouir de l'effet de ses dernières paroles. Il jeta un œil à Staline, c'était évident, cela ne le distrayait pas, il lui fit signe de la tête de continuer.

- Ils administrent en commun l'Union Banking Corporation détenue par la famille Thyssen, celle-là même qui a financé l'accès au pouvoir de Hitler. D'ailleurs, cette banque gère de manière identique les fonds du Vereinigte Stahlwerke, l'association des aciéries allemandes qui fournissent l'armement à la Wehrmacht. En passant, ils possèdent aussi quelques affaires avec Friedrich

Flick autre financier de Hitler.

Il regarda à nouveau Staline : –Le dessert reste lui aussi délicieux, la banque UBC pour défendre ses intérêts emploie le cabinet Sullivan et Cromwell de New York. Dans ce cabinet travaillait un certain Allen Dulles ! Beria s'interrompit encore une fois.

- Je devrais le connaître demanda Staline surpris ?

- C'est le frère de Foster Dulles homme très influent des États-Unis réputé pour son anticommunisme viscéral. L'homme a été beaucoup remarqué ces derniers temps à Lisbonne et à Berne, il joue sans aucun doute un rôle important dans les services secrets américains.

- La Suisse, Lavrenti, encore la Suisse !

Ukraine, Jitomir « Hegewald », quartier général de Heinrich Himmler, mardi 04 août 1942

L'appareil d'Himmler étant rendu indisponible à cause d'une panne Walter Schellenberg avait fait le voyage de Varsovie à Jitomir dans l'avion personnel de Hitler, « Immelmann » un Focke Wulf Condor 200, de loin le plus confortable des bombardiers convertis au transport du Reich. Par chance, il n'avait pas pu disposer d'un double fauteuil dans l'avant de la carlingue occupée par des officiers de haut rang dont l'exécrable général von Dem Bach Zelewski qui à première vue reprenait du service après une interminable maladie. Il trouva place dans la cabine arrière séparée par une tenture restée ouverte sur un siège simple de droite ce qui avait néanmoins l'énorme privilège de ne pas l'obliger à être contraint d'entretenir une conversation avec un voisin borné. Il avait parlé plus qu'il n'aurait voulu à la réception du gouverneur Frank[86] et surtout écouté, il était arrivé à la saturation proche de la nausée des illusions dans lesquelles les principaux responsables s'enfermaient.

Après quatre heures de vol, ils avaient atterri à Hegewald, nom du nouveau quartier général du Reichsführer en Ukraine. Celui-ci conservait l'avantage d'être aussi un ancien aérodrome soviétique ce qui évitait les longs déplacements en convoi. Autre atout, Berditchev restait à peine distant de cinquante kilomètres de celui du führer à Vinnitsa. Heinrich Himmler dans sa perpétuelle et assommante ambiguïté cherchait à démonter son indépendance, mais dans la réalité la laisse qui le reliait à son maître était toujours fort courte.

En ce début d'août régnait une chaleur difficilement supportable, comme l'endroit grouillait de monde elle renforçait l'ambiance d'étouffement. Après s'être fait montrer

---

[86] Reichsleiter Hans Frank : gouverneur du Gouvernement général des territoires polonais occupés de 1939 à 1945.

ses quartiers, il se doucha à la hâte, changea de chemise et se sentit mieux. En route depuis très tôt, mort de faim, il s'était dirigé vers le réfectoire sans trop d'illusions, l'institution SS n'était pas réputée pour sa gastronomie, la rumeur courait qu'on avait même intérêt à apporter de quoi améliorer l'ordinaire. Après avoir d'une seule traite englouti à la cantine un frugal repas de pommes de terre et de légumes qui confirmaient ses craintes, il s'était rendu à son entrevue.

***

Depuis déjà plus d'une heure le Reichsführer leur dispensait un cours explicatif sur la mythologie allemande, les fouilles archéologiques en Grèce qui prouvaient que les helléniques étaient issus de la migration des germains vers le sud et les Perses, leurs ennemis jurés, des sémites. Le major Walter Kurreck[87] et le capitaine Erich Hengelhaupt venus exprès de France partageaient stoïques le même sort. Ferme, mais patient, Himmler continua à les entretenir des dernières recherches de l'Ahnenerbe et de l'ouverture d'un département médical en premier lieu dans le but de seconder la Luftwaffe, mais ce n'était pas sa seule priorité.

À cette occasion leur chef les avait invités dans sa villa personnelle et non au bunker., ils étaient assis sur des canapés d'où le semblant de discussion se prolongeait de façon informelle. Walter luttait pour ne pas s'endormir, mais aussi pour que le chef SS ne s'aperçoive pas qu'il sombrait peu à peu dans la torpeur, il faut dire que le fauteuil y incitait, il en vint à regretter les austères sièges en osier du blockhaus qui après quelques minutes mettaient le dos à rude épreuve. Himmler en apparence inconscient de son inattention poursuivait tel un prêtre en chaire : – J'ai le plaisir de vous faire part d'une excessive bonne nouvelle. Malgré mon emploi du temps fort chargé, il m'a été permis de trouver une possibilité de me rendre au château de Wewelsburg pour y déposer le blason du général Heydrich. Il y sera brûlé selon la coutume lors d'une prochaine cérémonie. Il laissa sa phrase en suspens comme s'il s'attendait à des applaudissements.

Écouter prononcer le nom de son ancien chef ranima Walter, il se demanda à quoi pouvait bien ressembler le blason de Heydrich, il ne l'avait jamais vu ni en avait entendu parler.

Ouvertement déçu du peu d'intérêt suscité par son annonce, dépité il continua d'un ton plus sec : –Pour en venir à l'action qui nous importe à l'ordre du jour, celle qui est l'objet de votre convocation, en concertation avec le führer nous avons décidé de lui donner vie plus active. J'avais déjà recommandé de la nommer « Opération Zeppelin ». Vous savez pourquoi Zeppelin ? Car il se faufile sans bruit la nuit loin au-dessus des positions de l'ennemi. Il les dévisagea un à un, impénétrable, pour y trouver leur approbation. Pensant qu'ils n'en comprenaient pas la subtilité, il précisa d'un accent désagréable : – Nous devons infiltrer l'adversaire loin derrière leurs lignes. Je spécifie que la responsabilité en sera réservée au département VI à l'exclusion des autres.

---

[87]Major Walter Georg Julius Kurreck : responsable de l'AMT VI pour les groupes de sabotage zeppelin sur le front est.

Les deux officiers qui assistaient à la réunion avec lui restèrent muets, accablés par une nouvelle tâche à l'est ils n'avaient rien à dire et attendaient la suite. Schellenberg en tant que dirigeant du département n'avait pas non plus grand-chose à ajouter, mais Himmler pouvait s'avérer susceptible, variante rancunier, alors pour rompre le silence il sortit la première chose qui lui vint à l'esprit : – Si vous me permettez une remarque, c'est aussi prendre le risque d'empiéter sur les prérogatives de l'Abwher qui ne manquera pas de se plaindre ! Sous-entendu au führer.

Himmler lui lança un regard de reproche comme au plus mauvais élève de la classe ; il eut droit à une réponse sèche de sa part : – Considérons que c'est du contre-terrorisme et cela c'est notre affaire ! Voilà messieurs, j'attends que de votre côté vous finalisiez l'élaboration d'un projet concret que vous me remettrez sous quinzaine.

Comme de coutume, il se dressa pour signifier la fin de l'entretien. Habitués à ses manières, ils se levèrent à leur tour : – Pas vous Schellenberg. Après qu'ils se furent retrouvés seuls Himmler l'observa d'un regard singulier, comme d'ordinaire son visage demeurait inexpressif, Walter s'était longtemps questionné pour découvrir si c'était dû à un entraînement ou sa seconde nature, chez lui tout s'exprimait dans les yeux et les phrases : – vous n'avez pas l'air en grande forme colonel, je vous ai étudié, vous résidiez pour ainsi dire à l'autre bout du monde ! Vous pensiez à votre épouse Irène ?

Bien que piqué Walter cacha son irritation. La mauvaise humeur de son chef s'étant ostensiblement accentuée, il savait qu'il obtiendrait fort peu de lui dans cet état, mais tant pis, pourquoi ne pas tenter le coup : – Pas ailleurs au sens strict, mais au sens large prisonnier d'un contexte fort préoccupant. Vous connaissez l'urgence de terminer ce conflit Reichsführer.

- C'est rare que les guerres s'achèvent dans la précipitation à l'avantage de la partie pressée d'en finir. Vous déteniez bien un plan à suivre si je ne me trompe ?

Alors nous y voilà se dit Walter, le plan est devenu soudain le mien au surplus caché dans un endroit connu de moi seul. Son éducation catholique lui fit sur-le-champ imaginer un Ponce Pilate habité par la cruauté d'un roi Hérode : – Vous voulez dire le plan du général Heydrich comme il vous l'a lui-même exposé.

- Certes, certes Schellenberg, mais Heydrich n'est hélas plus parmi nous, étant donné que vous vous trouviez sous ses ordres directs depuis si longtemps dans une proximité complice, vous devenez son héritier naturel. « Autrement dit, à par moi, plus aucun témoin vivant n'existe pensa Walter ». Heinrich Himmler satisfait de s'être lavé le bout des doigts poursuivit : – La politique s'avère de tout temps une chose très compliquée Schellenberg. Cela s'entend, je compatis sans façon à votre impatience, mais dans le cas présent le mieux consiste à agir avec une sérieuse dose de diplomatie. Hitler est à chaque jour qui passe un peu plus influencé avec une intensité que je qualifie de perverse par Ribbentrop qui de son côté désire continuer la guerre à tout prix. Vous remarquerez que je néglige sa ridicule particule von, pour moi ce n'est rien de mieux qu'un chef de gare bon à suivre Amerika. Ce Ribbentrop est un personnage insupportable, hélas, pour l'heure il court bel et bien dans nos pieds et je ne vois pas par quel stratagème l'écarter.

Walter ne savait pas de quelle meilleure façon lui rappeler qu'il ne s'agissait pas à proprement parler d'obtenir l'accord de Hitler, mais bien de le mettre devant le fait accompli. : – Reichsführer, je crains que les Américains ne s'attardent pas à ces considérations. Vous avez reçu mon mémo d'information, ils viennent de déployer en Angleterre une imposante flotte aérienne à long rayon d'action.

- Vous ne vous montrez pas autant impressionnable d'habitude, alors ne modifiez pas votre attitude et encore moins la conduite des affaires. Mais vous avez entièrement raison, cette guerre doit se terminer au plus vite.

- Walter nota la subtile pirouette, pas encore un revirement, mais les nouveaux chemins se balisaient parfois d'un poteau indicateur sur lequel était écrit en lettres de feu "volte-face" à la place de "danger" : – Reichsführer, c'est donc indispensable que je puisse continuer le projet et cela englobe de nombreux contacts à la fois dans le Reich et hors du Reich. Par la force des choses, cela implique la Suisse. En ce qui concerne Ribbentrop, j'ai bien un début de plan pour que le führer lui retire sa confiance, depuis quelque temps je me trouve en contact avec un gestionnaire de ses biens, ce dernier est, sous certaines conditions, prêt à me fournir des éléments fort compromettants.

- Vous m'en direz tant. Ça pourrait devenir utile en effet. Voyez par vous-même, mais évitez à tout prix de me mêler à des conspirations de palais, ce n'est pas intégrable dans l'espace politique actuel, croyez-moi. Hitler est à cran il s'emporte pour un rien. D'ailleurs, je vais le rencontrer demain dit-il avec fierté.

La devise du Reichsführer était devenue « il est urgent d'attendre ». En contrepartie, c'était l'occasion que Walter guettait depuis son arrivée au Hegewald, il sauta dessus pour ne pas laisser s'échapper l'opportunité qu'il espérait : – me feriez-vous la faveur de m'autoriser à vous accompagner ?

Himmler le regarda interloqué : – Cela concernerait vos affaires en cours ?
Décidément, il évitait de mettre les mots voulus dans la bonne boîte. Walter opta pour rester sur la même ligne : – On peut en effet qualifier cela ainsi Reichsführer !

Himmler réfléchit quelques secondes, son silence montrait de manière claire que cette perspective ne l'enchantait guère. Il finit par se laisser convaincre : – Bien, Karl Wolf est déjà du voyage, vous nous escorterez, toutefois vous ne serez pas admis à la conférence de situation, c'est évident, cependant ce n'est pas impossible que le führer veuille vous voir. Soyez donc prêt pour cette éventualité. Au cas où, nous dirons que devant l'ampleur de votre tâche vous êtes venu me demander mon appui pour obtenir de transférer du personnel de l'AMT IV chez vous, ce à quoi j'ai concédé mon accord.

UN ETE SUISSE

TROISIÈME PARTIE

Ukraine, Vinnytsia, Werwolf Quartier général de Hitler, jeudi 06 août 1942

Ils étaient arrivés en fin de matinée au Werwolf après avoir effectué un court vol d'une quinzaine de minutes jusqu'à l'aérodrome de Kalinovka pour ensuite poursuivre avec un trajet de quinze kilomètres en convoi en automobiles blindées en ayant soin d'emprunter des petites routes à travers les forêts. Ils auraient pu faire tout le parcours en voiture par la « rollbahn » chaussée directe de quatre-vingt-dix kilomètres sécurisés par la feldgendarmerie, mais le SD estimait que le voyage de Berditchev à Vinnytsia dans la steppe découverte était trop dangereux ce jour-là, l'entrevue avait d'ailleurs été remise de vingt-quatre heures. La veille, ils s'étaient à nouveau enfermés seuls pendant plus d'une heure, la conversation avait tourné autour de nombreux sujets, mais sans que Walter puisse y déceler une attitude déterminée pour la suite des évènements. Après chaque prise de position, il semblait se cogner dans un mur invisible le renvoyant dans la direction opposée. Cette fois, c'était perceptible à l'œil nu pour qui le connaissait, c'était un Himmler perturbé qui l'avait invité à un dîner de réception en compagnie des autres officiers.

Arrivés au Werwolf, après les présentations et politesses d'usages Himmler accompagné de Karl Wolf s'était cloîtré avec Hitler dans la profondeur d'un bunker.

Sous prétexte d'inspecter les mesures de sécurité Walter s'était promené un peu partout à la recherche du général Halder, il avait fini par le trouver assis en bras de chemise sur un banc aux abords de la piscine construite au nord du complexe. En apparence, il cherchait un peu de fraîcheur, la température, dans la réalité du mois d'août, était bel et bien insupportable, toutefois en observant son regard c'était flagrant qu'il avait perdu ses pensées au fond de l'eau et recherchait une solution pour les faire revenir à la surface.

- C'est tentant toute cette eau, pas vrai général !

C'était imperceptible pour qui ne le connaissait pas, mais le général Franz Halder paraissait amusé : –C'est d'un constat facile, il est plus évident de se défaire d'un rhume que de vous ! À propos, ne vous approchez pas de trop près, je pourrais être contagieux.

- Vous êtes malade ?

- C'est une éventualité, Hitler a une grippe carabinée et il pourrait bien me l'avoir passée.
- Bonne nouvelle, s'il est affaibli votre tâche n'en sera que plus aisée.
- N'en pensez pas un mot, au contraire son optimisme qui dégouline comme l'eau de son nez n'a plus de limites. Dans son euphorie, il renvoie la Grossdeutschland et la Leibstandarte en France. Là, mon jeune ami je n'y suis strictement pour rien ! Vous ne le saviez pas pour la Leibstandarte ?

Walter dut avouer qu'il l'ignorait. Du Himmler tout craché, hermétique et secret. Malgré son apparente distance des évènements Walter constatait que ce sournois avait décidé à l'aide d'une manœuvre rusée auprès du führer de retirer la meilleure de ses divisions pour pouvoir la garder intacte sous la main en cas de besoin. Il en prit note.

Halder qui avait l'esprit aiguisé auquel rien n'échappait eut un petit sourire mêlé d'ironie : –Votre chef vous cacherait-il des choses ? Sans attendre la réponse de Schellenberg il poursuivit : – Marchons un peu vers mes quartiers, Bormann à son chalet ici en face, ne lui faisons pas le plaisir d'avoir la possibilité d'intriguer sur notre compte.

- Au cas où, je vous pose des questions en vue d'une infiltration en profondeur dans le secteur du Caucase et d'un éventuel ralliement des tribus montagnardes à notre cause. C'est la dernière marotte du Reichsführer et il m'en a chargé.
- Vous m'en direz tant ! Nous n'avons malgré tout que peu de temps, je vais devoir bientôt participer à la réunion de l'après-midi et au moins nous serons vus ensembles au mieux nous nous porterons. Je vais donc vous faire un bref résumé. La directive quarante-cinq a eu pour effet pervers de bloquer sur place la sixième armée et de lui enlever ses divisions blindées. C'est amusant, mais nous sommes bien obligés constater que la sixième armée a avancé à la même vitesse que Napoléon lors de sa campagne de Russie ; sans cela elle aurait pu prendre sans attendre la ville de Stalingrad, Paulus n'avait strictement rien devant lui jusqu'à la Volga. Par la suite, le lieutenant-colonel Ghelen m'a averti que le russe se regroupait en défense dans cette zone. C'était évident que tôt ou tard ils se rendaient compte que Moscou n'était pas l'objectif. C'était trop tard, s'il avait pu disposer de son armée de chars Paulus et ses hommes à cette heure de se baigneraient dans la Volga.
- C'est un bon signe ?
- C'est selon. Ils ne sont pas tout à fait idiots, car ils doivent à présent commencer à réaliser que nos forces sont trop divisées et que le Caucase va être une noix fort dure à craquer pour la Wehrmacht ! Le feld-maréchal List a quelques difficultés à progresser depuis la reprise de Rostov. À l'heure ac-

tuelle, les combats font rage dans le secteur de Krasnodar, cependant il semblerait bien que les puits de Maïkop soient à notre portée grâce à Kleist qui a franchi le fleuve Kouban. Si c'est le cas, après la chute de Novorossisk nous pourrions bientôt ravitailler l'armée par mer.

- Cela dessert sans aucun doute notre plan général. C'est en tout cas ce qui allume une grosse lumière rouge dans mon l'esprit à moins que vous ayez une autre idée ?

- En apparence, mais c'est sans compter avec le führer. Il n'a pu résister au besoin de modifier sa propre directive quarante-cinq ; par la même occasion il affaiblit avec une exagération qui caractérise son manque de connaissance militaire le maréchal List dans sa marche au Caucase.

Remarquant l'incompréhension de Schellenberg Halder se fit plus explicite : - Pour parvenir à un jour en arriver à un cessez-le-feu, l'alchimie de notre plan doit résider dans un équilibre très précis des forces. La moindre perturbation peut le réduire à néant à l'avantage de la partie adverse. La chance s'est néanmoins mise malgré tout du côté de nos intérêts, la traversée du Don a été retardée faute de carburant. Hitler s'en est d'ailleurs comme un idiot amnésique pris à moi alors que c'est lui-même qui a décidé de donner la priorité à Kleist pour accéder aux contrôles des puits de pétrole. C'est maintenant bien entré dans ses habitudes. Mais aujourd'hui, on remarque que le russe élabore des contre-attaques plus consistantes. J'ai donc demandé au führer l'autorisation que l'armée de Panzer de Hoth[88] soustraite à Paulus lui soit réaffectée. Pour une fois, il m'a écouté. Comme à l'occasion d'une bataille rien n'est prévisible, cette armée a pris à présent le russe à revers, nous l'acculons peu à peu, mais ça se bat sec en ce moment même dans cette partie du front.

- Vous croyez encore à l'équilibre des forces ?

- Le russe est pour l'instant assez désavantagé, tout indique qu'il serait en outre en fort mauvaise posture. Pour parvenir à un résultat il faut être en mesure de reproduire les conditions de 1916 de Verdun jusqu'aux Flandres, que les armées stagnent dans une guerre de position.

- Ce qui ne nous avait pas porté chance général.

- La chance n'a pas grand-chose à voir là-dedans colonel Schellenberg !

***

Pas besoin d'être médecin pour noter que le führer avait l'air mal en point, ses yeux étaient congestionnés et sa voix plus rauque encore que d'habitude. Himmler l'avait fait appeler ; en dépit de son état Hitler tenait malgré tout à le voir. Walter attendait

---

[88] Lieutenant général Hermann Hoth : commandant de la 4ème Panzerarmee dès juin 1942.

devant la porte du bunker quand le führer sortit de son chalet en sa compagnie. Contrairement à son habitude il s'adressa tout de suite à lui comme s'il ne voulait pas perdre de temps : – Bonjour colonel Schellenberg, cela fait maintenant longtemps que vous ne m'avez pas rendu visite. Le Reichsführer m'assure que vous avez beaucoup appris de vos erreurs et qu'à présent vous êtes prêt à donner le meilleur de ce que nous vous avons enseigné. Il désire vous concéder une plus grande autonomie et je ne m'y oppose pas. Tâchez de ne pas nous décevoir.

Surpris, Walter ne trouva sur le moment rien d'autre à répondre : –Il n'est pas question, fût-ce un instant, de ne pas correspondre à ce que vous attendez de moi mon führer.
Préciser que c'était en ce qui le concernait, n'était pas le genre de réponse qu'affectionnait Hitler qui n'acceptait en général que l'inconditionnel collectif.

- Bien, très bien ! Hitler leva à peine la main droite pour le saluer puis s'en alla sans rien ajouter. Himmler et Wolf l'accompagnèrent sans daigner lui jeter le moindre regard.

Walter qui possédait une sérieuse dose d'aplomb n'était pas un homme facile à surprendre, il se retrouvait une nouvelle fois soufflé par le tortillement d'Himmler. Erreurs et autonomie dans la même énoncé, ça voulait tout dire. Cet homme avait la faculté indéniable de ne donner prise à aucune responsabilité ou situation qui pourrait l'incriminer. Chaque jour, le terrain s'avérait un peu plus miné. Il pensa à la dernière phrase prononcée hier par le Reichsführer : « Quand je vous dis que cette guerre doit se terminer, j'entends avec avantages ». A présent c'était nécessaire de réagir et de se protéger. Si possible aux dépens de l'Abwher.

Berlin, 32 Berkaerstrasse, lundi 10 août 1942

Les plans d'Himmler le contrariaient. Himmler lui-même le contrariait. Si ce dernier restait toujours en accord avec le projet de « diversion » Zeppelin n'aurait pas lieu d'exister. Quand bien même si c'était un caprice supplémentaire du führer, et Walter en doutait un peu, il aurait pu essayer de traîner. Nul doute qu'Himmler n'avait pas trouvé mieux pour retarder à sa manière "diversion". L'opération qu'on appelait à présent « Zeppelin » ne se résumait pas une entreprise qui pouvait se mettre sur pied en quelques mois. Les premières actions dataient encore de la direction du général Heydrich. Avant son funeste destin de juin, quelques petits groupes avaient bien été parachutés derrière les lignes soviétiques, mais les résultats se faisaient attendre.

Comme si cela ne suffisait pas, une tâche parallèle, un nouveau groupe radio, lui était tombée dessus ; il allait devoir faire preuve d'inventivité pour parvenir à monter une station d'émission digne de ce nom. Pour compliquer le processus, l'institut Havel à Wannsee avait été choisi par le Reichsführer. Walter aurait préféré le siège berlinois de l'AMT VI, mais par malchance il manquait en tout point de spécialistes pour forcer l'affaire. Himmler dans une tentative d'apaisement avait marqué son accord pour qu'il débauche du personnel formé du département IV ; Müller qui cherchait par tous les moyens à absorber le service Ausland au profit du sien avait été loin d'apprécier. Le chef de la Gestapo n'arrêtait pas d'intriguer pour participer à l'opération. Bref, ça se passerait à l'institut.

De toute façon, les recrues « Zeppelin » étaient dans l'ensemble mal entraînées et peu motivées politiquement. La majorité se constituait dans la plupart des cas de volontaires sortis des rangs dans le but d'échapper aux camps de prisonniers. La plus grande partie d'entre eux seraient capturés par les Soviétiques et après quelques bousculades et intimidations retournées contre l'Allemagne. C'est de cette manière que lui agirait.

Walter avait eu tout le temps de réfléchir dans l'avion du retour d'Ukraine. Dans le but de contenter Himmler, il avait décidé de monter une intervention au-delà du Caucase ce qui correspondait aux circonstances. Pour ce faire, ils préparaient des Géorgiens qui désiraient rétablir l'éphémère République démocratique de Géorgie de Transcaucasie. Ces doux rêveurs s'infiltreraient de Turquie vers Batumi sur la mer Noire si possible en bénéficiant de l'aide des forces antisoviétiques de la région dont les chefs échangeraient leurs services contre des armes. La manipulation offrait l'avantage de donner l'impression qu'il s'activait, cela avait le mérite de permettre par la même occasion d'obtenir et de recouper des informations sur les opérations dans le secteur. Dans la période agitée qu'il vivait, réaliser un coup double n'était pas négligeable ; étant donné qu'il le vendrait comme un deuxième travail, cela lui transférerait un crédit de temps toujours bon à prendre.

Walter avait peu de disponibilités pour se consacrer à cette mission, il décida de la confier au major Rudolf Röder[89] du département C qu'il venait de réussir à faire nommer avec beaucoup de difficultés pour remplacer efficacement le lieutenant-colonel Heinz Gräfe qui se montrait en dessous de tout.

Pour couronner l'ensemble, Hans Eggen lui avait laissé un message dans lequel lui rappelait la relative urgence de rencontrer le brigadier Masson.

Chaque chose en son moment, la priorité absolue consistait à d'abord impliquer l'Abwher.

Kremlin, Moscou, mercredi 12 août 1942 16h00

Joseph Staline se retrouvait une fois de plus de très mauvaise humeur, un état qui était loin d'être exceptionnel ; fort de son habitude rodée jusqu'à la perfection depuis

---

[89] Major Rudolf Oebsger-Röder : responsable de la section spéciale VI C / Z (zeppelin) dans le bureau VI de la RSHA en juillet 1942.

des années, il parvenait sans difficulté à la dissimuler sous un visage impassible. Ses pseudos alliés lui avaient à nouveau signifié l'impossibilité de créer un second front.

L'ambassadeur américain William Standley pour faire bonne figure lui avait confirmé l'envoi d'aide militaire ; soutien consistant dans une majeure partie en chars obsolètes des chenilles au canon dont leurs armées n'avaient plus l'utilité. En ce qui concernait les avions, ils étaient archaïques et pour l'ensemble inefficaces face aux modèles allemands bien supérieurs. Livrés sans pièces détachées, autre preuve d'indifférence, les manuels de vol manquaient. Un marché de dupe, connu de tous. Même l'ambassadeur américain n'osait plus regarder le géorgien dans les yeux. Pour comble de désinvolture, l'anglais Archibald Clark semblait beaucoup s'amuser de la situation. C'était visible que "ses alliés" s'étaient déjà entendus pour vendre la peau de l'ours russe en s'imaginant la guerre perdue pour l'Union soviétique. Le voyage de Molotov à Washington en mai témoignait de la justesse de ses vues sur le sujet. À travers son ministre, les responsables américains lui avaient fait comprendre à demi-mots qu'il ne pourrait compter que sur lui-même. Et encore, c'était avant le désastre de Kharkov et l'offensive allemande d'été. Les alliés, ses « alliés » devaient anticiper sa chute en élaborant des plans dans son dos pour traiter avec Hitler.

Il avait, à défaut d'autre chose, décidé d'adopter l'attitude byzantine qu'il dominait du bout des ongles. Pour commencer il allait les travailler séparés, un à un. Le Premier ministre anglais en tête, l'homme ne l'aimait pas et il n'aimait pas l'homme. Tous les deux étaient à présent réunis dans son appartement privé, trois si l'on ajoutait l'interprète, mais lui il ne comptait pas plus que la table autour de laquelle ils s'étaient assis. La conférence achevée au mieux il se verrait récompensé par dix ans de camp à régime modéré.

Churchill en était à son troisième whisky. Staline s'était donné beaucoup de peine pour trouver de très vieilles bouteilles qui provenaient encore de la réserve du tsar. Les abeilles fuient la fumée pas le miel disait un dicton russe.

Le maître du Kremlin prit la parole avec une lenteur calculée, d'abord pour que l'interprète puisse suivre, en second lieu de telle sorte que ses propos arrivent avec force dans le cerveau déjà embué du Premier ministre britannique : – Considérez que nos armées subissent des pertes colossales dans une guerre d'attrition contre un ennemi commun redoutable doté du meilleur matériel. Le prix, payé comptant chaque jour par du sang soviétique, devient énorme. Notre productivité se rétablit pan après pan dans l'Oural, elle atteindra sous peu le niveau de 1940 ; malgré des efforts gigantesques les usines ne fournissent pas encore l'équipement suffisant pour faire face aux fascistes. Ces quantités de vies sacrifiées se réduiraient de beaucoup avec une défense plus puissante. Une résistance efficace provoquerait des dommages considérables à l'ennemi. Pour y parvenir, les troupes nécessitent d'urgence du matériels, sinon performants, au moins quantitativement comparable. Vassilievsky vous a transmis nos besoins les plus pressants, vous en avez pris connaissance, je les estime raisonnables en comparaison de notre abnégation ?

Churchill, verre vide à la main, le dévisagea comme s'il s'agissait d'un écolier indiscipliné à mettre au pas : –Le désastre du convoi PQ 17 ne nous permet pas d'envisager un acheminement plus conséquent dans l'immédiat, je suis le premier à le regretter. Nous ne pouvons pas nous résoudre à sacrifier autant de bâtiments, nous devons avant tout nous assurer de la protection des équipages et des navires.

Staline se pencha pour resservir lui-même du whisky, pour faire bonne figure il remplit aussi le sien malgré qu'il détestât ce breuvage. Quelle importance avait la disparition de quelques centaines de marins, l'armée rouge perdait autant d'hommes à chaque heure qui s'écoulait pensa-t-il ; accommodant il décida de prendre patience en usant d'une autre approche : – Depuis l'invasion de l'Iran l'année passée nous disposons d'une nouvelle route !

- Comme vous y allez ! Nous devons d'abord y arriver. Le corps expéditionnaire allemand en Afrique y voit un chemin facile pour réaliser la jonction avec les divisions opérant dans le Caucase. Dois-je vous rappeler que nous bataillons durs dans le désert de Cyrénaïque pour que le canal ne tombe pas entre leurs mains. Si je ne me trompe, vous parlez d'une route menant au Caucase que vous risquez bientôt de perdre à en croire la rumeur.
- Les rumeurs valent uniquement pour ceux qui les écoutent. Alors, créez ce second front en débarquant en France.
- Nous comptons débarquer vers la fin de l'année en Afrique du Nord, c'est aussi la France je vous ferais remarquer !
- Je ne vois pas en quoi cela pourra contribuer à défendre l'Union soviétique !
- C'est en dépit de notre volonté à vous aider tout ce que nous sommes en mesure de faire pour vous dans l'état actuel des moyens dont nous disposons.
- Vous ou vos alliés d'outre-Atlantique ?
- Quelle différence, c'est du pareil au même, vous savez !
- Quand un allié vous cache certaines choses, les affaires ne restent plus égales.
- Que voulez-vous dire par là ?
- Vous êtes bien entendu au courant de leur nouvel explosif superpuissant à l'uranium dont ils disposent, celui qui a la capacité de détruire une ville comme Berlin.

Churchill ouvrit grand les yeux et la bouche

Kremlin, Moscou, mercredi 12 août 1942 19h00

Par sécurité, l'interprète avait été changé sur l'ordre de Staline. À la fin de la conférence, ils se retrouveraient sans doute en compagnie de son prédécesseur dans le même wagon à destination de la Sibérie, ce serait moins monotone. À la réflexion, il veillerait quand même à donner des instructions pour qu'ils soient séparés dans des camps différents.

- J'ai insisté pour vous rencontrer en particulier, commença-t-il, je dois dire que votre ami le ministre anglais est un peu fatigué, il est allé s'étendre quelques instants si vous imaginez ce que je veux dire.

Averell Harriman affichait un sourire entendu : – je vois parfaitement ! Ça ne peut mieux tomber, de mon côté, je désirais si possible un entretien particulier.

Pour Joseph Staline, l'envoyé américain se résumait à un gosse né milliardaire qui trouvait fort divertissant de jouer au socialiste de salon. C'était une vraie malchance pour lui, Harriman avait rencontré Trotski en 1926, ce qui le discréditait à tout jamais au regard du Vojd qui l'avait appris directement de Beria.

Avec sa tête carrée, une grande bouche et des yeux allongés, son seul mérite se réduisait à exhiber une allure fraîche et sportive dénotant avec l'air débraillé de Churchill. Avec une salopette et un marteau à la main, il aurait pu être un bon modèle pour une affiche sur le nouveau citoyen. Beria lui avait affirmé qu'il était proche de Roosevelt, pour sa part il en doutait. Ce genre de personnage se montrait tout juste capable de voisiner de façon exclusive avec les intérêts de son clan constitué de banquiers et d'avocats d'affaires, le reste n'était qu'opportunisme. Il opta donc pour entrer sans tarder dans le vif du sujet.

- Il y a deux semaines j'ai reçu un courrier qui je pense émane de votre gouvernement. Une lettre au contenu surprenant bien que dans ce cas le mot devienne léger. Je dois jouer de malchance ou disposer de très mauvaises lunettes, je n'ai pas pu encore pu en déchiffrer la signature totalement illisible !

Harriman eut une moue ironique, comme Staline s'y attendait l'américain prenait du plaisir à la situation : –C'est monnaie courante au département d'État, pour eux, c'est le message, non celui qui le rédige qui indique l'importance. De bonnes nouvelles, j'espère ?

Le Vojd observait par la fenêtre la tour Saint-Nicolas faisant mine de ne pas avoir entendu. Après quelques minutes de silence il reprit de sa voix rocailleuse : – en tout état de cause elle ne m'annonçait pas l'ouverture d'un second front, pas plus que l'arrivée prochaine de matériel essentiel pour l'armée rouge !

- C'est le but précis de notre visite !
- Votre pays dispose de la moitié des industries du monde, vous auriez très bien pu venir seul. Pourquoi vous encombrer avec le ministre anglais. L'Angleterre possèderait-elle quelque chose à nous fournir de plus important que

du thé ? Pour ma part, je ne le crois pas, tel un vulgaire opportuniste elle a même été obligée de détourner une partie des avions qui nous étaient destinés.

- Simple erreur administrative, vous connaissez les bureaucrates !
- Si vous le dites. Cependant s'ils n'ont rien à nous offrir, ils bénéficient à l'inverse de quelque chose d'abondant à vous proposer à vous autres américains. Quelque chose qui a énormément de valeur à vos yeux.
- Ce sont nos alliés tout comme les vôtres depuis un an, nous ne pouvons les ignorer, pas plus que vous l'avez pu. Et si vous me disiez en quoi consiste cette valeur ?
- Staline négligea la remarque lui rappelant son pacte avec l'Allemagne, il était décidé à ajouter beaucoup d'eau dans sa vodka : – Leurs aérodromes. Ce n'est pas de vos porte-avions que vos appareils pourront décoller, vous avez à tout prix besoin de leurs pistes d'envol.
- Elles s'avéreront fort nécessaires pour le front aérien que nous tentons de mettre en place.
- Un esprit retors pourrait interpréter ça comme votre première tête de pont pour une implantation en Europe. Quant au bombardement pour nous soviétique c'est d'une utilité secondaire et d'abord vous allez pilonner quelles cibles ? Les usines Ford ? Je ne dois pas vous rappeler qu'à ce jour nous avons perdu cinq millions d'hommes. Staline pensait à l'offensive que menait Joukov en ce moment même au centre dans la région des saillants de Rzhev et Soukhinitchi, celles qui tournaient irrémédiablement au désastre.
- Vous risquez hélas d'en gaspiller bien plus si vous persistez à combattre comme vous le faites. Pourquoi n'envisageriez pas une approche, disons différente, plus diplomatique.
- C'est ce que suggère votre gouvernement ?
- Si vous me permettez de vous éclairer, mon administration n'a en toute hypothèse pas une vue exacte de la conjoncture pour pouvoir répondre à votre question de façon satisfaisante et adéquate.
- A contrario, vous, vous l'avez ?
- Je n'irai pas jusqu'à avoir cette prétention, cependant une remise en question de la situation serait le cas échéant de nature à convaincre des gens très influents à vous faire parvenir une aide plus importante. Je ne veux pas faire preuve de pessimisme, sans vous offenser, vous devez rester lucide, il existe un réel risque que vous perdiez la guerre contre l'Allemagne.
- Staline ne put empêcher la tentation de le frapper de lui monter à la tête en découvrant le sourire narquois qu'affichait Averell Harriman, il la fit aussitôt redescendre en la remplaçant dans un coin de son cerveau par une ruse qui laverait cet affront un jour, il en était persuadé. Personne ne s'était encore

moqué de lui sans en payer le prix fort. Il resta impossible pour rétorquer : – Et vous contre le Japon !

- Pays avec lequel vous avez signé un pacte de neutralité fort déplaisant pour les États-Unis. Ne perdez pas de vue qu'en ce qui nous concerne c'est un affrontement qui se déroule en majoritaire partie en zone maritime ; après leur attaque ratée de Pearl Harbor notre empire à l'inverse du votre est dans l'ensemble hors de leur porté si l'on excepte les Philippines et des petites régions. Mais laissons tout ceci, c'est le passé nous ne pourrions pas le changer au contraire de l'avenir tenu dans une large portion entre vos mains. Personnellement, si je risquais de tout abandonner à mon adversaire tout en possédant d'un autre côté un "ami" qui m'offre la possibilité de négocier un accord favorable me garantissant plus de quatre-vingts pour cent de mon territoire, je ne rejetterais pas l'idée dans la première poubelle venue. Aujourd'hui, il se trouve des "gens" qui considèrent l'aide qu'ils pourraient vous apporter comme un piètre investissement, il pourrait s'avérer en pure perte. Au contraire, s'il s'agissait de vous fournir les moyens de revenir à la paix ce serait une tout autre question.

- Pourquoi ne pas pousser l'effort un peu plus et nous donner les ressources pour remporter cette guerre.

- Voyez-vous, ces "gens" gagnent en général beaucoup d'argent et même parfois des fortunes colossales en anticipant les évènements. Dans ce que j'appelle leur boule de cristal, ils peuvent considérer qu'emporté par votre élan vous ne vous arrêteriez pas avant la mer du nord ou pire la mer d'Irlande et ça je crois que ça leur déplairait prodigieusement. L'Angleterre et l'Irlande sont pour eux la terre de leurs ancêtres, pour une grande majorité d'entre eux du moins, vous devez essayer de les comprendre.

- Vous emploierez vos bombardiers pour les protéger !

- Vous rendez vous compte que nous parlons d'une possible guerre entre nos deux pays !

Fidèle à son habitude Staline recula imperceptiblement la tête en plissant ses yeux rusés : –Je vois, à propos de vos amis anglais, pourquoi leur cacher que vous détenez une arme terrifiante ? Peut-être parce qu'elle n'existe pas ?

C'était un jour de maudit pour l'interprète, il venait de perdre la dernière chance de franchir prochainement la porte d'un camp Sibérien.

Kremlin, Moscou, mercredi 12 août 1942 23h30

Staline n'arrêtait pas de rire et de se donner de grandes claques sur les cuisses, à peine aidé par la vodka qu'il avait ingurgitée : – tu aurais dû voir la tête de ce vieil alcoolique. Pendant un instant j'ai cru que les confidences que j'ai révélé au bonhomme allaient lui provoquer une crise cardiaque.

- Tu en as obtenu quelque chose demanda Beria d'une voix pâteuse ; selon son apparence le responsable du NKVD se retrouvait aussi gris que son patron ?
- Ils vont cesser de détourner les avions que Roosevelt nous envoie. Il m'a de plus promis de mettre sans tarder à exécution un projet de débarquement dans le nord de la France à l'heure actuelle en suspens.
- Ça a des chances de succès ?
- Aucune d'après lui, d'après moi non plus. Nos chers "alliés" vont gaspiller quelques milliers d'hommes. C'est ce que nous engouffrons dans la bouche allemande chaque jour, ça lui donnera une idée plus précise du sang à verser.
- Quel est ton but à part de mettre son gros nez dans ses crottes ?
- J'ai semé des graines, de la même manière que n'importe quel moujik russe j'attendrai qu'elles germent. Mais mon intuition me murmure que cela nous servira. Molotov m'a souvent assuré qu'Hitler après sa vie de laissé pour compte à Vienne reste un grand paranoïaque ; si je ne me trompe pas, il va petit à petit tourner son regard vers les côtes françaises et hollandaises, les renforcer peu à peu, ça nous diminuera progressivement la pression. Pour le moment, tout devient bon à prendre.
- Tu as dit des graines et tu n'es pas n'importe quel moujik.
- Joseph Staline plissa les yeux jusqu'à ne laisser apparaître que deux fentes sur son visage vérolé : – La grosse graine c'est la fissure entre eux et Roosevelt, elle ne se colmatera plus jamais.
- Le Vojd dont les brumes de l'alcool se dissipaient lentement ne souffla pas un mot à Beria de son entretien avec Averell Harriman !

Schlachtensee, Betazeile 17, maison de Canaris, samedi 15 août 1942

Walter avait apporté des fleurs pour Erika Waag l'épouse de Wilhelm Canaris. C'était une solide femme à l'allure et au caractère austère, d'une stature plus forte que l'amiral ce qui n'était pas bien difficile. Sa sévérité coutumière ne l'empêcha pas d'être, sans s'en cacher, émue par le bouquet. Elle avait toujours démontré une affection particulière pour le jeune responsable des renseignements qu'elle considérait comme un membre de la famille. Le couple habitait une grande demeure blanche de deux étages entourés d'un magnifique jardin ombragé dans une rue verdoyante du quartier élégant de Stieglitz. Elle se situait à moins de cinq cents mètres du lac, mais aussi à cent mètres à vol d'oiseau de la maison de feu Heydrich Reiftträgerweg, ce qui l'avait souvent surpris.

Elle lui prit le bras : – Irène ne vous accompagne pas ?

- Non et elle s'en excuse, mais dans son état les déplacements ne sont pas conseillés.
- C'est prévu pour quand ?
- Moins d'un mois suivant le médecin.
- Vous pensez que ce sera une fille. Les petites filles sont merveilleuses avec leur papa, elles leur font en général tourner la tête ? Hélas ce n'est pas tout le temps le cas pour Wilhelm. Brigitte s'est encore disputée avec son père, elle boude dans sa chambre.

Walter s'abstint de demander des nouvelles de leur fille aînée Éva qu'il savait placée dans un institut pour malades mentaux, il esquiva : –C'est pourtant non moins ce qui se passe avec d'Ingo, cet enfant me donne toujours l'impression de vouloir me parler et il n'a qu'un an. Irène désirerait une fille, moi également à la réflexion.

- C'est plus prudent, les garçons jouent trop à la guerre dit-elle d'un air d'affectueux reproche. Venez, Wilhelm se repose au jardin. Vous connaissez le chemin, je vais vous servir un pot de cidre pour vous rafraîchir. Wilhelm en a rapporté quelques bouteilles d'Espagne.

Canaris était allongé sur une chaise longue à l'ombre d'un grand châtaigner. Walter fut surpris, il avait les traits tirés et semblait avoir vieilli de plusieurs années.

Au bruit des pas sur le gravier il ouvrit tout de suite les yeux : – Schellenberg, vous arrivez en avance !

Par réflexe il regarda sa montre : – désolé amiral, juste à l'heure !

- Alors c'est moi qui me serai assoupi. Rassurez-vous à la marine nous avons l'habitude de ne dormir que d'un œil. C'était à peine une petite sieste.
- Navré de l'interrompre, vous semblez en avoir besoin vous paraissez très fatigué.
- C'est la faute à « Motte » je l'ai monté très tôt ce matin et beaucoup plus longtemps que prévu. Motte était la jument grise de l'amiral qu'il affectionnait presque autant que ses chiens.
- Amiral, si vous voulez entendre une confidence, nos promenades matinales me manquent. Le travail me submerge et par malheur ça se répercute sur ma

- santé qui aurait bien besoin d'exercices au grand air, même si ça consiste à poser les fesses sur une selle.
- Mon cher Walter, en désirant me voir en toute discrétion j'ai comme l'impression que cela ne restera pas la dernière confession que vous me ferez cet après-midi ! En ce qui concerne votre activité, c'est vous qui avez œuvré pour entreprendre cette carrière.
- C'est exact, mais depuis la mort de Reinhardt la pression du Reichsführer est devenue énorme.
- À mon avis, il vous teste. Vous croyez que Himmler a songé à vous pour reprendre la charge du général Heydrich ?
- Qu'il ait pensé à moi figure dans l'ordre normal des choses, mais le connaissant, il a dû passer en revue beaucoup de monde.
- Et cela vous intéresserait ?
- À dire vrai, pas du tout, je suis parfaitement au courant du côté hideux que cela comporterait et auquel je n'ai pas la moindre envie de participer.
- Vous êtes pourtant un des murs de cet édifice.
- Tout au plus une brique. Vous en êtes une colonne !
- Je parlais du RSHA !
- Moi du mécanisme, celui qui fait fonctionner le Reich hier, aujourd'hui et sans doute demain. Le SD n'en constitue qu'un des multiples rouages et son département des renseignements extérieurs une dent. L'Abwher en est une autre, mais de la taille d'un pignon de Mercedes.
- Nos méthodes demeurent différentes !
- Vous croyez ou cela vous aide à atténuer votre implication dans des actions qui marquent la conscience !
- Comme vous y allez, j'assume ces responsabilités depuis plus de sept ans. Mais dites-moi vous me semblez bien amer, ça ne vous ressemble pas, vous avez perdu votre côté cynique du côté de l'Ukraine ?

Pour Canaris, sa vie semblait un livre ouvert, il avait décidé de s'y habituer pour autant qu'il le soit à l'avant-dernière page et non à l'ultime écrite le jour même. Erika était arrivée porteuse d'un plateau avec une carafe et deux verres, fidèle à sa sobriété naturelle, elle ne comptait pas se joindre à eux : – Voilà de quoi vous faire patienter, je prépare une tarte aux pommes, j'ai déjà mis le four à chauffer, vous me pardonnerez de vous laisser entre vous. La femme du marin personnifiait la discrétion même.

Quand elle s'en fut, l'amiral poursuivit : – Ce serait une chance pour vous que Himmler ne vous choisisse pas, auquel cas ce dernier vous obligerait à plonger vos mains dans le cambouis jusqu'aux épaules. Mais vous ne devez avoir aucune crainte de ce côté. Premièrement, vous êtes trop jeune, sans négliger qu'il vous manque encore quelques feuilles sur votre col, il sélectionnera un général et vous venez à peine d'être promu colonel. Ensuite, ce bon Heinrich a « ad nauseam » souffert du général Heydrich, il a vécu ces précédentes années dans la peur que ce dernier lui ravisse sa place, c'est forcé, il désignera un parfait abruti pour lui succéder. Ce qui, dit en passant, ne manque pas chez vous. Pour finir, ce n'est pas lui qui décidera en dernier ressort, mais le grand patron. Cela étant établi, il vous ménagera toujours, le Reichsführer vit paranoïaque comme son maître, il se doute bien que vous avez dû mettre la main sur pas mal de dossiers secrets de Reinhardt. Ne m'insultez pas en soutenant le contraire, voulez-vous. Si vous vous en êtes abstenu, je me permettrai de vous taxer d'être un fieffé imbécile. Il ne nommera pas non plus Karl Wolf, même si ce prétentieux est déjà général. En compagnie de ce dernier vous devenez et de très loin les deux plus intelligents du premier cercle de son système. Himmler vous gardera en réserve pour de plus hautes aspirations ou des plans plus complexes. C'est ainsi que fonctionne son cerveau.

- Je ne savais pas que vous prédisiez l'avenir avec autant de précisions, mais je dois avouer que votre analyse tient la route. Vous avez probablement raison.
- Walter il y a longtemps que nous nous connaissons, vous avez un rôle à maintenir et moi aussi. Mais là, à l'heure actuelle nous nous trouvons chez moi, entre nous. En désirant me voir ici en privé, vous voulez peut-être par la même occasion vous changer en prophète m'annoncer de quoi notre destinée sera faite selon vous ?
- Ou de quoi elle ne sera pas faite !
- Et de quoi donc ne sera-t-elle pas faite, Walter ?
- Je ne crois pas que les choses de la guerre se passent comme elles ont été envisagées ! l'avenir ne sera pas, à coup sûr, constitué d'affaires radieuses pour l'Allemagne. Notre horizon pourrait même ressembler à l'inverse de tout ce que nous pouvons imaginer.

Canaris se redressa et s'assit l'air grave : –Vous me faites peur. Non que je me fasse encore beaucoup d'illusions sur notre situation, mais de vous entendre vous le prédire c'est surprenant a plus d'un titre. Vous vous souvenez de nos promenades de l'hiver 40 au Tiergarten, je vous avais prévenu qu'attaquer le russe était une folie, j'espérais que vous pourriez en convaincre Heydrich. En parlant de lui, il y a des mois que je tente de vous faire entrevoir un rapprochement. Je peux comprendre qu'à l'époque d'Heydrich c'était difficile, mais depuis lors nous aurions pu nous entendre. Qu'avez-vous de si lourd à porter comme secret Walter ?

Schellenberg entreprit de narrer à l'amiral la partie qu'il avait décidé de partager avec lui. Dans cette partie, il avait bien entendu inclus l'été 1938.

Zossen, Maybach II, état-major de l'OKW, mercredi 19 août 1942

Vous en faites une tête ! Le lieutenant-colonel Hans Piekenbrock affichait un teint blafard, celui la plupart du temps précurseur à l'annonce d'une catastrophe, lorsqu'il entra dans le bureau de l'amiral. Sans prendre le temps de saluer son occupant, il dit d'un ton calme : – Je viens d'avoir Keitel au téléphone. Le führer s'est mis dans une rage sans borne, le Feld-maréchal a dû assister à une véritable crise à Vinnytsia. Quand il a appris que les Anglais ont débarqué ce matin dans le Nord-ouest de la France dans les environs de Dieppe, Hitler a accusé l'Abwher via l'OKW de ne pas l'avoir prévu. Il va jusqu'à parler de sabotage et vous met en plus personnellement en cause.

Canaris leva haut ses épais sourcils, afficha une moue débonnaire avant de répondre avec aplomb : – Pourtant je n'y suis pour rien, lors de mon ultime conversation avec Churchill ce dernier a omis de me prévenir !

- Ne vous montrez pas ironique Wilhelm, l'affaire à une certaine importance, celle que Hitler lui donne. Ça fait quelques mois qu'il cherche des poux aux services de renseignements de l'armée, c'est manifeste qu'avec cette affaire il a découvert quelque chose pour alimenter l'eau de son moulin.

- Si vous me permettez, le meunier devient lassé, car la farine s'entasse et les souris la mangent. C'est Heydrich et Himmler qui ont commencé à lui monter la tête. Ils intriguent depuis des années pour s'emparer de nos renseignements militaires. La pression a diminué avec la disparition de Reinhardt, à présent Himmler a dû trouver l'occasion trop belle pour s'empêcher de revenir à la charge. Il mange sa soupe depuis quelques jours avec son maître au Werwolf. Ceci expliquant cela.

- Par chance, selon mes dernières informations c'est un fiasco total pour les Anglais, ils ont dû rembarquer la queue entre les jambes au bout du compte. D'après le colonel Friedrich Rudolf [90] qui a pris contact avec l'antenne de Calais, ils ont laissé un tiers de leurs hommes morts et un autre tiers prisonnier.

- C'est plus qu'à Dunkerque, on progresse enfin ! Si Rudolph le dit, nous n'avons aucune raison de le mettre en doute, c'est un ami personnel et jamais il ne s'aventurerait à donner une information non vérifiée.

- Oui, bien entendu, je connais bien cet officier. Il a envoyé sur le champ le colonel Arnold Garthe sur place pour contrôler, nous attendons son rapport aussi vite que possible. Cette nouvelle de nature à le rassurer a été transmise en urgence à Keitel ; Hitler va de toute manière se calmer comme toujours et tout rentrera dans l'ordre en douceur. C'est sa seule bonne habitude ; nous sommes bien obligés de lui en accorder au moins une, pas vrai ? Bien, je vous laisse le temps de voir plus clair dans cette bouteille d'encre. Nous tenterons d'établir au plus vite un rapport avec des chiffres précis, le führer en

---

[90] Colonel Friedrich Rudolf : chef de l'Abwehr en France dont le siège est l'Hôtel Lutetia à Paris.

est friand, c'est son tranquillisant favori.

***

Une fois seul Canaris se décida pour une entorse à son habitude en se servant un double cognac avant de s'asseoir à son bureau. Il restait dubitatif, contrairement à ce que prédisait Piekenbrock cela ne calmerait rien du tout, car le but n'était pas l'apaisement. Himmler ne s'en tiendrait pas là, même s'il le craignait encore trop que pour aller à l'affrontement direct. Il continuerait son travail de sape, c'était une des spécialités de ce méticuleux, probablement l'unique intéressante. Quant à Hitler avec son jugement sur l'Abwher incluant son chef, son appréciation personnelle de la situation suivrait son chemin par des couloirs tortueux. Canaris était convaincu depuis quelque temps d'avoir perdu sa confiance. Peut-être de façon inconsciente pour l'instant, mais avec « lui » un instant ne durait jamais fort longtemps surtout avec quelqu'un comme le « Bon Heinrich » pour le lui rappeler.

Depuis la visite de Schellenberg, il n'avait cessé de repenser à leur conversation. Le rusé colonel avait assemblé une à une les pièces du puzzle avec la patience du renard. Depuis quelques temps le nouveau responsable de l'Amt VI se montrait capable d'additionner deux plus deux. Par conséquent, il savait à présent que l'amiral s'était dangereusement raccroché au complot d'Oster et des autres conjurés dans la perspective de participer un coup d'État juste avant les accords de Munich.

Schellenberg avait aussi fait allusion à un rapprochement avec le Vatican, une probable tentative de bluff de sa part, mais c'était somme toute un détail dans l'ensemble. En revanche ce qui ne s'apparentait pas à une broutille c'était sa connaissance parfaite de ses « amis », des amis qui s'avariaient être de farouches opposants au régime tels von Dohnanyi, Joseph Müller, il avait dû remonter avec la patience du pêcheur ce fil en débutant par Dietrich Bonhoeffer. Cependant, à l'inverse de ce qu'il avait imaginé en mai, le jeune colonel ne donnait pas l'impression de chercher à désintégrer d'emblée l'Abwehr pour s'en emparer et la contrôler, sinon ce serait déjà fait. Bien au contraire, il lui suggérait de manière presque ouverte de conspirer avec lui. Bon, le risque que prenait Schellenberg n'était pas énorme. S'il venait à l'esprit de Canaris de le dénoncer, il aurait beau jeu de se défendre en argumentant que l'amiral voulait allumer un contre-feu pour parvenir à toucher Himmler à travers le responsable de l'AMT VI concurrente acharnée de l'Abwher. Avec la disgrâce qui le menaçait, c'était sans l'ombre d'un doute que le führer croirait le chef SS. Pas mal conçu, à trente-deux ans, il avait un grand avenir devant lui le petit colonel.

L'étape suivante consisterait à mettre le pied ou pas dans une nouvelle conspiration. En résumé, une conjuration en somme fort différent des autres, toute en finesse si on pouvait la qualifier de cette façon. Forcer les évènements jusqu'à obliger un cesser le feu avec les soviétiques avec l'aide et la bénédiction des Américains. Ce n'était pas pour lui déplaire. Schellenberg prédisait que Hitler serait mis devant le fait accompli. Une situation sans alternative. Dans la lutte au pouvoir continuelle des responsables du parti cela imposerait rapidement son retrait plus ou moins consenti de l'autorité suprême. Parmi les généraux se trouveraient à coup sûr quelques candidats sérieux pour le remplacer avec succès et consensus le führer. Une fois Himmler et Goering éliminés les autres retourneraient à coup de pied dans le derrière dans la brasserie d'où ils étaient sortis et l'armée prendrait à nouveau le pas comme au temps de Werner von Blomberg. Lui-même aurait d'ailleurs bien mérité un poste de ministre de l'Intérieur. Il rumina quelques minutes l'idée, il devait dire qu'elle lui plaisait assez, ensuite il se décida à décrocher son téléphone pour demander au chef adjoint du département contre-sabotage de le rejoindre dans son bureau.

Le colonel Erwin Lahousen était un exemple parfait de l'analyste militaire dans la pure tradition autrichienne, ce qui l'avait peu à peu amené à espérer le faire diriger le deuxième département de l'Abwher. Canaris le savait un farouche opposant au régime doublé d'une solide tête pensante, mais c'était également un homme prêt à tout pour mettre fin à la guerre. Il avait acquis au long des années toute confiance en lui pour pouvoir converser sans retenue.

Alors qu'il finissait de lui soumettre l'idée de Schellenberg le colonel se resservit un cognac, le regarda un long moment avant d'enfin parler avec une diction recherchée à l'accent viennois : – Donc vous me demandez de supposer qu'en manœuvrant avec toute l'habileté requise, celle qui aurait pour conséquence de bloquer le front, bref un pat comme aux échecs, un cessez-le-feu s'imposerait par gravité ? J'ai payé pour avoir combattu sur le terrain l'armée du tsar en Galicie à la guerre précédente et c'est une nouvelle qui m'aurait assurément comblé de bonheur. Je dois vous dire qu'en Autriche nous sommes friands de ce genre de solution aristocratique, nous les apprécions pareils à de la crème sur les gâteaux. C'est très élégant en tant que procédé pour mettre fin à un conflit, très viennois en somme. De là à considérer que ce serait très allemand, je ne sais pas, je viens de l'autre côté de la frontière.

- Hitler lui aussi, je vous le rappelle ironisa Canaris !

- Exact, mais accordez-moi la faveur de me faire remémorer le moins possible cette ligne tracée quelques mètres trop loin par un arpenteur allemand peu consciencieux, voulez-vous. Pour en revenir à votre petit problème à deux inconnues, je dirais que personne ne souhaiterait revivre les évènements de la Grande Guerre en s'enterrant pour des années dans des tranchées boueuses et puantes. Sauf les marins que l'humidité ne dérange pas bien entendu.

- Bien entendu, mais encore ?

- Hitler a déjà vécu cela, inconsciemment cela le fragiliserait. Instinctivement il doit bien se douter que sa guerre évolue de toute façon vers un affrontement impossible à gagner, mais plutôt à perdre, l'idée pourrait être introduite dans son cerveau de génie. Car qui dit enlisement à l'est pense renforcement du conflit à l'Ouest. Il semble à présent avoir plus peur d'un débarquement allié que du russe. L'armée sortirait du cauchemar des deux fronts, elle signerait des deux mains si on le lui demandait. Nos amis hongrois et roumains retrouveront le sourire sans parler des Italiens. Notre Luftwaffe pourra enfin défendre le ciel de Germanie.

- Reste le million d'hommes de l'ordre noir et les centaines de têtes pensantes du parti.
- C'est vrai, ils sont déjà tant ? Ils sont au moins quatre du régime à sentir la bave franchir leurs lèvres pour succéder à Hitler. Mais en réalité, j'en compte beaucoup plus, prêts à s'entretuer. Là aussi, c'est envisageable. Laissons-les se dévorer entre eux, ensuite l'armée aura son mot à dire, la parole finale. Elle représente quand même neuf millions d'hommes. La bande à Himmler ne se luttera jamais à un contre neuf, ou pour l'exprimer autrement elle ne se battra jamais pour tout perdre sur un coup de dé. Le peuple quant à lui en a assez. Deux générations gaspillées doivent amplement lui suffire pour les cent ans à venir.
- Donc que dois-je en penser, mon cher Erwin ?
- Que le colonel Walter Schellenberg ne vous dît pas tout !

Kremlin, Moscou, mercredi 19 août 1942 13h30

Vassilievsky venait de lui confirmer par téléphone ce que le Beria lui avait annoncé une heure plus tôt, le débarquement anglais avait tourné au désastre. La nouvelle lui amena une dose de bonne humeur au sein de ses pensées. « Voilà qui rabattra un peu leur caquet, ils ont assez jubilé en nous regardant perdre bataille sur bataille ! À chacun son tour ».

Pour autant, la jubilation qu'il ressentait ne résolvait pas son problème. Staline n'entrevoyait pas trop la meilleure façon de stopper les Allemands, pourtant son instinct lui murmurait que c'était réalisable. Il lui fallait trouver vite une solution, et cette fois très vite. Comme il ne pouvait pour l'instant pas agir d'une autre manière, il allait faire bonne figure et se plier pendant quelque temps à la demande de ses « alliés », il n'était pas question un instant que la presse du monde entier vienne le mette au pilori.

La plupart du temps l'ancien braqueur de banque cherchait l'inspiration dans ce qu'on lui avait appris au séminaire de Tbilissi. Sans être bien définie, une idée germait dans sa tête, il se remémorait de plus en plus souvent les offensives qu'il avait menées en 1920 dans le secteur de celle qui s'appelait alors Tsaritsyne. Une percée du Don à Serafimovitch en direction de Rostov-sur-le-Don !

Il sortit une photo qu'il gardait dans le tiroir de son bureau, une photo de lui vieille de vingt ans ou son visage maigre affublé d'une gigantesque moustache était coiffé d'un immense képi. L'homme sur la photo en avait eu les moyens d'emporter la victoire avant tout en profitant de l'armement pris aux « blancs ». Il était tout à fait possible que l'homme d'aujourd'hui en ait encore une fois les moyens grâce aux fournitures militaires des Américains. Comme toujours le matériel serait fourni par les capitalistes.

Galvanisé il décrocha son téléphone. Quand il eut à nouveau Vassilievsky en ligne il ordonna d'un ton sec sans ménagement superflu : – Pars immédiatement au plus près du front, botte les gros culs d'Eremenko et de Gordov, fait aussi un peu fusiller, mais le principal de ton travail consiste à avoir des idées et il vaut mieux pour toi qu'à ton retour elles soient bonnes ! J'oubliais rappelle à Kotov que s'il perd la base de Novorossisk se faire brûler la cervelle ne servira pas à sauver sa famille !

Son deuxième appel fut pour prier l'américain de le rejoindre.

Kremlin, Moscou, mercredi 19 août 1942, 14h00

Staline en chasseur stoïque du Caucase avait laissé passer le temps, la denrée la plus précieuse de l'Union soviétique, celle qu'il devait échanger à chaque heure qui s'écoulait contre du sang. Les experts pendant six interminables jours avaient défini point par point les besoins son pays pendant que le maître du Kremlin se murait dans un silence prudent, se contentant de participer aux aspects festifs de la conférence en « oncle Joe » insouciant animé d'une joie bon enfant. La vodka qui avait coulé à profusion aurait pu faire flotter un petit bâtiment de combat. Mais ce n'est pas de ce liquide-là qu'on manquait en Union soviétique pour survivre à cette deuxième année de conflit. Il avait tenu à enseigner en personne les trésors culturels de sa capitale prodiguant des explications comme si la guerre n'existait pas. Un hôte parfait en tout point de vue qui avait accompli l'impossible pour montrer qu'il ne fléchissait pas. À présent, il s'était déterminé à rompre le silence et de commencer à préparer l'addition, il s'était juré qu'elle serait salée : – Dites à vos amis que j'accepte leurs conditions. Faites-nous parvenir le matériel nécessaire pour que l'armée rouge ne subisse pas davantage de défaites, ensuite nous figerons le front.

Averell Harriman tendit la main à Joseph Staline : – très bonne décision, dès cet après-midi nous aborderons avec le Premier ministre britannique les détails pratiques afin d'être en mesure de vous livrer dans les délais les plus courts envisageables une partie importante des fournitures que nous avons passé en revue cette semaine. Il va de soi qu'il doit tout ignorer de cet accord secret. Ne vous inquiétez pas pour les Anglais, si l'on y pense, ils méconnaissaient aussi tout de votre précédent pacte secret avec Hitler ; ils ont une certaine habitude d'être tenus à l'écart ajouta-t-il en riant. Félicitations, vous allez nous devoir pas mal d'argent ou d'or si vous nous permettez de ne pas accepter les roubles !

UN ETE SUISSE

Ukraine, Vinnytsia, Werwolf Quartier général de Hitler, jeudi 20 août 1942
11h30

Les généraux présents à la réunion extraordinaire du matin laissaient planer un silence religieux dans la pièce. Hitler exultait depuis vingt minutes. : – La preuve se trouve là messieurs, ils veulent débarquer en France, cette fois-ci nous les avons forcés à abandonner la partie avec perte et fracas. Cela met en lumière mon analyse et ternit la vôtre. Il faut maintenant terminer cette question russe au plus vite et permettre à nos divisions de renforcer les côtes de l'Espagne à la Norvège, en priorité en France, en second lieu en Belgique. Ne nous attardons pas là-dessus, ce sera l'affaire de l'OKW. Qu'on ordonne donc à Paulus d'en finir avec le Don, qu'il le passe sans tarder comme César a franchi le Rubicon, sans se perdre dans des préoccupations qui restent de votre compétence . Qu'ensuite il entame sa jonction avec l'armée de char de Hoth. L'opération sera réglée en moins de deux semaines.

Le général Maximilian von Weichs qui assistait à la conférence parcourut du regard les généraux et les membres de son état-major, puis profita d'une rare pause dans le discours d'Hitler. Au contraire des autres généraux il ne commençait jamais par « mon führer » ce qui faisait tiquer ce dernier : – Cette nuit le russe a lancé une attaque en force sur la rivière Choper, ils ont réussi à traverser le Don et à créer une tête de pont de vingt kilomètres forçant le recul des divisions italiennes. C'est la deuxième tête qu'ils parviennent à établir et cela représente un danger inacceptable, vous l'admettrez.

Hitler l'interrompit balayant en vitesse ses arguments comme s'il voulait les démolir avant qu'ils ne soient entendus : –Ils ont contraint à reculer quelques régiments certes, mais Italiens dit-il avec mépris. Ces gens n'ont pas encore l'identique valeur au combat que celle de nos hommes, s'ils ne l'atteignent jamais. Comme vous le savez, une de nos divisions de char règle la situation en ce moment même. Ses yeux lançaient des éclairs, dans sa précipitation il n'était pas parvenu à démonter le raisonnement de von Weichs.

Encouragé par son audace von Weichs poursuivit : – Malheureusement, cela démontre le danger mortel que cours notre flanc nord, il demeure insuffisamment sécurisé par des troupes de peu de pugnacité comme vous le souligniez à l'instant, c'est donc indispensable d'y remédier au plus vite.

Sans se presser, Hitler balaya d'un regard noir ses officiers présents et s'arrêta sur le général Franz Halder qui souriait. Il ne put cacher son mépris et lança en le fixant dans les yeux : – Alors nous allons leur apprendre qui nous sommes, dites à von Richthofen de préparer sa flotte aérienne, qu'il rase la ville de Staline une bonne fois pour toutes, plus une pierre debout comme à Varsovie.

Plus personne n'entreprit de soulever le problème du flanc nord.

Ukraine, Vinnytsia, Werwolf Quartier général de Hitler, jeudi 20 août 1942, 13h00

Franz Halder avait pris place à côté du général Maximilian von Weichs pour le repas de midi auquel Hitler ne participait plus au grand soulagement de ses officiers. Après avoir nettoyé son assiette avec un morceau de pain il en termina avec les banalités d'usage pour rentrer dans le vif du sujet : – Maximilian, j'ai fort apprécié votre intervention pendant l'allocution du führer, elle ne manque ni de vue ni de courage. Vous encourrez toutefois d'ainsi perdre un ami !

- Que Dieu me préserve de tels amis ! Cela dit, je n'éprouve rien de particulier contre les artistes peintres pour autant qu'ils se contentent de manipuler leurs pinceaux dit-il après avoir regardé par précaution autour d'eux.

- Halder approuva avec un sourire entendu : – C'est une stratégie à haut risque de faire avancer Paulus sans renforcer ses flancs. Mais si le führer en a décidé ainsi, soit. Que pensez-vous de Paulus et de son plan de gagner au plus vite la Volga ?

- Il ne m'inspire pas trop, voyez-vous Franz, j'appartiens à la vielle-école, j'estime préférable d'envelopper au préalable les forces ennemies pendant qu'elles sont positionnées en avant de Stalingrad, avec l'aide de Hoth il sera en mesure d'exécuter la manœuvre.

- Confidentiellement, en tant que chef d'état-major de l'armée j'ai eu connaissance en primeur ce matin d'un rapport secret, ce qui veut dire que l'artiste n'en sera pas informé, il risquerait de s'en servir d'une façon moins noble. C'est probable qu'il vous sera remis en toute discrétion à votre état-major cet après-midi. Permettez-moi d'anticiper en vous le dévoilant en avant-première. Il établit que la sixième armée est exténuée, manquant de capacité offensive, elle pourrait être dénuée de force sans l'aide des chars de Hoth qui reste encore assez éloignée. S'il manœuvre ainsi il risque de se retrouver piégé entre la ville et le russe combattant à front renversé. D'un autre côté, Paulus dispose de ce casse-cou de Hube. S'il réussit à faire passer le Don à ses panzers, Friedrich abordera une plaine nue devant lui et parviendra en moins de temps qu'il n'en faut pour le dire sur la Volga au nord de Stalingrad. La propagande ne notera aucune différence, à vous les lauriers, vous auriez atteint l'objectif Stalingrad. Un coup à ce que le führer se décide à faire de vous un feld-maréchal.

- Vous croyez Franz ?

Berlin, quai Tirpitz, bureau de Wilhelm Canaris, vendredi 21 août 1942

Le colonel Lahousen en opposition à son habitude bien ancrée avait laissé en cette fin d'après-midi au vestiaire son naturel placide. Après l'avoir écouté, il observa son chef avec un plaisir non dissimulé au point que celui-ci se demandait s'il avait bu, c'est pourtant dans une belle diction semblable à une valse viennoise qu'il répondit :
– Vous avez raison Wilhelm, ce voyou de Schellenberg ainsi que vous le nommez si bien à une idée précise derrière la tête, mais voilà, vous concéderez qu'il ce n'est pas facile en cette période d'aller regarder à cet endroit de son crâne. Comme vous, je considère qu'il a besoin d'un peu d'aide, pourquoi ne pas lui donner un petit coup de pouce, vous verrez bien où cela vous mènera ? Je suis plutôt enclin de croire qu'à présent il vous dit presque tout, c'est-à-dire dans son optique cela correspond à la moitié de ce qu'il maîtrise, avec le bémol qu'il utilise un système à retardement, vous n'obtenez jamais de lui des confidences fraîches. Il vous fournit un beau demi-poisson dont émane un effluve à tuer les mouches. Ce n'est pas une raison suffisante pour ne pas le lui acheter, à condition de l'amener à le livrer frais pêché. Pour moi, tout ce qui peut mettre fin à cette guerre absurde est bon à prendre. Si vous portez du crédit à ses histoires bien entendu ? En ce qui me concerne, il semblerait plus que probable qu'une partie se vérifie exacte, reste à savoir si c'est la tête ou la queue.

Le chef de l'Abwher était rassuré, même s'il avait abusé des bonnes choses du réfectoire trop bien garni, son responsable du contre sabotage n'avait pas perdu ses facultés intellectuelles à décomposer un problème à plusieurs inconnues : –Dans une certaine mesure oui, tout comme vous j'en prends une certaine dose pour argent comptant. Nous le suivons à la trace depuis avril. Si je colle les faits un à un depuis cette époque, il existe de grandes chances qu'il nous ait fourni une partie de la vérité comme vous le dites si bien. Quelle portion, ça reste une énigme pour l'instant, il nous manque toujours le volet de l'explosif à l'uranium ! Cela dit, cela pourrait s'avérer dangereux pour l'Abwher de suivre Schellenberg de trop près. Son chef risquerait de ne pas apprécier.

- Tenez-en compte que si son histoire est vraie, il l'a forcément achetée à quelqu'un. Toute la difficulté consistera à expérimenter l'honnêteté du vendeur. Observez-le avec une taille de laisse raisonnable pour ne pas prendre le risque de vous brûler ! Vous devez avoir une idée précise de la distance à tenir ? Vous connaissez le dicton, pour dîner avec son ennemi prenez soin de vous munir d'une très longue fourchette.

- J'ai réfléchi à ça, répondit Canaris, j'en choisirai une qui me permettra d'aussi piquer son chef Himmler au cas où ce serait nécessaire. À propos, qu'avons-nous dans le secteur sud en relation avec le plan bleu qui soit en propre de notre service.

Le colonel Lahousen l'observa interloqué par cette question inattendue : – Pas mal de régiments Brandenbourg, mais pour l'instant nous les regroupons au maximum dans le secteur nord et centre du front pour les épargner suivant votre désir. En Autriche nous n'avons pas l'habitude de nous mêler des affaires des autres, donc je ne vous demanderai pas si vous projetteriez un coup d'État, mais bien si vous auriez vous aussi une idée derrière la tête, vous savez, cet endroit où il n'est pas facile de regarder.

L'amiral prit l'air outré : –Vous connaissez les paroles de ce célèbre Français, Molière « couvrez ce sein que je ne saurais voir. Par de pareils objets, les âmes sont blessées, et cela fait venir de coupables pensées. ». Je ne les aime pas beaucoup, mais je suis obligé de concéder qu'ils inventent de belles phrases pour décorer l'esprit. Ne touchons pas aux régiments Brandenbourg lorsque c'est possible, tenons-les sous la main, ils pourraient devenir utiles pour la réalisation de certains plans. Canaris voulait pouvoir garder sous le coude en réserve des troupes sures dans le cas d'un éventuel coup de force contre Berlin. Lahousen s'en doutait, il se doutait toujours de tout !

Le colonel parut embarrassé : –En ce qui concerne le secteur Don nous n'avons que des petites interventions insignifiantes, en revanche dans le secteur Caucase nous avons débuté l'opération Bergmann avec Oberländer. Je tenterai de m'arranger avec le colonel Groscurth, ça ne devrait pas rencontrer de difficultés. Depuis peu, Schellenberg met en œuvre sa rivale directe, bien que ce soit à moindre échelle, une action d'infiltration appelée zeppelin. Ce double emploi démontre parfaitement tout l'absurde de l'organisation des services du Reichsführer qui est prêt à tout pour nous concurrencer et ensuite nous anéantir. C'est sa façon de procéder depuis dix ans, un vrai vampire.

- Ce groupe Bergmann se retrouve pour l'instant en pleine intervention chez von Kleist, Impossible d'y toucher sans éveiller l'attention.

- Le Caucase reste une affaire complexe, précisa Lahousen, un réel foutoir même. L'affaire s'est encore compliquée depuis qu'ils viennent de proclamer une république tchétchène. Notez que c'est par là que nous avons le plus de chance de réussir, nous mettons sur pied l'opération « Charmil " qui est en phase de réalisation. Une belle manœuvre que nous avons mise au point avec Osman Gubbe, Saidnurov de son vrai nom. Elle pourrait décider de la guerre dans le Caucase. Des hommes vont être parachutés sur Grozny dans quelques jours. Ils ont pour mission de prendre contact avec la rébellion tchétchène et de s'emparer des puits de pétrole. Si cela fonctionne, toute la région se ralliera à nous et nous tiendrons le Caucase.

- Une belle victoire pour Hitler et une grande défaite pour Staline. Loin d'une démarche pour un cessez-le-feu. Canaris se rendait compte que son responsable du sabotage lui avait fourni la clé, une clé dégoulinante de sang.

- Hélas, il faut bien le voir ainsi regretta Lahousen avec un large sourire.

- Vous croyez que le colonel Ghelen détiendrait une partie de la solution ?

- Le colonel Ghelen détient toujours une part de quelque chose amiral !

Kalatch, oblast de Stalingrad, samedi 22 août 1942

Le lieutenant Wuster Wigand venait de nettoyer le mécanisme de son Leica 3c et d'y mettre son avant-dernier rouleau de pellicule ' Agfa color neu ' à trois couches d'émulsion dont il s'était constitué avec peine une réserve au ' foto atelier Rembrandt ' de Kharkov. Malgré la poussière, il fallait bien dire que l'espérance d'un bon cliché apparaissait trop attractive, un camion russe à l'avant détruit que la division avait transformé en poteau indicateur.

Sur son capot plié un landser créatif avait peint un rectangle blanc à l'intérieur duquel figurait la lettre " K » indice de « Wacht am Don ». Il régla l'obturateur et la profondeur de champ avant d'immortaliser la photo.

Après quelques minutes de marche il contempla un ensemble d'une trentaine de « khata » sortes de petites constructions faites de terre orange mélangée à de la paille couronnée d'un toit en foin. À peine dépassées il remarqua tout de suite un bâtiment similaire, mais isolé sur un promontoire. Elle avait l'air plus cossue avec une impression de présenter deux étages, une large ouverture surmontant son portique s'élançait vers un muret de pierre. Une sensation de richesse s'en dégageait avec des volets verts délavés protégeant de larges fenêtres. C'était le bon endroit s'il en croyait le fanion planté de l'autre côté du chemin.

Après presque trente jours d'errance dans la steppe sur les traces de la sixième armée, il atteignait enfin la « 637ème propaganda kompagnie » à Kalatch. Groupe rattaché au régiment de transmission de la division.

Déjà un mois qu'il avait quitté Kharkov et son immense espace bordant le quartier universitaire rebaptisé place de l'armée allemande. Kharkov et le confort relatif de l'hôtel Krasnaya, ses artères grouillantes avec les innombrables charrettes de porteurs, sa dernière soirée au « kino » de la rue Soumskaya. Il ne se souvenait plus du film, mais bien de la photo qu'il avait prise d'une boutique d'antiquité au milieu de laquelle trônait le portrait d'Hitler. Son œil de reporter avait saisi quelque chose d'incongru et d'anachronique dans ce cliché. Une pièce qui avait du mal à s'emboîter dans ce puzzle qu'était devenu le monde.

À présent, la photographie l'intéressait bien plus que le journalisme. C'était pour lui devenu l'unique moyen de faire passer un peu de réalité dans le mensonge permanent qu'imposait la censure.

Bien que l'itinéraire que devait emprunter un cliché devenait des plus laborieux et sa probabilité à se faire publier réduite à l'œil sélectif du ministère de la propagande, il ne perdait pas son enthousiasme. Wigand composait de plus en plus de dessins ce qui était une façon comme une autre de compenser le manque de pellicule. Il avait peu à peu pris l'habitude de faire plus confiance à sa mémoire qu'à son objectif pour recréer un tableau d'ambiance. Mais ce n'était malgré tout pas devenu une règle absolue ;

Qu'il paraissait long le chemin parcouru depuis mai quarante, époque de l'assaut dans les Ardennes. Le landser n'avait plus la même apparence d'insouciance que quand il défilait victorieusement à Bruxelles, Lille ou Paris. Paris et sa tour Eiffel capturée dans son objectif parmi des centaines d'autres monuments rues ou passants pris dans le mouvement passionné de son index. Aujourd'hui il éprouvait du mal à croire que cette époque ne se résumait pas à du simple papier glacé.

Berlin, Quai Tirpitz, bureau de Wilhelm Canaris, dimanche 23 août 1942

L'amiral Wilhelm Canaris en tant que responsable des renseignements de l'OKW dépendant du maréchal Keitel avait le pouvoir d'appeler le colonel Ghelen à Berlin pour consultation et il en usa sans vergogne. Tant pis si cela générait des grincements de dents à l'OKH.

- Il y a longtemps que nous ne sonnes vus. Comment allez-vous Reinhard interrogea-t-il en l'observant ?

Le chef du FHO était indisposé et tenait à le faire savoir, sa réponse fut sèche : – Tel quelqu'un qui vient de passer douze heures dans un frigo avec des ailes et qui s'apprête à rééditer l'exploit en sens inverse dès ce soir.

- Vous m'en trouvez navré pour vous, c'est sincère, mais il y a des paroles qui ne peuvent transiter par les ondes, vous devez le comprendre mieux que quiconque. Vous venez vous-même de briser des codes de transmission qui ont permis de débusquer le traître Arvid Harnack[91]. Belle prise d'ailleurs, la Gestapo est aux anges.

Toujours contrarié Reinhard Ghelen ne fut pas adouci par le compliment et ne chercha pas à cacher pas son amertume : –Si je vois ce que vous voulez dire, bien que ce soit abstrait, ça ne me m'explique pas pour autant de quoi vous désirez m'entretenir de vive voix amiral. Nous sommes en pleine offensive, j'ai dû obtenir l'accord spécial du général Halder. Certains pourraient trouver cela étrange.

- Il n'a pas dû hésiter longtemps, mais qu'il en soit remercié. Je suis porté à croire que vous devez pourtant en avoir une idée approximative. Mais soit, je continuerai donc à vous éclairer de mes dernières cogitations. Sans montrer un immense enthousiasme, Canaris se mit à lui expliquer presque tout. Quand il eut fini le colonel Ghelen ne parut pas surpris outre mesure, pour espérer l'étonner il en fallait bien plus qu'une histoire qu'il connaissait déjà.

    Après un espace de silence l'amiral insista : –Vous n'avez pas été nommé à la tête d'un service comme le vôtre, avec mon appui je vous le rappelle, en ignorant que par les temps qui courent la conséquence des évènements varie à grande vitesse. Elle vous place d'un côté ou d'un autre d'une barrière qui ensuite peut s'avérer infranchissable en retour. Depuis peu, comprenez par

---

Arvid Harnack conseiller du ministre de l'Économie du Reich Walther Funk

peu cette année, notre ami le colonel Schellenberg s'en est rendu compte, moi de même tout comme vous je présume. Depuis toujours dans l'histoire de l'humanité il se manifeste une occasion où un homme doit refuser d'obéir à son chef s'il veut se conformer à sa conscience. Je vais vous épargner de répéter l'épopée du général York à Tauroggen, vous la connaissez par cœur.

Ghelen, prudent, restait silencieux attendant la suite. – Mon cher Reinhard malgré mes cheveux blancs, je me plais à croire que je ne suis pas encore sénile. Après avoir étudié de près les comptes rendus de progrès, je dois avouer que pas mal de nouvelles actions tactiques du plan bleu m'apparaissent tout à fait incohérentes.

- Je vous rappelle que ces options sont décidées par notre commandant en chef lui-même.
- C'est exact. Jusqu'à ce point en tout cas.
- Encore une fois de quelle manière ça mettrait ma responsabilité en cause ? Où voulez-vous en venir ?
- J'ai repris un à un vos rapports et analyses d'information, après les avoir recoupés, je note que certains démontrent un entrain incompréhensible à jouer avec la réalité. En particulier ceux que vous adressez au général Halder concernant ce que nous appelons aujourd'hui le groupe d'armée B. De vrais feux de joie brûlant sans vergogne la vérité du théâtre d'opérations. Loin d'en être surpris, le général s'en sert pour influencer à l'OKH quelques décisions qui en apparence paraissent inoffensives, mais qui au moment venu seront lourdes de conséquences. Ma question sera précise Reinhard, d'ailleurs j'y ai déjà partiellement répondu, toutefois je ne me considère pas à ce point infaillible pour éviter de vous la poser : quel but poursuivez-vous en intervenant ainsi ?

Reinhard Ghelen possédait les archives et la documentation sur les Soviétiques la plus complète du Reich. Grâce à sa méticulosité en tout point comparable à celle d'une araignée tissant sa toile, dans le même anonymat, il les avait emmagasinés dans ses dossiers spéciaux depuis de nombreuses années, les « sonderkartei ». Il collectait des renseignements sur eux bien avant la guerre via un réseau d'espions exceptionnellement étoffé. Le chef du FHO se tenait informé de la moindre productivité des usines de munitions, d'aviation, mais aussi des productions de papier, de textile, de nourriture de Vladivostok à Moscou en passant par la Sibérie et l'Oural. Chaque prisonnier était interrogé et le rapport classé. Il élaborait avec une application d'écolier un dossier sur chaque homme politique ou officier soviétique de quelques importances.

L'Union soviétique était devenue le principal intérêt du colonel depuis son entrée à l'armée en 1920. Il avait été un adepte inconditionnel de la recherche du « Lebensraum » de l'est, mais dans le premier mois de l'opération Barbarossa il avait très vite déchanté devant les méthodes barbares employées par la SS et leurs massacres dénués de sens. C'était à l'opposé de son approche, il avait toujours été un chaud partisan d'une étroite collaboration avec l'opposition russe après la destitution des bolchéviques qu'il haïssait de tout son cœur. Elle aurait été suivie par la mise en place d'un nouveau gouvernement pro allemand pour administrer ce gigantesque pays, à présent il était bien trop tard, il savait la guerre perdue : – amiral, vous connaissez depuis longtemps mes convictions, inutile donc de revenir là-dessus. Que ce soit à cause de nos capacités économiques et militaires ou que ce soit dicté par nos conceptions morales nous n'aurions jamais dû entreprendre cette guerre ou du moins la mener de cette façon. Nous l'avions bien compris avant les accords de Munich, pourquoi aurais-je changé d'avis ? L'alternative Schellenberg est intéressante et assez unique en son genre, si elle n'a pas toutes les chances de réussir, elles restent plus qu'acceptables, en toute logique je ne trouve que deux solutions possibles. Cela me désole de devoir le reconnaître, mais son option demeure la rare capable à ce jour de nous éviter la perte de millions d'Allemands. Ce n'est pas une raison suffisante à vos yeux, tout comme l'était celle d'écarter Hitler en 1938 ? Au moins son stratagème permet de faire d'une pierre deux coups en ôtant des griffes des bolchéviques la part la plus intéressante de leur territoire. Le communisme a peu de chance d'y survivre, ce à quoi vous et vos comploteurs en chambre n'avez même jamais osé rêver.

- Ma question était incomplète Reinhard, pourquoi faites-vous cela en solitaire ?

- En premier, je ne me sens pas si seul, mais je devine que vous voulez dire sans vous ! Ensuite, on rencontre en Allemagne une multitude d'oppositions toutes plus utopiques les unes que les autres ; à quoi bon fomenter une manœuvre combien délicate si mal accompagné ? Et puis qui dit que je n'escomptais pas que vous m'invitiez à participer ? Juste que je m'attendais à ce que vous le fassiez plus tôt ! À présent, ça me permettra de mieux imposer mes conditions !

- Vos conditions, comme vous y allez. Par curiosité personnelle, de quel ordre seraient-elles ?

- Le colonel Schellenberg tentera tout dans le but de placer de facto "le bon Heinrich" à la tête du Reich. Je devine que dans sa tête il s'agira d'une position temporaire le temps nécessaire pour stabiliser la situation. Il le mettra à profit en éliminant peu à peu ses ennemis en vue de laisser le moment venu le champ libre à ses propres ambitions. Quant à moi, c'est simple, je veux que ce temporaire soit le plus bref possible. Vous n'imaginez quand même pas que les Américains donneront l'accolade et l'absolution à Himmler s'ils peuvent faire autrement. À nous de tresser la corde qui servira à le pendre en bonne compagnie.

- Un coup d'État dans un coup d'État. Le complot des poupées russes ! Vous êtes fin joueur, Ghelen, très perspicace, ne vous l'avais-je pas déjà déclaré en diverses occasions ?

Le lieutenant-colonel resta impassible : - Pour les modalités, je vous les dicterai quand cela se présentera, n'ayez crainte. À présent, dites-moi ce que voulez obtenir de moi qui justifierait ce vol si urgent à Berlin ?

Canaris savait que les paroles qui allaient suivre le discréditerait à tout jamais aux yeux du patron du FHO malgré que celui-ci ne se s'embarrassait en aucun cas de sentiments superflus à l'heure de prendre une pénible décision : - Outre les actions des groupes Bergmann coordonnés avec Lahousen, vous préparez une intervention à Grozny dans deux jours, nom de code « Chamil 2 » ; si elle réussit, elle ralliera les peuplades de la région au Reich ce qui nous offrira toutes les chances à l'emporter dans le Caucase et l'opportunité d'atteindre Bakou avant l'hiver. Vous disposez d'agents infiltrés à l'état-major soviétique, autant s'en servir. Faites-en somme que les bolchéviques soient prévenus et que l'opération ne soit pas un succès.

- Vous êtes conscient que cela entraînera la disparition définitive de ces militaires. Sans doute leur mort. Je connais en personne le chef de mission, l'oberleutnant Lange !
- Une dizaine d'hommes en comparaison des centaines de milliers que nous allons perdre si la guerre se prolonge de plusieurs années.

Reinhard Ghelen ne répondit pas. Lorsqu'il en avait pris connaissance, il avait été tout à fait décontenancé par la nouvelle de la possession d'une arme aussi terrifiante dans les mains des Américains. Il n'y avait pas cru au départ, mais après une solide investigation il avait conclu que l'affaire devenait vraisemblable à cinquante pour cent et dans le renseignement une probabilité à cinquante pour cent restait exceptionnelle. Il n'avait aucune envie de jouer à la roulette russe. Bien que le doute restait constamment de rigueur dans toute négociation avec le roublard Canaris, ce dernier paraissait en grande partie dans l'ignorance du marché que Walter Schellenberg avait passé avec les Américains ; de son côté le lieutenant-colonel Ghelen rentrait dans la confidence depuis le jour de l'été et son entretien avec le patron de l'Ausland SD. L'Abwher était une institution dépassée depuis longtemps, minée par la recherche du pouvoir, la corruption et les complots. Il devait reconnaître que l'AMT VI du RSHA et son chef se montraient bien plus dignes de confiance même s'ils étaient militairement moins efficaces, politiquement ils dirigeaient le jeu. Il voulait ménager son avenir, l'Allemagne allait perdre la guerre soit lentement, mais dans une régularité qui mènerait aux frontières du Reich. Il connaissait par cœur les chiffres, ils étaient là, crus, mathématiques, la destruction de la Wehrmacht ne serait pas imminente, mais inexorable. Ou alors brutalement dans une apocalypse de bombardements qui ne laisseraient que des cendres. S'il y avait une seule carte à jouer pour sauver sa patrie il n'allait pas la laisser passer. Après tout, son ennemi mortel restait le communisme, une alliance avec les États-Unis devenait en fin de compte naturelle. Il savait également qu'il y aurait un jour une renaissance, il y en a toujours eu depuis la nuit des temps. En manœuvrant tout en finesse il pourrait se bâtir un certain avenir à défaut d'un avenir certain, l'Allemagne aussi par la même occasion.

Canaris pensait avoir des secrets pour Ghelen qui croyait cacher des informations à l'amiral. C'est ce qu'il appelait de la mathématique appliquée à la réalité !

Rynok, bombardement de Stalingrad, dimanche 23 août 1942

Surpris, le général-major Valentin Hube commandant de la 16 ème division cuirassée, au moyen de son avion d'observation, avait tenu à rejoindre à la hâte le général d'infanterie von Wietersheim et ses équipages dans le peloton de fermeture du 14 ème panzerkorps lui-même étonné par leur avancée fulgurante depuis bien avant l'aube lorsqu'ils avaient sans trop de difficultés franchi le Don à Vertyatchi. Une véritable chevauchée apocalyptique. Les tapis de bombes déversés par l'incessant ballet du VIII fliegercorps détruisant sans désemparer toute résistance soviétique loin devant leurs chenilles. Les hommes étaient encore ahuris d'avoir réussi à couler un paquebot fluvial à Spartanovka.

À seize heures dix, après avoir remonté ensemble la colonne blindée, Hube ordonna de stopper leur véhicule de commandement au-dessus d'une haute falaise au bas de laquelle il découvrit miroitantes dans la lumière de l'après-midi les eaux noires de la Volga au nord de Stalingrad. Il porta de longues minutes son regard à l'est par-delà le fleuve avant de se tourner le visage décontracté vers son chef de corps : – Nous y voilà Gustav, c'est ici que nous nous arrêterons pour de bon, devant il ne reste plus rien comme terre qui vaut la peine d'un tour de chenille. Nettoyons un peu tout cela, il me presse de revoir la Saxe.

***

Malgré la chaleur étouffante, se servant des capots des véhicules, ils avaient en toute simplicité organisé un repas de fête pour célébrer l'évènement. Le soleil ne s'était pas encore couché en cette fin d'après-midi, mais la fumée sombre qui s'élevait au sud cachait la lumière de l'astre du jour. Les hommes de von Richthofen faisaient naître une nouvelle étoile de feu sur la ville. À l'heure ou au loin retentissait lugubres les sirènes des usines. Hube regarda sa montre au poignet de son bras droit ayant laissé l'autre dans les Flandres, dix-huit heures vingt. Même pas fichus d'être à l'heure ironisa-t-il. Remonté, le bouillant officier contacta Paulus à son quartier général de Gobulinsky pour obtenir l'autorisation d'attaquer au plus vite l'agglomération dans une ligne nord-sud. Paulus indécis en référa à l'OKH chez Halder dont il fut longtemps l'adjoint. Ce dernier partagé lui conseilla la prudence. Le tempérament pessimiste de Paulus l'emporta. En cette fin de journée, la ville se retrouvait vide de tout défenseur digne de ce nom !

QG de la 62ème armée, zone de Stalingrad, dimanche 23 août 1942

Novorossisk est bombardé, le port va devoir être évacué, Kotov venait de le lui apprendre. Stalingrad subissait le même sort. Fidèle à son instinct Staline sut que le temps était venu de commencer à mettre l'idée qui avait germée dans sa tête à exécution ! C'était d'ailleurs plus une résolution qu'une conception. Il ne maîtrisait pas davantage de quelle manière il pourrait réagir, ni quand, mais ce qui était certain c'est qu'il restait totalement hors de question de demander un cessez-le-feu pour l'instant, ni l'instant d'après, ni encore celui d'après si possible. La partie n'était pas facile à jouer, mais elle ne l'avait jamais été. Staline savait qu'il ne se reposerait jamais, mais il savait aussi que lui vivant ne céderait jamais sa place, que jamais quiconque ne lui dicterait ses décisions.

Sa voix sortait du téléphone comme celle parvenant d'une lointaine tombe entrouverte : –Alexandre, tu as laissé détruire ma ville. Un silence glaçant passa par les ondes plus mortel que s'il venait de Sibérie. Staline était capable de tout, surtout du pire, Vassilevsky put à peine articuler pour répéter de mémoire les mots d'Andreï Eremenko : –Heureusement, il ne restait presque pas de troupes dans le centre de la cité ! Néanmoins il se sentit obligé de boire le calice jusqu'à la lie : –En contrepartie, nous déplorons entre trente et cinquante mille pertes parmi la population.

- Tu oublies de mentionner que toi également tu es vivant. Dis à Eremenko puisque c'est aussi son cas de réunir tout ce qu'il trouve, qu'il racle les fonds de tiroir, pas un civil et encore moins un militaire ne quitte la ville. Jetez tout ce que vous avez dans une contre-attaque, employez les trains blindés, les ouvriers des usines, n'importe quoi pour les arrêter et ça inclus par la même occasion vos dents.

Ukraine, Vinnytsia, Werwolf Quartier général de Hitler, lundi 24 août 1942

Le front de Leningrad était figé pour le groupe d'armée nord, le groupe d'armée centre fixé sur ses positions de Rzhev, l'axe de Koursk à Voronej verrouillée. Puis en suivant le Don sur des centaines de kilomètres le groupe sud arrêté sur un tracé stable. Le groupe d'armée B de von Weichs stopperait bientôt sur la Volga. Avec un petit coup de pouce le groupe d'armée A de List dans le Caucase allait sous peu devoir s'immobiliser pour l'hiver sans atteindre Bakou, son expérience le lui dictait. On y était presque, la mauvaise saison s'annonçait longue et ennuyeuse, propice au temps des diplomates !

Le général Halder termina, satisfait ses cogitations, il venait une fois de plus de réussir sans trop de difficulté à ce que Hitler exhibe son esprit de contradiction, il avait exhorté le führer à faire retraiter la neuvième armée à Rzhev. Le FHO de Ghelen ayant détecté plus de cent nouvelles divisions soviétiques en formation destinée à cette zone alors que le Reich parvenait avec peine à en rassembler une trentaine. Par cette révélation, il espérait étouffer toute velléité d'offensive dans ce secteur. Pour faire bonne mesure, il avait divulgué un rapport provenant lui aussi du FHO de Ghelen prédisant que l'armée rouge était en mesure de lever soixante-dix divisions neuves dans la région du Caucase. Fin manœuvrier, il avait bien entendu choisi de l'annoncer devant l'assemblée des généraux réunis en présence de Hitler.

Non dénué d'un esprit d'ironie, il avait terminé son exposé par une nouvelle charitable : – Néanmoins, une division de montagne est parvenue au sommet de l'Elbrouz !

Après un silence de mort la réaction d'Hitler fut comme il l'avait prévu un déchaînement de colère public à l'égard de l'état-major de l'OKH, particulièrement destiné à la personne de son chef qu'il ne lâchait pas du regard : – vous n'avez que le mot repli à la bouche, faites preuve d'autant de courage que les soldats du front, nous ne reculerons pas d'un pied, au contraire nous allons prendre Moscou avant la fin de l'année. Si la Heer n'est plus guère capable d'esprit combatif, les troupes terrestres de la Luftwaffe libres de la mentalité pervertie de la Heer sauront leur montrer l'exemple. Il avait terminé épuisé son violent emportement en raillant le général Halder de ne pas avoir été blessé lors de la Grande Guerre.

Dès lors, Franz Halder sut que ses jours à l'OKH étaient à présent comptés, ceux de l'Allemagne par la même occasion, sauf si Walter Schellenberg manœuvrait avec une extrême finesse. Il allait s'efforcer de l'aider en tentant de désorganiser un peu plus les forces. Il espérait parvenir à démontrer que le groupe d'armée A serait de manière irrémédiable bloqué pour son offensive vers Touapse et Sotchi. Mais pour cela il allait avoir besoin de sacrifier le feld-maréchal List son ami depuis la Grande Guerre.

Moscou, Kremlin samedi 29 août 1942, 19h00

- Gueorguiy, tu es une fameuse tête de cochon, toutefois moindre que celles de Vassilievsky ou Eremenko. Ce n'est cependant pas pour ça que je t'ai nommé le personnage militaire le plus important après moi. La raison c'est que quand tu mords tu le fais fort sans jamais lâcher, quel qu'en soit le prix. Tu jetterais ton père dans les flammes en cas de nécessité, c'est en tous points de cette façon que je j'ai besoin de toi. À présent, tu es également commissaire à la défense comme ça tu ne pourras pas dire que tu ignores des éléments du paysage. Tu es là pour sauver les meubles d'une maison en feu et la reconstruire au plus vite avec le moins de matériaux possible, sans cuisine, ni table, ni chambre si tu ne peux pas faire autrement. La Volga impraticable nous ne disposerons plus d'assez de pétrole. Si Stalingrad est abandonné, les Américains nous couperont les vivres, personne ne fournit de l'équipement à un peuple qui perd la guerre et se trouverait incapable de rembourser ses dettes. Tu verras d'ailleurs par toi-même comme commissaire que cette aide ne représente pas grand-chose pour l'instant, mais crois-moi, en supposant que nous parvenons à stabiliser le front, à ne plus reculer, ils changeront d'avis, j'en fais mon affaire. Après tout, je suis l'oncle Joe de Roosevelt, c'est en somme une histoire de famille.

Joukov savait qu'il était impossible de se dérober : – Donc Vojd si j'ai bien compris je prends le commandement du secteur de Stalingrad et de Rzhev. Alexandre, j'en fais quoi ?

- Tu veux le garder ? Et Eremenko aussi ?
- Tu as mieux patron ?

Staline réfléchit un court instant : – Andreï a bien réagi en faisant sauter le pont de bateaux quand les fascistes ont atteint la Volga, il les a quand même empêchés de traverser, les conséquences en auraient été inimaginables. Je te les donne tous les deux à condition que dans quinze jours vous reveniez ici avec des résultats de ceux qu'on peut caresser, sentir et manipuler, sinon qu'ils se présentent tous les deux à la gare de Kazan sans prendre la peine d'effectuer un détour par mon bureau.

Joukov qui savait trop ce que cela voulait dire évita soigneusement de demander si ça valait autant pour lui. C'était une menace en l'air, sauf si elle retombait.

Le maître du Kremlin le fixa dans les yeux sans manifester aucune émotion, après un interminable silence il regarda par la fenêtre, puis se radoucit : – Viens manger un morceau avec moi, après tu partiras séance tenante mettre de l'ordre là-bas. Va les rejoindre et stoppe les Allemands, quel qu'en devienne le prix, tu me feras ton rapport oralement chaque jour pour que je puisse entendre la vérité sortir de ta bouche.

Kamychine, nord de Stalingrad, dimanche 30 août 1942, 05h00

Vassilievsky était venu l'attendre à sa descente d'avion. Il lui tendit une bouteille de vodka en signe de bienvenue, il affichait la tête des mauvais jours : – Alors, c'est toi le patron à présent ?

- Alexandre ce n'est pas moi qui décide, mais tu dois accepter la situation ce sera plus simple pour tous les deux.

Vassilievsky cachait mal son amertume : –Je n'ai pas de problème avec ça Gueor-guiy, mais c'est le bordel total tel qu'on en a rarement vu, je te préviens. C'est irréa-liste d'envisager de parvenir à lancer une contre-offensive dans une plaine sans pro-tection avec des hommes qui marcheront plus de soixante-dix kilomètres sans eau, nous ne possédons pas d'artillerie digne de ce nom et encore moins d'obus. Les fascistes nous attendent sur des hauteurs, ils vont nous tirer comme à l'exercice. Eremenko est au désespoir, j'ai peur qu'il se suicide.

Joukov grogna : –Ne te montre pas pessimiste, c'est un peu comme à Moscou en décembre en plus compliqué. Nous bénéficions du plus important, près de deux cent cinquante mille poitrines pour construire un mur ! À Novorossisk, Touapse et Mozdok ils n'ont pas autant de chance, trouvons-nous heureux de la nôtre !

Ukraine, Vinnitsa, Werwolf, lundi 31 août 1942

Bien qu'il s'agissait d'un comportement devenu inhabituel, l'exception confirmait la règle, Hitler se montrait de fort bonne humeur ce matin-là. Pour un motif obscur, il s'était levé raisonnablement tôt, il en avait profité pour accueillir à l'heure prévue le feld-maréchal List accompagné de son aide de camp avec un sourire en leur serrant contre toute attente la main. La cause de son enjouement était due à Hott et sa quatrième armée de panzer qui par une manœuvre audacieuse avait percé les défenses soviétiques devant Stalingrad. Ses hommes étaient sur le point de réaliser leur jonction avec le général Paulus après un encerclement de grand style.

Il était même allé jusqu'à rompre sa promesse en les invitant à déjeuner. C'est un führer exultant à la limite de l'euphorie qui expliqua en long et en large à un List dubitatif l'importance du stratagème. A tous il apparaissait évident que maintenant seul Stalingrad l'intéressait. Distraitement, il dit avec une allégresse non dissimulée au feld-maréchal : – prenez en de la graine, ne venez plus avec cette idée saugrenue de faire édifier les quartiers d'hiver à votre armée. Vous avez manqué de vigueur à Novorossisk, tâchez d'enlever au plus vite Touapse et Grozny. Si c'est nécessaire, je vous enverrai Hott quand il en aura terminé à Stalingrad.

Piqué au vif Wilhelm List répliqua : – Dès que je disposerai de la même dotation en carburant et munition ne doutez pas que nous ferons aussi bien !

Hitler qui ne voulait pas voir l'amertume du feld-maréchal répondit enthousiaste : – bien sûr, regardez cela avec Halder et Jodl. Ils accompliront ce qu'ils peuvent comme toujours. Puis sans plus, il se pencha sur les cartes en compagnie du maréchal von Weichs.

Le devinant perturbé par le désintérêt évident de Hitler le général Halder le pris d'un geste affectueux par le bras. : – Venez prendre une boisson chaude Wilhelm nous parlerons de tout cela avant que vous ne regagniez votre avion.

Assis au réfectoire des officiers ils burent en silence un thé noir très fort. List semblait préoccupé, le général Halder trouva les paroles pour le rassurer : – Mon cher Wilhelm, je ferai bien entendu tenir compte au führer de vos remarques avec énergie. C'est flagrant, vos problèmes d'approvisionnements doivent être résolus sous brève, car sans eux c'est devenu incontestable que vos opérations vers Grozny et Touapse seront des plus hasardeuses.

Le feld-maréchal List regarda mi-reconnaissant mi-inquiet son ami Halder : –Le führer a-t-il bien compris que nous manquions de tout pour mener l'offensive, essentiellement de munitions et de carburant ? Je dois attendre la dotation de l'armée pour avoir des chances de remporter un succès.

Le général Halder se voulut rassurant en prenant un ton apaisant : – N'en doutez pas une minute, malgré les apparences, Hitler demeure attentif à votre situation, mais depuis quelques jours il est très concentré sur les opérations de Paulus à Stalingrad.

Le feld-maréchal List répondit amer : – il nous prive même de presque tout support aérien, toutes les escadrilles sont envoyées combattre au-dessus de cette maudite ville. Dans ces conditions indignes de quelle façon avancer ? Je dois attendre les approvisionnements.

Le crâne à moitié dégarni de List brillait de sueur, Franz Halder eut un instant d'hésitation, mais se ressaisit illico, ce n'était pas le l'heure de se laisser aller à la compassion, son ami n'était pas précisément ce qu'on peut appeler un enfant de chœur : –Je crois qu'il comprendra que votre décision sera le bon choix. À mon avis von Kleist vous soutiendra.

Le feld-maréchal Wilhelm List quitta Vinnitsa soulagé, enfin Hitler avait fini par admettre ses insolubles problèmes. Franz Halder prit son mouchoir dans la poche de sa veste et s'épongea le front, avec un peu de chance il allait bientôt retrouver les vignobles de Franconie.

Le feld-maréchal Wilhelm List, un des deux derniers officier d'état-major formé à la Wehrmachtakademie[92] par le général Edmund Wachenfeld, allait commander le groupe armée A encore huit jours avant de se voir remplacer par Hitler lui-même.

Waldshut, Bade, mardi 08 septembre 1942

Le brigadier Masson accompagné du capitaine Paul Meyer avait franchi avec beaucoup de difficultés la frontière sur le Rhin au pont de Laufenburg. Une entreprise non dénuée d'un éventuel risque, couronnée depuis le départ d'une succession de problèmes, le tout sous une chaleur accablante. Le dicton « Nul n'est prophète en son pays » s'adaptait avec humour à la situation qu'ils avaient dû endurer avec leurs propres fonctionnaires. Ensuite, pour faire bonne mesure en dérogeant au plan pourtant minutieusement mis au point, personne ne les attendait du côté allemand. Après un court conciliabule, ils décidèrent ensemble de prendre leur mal en patience et d'espérer sur place l'évolution des choses malgré la menace de se faire arrêter par les Allemands. Au bout d'une interminable heure Hans Eggen était enfin arrivé, en habitué des situations délicates aidé par sa position au sein du SD, il s'occupa avec autorité des formalités avec les gardes-frontières, après quoi ils empruntèrent sans perdre plus de temps la route de Waldshut : – absolument désolé s'excusa le major allemand, j'imagine sans peine la tension que vous avez dû endurer, il s'est produit une circonstance non moins imprévue que malheureuse, mais le colonel Schellenberg vous l'expliquera mieux dans quelques minutes.

Le rendez-vous en avait été convenu, pour la discrétion, au restaurant près de la gare, un simple édifice à la façade blanche avec des balcons ouvragés à peine éloigné du fleuve.

---

[92] Führerschule der gesamten Wehrmacht

Walter lui aussi habillé en civil, chapeau enfoncé sur la tête, se tenait debout au bord du chemin à l'arrivée de la Mercedes. Il ouvrit lui-même la porte du passager et aida le Suisse à s'extraire, il paraissait satisfait de le retrouver.

- Bienvenue brigadier, je suis heureux de vous voir, par chance tout s'est en définitive bien passé dit-il avec enthousiasme. Vous également Paul je suis content que vous soyez là.

Masson afficha un large sourire : –On est toujours trahi par les siens, c'est le contrôle suisse qui a posé un problème à cause d'un manque de coordination. J'avoue que l'armée de la confédération devient fort nerveuse ces temps-ci. Pour prendre leur défense, je dois également avouer que nous ne transportions aucun documents sur nous. En revanche, ce fut sans difficulté de votre côté grâce au major Eggen.

- Je reconnais qu'on peut saluer le talent d'organisateur de Hans.
- Malgré tout, je vous confie que l'attente fut angoissante.
- Vous m'en voyez désolé, tout cela résulte de ma faute, j'ai roulé d'une traite de Berlin et après tant de kilomètres mon attention s'est relâchée, en le dépassant à la sortie de Stuttgart, j'ai accroché un camion de la Wehrmacht. Par chance juste de la tôle froissée, mais ça aurait pu être plus grave. Mais venez, entrons, avant d'attirer sans raison la curiosité.

Après s'être assis à l'écart dans la salle et avoir commandé une bouteille de vin blanc Walter servit quatre verres en prenant la parole pour tenter de détendre l'atmosphère tendue après tous ces évènements : – Levons notre verre à cette agréable réunion, il ne nous manque qu'un seul Paul ! Selon toute vraisemblance, il doit préférer se balader en forêt à chercher du bois de construction à nous vendre à des prix exorbitants. L'allemand aimait piquer les Suisses en faisant allusion au commerce duquel le fils du chef de leur armée était un des principaux acteurs.

- Ne parlez pas mal de mes associés, dit Hans Eggen complice en riant sans discrétion, c'est grâce à eux que nous pouvons si volontiers nous organiser, enfin, sans trop de peine serait plus exact, ce n'est pas vous qui me contredirez capitaine Meyer.
- Aussi grâce à vous Hans, compléta son chef, vous êtes pour eux un précieux partenaire, je suppose. Quant à Paul Holzach, je ne crois pas qu'il lèverait le petit doigt pour moi. Je garde l'impression qu'il ne m'apprécie pas beaucoup.
- C'est compliqué de plaire à tout le monde dit Masson, j'ai moi-même subi récemment des moments très tendus avec Hausamann. Comme le temps passe si vite, entendez depuis les trois dernières années.
- C'est quelque peu une tendance suisse de montrer des vues opposées souligna Walter.
- Chez vous, cela doit être bien plus simple, toute la société regarde dans le même sens, répliqua avec ironie Masson.
- En apparence, comme vous vous en doutez. Mais c'est malgré tout bien que

Paul ne soit pas présent, ce que nous avons à nous dire ne l'intéresse pas forcément. La discrétion nous va si bien. Avant tout, de son côté Hausamann se méfie-t-il de quelque chose ?

- Difficile à savoir, l'homme garde des gens à lui infiltrés un peu partout. Je ne connais rien de pire qu'un civil jouant à l'agent secret. On se croirait dans un roman du capitaine Meyer. Hans espère pouvoir tirer avantage de l'écoute bienveillante du général Guisan.
- Il l'a ?
- Non, Guisan entend, mais n'écoute presque personne. Nos rapports ne sont pas cordiaux, ce qui ne m'empêche pas de figurer parmi un des seuls qui bénéficient de son oreille. Il a donné sa bénédiction à notre rencontre.
- À propos d'oreille, nous devrions passer à l'objet de cette rencontre.
- Hans Eggen attrapa l'invite au vol et se souleva de sa chaise : – je vous laisse un moment entre vous, vous avez, à n'en pas douter, des choses personnelles à vous dire. Je resterai au bar si vous avez besoin de moi ! Paul Meyer fit mine de se lever en même temps : – si vous me permettez je vais l'accompagner, nous avons quelques détails de livraisons à régler. Personne n'objecta, le suisse et l'allemand étaient associés dans la société Interkommerz de Zurich.

Walter retint son collaborateur par la manche : – non, restez tous les deux, finissez le vin, je propose que le brigadier et moi-même allions nous promener, marcher nous fera le plus grand bien. Il se tourna vers Masson : – si vous êtes d'accord bien entendu.

Masson le regarda en souriant et acquiesça d'un signe de tête. Après être sortis derrière l'hôtel en silence, ils empruntèrent sur une centaine de mètres un minuscule sentier serpentant à travers un petit bois pour se terminer à une rivière se jetant dans le fleuve. Debout, silencieux, ils prirent le temps d'admirer d'un œil distrait le paisible cours d'eau. Walter s'empara en douceur, avec un geste naturel, du bras de son homologue suisse : – Vous vouliez me voir brigadier ? Croyez-moi, dès que j'en ai eu l'occasion j'ai fait au plus vite. Mes possibilités se réduisent, depuis la mort du général Heydrich le Reichsführer ne me laisse pas un instant pour respirer, je preste des journées de quinze heures et parfois plus. D'ailleurs, ma santé s'en ressent beaucoup. Je suis très fatigué ces derniers temps, c'est en outre une des raisons de ce stupide accident.

Le chef des renseignements suisses l'examina en détail comme un médecin, il semblait éprouver une peine sincère : – Réellement navré de l'apprendre, j'espère que vous prendrez soin de vous.

- Il se trouve quand même une bonne nouvelle au milieu de tout cela, mon épouse Irène vient d'accoucher. Je suis à présent aussi le papa d'une petite fille.
- Vous devriez vous trouver près d'elles, comment vont-elles et elle dispose

déjà d'un prénom cette enfant ?

- Elles se portent comme un charme, nous avons décidé pour Ilka. Quand je déclare « on », cela se résume pour ma part à avoir dit "oui" au choix d'Irène. Si tout se passe bien vendredi, nous partirons pour trois ou quatre jours dans le massif du Hartz ou je possède un petit chalet.

- Savoir saisir la mesure juste pour les siens est essentiel, même si c'est un court laps de temps, ça en vaut toujours la peine. Il prit quelques secondes de pause avant de continuer : – Excusez-moi de manquer ainsi de tact, mais le temps dont nous disposons est restreint. Donc pour en arriver à ce qui nous intéresse, ma position s'avère par les temps qui courent, disons assez délicate pour ne pas la qualifier de tout à fait inconfortable et je vous remercie d'être venu. La relation avec Hausamann est génératrice de perpétuelles ingérences, nous en parlions il y a quelques minutes à l'auberge. De mon côté, j'ai dû beaucoup lui forcer la main pour passer l'information à Rado avec qui il entretient des contacts obscurs, il compte bien me le faire payer d'une façon ou d'une autre. Il ne sait pas si c'est vous ou l'américain qui se cache derrière cette démarche, mais comme il n'est pas spécialement bête, c'était inévitable qu'il se mette à gamberger. À présent, je sens qu'il ne croit plus à l'histoire, quelque chose dans son attitude dit qu'il est même loin d'être convaincu que ce soit Dulles qui l'ait demandé. Il est trop fin renard pour ne pas avoir des soupçons qu'il transformera un jour en preuves.

Le suisse s'attendait visiblement à un commentaire rassurant, c'était mal connaître Walter qui préféra laisser planer le thème jusqu'à ce qu'il touche le sol. Masson n'eut d'autre solution que de demeurer du côté de la partie demanderesse : - Trop de gens savent que nous avons des contacts pas uniquement au travers de Hans Eggen ou de Paul Meyer et de Paul Holzach. J'ai des comptes à rendre et hélas pas rien qu'au général Guisan, ce serait trop beau. Il naît des pressions politiques dans les cantons et vous connaissez le pouvoir dont disposent les états fédérés au sein de la confédération. C'est pourquoi j'ai tenu à cette entrevue semi-secrète. Il se créera une publicité suffisante autour d'elle pour la traduire "officieuse" et donc autorisée par Guisan dans l'intérêt de la Suisse. Tout le monde pensera que nous nous voyons pour la première fois. Hausamann ne pourra rien dévoiler, il serait lui aussi très mal pris. Dès que les Américains m'ont contacté, j'ai tenu à me prémunir de lui en l'impliquant ; par chance sa présomption l'a emporté, le commandant espère s'attribuer la défaite du Reich à la hauteur d'une victoire personnelle. Dans le cas contraire, il aurait déjà couru les casernes dans le but de rameuter une fronde d'officiers.

- Orgueil ou désir de vous surveiller ? Sans aucun doute, vous devez savoir ce que vous faites. Alors, comment se définira l'ordre du jour « officieux » de cette rencontre, vous connaissant, vous avez à coup sûr dû en prévoir un solide ?

- Bien entendu. En premier, disons l'affaire du lieutenant Mörgeli. Nous devrions parvenir à la finaliser de manière satisfaisante et rapide, ça me serait d'une grande aide.

- Aucun problème, n'ayez crainte, votre homme ne finira pas fusillé. Le lieutenant Mörgeli se porte à merveille, j'y prends soin de en personne. Je vous le ferai rendre dans environ deux mois, il garde des chances que ce soit même un peu moins, j'y veillerai, le temps de travailler Müller au corps et s'il fait la tête dure j'en appellerai au Reichsführer, ne vous inquiétez pas pour ça, considérez cette affaire comme réglée. Ça vous va ainsi ? Walter avait d'autant plus facile à formuler cette promesse que c'était à lui de donner l'ordre de libérer le lieutenant Mörgeli.
- Parfait, c'est un délai raisonnable pour négocier un accord qui arrange tout le monde. Dès demain je donnerai l'ordre d'arrêter les deux agents de l'Abwher que vous m'avez signalé. Une fois cette opération réalisée, j'annoncerai à qui de droit le progrès du processus. Cela dit, en soi ce n'est pas suffisant, cela nécessiterait quelque chose de plus fort.
- Comme quoi ?
- Rencontrer le général Guisan. Vous pourriez le rassurer sur les intentions de l'Allemagne envers la Suisse. C'est sa grande préoccupation, la mienne aussi dans une moindre mesure grâce à vous.
- Facile, l'Allemagne n'a à ce jour aucune vue sur la Suisse ! Vous devez bien avoir des agents qui le lui confirmeront. Restez persuadé que j'userai de mon influence dans ce sens.
- Masson ne souleva pas et continua : – Je voudrais que ce soit vous qui le lui affirmiez. Ça rendrait ma position infiniment plus confortable. Il y a des bruits inquiétants qui circulent. Le général Guisan a été nommé chef de l'ensemble des militaires suisses en brûlant la politesse à son rival le colonel Ulrich Wille, lui-même fils de général et ami personnel de votre führer. Ce Wille n'est pas homme à pardonner, je redoute un attentat.

Walter se fit rassurant : –Je connais cet Ulrich et ses aspirations. Aussi étrange que cela puisse paraître, je n'ai aucun intérêt à ce que la direction de vos forces change, quand bien même ce serait pour un admirateur du Reich. Je n'apprécie pas les gens instables, encore moins les traîtres. Le commandant de votre armée me convient à merveille, pour moi son anticommunisme compense ses travers ; c'est un homme qui un jour pourrait aider à créer des ponts à l'ouest. Il n'y a rien que je n'effectuerais pour améliorer le confort politique de Guisan. C'est le général qui se méfie de nos intentions. Il est plutôt pro-Français d'après nos renseignements.

- C'est de l'histoire ancienne et qui ne trouve pas de réelle justification. Le général demeure contre vent et marées en exclusive pro-Suisse et comme moi c'est la neutralité et l'inviolabilité de son pays qui l'importe avant tout.
- N'en parlons plus. Je peux vous assurer que dans le cas contraire je mettrais tout mon poids dans la balance pour que ça reste ainsi. J'ai appris à m'opposer aux opinions de votre compatriote le major SS Franz Riedweg qui est pourtant un des favoris du Reichsführer.

- Masson leva les yeux au ciel : – Entre lui et Eugen Corrodi vous vous rendez compte de complexité de la situation. C'est d'ailleurs la raison secondaire de notre entretien. Je viens aussi pour vous avertir de rumeurs qui pourraient avoir de funestes conséquences pour nos deux pays. Les groupements antiallemands dans l'armée helvétique s'unifient peu à peu et menacent de divulguer preuves à l'appui les financements suisses accordés à l'Allemagne. Ils mettraient sur la place publique l'échange auquel nous procédons de l'or allemand contre des devises. Je ne vous cache pas que cela me serait bien égal si cela n'engageait pas dans une situation périlleuse tout le système bancaire de la confédération, nous parlons quand même de milliards de marks. L'économie de la Suisse ne s'en relèverait pas, ce serait le chaos.

- C'est évident, ce serait plus qu'ennuyeux, désastreux est bien le mot à employer.

- Si de besoin rafraîchissez la mémoire de votre chef, cela ne manquerait pas d'affecter les fonds que votre ordre dépose chaque mois dans nos banques.

Depuis longtemps déjà c'était devenu difficile de parvenir à le surprendre, mais cette fois Walter le dévisagea étonné : – Dites-moi plutôt de quelle manière nous pourrions procéder pour contrecarrer cela ?

- Tout réaliser pour préserver l'intégrité et par-delà l'impartialité de la Suisse. Stopper au plus vite les élucubrations de votre presse et sa stupide campagne. J'insiste en particulier sur la neutralité de la confédération, il est impensable que dans la situation politique actuelle votre gouvernement pousse le mien à un choix diplomatique, nous ne devons-nous tourner vers aucune des parties que ce soit l'axe ou les alliés. Du moins dans une position officielle. De mon côté, les pressions seront exercées sur qui de droit pour que nos journaux parlent de la meilleure façon d'effectuer la culture des pommes de terre et de rien d'autre. Venez avec des arguments pour rassurer le chef de nos armées, je vous garantis qu'il y sera sensible.

- Comptez là-dessus, je suis bien conscient que le moindre faux pas serait funeste, j'arriverai dès que vous me le direz.

- Bien, je lui ferai part de votre accord. Il mettra lui-même la touche finale.

- Parfait. J'ai de mon côté j'ai moi aussi un service à vous demander. Ne vous trompez pas, ce n'est en aucun cas une contrepartie, il n'a pas d'autre but que celui de gagner du temps et de rester le plus discret possible. Il faudrait que vous transmettiez à notre ami Dulles que « les affaires » sont en de très bonnes voies, mais qu'elles prennent un peu plus de semaines que prévu à organiser. Il doit prendre conscience que c'est pour moi au dernier point dangereux et complexe. Qu'il s'abstienne surtout de toute initiative malheureuse qui conduirait à tout avorter. Il n'a aucun intérêt à me perdre. Je lui ferai parvenir sous peu une note sur les perspectives.

- Ça doit être dans mes possibilités. Je vous propose donc de nous revoir dans quelques semaines pour finaliser cela. De l'autre côté à cette occasion. Je

sais que vous appréciez notre chocolat et l'hospitalité qui va avec.
- Parfait je vous remettrai le message que j'adresserai à Dulles lors de cette rencontre.
- Rentrons, le soleil commence à se coucher, ils vont finir par s'inquiéter. Une dernière chose, venez en Suisse en voiture la prochaine fois, c'est plus discret que l'avion privé. Prenez un chauffeur au besoin.

Quartier général du groupe d'armée A, Stalino, lundi 7 septembre 1942, 09h00

Alors qu'il s'était joint au général Halder en juin pour déconseiller d'exécuter le plan bleu, Hitler avait déjà prévu de le remplacer par le général Friedrich Paulus. Ce dernier aurait probablement été substitué par le général Arthur Schmidt à la tête de la VIème armée. Dans l'euphorie de l'avance et puisqu'après tout il dépendait de L'OKW, rôle secondaire pour les circonstances, le führer avait perdu de vue la nécessité immédiate de cette mise à l'écart d'un général qui convenait si bien à Keitel qui lui-même ne le contredisait jamais.

Tôt ce lundi, le général Jodl prit le risque de se remettre à nouveau en avant. Pour complaire au Feld-maréchal List, il accepta de le rencontrer plus discrètement en prenant l'avion pour le quartier général du groupe d'armée A à Stalino. Aidé du général Konrad Haase le chef des armées du Caucase, il l'avait convaincu d'une solution élaborée en urgence ; abandonner la poussée vers Grozny pour concentrer les efforts du 49ème corps d'armée vers Maïkop pour fondre ensuite sur Touapse. List omit de lui préciser qu'une fois de plus la suggestion provenait du général Franz Halder. À la fin du déjeuner ils se séparèrent confiants.

Le mardi peu avant midi, Jodl présenta la proposition à Hitler dès son réveil. Alors qu'il croyait recevoir des éloges, il se fit agonir d'injures devant un Halder qui pour une fois se tenait assis silencieux au fond de la salle.

La colère du führer atteint son paroxysme quand Jodl dérouté eut l'idée folle de lui faire remarquer qu'il s'agissait là de ses propres ordres.

Le feld-maréchal Wilhelm List fut proprement congédié le lendemain accusé d'avoir à la fois compromis le pétrole du Caucase et la conquête de la Géorgie par une progression vers Soukhoumi. Quant à Jodl, à nouveau menacé de se voir remplacé, il perdit sa position de conseiller. Le Führer refusera encore de longs mois de lui serrer la main. En ce qui concerne le reste des officiers, indifféremment à leur appartenance au groupe d'armée A ou B, ils durent dorénavant prendre leur repas en se passant de la compagnie de leur chef suprême.

Le mercredi Hitler devint lui-même le nouveau patron du groupe d'armée A.

Franz Halder considéra que procéder mieux n'était que difficilement réalisable.

Berne, Herrengasse, jeudi 10 septembre 1942

Allen Dulles se sentait toujours mal à l'aise en présence du commandant Hans Hausamann, un malaise physique devant cet homme si maigre et si grand à qui il ne manquait rien que les ailes pour se voir qualifié d'oiseau, il avait l'impression de parler à un héron. Ce qui ne l'empêchait pas de le rudoyer depuis une dizaine de minutes, le ton allait crescendo au fur et à mesure que l'américain se laissait emporter, il termina en lui assénant : – L'action la plus évidente consisterait à épargner la vie de nos pilotes et équipages qui se font tirer comme des pigeons au-dessus de l'Allemagne, la solution m'apparaît simple, il nous suffirait de bombarder en une seule journée Zurich, Lausanne et Berne pour s'excuser ensuite. La guerre finirait en une huitaine de jours.

Hausamann surpris redressa son long cou : – vous êtes devenu fou !

- Pas le moins du monde. Cet Hitler continue son conflit uniquement grâce à vos banques. Il vous refourgue toute la richesse de l'Europe qu'il pille d'une démarche pleine d'entrain. Chaque semaine, des camions viennent d'Allemagne chargés d'or lequel est déposé ensuite à la Banque Nationale suisse. Les véhicules ressortent avec de bons billets en devises convertibles avec lesquels il paye les fournitures indispensables à son armée.

- Vous ne devriez pas affirmer des choses pareilles sans preuve !

- Ne vous foutez pas de moi commandant, vous savez au lingot près ce qu'il en est !

- Vous pensez être mieux informé que moi ?

- Je ne tergiverse tout bonnement pas avec la réalité. Non contents de lui blanchir son or, vos industriels lui vendent armes et munitions. Il a même réussi à faire venir de l'or de Dakar à travers le désert à dos de chameau. Le centre de sa cible se situait ici à Berne dans vos coffres sans passer par Berlin.

- Vous oubliez volontiers de considérer le problème dans son ensemble, nous nous voyons encerclés et susceptibles de nous retrouver envahis selon son humeur. Vous devriez pourtant savoir que la majorité de nos hommes d'affaire et banquiers sont opposés à ces échanges, mais ont évalués avec raison irréalisable de ne pas les honorer.

    Allen Dulles opta de peser moins fort sur les épaules de l'officier en adoptant un ton plus conciliant, c'était maintenant nécessaire de penser à tempérer la discussion : – Écoutez Hans, je suis revenu clandestinement en prenant beaucoup de risques ; entre autres pour vous parler. Dans un mois ou peut-être deux, j'officialiserai mon séjour dans cette belle ville, hélas je n'ai pas le loisir d'attendre ce moment plus longtemps, nous devons agir sans perdre plus de jour. J'ai eu vent par une source sûre que le colonel Schellenberg vient de rencontrer votre chef Masson. Ne me contez pas que vous êtes sans l'ignorer. Ce dernier n'a pas pu entreprendre cette démarche de son propre chef sans se faire couvrir, vous êtes un officier plein de bon sens. Vous le savez ou au moins vous vous en doutez. C'est donc Guisan qui est à la manœuvre, activement ou passivement, peu importe. C'est une affaire qui me semble hautement suspecte.

- Le général est un homme de bien, il emploie ses méthodes, celles d'un agriculteur vaudois patient. En tant que protecteur de la patrie il n'a qu'une idée en tête, défendre le territoire national. Il met au point une stratégie pour ôter aux Allemands l'envie de mettre en œuvre des projets belliqueux.

- Sottises. Vous qui semblez un officier intelligent vous ne pouvez pas cautionner la théorie saugrenue du réduit suisse. C'est ridicule, vous allez tous vous retrouver dans une vallée entourée de montagnes le reste sera impraticable pour cent ans après avoir abandonné vos concitoyens entre leurs mains.

- Tout vaut mieux que l'Occupation.

- Ne vous leurrez pas et surtout ne me lancez pas à la figure une argumentation dont vous ne croyez pas le premier mot, vous irez à la collaboration comme vos voisins français. À vos banquiers qui dansent sur la même musique que vos industriels vous vous leur direz quoi ? De livrer leurs coffres regorgeant d'or au moustachu, ils ne le permettront tout simplement pas, c'est sans compter avec le comique pro allemand à la tête de la confédération.

- L'armée ne le l'acceptera jamais articula Hausamann sans grande conviction, cependant il ne releva pas l'insulte.

- Une partie de l'armée sans plus, vous allez vous retrouver comme les foutus mangeurs de grenouilles, une fraction qui salue Hitler, l'autre au garde à vous devant ce De Gaulle. Le colonel Ulrich Wille en est l'exemple parfait. L'illustration exacte de la progression de l'ardent désir de s'acoquiner au Reich qui règne au sein de votre armée. Si j'ai effectué ce dangereux voyage, ce n'est pas pour entendre des lieux communs et des sorties héroïques. Foutez la trouille à Guisan, qu'il choisisse son côté ; si nécessaire, renversez ce gouvernement et empêchez cette odieuse collaboration économique de continuer. De son côté, le colonel Schellenberg se bouge comme une souris de laboratoire, mais Himmler ne semble pas nous prendre très au sérieux. Si lui et ses amis ne peuvent plus mettre leurs sous à l'abri peut-être qu'il va accélérer le mouvement. Si Hitler n'a plus de sous, le Portugal, l'Espagne, la Suède et la Turquie lui couperont les vivres, fini les grands discours, il redeviendra le clochard qui n'aurait jamais dû quitter Vienne. Himmler tentera de s'emparera de sa position, malgré son nouveau rang le petit Heinrich se retrouvera dans la même situation et l'armée prendra la place d'Himmler. Avec ces derniers, on pourra s'accommoder pour mettre sur pied une douce dictature antibolchévique.

- Vous êtes un créateur de coup d'État ! Vous voulez quoi ?
- Vous avez avec des aptitudes proches de la perfection, très suisses si je peux me permettre, infiltrez l'armée d'Adolf, trouvez un moyen si ce n'est pas au-dessus de vos forces.
- J'ai bien une idée. Mais au fait, pourquoi vous ne leur feriez pas une petite démonstration de votre explosif à l'uranium ?
- Quelle idée avez-vous, Hans ?

Zurich, vendredi 11 septembre 1942

Hausamann après avoir évalué les maigres perspectives à sa disposition s'était résolu à mettre le général Guisan en position d'équilibre instable, juste la dose nécessaire pour le faire basculer dans son camp. Il se décida à heurter de front Masson qui par manque de chance s'avérait être aussi son supérieur : – L'américain Dulles se fait le porte-parole des alliés qui trouvent incorrects nos échanges commerciaux avec l'Allemagne. Nous nous situons d'après eux au dernier degré de la violation des conventions de neutralité. Ce n'est rien de dire que la situation leur devient insupportable.

Les deux hommes étaient forcés de travailler ensemble, mais ne s'appréciaient guère. Hans Hausamann prenait beaucoup trop de liberté avec l'indépendance de son bureau Ha alors qu'il restait en théorie subordonnée au brigadier. Ce dernier lui jeta un regard lourd de reproches : La prochaine fois que vous le rencontrerez, établissez une note d'information préalable Hans ! Il existe des règles indispensables à respecter, voyez-vous.

- Avec plaisir brigadier, pour autant que ces règles s'appliquent à tous.
- Comme responsable des services de renseignement, je n'estime pas avoir de comptes à rendre à d'autres qu'au commandant de notre armée. Un chef qui fut bien indulgent envers vous lorsque vous vous êtes converti en agitateur.
- En patriote, vous voulez dire ?
- Ce n'est à l'occasion pas votre cas où alors cela n'arrive pas à votre esprit que nous avons besoin de charbon pour nous chauffer et même si nous trouvions le bois nécessaire ce dont je doute, expliquez-moi de quelle façon se passer d'électricité, de l'importation de nourriture. Vous êtes un idéaliste rêveur, on pourrait en déduire que vos idées frôlent dans une proximité dangereuse avec celles des socialistes logés au Kremlin.

Ravalant l'insulte le commandant Hausamann lança sa flèche empoisonnée : – Rêveur ou pas, une information émanant de l'OKW vient pourtant de révéler que le plan d'invasion du territoire national est bel et bien repris à l'étude. Son concepteur, un certain capitaine Wilhelm von Menges en est chargé sur ordre de Keitel, autant dire directement celui d'Hitler. Vous l'ignoriez peut être brigadier ?

Est de Stalingrad, Volga rive orientale, vendredi 11 septembre 1942

Joukov se désespérait, depuis dix jours il avait ordonné des dizaines d'attaques suicides réalisées par des troupes exténuées sans couvertures d'artillerie ce qui n'avait pas réussi à empêcher les Allemands de rentrer dans les faubourgs de la ville. Ils avaient perdu plus de cent mille hommes et des centaines de blindés dans des batailles de retardement. En vain. Staline n'en démordait pas, il exigeait assaut sur assaut.

Vassilievsky sous ses airs contrits jubilait dans son for intérieur, le fier Joukov n'avait pas mieux abouti que lui à satisfaire le maître du Kremlin.

Eremenko remplit à ras bord leurs verres : –Je crois qu'il n'y a plus rien à faire, la cité est condamnée, nous n'aurons pas la chance de Staline en 1920.

Joukov regarda Vassilievsky, son œil s'éclaira soudain, Vassilievsky comprit avec quelques secondes de décalage. Tous les deux connaissaient par cœur l'histoire de la guerre civile. L'un après l'autre ils regardèrent Eremenko : – tu as raison Andreï lui répondit Joukov. Il vaut mieux que Valentin et moi allions l'annoncer au patron, reste ici et tente tout ce que tu peux pour les retarder. Sacrifie la soixante-deuxième armée si c'est indispensable. Vois avec cet horrible général, c'est comment son nom encore, Tchouïkov, ou quelque chose comme ça, celui avec le nez qui ressemble à une patate. Puis ils vidèrent leur verre d'un trait et prirent la route de l'aérodrome de Kamychine.

Ukraine, Vinnitza, Werwolf, samedi 12 septembre 1942

Le général Friedrich Paulus sortit passablement ébranlé de son entrevue avec Hitler. Mollement appuyé par von Weichs, il avait demandé un délai d'environ dix jours pour réduire jusque dans les moindres recoins Stalingrad. Répit auquel prudent il en avait ajouté quinze pour la déminer et établir de solides cantonnements pour affronter l'hiver. Le führer s'était une fois de plus emporté ne voulant pas voir l'usure de ses troupes après deux mois et demi d'avance et de combats exténuants. Malgré des éléments incontestables parfaitement étayés, il n'en démordait pas, rejetant toute argumentation tout en exigeant de son commandant d'armée la reddition immédiate de la cité sur la Volga.

Paulus s'en plaint à son vieil ami le général Halder compatissant : –Il ne m'écoute même pas quand je lui signale que notre flanc nord demeure très faible, dangereusement vulnérable et doit être renforcé d'urgence en commençant par nettoyer les deux têtes de pont du Don.

- Concentrez-vous sur la ville, partez l'esprit tranquille, je veillerai avec le maréchal Keitel à faire remédier au plus vite à cette inquiétante menace pour votre VIème armée! Halder était en tous points conscient que pour obtenir les conditions d'un cessez-le-feu les positions devraient se retrouver verrouillées pour l'hiver.

Berlin Berkaerstrasse 35, samedi 12 septembre 1942, 11h00

En cette fin de semaine régnait une chaleur étouffante sur la ville de Berlin, température encore accentuée dans son bureau aux fenêtres fermées et grillagées ; cependant, ce n'était pas la météo qui le faisait à présent transpirer.

Walter se dépêchait de signer les documents posés par sa secrétaire Marliese sur la table de travail ; redoutant dans un élan prémonitoire un évènement imprévu, il se s'apprêtait sans trop d'espoir à rejoindre Irène, Ingo et la petite Ilka et tenter de vivre quelques jours en famille. Il avait même fini par accepter l'idée de repousser son retour jusqu'au mardi pour leur donner la rare occasion de passer trois nuits dans la fraîcheur de leur maison de campagne dans le massif du Hartz à quatre heures de voiture de Berlin. C'est à ce moment, alors qu'il empoignait le combiné du téléphone pour demander à son épouse de se préparer, qu'Hans Eggen avait franchi sa porte. Un voyage inopiné à Berlin dicté par des motifs de confidentialité qui faisait s'écrouler ses plans. Son adjoint était rentré à Berlin de toute urgence porteur d'un inquiétant message du brigadier Masson. Malgré cela, Eggen que rien au monde ne pouvait décider à s'emporter prit le temps de s'asseoir et de distiller quelques banalités. Remarquant l'impatience de son chef, le lieutenant sans toutefois se départir de son flegme habituel, finit par lui expliquer comme s'il commentait une journée à la plage, et sans beaucoup de détails, que les services de renseignements suisses avouaient détenir l'information d'une probable prochaine invasion de leur territoire par les troupes allemandes. Ils pensaient même connaître le nom du planificateur chargé de la mise au point du projet, le capitaine Wilhelm von Menges. Ce qui risquait fort d'entraîner une réaction militaire mesurée, mais catégorique, et économique savamment dosée en devenant toutefois asphyxiante sous brève.

Walter n'en revenait pas, il crut d'abord à une mauvaise blague dans un milieu qui en produisait aussi peu que du beurre à Alexanderplatz : - voilà qui dépasse de loin toutes les surprises de la semaine. Nous nous sommes quittés mardi sur une note si agréable que je croyais entendre la marche turque dans mes oreilles !

- Rappelez-vous que même Mozart a écrit des symphonies inachevées ou plutôt il a pris soin de les faire achever par d'autres. Je dois reconnaître qu'un Autrichien peut se permettre des choses déconseillées à un Suisse.

Cette fois Walter ne sourit pas à l'allusion de son fidèle subordonné, il cherchait à comprendre à toute vitesse : - Comment tu l'as appris ?

- Par Paul Meyer, il a invoqué au téléphone un problème de livraison de bois italien à régler sans perdre de temps. C'est le code dont nous avons convenu depuis longtemps pour nous rencontrer quand il y a urgence. Cela signifie que trois heures après nous nous retrouvons au restaurant d'un Hôtel.

- Vous n'en faites pas un peu trop, pourquoi ne pas simplement vous voir dans vos bureaux d'Interkommerz, vous êtes associés, quoi de plus naturel.

- En ce moment Paul écrit un nouveau roman, c'est sa façon à lui de s'imprégner de mystère et à moi de faire un excellent repas. Par chance cette fois c'était au Kindli, le plus vieux de la ville ; d'autant plus que ce coup-ci régler l'addition m'incombait, il n'a pas hésité sur l'endroit. À ce propos, faites-moi penser à vous faire signer la note chef, ils deviennent tatillons à la section finance.

À Eggen, il fallait donner le temps de déballer la boîte cadeau sans perdre patience tout en le laissant provoquer un peu au passage, c'était un rituel immuable. Sa façon de démontrer sa relative indépendance qui cachait le besoin de tester si l'importance qu'il avait aux yeux de Schellenberg restait intacte : - cela dit Paul se décontracte très vite dans un cadre luxueux, il est ainsi fait. Rien de tel donc pour lire en lui.

- Et tu as pu lire quoi dans ton châtelain ?

- De la peur, une peur réelle. Il la cachait bien, trop bien ! En laissant dépasser un tout petit bout. Assez cependant pour deviner qu'elle lui avait été transmise par son chef. Les Suisses ont peur !

- Donc Masson à peur.

- Il est suisse, non ?

- Je pensais tout haut, Hans ; d'abord la peur en plus de provoquer des réactions désordonnées est communicative. C'est de cela que nous devons nous préoccuper avant tout. Là où tu te trompes, c'est que ce sont probablement les deux seuls Suisses à transpirer, mais nous allons prendre le temps de vérifier.

Inutile d'être un génie de l'espionnage pour se convaincre que cette pseudo-information n'avait aucun fondement, aucune base. Bien sûr, subsistait toujours la possibilité que le secret soit devenu à ce point absolu qu'il en aurait été lui-même écarté par Himmler, mais il savait bien que ce cas de figure était à un tel niveau si improbable que cela frôlait l'impossible. Hélas, il en convenait avec Eggen, c'était à présent au général Guisan à en être persuadé au travers de Masson. Ces maudits helvètes soit « croyaient » ou soit « connaissaient » ! l'une n'était que spéculation, l'autre information, ce qui menait inéluctablement à un informateur. Soit on détenait la preuve d'un renseignement, soit on ne la possédait pas. La seule chose dont ils devaient avoir la certitude absolue c'était de l'existence des trous dans le gruyère. Mais bon, dans son monde, il avait payé pour savoir, les coups dans l'eau pouvaient s'avérer efficaces, il suffisait pour cela que celle-ci soit gelée, l'ajout d'un petit paramètre changeait souvent l'énoncé d'un problème.

Après avoir cogité plusieurs heures, donné quelques dizaines de coups de téléphone et passé en revue tous les scénarios imaginables, ils en avaient appris assez pour arriver à l'unique conclusion possible, Masson était la victime d'une cabale qui avait pour vraisemblable origine le bureau Ha et son tortueux dirigeant Hans Hausamann. Personne d'autre dans leurs organismes touchant aux renseignements n'aurait pu détenir et divulguer une telle information excepté à la rigueur Masson lui-même, car on le lui avait confirmé, le capitaine Otto-Wilhelm Kurt von Menges von existait bel et bien et avait mis au point à la demande de l'OKH le plan d'invasion de la Suisse[93]. Mais deux ans avant, en juin 1940. Opération annulée depuis. Walter avait de son côté déjà participé à une discussion entre Himmler et le général Gotlob Berger sur les possibilités de fusion des deux peuples, le dada du » bon Heinrich ». Ils l'appelaient « l'action S », elle prévoyait en outre la formation d'une division SS germanique. Hitler qui considérait les Suisses comme le bouton sur le visage de l'Europe avait désapprouvé et s'en était resté là.

Nonobstant, Masson aurait dû en ignorer tout, du moins en ce qui concernait le projet du Reichsführer. En ce qui touchait l'OKW s'ouvrait un cercle d'incertitude. Il nota d'en parler au général Halder à l'occasion. Tout cela ne réglait pas son problème immédiat. Du coup, la position du chef des services secrets suisses devenait intenable, en admettant qu'ils aient contrôlé un espion à l'OKW qui les éclairait, celui-ci pouvait compromettre le destin de la confédération. Le plus probable était qu'Hausamann avec un machiavélisme consommé avait dû parvenir à lui tordre le bras avec une vraie fausse information. Information largement dépassée, mais qui établissait bel et bien la présence d'un traître. Donc si le brigadier lui demandait des explications, c'est que l'infiltration ne provenait pas directement de son bureau, déjà et avant tout parce que son ancienneté aurait enlevé son objet. « On » la lui avait présentée sur un plateau ; d'après ce qu'avait ressenti Eggen, Masson ne semblait pas y porter un crédit suffisant, sinon il aurait réagi à la place de demeurer dans l'expectative. Un mécanisme irréversible se serait mis en branle. Aussi minimes soient-ils, des mouvements de troupes se seraient opérés aux frontières, leur aviation serait en l'air alors que l'on venait de le lui confirmer, un calme plat régnait sur la bordure allemande et sur celle avec le Jura.

Le brigadier avait entamé une autre partie, il jouait à autre chose. Pour autant que Masson accordait un léger crédit à Hausamann, et c'était son devoir l'affaire était trop importante, il tenait à vérifier par ses propres moyens, car il témoignait d'une confiance limitée dans le folklorique bureau Ha qui échappait souvent à tout contrôle. Quant au pourquoi, c'était facile à deviner, il s'agissait de faire remonter la nouvelle au chef de l'armée suisse, alarmer le général Guisan. Ce dernier ne pourrait pas se contenter de rester les bras croisés, au moindre péril, il serait obligé à son tour d'entamer des actions à haut risque. Par une élémentaire relation de cause à effet, le mobile devenait simple à élucider.

Il se remémora sa discussion au bord du Rhin avec le brigadier Masson la semaine précédente. Les alliés, en tête de peloton les Américains, tentaient d'effectuer une pression sur le président de la confédération Pilet-Golaz afin que celui-ci diminue ou

---

[93] Opération tannenbaum

tarisse les échanges or contre devises. C'était à double tranchant, le général Guisan se retrouverait partagé. L'armée suisse pouvait regarder cela des deux bouts de la lorgnette ; comme une manœuvre pour forcer les Allemands à s'abstenir de toute velléité d'invasion ou au contraire voir Hitler sauter sur l'occasion de venir respirer l'air des alpages.

Par association d'idée l'air pur de la montagne lui fit penser au lait, le lait au chocolat et comme ils n'en avaient pas à la cuisine, il se rabattit sur le café et demanda à Marliese de leur en préparer un pot. Ils en burent chacun deux tasse, bien noir et sans sucre pour la simple raison qu'il n'y avait plus de sucre. Pour se détendre un moment ils axèrent quelques minutes leur conversation sur les affaires d'Eggen et de ses cabanes en bois puis automatiquement le sujet suisse revint au centre de leurs préoccupations.

Après réflexion, Walter considéra que fermer le robinet économique serait une réaction trop primaire. Si Masson par sa fonction se devait de prime abord de ne croire personne, Guisan de son côté réfléchirait en stratège. Toutefois un débit moindre aurait les mêmes effets désastreux. Quand même, les Suisses n'étaient pas de parfaits idiots, ils savaient bien que cette année les forces du Reich étaient trop occupées à l'Est que pour s'intéresser à eux. À y regarder de près les Suisses n'avaient rien à gagner et beaucoup à perdre à procéder ainsi, du moins leurs banquiers et industriels, le Reich leur rapportait des fortunes colossales. Les intérêts de la confédération peut-être, mais les Alliés c'était moins certain, ils voyaient depuis longtemps ce commerce d'un très mauvais œil tout en étant incapables de le stopper. Le seul moyen à leur disposition consistait à mettre en place un blocus maritime en arraisonnant les cargos suisses déchargeant dans les ports français et italiens. Une mesure extrême constituant une violation des traités de neutralité qui pousserait les militaires helvètes à envoyer leurs divisions aux côtés des Allemands, les habitants de la grande laiterie n'avaient aucune intention de se laisser affamer sans bouger. Cinq cent mille hommes entraînés en montagne ce n'était pas rien.

Walter avait beau regarder au travers de la fenêtre pour trouver la solution dans le ciel, rien n'apparaissait. Mais pourquoi cette cabale se déclenchait maintenant alors que l'armée allemande était, elle considérée comme invincible. Les Anglais devaient probablement se rendre compte qu'une fois l'URSS vaincue Hitler libre à l'Est se retournerait contre eux. Churchill en dépit de sa haine des bolchéviques n'avait aucun intérêt à voir renforcer la Wehrmacht ce qui n'était pas le cas des Américains intouchables dans leur pays continent. De son côté, le Reich ne pourrait jamais se passer de l'aide financière de la confédération. Si celle-ci venait à disparaître, illico le führer taillerait sans remords un raccourci entre les montagnes des Alpes pour joindre Berlin à l'Afrique par le chemin le plus court.

Tout cela n'avait pas beaucoup de sens. Pour les Anglais non, mais ce qui apparaissait très envisageable restait que certains Américains présentaient une autre optique. Ce serait une façon subtile de faire pression pour pousser Himmler à desserrer un étau économique et à prendre la direction du Reich. Privée de la manne monétaire, la chancellerie serait perplexe et tenterait des manœuvres d'apaisement via Ribbentrop ; vu le crédit qu'avait la parole du führer cela mettrait des mois. Des longs mois sans devises fortes, sans matière première, sans munitions. Himmler tiendrait le motif pour agir, la justification à présenter au peuple et à l'armée, il apparaîtrait comme un sauveur !

Coup dépassant de loin les limites du tortueux, mais beau coup quand même. Salaud de Dulles, il sentait sa main les pousser dans le dos.

- À part cette peur qui me semble exagérée, tu as retiré autre chose d'intéressant de ton repas avec Meyer ?

- Une excellente escalope de veau avec de la sauce aux champignons. Aussi qu'ils vont marchander, payer avec des promesses, ils ne penseront à rien d'autre qu'à survivre. Le pire serait de ne pas réagir. Obliger un équipage mutiné à écoper au milieu de la mer pour maintenir à flot un vaisseau rempli de richesse qui prend l'eau en faisant des signaux.

- Et donc à nous faire payer en promesse !

- C'est une monnaie qui a cours depuis quelques années, elle en vaut une autre.

Pour Walter c'était un fameux dilemme qui se posait à lui.

Première option, soit laisser courir et pourquoi ne pas amplifier l'information qui conforterait les Suisses qu'Hitler via le capitaine Wilhelm von Menges mettait la touche finale aux plans d'invasion de la confédération, ce qui effrayerait et bousculerait les bornes de la tolérance de leur état-major avec dans un premier temps la personne du général Guisan lui-même ; il deviendrait par sa position et le respect voué à sa personnalité la clé d'armement du mécanisme. Celui-ci pourrait alors à son tour tenter de tempérer les Américains si Schellenberg le lui demandait. Ce dont il doutait. En échange de quoi ? Walter était presque convaincu qu'au contraire le chef de l'armée poussé par ses officiers userait de tout son poids non négligeable auprès des politiques. Ceux-ci commenceraient par faire pression sur le Reich en exigeant d'interdire progressivement, mais sans relâche les échanges d'or et de devises. À vrai dire, le patron des forces suisses ne tiendrait pas la partie facile, probable raison de la relative lenteur de sa réaction. Le pays penchait en majorité du côté de l'Allemagne. Leur politique qui imposait depuis des années les expulsions de dizaines de milliers d'expatriés vers l'Allemagne en témoignait. Depuis août ils avaient même voté une loi interdisant l'entrée de tout réfugié juif sur leur sol. Le risque existait que cela se terminerait tôt ou tard par une crispation de la société dans un élan d'union nationale. La conséquence inévitable serait une probable abrogation de la neutralité aboutissant à une mobilisation totale de l'armée suisse. Ce serait dramatique pour l'Allemagne.

La solution évidente pour le Reich serait un rattachement pareil à celui de l'Autriche ou la mise en place d'un gouvernement copié sur celui de la France de Vichy. Selon lui l'opération s'avérerait irraisonnée, voire irréalisable. D'abord, ils ne disposaient d'aucune division pour mettre la menace d'annexion à exécution avec un semblant de sérieux, sauf à en retirer du front ce qui était impensable, ensuite la complexité politique des cantons rendrait le processus diplomatique en pratique impossible. Par conséquent, la perspective d'un cessez-le-feu avec Staline s'éloignerait pour être remplacée par celle d'un probable échec militaire par manque de moyens financiers, les réserves de tous les secteurs étant au plus basses. Défaite que les Américains, en tout cas une faction puissante de « leurs gens », ne souhaitaient pourtant pas, bien au contraire. Walter soupçonnait une manœuvre complexe de leur part pour accélérer le mouvement d'Himmler devant cette menace, il en avait la quasi-certitude. Celle-ci s'accompagnait d'une crainte mal définie, celle que quelque chose se passait dont il ignorait encore tout.

Le dilemme se retrouvait toujours en face de lui.

Deuxième option, soit, leur dire la vérité, qu'il n'en était rien. Ils n'étaient pas obligés de le croire, loin de là, mais dans l'affirmative cela l'affaiblirait ; sans le spectre d'une invasion, l'aile gauche de l'armée helvète forcerait les pro allemands de la confédération à les suivre malgré eux dans la voie de la résistance ce qui ouvrirait une boîte de Pandore. Impensable. Guisan au milieu du gué trancherait, mais Walter n'entretenait aucune illusion sur sa décision.

À cause des Italiens, la Suisse n'avait pu se retrouver dans son ensemble encerclée. Un large couloir menant aux ports français subsistait comme un talon d'Achille, par conséquent ces experts en contorsions se permettraient des choix désavantageux et même préjudiciables pour le Reich. Ce qui s'avérait défavorable pour l'Allemagne était systématiquement propice pour ses ennemis. Et s'il laissait courir en ne désavouant rien stricto sensu, ils pourraient être tentés par des actions désespérées. Cela diminuerait pour toujours son propre poids auprès de ses bienveillants amis suisses, ce qui deviendrait tout aussi dommageable dans la partie mortelle qu'il jouait.

Après avoir encore réfléchi de longues minutes, son visage s'illumina d'un sourire. Fidèle à sa mécanique, il venait de découvrir une autre option ; avec cette dernière, il détenait à présent l'accès au chemin qui donnait l'ouverture à une troisième voie. Pourquoi ne pas leur dire en finesse que von Menges avait repris et peaufiné le plan sur ordre exprès du führer, mais qu'à force d'intercéder auprès de Himmler ou de Hitler et pourquoi pas les deux à la fois, lui Schellenberg les en avait dissuadés. Ce serait la version Guisan, celle lui distiller à petites doses, sans aucun zèle inutile, mais sans lenteur, en veillant à demeurer à la frontière de l'explosion. À présent, restait à mettre au point la variante Himmler !

Depuis plus d'une heure, le lieutenant Eggen le regardait s'enfermer en silence dans ses réflexions, il avait fini par s'assoupir dans le fauteuil. Walter consulta sa montre, vingt heures ! Il sortit de son bureau sans faire de bruit se demandant quoi faire pour avoir la chance de recevoir un repas chaud.

Moscou, rencontre secrète au Kremlin, samedi 12 septembre 1942

- Veuillez répéter, je pense avoir mal entendu ! La formule de politesse cachait à peine un ordre difficile à refuser quand il émanait de la bouche de Staline.

Gueorgui Joukov s'éloigna de la table d'où il conversait avec Vassilievski. À dessin, ils avaient parlé juste assez fort pour que l'ouïe fine de Staline capte leur discussion. C'était souvent plus prudent de se voir interrogé par le Vojd que de lui présenter une idée, ainsi ils pourraient toujours se défendre d'avoir été mis dans l'obligation de lui livrer leurs cogitations et non de lui avoir procuré une calamiteuse orientation. Question d'habitude de la survie ayant cours depuis 1937. Il annonça en tentant à peine de cacher son orgueil : – Nous avons bien une ébauche de plan, mais nous devons encore vérifier s'il est réalisable ! Au fond de lui il était partagé entre le désir de le communiquer lui-même ou d'en charger Vassilievsky. En cas de succès, il se mettrait en avant, mais dans le cas contraire il ne serait pas moins exposé ! Avec Staline, il n'était jamais bon d'être assis sans arrêt au premier rang.

Staline regarda son général d'un air sceptique : Ah oui ! Je suis curieux de le connaître !

Joukov inspira avant de lâcher : – Sacrifier la soixante deuxième armée dans Stalingrad !

Staline sans marquer la moindre émotion porta son attention sur Vassilievsky pour voir si celui-ci se montrait aussi dubitatif que lui. Comme ce dernier s'autorisait à afficher un timide sourire, Staline se dit que dans les paroles de son général adjoint au commandement un raisonnement implacable pareil aux siens se manifestait, elles contenaient autre chose qu'une improbable provocation. Il attendit la suite en silence en regardant ses chaussures mains croisées derrière le dos.

Encouragé par le manque de réaction du géorgien il s'enhardit : – Koba, Joukov était un des rares à pouvoir encore l'appeler ainsi, nous devons fixer les Allemands le plus longtemps possible dans la ville et les usines pour nous permettre d'organiser dans le plus grand secret une contre-offensive tout comme toi en 1920 quand tu es parti avec ta chevauchée de Tsaritsyne en direction de Rostov pour écraser Denikine. Mais de beaucoup plus loin sur leurs arrières, à l'endroit où ils perdurent de façon incompréhensible le plus faible, à cent kilomètres à l'ouest, aux environs de Serafimovitch, là où nous disposons pour l'instant de têtes de pont sur le Don face à des Roumains.

Et si ça s'avère réalisable une autre qui partirait de cinquante kilomètres au sud de Stalingrad, ajouta Vassilievsky qui ne voulait pas demeurer en reste. Pour y parvenir c'est indispensable que la soixante-deuxième les occupe à plein temps

Staline sourit, cynique, fidèle à son habitude quand il souhaitait s'approprier une idée, il les ralla : –Si j'ai bien compris, vous osez me proposer « mon plan » !

Berlin, Zoo du Tiergarten, dimanche 13 septembre 1942

Vu la rapidité avec laquelle il avait accepté le rendez-vous, Hjalmar Schacht avait dû être ravi à l'idée de quitter sa maison de Gühlen, non qu'il manquait d'occasions de promenades, mais bien d'occasions tout court. Il aimait plus que tout à prodiguer ses conseils et de toute évidence ce petit officier des renseignements avait encore besoin de ses lumières. Et puis, le zoo de Berlin Tiergarten restait un endroit agréable, une belle scène pour jouer un rôle savant dans une ambiance mystérieuse de jungle. Le colonel lui avait bien précisé de faire aussi discret que possible ce qui lui procurait le piment nécessaire à transformer une journée fade et ennuyeuse en une affaire fort distrayante.

Walter lui avait envoyé sa voiture pour lui éviter le pénible voyage dominical en train de Lindow à la gare d'Oranienburg et ensuite le S-Bahn jusqu'au Tiergarten avec changement à la nouvelle station de Friedrichstrasse. Le ministre disposait bien d'une automobile, cependant, bénéficiant d'un chauffeur, il ne la conduisait pas lui-même. Inutile que ce dernier, probablement indicateur de la Gestapo, ait vent de leur rencontre. Bon, le caporal SS qu'il avait mis derrière le volant de son Opel pouvait également ne pas être blanc neige, un risque à courir.

Schellenberg qui commençait à le connaître devina le bonheur qu'éprouvait le célèbre banquier rien qu'à en observer le visage dépourvu pour la circonstance de sa sévérité légendaire, son allure calme, revêtu de son inséparable costume trois pièces noir accompagne du parapluie assorti malgré le soleil. Du fait, il remarqua que c'était maintenant devenu presque une habitude, lui aussi était venu au rendez-vous en civil. Il afficha son plus chaleureux sourire en lui tendant vigoureusement la main : – Cher monsieur Schacht quelle joie de vous revoir. Les circonstances veulent que nous nous retrouvions de façon plus intime et confidentielle que la dernière fois, je ne tiens pas à donner prise à d'inutiles spéculations, vous comprendrez bientôt pourquoi. N'ayez cependant aucune crainte, si la discrétion est devenue une constante chez moi, elle ne constitue en rien un simple synonyme d'intrigues c'est en général une nécessité de ma charge.

Il laissa un bref silence s'écouler, voyant que son visiteur ne renchérissait pas il continua sur le même ton léger. - Avant tout, je dois vous remettre les salutations les plus cordiales du général Franz Halder, c'est bien un de vos amis, n'est-ce pas ? Il m'a proposé de vous transmettre son bon souvenir. Il se remémore avec plaisir vos conversations à Zehlendorf lors de l'affaire des Sudètes. Étant momentanément empêché comme vous pouvez l'imaginer, il me recommande de le remplacer, j'espère que vous n'y verrez aucun inconvénient ?

Le ministre sans portefeuille Hjalmar Schacht ne laissant d'habitude jamais rien entrevoir de ses émotions perdit d'emblée son air serein. D'un geste machinal il leva sa main droite pour la porter à ses cheveux, mais interrompit son mouvement qui finit par ressembler à s'y méprendre au salut hitlérien.

Schellenberg le titilla avec un petit rire amusé : – Heil à vous aussi, mais ne vous fatiguez pas, je ne suis pas un de ces religieux fanatiques du bras dressé. Le banquier fut, fait peu coutumier, déstabilisé par le ridicule de la situation et baissa sans grande énergie son bras en cherchant la meilleure posture à adopter : -Marchons un peu, nous éveillerons moins l'attention.

Bourru d'avoir été pris en défaut, le ministre rétorqua d'un ton brusque : - vous m'avez économisé trois marks et quarante pfennig de transport tandis que vous vous perdez dix litres d'essence pour prendre la place de ce cher Franz, intéressant. Qualifier le général d'ami reste malgré tout exagéré. Colonel, nous n'accomplissons rien d'interdit que je sache ! Pourquoi voudriez-vous que nous attirions l'attention ?

- Je réponds dans le désordre. Un, vous êtes très connu. Deux, dans quelques secondes, sauf erreur, vous si !

Schacht s'était quelque peu repris : —Vous ne parliez pas à l'instant d'absence d'intrigues ?

- Vous avez raison, accordons donc qu'il s'agit d'une simple manœuvre secrète.

- Et de quel secret devriez-vous prendre connaissance, puisque je présume que c'est de cela qu'il se procède ?

- Vous supposez bien, avec votre réputation, le contraire m'eut étonné. Je voudrais connaître votre analyse, aussi précise que possible, de la situation financière du Reich. Pour vous rassurer, c'est pour le bien de mon service, donc par extension de l'Allemagne. Je n'ai pas besoin de n'importe quel avis, mais du vôtre qui n'est pas n'importe lequel, il faut bien le souligner.

Une fois de plus, la flatterie semblait prendre, il observa son interlocuteur se détendre à vue d'œil.

- Si je vous demande pourquoi, vous répondrez ?

- Je ne crois pas que cela me posera un grand problème pour autant qu'une explication assez vague vous satisfasse.

- C'est mon habitude de compléter par moi-même les vides.

Walter ne put s'empêcher de rire ; quel phénomène. Il lui avait diplomatiquement rappelé l'été trente-huit et l'homme s'inquiétait d'assouvir une curiosité du simple fait qu'elle avait trait à sa marotte, la finance. La conspiration passait aux oubliettes, tel un obscur évènement technique de plus au cours cette mémorable année trente-huit. Outre que le reclus de Gühlen était encore ministre, fonction de pouvoir qui ne s'oubliait pas facilement, son air rassurant devait y être pour beaucoup. C'est vrai qu'il ne tentait jamais de provoquer la crainte, préférant juste l'instiller, d'ailleurs son physique mélange de parfait gentleman et d'écolier attardé cultivé avec soin était loin d'inspirer la peur, au contraire. Il en abusait, cela lui rapportait souvent gros : - Des soucis du côté de Berne, des coffres qui pourraient se refermer sur nos doigts et cela risque de faire mal.

Loin de le surprendre Hjalmar Schacht parût soulagé comme si on lui racontait la dernière blague à la mode : - Ha, c'est étonnant, nous sommes cependant les seuls en mesure de remplir leurs gigantesques coffres-forts. Je ne saurais trop vous conseille la plus grande méfiance envers nos voisins, ils sont roués au point de ne s'embarrasser d'aucune vergogne. En même temps, je vous suggère de garder une grande confiance en eux, ils sont nos meilleurs alliés. Les deux sentiments n'étant pas incompatibles.

- Je tâcherai d'en prendre bonne note, plus exactement en faire un bon usage. Revenons à ma question voulez-vous, en soi elle passe en priorité.

- Les Suisses représentent la crème et le sel qui agrémentent un velouté ; avant cela, il y a la nécessité à pouvoir se payer une simple soupe.

- Aidez-moi à faire la cuisine, je serai un bon apprenti, c'est promis.

Le ministre commença comme à son habitude par une mise en garde de pure forme :
– Colonel, je ne suis plus aux commandes de sa destinée budgétaire et monétaire depuis bien longtemps.

Walter continua sur le même registre : - Un homme tel que vous ne vit jamais dans l'ignorance de ces affaires, vous respirez la finance autant que l'air qui remplit vos poumons !

- Vous avez sans doute vu juste, je suis un incorrigible financier. C'est toute ma vie, que voulez-vous, tous nous cultivons tous au moins un vice. Qui sait, avec une peu de persévérance je pourrais bien parvenir à découvrir le vôtre. Trêve de bavardages. Vous avez raison, cela rejoint les choses interdites puisque ce seront des propos défaitistes. Pour répondre à cette question que vous formulez avec une précision qui risque de vous rendre complice, elle devenait dans tous les secteurs désastreuse au début de la guerre - et si rien n'a modifié depuis mon départ - je devrais plutôt employer le mot catastrophique à l'heure actuelle. Considérez par hypothèse que rien n'a pu changer par la suite. C'est une certitude ce n'est pas nouveau comme situation, en janvier 1939 j'avais adressé au führer un document en tous points confidentiel qui lui signalait que nous étions ruinés ; pour utiliser les termes exacts, totalement ruinés.

- Ruinés ! comment ça ?

- Ne vous en déplaise, mis sur la paille tel le pauvre Job de la Bible, à vous la charge de trouver le nom de son tourmenteur pour l'adapter à la situation et d'espérer la fin heureuse de cet …

- Israélite ?

. Au moins, je constate que vous avez lu la Bible ! À force de produire encore et plus pour l'armée à l'aide des matières premières à acheter dans divers pays, nous nous sommes en moins de rien retrouvés sans aucune réserve, ni d'or ni de devises. Pour un état, cela s'appelle la banqueroute. Les bons

Mefo de mon invention étaient eux aussi suspendus au-dessus de nos têtes comme une épée de Damoclès qui pouvait tomber à tout moment. La masse de reichsmarks en circulation avait triplé ce qui ouvrait de nouveau la barrière à l'hyperinflation.

- Et ?
- En audience privée, je lui ai dit qu'il devenait impératif d'abandonner sans perdre de temps toute production militaire. Pareille renonciation était sans l'ombre d'un doute valable pour toutes autres dépenses d'apparat.
- Quelle a été sa réaction ?
- Une rage sans limite et puis il m'a tout simplement mis à la porte pour me remplacer par cet ivrogne incompétent de Funk !
- Quelle est la situation actuelle ?
- Sauf surprise, mais en finance, c'est un phénomène somme toute rare. Elle doit demeurer identique à quelques légers détails près, il est toutefois hautement probable qu'elle soit devenue pire, mais en aucun cas meilleure, c'est mathématiquement impossible.
- Avec quoi le Reich a-t-il survécu et continué à produire ?
- La solution la plus évidente adoptée sans délai ni forme fut celle en usage dans l'Antiquité et au moyen âge, piller le voisin. Nous avons bondi de Banque Nationale en Banque Nationale, nous appropriant de leur or et leurs devises ; d'abord l'Autriche, ensuite la Tchécoslovaquie, la Pologne, la hollande, la France, enfin, pour résumer tous les pays que nous avons conquis. Les derniers lingots en date sont les Belges que j'estime à cent quatre-vingts tonnes. Dans la stricte interprétation du Code judiciaire, on pourrait qualifier cela de vol à main armée. Évidemment, c'est même une certitude, le Code judiciaire n'est pas le même pour les États que pour les simples justiciables. Aux Belges et aux Français, nous payerons cet or en monnaie papier avec l'obligation de l'employer à acheter des produits allemands au prix que nous fixerons. Mais ne me dites pas que vous ignoriez tout cela, vous m'offenseriez.

Walter ne souleva pas. Le chiffre exact était de cent quatre-vingt-dix-neuf tonnes, ils étaient arrivés à Berlin fin mai en provenance de Dakar après une année et demie et effectué la rocambolesque traversée de l'Afrique en avion, train et camion. Entre autres, des hommes à lui du SD l'avait accompagné dans son périple pour assurer leur sécurité et veiller à ce qu'aucun lingot ne disparaisse. Vendredi, Höttl lui avait appris qu'au courant de la semaine le maréchal Goering officialiserait sa réquisition. En ce qui le concernait, il s'était lui-même impliqué jusqu'au cou dans la création de comptes au profit du Reichsführer : – Et qu'en faisons-nous ?

- Si vous insistez, je vous répondrai par politesse bien qu'il est évident que vous connaissez la réponse. Cet or rentre dans le plus grand secret en suisse par camions entiers. Direction entre autres la Banque Nationale de Berne ou il est « légalisé » puis échangé contre des devises convertibles qui, ajoutées à celles des Banque Nationale des pays conquis que j'ai cités, nous employons partout dans le monde. En particulier au Portugal et en Suède pour nous approvisionner par des mécanismes complexes, mais efficaces en matières premières. Sans bien sûr oublier la Suisse qui reste un de nos importants fournisseurs en particulier en armes, mais pas que. Du café soluble de Nestlé aux mitrailleuses d'Oerlikon en passant par les têtes d'obus. La guerre coûte le prix fort, mon cher Schellenberg, tout ce que nous convertissons chez nos amis helvètes s'y engloutit. Ce qui fait le bonheur d'une multitude d'industriels et de financiers aux allures en apparence irréprochables qui n'émettent qu'un seul souhait, celui que cela ne s'arrête jamais.

- Bien entendu, je ne vais pas vous cacher que j'en connais les grandes lignes. Ceci sert à vous poser la question principale, qu'adviendrait-il si nous envahissions la Suisse.

- Vous êtes fou, c'est une chose tout à fait impensable, un suicide national, non je ne le crois pas une seconde, le führer lui-même pas plus, d'où obtiendrions-nous les devises convertibles pour continuer la ruineuse guerre à l'est ? Au Japon sans doute ? Le franc suisse en plus d'être ainsi complètement dévalué ne serait plus convertible !

- Quand bien même pour des raisons stratégiques impératives ? J'ai besoin d'une réponse sans failles.

- Ça créerait une absence de stratégie totale, le conflit s'arrêterait à l'instant même où nous franchirions les frontières de la confédération. Sauf à envahir le Portugal, l'Espagne, la Suède, la Turquie, vous voulez que je continue la liste, car elle est longue ?

Berlin, Wilhelmstrasse, lundi 14 septembre 1942

- Vous avez de la chance de me trouver à Berlin. J'arrive de lire votre mémo en diagonale. Qui a-t-il de si important qui vous vaut de venir me voir dans une telle urgence colonel Schellenberg. Stalingrad a capitulé ensuite Staline a succombé à une crise cardiaque, Roosevelt ratifie un traité de paix avec nos amis japonais, les Anglais nous renvoient Hess comme émissaire pour signer la réconciliation ?

Walter ne s'était à vrai dire jamais attendu à de l'humour autre que celui relevant du cynisme glacé de la part d'Himmler. Peu à peu, au long des années, il s'y était habitué ; il se contenta de penser qu'à tout prendre la légèreté du jour était un bon signe. Décidé à exploiter la veine, il opta pour l'harmonie d'un ton identique idéal pour introduire la « variante Himmler » : – Pas encore Reichsführer, mais d'après le ministre Goebbels cela ne devrait tarder. Pour Stalingrad, je veux dire. Il annonce même à qui désire l'entendre que Hess serait parvenu à rendre les Anglais vertueux.

Heinrich Himmler qui en était pourtant avare se fendit d'un rire, bien entendu méprisant : –Si vous prenez vos informations chez « Heer doktor » je ferais mieux de vous utiliser sur le front russe. J'ai toujours soupçonné le « petit Paul » d'être un communiste, c'est avec des larmes qu'il a abandonné les frères Strasser. Soyez sérieux Schellenberg, apprenez-moi des choses vraies, pas celles en provenance de ce lapin d'opérette à la patte courte.

Walter ne put se retenir de sourire avant d'entrer dans le vif du sujet, entre le chef de l'ordre noir et le ministre de la Propagande ce n'était pas la lune de miel, les deux hommes se détestaient cordialement, chacun jalousant les faveurs du führer : –Les Suisses se braquent. Ils croient détenir un renseignement important, crucial à leurs yeux. Ils semblent le tenir pour crédible, à leur décharge, il faut avouer qu'ils sont toujours bien informés, leurs réseaux possèdent une solide charpente, en particulier le bureau Ha. Cette source les a prévenus que l'OKW a repris un plan d'invasion de leur pays. Pour preuve, ils ont mentionné le nom de l'officier qui a la responsabilité de la planification.

- Vous considérez comme normal de m'expliquer que leurs espions opèrent en toute impunité dans nos institutions ?

Étant donné que tout indiquait un jour de diplomatie active, Walter évita de rétorquer que ça concernait le travail de l'Abwher bien plus que le sien ; en ayant l'air de ne pas y toucher, ponctué avec un court silence, le message avait toutes les chances de passer : – Reichsführer, c'est un jeu compliqué, ce sont des militaires. Nonobstant, comme vous le savez, quand l'occasion se présente, nous nous servons de leurs réseaux pour les infiltrer, les intoxiquer ou les retourner. Si nous anéantissons leurs sources, ils en créeront d'autres avec lesquelles nous perdrons beaucoup de temps pour parvenir à les identifier à nouveau. Je suis à l'inverse de l'école du général Heydrich, partisan de la première solution. C'est aussi la méthode favorite de Canaris dont j'espère une collaboration active.

Himmler s'apaisa, tout ce qui allait à l'encontre des anciennes procédures de Reinhard Heydrich envoyait une sonorité agréable vers ses oreilles : – Schellenberg, concernant ce capitaine de l'OKW et son plan d'invasion, vous me faites part de quelque chose dont je méconnais tout de fond en comble. Comme ce n'est pas mon rôle d'ignorer quoi que ce soit de ce qui se passe dans le Reich, je peux vous affirmer qu'il n'en est rien ; c'est évident qu'Hitler m'en aurait parlé, nous devons nous trouver sur les talons de l'armée au cas où elle marcherait en direction de leurs montagnes. Ils ont dû confondre chocolat et gruyère en les faisant fondre ensemble suivant leur détestable habitude. Vous prenez trop au sérieux leur paranoïa.

- C'était pour moi une chose établie, c'est plein de bon sens Reichsführer, comme vous l'imaginez je me suis informé à ce sujet, vous confirmez ce que je supposais. Cela dit, il n'y a jamais rien qui est lâché innocemment dans le renseignement.
- Quel serait le but de faire circuler cette ineptie ? Qu'ont-ils à gagner ?
- Mes réseaux me le signalent depuis longtemps, ils subissent des pressions

croissantes de la part des alliés, en premier lieu américaines. Apparemment, d'énormes influences s'exercent dans le but de nous couper peu à peu de l'accès au marché des devises ainsi que les fournitures qu'elles nous permettent et par extension des matières premières vitales. Ce n'est pas nouveau ; par chance, leurs principaux financiers parallèlement au NBS[94] clandestin conservent l'oreille attentive de Pilet Golaz et mettent tout le sable du Sahara dans l'engrenage. S'ils redoutent une forme d'Anschluss, ils craignent encore plus de se retrouver avec leurs coffres vides ; les Anglo-américains ont peu à leur offrir et beaucoup à leur retirer. Ces idiots ont fait la pire erreur imaginable, celle de laisser entendre qu'ils les forceraient à restituer l'or. L'Obersturmbannführer Franz Riedweg[95] le confirme. Je ne voudrais pas être dans leurs cauchemars, une nuit se voir envahi par les alliés, l'autre par nous. À présent, ils pèsent les menaces à l'aide d'une balance de pharmacien et comptent les coups comme lors d'un championnat d'échecs. L'idée de l'invasion a dû être reprise par un électron libre des services suisses, je penche du côté du bureau Ha, mais les candidats ne manquent pas. Ma main à couper qu'Hausamann lui-même est à la manœuvre, sauf qu'il a dû être poussé dans le dos pour l'acheter. Cet excité l'aura revendu au brigadier Masson, c'était le but. Le temps que ce dernier vérifie, il est presque obligé d'en référer au chef de l'armée. Celui-ci de son côté doit tenir compte d'un dangereux précédent, une faction des officiers suisse pourrait opérer une révolution de palais ; pareil s'était déjà produit il y a deux ans avec une fois encore ce maudit Hausamann à leur tête. Si telle fronde se reproduit, le général Guisan sera tôt ou tard contraint d'agir, d'accéder à leur demande et de s'organiser en mettant sur pied une défense active.

- C'est fâcheux ! Le Reich ne peut en aucun cas perdre sa source de financement, c'est impensable.

Pour être bien certain de se ménager les mains libres Walter Schellenberg actionna une corde sensible : –Ils couperont aussi les comptes « Melmer » et « Heiliger[96] » que nous possédons là-bas.

- Là, Schellenberg, vous me mentionnez un évènement extrêmement fâcheux, voire désastreux ! Vous devez tout entreprendre pour l'éviter, je considère l'avenir de cela entre vos seules mains.

Après avoir lancé cette injonction Himmler restait impassible, à l'affût derrière ses petites lunettes, il était passé maître pour guetter la moindre réaction susceptible de l'alimenter. Walter jugea avisé de sauter par-dessus ce « détail » si important aux yeux de son chef, il reprit la conversation avec son refrain habituel, celui qui a peu de fois près avait en général fonctionné à merveille, du moins jusqu'à cette minute : –Reichsführer, vous le savez, j'ai toujours eu à cœur de vous exprimer en totale

---

[94] NBS *Nationale Bewegung der Schweiz,* groupe embrassant les conceptions du NSDAP ayant inclus divers mouvements suisses de même obédience pronant l'idée de Reynard Heydrich d'absorption de la confédération. Officiellement disous fin 1940, extrêmement actif dans la clandestinité jusqu'en 1945.
[95] Franz Riedweg, officier SS et citoyen Helvétique, activiste du front national suisse
[96] Comptes suisses personnels d'Himmler ouverts sous ces pseudonymes.

confiance mon opinion. Avec votre permission, elle consiste en ceci. Si les Suisses mettent leurs menaces à exécution, l'industrie allemande se retrouvera sous brève dans l'impossibilité de fournir l'armée faute de pouvoir acheter ses matières premières. Qu'ensuite nous les envahissions ou non ne modifiera en rien notre situation. D'abord l'affaire sera loin de ressembler à une promenade de plaisir. Irréalisable sans dégarnir dangereusement les autres fronts. Quand bien même nous réussirions rapidement cette aventure, car c'est bien de cela qu'il s'agit, nous aurons beau "récupérer" des tonnes d'or, personne ne l'acceptera en payement, et comme vous le savez ce métal ne sert pas à grand-chose pour construire des chars.

Tant son chef restait impassible que Walter se demandait s'il n'avait pas rejoint un autre monde peuplé de chevaliers teutoniques ; légèrement déconcentré, il décida d'approfondir : - Ceci représente le scénario le plus optimiste, celui envisageable dans le cas où les Américains ne bougent pas, ce qui me semble tout à fait impossible. Mais supposons, le un instant. Ce qui veut dire au regard de nos maigres réserves, nous retrouver avec des divisions démunies du matériel indispensable et prendre le risque que le russe se découvre une certaine supériorité militaire puisqu'il bénéficie à présent, outre de l'aide américaine, de la reprise partielle de sa propre production d'avant-guerre.

Walter en était venu à l'idée que « les gens » demandaient une chose aux Suisses et le clan Roosevelt une autre obligeant ceux-ci à exécuter un grand écart. Les Allemands tirant de l'autre côté ils se retrouvaient littéralement écartelés. Il se garda de l'exprimer de cette façon. Vous devez toutefois tenir en compte une autre donnée importante, ces derniers, je parle des Américains, ne souhaitent pas ce scénario avantageant les bolchéviques, mais peut-on avoir l'absolue certitude de leurs réelles aspirations ? N'oubliez pas que nous prenons langue avec le représentant d'une partie de leur pouvoir, pas de son entièreté ; il existe à n'en pas douter des luttes d'influence que nous n'avons pas encore découvertes. Walter savait que malgré les apparences Himmler ne cessait à présent d'analyser chacune de ses paroles ; il percevait telle une vapeur se dispersant dans la pièce toute l'attention portée à son exposé.

Grâce au Soleil perçant la grande fenêtre de son bureau, seule l'ombre d'Himmler avait jusqu'à présent bougé, son modèle restait de marbre jusqu'au clignement des yeux qui s'étaient ralentis. N'étant pour l'instant pas lui-même convaincu du début à la fin de ses propres propos, le responsable des renseignements extérieurs se devait de paraître d'une méticulosité d'abeille, les pattes cependant remplies en abondance du pollen nécessaire à ce qu'éclose pour de bon « diversion ». Himmler en tant que chef suprême du RSHA orchestrait maintenant sans canal perturbateur entre eux ; cette absence d'intermédiaire devenait une carte maîtresse dans son jeu, surtout s'il jouait une partition légèrement différente :– Avec votre permission Reichsführer, je vais passer du volet économique au volet militaire. N'étant pas spécialiste tout en disposant d'informations de premier ordre, je me soumets à votre discernement en ce qui concerne cette partie. Dans le Caucase, l'avancée devient ardue, il est fort probable que nos armées n'atteindront pas Bakou et son pétrole. Pourtant, j'ai entendu malgré tout une bonne nouvelle, nous avons toutes les chances d'empêcher les fournitures du russe par les ports de l'Iran et la route grusinique.

La bouche qui aurait pu servir à émettre l'opinion de son interlocuteur restant aussi hermétique qu'une huître, il se rappela la phrase de Tolstoï apprise à l'université, « l'huître, elle aussi, à ses ennemis ». Continuer en espérant ne pas se mettre à transpirer représentait l'unique ligne raisonnable à suivre : - Au Kouban, plus loin que Stalingrad, il n'y a que de la steppe désolée n'offrant aucun intérêt pour le Reich, mais en nous emparant de cette ville nous tenons dans notre main l'approvisionnement de l'armée rouge par la Volga. À Leningrad la situation ne se dénoue pas, il en va de même dans le centre de la Russie, Moscou restera hors de notre portée cette année encore. Si à partir de cet instant où nous parlons nous pourrions continuer à compter sur les moyens constants que nous permet notre économie, sur toute la longueur du front, les armées pourront se figer et passer à la résistance active sur trois mille kilomètres dans des positions bien préparées. Le blocage suisse remettrait dangereusement en cause ces moyens, y compris pour notre offensive vers le canal de Suez qui doit poursuivre face aux Anglais en Égypte. Pareil en ce qui concerne la consolidation de notre défense sur le mur atlantique, les forces sous-marines qui doivent au minimum doubler pour ne citer qu'elles. Sans matières premières nous n'aurons pas les ressources qui nous permettront d'attendre les conditions d'un cessez-le-feu. Sans parler d'un éventuel débarquement allié à l'ouest. La période pour entamer « distribution » est on ne peut plus favorable, vous apparaîtrez comme le sauveur de l'Allemagne, l'armée et le peuple vous suivront, la décision ne dépend que de vous !

À dessin, Walter Schellenberg ne lui parla pas de son intuition. Il ne pouvait se quitter l'idée de la tête qu'Allen Dulles était, sinon son concepteur, totalement impliqué dans l'intrigue. Si les Américains manigançaient en enfonçant un coin dans le biais économique suisse indispensable à la continuation de la guerre ; s'ils ne prétendaient pas, à l'exclusion du reste, d'user avec la seule menace de leur explosif à l'uranium, il devait y avait une solide raison. Bien sûr, ils pouvaient jouer sur les deux tableaux pour être certains de faire fonctionner leur plan. Mais il ne parvenait pas à s'ôter de l'idée que tout cela était malgré les apparences du plus étrange.

Heinrich Himmler se massa les mains comme s'il avait soudain froid : –Il va de soi que je connais parfaitement le scénario que vous me décriviez avec une indéniable éloquence, mais sans surprise. Cela se pourrait que vous ayez raison. Avec Karl Wolf, vous êtes mon meilleur officier, à la différence près que vous êtes jeune et c'est bien connu, la jeunesse est fougueuse. Ces américains maîtrisent la situation aussi bien que nous, croyez-moi. Ils deviennent juste impatients pour leurs affaires et essayent de provoquer une réaction de ma part, hormis quelques contorsions, ils ne feront rien dans les trois prochains mois, j'en suis absolument persuadé. Ils savent que l'hiver arrive, en hiver rien ne bouge, ce sera la bonne époque. Si vous y regardez bien il n'y va pas de leurs intérêts que nous soyons encore un peu plus affaiblis et leurs intérêts est ce qui les dirige, ne le perdez pas de vue Schellenberg. Dès que nous contrôlerons la ville de Stalingrad, nous actionnerons le mécanisme de distribution. Je dois avoir les coudées franches loin du tumulte de la bataille. L'armée est trop occupée, elle pourrait avoir une réaction néfaste. Ne pressez pas les évènements, vous devez prendre en compte que nos compatriotes, le peuple comme vous dites si bien, auront difficile d'imaginer une Allemagne sans Hitler, laissez à mon image le temps de se rapprocher de la sienne.

Walter ne souleva pas le probable soulagement des « concitoyens » à terminer une guerre si coûteuse en vies allemandes. Quelque part, Himmler faisait preuve de bon sens et d'une indéniable perspicacité en impliquant les Américains. À croire qu'il entretenait un canal d'information propre. Pourquoi pas Canaris ; l'amiral n'était pas censé savoir beaucoup, mais c'était le chef d'un puissant service de renseignement - en déclin peut-être - mais avec des griffes, c'était une certitude.

À vérifier. Il se voyait maintenant obligé de le sonder avec une question sensible à l'extrême. Le « bon Heinrich » était fort capable d'une réaction expéditive, mais comme cela faisait partie de la négociation, il espérait que sa portée serait malgré tout circonscrite : – Reichsführer, en vue de préparer l'avenir de l'Allemagne, n'envisagez-vous pas de limiter les actions en cours dans les pays conquis ?

Walter ne put éviter dans les éprouvantes secondes qui succédèrent sa suggestion de se voir scruté par des petits yeux immobiles tels des araignées dont la toile était tendue à l'abri de verres épais : –Ces actions comme vous le formulez sont l'accomplissement d'un désir marqué du führer. Croyez-vous que c'est le moment d'attirer sans nécessité son attention ?

Walter se dit que Himmler avait en toute hypothèse dû posséder pas mal d'autres vies, en tout cas avec certitude une débutant à Byzance sous le règne de l'empereur Constantin premier suivie de celle d'Henri l'oiseleur. Il y avait dû en investir quelques autres, dont une qui avait pris le corps d'un éleveur de poulets pour finir par la dernière, dans l'enveloppe charnelle matérialisée devant lui : – Excellente décision Reichsführer, je n'avais pas pensé à ça !

Le temps était venu d'envisager de façon plus raisonnable la collaboration de Canaris ! Le lendemain, il devait effectuer un rapide voyage à Paris, il en profiterait pour se rendre à l'hôtel Lutetia où il savait que l'amiral passait quelques jours.

Stalingrad, distillerie derrière la gare numéro 1, mardi 15 septembre 1942

Le lieutenant Wiegand gisait sur le sol de béton assourdi par le bruit des canons d'artillerie. Des trains de chevaux en tiraient dans tous les sens dans un incessant ballet défilant sur une estrade de fumée et de flammes. Il se demandait si sa vie entretenait un rapport avec la réalité ou si la ville vivait à sa place. La gare avait été prise et reprise un si grand nombre de fois qu'il en avait perdu le compte, étant donné qu'il ne trouvait jamais la réponse, la reconquête était-elle réelle ou imaginaire. Les positions étaient floues, lui-même ne savait plus s'il se situait au milieu de la 71ème division d'infanterie ou si la 71ème division d'infanterie se plaçait au centre d'un encerclement soviétique. Il s'abritait à présent dans ce qui lui semblait une distillerie de vodka. Du moins, les alambics et les tonneaux à l'odeur si caractéristique le lui faisaient supposer. Il tenait d'une main ferme son Leica, car le cliché immortalisé en cette fraction de seconde sur la pellicule représentait dans son esprit l'enjeu de la bataille. Le monument de l'autre côté de la gare où il s'était aventuré lors d'un bref assaut. Une fontaine avec six enfants entourant main dans la main un crocodile. Il avait été littéralement fasciné par cette ronde enfantine au milieu des flammes. En poussant sur le déclencheur de l'appareil le bruit du déclic captant la photo se mêla à celui d'un attelage de chevaux tirant un canon passant derrière les enfants de pierre, le conducteur de l'équipage debout cravachant les bêtes désespérées comme lui de terreur. Pourvu qu'elle ne révèle pas floue, plus jamais il n'aurait l'occasion de la reprendre, il se disait qu'il serait mort bien avant. Il ne retrouverait plus jamais la force de repasser les lignes d'acier interminables qui avaient jadis composé des rails de chemin de fer.

Moscou, Kremlin, jeudi 17 septembre 1942

Ioseb Besarionis dze Jughashvili sentait une colère dévastatrice le gagner. Le caractère obtus de Beria l'exaspérait au plus haut point, quand ce dernier lui répéta pour la dixième fois « c'est l'armée qui se soumet au NKVD et non le NKVD qui se plie à l'armée » ; il se dit que si le chef de sa police secrète s'obstinait une fois de plus celui-ci allait suivre le sort de Yezhov et de Genrikh Yagoda avant lui.

- Lavrenti, Alexandre Rodimtsev pour l'heure a réussi à réaliser avec succès la traversée de dix mille hommes de sa 13 ème garde sur la rive occidentale. Ces dix mille hommes ont fait reculer les fascistes de l'embarcadère jusqu'à la gare. Au moment où je te parle, ils ne sont déjà plus que cinq mille. Pendant ce temps, les bataillons du NKVD font le coup de feu dans une désorganisation totale. Eremenko demande qu'ils soient déployés sous les ordres des chefs militaires. Pour une fois, je suis d'accord avec lui. Donne sur le champ l'ordre à tes troupes de passer sous la direction de l'armée dans les zones des fronts. Cette affaire de double commandement doit aussi disparaître !

Têtu Lavrenti Beria tenta un ultime argument en vain, il le savait, lorsque Staline avait arrêté une décision il ne revenait jamais dessus : –C'est la porte ouverte à l'anarchie !

- Peut-être, mais les résultats sont là et ce sont les seuls bons depuis un mois. Quand l'anarchie gronde, l'unique solution est de la mettre dans des petites boîtes, des minuscules boîtes d'anarchie que je pourrai sans peine contrôler. Alors anarchie ou pas on va faire ainsi. Il faillit ajouter « si ça ne te plaît pas, Nikita Khrouchtchev te remplacera dans l'heure, il n'attend que ça ». Hélas, c'était un remède du pire, Nikita était un âne et un fameux.

- J'espère que tu n'auras pas à le regretter !

- Lavrenti, je ne pleure jamais sur rien ! je crois même devoir aller plus loin, ces militaires aiment qu'on leur donne du monseigneur, alors on va rétablir les grades comme au temps de Nicolas et pour faire bonne mesure les décorer de tant de médailles qu'ils auront difficile de marcher droit tant ils vont pencher à gauche. Une dernière chose arrête de menacer les généraux !

Beria remis au pas parti, il s'interrogea. Les hommes de Rodimtsev étaient arrivés à temps à Stalingrad, il s'en était fallu de quelques heures pour que les Allemands contrôlent les berges et rendent impossible la venue de renforts. Les troupes étaient parvenues à parcourir contre la montre les deux cents kilomètres de Kamishin à Srednaïa Akhtuba à l'aide de milliers de camions. De très bons camions construits dans les états unis d'Amérique et amenés en Union soviétique par les derniers convois.

Il décrocha son téléphone et demanda à son secrétaire de convoquer l'attaché militaire américain.

Moscou, Kremlin, vendredi 18 septembre 1942

Staline qui ne recevait pas les ambassadeurs concéda volontiers une place dans son agenda pour accueillir l'attaché militaire américain, le général John Russell Deane. La seule condition avait été que ce soit discret. Deux hommes de Beria l'avaient conduit dans les méandres du Kremlin jusqu'à ses appartements privés par des couloirs cachés.

Le général américain ne semblait nullement impressionné par le tout puissant maître de la Russie, il restait vrai que c'était une caractéristique très californienne. État qu'il allait retrouver sous peu pour y passer des vacances avant de retrouver l'état-major général du département de la guerre dans de nouveaux bâtiments en construction sur le site d'un terrain d'attraction à Washington. Chaque matin, il priait pour ne pas revenir dans ce pays glacé aux chaussées glissantes où l'idée de revêtir un short à fleurs semblait aussi saugrenue que trouver une soupe de crabe dormeur au coin de la rue. Sa mission lui pesait d'autant plus que des quelques semaines initialement prévues, elle s'orientait vers la durée d'une saison de baseball. C'est cette dernière pensée qui le fit sourire devant un Staline venimeux.

- Je n'ai pas encore eu l'occasion de vous féliciter pour votre élévation au grade de Brigadier général. Une étoile apporte toujours une certaine lueur s'il n'y a pas de nuages.

- Et moi, de votre rang de commandant en chef suprême, les maréchaux soviétiques deviennent tous vos subordonnés ; militairement parlant bien entendu. Le tact du général peu étoilé n'était pas sa qualité première et sa poche bien trop petite pour contenir sa langue. Il détestait les communistes et se demandait bien ce que son pays avait à gagner à les ménager.

- Heureusement, je n'ai pas besoin de grade pour asseoir mon pouvoir. Par contre, j'ai un urgent besoin d'écarter des nuages venus de Germanie

Russel Deane cru bon d'agrémenter sa réponse d'une remarque qu'il jugeait subtile, hélas, le bureau du Kremlin n'était pas la plage de Baker Beach : - La majorité du temps le vent vient de l'ouest

Staline qui contenait à grande peine sa rage ne put s'empêcher une bravade. Si elle était inutile ce dix-huit septembre, il se jura en ce moment de faire tout ce qui était en son pouvoir pour la transformer un jour en rancœur sans limites : - Moi également, jusqu'il y a peu, j'étais prêt à le croire, mais face à une montagne, il peut tourner et se transformer en orage d'est, les plus dangereux à ce que l'on dit. La résistance héroïque de l'armée rouge sur une colline de Stalingrad devint cet obstacle. Mes maréchaux s'inquiètent à juste titre, l'armée rouge attend avec une impatience qui tourne à l'irritation, la livraison de milliers de camions pour transporter des dizaines de milliers d'hommes jusqu'à elle.

L'habitude à sauter en marche des tramways de San Francisco avait appris à John Russel à aller à l'essentiel sans perdre de temps : - Certaines personnes de mon gouvernement s'impatientent, ils en viennent à s'exaspérer.

- De quoi peuvent-ils bien être soucieux. Votre pays, bien qu'en guerre, ne verse pas de sang sur son sol, aucune de ses villes n'est détruite, sa population n'est pas massacrée.

Malgré la vision désagréable d'une montagne de cadavres, l'américain ne se laissa pas le moins du monde démonter : - Inquiets de la structure d'une 'Europe d'après-guerre conforme à leurs vues. Ils remarquent qu'aucune disposition n'est réellement entreprise le sens des arrêts des hostilités.

La vie était mal faite, c'était très difficile d'envoyer un général américain au goulag après un passage à la Loubianka.

Schlachtensee, Betazeile 17, maison de Canaris, dimanche 20 septembre 1942

Canaris lui ouvrit en souriant : – Tout bien considéré, en vous voyant à nouveau sur le pas de ma porte, j'en ai la certitude maintenant, vous me poursuivez en semaine et à la place de vous en satisfaire, je deviens aussi le but de vos promenades dominicales... venez au jardin, avec un peu de chance nous y bénéficierons d'un beau soleil. La nuit a été d'une froideur rare pour la saison, mais à présent après la petite pluie, le thermomètre grimpe. Je vais demander à Erika de nous apporter une couverture.

- Ne la dérangez pas, en ce qui me concerne ce ne sera pas utile !
- Pensez-vous, quand il s'agit de vous rien ne l'arrête, je suis même en passe

d'éprouver de la jalousie. Mais dites-moi, vous affichez pourtant une tête de convalescent, je l'avais auparavant remarqué à Paris.
- Walter fit un sourire triste qu'il effaça aussitôt : – Quelques soucis de santé, rien de trop important.
- Erika sait que vous êtes là, elle vous a vu par la fenêtre, elle prépare déjà le thé, avec beaucoup de sucre et un peu de cognac, ça va vous remonter.
- Avec plaisir amiral, elle le fait si bien, et votre cognac est excellent. À la marine, vous avez toujours vos chemins pour vous procurer le meilleur.
- Nous avons nos propres routes, je confirme, elles passent par la France, comme les vôtres !
- À propos de France, avez-vous pu obtenir les informations que je vous ai demandées mercredi à Paris ? Pour des raisons de service urgentes, les deux chefs de renseignement s'étaient vus à l'hôtel Lutecia dans la capitale française. L'affaire du général Giraud empoisonnait les relations entre l'Abwher et le RSHA. Il était question d'assassiner l'officier français, aucun des deux n'avait l'intention de réaliser ce plan. Par un tour de force digne des plus grands maîtres, l'amiral avait réussi à impliquer Reinhard Heydrich qui n'était plus là pour le contredire. Le marin s'était chargé de faire avaler la couleuvre à Himmler via Keitel.

Canaris le regarda d'un air malicieux : – vous savez, le renseignement c'est mon métier !

Walter ne souleva pas ce qu'il aurait pu considérer comme une moquerie s'il ne connaissait pas aussi bien le chef de l'Abwher.

Après avoir laissé passer un ange, il continua : –Vous êtes prêt à écouter une histoire complexe ? Je vais demander à Erika de nous servir le thé. Pour ma part dit-il en désignant un carnet, les indispensables notes que j'ai prises vont aider ma mémoire vacillante. Pendant la courte absence du chef de l'Abwher, Walter fut séduit à l'idée d'ouvrir le calepin posé sur la table basse tel un appât ; le retour rapide du marin eut raison de la tentation. Au coup d'œil que celui-ci lui jeta, il devinait qu'il venait d'être testé de la même manière qu'un enfant devant du chocolat : – Pour commencer, comme je vous l'ai expliqué vendredi matin au téléphone, j'ai eu recours au bureau du personnel ou par la force des choses j'ai mes entrées en la personne du général Keitel, Bodewin Keitel, le frère du laquais de Hitler. Pas spécialement un ami, mais un officier bien disposé qui considère que les renseignements militaires constituent un des piliers majeurs de l'État. Le capitaine Wilhelm von Menges donc ; vous devez déjà connaître une partie de la réponse. Un brillant planificateur d'après les rumeurs, il fut chargé de la pince française de l'opération « Tannenbaum ». Votre Wilhelm von Menges est incorporé depuis cet hiver à l'état-major de la 24 ème panzer division qui se trouve aujourd'hui vingt septembre en plein combat dans la zone de Stalingrad.

Il s'interrompit le temps qu'Erika servait le thé : –Pour autant que vous l'ignoriez encore, il s'agit là d'un vieux plan datant du mois d'août 1940. Absolument plus d'actualité. Les choses ont considérablement changé militairement et politiquement depuis. Pourquoi ressortent-ils ça vos amis ?

- Aucune idée ! Pourriez-vous comme je vous l'ai demandé, le placer dans l'obligation de revenir pour consultation et le garder quelques jours à Zossen ?

L'amiral prit une allure grave qui le faisait paraître tel un sénateur romain, du moins dans l'imagination de Schellenberg : – Walter, je doute fort que vous n'ayez aucune idée des difficultés, je vais mettre ça sur le dos de votre maladie en attendant ; vous finirez bien, dans une époque pas très éloignée, par tout me raconter, je parle de la vraie version non censurée. Donc, ne croyez pas vous en tirer à si bon compte, j'ai bien l'intention de vous le rappeler en temps utile, et vous pouvez le remarquer, le temps s'écoule à une vitesse folle. Passons, j'ai beaucoup travaillé pour vous ces précédentes quarante-huit heures. Comme je vous l'ai suggéré, lorsqu'une zone active du front oriental est concernée, ça devient délicat, c'est pourquoi je préfère vous en parler de vive voix. Vous avez de la chance en quelque sorte, son chef de corps le général Bruno von Hauenschild vient d'être grièvement blessé ; ce dernier se trouve remplacé au pied levé par le général Arno von Lenski, pas un personnage trop comique, il a été assesseur du procureur Roland Friesler au tribunal du peuple, c'est tout vous dire. L'avantage c'est qu'il est maintenant débordé par sa nouvelle affectation, il ne prêtera aucune attention à un mouvement de personnel. Organiquement au 24 ème panzer, ils dépendent du 48 corps blindé qui lui-même relève de la IV panzer de Hoth, mais ils sont à présent détachés à la LI ème armée dont le chef est... devinez ? Walther von Seydlitz-Kurzbach, celui de la famille de la femme de Ghelen. Inutile d'encore en douter, les planètes tournent bien autour du soleil.

- Vous considérez cela comme un avantage ?

- Pour le faire venir à Berlin en provenance d'une zone de combat, oui. Le colonel Ghelen peut se permettre de le solliciter, et vu les excellents antécédents de ce Menges, de l'affecter pour un temps limité au FHO pour une mission d'analyse. Votre capitaine ne demandera pas mieux... des vacances à Berlin ça ne se refuse pas quand on se retrouve aux portes de l'Asie.

- Parlez-moi un peu de ce Seydlitz-Kurzbach.

- Il vous intéresse n'est-ce pas ? Ne répondez pas, le colonel Ghelen l'a déjà fait à votre place. Il y a en proportion de son importance peu à en dire sur lui, mais assez quand même pour vous faire dresser les deux oreilles. Ce fut un ami personnel de Hans Oster, aussi un ami de Ludwig Beck ; il a plusieurs fois rencontré Goerdeler. Il réussit avec beaucoup de conviction à défendre le général von Fritsch en 1938, mais cela, vous le savez mieux que moi par Heydrich. Ensuite le comte Sponeck au début de l'année sans succès cette fois, comme vous l'avez peut-être appris. Pour terminer de peindre en vitesse le tableau, je ne crois pas qu'il aime beaucoup ceux qui dirigent le pays. À l'occasion de quelques-unes de ces réunions, il a donné à entendre certaines choses qui ne laissaient place à aucune incertitude ; toutefois, il n'a jamais

fait de pas ni d'un côté ni de l'autre. C'est avant tout un militaire qui a un grand respect de la légalité, mais j'ai l'intuition qu'il suffirait d'une petite poussée pour en faire un opposant. Question d'instinct.
- Bien, laissons cela pour l'instant et revenons à nos amis suisses.

L'amiral fit plusieurs fois non de la tête en le regardant : –Vos amis vous voulez dire. D'ailleurs, êtes-vous certain que ce sont vos amis ?

- Je ne crois pas être dupe à ce point à l'exception éventuelle du brigadier Masson, je sens en lui une évidente sincérité.
- Bien vous en prend. Même si vous avez raison, une hirondelle ne fait pas le printemps. Tout chef des renseignements qu'il est, il se retrouve coincé dans une dynamique de défense proche du pied de guerre. Tout comme vous et moi, mais nous, nous avons depuis pas mal de temps les deux genoux dedans et cela nous monte déjà jusqu'au cou. Vous ne le sentez pas ?

Walter en bon disciple de Schopenhauer préféra, fidèle à son habitude, ne pas répondre à une question lorsqu'il désirait mener la conversation plus loin.

Canaris poursuivit sur sa lancée : –Il est certain que les Suisses seront en cette fin d'année partagés dans l'attitude à adopter envers le Reich. C'est le reflet général de leur armée, ce sera surtout caractéristique entre Masson et Guisan sans oublier ce trublion d'Hausamann. Vous semblez les connaître mieux que moi, pourtant si je dois émettre une hypothèse, le grand coq se retrouve à la manœuvre, j'en mettrais la main au feu. Il a lâché un renseignement qui supposément émane de son bureau Ha et que Masson aura l'impossibilité de vérifier dans un délai raisonnable. C'est pourquoi dans l'urgence il vous le renvoie pour vous laisser effectuer le travail à sa place. Il n'y avait rien à redire, le chef de l'Abwher abritait un redoutable analyste : – Reste à découvrir pourquoi ?

Cette fois Schellenberg se décida pour une réponse laconique : –Pour faire peur, pour effrayer quelqu'un !

- Mon cher Walter vous avez selon toute probabilité raison. Les candidats ne manquent pas. Subsidiairement, je suis avide de connaître le nom de leur informateur à l'OKW. Nous le débusquerons, s'il existe réellement bien entendu. Ma crainte principale consisterait à ce qu'ils soient plusieurs, cette idée me taraude depuis quelques jours et croyez-moi quand j'ai une intuition c'est rare qu'elle ne se vérifie pas. Canaris s'interrompit pour fixer son homologue avec un air d'empereur romain, du moins d'après les statues qu'avait pu admirer Walter au musée : - Mon jeune ami, c'est facile de deviner votre plan : attacher Menges à un piquet en attendant derrière un buisson que le loup vienne le renifler. Simple, pourtant parfois efficace. Si vous voulez continuer à bénéficier de mon aide, ce sera à une condition, je pense qu'il est temps de vous adjoindre quelqu'un pour vous appuyer. Quelqu'un qui n'appartient pas à votre département. J'ai à disposition l'homme parfait à vous proposer, il travaille pour moi, Reinhard Spitzy, un ancien de Ribbentrop, il rentre d'Espagne, c'est un brillant garçon au grand courage, il l'a prouvé chez les Brandenbourg. Tout un temps, il a possédé ses entrées à la chancellerie ce qui peut toujours être utile. Il va vous plaire, c'est un SS lui aussi. Les gens sont dans certains cas plus proches que ce qu'il y paraît. Regardez le coin de mon jardin derrière le chêne. Il touchait le poulailler d'Heydrich…

Erika leur apportait un nouveau pot de thé accompagne cette fois d'une bouteille de cognac avec deux verres ballons comme en usaient les Français avant que l'Allemagne ne les en prive. Walter s'excusa pitoyablement auprès d'elle d'avoir oublié des fleurs tout en soupesant les dernières paroles du patron de l'Abwher…

Berlin Berkaerstrasse 35, mardi 22 septembre 1942

L'affaire avait été rondement menée, le capitaine von Menges était occupé à se congeler les fesses dans l'interminable vol Goumrak, Stalino, Kiev, Varsovie, Berlin. Si tout se déroulait selon ses prévisions, il atterrirait dans la capitale allemande en fin de journée. Suivant le plan qu'ils avaient convenu, l'amiral se chargerait alors de le faire balader du Benderblock à Zossen afin qu'il puisse se faire remarquer par le plus de monde possible et avec un peu de chance par l'agent de Hausamann si ce dernier s'inscrivait dans cette réalité. Sans oublier qu'il pouvait exister plus d'un judas tout en tenant compte que Masson pouvait très bien de son côté disposer de sa propre source d'information infiltrée ; pas précisément à l'OKW, mais dans un quelconque ministère, après tout il ne devait pas perdre de vue que cela faisait partie de son travail. Un jeu dangereux pour le Suisse au cas où l'éventuel traître se verrait démasquer. Dans le renseignement ce procédé ne restait jamais impuni, diplomatiquement ou militairement. Le plus grand risque consistait à voir son agent retourné. Mais invariablement, cela conduisait à toujours agir en conséquence et le considérer comme tel d'où le besoin d'en disposer de plusieurs ce qui augmentait leur exposition. Walter appelait cela le labyrinthe aux cent miroirs fendus. En bon spécialiste du ricochet, il avait le ferme espoir qu'avec un soupçon de veine en lançant une pierre il frapperait deux fois si c'était le cas.

Le chef du renseignement extérieur aurait aussi apprécié avoir accès à tous les documents et dossiers du deuxième bureau français saisis à la Charité-sur-Loire, c'était inéluctable qu'elles dussent contenir des indices qui mèneraient au traître. Mais l'amiral n'avait autorisé le partage d'information qu'au compte-gouttes. On racontait même que c'est le responsable du nouveau service Fremde Heere West le colonel Ulrich Liss et non les hommes de l'Abwehr, qui fut envoyé le dix-neuf juin 1940 pour dépouiller les archives du quartier général français de Gamelin, abandonnées dans un train sur une voie de garage dans la gare de la Nièvre.

En revanche, quoi qu'il en soit, la conclusion apparaissait évidente, on cherchait à intoxiquer le général Guisan par une fausse information créée au sein de son organisme de renseignement militaire. À présent, c'est à lui qu'incombait de renverser le courant et de le renvoyer vers les Suisses. Il ne pensait pas en particulier à Masson, mais à la faction dure de l'armée suisse, celle qui à terme constituerait un problème.

Un peu trop de sel ce serait immangeable, pas assez rendrait le plat trop fade.

L'avantage de la manœuvre si elle réussissait, consistait à déstabiliser Hausamann, le ferrer à son propre piège. Une fausse information deviendrait vraie par enchantement, ce marionnettiste ne saurait plus sur quel pied danser, pour y voir clair il serait contraint d'actionner sa ou ses sources dans la précipitation ce qui donnait souvent un résultat pernicieux. Une fois remonté le mécanisme en action permettrait de parvenir à les repérer et ensuite de les débusquer pour les utiliser en cas de nécessité, il laisserait à Canaris le soin de cette dernière opération qui aurait sans doute trait à l'armée. Ce serait un trésor en réserve prêt à l'emploi selon les besoins. S'il atteignait ce but, Masson se retrouverait pris dans un cercle d'incertitude assez grand pour que le général Guisan le presse d'obtenir une analyse définitive. Rien de pire dans le renseignement que de détenir deux sources contradictoires. Encore plus dans l'urgence, très mauvaise conseillère. Après coup, c'était à la portée de n'importe qui d'interpréter, mais dans l'immédiat de l'action c'était paralysant. Quant à lui, il allait laisser la ligne de pêche amener peu à peu le poisson tout en faisant durer la capture le plus possible dans l'espoir d'en remonter une énorme quantité. Walter allait mettre tout en œuvre pour devenir son Niebelung[97] et non Siegfried au destin tragique. Heydrich aurait apprécié en connaisseur.

Le responsable de l'Amt VI avait réuni des informations sur le lieutenant Reinhard Spitzy, rien que d'excellentes annotations. L'amiral Canaris l'avait chargé de surveiller de loin le capitaine von Menges pour voir qui risquerait de sortir son museau du bois pour éclairer la lanterne des Suisses. Si les résultats se trouvaient au rendez-vous et à la hauteur de ses espérances, il déciderait s'il garderait cet officier sous la main pour l'employer ultérieurement. Malgré ses précautions un nid détestable s'était créé Berkaerstrasse, il était grand temps d'envoyer les oisillons nuisibles du temps d'Heydrich vers l'Est et lui permettre de couver de nouveaux œufs. Si Himmler ne le nommait pas à la tête de la sécurité de l'État la cage devait être remplie avant qu'un autre y mette ses coucous. En attendant c'était toujours intéressant de disposer d'un homme compétent extérieur à son service, mais il lui fallait avant contrôler s'il ne renseignait pas quelqu'un d'autre au RSHA, situation hélas endémique de l'organisation au sein de laquelle tout le monde finissait par espionner tout le monde. Inutile de chercher d'où lui venaient ses maux d'estomac.

Il convenait de se montrer non moins prudent en collaborant avec l'amiral, Canaris abritait un maître de la manipulation. Walter n'était pas loin de le soupçonner de jouer un double jeu en naviguant sur les deux tableaux, d'un côté la sécession et de l'autre la coalition avec le régime national-socialiste. Ou pourquoi pas, rusé comme il l'avait maintes fois démontré, les deux à la fois. Le patron de l'Abwher était redoutablement retors, à suffisance en tout cas pour s'infiltrer dans une conspiration par entrisme dans le but d'en découvrir toute l'étendue et parvenir à un coup de filet total. Si c'était le cas cela ne pouvait être qu'en collaboration avec le sommet de

---

[97] Roi des Niebelungen dans une légende du XIII siècle relatant les aventures du chevalier Siegfried

l'État. Il décida de prendre de sérieuses précautions.

Peu avant midi, il se résolut à convoquer Hans Eggen dans son bureau.

- Hans, tu repars en suisse.
- Je crois que je vais opter pour la nationalité de nos charmants voisins.

Son chef lui adressa un regard entendu : - Tu progresses sur la bonne voie, posséder des comptes dans leurs banques est la condition la plus importante à leurs yeux. S'ils ne te retirent pas ton visa pour garder tes sous bien sûr…c'est en passe de devenir une de leur mauvaise habitude. En attendant en tant qu'Allemand et fonctionnaire du SD, choisis un restaurant encore plus luxueux puisque suivant mes calculs c'est au tour de Meyer d'inviter. Fais savoir à Masson que l'information s'avère exacte. Mais vas-y doucement, reste vague pour ne pas l'effrayer, raconte que l'armée a toujours des tas de plans en réserve et qu'ils actualisent des données. Les militaires helvètes doivent pouvoir comprendre ces choses, ils font pareil chez eux. Dis-lui que je mets en balance ma carrière pour conduire à abandonner ce projet absurde et que s'il le faut je m'adresserai directement au führer.

Eggen le regarda un moment surpris avant de sourire : - je compte sur vous pour lui demander à l'occasion de me nommer attaché militaire à Berne !

À présent, il avait deux problèmes à gérer et c'était compter à minima, d'un côté les aventureux membres de l'armée suisse accompagnés de leurs perfides argentiers, de l'autre les mortels cowboys américains.

Il se retrouvait sur l'île au milieu du Rhin en compagnie du redoutable Hagen aussi appelé « le bon Heinrich » en espérant que le sang du dragon l'ait cette fois entièrement recouvert.

Ukraine, Vinnitsa, Werwolf, jeudi 24 septembre 1942

Dès son réveil, le général Franz Halder ne doutait pas un instant que la journée resterait consignée à tout jamais dans les annales de l'armée allemande. Il le savait déjà au moment où il s'était couché, tard au milieu de la nuit. La semaine précédente, n'avait été qu'une longue succession d'humiliations qui, si elles lui avaient bien été adressées le général Halder ne les prenait pas pour autant comme formellement personnelles ; ce n'est pas tant lui qui se voyait outragé, à travers ces affronts répétés c'était tout le corps des officiers allemands tout entier qui se retrouvait déshonoré. À bout de résistance, il allait remettre sa démission à la première séance de situation. Pour en éviter l'effet théâtral, il préviendrait le général Schmundt et von Weichs. De toute façon, il savait que Hitler pensait à le substituer avec Zeitzler, alors autant sortir digne d'une position à haut risque pour leur fierté. Après avoir revêtu son uniforme, passé sa croix de fer de première classe bien en évidence entre les pattes rouges et or de son col il se regarda dans le miroir, après quatre années et vingt-quatre jours c'était a dernière fois qu'il se voyait en tant que chef d'état-major de la Heer. Avait-il des regrets, certainement, beaucoup trop d'hommes perdus dans une guerre conduite en dépit de tout art militaire. Une guerre qui même s'il la désapprouvait au plus profond de lui devait néanmoins être commandée en donnant le meilleur de soi-même par respect pour l'institution qui l'avait accueilli voici quarante ans. La guerre existait depuis des millénaires, était forcément toujours sale et cruelle, mais celle menée par Hitler avilissait l'Allemagne sans que lui ni ses pairs aient trouvé la force de l'arrêter. Ce petit colonel d'un ordre qu'il méprisait réussirait éventuellement, quel paradoxe, quel camouflet pour les généraux.

Berlin Berkaerstrasse 35, lundi 28 septembre 1942

Fâcheuse démission que celle de l'homme dont il avait le plus besoin à l'est de Berlin. Walter sentait que les jours mauvais allaient s'accumuler les uns sur les autres, comment faire alors pour en éviter l'écroulement de son édifice patiemment élaboré ?

Les dangers venaient de tous les côtés. Le clan Allen Dulles et sa menace, l'armée suisse avec leurs intimidations et les ennemis au sein de son propre gouvernement. Mais le plus inquiétant devenait sans conteste aussi le plus inattendu, le Reichsführer Heinrich Himmler lui-même. Les Américains pouvaient, vu la tournure des évènements à l'est, être gardés à distance raisonnable pendant quelque temps. Les services suisses version bureau Ha, il se faisait fort de les manipuler sans trop de peine en s'y prenant bien. Version Robert Masson il supposait bénéficier toujours d'un crédit suffisant de confiance pour l'amener à patienter. Dans le Reich, il s'était créé par la force des choses beaucoup plus d'ennemis que d'ami et à bien y penser « ami » était une denrée impossible à y trouver. En premier lieu d'une courte tête Ribbentrop qui disposait de son propre organisme de renseignements. Contre lui il possédait bien quelques dossiers de détournements de fonds ce qui dans le Reich ne voulait pas forcément dire grand-chose. C'était quand même mieux que rien, probablement assez pour freiner un affrontement direct, mais la coutume en vigueur s'orientait plus vers le couteau dans le dos ; le marchand de champagne pouvait très bien aller murmurer à l'oreille du führer.

Venaient ensuite les autres départements du RSHA, principalement le IV avec l'infect Müller qui serait appuyé comme toujours par le sanguinaire Kaltenbruner. Vis-à-vis d'eux, il bénéficiait théoriquement de la protection d'Himmler. Malheureusement, c'est du côté de ce dernier dont émanait la plus grande insécurité. De son action dépendait toute la conspiration puisqu'il devait bien l'appeler ainsi ; pour autant il n'était pas l'âme du complot et c'était un élément très important à prendre en compte. Ce qui ne se trouvait pas être son cas et de très loin. Non seulement il s'était avancé à découvert, mais il était le seul à s'être exposé au niveau de l'ordre noir.

Le Reichsführer avait en quelque sorte enclenché la machine, mais ses empreintes ne figuraient pas sur le bouton de mise à feu. Il le voyait mal franchir les portes de la chancellerie, entrer dans le bureau d'Hitler et le destituer. Il se serait évanoui bien avant d'avoir parcouru les derniers mètres tant le maître de l'Allemagne le tétanisait. Himmler n'ignorait pourtant pas que le Reich ne sortirait jamais vainqueur de la guerre telle que projetée dans sa conception originelle. Son rêve secret consistait à en prendre les rênes pour lui permettre de signer un traité de paix qui lui donnerait les mains libres pour diriger l'Allemagne après s'être débarrassé de ses encombrants rivaux. Walter savait que le moment venu il ferait exécuter le sale travail par une équipe qu'il enverrait à sa place, Walter n'aurait pas été outre mesure étonné que l'action lui incombe à l'heure d'agir.

Attenter à la personne du führer, à sa liberté ou à sa vie n'était pas un choix facile.

Chacune des possibilités présentait un revers.

Moscou, rencontre secrète au Kremlin, mardi 29 septembre 1942

- Sioma, je t'ai fait appeler pour te demander de me donner ta vision.

Le maréchal Timochenko restait circonspect et prudent, le Vojd, pourtant son vieux compagnon de combat, pouvait piquer à n'importe quel moment, il venait encore de l'expérimenter : – Avec plaisir Iossif, je suis toujours là pour toi, tu le sais !

Joseph Staline immobile derrière son bureau surmonté de son portrait avec sa mère le fixa comme perdu dans le lointain : –Tu te souvins de Tsaritsyne ?

Tout en demeurant soupçonneux, Semion Timochenko se détendit, quand le patron parlait du passé, c'était en général un bon signe. Quelle question, évidemment qu'il se remémorait les déboires qu'avait rencontré le géorgien flanqué de son abruti de Vorochilov, mais il ne tenait pas à compliquer son cas déjà orienté sur une pente périlleuse depuis Karkhov ; il répondit avec une extrême précaution : – Et comment, à cette époque nous avons réussi des choses qui nous semblaient impossibles.

- Tu m'en veux ?

Semion Timochenko était mal à l'aise, d'abord par la demande, comment avouer au maître de l'Union soviétique qu'on pouvait lui tenir rigueur de quoi que ce soit. A plus forte raison de la position inconfortable qui était la sienne. Staline trônait derrière son bureau tandis que d'un geste qui se voulait amical, il l'avait fait prendre place dans le divan. Il se retrouvait plus bas et légèrement courbé perpendiculairement à lui comme un vassal devant son seigneur, le maréchal n'ignorait pas que c'était intentionnel. : – D'avoir nommé Joukov à ma place ! Non, je garde pour moi le travail effectué à Smolensk et à Rostov. Ce n'est pas moi qui ai souhaité l'offensive de Karkhov, tu le sais mieux que personne.

Staline lança un regard menaçant : –Tu cherches à m'accuser ?

- Josip, nous nous connaissons depuis si longtemps ; toi et moi nous avons traversé des périodes si dures qu'il n'est pas un instant question de cela. Nous avons été emportés par le moment et de toute façon nous devions tenter quelque chose. Personne ne pouvait te mettre en cause, il valait mieux pour le pays que ce soit moi le responsable.

- Bien, alors c'est une affaire entendue. Tu sais que Joukov ne t'aime pas, c'est lui qui m'a conseillé de te remplacer. Staline excellait dans l'art de semer la zizanie et la discorde chez ses généraux, il avait la ferme conviction que l'aversion et la rancœur formaient les meilleurs stimulant de l'esprit de compétition : – Ne m'interrompt pas ! Pour ce qui est de ces choses qui semblent impossibles, je veux ton opinion. Tu connais la situation, elle paraît désastreuse et crois-moi, c'est le cas. Nous devons absolument préparer quelque chose sinon les Américains vont nous lâcher. À présent, Géorgy a une idée, mais c'est plutôt Vassilievsky qui y tient.

Timochenko eut du mal à cacher son mépris : – Géorgy a toujours des idées, mais

il les fait très souvent expérimenter par les autres.
- Soit, même si tu dis vrai ça ne change rien au fait. Lui et Vassilievsky pensent à effectuer une contre-offensive entre Voronej et la Volga, plus exactement dans la boucle du Don où nous gardons des têtes de pont.
- Comme tu le dis si bien, ne rien tenter nous conduit à notre perte !

Staline pointa son doigt, sentencieux : –Je te fais remarquer que Joukov se montrait moins affirmatif qu'Alexandre. Je l'ai revu samedi et il est partagé pour une offensive dans le secteur du centre vers Rzhev, c'est évidemment sa préférence. Tu connais ce front mieux que personne, j'attends ton opinion ?

- Joukov a un amour certain pour cette région qui ne la lui rend pas vraiment. Il y a transpiré cet été, mais il a raison, il y a là la neuvième armée allemande et Model est un adversaire de taille, un autre bois que ce Paulus, il peut encore venir se promener sous les fenêtres du Kremlin. Ce général fasciste n'est pas qu'un spécialiste de la défense, il maîtrise parfaitement des manœuvres compliquées qui pourraient lui permettre de percer. Mieux vaut l'éliminer définitivement. Tu sais ce que j'ai enduré dans ce secteur c'est l'endroit le plus dangereux pour le pays.
- Plus que le Caucase, plus que Stalingrad ?
- À Stalingrad, ils ne peuvent pas avancer plus loin, ils n'ont plus la force d'atteindre Bakou. Par malheur à l'opposé Moscou, reste à leur portée.
- Je pense trancher ainsi, procéder à la réalisation d'un compromis, nous allons préparer cette offensive en même temps qu'une diversion qui tiendra les Allemands occupés sur la Volga dans le sud vers Stalingrad. Octobre me paraît bien !

Le maréchal eut un mal fou à ne pas cacher sa joie : Tu as bien décidé comme toujours. Timochenko ajouta : – De toute façon ce sera sur la Volga, d'un côté ou de l'autre ! Ensuite, il ne dit plus rien sachant combien la partie se révèlerait difficile sinon impossible à remporter avec un adversaire comme le général Model, mais il détestait vraiment Joukov, le moment de lui faire payer sa disgrâce était peut-être venu.

Berlin Zehlendorf, maison de Franz Halder, mercredi 30 septembre 1942

C'était étrange de retrouver le général Franz Halder vêtu de civil. Pantalon gris avec bretelles passées sur une impeccable chemise blanche. Cheveux en brosse fraîchement coupés. Ils restèrent quelques instants à se regarder sans trouver quoi se dire. Ce fut Walter qui rompit le silence : – j'ai appris la nouvelle lundi, pour être franc sur le moment je n'ai pas voulu y croire.

Halder avait l'air sincèrement désolé : – Bien évidemment je n'ai pas pu vous prévenir, mais sachez que je ne me suis pas prévenu moi-même. Ce fut une des décisions les plus spontanées de ma vie.

Après avoir pris place dans le fauteuil que lui indiquait son propriétaire Walter eut difficile à trouver ses mots tant les circonstances lui déplaisaient : –C'est une pénible résolution à n'en pas douter. Hélas, je suis forcé de me montrer pratique et d'évaluer les conséquences que cela aura sur ce qui doit être entrepris. J'étais conforté, persuadé serait le reflet plus exact de ma pensée, que vous occuperiez ce poste jusqu'à la fin de l'opération. Je n'avais pas réalisé à quel point la situation muait en une présence insoutenable pour vous !

Franz Halder eut une moue d'impuissance : – Comme les enfants nous étions assis depuis longtemps, le führer et moi-même, sur la même poutre, mais à deux extrémités opposées dont le centre consistait en l'avancée victorieuse de la Heer. À la longue, il devenait inéluctable que cet équilibre se rompe... ça impliquait une démission de ma part, la sienne étant impensable avant un moment si je puis dire. Je l'ai coiffé sur le poteau, à n'en pas douter il s'apprêtait à me relever de mes fonctions. C'était inévitable il existe aujourd'hui une totale rupture de confiance entre lui et ses généraux et à son regard je représentais cette incompatible différence de vues. Cet homme possède une croyance spontanée en sa maîtrise militaire. Nous qui dominons l'art de la guerre depuis des dizaines d'années devons-nous soumettre sans contester, sans critiquer, sans hésiter, car il témoigne d'une brillante insolence envers ses généraux. Même avec Jodl. Il n'est que Keitel qui trouve grâce à ses yeux. C'est amusant de constater qu'il n'y a qu'en Allemagne et probablement chez le russe que des généraux en guerre obéissent sans discuter au chef de l'État.

L'ex-chef d'état-major le regarda l'air impuissant : –De toute façon, il n'y avait plus rien que je puisse encore faire. Et pour tout vous dire, il n'y avait plus rien à faire non plus. C'est aussi la raison principale de ma démission. S'il se mettait un tantinet à réfléchir aux actions de ces trois derniers mois, il pourrait se poser quelques fâcheuses questions. Le front va bloquer. La ville de Stalingrad sera prise sous peu, c'est une ville tout en longueur, nos divisions doivent encore remporter quelques combats en périphérie essentiellement dans le quartier des usines, mais nous n'irons pas plus loin. Paulus est trop serré dans un entonnoir, Le FHO du colonel Ghelen note de fortes concentrations, Friedrich va devoir au plus vite assurer ses flancs ce qui figera davantage ses armées. Avec l'hiver qui va arriver, nous allons nous retrouver dans une situation à la finlandaise, celle de Dietl en juillet 1941. Depuis la mi-septembre, notre führer a compris que son offensive dans le Caucase est terminée. Hitler va devoir tout reporter à une illusoire campagne de 1943 dont il sait parfaitement ne pas avoir les moyens. Les capacités seront encore amoindries, vous avez pris connaissance de la directive quarante et par la suite les instructions paranoïaques qui ont suivi le débarquent des alliés au port français de Dieppe ? Nous allons dérouter nos maigres ressources dans la construction de défenses côtières sur l'atlantique que j'estime en tous points inutile militairement parlant oubliant que notre force réside dans la contre-offensive étoffée par des rocades et des manœuvres de grand style. Vous allez donc obtenir ce que vous souhaitiez !

Walter esquiva les considérations de Halder pour se préoccuper d'un sujet qui le contrariait, il ne put s'empêcher de poser la question qui lui brûlait les lèvres : – Qui vous remplace ? Comprenez mon interrogation, je suis bien entendu au courant qu'il s'agit de Kurt Zeitzler, je veux dire quel homme est-il.

Il sut immédiatement qu'il ne devait pas avoir beaucoup d'espoir, dès sa première phrase, il saisit dans ses paroles que le général Halder ne tenait pas son successeur en grande estime : –Un général fraîchement promu. Hitler pense qu'il vient de repousser à lui seul le débarquement de Dieppe en France, une belle récompense pour un fait d'armes ridicule. Mais à parler franchement, il manque des capacités qu'on serait en mesure d'attendre d'un chef d'état-major de la Heer ; bien qu'en ce moment les aptitudes à ce poste n'apparaissent plus nécessaires. Zeitzler présente toutefois de bonnes compétences d'organisateur, mais c'est malheureusement un indécrottable optimiste. Malheureusement, car c'est ce qu'Hitler exige pour l'instant comme qualité première.

Et politiquement ?

Je vois où vous voulez en venir mon jeune ami. Je vous garderais bien de l'approcher dans le sens que vous entendez. D'ailleurs, tout cela serait inutile. Prenez en compte ce que je vous dis, vous n'avez plus besoin de vous en faire.

Vous en avez la certitude ? Vous êtes une des personnes les plus clairvoyantes de notre armée. N'est-ce pas vous qui peu après l'armistice avec la France, aviez entrepris le redéploiement en juillet quarante de la XVIIIe Armée, soit six cent mille hommes. Vous sentez les choses et les choses sont-elles réellement ainsi ?

Halder sourit : – Bien entendu, à la guerre vous l'imaginez bien, tout peut arriver. Cela n'est pas près de changer.

Walter prit un moment pour évaluer la réponse du général : –Vous allez, comme militaire, sans doute mépriser ma peur, mais je vais vous faire une confidence, depuis mon enfance pourtant privilégiée en Sarre avec mes parents nous avons vécus effrayés par la défaite, le blocus et ses privations n'ont rien arrangé, par la suite l'occupation de la Ruhr dans laquelle je comptais de la famille maltraitée par l'envahisseur français. Mes études se rythmèrent au fil du temps de crise de la fin des années vingt. Ensuite, je n'ai jamais pu totalement m'en débarrasser, je vis toujours avec cette peur de la disparition de l'Allemagne tapie au fond de moi. C'est pour cela que lutte en mettant ma position et assurément ma vie en péril, car si nous n'obtenons pas ce traité de paix je suis convaincu de l'extinction de la race allemande. C'est dans cet état d'esprit que je recherche un appui avancé là où les évènements se produisent.

- Je vous comprends parfaitement, mais je dois vous avertir que de « là » où je viens il existe peu de personnes en qui vous pourriez faire confiance. List aurait pu être à votre écoute, mais il se retrouve malheureusement, ou heureusement pour lui, dans la même position. Toutefois ne perdez pas espoir, il vous reste le colonel Ghelen pour vous informer de la réalité du terrain, ne le sous-estimez pas. Ni dans un sens ni dans l'autre d'ailleurs. Cependant, je vous promets d'y réfléchir sans tarder. Avant mon départ, j'ai eu vent que des changements allaient se produire. Le führer présentait d'excellents partages de vues avec feu von Reichenau, une sorte de complémentarité. On raconte qu'il n'estimait pas Paulus assez national-socialiste, on parlait entre autres de von Seydlitz qui a plus la confiance d'Hitler pour le remplacer.

Franz Halder le regarda, espérant une réaction de sa part, ne la voyant pas arriver il termina sa phrase : – mais cela reste des bruits de couloir. Avant mon départ on bavardait, la conversation tournait sur la probabilité que Bodewin le frère de Keitel très malade allait céder son poste à Schmundt l'aide de camp d'Hitler et enthousiaste national-socialiste. C'est encore un des seuls qui peut l'influencer !

En entendant le nom du général von Seydlitz, Walter avait été trop surpris pour réagir. Il décida de ne pas soulever. Le rusé général lui avait fait passer un message, à lui de l'exploiter : – Merci d'y réfléchir, je vous en serais très reconnaissant. Vous avez admirablement aidé ! Moi bien sûr, mais soyez-en persuadé, en premier lieu l'Allemagne !

- Réservez-moi vos épanchements pour quand vous aboutirez !

- J'entretiens l'espérance d'en venir à bout, mais c'est certain, j'irai jusqu'au bout. Walter avait sorti cette phrase, car il ne trouvait pas comment conclure la discussion avec le général pourtant elle manquait de conviction, c'était une surprise pour lui-même, son esprit voyageait déjà ailleurs.

- Colonel Schellenberg j'espère de tout cœur que vous réussissiez là où nous avons échoués. En trente-huit, il était encore temps d'éviter tout ça, mais nous n'avons jamais pu nous entendre sur la manière de procéder. En novembre trente-neuf à l'époque de la drôle de guerre une nouvelle possibilité s'offrait à nous. L'explosion de la brasserie à Munich nous a durablement perturbés. Nous pensions d'abord que c'était un coup d'État de votre chef. Ensuite, nous avons douté que ce fût le moyen trouvé par Goering pour traîner des pieds envers un conflit qu'il ne souhaitait pas. Certains d'entre nous ont été jusqu'à supputer une perverse manigance d'Hitler lui-même qui sentait venir l'affrontement avec l'armée.

Le général Halder l'observait avec des yeux presque étincelants, puis dit d'un ton acerbe : - Vous savez nous les généraux ne nous apprécions pas fort ; après j'imagine que je me suis caché derrière mon serment de fidélité. Le croirez-vous ? Nous envoyions sans grands états d'âme des centaines de milliers d'hommes à la mort et je me retrouvais incapable d'abattre de ma main un individu désarmé dans son bureau. Tirer sur une personne nécessite du sang froid, dans cette circonstance je ne pense pas en avoir manqué. Non ce n'est pas ça qui faisait défaut, c'est bien plus pathétique, vous voulez savoir pourquoi, pour ne pas subir l'opprobre de mes pairs en devenant une cause de déshonneur pour la Heer. Sans m'avancer, nous avons été, sans l'avouer, plusieurs généraux dans ce cas.

- Nous allemands avons nos propres prisons et sommes d'excellents gardiens.

- Vous voilà converti en philosophe, c'est sûrement la matière dont la pénurie se fait le plus sentir dans cette guerre avec la fermeté d'âme. La prochaine fois que vous voudrez méditer sur tout cela, vous devrez peut-être vous déplacer en bavière où je compte provisoirement me retirer fin octobre dès que la nouvelle de ma démission sera rendue publique. Je suis versé dans la réserve du führer, mais je doute que ma présence à Berlin devienne fort utile. L'air des montagnes me procurera le plus grand bien pour reconstruire des nerfs endommagés. Cela dit, la probabilité que j'y finisse mes jours en paix n'est pas énorme…

Visiblement le général Halder ignorait tout du rapport des services de renseignements roumains reçu par von Weichs le trente septembre et immédiatement écarté par ce dernier, car jugé non fondé. Que le compte rendu ait été visé par le maréchal Antonescu ne changeait rien, c'était sans tenir compte que les généraux allemands méprisaient souvent les Roumains.

Berlinerstrasse 131, Maison de Schellenberg, vendredi 02 octobre 1942, 10h45

Walter après avoir pris son petit déjeuner avait abandonné Irène, Ingo et la petite Ilka pour aller se réfugier dans son minuscule bureau à l'étage. Il consultait sans grand espoir ses dossiers confidentiels qu'il gardait avec d'infinies précautions déposées dans son coffre. Le chef du renseignement avait consacré le jour précédent à retourner toutes les archives secrètes de la Berkaerstrasse sans mettre la main sur la plus infime information qui pourrait l'aider. C'était officiel, depuis jeudi le général Rudolf Schmundt était le nouveau responsable du bureau du personnel de la Heer. Il devenait avec Hitler le seul qui puisse faire nommer Seydlitz à la place de Paulus. Mais comment y parvenir. Il l'avait vu à quelques reprises à Rastenburg en compagnie du führer, mais ne lui avait jamais parlé. Chose rare, rien, pas l'ombre de la plus petite incartade, le plus infime dossier en ce qui concernait le général Schmundt. Aucun moyen de pression pour lui conseiller de souffler à Hitler le nom de von Seydlitz en remplacement de Paulus. Il savait d'expérience qu'en cherchant on trouve toujours surtout en ce qui concerne un alsacien. Mais rien que du néant, sauf qu'il avait servi dans les corps francs ce qui pour Hitler et le parti équivalait à une extraordinaire avalanche de bons points dans le bulletin de notes.

Pourtant, il avait reconstitué ce qui pourrait conduire au changement de chef de la VIème armée. Après avoir passé quelques coups de fil, Höttl lui avait raconté le fin mot de l'histoire qui tracassait tant Gehlen lors de sa visite au Bendlerblock.

Vers la fin juin, le major Joachim Reichel à bord d'un Fieseler de navette était tombé derrière les lignes russes après avoir été abattu. Contrevenant gravement aux instructions, l'officier transportait avec lui les ordres de bataille du plan bleu. Hitler enragé s'en était pris à ses supérieurs les généraux Georg Stumme, Hans Boineburg et au colonel Gerhard Franz. Hitler décida de les passer devant un tribunal spécial.

Paulus s'insurgea et déclara au führer que si l'on condamnait les deux généraux et le colonel parce qu'ils étaient responsables du major Reichel, lui Paulus commandant de la VIème armée ayant les trois officiers sous ses ordres était l'unique coupable, par conséquent, il devrait le blâmer et le punir lui.

Hitler lui répondit vertement de se mêler de ses opérations. Le général Stumme et le colonel Franz furent condamnés à des années de forteresse, le baron Hans von Boineburg fut relâché. L'affaire avait fait prendre Paulus en grippe. Walter connaissait Hitler de réputation, il suffirait d'une petite poussée de la main dans son dos pour lui faire remplacer Paulus. Von Seydlitz était à la fois le commandant d'un puissant corps et bénéficiait d'une récente solide notoriété, tout ce qui convenait pour se voir placé à la tête de la VIème armée en cours d'offensive. Bon, derrière la main, un bras actionné par un individu influant s'avérait indispensable.

À un si haut niveau, les seuls, à part le général Rudolf Schmundt, qui pourraient tenter une avancée étaient le Reichsführer ou Bormann. Demander un service à Bormann équivalait à signer un contrat avec un cobra, celui-ci n'arrêterait de faire tourner l'engrenage que lorsqu'il aurait assez accumulé assez d'informations pour intriguer. Restait Himmler, mais quelle raison lui donner sans trop dévoiler son plan. Rien non plus ne permettait de dire que son chef serait disposé à lui venir en aide dans une affaire à ce point compliquée. Depuis Jitomir, ils s'étaient vus à de nombreuses reprises, mais ils n'avaient plus abordé « redistribution ». Himmler s'était enfermé dans son monde sans exprimer le désir de vouloir en sortir.

Pourtant, c'était une carte trop importante pour ne pas la jouer ; avec ses conclusions il détenait amplement de quoi tenir Seydlitz par les parties et serrer assez fort pour le faire couiner. Pour l'heure, le général commandait un corps d'armée très puissant, mais avec ce dernier nommé à la tête de la VIème armée Walter disposerait de l'équivalent du général Halder pour influencer les évènements.

Berlin, 103 Wilhelmstrasse, vendredi 02 octobre 1942 17h30

- « Besser spät als nie » ![98] Le « Bon Heinrich » avait l'aplomb d'un cardinal romain sans disposer de la mémoire de l'homme d'Église en insinuant par un dicton inapproprié de se voir tenu à l'écart. Walter avait depuis longtemps appris que pour obtenir quelque chose de son chef il devait s'armer de patience en passant souvent sous ses Fourches caudines. Il se rendit compte au premier regard que loin d'éprouver de la mauvaise humeur, Himmler voulait de manière mi-figue, mi-raisin souligner par cette phrase qu'il demeurait le patron, c'était malgré tout un excellent signe pour la suite : – Les choses doivent comme le bon pain être cuites à point avant d'être présentées. En le disant, le responsable des renseignements extérieurs avait affecté un léger

---

[98] Einen Spiessrutenlauf über sich ergehen lassen (Fourches caudines en allemand subir le châtiment des baguettes)

air de repentance dont son interlocuteur se montrait friand.

Satisfait Himmler concéda magnanime : – C'est peut-être le moment de le rompre pour regarder comment l'intérieur se compose !

Pour marquer le coup, son chef ne lui avait une fois de plus pas proposé de s'asseoir, ce n'était pas encore rayé de ses habitudes de se venger avec des petites punitions. Une mesquinerie sans grande importance, Walter avait bien préparé sa plaidoirie : –il se trouve encore trop chaud, il me manque aussi la pierre qui servira à aiguiser mon couteau pour découper de belles tranches dans cette miche. Himmler en bon mystique lorsqu'il se sentait d'humeur généreuse aimait mener des conversations constituées de métaphores et d'images. Walter aurait sans difficulté pu écrire plusieurs chapitres dans un livre expliquant le mode d'emploi de son chef.

- Et vous venez me demander si je ne peux pas vous prêter la mienne ?

L'important avec le Reichsführer consistait simplement à ce que la proposition provienne de lui. Jusque-là, c'était déjà à moitié gagné, restait l'autre moitié, la moins cuite : – vous n'ignorez pas que l'opération nécessite des gens qui devront répondre présent quand je les appellerai ! Principalement au cœur de l'action, il sera indispensable qu'on exécute à la lettre les instructions pour ne pas courir au désastre. J'ai trouvé cette personne, elle évolue à un haut niveau, malgré tout pas encore assez élevé. C'est là que j'ai besoin de votre pierre à aiguiser, pour affûter ma lame et couper la tranche qui le mettra au sommet.

Le cardinal semblait recueilli dans un monde de prières, Walter ne pouvait que poursuivre : –En l'occurrence, cet oiseau rare s'avère être le général von Seydlitz. J'en avais auparavant instruit le général Heydrich au mois de mai, il a dû vous le rapporter. S'il pouvait embrasser la place de Paulus, nous disposerions de la personne idéale au bon endroit.

- Schellenberg, rappelez-vous une fois pour toutes, je n'ai aucun désir d'être informé des détails, si j'en ressentais le besoin, je ne manquerais pas de vous le faire savoir. Ceci dit, vous connaissant, vous devez déjà tisser un plan pour y parvenir ?

- Exact Reichsführer, on commente que le Marechal Ion Antonescu va sous peu prendre le commandement de l'armée mixte du Don. Le protocole a établi que son second serait allemand. C'est fort possible que le führer songe à nommer Paulus auprès du maréchal Antonesco. Grâce à son épouse Elena Rosetti-Solescu, comtesse roumaine, le général Paulus dispose de très bonnes relations personnelles avec les hautes sphères du pays. Paulus comme adjoint se trouverait à l'endroit idéal pour surveiller les intérêts du Reich sur les champs de pétrole de Ploesti.

Je vous prête ma pierre à quel moment ?

- Le général Schmundt vient d'être nommé chef du bureau du personnel, il est en outre l'ami proche de Paulus du temps de la Reichwher.

- Mon cher Schellenberg encore faut-il disposer d'huile fine pour bien affûter une lame !

- Si je ne me trompe, le général Schmundt est aussi un de vos amis, disons que quelques gouttes d'huile suffiront pour l'instant, une goutte pour Paulus et une goutte pour désigner von Seydlitz à la place de Paulus.

- Je verrai ce que je peux faire pour aider au succès de votre opération !

Zossen, Maybach I, bloc A3 centre Walli, FHO, samedi 03 octobre 1942

C'est un amiral préoccupé par une affaire de trafic de devises qui franchit la porte du local réservé au FHO. Un membre de l'Abwher en possession de dix mille dollars ainsi que de nombreuses pierres précieuses avait été arrêté à la gare de Prague et interrogé par un certain Wapenhensch chef du bureau régional des enquêtes douanières. Ce major de l'Abwher n'avait rien trouvé de mieux que d'expliquer que c'étaient des fonds secrets du service de renseignement. Canaris avait tenté de rouler l'enquêteur dans la farine en envoyant le major en Italie. À présent, ce Wapenhensch voulait le faire appréhender par les Italiens et menaçait de conduire le dossier jusqu'à son extradition. L'ennui provenait de ce que le major Schmidhuber connaissait l'implication d'Oster dans l'affaire de l'information au Vatican.
Un patron de l'Abwher tout autant tracassé par l'attitude des Russes contrairement à ce que Gehlen affirmait à longueur de semaines.

- Les renseignements de l'OKW viennent prendre des nouvelles des renseignements de l'OKH ? Ghelen avait pivoté sur sa chaise quand la porte s'était ouverte.

Canaris fit semblant d'être surpris ce qui n'était pas tout à fait faux, il ne l'avait jamais vu avec des lunettes : – Qu'est-ce que vous fabriquez ici, je vous croyais dans votre château à Voronin ?

- Si vous êtes là, vous ne deviez pas y croire très fort ! La voix du patron du FHO suintait d'ironie.

- Je vois avec plaisir que vous vous portez comme un charme et n'avez rien perdu votre humour particulier. Bah, mon cher Reinhard, tout fini toujours par dépendre de l'OKW, d'ailleurs les deux détiennent le même patron n'est-ce pas, alors pourquoi rivaliser à ce point ? L'important reste d'être meilleur que l'adversaire. Si j'ai parcouru ces interminables trois cents mètres de couloirs à la place de promener mes chiens au Tiergarten, c'est au contraire pour vous parler de quelque chose qui devrait vous intéresser. Aussi étrange que cela puisse paraître les services de renseignements roumains se qualifiaient comme un des plus efficaces avant-guerres. Vous le saviez peut-être ? J'y avais un ami, le colonel Mihail Maruzov[99], patron de la Siguranta Statului[100], nous avions travaillé ensemble pour garder le Danube navigable.

- Il a mal fini si ma mémoire est bonne ?

- Exact, malheureusement pour lui ; Heureusement pour moi, comme il se doit j'ai conservé quelques amis dans leur service de renseignement. Quand je dis quelques, je fais preuve de modestie.

- On doit toujours savoir se préserver des amis, mais je croyais les vôtres plus près de Madrid !

Canaris balaya lentement de la main une poussière imaginaire au revers de son uniforme : – Cela me serait difficile de déterminer les endroits où j'ai gardé des amis, un peu partout, je suppose. En tout cas, j'arrive d'apprendre par mon canal de Bucarest que leur antenne de Rostov sur le Don leur a transmis un rapport signalant des concentrations anormales de chars dans la région de Saratov.

Ghelen le regarda comme si l'amiral venait de lui écraser les pieds en marchant dessus exprès avant de répondre à contrecœur : –Nous avons déjà pu étudier ces informations, mais nous en avons déduit qu'il ne s'agit rien d'autre que du regroupement des armées soviétiques en déroute en août. La reconnaissance aérienne nous a avertis. Hélas, la Luftwaffe a la fâcheuse tendance à confondre charrettes et blindés !

- Laissons les hommes de Goering sur le côté un moment. Je vous concède que nous n'avons pas pris garde en tant qu'Abwher à créer un système de renseignement performant à l'est. L'amiral parlait comme si son interlocuteur était un médecin à qui il confiait les symptômes d'une maladie. - Mais nous vous avons légué de beaux restes pour construire le FHO Reinhard, pour autant que les centres Walli puissent se voir traités de reste.

Canaris ne s'attendait pas à un merci : - Ensuite, nous conservons encore assez de personnels qualifiés pour en déduire qu'il s'agit là d'une information de la première importance. D'après les Roumains, ils compteraient près d'un millier de chars sur l'axe Saratov –Kletzkaya –Serafimovitch. Endroit où les rouges établissent deux têtes de pont de grande envergure je vous rappelle. Il ressort clairement du centre de renseignement roumain du colonel Lissievici[101] à Rostov qu'ils construisent des

---

[99] Colonel Mihail Maruzov : créateur et directeur du Service de renseignement secret de l'armée roumaine (SSI) entre 1924-1940.
[100] Direcția Poliției și Siguranței : service de renseignement roumain.
[101] Colonel Ioan Lissievici : chef des renseignement externes détaché au quartier général pendant les opérations de l'Est.

ouvrages pour franchir le Don sur leur tête de pont de Serafimovitch face à la IIIème armée roumaine. Près d'un millier de chars, de nouvelles divisions attendraient cachées dans les bois entre Saratov et le Don, pas des unités en retraite !!!

- Certes amiral tous les informations sont les bienvenus. Je demeure cependant suffisamment sceptique pour en déduire la probabilité d'une offensive. Vous estimez ces Roumains à la hauteur ? De grâce, ne leur accordez pas autant d'importance, ils ne bénéficient pas de la vue d'ensemble que nous avons, loin de là.

- Et nous, arrivons-nous à la hauteur ? Vous n'avez pas encore eu le temps de mettre sur pied un service au maximum de ses capacités opérationnelles.

- Dois-je vous rappeler qu'il n'existait rien d'exceptionnel avant non plus.

- Certes, mais pas autant que vous semblez le faire croire, on peut parler de différentes méthodes pour d'autres objectifs. Mais laissons ces chamailleries, j'ai des défauts bien ancrés, par principe de prudence j'ai voulu accomplir quelques vérifications. De notre côté, nous avons pu procéder à l'interrogatoire de quelques prisonniers, ils sont unanimes, ils avouent bien un regroupement de nouvelles unités dans la grande boucle du Don. Ce n'est pas seulement moi Canaris qui vous le dit, c'est l'Abwher avec des gens extrêmement bien formés !

- Et le FHO vous répond, les centres d'écoute nous donnent de précieux éléments d'analyse, malheureusement pour eux, nous connaissons les méthodes des Russes par cœur ; leur trafic radio dans le secteur devient trop important et ridiculement répétitif pour être réel, ils cherchent à nous enfumer comme d'habitude, cette fois avec de gros sabots. D'ailleurs, s'ils sont si bien cachés pourquoi la Luftwaffe les aurait repérés. Simplement parce que les Russes voulaient qu'on les découvre. Pour le reste par précaution la zone se renforce, plusieurs divisions roumaines arrivent de Stalino et d'autres sont retirées du front du Caucase. Von Weichs ne prend pas l'affaire très au sérieux et le führer encore moins.

- Des armées roumaines démunies de chars et de canons qui ont plus envie d'en découdre avec les troupes hongroises qu'avec le russe ! Et vous, vous l'analysez de quelle façon cette affaire ?

Reinhard Ghelen s'était radouci, il connaissait assez l'amiral et son entêtement pour savoir qu'il était totalement inutile de persévérer à l'entreprendre de front, il changea de stratégie et tenta de se montrer plus subtil : – Tout porte à penser à un grossier piège de Staline. Il veut nous faire croire à une contre-attaque dans ce secteur alors que son but reste sans aucun doute la protection de Moscou et c'est dans cette visée qu'il prépare une offensive sur le secteur de la neuvième armée dans la région de Rzhev Viazma. Là, on constate des concentrations du russe importantes en formation, probablement plus de quatre-vingts divisions. Évidemment ça vos Roumains ne peuvent le savoir. Bien entendu, ils effectueront des opérations dans les zones des têtes de pont du Don pour nous distraire, mais le « schwerpunkt », le centre de gravité s'effectuera contre le groupe d'armée centre. Ils ont sans cesse donné la priorité à la capitale et ils se doutent bien de qui ils ont en face d'eux dans ce secteur. Ils vont tenter une offensive "d'hiver" comme pour l'année précédente afin de desserrer l'étau avant que nous lancions la nôtre, car ils croient toujours que nous la déclencherons. Manstein fait mouvement dans le nord avec la onzième, ils ne savent rien de la Grossdeutschland.

Le chef du FHO avait tenu une cartouche en réserve : - Je vais vous dire ce qui les fait le plus réfléchir, c'est qu'aucune division SS n'opère dans la zone Don et ils ont appris à l'usage que nous les employons systématiquement dans des offensives majeures pour une question de prestige, Himmler l'exige. Pour le russe, nos divisions SS se préparent là-haut. Ils pensent que Stalingrad n'en a plus que pour quelques jours. Staline doit croire qu'ensuite nous passerons aux affaires sérieuses pour atteindre son bureau au Kremlin et nous tentons tout pour parvenir à l'en persuader. Rassurez-vous, nous les attendons de pied ferme au centre, ils ne perceront jamais, ni là ni ailleurs. Pour vous apaiser je ferai vérifier tout ça par le major Danko, c'est un grand professionnel en plus il parle russe. Vous devriez le connaître.

Cela me dit vaguement quelque chose, c'est un des rares officiers de mes services que vous avez tenus n'est-ce pas ? Malgré votre réfutation, je crois qu'il serait utile de partager cette information avec notre ami Schellenberg.

Votre ami vous voulez dire. Si c'est une obligation, dites-lui qu'il se rassure ni dans le nord, le centre ou le sud il ne se passera rien d'autre que ce qu'il attend. Mieux encore, ne lui dites rien du tout cela l'empêchera de gigoter dans tous les sens. Son jeu devient jour après jour on ne peut plus clair. Que toute cette histoire soit réelle ou non, il absorbera l'Abwher, le FHO et le FHW. À terme, il nous enlèvera tout pour atteindre le sommet. Car vous n'avez jamais davantage envisagé ce qui se passera après tout ça !

Canaris ne sut que répondre : —Au fait, vous avez des nouvelles de l'oberleutnant Lange ?

Les yeux froids de Ghelen traduisaient un mépris infini : – Non et je crois que je nous n'en aurons plus jamais, je pense que son groupe a été exterminé.

Berlin, café Kranzler, dimanche 04 octobre 1942

Malgré les vingt degrés et un ciel presque sans nuages, ils avaient soigneusement évité la terrasse pour aller à l'intérieur s'attabler dans un coin de la salle autant par discrétion que pour pouvoir observer incognito les allées venues : –Vous n'avez rien contre le café j'espère Walter ? Ce n'est pas mon cas, malgré tout je vais vous accompagner, je m'en voudrais de vous laisser affronter seul cet ersatz immonde, j'ai employé le mot café pour ne pas vous choquer. J'imagine que pareil à son frère de couleur la crème ressemblera à de la farine diluée à l'eau. Consolez-vous, la bière parvient à être encore plus infecte. Canaris avait choisi le café Kranzler d'une relative proximité au quai Tirpitz, car le temps lui manquait en cette matinée d'automne. Par discrétion, il avait abandonné son uniforme pour un costume gris-anthracite. Schellenberg avait fait de même, mais avec un complet marron passe-partout. Il changea de sujet dès que la serveuse eût pris leur commande : – Vous jugerez vous-même de l'importance du renseignement que je vais vous faire partager, pour ma part toute information est bonne à connaître dans notre profession.

- Comme toujours, vous m'intriguez amiral ! Vous avez des nouvelles à propos du capitaine von Menges ?

Hélas non, c'est un travail de longue haleine, mais cela, vous le savez. Le lieutenant Reinhard Spitzy le serre de près et je le relaie avec deux hommes sous le contrôle direct du colonel Alexander Hansen. Je ne vous cache pas que pour l'heure nous sommes concentrés sur le réseau communiste que nous avons découvert, la presque totalité du troisième département s'y attelle. Le führer suit l'affaire via Bormann et quand vous vous trouvez avec ce lascar-là aux basques le reste peut bien s'écrouler, vous n'avez plus le temps pour lever votre fourchette. En toute confidence, un homme à nous est impliqué et Müller fait des pieds et mains pour que la Gestapo dirige toute l'opération ceci avec l'appui de votre chef qui rêve de me regarder disparaître. Non, je tenais à vous voir, car je suis persuadé que mon information vous intéressera au plus haut point. Il semblerait que le russe concentre des forces importantes au nord du Don dans la zone Stalingrad.

Walter afficha son air le plus désolé possible : –En ce qui concerne cette l'affaire dont vous parlez j'en ai eu vent, mon patron m'en tient soigneusement éloigné ; de son côté, il subit lui-même la pression qu'exerce cette vipère de Müller qui ne pense qu'à absorber l'Amt Ausland. Pour revenir à cette concentration dont vous évoquez la présence, ma foi, c'est on ne peut plus normal pour contrer notre offensive. Les rouges pourraient croire que nous l'étendions ensuite loin au nord et au sud de la ville de Stalingrad. Prenez en compte que je ne suis pas un militaire à proprement parler ce qui ne veut pas dire non plus que je n'échafaude pas de théorie acceptable à émettre. Cela dit, le mot « importantes » est bien entendu toujours de nature à m'intriguer.

L'amiral se fit malicieux : – Très importantes, de l'ordre d'un millier de blindés selon mes sources.

Walter sourcilla : –C'est de fait beaucoup. Vous donnez du crédit à vos sources ?

Canaris le fixa avec un air de défi, mais ne répondit pas à la question : –Ils ne s'en tiennent pas rien qu'à ça, ils font de même dans le centre face à Rzhev. Cette information-là provient du colonel Ghelen.

La serveuse leur apportait un plateau avec leur commande, Walter prit le temps de cet intermède pour tenter d'évaluer le renseignement, quand elle se fut assez éloignée, il rétorqua : – je suis d'avis de penser qu'il s'agit -là d'une réaction militaire adaptée ?

Canaris secoua la tête pour souligner son désaccord : –Dans le sud sur le Don c'est envisageable, il pourrait se produire une concentration, nous effectuons une forte poussée, il n'empêche, elle ne devrait pas être de cette ampleur. Selon notre ami du FHO, il se procéderait du regroupement de leurs armées qui ont retraité. Un millier de chars c'est malgré tout assez énorme, ils n'ont jamais disposé de telle quantités dans la région du Don ; à ce chiffre nous devons encore additionner l'infanterie qui va avec, cela irait chercher dans le million d'hommes. Soit, je laisse le Don provisoirement sur le côté. En même temps dans le centre notre secteur reste en comparaison calme depuis les offensives du mois d'août, y concentrer une centaine de divisions ne correspond pas à une attitude qui figerait le front. À la même époque ils ont tenté de reprendre Voronej, depuis par prudence le front s'est vu raccourci de beaucoup ce qui nous donne un net avantage. Si l'on additionne l'offensive à Jizdra et à Demiansk, ça fait un total de quatre défaites cuisantes qu'ils subissent.

- Avec d'autres mots, vous me dites que par logique ils devraient plus adopter une attitude propice à un cessez-le-feu à la place de concentrer des centaines de milliers d'hommes. Obligatoirement, ils devraient disposer leurs divisions pour protéger Moscou.

- Avec d'autres mots et s'il faut faire simple, oui.

Canaris ne voulait pas montrer à quel point ces informations le perturbaient, à l'aide de l'un de ses excellents amis le baron Vladimir Kaulbars[102] du département I, il se maintenait en rapport autant avec les Anglos Américains que les soviétiques ; la main droite ignorant la main gauche. Évidemment, Schellenberg l'ignorait. Les alliées de l'ouest envisageraient de revenir aux frontières de 1939, mais à aucun prix de s'adresser à Hitler. La meilleure solution pour le déposer devenait la voie Himmler. Pourquoi pas, après tout Canaris ne s'adonnait pas à la politique en tant que telle, son but était simplement de sauver l'Allemagne. Le Kremlin semblait presque prêt à négocier à Stockholm avec la vielle bolchévique Kollontaï. Cependant, il était bien trop anticommuniste que pour suivre cette voie, mais de cela personne ne s'en doutait. Alors pourquoi ces concentrations de forces ?

Schellenberg l'arracha à ses pensées : - Vos informations sont-elles fiables, amiral ?

---

[102] Baron Vladimir Kaulbars : ancien officier tsariste. Ami et adjudant de Wilhelm Canaris dans le service de renseignement de la Reichswehr qu'il suivra à l'Abwehr après être passé par l'académie d'état-major de Königsberg.

- C'est quoi une information fiable, vous pouvez le définir ?
- Des faisceaux d'éléments dont on n'a pas encore su démontrer l'inexactitude !
- À chacun sa définition, pour moi c'est l'exploration des données qui fait pousser l'arbre de décision devant de forme invariable et irrémédiable servir à l'exploitation.
- C'est de vous ?
- Non, mais ça pourrait l'être rétorqua Canaris : – Je dois à la vérité d'ajouter que Ghelen ne partage pas mon analyse. D'après lui, il s'agirait de la construction pure et simple d'un village Potemkine en ce qui concerne la zone du Don, ce à quoi je réponds, c'est exact, sauf qu'il n'est pas en carton-pâte.
- L'armée en pense quoi ?
- Qu'elle a oublié ce que ce mot voulait dire depuis qu'un caporal autrichien s'en charge ? À présent, je vous laisse, comme je vous le disais, je suis assez pressé, j'ai sacrifié ma promenade à cheval pour vous tenir informé !

Walter restait en réalité perplexe. Après le départ de l'amiral, il recommanda machinalement du café bien que par respect pour son estomac il ne comptait de toute façon pas le boire.

Après quelques minutes de pure réflexion, il dut s'avouer qu'il était toujours aussi désorienté. En définitive, quelque chose ne tournait pas rond, rien ne s'ajustait comme il se devrait, les diverses pièces s'encastraient mal. Dans ce mécanisme, certes compliqué à l'extrême, il apparaît sans cesse une dent d'engrenage en trop ou trop peu alors que tout devrait s'emboîter sans accrocs.

D'abord l'attitude d'Himmler, par la suite celle des services suisses qui visiblement étaient passés à l'offensive. Sans perdre de vue la menace américaine sensée infléchir Staline qui semblait inopérante. Tous les indices inclinaient insidieusement à la réflexion suivante : en réalité, aucun ne craignait les intimidations américaines à part lui et accessoirement Canaris, Ghelen et Halder. En ce qui concernait l'amiral et le chef du FHO, il restait envisageable qu'ils se livraient au jeu du chat et de la souris avec lui dans le rôle de la souris. Canaris était assez retors et Ghelen quant à lui n'était certes pas en reste, ces deux-là auraient mieux fait de s'unir ; Walter décida de tenir cela dans un coin de sa mémoire. L'Abwher était sur la pente descendante dont les coups durs portés à son prestige entraînaient dans son sillage le FHO. Comme parade ils avaient le cas échéant trouvé l'occasion de revenir en odeur de sainteté à ses dépens. Faute de grives on mangeait les merles. Comme d'habitude, fidèle à sa vieille méthode, il se mit à classer la liste des incohérences l'une après l'autre par ordre d'importance. Il pensa d'abord à s'aider en prenant des notes pour constituer un aide-mémoire, mais ce n'était pas dans ses habitudes beaucoup trop dangereux. D'ailleurs, il n'en avait pas besoin, sa mémoire était excellente et de toute façon par sécurité il ne trimbalait jamais de papier sur lui.

Il mit en quelques réflexions rapides de l'ordre dans ses idées. En premier, Himmler.

Le Reichsführer quoi qu'on puisse en penser n'était pas dénué d'intelligence, il se doutait bien que la guerre dans le sens qu'elle avait encore à l'été 1941 avait toutes les chances d'être perdue contre le russe et par extension aussi contre les occidentaux en considérant les moyens colossaux dont ils disposaient. Quelques espoirs pouvaient subsister dans son univers compliqué, mais, malgré les apparences il se montrait en général lucide, il devait avoir conscience que ses actes le rattraperaient durs et sans complaisance avec ou sans la menace de la bombe à uranium. Sa meilleure solution consistait en un cessez-le-feu qui lui permettrait d'agir en force politiquement, en premier lieu contre le führer, ensuite avec les alliés. Certes, l'appui de l'armée s'avérerait indispensable, mais cela, c'était après la phase une, après avoir franchi le Rubicon.

Malheureusement, Himmler avait une peur viscérale du führer, c'était donc indispensable qu'il ait davantage plus de crainte des alliés ce qui ne semblait pas être son cas pour le l'instant du moins en apparence ; c'était bien probable qu'inconsciemment l'idée faisait déjà sa route, mais elle n'avait pas encore atteint le centre de décision dans le cerveau « d'Henri l'oiseleur ». Croire qu'en détenant des millions d'otages cela lui permettrait de parvenir à négocier était une immense erreur, l'en persuader était un chemin de Damas. Compliqué mais loin d'être impossible à emprunter.

Walter fut distrait par un couple qui entrait, il crut reconnaître l'homme malgré son costume civil et son chapeau enfoncé sur son visage, un KriminalInspektor passé à la Gestapo. Il ne se souvenait pas bien de quel département, quelque chose lui faisait penser à un inspecteur muté au IV E ou il avait lui-même officié. Accompagné d'une assez jolie brune dans un manteau de gabardine qui paraissait neuf. Walter jeta un rapide coup d'œil à ses souliers, des pauvres godillots râpés. Les chaussures étaient un indicateur fiable du statut social allemand. Une agent de la Gestapo n'aurait jamais porté des souliers aussi usés, ça le rassura un peu, c'était éventuellement une conquête que l'homme voulait séduire à peu de frais, et non une surveillance organisée dont il serait l'objet. Prudence quand même, peut-être que Müller le faisait suivre. Il prit la décision de rester sagement attablé en déployant devant lui un journal qui traînait sur la table d'à côté et fit semblant de s'y intéresser, seuls les coupables fuient. Il évita de les regarder, c'était le mieux à faire.

Il revint à ses pensées. Les services suisses, malgré la bienveillance d'une partie de la classe politique et militaire helvète, commençaient dans une mécanique irrémédiable, sans qu'il ait été nécessaire de beaucoup les pousser, à s'incliner du côté des alliés qui leur mettaient une pression plus importante chaque jour. Avec un penchant même très prononcé en ce qui concernait Hausamann. En soi, ce n'était pas une surprise, déjà en juin 1940 le chef de leur armée pensait faire cause commune avec la France et ce chef n'avait pas changé. Ils pouvaient avec peu d'efforts paralyser la machine de guerre allemande en exerçant un blocage financier, mais ils devenaient susceptibles de se retrouver aussitôt envahis en retour. Les militaires suisses devaient être conscients que créer un réduit ne servirait pas à grand-chose quand leurs villes seraient bombardées et que leurs pieds baigneraient dans l'eau de leurs lacs. Malencontreusement pour eux les centres de population étaient tous situés dans les plaines du nord du pays. Walter savait que Hitler n'hésiterait pas une seconde, au vu de son passé destructeur, les dirigeants de la confédération devaient mêmement le supposer.

Pour l'instant, Walter avait une longueur d'avance, il s'agissait maintenant de la préserver en expliquant sans détour la situation au général Guisan par l'intermédiaire de Masson. Empêcher tout prix l'arrêt des échanges des valeurs circulantes, conserver coûte que coûte l'accès à leur puissant levier financier. Le plus vite serait le mieux. Himmler ne tolérerait jamais un échec, quant à le lui pardonner c'était aussi illusoire que de tenter de transformer Hitler en pacifiste. Cela avait l'avantage de relier son point précédent, faire valoir à Himmler que ce qui était le plus important c'était la main mise sur un trésor de guerre gigantesque, un magot dont il posséderait la clé du mécanisme lui permettant d'effectuer d'énormes manœuvres économiques. Par exemple pour se rallier des barons du parti à sa cause.

Korkonitz, c'était le nom du gestapiste, il ne se souvenait pas du prénom, mais Korkonitz c'était certain, on n'oublie pas un nom avec deux fois ko qui sonnait comme coco, avec Horst Kopkow c'était le deuxième. Un lieutenant du IVE1. Son attention se concentrait à nouveau sur l'homme de la Gestapo, il invectivait à haute voix la serveuse sur la qualité suspecte du gâteau qu'elle leur avait servi comme si cette employée était en personne responsable. Cette dernière restait stoïque sachant à coup sûr à qui elle avait affaire. Décidément, la Gestapo était un placard au contenu douteux, tous d'arrogantes brutes et incultes à l'image de leur patron. Ces imbéciles n'étaient sans doute pas au courant des conditions difficiles dans lesquelles vivaient les Allemands, tout venait à manquer ; malgré le risque, la population s'affichait de plus en plus mécontente, les rapports du SD validaient ce qui était devenu visible à l'œil nu. La fille qui l'accompagnait souriait comme heureuse de la situation. Walter se dit qu'elle aurait plutôt dû pleurer de se trouver en aussi mauvaise compagnie. Il laissa la pénible scène se dérouler sans lui.

Ensuite, l'Abwher ! Que pouvait-elle en réalité contre lui en la personne de l'amiral. Potentiellement un double jeu de sa part prêt à le transformer en une provocation pour décider Hitler à lui céder l'entièreté des services d'information à l'étranger à la barbe d'Himmler et de Müller ? Envisageable, mais très risqué à réaliser. Canaris en disgrâce auprès d'Hitler restait insaisissable, passant du pessimisme profond à l'euphorie totale, il n'en demeurait pas moins un maître-espion malgré sa position précaire. Si c'était le cas, il lui répondrait de la même façon, dans le renseignement tous les coups étaient autorisés, mentir était la règle de la survie. À coup sûr, Himmler le protégerait bec et ongles pour éviter d'être éclaboussé et conserver son pré carré. Il avait la certitude que ni Canaris ni Ghelen n'étaient au courant de l'implication du Reichsführer. Nonobstant que ce dernier pouvait lui aussi être tenté de le faire taire pour toujours en l'envoyant dans une perpétuelle résidence en sapin. Ses larges moyens le permettaient sans aucun doute, sa disparition ravirait beaucoup de monde au RSHA, mais elle supprimerait par la même occasion au Reichsführer la seule porte de sortie de la guerre tout comme l'accès à ses comptes zurichois ce qui il faut le dire n'était pas rien. À méditer donc, mais pas à considérer comme une priorité.

Le gestapiste faisait à présent assez de scandale pour justifier que le capitaine de salle, un homme légèrement voûté d'une petite cinquantaine d'années, décide d'intervenir. Il contourna l'employée et vint se camper tel un rocher devant « coco » qui le dépassait d'une bonne tête. Sa manche gauche était vide, un bandeau lui cachait l'œil du même côté, Walter remarqua qu'une partie du visage était renfoncée sans pommette. Sur sa vareuse verte en laine, il arborait la croix de fer de première classe surmontée du Stahlhelm sur épées entourées de lauriers, la médaille des blessés de l'autre guerre. Sa figure était tournée vers Walter comme si le trublion n'existait pas. Ce dernier mit la main à la poche et en sortit un médaillon ovale de bronze qu'il tenait dans le creux de la paume. Malgré le geste furtif, Schellenberg reconnut sur-le-champ l'insigne de la police secrète. L'ancien combattant y jeta un regard rapide et après un haussement de tête bien visible dit à voix haute pour que tout le monde l'entende clairement : – Nos pâtisseries sont confectionnées à base de fécule de pomme de terre avec une légère dose de sucre synthétique, la crème est composée de margarine extraite du colza mélangé à de la poudre de marron grillée et sucrée de même façon. Cette recette se trouve en totalité conforme aux prescriptions du ministère de l'Économie au gramme près. En tant que responsable de salle je suis obligé de vous signaler que sur ordre du führer la critique des produits de consommation tels que définis par ledit ministère sont assimilés à des actes de défaitisme. Vous me montrez votre plaque de la Gestapo, j'en déduis que comme vous n'avez pas commandé de gâteau vous voulez le cas échéant acter l'antipatriotisme de madame à qui cette part appartiendra quand elle l'aura payé ! Je vous laisse donc à votre mission ! Sur ce, il tourna les talons et le planta là. « Coco » en était resta la bouche ouverte. « Godillot » que toute la salle regardait ne souriait plus. Walter se dit que les Berlinois étaient les gens les plus culottés d'Allemagne, avec leur humour ils pourraient gagner la guerre, seulement ils n'étaient pas assez stupides pour l'avoir déclenchée.

Après ce très divertissant intermède, il se remit à la tâche. Dans la file d'attente de ses pensées venait ensuite Staline. À ce sujet, tout ne pouvait qu'être de la haute spéculation. Normalement, il devait être piégé par son passé. Allen Dulles avait prophétisé qu'il céderait pour deux raisons, la première, ne pas se faire arrêter et éliminer par ses pairs ce qui deviendrait inévitable selon l'américain surtout si les États unis se faisaient tirer l'oreille pour dispenser leur soutien.

Deuxièmement, le maître de la Russie était un homme réaliste, un voleur de banque, un assassin sans scrupule et il agirait comme tel. Ce qui subsisterait de territoire en Russie une fois la part allemande amputée lui serait bien suffisante pour les quelques années qui lui restaient à vivre, il devait superbement se ficher de l'après. De là à en avoir la certitude, il y avait un pas qu'il ne franchirait pas. Walter avait appris depuis longtemps qu'un scorpion préférait piquer et mourir. La probable concentration des troupes qu'il opérait pour autant que ce soit réel recherchait sa place sans la trouver dans le schéma intérieur qu'il avait dessiné, ça faisait une grosse tache sur ses plans. S'il devait à tout prix échafauder une explication, il pouvait imaginer que c'était intentionnel, il cherchait à montrer les crocs dans le but d'influencer le jeu des deux négociations « avec des gants d'enfant » pour reprendre l'expression anglaise, entamées du bout des lèvres, une en Suède par madame de Kollontaï, l'autre avec « les gens » de Dulles.

C'était une interprétation, mais pas tout à fait satisfaisante pour répondre au mouvement supposé plus de deux millions d'hommes, en tout cas pas sans une sérieuse réserve. Canaris qui commençait en apparence à collaborer lui avait révélé en confidence avoir été informé par un de ses agents, un certain Claus, qui avait été approché par les Russes. Ceux-ci émettaient qu'il pourrait envisager des discussions sur un retour aux frontières de fin septembre trente-neuf. L'amiral fin connaisseur s'était montré assez avisé pour laisser glisser l'information jusqu'aux services de renseignements de Ribbentrop. Canaris était convaincu que celui-ci n'en référerait pas au führer pour éviter de se faire signifier une fin de non-recevoir qui aurait dès lors pris la forme d'une interdiction et pouvoir ainsi le maintenir sous le coude au cas où. L'important pour Walter était d'y remarquer un début même ténu d'une volonté à marchander. La suite incomberait au Reichsführer. Si Ribbentrop chantre de la guerre cachait des négociations à Hitler son ennemi mortel Himmler en ferait ses choux gras. À garder bien au chaud avec un œil grand ouvert.

Ça le ramena naturellement à penser au gestapiste, le suivait-il ? Étrange, le IVE1 s'occupait des usines, mais il avait très bien pu être versé dans un autre département. Si oui, il n'avait pas pu ignorer sa rencontre avec l'amiral. Müller aurait du grain à moudre. Il nota qu'à la première occasion il signalerait insidieusement à Himmler qu'il avait dû retrouver Canaris au sujet du réseau communiste que l'Abwher venait de démanteler dans l'intention de faire participer son département à la traque et que Canaris avait décliné son offre. Le Reichsführer adorerait, comme tout ce qui avait trait à l'Abwher. C'était son livre d'espionnage préféré. Walter pousserait le vice jusqu'à solliciter son aide, il était convaincu que cela fonctionnerait à merveille.

Restaient les Américains, un autre casse-tête. De plus en plus souvent, il prenait conscience des deux factions qui cohabitaient dans une illusoire entente. Comme si la guerre de Sécession n'avait toujours pas défini le vainqueur. Dulles devait représenter le sud, l'argent et le conservatisme. L'Administration Roosevelt le nord, le progrès et l'intellect dans la pure ligne de Wilson avec son credo des peuples à disposer d'eux même. Musique d'un bal auquel les Allemands se virent privés de danse. La seule chose sur laquelle ils devaient s'entendre à l'occasion c'était de subir le moins de pertes possible, les gaspillages de vie russes devaient les révulser, Politiques et militaires se montreraient donc prêts à tout pour les éviter aux populations américaines, voire au pire des compromis.

Quel sac de nœuds, mais en réalité ça ne lui faisait pas peur, le contexte contenait un effet enivrant appréciable.

Le couple « coco godillot » s'était levé et partait, ça sonna la fin de ses réflexions, il quitta l'établissement à son tour.

Walter était satisfait de sa perception de la situation, des variables d'ajustement s'effectueraient chemin faisant, mais c'était un détail.

La serveuse le regarda s'en aller bouche ouverte quand elle vit le pourboire qu'il avait laissé. Une journée de salaire !

UN ETE SUISSE

Moscou, Kremlin, lundi 05 octobre 1942

Beria considérait que se rendre indispensable à son maître lui conférait un statut hors de la portée de ses « camarades », il avait l'inébranlable conviction que cela consolidait son pouvoir déjà immense. La journée avait bien commencé, ses hommes lui avaient fait remonter une information assez énorme pour l'autoriser à interloquer Staline, donc lui fournir sa dose d'importance quotidienne. Il affichait une excellente humeur. Cette découverte lui permettait de se mettre en avant de la scène en avertissant le patron que ses espions avaient repéré un canon à Karpovka et pas n'importe lequel, le même que celui qui avait détruit la citadelle de Sébastopol. À sa consternation il du vite déchanter quand son maître lui répondit sèchement : – Tu veux me porter à croire que ce genre de canon apparaît comme le soleil au matin. J'ai lu le rapport que Krylov m'a communiqué sur les bombardements Sébastopol. Cet engin nécessite cent trains et cinq mille hommes. Tes espions se montrent incompétents voilà ce que ça prouve. Il omit de signaler à son compatriote que le GRU l'en avait déjà averti trois jours plus tôt.

Sa rage apparente n'avait d'autre but que celle camoufler sa préoccupation. De toute manière, il aimait rabrouer Beria, l'occasion était parfaite. Cet intermède céda en peu de temps le terrain au dilemme qui se présentait. Le plan qu'il peaufinait dans le plus grand secret depuis la mi-septembre était trop exposé, si les Allemands mettaient en place ce genre d'engin cela démontrait que le temps de réagir au nez et à la barbe des Américains était venu. Après tout, c'est ce qu'on appelait de la légitime défense.

Évidemment, cela aurait été trop simple, la médaille montrait deux faces. D'un côté, le canon constituait un danger trop important pour son projet, le souvenir de la destruction des forts réputés imprenables de Sébastopol le hantait à intervalles réguliers. Cette pièce tiendrait tout le secteur sous son feu dans un rayon de cinquante kilomètres autour de Stalingrad rive orientale comprise. Stalingrad passait encore, tout était de toute façon détruit et puis ils auraient trop peur d'atteindre leurs propres troupes. Par contre des tirs dirigés contre la rive est représentait une énorme menace à ne pas à prendre à la légère. En revanche en maîtrisant bien son jeu elle donnait l'occasion d'expliquer aux Américains qu'il ne pouvait rester sans réagir à cette menace. Mais il ne devait pas être trop pressé à abattre ses cartes. Tout bien pesé le plus danger principal était de se retrouver sous le feu d'un tel engin de destruction, il était plus considérable que la justification d'opérer contre l'ennemi une offensive fortement déconseillée. Il se devait de le faire neutraliser, mais comment ? Il ne disposait d'aucune division capable d'un coup de force qui pourrait être mené dans cette profondeur. Quand bien même, il avait trop à cacher, ce n'était pas le moment d'effectuer une démonstration de force qui mettrait la puce à l'oreille des fascistes, l'important était de les occuper dans la ville. Il allait revêtir le costume du « bon oncle Joe », c'était le jour idéal pour reconvoquer discrètement le détestable attaché militaire américain et lui laisser le soin de trouver la solution. Les Américains étaient des gens compliqués, ils affectionnaient ce rôle.

Moscou, rencontre secrète au Kremlin, mercredi 07 octobre 1942

Staline détestait les Américains pour leur arrogance, bien qu'en secret il aurait désiré visiter leur pays. Un complexe cultivé probablement en rapport avec le défunt Trotski qui y avait vécu et connaissait de quoi il discourait. Souvent il notait dans l'œil de ses interlocuteurs d'outre atlantique cette sorte de compassion envers un homme ne sachant pas bien de quoi il est question quand il parle. Cela l'amoindrissait et en même temps le renforçait. Pour se soustraire de ces sentiments troubles, il eut une pensée pour Léon Bronstein qui séjournerait par là-bas pour l'éternité. Après tout, les Mexicains n'étaient que des Américains sans voiture.

Le visiteur étoilé de ce matin n'échappait pas à la règle en étant particulièrement détesté. Le patron du Kremlin était obligé de le considérer en tant qu'allié provisoire, mais n'ignorait pas qu'il cachait un adversaire permanent. S'il ne s'y prenait pas bien, il se convertirait en un ennemi plus grand que les meilleurs généraux allemands. Le plan qu'il avait élaboré ressemblait plus à une ruse des rues de Tbilissi qu'à une tactique de Koutouzov. Et encore, le maréchal d'Alexandre Ier était autant un maître du subterfuge qu'un adepte de la stratégie. Et un stratagème, il en avait mis un au point. Certes pas parfait, mais qui pourrait fonctionner.

Imbéciles d'Américains qui avaient tenté de lui faire croire posséder le fameux explosif à l'uranium. C'était sans compter les agents de Beria infiltrés dans leur projet qui rencontraient un nombre considérable de sympathisants. Leurs chercheurs courraient après mais ne l'avaient pas encore attrapé et il comptait bien participer à la course. Il allait retourner la balle à l'envoyeur

Habité d'un plaisir sournois Staline avait à nouveau convoqué l'attaché militaire américain pour l'avertir qu'un gigantesque canon menaçait la ville de Stalingrad mettant en péril l'accord. Il comptait commencer par lui dire sa préoccupation en finissant par lui avouer sa peur que l'arrangement se rompe à cause d'un assaut allemand. Il comptait le persuader de leur faire entendre raison. Il ne pensait pourtant pas précisément aux Allemands.

Pour commencer un peu de flatterie, mais pas trop : - Général, je crois que vous m'avez mentionné être issus de la prestigieuse école de West Point.

- Je n'en ai pas le souvenir, monsieur le secrétaire général.

Évidemment, c'était Beria qui lui avait fourni le dossier du général John Russell Deane : - La mémoire est un atout considérable monsieur l'attaché militaire. C'est de peu d'importance, tous les officiers de l'armée américaine y sont passés.

- Pas tous, mais la plupart, c'est un très bel endroit sur le fleuve Hudson, je suis persuadé que vous aimeriez.

S'il ce général la jouait ainsi autant poursuivre : - J'ai lu que les officiers du Nord et du Sud qui ont combattu dans votre guerre civile s'étaient côtoyés sur leurs bancs. Amusant n'est-ce pas de combattre ses anciens amis.

Russel Dunes saisissant l'allusion faillit lui répondre que soixante-quinze mille officiers de l'armée de Nicolas II avaient rejoint l'armée rouge contre qui ils avaient souvent livré bataille. Ils s'affublaient même d'un nom, les « voenspetsy ». Il décida de poliment tousser.

Le Vojd estima avoir créé une ambiance raisonnable, sa patience avait des limites peu étendues : - Sur les bords de ce fleuve, vous avez dû apprendre qu'à l'occasion de la guerre précédente, les fascistes de l'époque, forts de la complicité de leur avide industriel Krupp, ont produit un canon gigantesque.

L'américain se demandait bien à quoi menait cette discussion : - Vous voulez parler du « Parizer Kanon » aussi nommé « Langer Friedrich » capable d'envoyer des obus à plus de cent kilomètres monsieur le secrétaire général ? Oui, j'ai étudié cela à l'académie. Un exploit technique d'un haut niveau d'ingénierie. Il évita de mentionner le bombardement de la forteresse de Sébastopol par un engin similaire, il aurait dû dévoiler que les renseignements militaires américains en savaient un peu plus que ce que l'on voulait bien dire à leurs « alliés ».

- À mon grand regret, je suis contraint de vous apprendre que les fascistes ont réédité la construction d'un tel monstre.

- Ça démontre que l'acier ne leur fait pas défaut. Il provient probablement de la Suède par la Baltique. En exprimant à haute voix sa pensée, il se moquait diplomatiquement de son hôte ; c'était notoire qu'on appelait cette mer le lac allemand, la flotte rouge était impuissante à empêcher les navires allemands d'y naviguer.

L'homme commençait à indisposer au plus haut degré le maître de la Russie, il était grand temps de lui faire voir ses crocs : - D'où qu'il vienne, nous savons que les Allemands en ont positionné un à environ cinquante kilomètres de la ville de Stalingrad. Nous connaissons aussi que cette bouche à feu peut envoyer des projectiles de plus de quatre tonnes avec sept cent cinquante kilos d'explosif. Nous sommes également informés qu'ils disposent d'une charge dont la détonation est des dizaines de fois plus dévastatrices que celles répertoriées à ce jour. Nous avons découvert celui-là, mais ils doivent en posséder quelques autres, peut-être bientôt à portée de Moscou. Vous direz donc de ma part à monsieur Harriman que dans ces conditions, celles qui entraîneraient la défaite de l'Union soviétique, nos accords deviennent difficiles à tenir. Devant les risques encourus par l'Union soviétique, les commissaires à la défense réclament une action préventive dans la région centre et sud pour permettre de détruire ces engins.

L'attaché militaire tenta de minimiser : - Soyez certain que mon pays adoptera sans tarder une position intransigeante vis-à-vis d'Hitler pour le mener au fléchissement. À un mot près les pures paroles d'Harry Hopkins[103], le cerveau de Roosevelt, ce qui

---

[103] Harry Hopkins : conseiller éminent, confident de Franklin Roosevelt influença et habitua les Américains à l'idée d'une guerre contre l'Allemagne dès 1941.

changeait tout le sens de sa phrase.

- Avez-vous pris connaissance de mon ordre numéro 55 du 23 février de cette année ?

- Je n'ai pas encore eu cet honneur.

Le géorgien lui tendit une feuille dactylographiée : - je l'ai fait traduire à votre attention.

L'attaché militaire lut le court texte : « *Désormais, l'issue de la guerre ne sera pas décidée par un facteur aussi transitoire que le moment de la surprise, mais par des facteurs persistants : la force de l'arrière, le moral de l'armée, le nombre et la qualité des divisions, l'armement de l'armée, les compétences organisationnelles de l'état-major de l'armée. Signé Staline* »

Staline prit une enveloppe posée devant lui sur le bureau : - Voici les photos que les unités spéciales du NKVD ont prises de celui positionné face à Stalingrad. Vous vous débrouillerez pour que monsieur Harriman les voie au plus vite !

Berne, vendredi 09 octobre 1942

Allen Dulles avait décidé de profiter de la fin de journée de ce vendredi pour entamer la fin de semaine et aller flâner le long du Tage du côté de la tour de Belem. Il avait déjà enfilé son veston quand son assistant lui tendit un feuillet non décodé. Il provenait de Moscou en suivant une longue filière qui passait par son ami au département d'État.

Il hésita un court instant avant de choisir de se rasseoir. Après l'avoir déchiffré, il se gratta la tête perplexe. Le message initial émanait de Moscou. Un canon du nom de Dora inquiétait Staline. À son humble avis, le tsar rouge se perdait dans les détails, s'il parvenait à se préoccuper d'une batterie il n'avait pas fini de s'arracher les cheveux. À midi, il en savait vaguement plus, sans conteste ce n'était de toute évidence pas une artillerie légère, un tube similaire avait terrorisé Paris pendant la guerre précédente. Sacrés Allemands, sacré Krupp, le gigantisme était inscrit dans leurs gènes. Il devait se rendre à l'évidence Stalingrad n'avait pas la taille de la capitale française et ce n'était pas le moment de rompre l'équilibre des forces, déjà que les armées d'Hitler allaient un peu loin à son goût.

Hors de question de laisser-faire, il ne fallait pas pousser « Soso » à devenir plus nerveux que nécessaire maintenant qu'il paraissait s'être fait à l'idée qu'un cessez-le-feu lui assurerait une douce vieillesse au coin du feu. Il venait de faire passer un message de mise en garde à Schellenberg, trop tard pour y rajouter quelques lignes. Staline allait devoir patienter, mais l'affaire devait être résolue dès que possible. Le maître du Kremlin était un personnage retors, il sauterait sur n'importe quelle excuse pour résilier un accord. Si les Allemands se mettaient à tirer des obus aussi dévastateurs, il ne pourrait pas retenir le chef bolchévique. Il fit transmettre en retour qu'il s'en occupait sur le champ et réussirait à maîtriser la situation, elle pouvait d'ores et déjà être considérée comme réglée. Il s'avançait, mais aller en arrière n'était pas une option. La réponse prit le chemin en marche arrière vers Moscou.

Moscou, Kremlin, vendredi 09 octobre 1942

Staline avait auparavant à maintes reprises adopté le réflexe de convoquer Lavrenti Beria alors que sa décision était déjà prise. Au fil du temps, c'était devenu comme mettre par écrit au propre ses résumés griffonnés au brouillon. Aujourd'hui, le chef tout puissant du NKVD se contentait d'écouter à la lettre près les paroles de son maître, et s'il y était contraint, de limiter de la manière la plus laconique imaginable ses réponses. Il n'ignorait pas qu'en cas de désastre, il se trouverait sur-le-champ dangereusement impliqué.

Contrairement à son attente, ce matin, il n'était pas appelé pour parler une fois de plus de ce nouvel explosif qui commençait à obséder le Vojd. Une bonne nouvelle, il ne pouvait que lui répéter que son réseau d'espions au sein du SIS britannique restait muet sur le sujet depuis des mois. Lors des jours charitables, Staline ne répondait pas, les autres, les plus courants, ses réactions pouvaient s'avérer imprévisibles.

- Pavles, quelle opinion as-tu de Gueorgui ?

- C'est ton adjoint au commandant suprême.

- Tu sais bien que je l'ai élevé à cette fonction pour punir Vassilievsky et puis je ne te demande pas ce qu'il est, bien ce qu'il t'inspire.

Percevant le coin par lequel soulever le tapis et remplir la pièce de poussière, Beria dit perfide : - Un poste très important, après tout c'est le sauveur de Moscou.

Staline l'observait impassible en entendant mentionner ce titre insupportable.

Beria connaissait sur le bout des doigts le chemin à emprunter pour toucher au cœur son maître : - Pour ne laisser aucune place au doute, j'ai toujours voulu enquêter sur sa tiédeur pendant la révolution. Il a eu beaucoup de chance de partir en Mongolie et de l'emporter à Khalkhin-Gol. Si je me souviens, tu l'avais chargé de se limiter à donner une correction aux Japonais et il a mené une véritable guerre. Beria instillait le venin à petite dose suivant son habitude. Par cette phrase anodine, il faisait remarquer que Joukov aimait se mettre en avant quitte à ne pas s'en tenir aux instructions. Pour faire une bonne mesure, il rajouta : - Mekhlis[104] le déteste, mais Lev hais tout le monde sauf toi. Gueorgui a eu sa photo dans les journaux occidentaux, il est devenu héros de l'Union soviétique, un héros qui a perdu plus de la moitié de ses blindés. Une mauvaise habitude dont il ne s'est pas débarrassé ni à Viazma ni à Rzhev. Impossible de faire remarquer que son interlocuteur qu'il en était le seul coupable.

- Et Vasilievsky ?

Lavrenti Beria savait qu'il devrait probablement dans un jour pas trop lointain s'appuyer sur l'armée. Joukov était un homme incontrôlable comparé à un Vassilievsky bien plus souple : - Un fidèle de la première heure, comment ne pas lui accorder sa confiance à un officier qui a combattu à tes côtés les Polonais. C'est ton vice-ministre de la Défense, il te porte une véritable vénération.

Staline se conforta dans sa décision de faire descendre Joukov de son piédestal, inutile de donner à glorifier un général qui commence à ternir son image en se mettant devant la lumière. Il commanderait dans l'opération qu'il projetait dans le secteur centre, Vassilievsky coordonnerait les actions au sud.

Berlin Berkaerstrasse 35, samedi 10 octobre 1942 18h00

Walter était songeur, il venait de se souvenir que c'était leur anniversaire de mariage et il n'avait prévu aucun cadeau pour Irène. À qui pourrait-il bien acheter des roses, un parfum français ou un chandail italien d'ici la fin de la journée ? Personne de son service n'était rentré de Paris cette dernière semaine ; de toute façon il avait perdu l'évènement de vue. Vu l'heure, impossible de se rendre dans un des magasins du centre-ville, Höttl saurait, Höttl savait toujours tout, en particulier des choses pareilles. Il allait l'appeler quand Marliese toqua à la porte pour lui annoncer son visiteur.

On ne pouvait pas dire qu'avec son appendice en pointe et son menton minuscule le lieutenant Reinhard Spitzy passait inaperçu, on le repérait aussi sec comme on remarque le nez rouge d'un clown. Sans ces particularités qui perversaient à jamais l'anonymat qu'un agent de renseignements se devait de rechercher, il aurait pu servir de modèle à une affiche de recrutement. Rigide, sanglé dans son uniforme impeccable il salua le bras tendu en claquant des talons comme si sa carrière en dépendait. Vexé il remarqua illico que le chef SD ne devait y attacher aucune importance, ne répondant à son salut que par un vague hochement de tête.

Malgré l'effet manqué de ce numéro solitaire, il se détendit en voyant le colonel Schellenberg sourire en lui désignant un siège en face de lui ; s'il avait su que deux

---

[104] Lev Mekhlis : intime de Staline, chef de la Direction politique de l'Armée rouge.

pistolets mitrailleurs dissimulés dans le meuble étaient dirigés sur son ventre, il aurait à coup sûr hésité à prendre place sur la chaise que son supérieur lui offrait.

- Bienvenue dans mon humble bureau lieutenant !

L'officier fit poliment un tour d'horizon : – Croyez-moi, il n'a rien de modeste, vous devriez voir le mien au Benderblock. Quand je dis le mien, c'est une façon de parler, il s'agit d'une boîte à chaussure occupée par quatre personnes qui suent dans un local chaud et humide où l'on pourrait sans difficulté cultiver des tomates. Il ne possède même pas de fenêtre, la porte doit rester ouverte sinon nous étoufferions par manque d'air.

- Modeste par rapport au somptueux bureau de feu le général Heydrich je veux dire.
- Le général Heydrich n'était-il pas du reste le chef du RSHA ?

Schellenberg encaissa la remarque perfide. Mon ami si tu crois pouvoir aller de cette manière te désaltérer à la rivière pensa-t-il, je vais t'aider à emprunter une route recouverte de pointes d'acier empoisonnées : – Exact et nous devions avoir des choses fort importantes à exposer pour oser passer sa porte sans subir, c'est un euphémisme de le dire ainsi, « sa mauvaise humeur ».

- C'est éventuellement mon cas colonel, mais vous jugerez par vous-même !
- Allez-y lieutenant, Walter insista sur le grade, étonnez-moi !
- Dans mes recherches, j'ai découvert que le commandant Hausamann a fréquenté l'école de guerre à Berlin en 1936, jusqu'à cette époque, il était assez proche des idées du NSDAP.

Cela Walter le savait déjà, il réfléchit un court instant partagé entre doucher le zélé personnage ou l'encourager dans cette voie qui ne ressortait pas de façon directe de sa mission. Il décida de choisir un peu des deux : – ne deviez-vous pas enquêter sur le thème du capitaine Menges à moins que vous ayez au cours de la journée eu connaissance d'indices susceptibles de m'intéresser. Votre démarche est louable à condition qu'elle fasse progresser l'affaire, ce qui en déborde reste à mon appréciation.

- Je suis persuadé que c'est une piste des plus importante, à cette époque il a rencontré bon nombre d'officiers dont beaucoup se retrouvent à présent à l'état-major de l'OKW.

Walter agacé était déterminé à bousculer un peu : – pourquoi donner l'exclusivité de votre présomption à l'OKW, les membres de la SS ne sont jusqu'à présent pas à écarter la liste des suspects, vous compris !

Spitzy s'empourpra, Walter ne sut si c'était de colère ou de la légère humiliation qu'il lui faisait subir, il décida malgré tout de lancer sa dernière flèche : –Vous parliez du général Heydrich, moi qui l'ai très bien connu je peux vous dire que c'est de cette manière précise qu'il vous aurait répondu. Pour le général, tout le monde était en principe suspect et la preuve du contraire n'était pas des plus aisées à établir. Bon, la leçon avait assez duré, il était temps de recadrer l'entrevue : – il n'éliminait jamais une possibilité, sauf le jour de l'attentat, mal lui en a pris. Comme quoi personne n'est parfait. Revenons-en à vos conclusions voulez-vous ?

- Avec plaisir colonel.

La mention de mon grade est superflue, ce n'est pas dans les habitudes du département. Désirez-vous du café ou quelque chose de plus fort ? Ne craignez rien, je spécifie du vrai café pas des pois cuits. D'un autre côté, ne vous réjouissez pas trop vite, si vous ne l'aimez pas noir, nous n'avons ni lait ni sucre pour l'instant, juste des petits biscuits secs, enfin ils l'ont été il y a longtemps.

- Du café s'il vous plaît, ce sera très bien.

Walter poussa sur le bouton de l'interphone : – Wilhelm pouvez-vous partager un pot de café, inutile de le cacher, j'ai senti l'odeur jusqu'ici. Apportez trois tasses et venez le boire avec nous.

Il expliqua au lieutenant : – Wilhelm est un de mes plus précieux subordonnés, je vais vous le présenter comme ça ce sera chose faite. Prenez l'habitude de travailler avec lui. Ses déductions sont toujours très développées, c'est un docteur universitaire spécialiste de l'histoire, la grande qui va de Jules César à Napoléon.

- Ou celle que nous écrivons.

Le lieutenant Spitzy avait un air de défi qui déplaisait souverainement à Walter. Tant mieux, il rejoindrait sans plus tarder son sac déjà plein à craquer de victimes en tout genre : – Je parlais de grandeur de temps !

Le major Höttl entra avec une cafetière fumante et trois tasses.

- Joignez-vous à nous Wilhelm. Permettez que je vous présente le lieutenant Spitzy. C'est notre ami l'amiral Canaris qui nous fait bénéficier de sa collaboration. Une louable et charmante attention vous ne trouvez pas ? Le lieutenant développait des idées intéressantes entre autres choses au sujet de nos voisins suisses.

- Vraiment ? J'ai hâte d'en apprendre plus !

- Selon le lieutenant Spitzy, tout partirait de la kriegsacademie en 1936. Hausamann y aurait fait la rencontre d'un officier qui pour une raison encore inconnue accepterait de trahir au profit des mangeurs de gruyère.

Höttl, rit en additionnant une petite pointe de mépris : – Cela paraît évident, il ne peut s'agir que d'un traître, que voulez-vous qu'il soit d'autre ?

Spitzy ne put s'empêcher de se mettre en avant en entraînant la conversation vers ses propres déductions : –D'un traître assurément, mais nous devrions agrandir le cercle, je pense qu'il serait bon de l'étendre à la Luftwaffe, leurs services

« Forschungsamt » brassent bien plus d'information que les vôtres et l'Abwher réunis. J'ai pu entendre çà et là des rumeurs de conspiration, rien de bien réel certes, un bruit de fond pour qui sait écouter, j'en conclus qu'il s'avérerait utile de chercher un profil qui correspond aux deux critères. C'est très probable qu'il y ait corrélation !

Walter n'appréciait pas vraiment cette remarque. Pour l'instant, ce n'était qu'une façon pour le lieutenant de se mettre en avant, en outre, il n'aimait pas le sens de la pente sur laquelle il s'aventurait. : – trahir est une chose, généralement celui qui s'en rend coupable le fait pour de l'argent, parfois par conviction politique ou pour se forger une place confortable. Le profil du conspirateur est sous toutes ses formes opposé, avant tout il n'agit pas seul, mais avec un groupe où règne une entente sur un complot, il n'est pas animé par un but financier, pas immédiat du moins.

Höttl renchérit : – mais bien souvent pour se créer une future carrière politique, c'est en tout cas ce qu'enseigne l'histoire. Donc il pourrait y avoir un lien en dépit de l'apparente contradiction !

Le lieutenant Spitzy s'était trouvé un allié malgré lui, il le fit séance tenante remarquer en affichant un air satisfait teinté de défi.

Walter prit son mal en patience faisant mine de ne s'apercevoir de rien, il n'en était pas moins pressé d'évacuer le cadeau de Canaris de son bureau : – Bon, je crois que nous tournons un peu en rond et le temps nous manque pour dessiner des cercles. Il y a toutes les chances que le traître soit un homme et aussi un militaire, donc par définition rompu à la sécurité. Suivant mon expérience, nous devons espérer qu'il fasse une erreur. En enquêtant de trop près vous risqueriez de lui mettre la puce à l'oreille, alors lâchez la bride et surveillez Menges c'est tout ce que j'attends de vous, compris lieutenant !

- Bien colonel, j'en prends note.

Ayez la bonté de demander à l'amiral Canaris pour qu'il insiste à titre personnel auprès de l'OKW de telle sorte que le capitaine Menges multiplie des réunions en alternant les participants ; en dépit des apparences il en ressortira peut-être quelque chose ! En ce qui concerne le bureau de recherche de la Luftwaffe, je vous souhaite bien du plaisir avec Goering !

Après son départ Walter fusilla Höttl du regard : – la prochaine fois vous serez privé de café et de sucre.

- De toute façon, il n'y a plus de sucre !

À présent, il était trop tard. À Charlottenburg dans un magasin de meubles encore ouvert il ne dégotta qu'un horrible vase.

Berlin Berkaerstrasse 35, Hjalmar Schacht jeudi 15 octobre 1942, 11H00

Hjalmar Schacht avait toujours son allure guindée en vogue au début du siècle cependant quelque chose d'imperceptible avait changé, Walter était convaincu qu'il prenait du plaisir à leurs rencontres tout autant que le café qu'il touillait avec une infinie patience : –Mon cher colonel, soit vous projetez d'ouvrir une banque soit vous ambitionnez de remplacer Funk aux finances. Mais vous envisagez peut-être une troisième voie qui ne m'est pas venue à l'esprit ?

Le SS était amusé de son côté protocolaire suranné, il lui plaisait autant qu'il aurait plu à l'empereur Guillaume II, mais pas pour des raisons identiques. Ce monde perdu présentait quelque chose de réconfortant difficile à retrouver aujourd'hui. Il lui avait téléphoné dans la soirée de mercredi pour lui demander dans quel endroit un entretien lui convenait le mieux, le ministre avait décidé pour ses bureaux de la Berkaerstrasse le lendemain matin même. Walter le soupçonnait d'être plus motivé par la curiosité que par l'aide qu'il lui apporterait. Il lui fit une réponse ambiguë : – une autre voie, bien vu de votre part, mais une petite de déserte qui pourrait devenir une ligne principale.

Le ministre semblait apprécier : – ou avez-vous appris ces circonlocutions ? À l'université de Bonn ?

Walter fut surpris, mais ne le montra pas : - Comment savez-vous que j'étais étudiant à Bonn ?

Le petit homme prit un air rusé presque imperceptible comme il en avait le secret et que son interlocuteur savourait : - Vous n'êtes pas le seul à disposer d'informateurs et puis j'aime bien en connaître un peu plus sur ceux avec qui je suis amené à parler régulièrement !

- Un point pour vous monsieur le ministre. Je dois vous rappeler que tout ceci est confidentiel !
- Vous me l'avez déjà dit à deux reprises, inutile de revenir là-dessus.

Le grognon avait ouvert la cage, Walter allait lui laisser effectuer quelques foulées histoire de le détendre : –Je quittais à peine mes culottes courtes quand vous avez commencé à négocier les clauses du traité de Versailles, non ?

- La réponse est contenue dans la question, mon cher colonel !

Quelques pas, mais pas le tour du pâté de maisons : –Ce n'était pas une question en tant que telle. Avec un peu de chance, vous détenez la réponse que je cherche. Parlez-moi de Dulles, l'américain, vous qui le connaissiez si bien ! Walter qui maîtrisait par cœur le dossier du ministre pour l'avoir lu à plusieurs reprises était persuadé que le plus grand économiste d'Allemagne avait une parfaite connaissance de quelques secrets. Il avait fréquenté un monde de banquiers internationaux pour qui les choses les plus inavouables étaient de simples anecdotes qu'on se racontait un whisky à la main dans un confortable fauteuil de club sélect.

Hjalmar Schacht se raidit, Walter s'en rendit compte, car il arrêta de tourner sa cuillère dans la tasse. Avec lui tout était dans le détail : – C'est ennuyeux comme question que vous me posez là ! Vous ouvrez une parenthèse sur des affaires secrètes de l'État.

- Ça tombe bien, je suis à la sécurité de l'État.
- Je croyais que la Gestapo se préoccupait de cela !
- En ce qui concerne celle dont je m'occupe, cela passe par mon service pour remonter sans intermédiaires au Reichsführer… si nécessaire. Dulles est américain si je ne me trompe ? Comme vous le savez, je suis chargé de la sécurité extérieure. Je précise que cela ne regarde en rien la Gestapo.

Il vit dans son regard que le ministre avait saisi le « si nécessaire », il semblait satisfait de la réponse : –Vous devriez d'abord choisir lequel des deux frères !

- Le plus important des deux.
- Vous avez de la chance, c'est de plus celui que j'ai le plus connu. À l'époque, c'était sans discussion possible Foster. Je dis cela à cause de ses responsabilités, mais aussi de son pouvoir de décision. Je vais donc commencer par le début, je m'en souviens comme si c'était hier, cela remonte à l'arrivée du printemps en 1920. À cette époque, j'étais encore un petit fonctionnaire subalterne de deuxième zone si je peux m'exprimer ainsi. Foster Dulles était déjà le représentant de la banque d'Angleterre et de la Banque Morgan et son frère attaché d'ambassade à Berne. Toutes les conditions étaient réunies pour m'impressionner, pourtant ce ne fut pas le cas.

Walter ne put s'empêcher de le couper : – Pourquoi ?

Il y a gagna un regard glacial rempli de reproches : –Je me suis assez vite rendu compte qu'il s'agissait d'un homme à la solde des intérêts particuliers et non de ceux de son État. Il nous fallait trouver de quelle manière acceptable payer les réparations imposées par le traité de Versailles. Fort de ma constatation, il m'est venu une idée que je lui ai rondement proposée. Je vous la simplifie. De notre côté nous créerions quatre sociétés privées auxquelles le gouvernement allemand donnerait pour une durée de vingt ans l'exclusivité des exportations comme le sucre et le ciment entre autres. Ces sociétés émettraient des emprunts en marks or qui seraient remboursés au bout de dix ans par leurs exportations. Par la même occasion, nous écartions les politiques, l'arrangement étant dès lors contrôlé par des hommes d'affaires et des industriels. Les Français seraient satisfaits, ils recevraient leurs réparations. Foster Dulles fut aussitôt enthousiaste, il s'agissait d'un système qui s'il ne procédait pas de l'escroquerie évitait de pourvoir les vainqueurs d'une manne financière directe puisqu'elle passerait d'abord par des institutions en dehors de la sphère de l'État.

- Jusque-là, je ne vois rien qui soit condamnable.
- Il n'y a jamais rien eu de répréhensible, mais rien n'était innocent et encore moins louable. Foster s'est empressé à remettre l'affaire dans les mains de la banque Morgan dont il était l'avocat. Peu à peu, d'immenses cartels Anglos

-américano-allemands se sont constitués, pour une large mesure dans la chimie, la pétrochimie et l'acier. Les majeures entreprises des trois pays y ont été mêlées, Ford, Shell, Standard Oil, Dupont. Toutes les Françaises furent systématiquement évitées. Au bout de dix ans, plus de deux mille cartels ont été mis sur pied englobant la presque totalité de l'industrie allemande avec un écheveau de clauses de non-concurrence digne de la tapisserie de Bayeux. Foster voulait aller encore plus loin en créant les états unis économiques de l'Europe.

- Quel était son bénéfice personnel ? Après tout, il était employé par des financiers.

- La récompense ? Foster est devenu l'administrateur du plan Dawes et directeur exécutif de Sullivan and Cromwell, le cabinet d'avocats de tous les cartels. J'ignore ce qu'il a touché, mais ça devait constituer une petite fortune et puis sa carrière était tracée. Quant à moi, vous connaissez ma trajectoire et à quelles diverses positions elle a donné lieu !

- C'est tout ?

Hjalmar Schacht n'était pas un homme qui appréciait être interrompu, la tête qu'il afficha en disait long : –En 1930 dans le cadre du plan Young nous avons créé la BRI[105], qui avait pour but entre autres de privatiser les banques centrales pour échapper au contrôle de nos États. J'ai réussi à faire nommer comme directeurs Hermann Schmitz et Kurt von Schröder. C'est vers cette époque que les grains de sable ont commencé à envahir le système. Les sociaux-démocrates de Weimar ne sachant plus à quel saint se vouer pour gouverner n'ont rien déniché de mieux qu'un programme élevant le niveau de vie des travailleurs allemands, une affaire ruineuse au détriment bien sûr de nos amis des cartels. Comme les ennuis arrivent toujours par paire, nous avions aussi le problème suivant, le beau mécanisme que nous avions inventé devait être alimenté et nous devions deux milliards de marks or pour les intérêts des dettes privées et encore deux autres milliards pour les réparations de guerre.

- Vous connaissant, vous avez trouvé la solution.

À nouveau resplendit cette lueur qu'à présent Walter connaissait trop bien et qui illuminait le visage du ministre par l'intérieur : –Je l'ai exprimé en octobre 1930 à New York en présence de Foster Dulles, pour faire face l'Allemagne devait doubler sa production. Ce qui, c'était évident, n'arrangeait pas nos partenaires américains et anglais puisque cela se ferait à la défaveur de la leur propre. La seule solution était la fabrication à grande échelle d'armement. Naturellement, ce n'était pas un discours à donner à écouter aux sociaux-démocrates de Weimar. C'était indispensable de trouver un homme à qui le réarmement de l'Allemagne sonnerait aux oreilles comme une douce musique. Avec la bénédiction de Sullivan, donc de Foster, je fis introduire le NSDAP dans le gouvernement Brüning grâce au cercle des amis de l'économie

---

[105] BRI banque des règlements internationaux

que j'avais créé ; deux ans plus tard aidés du baron Kurt von Schröder nous décidions Hindenburg à nommer Hitler chancelier.

- Vous êtes quelqu'un de très puissant monsieur le ministre.

Hjalmar Schacht fit une moue d'où perçait l'amertume : –Il devenait clair pour moi et tous ceux qui me soutenaient à Londres et outre Atlantique que seul Hitler puisse imposer le niveau d'austérité indispensable en favorisant la production militaire tout en maintenant les syndicats avec poigne et en éliminant les communistes par la même occasion. Après la prise du pouvoir du führer, je suis retourné à ma fonction de gouverneur de la Reichsbank. Peu après, Foster Dulles qui représentait les banques d'investissement privées et les firmes de Wall Street est venu me voir à Berlin accompagné des gens de Sullivan et Cromwell et nous avons mis au point le financement du nouveau gouvernement.

Walter savait qu'il allait perdre un ami : – C'est très intéressant ce que vous m'apprenez, mais je connaissais déjà dans les grandes lignes. Dites-moi quelque chose que je ne sais pas.

- Que voulez-vous dire par « je ne sais pas », venant du chef des renseignements du RSHA c'est étrange de l'entendre dire !
- Quelque chose comme « je ne sais pas ce que vous avez comploté en 1938 avec Halder, Gesivius et Beck » !
- Ne vous attendez pas à me surprendre colonel Schellenberg. Je me doute bien que vous savez, c'est d'ailleurs pour ça que j'ai tant de plaisir à parler avec vous. Vous recherchez quelque chose et non quelqu'un. Vous cherchez peut-être le changement ? Vous êtes en équilibre au-dessus d'une ligne, mais le poids vous fait pencher du côté où je me trouve. N'ait je pas raison ?

Walter l'admirait, le petit homme n'avait peur de rien, tout ministre qu'il était ne le protégeait pas contre un aller simple en camp de concentration. Si Walter ne soulevait pas, ils seraient à présent unis par un fil invisible, il répondit : – Chaque jour les choses changent, même l'heure à laquelle se lève le soleil.

- La Bankhaus JH Stein de Cologne, dirigée par le baron Kurt Schröder alimente un compte spécial en Suisse à disposition de votre chef avec la bénédiction de Sullivan et Cromwell. Le baron Kurt von Schröder vous a d'ailleurs nommé au conseil d'administration d'une de ses sociétés.
- Quelque chose que je ne sais pas !
- Nos partenaires des cartels se sont très vite rendu compte que la situation leur échappait et ils détestent cela. Pour eux, le changement consisterait à mettre en place un gouvernement fort et fasciste comme en Espagne, sans Hitler, sans Goering, sans Himmler.

Walter prit un ait étonné : – Sans Himmler ?

- Vous avez raison, avec lui c'est une possibilité si les conditions sont requises et qu'une paix acceptable est signée, j'imagine.

- effectuez un dernier effort monsieur le ministre, c'est important, je vous protégerai quoi qu'il arrive et où que vous soyez.

Hjalmar Schacht prit le temps de réfléchir, pas à ce qu'il allait dire, mais à ce que venait de formuler le colonel Walter Schellenberg : – Peu avant la nuit des longs couteaux au début de 1934 Les Dulles ont conspiré avec la banque Morgan rejoints par la famille Dupont pour éliminer le président Roosevelt à la faveur d'un coup d'État militaire. Ils se retrouvaient au sein de l'American Liberty League and Clark's Crusaders, qui comptait plus d'un million de membres. Le coup d'État devait s'effectuer à l'aide d'une armée des terroristes payés quelques millions de dollars, de la menue monnaie pour eux. Les armes auraient été fournies par Remington, une filiale de DuPont. Le complot était soutenu par Hermann Schmitz d'IG Farben, le baron von Schröder et d'autres nazis. Il s'en est fallu d'un cheveu, l'affaire a été étouffée, mais une scission irréparable s'est dès lors créée dans le pouvoir américain. Leur ciment consiste en l'anéantissement du communisme, Roosevelt et à l'heure actuelle son rapprochement avec Staline leur inspirent la nausée.

- Vous en connaissez des choses !
- Bien plus que vous ne le supposez. Je sais même où sont les preuves de l'implication des frères Dulles. Hjalmar Schacht tournait toujours sa cuillère dans son café à présent froid, le chef du RSHA ignorait entre autres qu'il aimait le café sucré et froid.

Walter avait peut-être conservé un ami.

Berlin Berkaerstrasse 35, jeudi 15 octobre 1942 16h30

Walter avait hâte de rentrer pour passer une ou deux heures près de son épouse et de la petite Ilka qu'il allait devoir abandonner après le souper pour réaliser son voyage en Suisse. Ça tombait mal, dans une période où il sentait qu'elles avaient fort besoin de lui, surtout Irène. Il allait ordonner qu'on lui apporte sa voiture quand le lieutenant Reinhard Spitzy lui avait téléphoné pour lui demander de le rejoindre dans la rue en se refusant à toute explication, il lui avait même raccroché au nez, un comble. Au moment où il franchit la porte du bâtiment passablement énervé, Walter ne le vit pas du premier coup d'œil, l'officier était dissimulé derrière un arbre sur le trottoir d'en face. Mécontent de cette comédie le chef du renseignement faillit le laisser là où il était et retourner dans son bureau, mais la curiosité fut la plus forte, il traversa énervé la chaussée : – Lieutenant, je doute d'apprécier vos manières. Si vous voulez m'inviter à regarder les filles dans la cour, l'école est fermée depuis une demi-heure. D'ailleurs, la vue est plus belle depuis mon étage. Vous devez bien pouvoir disposer de jumelles !

Le lieutenant Spitzy était manifestement surexcité, sans porter attention à ses propos ni le saluer, il débita comme si un ours lui courrait après : –Je crois avoir trouvé l'informateur !

- Vous devez, sans aucun doute là-dessus, croire en beaucoup de choses, la victoire finale, la rhétorique du ministre de la Propagande, la bonté de l'amiral Canaris. Dans ce qui nous préoccupe, je préférerais que vous me teniez le discours suivant avant de me faire dévaler un escalier « j'ai découvert l'informateur, il n'y a aucun doute sur la personne » ; si vous en êtes incapable, je pencherais pour que vous vous remettiez à chercher les éléments qui vous permettraient de construire cette phrase.

Spitzy affichât un sourire pincé : –C'est un peu plus compliqué colonel.

- Tout est toujours « un peu plus compliqué » qu'il n'y paraît, mon cher lieutenant. Que voulez-vous me dire, il s'est volatilisé ! En Suisse peut-être ?

- Pas du tout colonel, laissez-moi le temps de vous expliquer. Il s'agit d'un certain Herbert Gollnow[106], un obscur lieutenant de la Luftwaffe.

- Un homme à Goering, si vous dites vrai, vous ne pourriez pas me faire plus plaisir lieutenant.

- Pas du tout, c'est un homme à Canaris, de son département II, un spécialiste des parachutages derrière les lignes.

- Cela, c'est plus ennuyeux, cette affaire devient alors un problème militaire. Vous en avez informé l'amiral ?

- Non ! Il avait répondu comme un enfant entêté, ce qui collait somme toute bien au personnage.

- Puis je vous demander pourquoi ?

- Je suis détaché à l'Abwher, mais je n'en reste pas moins un SS, tout comme vous colonel.

- Bref, votre honneur s'appelle fidélité !

- On pourrait voir cela ainsi.

- Comment l'avez-vous démasqué ?

- À vrai dire ce n'est pas moi qui l'ai débusqué.

- Vous m'en apprendrez tant lieutenant Spitzy ! La bande à Canaris vous a

---

[106] Lieutenant Herbert Gollnow : officier du renseignement de la Luftwaffe promu en 1941 à un poste dans la branche étrangère de l'Abwehr comme spécialiste des parachutages.

prise de vitesse ?

L'officier piqué à vif eut un regard hautain. Walter savait qu'il ne s'adressait pas tant à lui qu'aux hommes de l'Abwher dont il ne devait pas avoir la meilleure opinion : – J'ai d'excellentes relations à la Gestapo.

- Je me demandais aussi pourquoi je flairais quelque chose de particulier en vous. Que vient faire le département IV dans l'affaire ? Ne dites plus un mot, j'ai peur de saisir. C'est eux, les hommes de Müller qui l'ont trouvé. De quoi me faire passer pour un sombre idiot.

- Exactement. Enfin, je souligne par ce mot que vous avez bien compris. C'est pour ce motif que je désirais vous voir sans éveiller l'attention. J'ai « ma » relation à la Gestapo, mais eux peuvent en avoir ici.

Walter remarqua qu'il avait évité de dire « chez vous ». De toute façon, Spitzy avait raison, il était impensable que Müller n'ait pas infiltré un ou plusieurs de ses sbires dans son département : – passez aux détails si ça ne vous fait rien.

- Ils sont sur une opération très importante, et l'homme de la Luftwaffe se trouve dans leur collimateur depuis un bon bout de temps. Pour faire au plus bref, le service d'écoute de la Gestapo de la Matthäikirchplatz est parvenu avec d'énormes difficultés à intercepter une transmission vers la Suisse il y a quelques jours, et pas n'importe laquelle, vingt et un comme on dit aux cartes, la localisation du récepteur correspond à Lucerne. Le petit lieutenant n'aura plus très longtemps la tête sur les épaules, mais avant ils vont lui faire passer le goût du pain. Ils s'apprêtent à le serrer d'un moment à l'autre.

Walter sentait venir souffler une mauvaise brise sur les braises de sa rage, il connaissait par cœur les méthodes de Müller dénuées surtout d'imagination ou le bon sens était englouti dans une folie barbare digne du personnage. Impossible à présent de récupérer ce lieutenant Gollnow, Müller ne le lui lâcherait jamais même si Himmler lui tordait le bras jusqu'à terre. Cependant, s'il lui était livré, son service en aurait tiré jusqu'à la dernière goutte en le retournant. D'expérience, il savait que les chances que cet aviateur ait agi seul restaient minimes : – Lieutenant Spitzy je dois reconnaître que vous avez le talent requis pour évoluer chez moi Berkaerstrasse, vos dispositions sont excellentes, ne les gâchez pas trop longtemps auprès de l'amiral. Vous avez une idée du contre rendu d'écoute de la Gestapo ?

- Un résumé suffisant. Il signale au poste suisse que le plan d'invasion est repris par son concepteur.

- Il a été en contact avec le capitaine Menges ?

- Impossible à savoir, mais il n'empêche qu'il était deux fois à Zossen en même temps que lui. Cela parle tout seul colonel.

Walter réfléchissait à toute vitesse. En effet, pour parler ça parlait, mais est-ce que ça disait la vérité ? C'était beau, très beau et pour pas un reichsmark ou presque. Quand c'est très beau et pas cher, sous le vernis brillant s'étalait la couche noire douteuse. Quelque chose le perturbait, il avait beau chercher, impossible de trouver le fil. Une certitude, il donnait du crédit à Spitzy, ce dernier loin d'être stupide savait où se situait son intérêt. Si Walter rédigeait, comme il devrait le faire, une note de service à la Gestapo, Reinhard Spitzy se retrouverait dans un bataillon de marche en direction de l'Est. Donc si Spitzy l'affirmait, ce lieutenant Herbert Gollnow devait bel et bien exister, si cela se confirmait, il n'existait presque aucun doute qu'il avait transmis le renseignement en Suisse. Pas nécessairement lui-même ce qui impliquerait un réseau qu'il se devait de découvrir. À présent, tout s'expliquait, Hausamann devait par la force des choses être en contact direct avec celui qui réceptionnait les informations. Magnifique, une sorte de victoire, le piège avait fonctionné pour attraper un renard, maintenant il devait encore trouver le terrier. Walter ne comptait laisser aucune chance ni à la Gestapo ni à l'Abwher de le découvrir. Restait à déterminer le rôle de Masson si rôle il y avait, ce qui serait un peu plus compliqué à établir. À tout bien penser, peut-être laisser un peu de perspective à la bande à Canaris, comme un investissement, un tout petit rien pour recevoir beaucoup en retour.

- Bien lieutenant, il est grand temps de nous séparer. Vous verrez, je ne me comporterai pas comme un ingrat. Je ne sais pas encore comment, mais vous n'êtes pas pressé que je sache. Tâchez d'en apprendre un peu plus, mais ne prenez en aucun cas le risque d'éveiller l'attention de la Gestapo. S'ils pointent le nez, enfuyez-vous vite fait.

- Et en ce qui concerne l'amiral ?

- Lieutenant, rappelez-moi une fois de plus comment s'appelle votre honneur ?

QUATRIÈME PARTIE

Suisse, Château Wolsfberg, vendredi 16 octobre 1942, 16h00

Le château de Wolfsberg, propriété du capitaine Paul Meyer-Schwertenbach était l'endroit idéal pour la vue, elle portait sur Ermatingen et par-delà l'île Reichenau distante d'environ trois mille mètres. Quant au bâtiment, l'appeler château dénotait malgré tout d'un certain optimisme. Schellenberg l'aurait plutôt qualifié comme un gigantesque manoir carré de trois étages. Mais c'est vrai que la bâtisse avait de l'allure et son parc était sous tous les aspects digne d'un château.

Albert Wiesendanger[107] et Hans Eggen avaient décidé de se promener dans le parc. Masson et son subordonné l'attendaient dans la cour, assis en tenue décontractée sur des chaises derrière une table de jardin. Il ne s'encombra pas de grands préliminaires, juste quelques rapides civilités ; c'était perceptible comme un brouillard d'hiver sur le lac que les deux hommes étaient tendus dans l'attente de ce que dirait l'allemand. Pour ceux de l'extérieur leurs conversations devaient tourner sur l'attitude agressive de la presse, vu de l'intérieur le fruit était bien plus mur, prêt à exploser.

Walter Schellenberg prit le temps de s'installer, le pâle soleil le réchauffait agréablement. Il regarda ses hôtes avec une certaine bienveillance avant de commencer en douceur. L'allemand savourait sans scrupules leur nervosité comme s'il s'agissait d'un grand cru bordelais ; son silence, semblable au sucre nécessaire pour monter la teneur en alcool, un parfait indicateur des relations tendues entre leurs deux pays.

Après un dernier regard aux deux acolytes qui s'éloignaient, il décida que le moment était enfin venu d'ouvrir le bal sur une musique à laquelle les deux suisses ne s'attendaient pas : – Quel bonheur de me retrouver avec vous ici dans ce lieu merveilleux. Quand je pense que votre chef de la police, le docteur Rothmund, est d'après mon estimation, en ce moment à Berlin dans le bureau d'Heinrich Müller, je le plains sincèrement. Le docteur Rothmund bien sûr, je l'ai rencontré un bref instant et l'homme ne semblait pas au mieux de sa forme, un brin confus, cherchant ses idées.

Ce fut le capitaine Meyer qui enchaîna l'air ennuyé : –Vous avez raison, Heinrich Rothmund[108] est un homme à plaindre. Son zèle à refouler les réfugiés devient exemplaire et sa proposition de la lettre « J » tamponné sur le passeport des israélites allemands est digne d'un brevet… de la Gestapo s'entend. Selon moi, il serait préférable pour lui de s'inquiéter de son futur.

Walter sourit sans ajouter de commentaire ; après cette entrée en matière, il privilégiait de porter son attention à se concentrer rien que sur le but de son voyage en

---

[107] Albert Wiesendanger : fonctionnaire de police de Zurich
[108] Heinrich Rothmund, chef de la police de l'immigration, responsable de la mise en œuvre de la politique des réfugiés du Conseil fédéral.

prenant bien soin de faire monter à petites doses la température de plusieurs crans :
—Par chance, il m'a aussi été loisible de rencontrer très récemment le sommet de notre hiérarchie, vous vous doutez bien de qui je parle, nous n'en avons qu'un. À cette occasion, j'ai eu la possibilité d'amener par degrés bien mesurés la conversation sur vos magnifiques montagnes et les gens charmants qui y vivent. J'ai pu ressentir que vu de Berlin la Confédération semble se convertir en difficulté. À sa décharge je dois vous dire que la vieille affaire des dossiers trouvés en juin quarante dans le train qui transportait les documents secrets du deuxième bureau français immobilisé à la Charité-sur-Loire reste toujours une épine plantée dans le doigt du führer. Jusqu'ici, il n'est pas parvenu à la retirer et il a vraiment horreur de ça.

Walter nota que ce fut à nouveau le capitaine Meyer qui répondit, Masson paraissait bizarre, presque absent : —C'est une affaire de son temps, d'avant la guerre, elle ne peut plus être considérée que dans une perspective stratégique ancienne. Votre pays à lui aussi contacté des alliances contre nature avec les bolchéviques. Si je parle de contre nature, c'est pour faire remarquer cela au niveau d'un incident envers la neutralité historique qu'adopte la Confédération. Depuis le général Guisan s'est en tous points aligné comme il se doit sur cette position non belligérante, avec fermeté, je tiens à le signaler. Cette idée de pacte avec la France était d'ailleurs absurde de mon point de vue et le Brigadier Masson semble bien de mon avis.

- Absurde, c'est exact, et le führer l'aurait le cas échéant pris dans ce sens s'il n'y apercevait autre chose. Vous savez ce qui est d'inquiétant pour lui dans cette affaire ? C'est le fait d'avoir agi seul, hors de tout contrôle politique. Le général Guisan s'est vu fort libre de se comporter à sa guise. Je vais vous faire une confidence, tachez de ne pas sursauter, c'est votre colonel Ulrich Wille[109] qui a transmis à notre ambassadeur Carl Köcher le dossier de la charité sur Loire. Je vous laisse apprécier. Pour le reste, revenons sur ce qui cause soucis à notre chef. Aux yeux du chancelier Hitler, avant tout en tant que politicien, cette façon de s'agir consiste en un dangereux précédent qui pourrait se répéter.

- Ce n'est pas un fait établi ! C'était sorti de la bouche de Paul Meyer comme un cri du cœur. Le brigadier Masson s'était comme figé.

Walter ne savait pas à laquelle des affirmations Paul Meyer avait réagi, mais ça n'avait pas d'importance, la température montait. Il répondit à la dernière : – C'est en tout cas l'opinion du baron von Bibra[110] son représentant à Berne, et le baron est un intime d'Hitler.

Masson rompit enfin le silence : —Le baron von Bibra est tout sauf neutre, si je peux me permettre. C'est un des plus farouches partisans de l'annexion de la Suisse.

- C'est exact, mais Hitler considère aussi la confédération comme « une

---

[109] Ulrich Wille fils, Officier supérieur de l'armée suisse sympathisant du NSDAP et opposant au général Guisan.
[110] Hans Sigismund von Bibra diplomate à la légation d'Allemagne à Berne, successeur de la politique de Wilhelm Gustloff militant NSDAP en Suisse.

branche mal transmise de notre peuple, une branche sans fruits » pour reprendre ses paroles.

Le Brigadier Masson eut un geste de recul de tout le corps : –Nous ne sommes pas cela !

Une bûche de plus sous le feu ils seront bientôt cuits à point se dit Walter : –Nous avons eu deux entrevues le même jour à son quartier général en présence du Reichsführer. La deuxième fois, il s'est laissé emporter. C'est pour lui, comment vous l'expliquer, un désir quasi mystique de recréer le Saint Empire romain germanique. « La branche égarée de la Nation allemande ». C'est toujours de lui, je me contente de le citer. Malheureusement pour vous il l'inclut dans les objectifs du programme national-socialiste en vingt-cinq points. Le regroupement des peuples germaniques !

Visiblement outré, le brigadier ne put se contenir : - Vous voulez vous aussi confirmer qu'il a adopté une position belliqueuse envers la Confédération.

Walter eut envie de laisser échapper un cri de victoire, mais se retint d'afficher la moindre émotion, faisant comme s'il n'avait pas capté le sens exact de la phrase, dans le regard de Masson il vit que le patron des services suisses s'était rendu compte de sa bévue. Par son lapsus, celui-ci venait d'avouer que les renseignements du traître atterrissaient bien sur son bureau, quel qu'en soit le chemin. Le chef de l'intelligence militaire suisse n'était plus un homme qui subissait ce qu'annonçait Hausamann, mais bien celui qui traitait activement ses données comme celles provenant d'un subordonné. Donc par la force des choses, il n'avait d'office pas accès à une information, mais à une quantité d'informations diverses qu'il était libre de partager avec qui bon lui semblait au gré de leurs besoins ce qui incluait les Anglais et les Américains : –Ne tirez pas des conclusions aussi rapides mon cher ami, un Anschluss non violent est une option politique plus envisageable.

- Quelle horreur ! Meyer n'avait montré aucune répugnance en le disant, quant à son patron, il avait à présent l'air de désirer se recroqueviller et se désintéresser du sujet.

Walter se voulut rassurant : - Encore une fois, n'allez pas si vite en conclusion, c'est cette dernière considération qui m'a permis un angle d'approche favorable. Le moment était venu de laisser mijoter le ragoût qui atteignait maintenant la bonne température, juste quelques braises dessous la marmite.

- Je suis curieux de le connaître ?

Répondant à la question de Meyer il s'adressa toutefois directement à son chef en tournant la tête vers lui : - J'y viens, j'ai donc fait remarquer que la solution de l'Anschluss apparaissait comme la meilleure option, car la création d'une défense suisse qui s'apparenterait à un acte agressif était de l'ordre de l'improbable.

Masson se sentit obligé de réintégrer la conversation en réagissant fermement : - Je considère que sur le sujet vous vous trompez dans les grandes largeurs, être neutre ne signifie pas vivre sans savoir se protéger !

- Que je me trompe ou pas n'a aucune importance, c'est à Hitler d'en être persuadé brigadier. Le führer n'est pas homme à se laisser affronter ni de face ni de côté ni à donner à quiconque l'occasion de dicter sa conduite, croyez-moi. Par contraste, il reste très sensible à deux arguments. Avant tout, estimant le risque d'invasion allié par l'ouest considérable, ce dernier additionné aux forces nécessaires à l'Est chez le Russe, détourner des divisions pour opérer un coup en force contre la Confédération n'est pas à proprement parler une solution stratégique envisageable, actuellement.
- Actuellement ! Ce qui ne reporterait le problème juste de quelques mois !
- Bien sûr, tout se résume toujours à une question de temps, une sorte d'engrenage d'horloge, ce n'est pas à vous que je dois expliquer ce mécanisme. Réfléchissez, je dois en premier lieu lui faire admettre ce fait avant de pouvoir passer au suivant. N'étant pas stratège, ce dont lui ne manque pas d'avoir à sa disposition pour me contredire, je me dois d'aborder le sujet dans une optique bien différente que dans une perspective militaire. D'une façon bien distincte. Croyez-moi, il supporte parfois la contradiction, quelquefois je me doute qu'il la recherche à certaines occasions.
- Je me contenterai de dire que je suis suspendu à vos lèvres…
- C'est en quelque sorte le deuxième argument. Cela consisterait à lui faire admettre une réalité politique évidente dont il soupçonne d'instinct l'existence. Cet Anschluss, s'il faut le nommer ainsi, ne se passerait pas de la même façon qu'avec l'Autriche, loin de là. Si le Duce n'avait presque rien réclamé territorialement à cette époque, il n'en serait pas de même cette fois-ci, il revendiquera une part de votre confédération. Son implication dans le conflit lui permet cette exigence et Hitler le comprendra parfaitement. Le maréchal Pétain pourrait à son tour lui demander une portion de votre ex-territoire pour les Français, ce que le führer aurait difficile à refuser pour maintenir la collaboration. Si Hitler n'a pas vraiment envie de vous faire la guerre à leur bénéfice, il n'éprouve pas plus le désir de voir votre pays se morceler et venir renforcer ses alliés qu'il surveille attentivement. Attentivement étant un faible mot je vous le confie principalement en ce qui concerne la France. Les troupes italiennes au moins combattent sur le front russe au côté des nôtres.
- Ça fait un drôle d'effet de s'imaginer le Suisse en gâteau qu'on partage.

Walter avait toujours entendu que le ragoût devait refroidir pour être mangé le jour suivant, il acquiesça : – Oui, sûrement, mais gâteau que personne ne dévorera, laissez-moi donc souffler sur les bougies et gardez le chocolat pour vous, je vous l'ai promis, je m'en tiendrai à ma parole. Il va de soi que je lui ai déjà à diverses occasions fait remarquer les avantages incalculables que lui offrait votre pays tant par son système bancaire qu'avec son industrie. Vous m'aideriez beaucoup en faisant envisager par le général Guisan une attitude bienveillante à ce sujet, ou mieux, une prise de position ferme, pourquoi pas une lettre qui résumerait ses intentions ?

- Je lui en parlerai au plus pressé, n'en doutez pas ! Masson avait retrouvé un peu d'enthousiasme.

- Il est tout aussi important que vous sachiez que le Reichsführer ne m'a pas contredit, ce qui revient presque à obtenir un appui de sa part.
- Il va de soi que j'en suis ravi. Quelle en sera la contrepartie ?
- Il n'en existe aucune bien entendu, il n'a jamais été question de cela. Vous devez malgré tout prendre en compte que quelques engagements de votre part deviendront nécessaires, des actions pour aider votre pays, car je ne pourrai pas tout faire seul, j'ai tout autant besoin de vous que l'inverse.
- Des actions comme ?
- Premièrement, je vais aborder un sujet dont j'ai à mon grand désarroi appris l'existence aujourd'hui ; la Suisse a ordonné que les convois ferroviaires de la Reischbahn qui transitent sur votre territoire par les cols des alpes au Simplon soient systématiquement fouillés. Par chance, lors de mes rencontres à la chancellerie cet état de choses était encore ignoré ! Cette tracasserie pourrait accoucher d'une grosse fâcherie.
- C'est une volonté politique du conseil fédéral où siège une minorité qui prend les menaces des alliés très à la lettre. Ils soutiennent que vos wagons ne transportent pas en exclusivité des marchandises civiles, mais sont bourrés d'équipements militaires destinés à l'Afrique du Nord.

Walter se dit qu'ajouter un peu de sel au ragout ne ferait pas de tort : – Hélas, ce n'est pas à ce simple niveau du matériel transporté que l'affaire se situera. Lors de mes entrevues, ce fait était comme je vous le disais ignoré. Vous vous imaginez comment cela sera interprété ? Tout bonnement que la Suisse n'attribue aucune valeur à la parole de l'Allemagne, et jusqu'à preuve du contraire elle s'exprime par la bouche du führer, attendez-vous donc à la réciproque. Le Reich de son côté n'accordera plus crédit aux dires de la Suisse ! Devant leur mine déconfite, Walter sut qu'il avait à présent touché pas mal de points sensibles, leur douleur devenait évidente. Sans leur laisser le temps de répondre, il enchaîna pour encore plus renforcer son avantage. Le chef de votre armée devrait se servir auprès des conseillers de son propre poids qui est loin d'être négligeable pour modifier cette instruction.

- Pour notre part, je vous promets que nous userons de toute notre persuasion pour y parvenir. Sachez quand même que dans les faits rien ne changera pour l'instant, c'est une mesure symbolique très compliquée à mettre en œuvre. C'est exact que les pressions sont énormes, la guerre fait rage en Afrique. Les Anglais en particulier sont très énervés par la situation. Le capitaine Meyer semblait bel et bien désolé, après tout c'était peut-être sincère, il penchait généralement du côté de l'Allemagne.

Walter se voulut rassurant ; néanmoins pour eux, la digestion d'un mélange de vérité et de mensonges allait leur paraître bien difficile : – Bien, laissons cela provisoirement, je veillerai en personne à l'évolution de l'affaire. Je continue avec une chose tout aussi déplaisante, nous venons de mettre à jour un important réseau d'espionnage soviétique qui opère sur le territoire du Reich. Malheureusement, à cause d'un faisceau d'indices, nous sommes forcés de soupçonner le bureau Ha d'être impliqué de façon, disons détournée, probablement par l'immixtion d'Alexander Rado ; d'évidence, l'action indirecte semble leur ligne droite. C'est ennuyeux à outrance d'en venir à supposer que des informations puissent parvenir à Moscou en provenance de Suisse avec éventuellement la bénédiction de l'un de ses officiers. Nous devrions à tout prix maîtriser de concert cette situation, car si elle arrivait à être prouvée votre pays apparaîtrait tout à coup bien moins neutre qu'il le devrait. Vous avez conscience du risque qu'il ferait courir à la Confédération ? Il avait lancé sa phrase à l'intention de Masson sans bien sûr préciser de quel service du Reich il s'agissait. Ce dernier resta impassible comme il se devait, mais Walter tenait à lui donner de ressentir tout le poids que représentait sa promesse effectuée à Zurich en mai et combien sa position devenait peu à peu inconfortable. Meyer avait l'air perdu dans un désert sans oasis.

Les deux Suisses lui firent un regard comme le chaperon rouge dut le faire au loup déguisé en grand-mère avant de tenter une contre-attaque pour la forme. En se gardant soigneusement de répliquer à ses allégations, Meyer en bon auteur de romans s'efforça de créer un maigre contre-feu en abordant en vitesse un autre sujet tandis que Masson lui s'était réfugié derrière un verre d'orangeade : –Vous avez développé le bureau de votre département à Stuttgart mon cher Schellenberg ? Un bureau des affaires suisses ! C'est une nécessité indispensable ?

- Walter eut envie de leur répondre « c'est pour mieux vous manger ». À la place il rétorqua avec courtoise par une phrase sibylline : – Stuttgart ou Berlin c'est toujours l'Allemagne, non ? L'avantage de cette ville est le vent chargé de l'air pur des alpes qui y parvient. Et puis, c'est avant tout un cercle de travail. L'Abwherstelle[111] a ouvert le sien, nous ne pouvions pas faire figure de parents pauvres.

- Bien sûr, répliqua Meyer mi-figue mi-raisin, nous connaissons le major Hügel[112] !

Walter eut un sourire candide : - Et bien, j'ose espérer que ce soit en bien. L'homme gagne à être connu, affable, disponible, à l'écoute, respectueux des ordres, prompt à la discipline, en deux mots l'exact contraire de votre commandant Hausamann.

- Tout comme lui nous pourrions suspecter le major Hügel de nous envoyer des espions. Vous concéderez quand même que soupçonner n'est pas prouver. Quoique question discipline vous ayez raison, c'est possible que le commandant représente notre mauvais côté des choses. Qui dit mauvais côté sous-entend l'existence d'un bon côté qui compense. À ce propos, pour peu j'en oublierais un autre point que vous devriez faire remarquer à votre gouvernement si ce n'est déjà le cas. Nous avons encore renforcé le durcissement de notre politique envers les réfugiés par le refoulement des étrangers…

---

[111] Abwherstelle, district militaire disposant d'une représentation des section I à III de l'Abwehr.
[112] Major Klaus Hügel responsable du bureau de renseignements extérieurs SD de Stuttgart en 1942

en premier lieu les israélites ! Il avait eu éprouvé des difficultés à le dire, mais les paroles étaient parvenues à franchir sa bouche malgré tout.

Walter se dit que pour Meyer la rédemption empruntait un chemin on ne peut plus tortueux : - Et vous croyez sans doute, mon cher Meyer que cela nous aidera à gagner cette Guerre ? Au fond de lui il se préoccupait de savoir pourquoi la politique suisse s'était à ce point durcie envers les israélites. Il nota de demander à Höttl les statistiques des réfugiés admis sur le territoire helvétique en comparaison de la quantité refoulée.

Il lui restait deux jours pour pouvoir parler seul à seul au brigadier Masson.

Suisse, Château Wolsfberg, samedi 17 octobre 1942

Walter s'était réveillé très tôt et avait déjeuné seul dans la vaste cuisine, tel un châtelain en villégiature, autant profiter des bons aspects de la Suisse. Café fort, œufs, petits pains blanc encore chaud et brioches agrémentées de raisins l'avaient mis d'excellente humeur, assez pour débuter une promenade matinale dans le parc dans le but de surprendre le jour. Le soleil se levait à peine, sa lueur se devinait sous l'horizon, certaines étoiles étaient toujours visibles. Sous un châtaigner, il reconnut la silhouette du brigadier Masson qui se découpait dans la lumière naissante, cela tombait on ne peut mieux, il avait besoin de s'entretenir avec lui sans témoins. Le suisse ne fut pas surpris de le voir : – Je ne me lasse jamais de ce panorama, il est magnifique n'est-ce pas ?

- De toute beauté, les Suisses sont des gens chanceux, les plus beaux paysages de la terre font partie de leur quotidien.
- Un quotidien bien pénible !
- Moins que celui de votre voisin du nord.
- Votre voisin du sud dans sa grande sagesse n'a pas entrepris de guerres depuis plus de quatre cents ans. Excepté le conflit cantonal du Sonderbund, vous en avez peut-être entendu parler. Depuis, nous avons toujours œuvré dans le sens de la paix.
- Encore faudrait-il que la paix ait un sens particulier, mais excepté ce point de rhétorique vous avez tout à fait raison, c'est un motif supplémentaire pour m'apporter votre soutien dans cette pénible affaire.
- Pénible comment ?
- Pénible comme creuser à main nue des galeries pour faire s'écrouler un château adverse. Elle progresse, mais la partie reste ardue, j'influence les évènements au mieux de mes possibilités dans une bataille qui fait rage. Vous n'avez pas besoin de lire les journaux, votre service se tient au courant de la

situation à l'Est.

Le Suisse évita à le regarder de face. Walter s'imaginait à quel point il devait être partagé entre trois pointes, son pays, les amis alliés et les amis allemands : – Votre oncle d'Amérique s'impatiente, il menace de vous déshériter, vous vous retrouverez à la rue si vous ne parvenez pas à établir la concorde à l'Est, ce sont ses propres paroles. Il vous accorde encore jusqu'à la fin du mois, pas un jour de plus.

Walter doutait fort que Allen Dulles ait employé des propos aussi diplomatiques pour délivrer son ultimatum. Masson avait sans doute pris sur lui de parler par allusions avec un renfort d'images comme s'il avait peur de nommer les choses par leur nom. S'il voulait jouer à ça, autant lui donner la réplique et s'amuser un peu : – Vous lui direz que peu m'importe, j'ai de mon côté découvert un trésor de famille que je devrais déclarer à l'Administration américaine, des secrets de 1934. Remettez-lui cette enveloppe elle contient des photos très captivantes de documents bancaires. Qu'il les visionne avec son frère, mon autre oncle d'Amérique. J'y ai ajouté un court mémo de ma main au cas où il ferait des difficultés à comprendre qu'il n'est pas le seul à pouvoir menacer. L'enveloppe n'est pas scellée, vous lirez si la curiosité vous prend. Certes, ce n'est pas un gros canon comme le sien que j'agite là, c'est plutôt un tout petit révolver, mais quand on vise la tête ce n'est pas très important. Demandez-lui de ma part, qu'il me laisse le temps de passer chez le notaire finaliser l'acte. Vous savez brigadier, j'ai retourné cette affaire un bon millier de fois dans mon esprit depuis les six derniers mois. Au début, je trouvais son idée de cesser le feu folle, puis peu à peu je me suis rendu compte que c'est la meilleure issue possible, même la seule. Donc la menace ne pourra rien y changer, je suis convaincu du bien-fondé. Walter était content de lui, grâce à son intuition et aux photos que lui avait confié Hjalmar Schacht il tenait à sa disposition de quoi faire pression sur l'américain Allen Dulles. Ce n'était pas assez important pour les faire reculer lui et ses « gens », mais suffisant pour qu'il lui laisse un peu plus de temps.

- Bien sûr, mon cher ami, je le lui dirai. J'ignore ce que contient cette enveloppe, mais je sais par avance que pour lui la seule monnaie d'échange acceptable serait la tête d'Hitler !
- Vous dites ?
- Encore une fois, je reprends ses paroles. Elles vous choquent ?
- Dans ma vie, j'ai déjà entendu beaucoup de choses, parfois raisonnables, souvent folles. C'est très français comme revendication.

Ukraine, Vinnitsa, Werwolf, dimanche 18 octobre 1942

Hitler s'était contenté de hocher la tête comme un métronome en affichant le sourire d'un enfant heureux tout au long du plaidoyer du général Schmundt qui, chose rare, était parvenu au bout de ses arguments sans se faire interrompre. D'un geste de la main, il écarta son assiette ; comme d'habitude, il effectua quelques respirations bruyantes avant de se lancer pour son plus grand plaisir : – Mon cher Rudolf, en toute franchise, votre proposition est alléchante si je la considère du seul point de vue politique. Paulus au poste d'adjoint du maréchal Antonescu me permettrait de surveiller celui-ci de près en qualité de commandant du groupe d'armée Don. Toutefois, si je l'examine avec un éclairage économique, l'idée devient beaucoup moins bonne, je vais vous le démontrer en quelques paroles. Le Conducator va s'adresser à Paulus en tant qu'époux d'une comtesse roumaine afin de revendiquer plus de matériel destiné à ses troupes, ce qui mettra ce dernier très mal à l'aise. Je devrai sans arrêt lui signifier une fin de non-recevoir qu'il aura toutes les peines à transmettre. Pour éviter cette malheureuse situation, je compte placer au côté d'Antonescu quelqu'un qui sait dire non de manière polie, mais ferme. Peut-être von Kleist, mais il fait partie des futurs maréchaux, je ne peux pas les gaspiller. Ma réflexion va plutôt vers List, il a une excellente connaissance du secteur Don, comme ne me sert plus à rien là-bas en Bavière, il ne sera que trop heureux de revenir dans mes bonnes grâces.

Fidèle à son habitude, après avoir posé un regard pénétrant sur le général Schmundt pour s'assurer qu'il n'oserait pas lui répondre, Hitler adouci continua son improbation de sa voix rauque : - Keitel a fait son temps, ne croyez pas un instant que j'ignore de quelle façon pitoyable les généraux le traitent derrière son dos. Son frère vous a cédé le bureau du personnel, je songe à lui faire accorder le sien à Paulus au commandement de l'OKW. J'ai assez subi les généraux lors de cette campagne, j'ai besoin à mes côtés d'un homme pareil à Wilhelm qui ne me contredira pas mes vues. Cependant, je ne peux pas remplacer un maréchal par un général. Dès la mission du groupe d'armée B remplie, je nommerai quelques maréchaux, Paulus fera partie du lot. Quant à ce Seydlitz qui semble bénéficier de toutes vos faveurs, je conviens que c'est la personnalité idéale pour substituer Friedrich Paulus à la tête de la sixième armée. Nous procéderons ainsi à partir du moment où l'armée prendra ses quartiers d'hiver. Je compte renvoyer une bonne part conséquente des unités du groupe d'armée sud en France pour se reformer, nous aurons besoin de sang neuf pour la campagne de 1943, car notre corps d'Afrique devra réaliser la jonction quelque part en Iran. Si la paix n'est pas signée entretemps, nous devrons prévoir un débarquement sur notre mur atlantique, les troupes de France assumeront un double rôle.

Le général Rudolf Schmundt après avoir déjeuné en compagnie du führer prit congé et s'en alla rédiger un télégramme destiné au Reichsführer pour lui annoncer la mauvaise nouvelle…

Berlin, lundi 19 octobre 1942

La route vers Berlin s'était déroulée terne comme un ruban gris sans fin malgré qu'il l'avait coupée par un arrêt au bureau de Stuttgart où il avait logé pour la nuit au Marquardt. Le luxe de l'hôtel et les paysages du sud de l'Allemagne qu'il appréciait d'habitude tant n'étaient cette fois pas parvenus à le distraire. Les quinze heures passées au volant lui avaient permis de réfléchir. La phrase d'Allen Dulles " *la seule monnaie d'échange acceptable serait la tête d'Hitler* " que lui avait répété Masson le choquait, mais pas pour la raison qu'on pourrait croire. L'affaire se définissait, « les gens » voulaient la tête d'Hitler. C'était compréhensible, quel motif justifierait de reprendre des négociations de paix avec quelqu'un qui les avait tous roulés dans la farine pendant des années.

Walter s'était bien des fois demandé quelle serait la position de l'Administration Roosevelt devant le fait accompli d'un cessez-le-feu avec les Soviétiques. Le président américain s'était vu réélu depuis plus d'un an en s'opposant à nouveau aux banquiers tout en promettant par la même occasion à son électorat de ne pas envoyer de troupes hors des États-Unis, promesse qu'il avait eue difficile à tenir. Il ne pourrait que se féliciter d'une voie vers la paix qui ne lui ferait pas manger sa parole ; au moins en ce qui concernerait le théâtre européen. Pour le reste, les deux factions américaines trouveraient une nouvelle occasion de créer un terrain d'entente, ils n'allaient tout de même pas recommencer la guerre de Sécession.

Après tout, peu lui importait. En attendant, il restait une question à laquelle il devait se faire fort de répondre, la phrase l'avait choqué, mais pour un motif plus profond, dépassant de loin la personnalité du führer. Elle permettait de placer en évidence ce qu'il présentait depuis les actions mises en œuvre par Himmler au début de l'été. S'ils ne voulaient pas d'Hitler, pour quelle raison accepteraient-ils de négocier avec le Reichsführer. Ceux-ci n'étaient pas dupes. Les Américains avaient conscience de ses décisions, ils n'envisageraient jamais de l'avoir un jour comme interlocuteur. Dans ce cas, il ne faisait aucun doute là-dessus, ils demanderaient aussi sa tête. Le rusé Dulles lui avait tenté de lui faire croire le contraire pour mieux le manipuler. Le machiavélique américain avait dû estimer qu'exiger la suppression des deux plus hauts dirigeants allemands dépasserait la mesure admissible.

Au contraire, même si c'était de l'ordre psychologique pour l'instant, concevoir cette double élimination diminuait le poids du danger mortel que représentait Himmler. S'il changeait d'avis, ce qui pouvait arriver à toute heure, Walter qui n'avait pas encore pu élucider la disparition surprenante du général Heydrich serait le premier à être retiré du paysage du Reich. Himmler invoquerait sans courir aucun risque n'importe quel motif, sans oublier le dossier que ce dernier devait posséder sur son épouse Irène.

La toute-puissance de cette réflexion modifiait la donne ; dorénavant, il allait devoir sérieusement penser qui mettre à la tête de l'État allemand. En premier lieu quelqu'un de fréquentable avec qui parler sans baisser les yeux de honte. C'est là que se situait le cœur de son problème, qui ? Il regrettait presque d'être si jeune pour pouvoir en toute logique espérer endosser le rôle. Pour sa part, le costume de ministre des Affaires étrangères responsable de la diplomatie du Reich lui irait comme un gant, surtout si les services de renseignements y seraient rattachés. Une bien belle conclusion mais qui ne résolvait pas pour autant la question.

Une excellente perspective, cependant avant d'en arriver là, une fois le führer retiré du jeu, il deviendrait indispensable d'opérer un sérieux nettoyage par le vide à la sauce stalinienne dans le parti. En premier le « bon Heinrich » ensuite Müller, Kaltenbrunner, Frank, Bormann, le Reichsmarschall d'opérette. Le nabot serait mis en sursis avec un révolver sur la tempe le temps de rassurer le peuple. Une nouvelle nuit des longs couteaux, c'était tout à fait dans ses cordes. Il savait pouvoir disposer des hommes pour l'aider, pas la quantité voulue, mais elle serait néanmoins remplacée par la qualité. À l'avenir, il devrait encore penser à faire des yeux plus doux à Canaris pour le décider à basculer sans ambiguïté de son côté et bénéficier si nécessaire de la force incomparable de ses Brandenbourg. Walter devrait aussi songer à rencontrer un certain capitaine Skorzeny qu'on lui avait fait remarquer, un ingénieur très prometteur de la section technique, un rien fanatique, comme beaucoup suivant les circonstances, mais il pourrait peut-être lui être utile en modifiant à peine l'objet de son dévouement. Certains généraux de la Herr mettraient avec plaisir la main à la pâte avec quelques divisions. À l'occasion, il tâterait Halder à ce sujet. Le général semblait entretenir d'assez bonnes relations avec Milch cela réglait le volet Luftwaffe, ces autres fervents passionnés qui pourraient lui fourrer des bâtons dans les roues.

Et pourquoi ne pas ressortir les vieilles casseroles, les comploteurs de 1938. Beck et Halder étaient présentables, Hjalmar Schacht serait un parfait ministre de l'Économie qui plairait aux Américains.

Arrivé à hauteur de Potsdam il avait déjà mis en place un gouvernement complet.

Berlin, Berkaerstrasse 35, mercredi 21 octobre 1942, 10h15

Il avait laissé les choses en l'état depuis son retour, en attendant la réplique de Dulles il avait décidé de profiter de ces deux journées pour mettre à jour les dossiers de diverses missions en cours. Peu avant l'heure de passer à table, on frappa à sa porte. Comme d'habitude Wilhelm Höttl entra sans espérer la réponse. Walter d'excellente humeur s'attendait à ce que son collaborateur vienne comme à l'accoutumée boire un café en sa compagnie. Le voyant les mains vides il se rendit compte de l'heure : – Plus de café dans notre réserve secrète ? Qu'à cela ne tienne, réjouissez-vous, je vous invite à déjeuner.

- Si c'est au réfectoire, très peu pour moi, c'est le jour de la saucisse et je les soupçonne de les fourrer à la viande de baleine. Je vous offre quand même l'apéritif, on a reçu un message de Hans Eggen en provenance de Berne.

- Vous l'avez lu ?
- C'est moi qui l'ai déchiffré, bien sûr que je l'ai lu sans y avoir compris quoi que ce soit pour autant dit-il en tendant une feuille de papier à son chef.

« Accordé si vous faites preuve de bonne volonté, faites rentrer Dora à la maison ».

- C'est quoi cette histoire, vous connaissez une Dora ?
- Non, ni de forme mondaine, et encore moins de façon intime, c'est un prénom qui ne figure pas dans ma liste personnelle. Höttl le pudibond avait un peu rougi, étonné par la verdeur de ses propos. Ce n'est pas non plus le nom de code d'un de nos agents. Aucune de nos opérations ne porte ce nom de code. Une de l'Abwher ?
- Maudit avocat, il ne peut pas s'empêcher de parler par énigme. Tâchez de vérifier une fois de plus, passez au crible toutes nos opérations, tâtez en sous-main le terrain du côté de la Gestapo chez Müller.

Walter avait appris à connaître la manière de penser d'Allen Dulles. Il n'allait pas négocier pour une affaire sans importance et un agent rentrerait dans cette catégorie. C'était quelque chose de bien plus conséquent ayant de la valeur à ses yeux, quelque chose qu'il pourrait monnayer. Typique démonstration théâtrale d'un avocat. Mais quoi ? Il ne connaissait personne vers qui se tourner, c'était le revers de la médaille pour parvenir à contenir le secret. Personne, à voir, Ghelen ou Canaris étaient peut être au courant. Le responsable du FHO se trouvait actuellement un peu loin et c'était compliqué de lui parler sans attirer l'attention. Quant à lui, le chef de l'Abwher était presque un voisin.

Berlin, restaurant Neuer Sée, jeudi 22 octobre 1942, 10h15

Ils s'étaient donné rendez-vous au restaurant du Neuer Sée du Tiergarten à quelques centaines de mètres du Tirpitzufer. Attablé près du radiateur dans le coin de l'entrée Walter consultait le menu d'un œil distrait. Le visage gris, l'amiral avait l'air mal en point, sa voix sonnait triste : – Voici qui aurait plu à votre ancien chef, du poisson de la Baltique. Il avait bien une propriété sur l'île de Fehmarn, non ?

- La maison familiale de Lina Heydrich, elle y est née. Cette évocation le replongea quelques instants dans le passé d'avant la guerre. Il revint sans plus tarder à la réalité d'octobre 1942, celle où s'émouvoir avait perdu son sens.

Canaris de son côté n'abandonna pas les souvenirs : –À l'époque nous servions à Kiel ensemble, c'est là qu'il l'a rencontrée à une sorte de bal. Bon, choisissons, il y a du poisson ou du poisson, à croire qu'ils se sont mis en tête de vider la mer.

Walter amorça une tentative pour le mettre de meilleure humeur : –En plus de ne rien coûter pour en disposer, c'est excellent pour la santé. L'État gagne sur tous les tableaux.

- Bref, je présume que vous m'avez invité pour prendre des nouvelles de ma santé et de mes chiens.

- Vous allez bien ?

- Non, mais ça n'a pas beaucoup d'importance. Eux non plus, ils ne se font vieux comme moi, ils ont hâte que tout cela finisse.

- Vous m'inquiétez !

- Vous ne devriez pas Walter, vous avez vos propres tourments. Je me trompe ?

- Hélas non ! Un prénom me cause du souci.

- À l'heure actuelle les prénoms qui posent soucis sont d'origine juive.

- Je ne crois pas que ce soit le cas. Dora, cela vous inspire quelque chose ?

- Ça devrait !

- C'est mon oncle d'Amérique qui me dit de la faire rentrer à la maison, je suppose que c'est en Allemagne.

Canaris souleva un sourcil méfiant : –La famille devient parfois un fléau. Et elle viendrait d'où cette Dora ?

- Pas trop d'idée. Le point qui nous unit est constitué par le front russe, l'explosif à l'uranium. Des choses comme cela, du même cercle très réduit. Quelque chose qui représente un danger, une menace.

L'amiral se tut le temps que la serveuse dépose leurs plats. Sans plus s'occuper de la conversation, il se concentra sur son assiette, faisant preuve d'une rare application à enlever la peau du poisson, lui retirer la tête, ensuite, il le coupa en deux parties intactes pour obtenir des filets dont il écarta avec beaucoup de soin les arêtes.

Walter était admiratif, lui ne parvenait généralement qu'à constituer une bouillie de chair et d'épines : –Vous témoignez du savoir-faire de la mer, je m'extasie devant la manœuvre.

- Ne vous y fiez pas, c'est avant tout l'expérience de bien mettre à nu un problème en le déshabillant avec méthode avant de l'intégrer. Dora vous dites, si je me souviens de mes cours de grec au lycée ce prénom provient de Dorothée, ce qui veut dire cadeau de Dieu. C'est un prénom classique en Alsace. Sans raison, il se mit soudain à rire : - « *Euréka* » c'est aussi du grec pour dire « *j'ai trouvé* ». C'est une habitude des Krupp, octroyer un prénom de leurs filles à des canons. La dernière fois, c'était Bertha.

- Qu'est-ce que ça a à voir avec ma Dora ?

Je vous laisse la surprise. Demandez à votre ami Halder, il en saura bien plus que moi. En plus, je prendrai deux desserts. Pour la peine, c'est à vous de payer l'addition ; ensuite, vous me reconduirez dans votre magnifique Opel, j'ai donné son après-midi à mon chauffeur pour qu'il nous trouve du café digne de ce nom.

- Vous allez pouvoir manger deux glaces synthétiques ?

Berlin Grunewald, maison de Franz Halder, jeudi 22 octobre 1942, 17h00

Franz Halder paraissait surpris de son ignorance : – Oui, c'est un Canon !

- Un canon ?

- Oui, mais pas n'importe lequel. Un canon sur rail, une pièce géante, il exige cinq trains et plus de cent wagons de l'unité ferroviaire d'artillerie lourde pour le transporter, ensuite encore quinze jours supplémentaires pour le mettre en œuvre en mobilisant mille cinq cents hommes. Une fois arrivé à son point de tir il est de plus nécessaire de construire de doubles voies pour l'assembler. Une folie complète alors que l'acier nous fait un cruel défaut pour les chars. Et croyez-moi, c'est un général d'artillerie qui vous l'affirme.

- En quoi cela concernerait-il les évènements ?

- C'est un secret d'État, ce canon a été déployé fin août près de Stalingrad et mis en service peu avant ma démission.

- Vous ne m'en aviez pas parlé !

Franz Halder sentit le reproche : – suivant quel fondement aurais-je pu savoir qu'il vous intéresserait ? Je n'ai pas vocation à passer en revue avec vous tout l'arsenal de la Heer !

Walter se rendait compte que le général disait vrai, il n'avait pas à lui en vouloir de ce manque d'information. De toute façon, ça n'aurait pas éveillé outre mesure sa curiosité en l'apprenant : – . Vous pouvez m'en dire un peu plus ?

- C'est un véritable monstre, des obus de huit cents millimètres d'un poids de cinq tonnes qui envoient huit cents kilos d'explosifs à cinquante kilomètres. À Sébastopol, von Manstein a employé son petit frère pour réduire les forteresses. Il a un énorme défaut, après environ deux cent cinquante tirs, c'est inévitable de le démonter et de le renvoyer à l'usine pour procéder à son recalibrage. D'où la folie furieuse de concevoir de pareilles aberrations.

- Que fait-il à Stalingrad.

- Aussi étrange que ça paraisse, il s'est trouvé possible avec un peu de bonne volonté de le transporter jusque-là. Jusque-là, veux dire une petite bourgade du nom de Karpovka à une quarantaine de kilomètres de la ville. Une idée absurde puisqu'il n'existe pas de forteresse dans la ville de Stalingrad. Le bombardement du vingt-trois août a tout mis à terre, l'artillerie a fait le reste. C'est d'ailleurs le plus handicapant pour Paulus, faire progresser chars et hommes au milieu de tous les décombres.

Walter tenta un peu d'humour : –Il pourrait effrayer les Russes. Je parle du canon, pas du général Paulus.

Malgré sa mise à disposition, le général Halder ne possédait pas encore une conception fort développée de la plaisanterie : – Bien évidemment j'avais saisi, cet homme s'avère du reste fort courtois, je l'apprécie et lui fais confiance.
Effrayer est un faible mot, mais pas en ce qui concerne la ville de Stalingrad, ils doivent être terrifiés pour l'autre côté du fleuve, là où ils concentrent le reste de leurs forces et leurs dépôts. Il y a du von Richthofen derrière cette histoire. Sa Luftflotte pourrait perdre beaucoup trop d'appareils de ce côté-là de la Volga et la Heer en a besoin sur toute la ligne du front de Leningrad à Bakou. Les avions sont trop difficiles à remplacer sans oublier les pilotes. À l'opposé, les canons antiaériens et la chasse ennemie ne peuvent rien contre un obus de cinq tonnes. Le russe a pu apprendre sa présence par des espions. Il va de soi que le russe ne sait pas qu'il ne peut tirer que deux cent cinquante coups. Depuis Sébastopol, les rouges restent terrorisés par ce canon qui a réussi à exploser leur dépôt de munitions de la falaise blanche et détruire le fort Maxime Gorki.

- Vous avez une idée pour le faire revenir en Allemagne ?

Berlin, Berkaerstrasse 35, vendredi 23 octobre 1942 0650

Walter se demandait si ce qu'avait éprouvé le capitaine Lindemann[113] lorsqu'une torpille rendit son navire ingouvernable. À peu de chose près, ses sentiments ont dû être similaires, évoluer armé d'une puissance de feu peu commune sans néanmoins avoir le choix de la direction à adopter avec le résultat de se placer à la merci de ses adversaires. Il venait de raccrocher le téléphone, Himmler lui avait signifié dans un langage télégraphique que le führer ne prendrait aucune décision de modification du commandant avant la conquête totale de la ville de Stalingrad, il avait ajouté qu'il n'était pas question d'insister auprès d'Hitler, « *cela paraîtrait douteux* ». Ses derniers mots avaient été pour lui conseiller de « *mener à bien* » avec les moyens dont il disposait.

Le cœur du problème se situait bien là, « ses moyens ». Sans Halder, il se trouvait aveugle d'un œil, sans von Seydlitz il se retrouvait manchot. Bon un borgne avec un bras en fer, ça peuplait les livres de pirates de son enfance. Après tout, ceux-ci avaient aussi un drapeau à tête de mort, cela démontrait déjà une première ressemblance. Avec de tout petits vaisseaux, ils s'en prenaient à de gros bâtiments, c'était la deuxième. Il évita de penser à la troisième, capturés ils étaient pendus. Il laissa tomber pour la quatrième.

Le chef du SD Ausland s'était juré dur comme sa croix de fer qu'il parviendrait à contraindre von Seydlitz à une action quelconque sans cependant avoir la moindre idée de l'opération à mener. Dans le même temps il venait de se rendre compte qu'une action valable hier ne la serait plus demain. C'était élémentaire, mais ça ne l'avait jamais frappé aussi clairement. Sans n'avoir jamais vu von Seydlitz et encore moins lui avoir jamais parlé, il misait gros. De son côté, ce dernier ne devrait pas beaucoup se préoccuper d'un colonel fut il responsable de la division de renseignement étranger du RSHA. C'était le verso négatif de la pièce, c'est à ce niveau qu'interviendrait le colonel Ghelen, c'était prévu depuis l'été, il conviendrait d'une entrevue. Le recto positif. Encore devrait-il savoir de quoi traiter avec ce commandant de corps d'armée. D'après ses informations, ses divisions se déployaient dans la ville à parcourir les derniers mètres qui les séparaient pour tenir toute la bande nord-ouest de la Volga.

Berlinerstrasse 131, Maison de Schellenberg, samedi 24 octobre 1942 19h00

L'information relevait du secret absolu encore que pour le SD Ausland la dissimulation d'un épisode de la guerre restait une notion relative ; quand ils savaient dans quelle direction chercher, ils trouvaient. Ce monstre dépendait de la « Schwere Ar-

---

[113] Ernst Lindemann : commandant du Bismarck

tillerie Abtielung 672 », il se trouvait déployé depuis août à Karpovka sous le commandement du colonel Docteur Robert Böhm, un ingénieur spécialiste de l'artillerie lourde. Depuis le 13 septembre 1942 le chef de tir Karl-Heinz Knoll attendait l'ordre spécial de l'OKH pour envoyer ses projectiles de cinq tonnes sur la zone de Stalingrad.

Tout au long de la journée en compagnie de Höttl, ils avaient passé avec la prudence nécessaire une multitude d'appels téléphoniques en épuisant leur réserve de café de la semaine. Tous sans succès. Il avait bien pensé solliciter le général Halder de s'informer, après réflexion il avait estimé l'idée mauvaise, cela ne manquerait pas de laisser des traces suspectes s'il le faisait sortir du bois. Le général était un homme trop important dans son entreprise que pour lui demander avancer à découvert dans une affaire somme toute secondaire.

Pas moyen de trouver la moindre solution pour retirer ce maudit canon Dora de la zone.

Walter avait étudié les dossiers des principaux responsables jusqu'à celui de l'officier de tir l'Oberleutnant Meyer. Rien à se mettre sous la dent, aucun n'était membre du parti, ni ne le furent d'ailleurs jamais d'aucuns parti.

Accéder à ces hommes sans passer par l'OKH était aussi improbable que d'aller chez Horcher sans réserver au préalable auprès d'Otto[114]. Impossible jusque-là de trouver une idée pour ôter ce canon du secteur.

Il ne pouvait quand même pas envoyer un Groupe Walli le saboter ???

Une fois seul en fin de journée alors qu'il s'apprêtait à téléphoner à Irène pour lui dire de ne pas l'attendre, il raccrocha en se ravisant. Il lui devait toujours la soirée au restaurant qu'il lui avait promis pour leur anniversaire de mariage. S'il parvenait à localiser la nurse, il l'y emmènerait le soir même.

En franchissant la porte de sa maison joyeux, il tiqua en découvrant sur le guéridon le vase qu'il lui avait offert deux semaines auparavant. Il savait que cette disposition était tout sauf anodine. La potiche grise ornée de deux oiseaux indéfinissables qu'il avait dénichée au dernier moment pour ne pas subir l'affront de rentrer les mains vides était posée à cet endroit que la vue ne pouvait ignorer dans une volonté de lui reprocher son bon goût et permettre de critiquer silencieusement son ridicule présent. Soudain par association d'idées, Walter se remémora une phrase de Höttl « *le canon est un cadeau personnel de Gustav Krupp à Hitler qui devant le fait accompli n'avait pu le refuser* ». À peine elle lui était arrivée à l'esprit qu'il sentit qu'il restait un espoir à garder, c'était de cette direction-là que viendrait ou pas la solution. C'était à présent l'unique début de piste dont il disposait autant l'exploiter à fond.

La nuit allait devoir se passer à consulter ses dossiers secrets. Par chance, son invitation n'allait pas entraîner une déception plus importante que le vase, elle était annulée avant d'être lancée. Il sortirait Irène un autre jour. Il devait parler d'urgence à quelqu'un qui connaissait bien Gustav Krupp.

---

[114] Otto Horcher fils de Gustav dont il hérita le célèbre restaurant berlinois.

Lindow, Gühlen, domaine de Hjalmar Schacht, dimanche 25 octobre 1942
11h00

Walter avait parcouru les cent kilomètres qui le distançaient de Lindow en deux heures sans trop d'espoir. Il avait entamé les deux derniers qui le séparaient de la propriété en se forçant à croire de toutes ses forces qu'ils les menaient vers la solution.

D'après ce qui se dévoilait à ses yeux, c'était sans appel, la fonction de président de la banque du Reich payait son homme. La superbe demeure immaculée, immense bâtisse blanche dotée d'une très grande terrasse, pouvant volontiers contenir un bal mondain, était posée dans un écrin de six cents hectares avec d'un côté un bois et le Gudelacksee de l'autre. Il valait mieux être écrivain comme le suisse Meyer ou financier tel Schacht pour se loger que de devoir compter sur le salaire d'un colonel même chef des renseignements.

À peine garé devant la résidence que Hjalmar Schacht venait déjà à sa rencontre d'un air content, la perspective de la monotonie de son dimanche était rompue. L'ex-banquier s'était habillé comme s'il devait assister à un conseil d'administration dans l'heure.

- Heureux de vous recevoir dans ma demeure. Schacht n'avait rien d'un farfelu qui aurait ajouté "modeste", l'homme avait le sens de la valeur des choses même quand il s'agissait de mots. Rentrez donc, si vous n'avez pas déjeuné je vous invite à partager le mien.

- Merci Monsieur le Ministre, mais je dois refuser, quelques ennuis de digestion ces derniers temps, je tente de jeûner sur les conseils de mon médecin.

Hjalmar Schacht le regarda déçu, mais s'abstint de tout commentaire d'ordre médical, de quoi Walter lui en était reconnaissant, il avait une sainte horreur des recommandations gratuites : –Vous avez une si belle propriété, marchons un peu et enseignez là moi.

- Avec plaisir, dans ce cas promenons jusqu'au lac au hangar à bateau, c'est par là que la vue est la plus agréable. Si je comprends bien, votre service va me fournir uniforme et salaire puisque vous m'engagez comme conseiller privé !

Croyez-moi, je préfère de loin vous garder comme un ami à qui je demande conseil. Permettez-moi de commencer par l'habituelle question stupide. Bien entendu, vous connaissez tout le monde dans l'industrie allemande ?

- Bien entendu, quelle question !

- Stupide, je vous avais prévenu. Inclus le baron Gustav Krupp von Bohlen ?

- Et de deux, vous paraissez en forme pour un dimanche ! Cela va de soi. Notez, cela fait un moment que je ne l'ai plus vu, sa santé déclinait déjà avant-guerre et lors de l'année précédente il a été victime d'un accident cérébral. À présent, je crois qu'il vit reclus dans son château de Hügel près de Bredeney. Il doit passer ses journées à contempler s'écouler la Ruhr. C'est un peu loin pour lui rendre une visite de courtoisie bien que l'envie ne me manque pas de dormir dans l'une de ses trois cents chambres, c'est de notoriété qu'elles sont plus superbes l'une que l'autre.

Walter jeta par réflexe un regard en arrière vers la maison de son hôte, ses chambres ne devaient pas non plus être dénuées de charme non plus. Il était contrarié et le ministre Schacht s'en aperçut, il crut bon d'ajouter : – Un homme si puissant, un si grand industriel. Maintenant, c'est son fils Alfried qui est aux affaires. Si vous êtes venu jusqu'ici je me doute que ce n'est pas pour le plaisir de vous balader en ma compagnie ; à voir votre air préoccupé, il est évident que vous avez une idée derrière la tête ?

- Détrompez-vous, votre compagnie est devenue un réel plaisir dont j'aurai difficile à me passer si j'y étais contraint. Non, pas dans le sens d'une pensée précise, mais je compte bien partir d'ici en emportant une avec moi.

- Si c'est ce que vous espérez, vous devriez m'en dire à peine plus.

- C'est une affaire de Canon !

Hjalmar Schacht n'était pas un homme qu'on déstabilisait en quelques paroles aussi énormes soient-elles : –C'est un peu la spécialité de leur maison chez les Krupp !

- En fait un très gros canon, c'est même le plus colossal canon au monde. C'est un cadeau personnel du baron Gustav Krupp au führer comme contribution à la guerre.

- On peut dire que c'est une personne généreuse, dans l'optique où les industriels le sont envers leurs clients, ceux leur achetant des canons, des navires de combat et le genre de choses qui équipent les armées. Mais vous êtes bien mystérieux, dites-moi en quoi ce canon vous occasionne un souci ? Ou bien allez directement au but, en quoi puis je vous aider ?

Walter lui expliqua ou se trouvait la pièce d'artillerie et pourquoi ce morceau d'acier de plusieurs centaines de tonnes lui causait une douleur dans sa chaussure : – du côté de l'armée je n'ai aucune chance d'arriver au moindre résultat. J'ai pensé que la solution pouvait venir de son constructeur. Sans beaucoup d'espoir. Si je ne m'abuse, c'est un soutien important du parti.

Schacht paraissant réfléchir le fixa quelques secondes : –Vous la voulez vraiment cette paix n'est-ce pas. !

- Autant que vous-même ! Il n'existe pas d'autre alternative, vous le savez comme moi.

C'était pour Walter impossible de se lasser de l'air rusé de Schacht quand sa lumière intérieure s'allumait : –Vous ne vous trompez pas, sur aucune des deux questions, enfin pas entièrement sur la première, mais ne vous laissez pas duper pour autant. Je parle de la contribution de Krupp à Hitler. La conjoncture de l'époque reste encore bien fraîche dans ma mémoire. Je ne compte plus les réunions auxquelles nous avons assisté en présence d'Hitler et de principaux barons de l'industrie, les solutions que nous avons élaborées, les soutiens qu'ils nous ont prodigués pour les élections de 1933. À vrai dire Gustav Krupp à l'instar de quelques autres n'affectionnait pas énormément le führer jusqu'à cette date. Si vous voulez mon appréciation, sa conversion qui a suivi la prise du pouvoir n'a jamais été sincère.

- Krupp contre les vues d'Hitler jusqu'en janvier 1933 ?

- Contre non, mais pas pour lui non plus jusqu'à la rencontre du 20 février 1933. Il a toute sa vie été un nationaliste, mais une espèce de nationaliste monarchiste nostalgique du Kaiser. Il a toujours vécu ainsi, il mourra pareil. Seulement, vous devrez l'oublier, il ne pourra plus vous aider, c'est son fils Alfried qui se trouve maintenant aux commandes, ce dernier est beaucoup plus proche des idées de notre chancelier. Il dispose même un grade chez vous. Probablement par politesse Schacht ne précisa pas qu'il était le même que le sien.

Walter le savait déjà. Il pensait aussi que la lumière qui illuminait le ministre lui réservait une surprise, il n'eut pas longtemps à l'attendre : – Ceci ne veut pas dire que vous vous êtes fait des illusions en cherchant la solution auprès de la famille Krupp. Alfried en plus de sa position industrielle dominante a de grandes ambitions politiques. S'il hérite de l'empire de son père, il hérite par la même occasion de ses manigances. Le passé de Gustav pourrait bien constituer une barrière infranchissable aux yeux du führer.

- Considérez que je suis votre élève le plus discipliné.

- Alors, asseyons-nous sur ce banc au bord du lac. Permettez que le professeur prenne place à vos côtés.
Après avoir scruté un moment l'étendue d'eau il poursuivit : – dans la période tumultueuse du début des années trente, celle ou les alliances se faisaient et défaisaient plus rapidement que la course du soleil, Gustav Krupp a eu pendant une époque la volonté d'appuyer ce bon vieux Gregor Strasser [115] le rival de Hitler à l'aile gauche du NSDAP à devenir vice-chancelier et ministre du land de Prusse. Ainsi que je vous le soulignais, c'était un nationaliste, fervent

---

[115] Gregor Strasser dirigeant historique de l'aile gauche du NSPAD assassiné lors de la nuit des longs couteaux.

de la monarchie qui croyait en tablant sur le grand âge du président Hindenburg et sa disparition prochaine qu'en aidant von Schleicher ce dernier parviendrait à la faire rétablir. L'idée n'était pas dénuée de sens et lui plaisait, il injecta donc prudemment des Marks dans la poche de Gregor. Mais Gustav est un malin qui ne veut pas mettre tous ses œufs dans le même panier, lui ce qui l'intéresse c'est de vendre des canons comme au temps du Kaiser. Il se rendit vite compte que Gregor Strasser s'il désapprouvait son frère Otto en public n'en formait pour autant pas moins des espérances sur son frère en tant que roue de secours, à vrai dire Otto ne s'éloignait pas beaucoup de ses propres conceptions politiques. Peu de temps après avec l'appui de Paul Silverberg ils décident d'apporter aussi une aide pécuniaire à Otto Strasser[116] pour fonder le NSKD[117] et tenter de le joindre à Hermann Ehrhardt. Quand je formule « pécuniaire" cela n'avait rien de modeste, au contraire, j'aime juste le mot. Il a subventionné dans le plus grand secret en sous-main le front noir d'Otto Srasser. Ces gens avaient l'idée de ratisser un électorat très large à gauche même dans les rangs du parti communiste. Concevez l'effroi de Krupp à la pensée de ses usines envahies par des sortes de bolchéviques, il voulait à tout prix prendre les devants de cette catastrophe en finançant Otto.

- En s'alliant les bonnes grâces du NSKD, du front noir et devant les revendications de Röhm, il jouait sur tous les chevaux, quel que soit le gagnant, celui-ci obtiendrait sa part. Si vous vous montrez aussi fort en histoire que je me l'imagine, vous vous souviendrez qu'à cette époque les S.A. du nord avaient fait sécession avec leur chef Walter Stennes[118]. Si la S.A. remplaçait la Reichwher, Gustav allait devoir composer avec eux pour vendre son acier.

Walter connaissait bien cette partie de l'histoire allemande ; pour démontrer qu'il savait, il crut utile de préciser : – Stennes vit et collabore à présent à Moscou.

- Hjalmar Schacht apprécia fort peu l'interruption : – Ah bon, je le croyais en Chine, comme quoi on peut être induit en erreur. Laissez-moi continuer avec des choses pertinentes. Quand la sauce n'a pas pris avec Strasser et von Schleicher, ils se sont tournés vers Hitler, ils pensaient le maintenir au pouvoir quelque temps à leur botte. Vous connaissez la suite.

- Bien sûr !

- Donc vous pouvez facilement en déduire qu'Alfried Krupp ne voudrait pas que ces manigances arrivent aux oreilles d'Hitler. Le führer doit peut-être s'en douter, mais entre s'en douter et mener une telle affaire sur la place publique

---

[116] Otto Strasser frère de Gregor, idéologue de la gauche du parti, fondateur du front noir exilé en Autriche puis au Canada.
[117] NSKD ou front noir, Communauté de combat national-socialiste d'Allemagne fondé par Otto Strasser après son expulsion du NSDAP.
[118] Walter Stennes commandant des SA de Berlin qui fit sécession en 1930 et exilé au Chine avant de devenir un agent du NKVD.

il existe un monde.

La question brûlait la langue de Walter : —Et vous, comment avez-vous connaissance de tout cela ?

Mon jeune ami, sans me vanter, je représentais une pièce incontournable de la finance allemande, ces géants de l'industrie ont bien été obligés de me tâter pour voir s'ils trouveraient mon appui. À présent que je vous ai répondu, que vous faut-il de plus que vous ne pourriez découvrir par votre propre réflexion ?

Walter se mit à réfléchir à haute voix : - Ce canon ne peut tirer qu'une cinquantaine de coups avant de rentrer en révision. L'acier est sensible au froid, le thermomètre est descendu de trente degrés dans la zone de Stalingrad depuis septembre, le tube pourrait avoir un problème en cas de tir. C'est peut-être tiré par les cheveux comme explication, mais elle paraît vraisemblable si on n'y regarde pas de trop près.
S'exposer à faire exploser une pièce pareille avec une munition de cinq tonnes était impensable. Le colonel Oberst Robert Böhm est responsable de la vie du monstre tout autant que celle de ses hommes. C'était avant tout un ingénieur qui avait été formé par Krupp. Si l'actuel maître des forges de la Ruhr lui demandait de rentrer son canon au Camp de Rügenwalde pour une révision, il aurait facile à faire exécuter cette requête, personne ne prendrait le risque qu'il advienne quoi que ce soit à Dora.

Mon cher ministre vous êtes l'un des hommes les plus précieux de l'Allemagne, un professeur émérite, vous devriez rester ministre à vie. Subsiste une dernière question, qui de nous deux va aller parler à Alfried ?

Berlin, Berkaerstrasse 35, lundi 26 octobre 1942 06h50

En sortant de sa voiture, Walter voulut attraper sa serviette sur le siège arrière, comme elle avait glissé loin il dut se pencher et par mégarde fit exécuter un mouvement de torsion à sa botte coincée entre la porte et le châssis. Sur le coup, il ne sentit qu'une simple résistance, mais en mettant le pied à terre il ressentit une douleur vive. Il se dit que par chance avec des chevilles aussi fragiles il n'ait pas choisi de devenir parachutiste. Walter eut alors une illumination, il avait enfin trouvé ce qui n'allait pas dans l'histoire d'Herbert Gollnow. Ce dernier était un expert des parachutages derrière les lignes ennemies, c'était son travail à la division II de l'Abwher. Dans le cas d'une offensive majeure, la procédure demeurait en général la même, des Brandenbourg étaient infiltrés en premier ; une grande proportion par des moyens terrestres, mais une quantité non négligeable était toujours larguée par avion souvent en compagnie de fallschrimjäger de la Luftwaffe. Sa spécialité donc. En additionnant un plus un, ce Gollnow aurait dû être au courant, c'était obligé. Et si on ne l'avait sollicité, c'est parce qu'aucun projets d'invasion n'existait. C'était aussi simple que cela. Ça ne menait à rien pour l'instant, mais c'était élémentaire, et démontrait une incohérence.

Pourquoi ce Gollnow fournissait-il à un agent bolchévique une information qu'il savait fausse ? La seule réponse qui lui arrivait à l'esprit c'est parce que quelqu'un l'avait obligé à le faire, de gré ou de force. Il restait à trouver qui ? Cet aviateur détaché à l'Abwher représentait un leurre, il venait de s'en rendre compte. Une ruse pour dissimuler le ou les vrais traîtres. En y réfléchissant bien, un simple lieutenant même de l'Abwher ne pouvait pas avoir accès à des secrets bien importants. Depuis quelque temps Walter était partagé, se demandant si le judas de l'OKW se retrouvait sous le contrôle de Canaris. Peu probable, ce dernier était peut être un comploteur, voire seulement un provocateur, mais pas un vendu, il haïssait les communistes.

L'unique certitude plausible semblait que le ou les traîtres employaient la voie suisse pour communiquer. Que devait-il en conclure ? Soit l'information allait ensuite à Moscou, les renseignements helvètes prélevant mystérieusement leur part ou non au passage puis refilaient ou pas leur dû aux Américains. Soit c'étaient les Suisses qui dominaient les données et puis les distillaient aux Russes ou à Dulles au gré de leurs objectifs. C'était gros, presque impensable, si c'était prouvé c'était une rupture flagrante de leur neutralité chérie. Hitler ferait passer leurs frontières par ses troupes sur le champ en prenant soin de bombarder leurs villes au préalable.

Le bon point c'était que Muller et sa Gestapo suivraient cette piste qu'il nommait l'orchestre rouge comme un chien qui flaire un os, il allait même l'encourager. Tandis que lui avait une chance unique de tenir les Suisses par le cou en découvrant le ou les vrais traîtres.

C'était le matin de se poser des questions ! L'homme dépendait de l'Abwher, une fois arrêté Canaris avait dû être mis au courant dans la minute. Müller détenait entre les mains un cas important qui plongerait en toute logique l'amiral dans l'embarras en démontrant que son service logeait un nid de traîtres.

Traître d'accord, coupable assurément, mais d'avoir communiqué une fausse information. Quand bien même cette déduction ne serait pas arrivée à leur cerveau, le responsable du département IV aurait par courtoisie du prévenir le sien, ce n'était pas une obligation l'affaire était en cours et à première vue d'ordre du seul domaine militaire. Bon, la courtoisie était aussi inconnue à Müller que la face cachée de la lune. Mais par quelle manière la Gestapo était-elle intervenue sur l'affaire. Le lieutenant Spitzy lui avait affirmé que c'est le service d'écoute de la Gestapo qui avait découvert le pot aux roses. Il y croyait moyennement à l'explication fournie par la Prinz Albrechtstrasse. C'était facile à vérifier, comme Spitzy s'occupait pour l'instant de l'affaire il allait l'envoyer mener une enquête discrète dans son propre centre de transmission de la Dellbruekstrasse ; par la même occasion il en profiterait pour tester la loyauté du lieutenant.

Si au moins il pouvait s'entretenir avec le capitaine Horst Kopkow qui se consacrait au réseau communiste qu'ils appelaient l'orchestre rouge, mais il lui fallait d'abord passer sur le corps de Müller. Depuis l'arrestation en aout du lieutenant de la Luftwaffe, encore elle, Harro Schulze et de son épouse, les interpellations se succédaient. L'aviateur était affecté aux communications de l'état-major du ministère de l'Air. Walter se demandait ce qu'ils pouvaient bien avoir à faire avec la Suisse. D'après ses sources, ce groupe traitait directement avec des agents soviétiques. Comment approcher Kopkow sans que ce dernier alerte son maître ? Il se souvenait de l'homme du Café Kranzler, il n'avait pas encore pu vérifier si celui-ci le suivait.

En tous les cas pas par une approche directe.

Déjà petit le dimanche Walter meublait ses moments de solitude en lançant des pierres faire d'innombrables ricochets sur la Sarre.

Moscou, Kremlin, bureau de Staline mardi 27 octobre 1942

- Dis-moi Pavel, raconte-moi des choses, justifie la confiance que j'ai en toi !

Pavel Soudoplatov[119] qui avait été autorisé à s'asseoir aurait préféré se tenir debout ; debout et surtout debout ailleurs, par exemple à Tbilissi où il venait de passer de bons moments en compagnie de Beria. Dès lors que Staline posait ce genre de question, on se retrouvait dans la peau du dompteur obligé d'alimenter le lion pour ne pas se faire lui-même dévorer. D'expérience, c'était connu, il valait mieux trouver la réponse qui le contenterait dans le délai le plus court possible, la moindre tergiversation le rendrait suspect. Douteux aux yeux de Staline signifiait coupable, ce qui diminuait le nombre de respirations à encore effectuer jusqu'à la fin de sa vie.

L'homme en face de lui l'avait décoré de l'ordre du drapeau rouge, cela dit, auparavant il n'avait pas hésité à le destituer lorsqu'il avait décidé de le substituer par Spiegelglass[120]. Son ticket pour la Kolyma était sur le point de se voir estampillé quand le Vojd l'avait fait rappeler. Dekanozov[121] son successeur à la division des renseignements étranger avait fait des pieds et des mains pour aller respirer l'air de Berlin, Staline l'avait nommé ambassadeur, lui avait pu réintégrer son poste, la balle l'avait frôlé de près. Cela lui remit en tête que son remplaçant avait eu droit à cette faveur grâce à sa nationalité géorgienne, seuls cadres à qui le Vojd concédait un peu de confiance. Le bruit courait qu'en employant cette horrible langue il détectait plus vite les traîtres et au contraire comme il n'était pas capable de l'identique perception en russe, il avait décrété une fois pour toutes que dans ce parler tous tentaient de le berner.

Par malheur, lui Pavel était Ukrainien, la république la plus haie par le maître du Kremlin ; comble de malchance sa femme était Juive. Il devait au plus vite essayer

---

[119] Colonel Pavel Anatolievitch Soudoplatov chef du service des renseignements étrangers du NKVD et responsable de l'espionnage nucléaire des États-Unis.
[120] Sergueï Spiegelglass, directeur de l'espionnage extérieur du NKVD en 1938
[121] Vladimir Dekanozishvili, ambassadeur de l'URSS à Berlin en 1941

d'éloigner l'homme en face de lui de l'idée même de cette république. Le choix s'imposa sur le temps qu'il mit à exprimer l'air de ses poumons. Eremenko ukrainien comme lui, Vassilievski presque moscovite, le polonais Rokossovki venait de recevoir de nouvelles dents et revenait en grâce, pas question de contredire cette décision. Restait cet horrible Joukov. Beria le détestait autant que lui. Pavel savait, tel un bon médecin, comment piquer le maître de la Russie à condition de ne pas laisser traîner ses empreintes sur la seringue. Joseph Djougachvili reniflait ses généraux pareil à un chien de chasse, il voulait trouver si une proie était sur le point de s'échapper, il comptait sur lui pour faire souffler le vent dans la bonne direction.

- Mon travail consiste à connaître ce qui se passe à l'étranger. Je peux donc en parler des heures.

Staline alluma sa pipe ce qui dans son langage exprimait qu'il avait le temps.

- Aux États-Unis par exemple, malgré leur anticommuniste, la popularité de notre patrie remonte en douceur dans le cœur de leur peuple. D'après mes agents, c'est dans une large mesure dû à notre contre-offensive de décembre. Le New York Times a d'ailleurs contribué à la sortie d'un film sur la bataille, « Moscou en arrière » ou quelque chose de similaire dans leur langue. Notre général Gueorgui Joukov est considéré là-bas comme un véritable héros. Je suis parvenu à savoir qu'il va faire la couverture du Times le mois prochain. Ils vont à coup sûr écrire de lui que c'est le sauveur de la Russie après sa victoire sur les Japonais, ensuite celle contre les Allemands devant Moscou. Il correspond à merveille au genre de parangon qu'ils adorent. Ils oseront aller jusqu'à dire que s'il avait été écouté par Timochenko les Allemands auraient été stoppés à la frontière en juin de l'année précédente.

Quand le Vojd faisait fumer sa pipe comme une locomotive, un risque bien réel existait que la chaudière explose ou qu'il la mène droit en Sibérie. Pavel Soudoplatov n'avait pas eu le temps d'évaluer laquelle des deux menaces pointait le nez que le russe rocailleux de Joseph Staline résonnait lugubrement dans la pièce : – Ah bon, ils pensent cela et ils vont l'écrire ! Pourquoi ne pas le mettre à ma place tant qu'ils y sont.

Pavel se dit qu'il venait de réussir à monter ce coup aussi bien que celui contre Trotski, mais cette fois en une minute trente en étant pris au dépourvu. En s'appliquant bien, un jour il remplacerait Beria.

- Bien Pavel, tu as accompli la première partie de ma demande, tu m'as raconté des choses. À présent, tu vas devoir sauter à la deuxième, justifies la confiance que j'ai en toi.

- Elle est absolue, vous êtes mon chef suprême. Comme par le passé, j'exécuterai ce que vous m'ordonnerez de faire. Une allusion discrète à l'assassinat de Trotski pouvait devenir un élément de preuve de son entière loyauté. Tout comme en connaître trop était une maladie menant à une mort rapide, ses prédécesseurs l'avaient contracté en un rien de temps.

Staline savait qu'il pouvait se satisfaire de sa réponse : – Lorsque nous discutions en privé, Lénine me mettait toujours en garde contre le culte de la personnalité, il la jugeait mauvaise, contre-révolutionnaire. Lev n'a pas dû participer à toutes ces conversations, ou bien il s'est montré distrait quand Vladimir Ilitch en parlait. Il a voulu prendre trop d'importance comme si l'armée rouge était devenue sa propriété privée. Vois-tu Pavel, nous devons à tout prix conserver dans notre cœur les recommandations de Vladimir Ilitch.

S'il avait eu un lion affamé ouvrant sa gueule devant lui le major Pavel Soudoplatov ne se serait pas tenu plus immobile. Statique il attendait la suite : – Tu dois le savoir par Lavrenti, nous projetons deux assauts majeurs pour encercler les fascistes, un au centre et un au sud. Si tu ne le sais pas, je te l'apprends.

Bien sûr qu'il connaissait le plan, hélas pour lui dans un pays ou être au courant d'un secret équivalait à traverser un fleuve infesté de crocodiles avec un boulet de fonte attaché aux pieds. Et ne rien tenter égalait à rester sur la rive, armé d'une baguette, à la merci des mêmes crocodiles voraces. Ne trouvant quoi répondre, prudent Pavel attendit la suite : – Le succès des deux serait inespéré, mais malgré toute mon envie de les anéantir, je ne peux pas me permettre d'y croire. À choisir, c'est sans hésitation, nous devons réussir au sud. Dans la petite tête de nos alliés, Moscou est sauvé depuis la fin de l'année passée. Dans le sud, ils nous analysent. Si nous perdons la bataille là-bas, ils vont se dire que Moscou tombera comme une pomme mûre au prochain printemps, alors ils vont avoir un motif pour nous abandonner ou nous forcer à un cessez-le-feu ce qui reviendrait à la même chose. Pour réussir au Kouban, nous devons entraîner le regard des Allemands vers le nord du côté de Rzhev. Cela les empêchera d'envoyer des renforts de ce côté du front. Tu me suis ?

- Parfaitement, c'est ingénieux.

Staline émit un rire dédaigneux. Soudoplatov pensait qu'il était dirigé contre les Allemands, alors que Staline affichait son mépris pour sa flatterie : – Pavel, si ton travail est correctement exécuté et je ne doute pas un instant que ce soit le cas, tu dois disposer d'agents bien introduits auprès des services allemands. Parmi eux, il doit bien s'en trouver un meilleur que les autres, celui qui ressemble à la crème qu'on met sur des pielmeny au bœuf.

Inutile de faire semblant de réfléchir : – Oui, j'en dirige un en particulier, ils croient qu'il les renseigne en direct de la Stavka. Une opération que nous avions montée en commun avec le GRU avant-guerre. L'infiltré est une sorte de noble, recruté par nous en 1929, il travaillait aux studios de cinéma Mosfilm comme électricien. Ami d'acteurs et d'auteurs nous l'avons fait rencontrer la communauté germanique en leur compagnie à l'hippodrome de Moscou. Il a été « nettoyé » par les Russes blancs de l'Abwher, maintenant ils ne jurent que par lui.

- Et bien, ils vont encore plus l'aimer, on lui donnera à transmettre la plupart des ordres d'attaque de l'opération mars au centre.

Les cheveux du major Soudoplatov étaient taillés beaucoup trop court pour que son interlocuteur s'aperçoive qu'ils se dressaient sur sa tête. Il avait assez d'expérience pour savoir que dès à présent il devait uniquement répondre aux questions, le plus brièvement dont il se sentait capable, si possible par oui : – Tu n'en parleras à personne. Je mettrai Lavrenti au courant moi-même. Comment il s'appelle ton espion ?

- Demyanov, son nom de code pour eux c'est « Max[122] », pour nous « Heines ».

- Max c'est américain, non ? Ils ont de l'humour les fascistes ? Lavrenti te fournira tout ce que tu dois lui faire connaître. Tu peux disposer, je suis content.

Une fois sortit du bureau de Staline sa respiration retrouva peu à peu son calme. Il était enfin ailleurs et debout. Il se dit que le si le Times du mois prochain ne changeait pas sa couverture, ses lecteurs américains allaient avoir un héros de moins.

Berkaerstrasse, jeudi 05 novembre 1942

Rommel et le corps expéditionnaire d'Afrique, après des mois de victoires, venaient de subir une défaite majeure à El-Alamein.

Walter qui arrivait d'en apprendre le fin mot se demandait si en définitive le traître ne se trouvait pas au plus proche de Canaris. Le patron de l'Abwehr allait de déconvenues en vexations à un point que c'en était sinon suspect, à tout le moins fort surprenant.

Un amiral qui ne semblait pas encore enclin à partager avec son département les dessous de l'affaire faisait pencher la balance du mauvais côté.

Avant de regagner Madrid pour un court séjour dans la capitale espagnole relatif à une importante négociation d'armes, Reinhard Spitzy lui avait appris que l'Abwher bénéficiait des informations du SIM[123] italien, ce dont le responsable de l'Amt VI se doutait depuis un moment. En septembre de l'année précédente, ceux-ci étaient parvenus à voler dans leur ambassade de Rome le chiffre employé par les Américains. Depuis le funknetz Abwehr funkstelle interceptait et décodait des transmissions concernant les plans de guerre des Anglais en Afrique[124].
En juin, selon les messages envoyés de l'ambassade américaine en Égypte à destination de Washington, l'armée britannique avait choisi de mener une bataille déci-

---

[122] Alexandre Demianov
[123] SIM Servizio Informazioni Militare
[124] Transmissions du colonel Bonner Frank Fellers attaché militaire américain en Égypte dont les informations britanniques détaillées ont été interceptées par des agents de l'Axe (OKW Chiffrierabteilung) et transmises au maréchal Erwin Rommel pendant des mois, contribuant aux défaites britanniques de Gazala et Tobrouk en juin 1942.

sive dans une ville appelée Mersa Matruh, une cité portuaire située sur la côte méditerranéenne égyptienne vers laquelle étaient censées se replier les troupes anglaises.

Les hommes de Canaris s'étaient dès lors mis à l'écoute de la moindre nouvelle.

Grisé par ses victoires à Gazala et Tobrouk, Rommel pressé d'atteindre le Caucase n'avait pas voulu modifier son offensive vers la ville malgré les avertissements lancés par ses propres agents du renseignement qui lui avaient parlé des fortifications britanniques à El-Alamein indiquant que les forces de la huitième armée britannique se concentraient dans ce secteur. Malheureusement pour le feld-maréchal fraîchement nommé, l'Abwher n'avait pas formellement certifié que le cryptage avait changé depuis le vingt-cinq juin et à Mersa Matruh l'Afrikakorps n'avait rencontré que des faibles défenses.

Le demi-succès de l'opération Aïda s'avéra un échec stratégique, car elle décida Rommel qui l'avait interprété comme un succès à poursuivre vers l'est.

Après quatre mois de combats épuisants pour prendre El-Alamein, hier, le feld-maréchal au bout de ses réserves et pour éviter de se voir encerclé avait reçu l'autorisation du führer de retraiter hors d'Égypte.

Autant dire que le Caucase devenait un rêve inatteignable pour les divisions d'Afrique.

La responsabilité des services de Canaris était gravement engagée, un changement de codes après de longs mois et à la veille d'un affrontement avait une seule signification : les Américains avaient été prévenus[125] et rendus intelligemment Rommel aveugle à quelques heures de son offensive sans quoi il aurait pu modifier son axe d'attaque. La coïncidence était énorme et Walter ne croyait pas aux hasards.

Après d'intenses réflexions, il conclut que les déboires de Rommel servaient autant les Soviétiques que les Anglais. Certes, la prise du canal se serait avérée mortelle pour l'Angleterre. Suite à cette avancée majeure Hitler aurait enfin donné son accord à l'invasion de Malte ce qui aurait eu pour effet de chasser les Britanniques de méditerranée. Mais la frontière occidentale de l'Égypte n'était qu'à deux mille kilomètres de l'Irak ce que le corps d'Afrique aurait pu franchir en trente jours en étant correctement ravitaillé. Ensuite, Bakou se trouvait à six cents nouveaux kilomètres de là.

Il était évident que voyant Rommel aux portes du Caucase, Staline n'aurait pas eu d'autre choix que de signer un traité de paix.
Walter ne savait plus quoi penser. Un ou plusieurs agents du département III de l'Abwher devaient être impliqués. Difficile sans bénéficier de l'appui du colonel von

---

[125] En réalité, les Anglais avaient décodé avec les renseignements Ultra les messages transmis à Rommel par les machines Enigma et découvert que les Allemands interceptaient les communications américaines.

Bentivegni[126], mais pas pour autant impossible. Quel panier de crabes.

Pressé par un Walter sceptique, le lieutenant Spitzy lui avait confié en affichant un plaisir manifeste, tenir ses informations directement auprès du chef de la section IIIF, le major Joachim Rohleder. Étonné qu'un officier supérieur partage ces informations avec un subalterne même pas de son département, il avait reçu une explication simple. Rohleder en plus d'éprouver de la détestation pour l'amiral ambitionnait de rejoindre le RSHA. S'attirer les bonnes grâces d'un responsable du RSHA de surcroît proche d'Himmler lui paraissait le chemin le plus évident.
Excellente nouvelle, détenir une taupe à ce niveau s'avérait un atout majeur. Décidément, à l'inverse de ce qu'il avait imaginé, Spitzy représentait une recrue de grande valeur.
D'autant plus que le major Walter Huppenkothen son successeur à l'unité politique de l'AMT IV lui avait à peu de détails près donné la même version en savourant avec délectation les malheurs de l'Abwehr.

Berlinerstrasse 131, Maison de Schellenberg, dimanche 08 novembre 1942

Il rêvait, un fort agréable songe, c'est tout ce qu'il parvint à se rappeler quand Irène le réveilla en sursaut. Encore endormi il regarda son bracelet-montre, à peine une heure de sommeil. Elle lui annonça d'un ton lourd chargé de reproches que l'amiral Canaris insistait pour lui parler en personne. Rancunière, elle ajouta que Walter serait bien inspiré de lui faire savoir vertement que la vie de famille avec de jeunes enfants devait être considérée comme sacrée sauf si l'on était un parfait mufle bon à fréquenter les harengs de la Baltique. Elle conclut en menaçant qu'elle ne se priverait pas de le lui dire dès qu'elle le rencontrerait. Elle n'en ferait dans doute rien, toutefois pour dompter les flammes de l'incendie naissante Walter garantit de lui en faire part sur le champ.

Il prit le temps de l'embrasser en la recouvrant avant de se rendre dans le salon du bas décrocher le téléphone : – Amiral, vous venez de vous faire une admiratrice passionnée. Pour la calmer, je lui ai promis une soirée au Haus Vaterland. Vous ne vous en tirerez pas à moins, je vous enverrai la facture !

- Alors je vous conseille d'y choisir le restaurant japonais, c'est le plus ruineux. Cher ami, ce coup de fil n'a d'autre but que celui de vous convier à vivre un putsch !

Walter cru que l'amiral ayant bu n'avait pas trouvé mieux que de le réveiller en pleine nuit pour partager la grande fête de commémoration annuelle du parti : – Merci de me sonner à cette heure pour me le rappeler, j'ai bien été invité, mais je me suis fait excuser. L'air de Munich est frais pour la saison et je m'enrhume assez vite !

- Non, je ne parle pas de Munich, mais d'Alger. Les Français se sont révoltés

---

[126] Colonel von Bentivegni, responsable espionnage et contre-espionnage de l'Abwehr en 1942.

là-bas !
- Les Français, qu'est-ce qu'il leur prend ?
- Il leur prend que des péniches débarquent des troupes américaines et que le port est soumis au feu de leur marine, d'après mes agents, des dizaines de navires croiseraient au large ! Je ne dispose pas de beaucoup d'information, mais à première vue ils se battent entre eux.
- En Algérie, en Méditerranée ? Vous êtes sérieux ?
- Si Lénine l'avait été autant que moi, il aurait pu se faire accepter au Vatican…
- Ça doit encore être une tentative semblable à celle du nord de la France en août !
- Puissiez-vous avoir raison, mais je ne crois pas. Écoutez, inutile d'en parler au téléphone, voyons-nous tout de suite.

Walter réfléchit brièvement : –Je peux passer chez vous dans une heure, c'est sur ma route. Impossible de songer à se rendormir, si l'information se vérifiait exacte, il devait se rendre au plus vite à Berlin, depuis bien longtemps les dimanches n'existeraient plus pour lui.

- Ce serait avec plaisir, mais ça me semble inapproprié. Si cela venait à se savoir, nous avons tous les deux assez d'ennemis pour le donner en pâture à une mauvaise interprétation. On fera courir le bruit d'une collusion en vue de nous dédouaner. Choisissons un lieu plus approprié !

Sans beaucoup d'hésitations, ils avaient convenu que le plus discret serait encore de se retrouver au bureau de Schellenberg. Les évènements justifiaient une rencontre d'urgence entre les deux principaux responsables du renseignement, c'était soit là ou au quai Tirpitz avec une nette préférence pour ses propres locaux. Canaris presque indifférent avait accepté l'endroit sans sourciller. Il remonta dans la chambre, mais Irène s'était rendormie, il lui laissa un court mot sur la commode.

À son arrivée Berkaerstrasse, il l'attendait déjà dans sa voiture en buvant du thé au goulot d'une bouteille thermos. Après s'être salué d'un bref geste militaire pour la forme, Walter l'entraîna dans son bureau au premier étage après avoir pris soin de désactiver tous les systèmes d'alarme y compris les micros.

L'amiral prit le temps de s'asseoir avec aisance dans un des profonds fauteuils : – Sale affaire pour les Français, mais rien en comparaison de nous, je parle avant tout de nous deux. Nous risquons d'être fort mal coincés…, ni la division KIA que j'ai créé au sein de l'Abwher pour les surveiller, ni votre AMT VI n'a rien vu venir. Aux dernières nouvelles, c'est une opération d'envergure, tout indique qu'ils effectuent aussi des débarquements simultanés dans le secteur d'Oran ainsi qu'au Maroc, la ville de Casablanca se trouverait quant à elle sous le feu de l'artillerie de marine et des bombardiers survoleraient la ville.

Pour la forme, Walter lui posa à nouveau la question : – Je me répète mais vous ne pensez pas qu'il s'agit là de tentatives d'incursions similaires à celle d'août à Dieppe dans le but d'user les nerfs de nos stratèges ?

- Vous parlez peut-être du principal, le plus grand de tous les temps, celui à qui mon estimé chef Keitel a déposé une couronne sur la tête. L'idée est tentante, Théodor et Winston unis pour lui gâcher sa fête. Très peu probable, personne n'envoie une pareille armada pour « tester ». Croyez-en un vieux marin, ces navires ont dû braver l'Atlantique infesté de nos sous-marins, on n'affronte pas un tel risque sans un enjeu majeur. Selon moi, c'est une action d'envergure.

- Quel intérêt d'attaquer l'Afrique du Nord.

- Plus qu'il n'y paraît. Notre corps d'Afrique vient de prendre une dérouillée aux portes de l'Égypte. C'est clair qu'ils ont l'intention de coincer le maréchal Rommel entre deux fronts. L'affaire se présente sérieuse. À moi, il sera reproché l'inaction de mes agents pourtant nombreux sur le terrain, personne ne voudra voir les difficultés de collaboration que nous rencontrons là-bas, en particulier avec l'armée française d'Afrique du Nord. À vous, il sera imputé de ne rien avoir remarqué politiquement et encore moins d'en avoir prévu les conséquences. Vous ignorez sans doute que l'amiral Darlan le successeur désigné de Pétain se trouve sur place à Alger. Cette venue inopinée devint hautement suspecte, depuis des mois l'homme nous est hostile de manière très nette, il a refusé de combattre aux côtés de Rommel. Sa présence de l'autre côté de la Méditerranée n'augure rien de bon.

- C'est donc une affaire militaire !

Canaris lui jeta un regard sombre : –Ne vous lavez pas les mains si vite Walter, vos ongles restent tous noirs. Vous savez comme moi sur quoi ça débouchera ? Sans attendre la réponse il continua d'un ton triste : – sur l'unification de nos deux services de renseignements. Un de nous deux risque de perdre sa place ! Il avait évoqué la menace sans aucune émotion.

Walter haussa les épaules en le fixant avec un soupçon d'indifférence : – Pourquoi pas les deux, le destinataire d'une mauvaise nouvelle devient en général avide de sang frais. Il ne put s'empêcher d'ajouter perfide : – Votre « merveilleux » réseau anglais ne s'est pas montré à la hauteur, le prochain responsable devra y penser !

Canaris se leva sans répondre le regard absent, Walter remarqua alors son dos voûté et son teint pâle, un ressort semblait s'être détendu à l'intérieur de son corps. Avant de quitter la pièce comme s'il prenait conscience de la triste image qu'il donnait il se redressa d'un coup en clôturant d'une voix amère : – Mon cher ami, dessinez une grande croix noire à la page d'aujourd'hui dans votre journal personnel si vous en tenez un, nous venons, sauf miracle, de perdre l'Afrique. Si j'en crois la rumeur, notre chef bien aimé ne fréquente pas assez l'église pour en obtenir un ! Cela ne sera pas sans conséquence sur notre entreprise, il se pourrait même que cela la mette à jamais en péril. Réjouissez-vous, mon petit doigt me susurre que dans quelques jours vous pourrez vous balader en uniforme sur le port de Marseille. Je vous laisse à vos saints, je vais me rendre de ce pas auprès du führer, quand je dis de ce pas, vu la distance jusqu'à Rastenburg, c'est un d'un pas de géant dont il est question.

Walter fut soulagé de se retrouver seul, il avait besoin de mettre ses idées en place au plus vite. Si l'affaire était fâcheuse, elle n'en était pas pour autant dramatique. L'amiral se trompait pourtant sur un point, cela ne produirait aucune conséquence ni pour lui ni pour son organisation. Le vieux renard lui avait caché que depuis deux jours il avait été averti du passage de deux cents navires qui avaient été repérés à Gibraltar. L'Abwher avait certifié à l'OKW que leur destination était Malte selon les renseignements que lui avait transmis Höttl qui entretenait un magnifique réseau d'informateurs à l'intérieur de la majorité des diverses institutions. Une erreur de plus à mettre au compte de l'amiral et que la direction du Reich lui pardonnerait avec réticence. Cette erreur ne manquerait pas d'être additionnée aux tractations douloureuses entre Canaris et son ami Franco relatives à l'invasion de Gibraltar. Cette position de faiblesse dans laquelle Canaris allait se retrouver renforçait par la loi des vases communicants la situation du service Ausland, donc la sienne.

Une véritable épidémie de dissimulation régnait à Berlin, ce n'était pas la nouveauté de l'année, rien de très neuf, mais ça devenait une maladie de plus en plus contagieuse empoisonnant l'atmosphère de la capitale. Le Reichsführer lui-même cachait de son côté des évènements à son chef du renseignement. C'est leur nature qui le perturbait plus que le fait en lui-même. Il avait beau se dire que c'était « normal » de la part de cet être plus mystique qu'un moine syrien, la paranoïa était imprimée dans son caractère comme la tête d'Hindenburg sur la pièce de cinq marks, il n'en restait pas moins qu'il appréciait fort peu la façon de faire. Walter de son côté avait depuis longtemps mis en place des hommes qui lui étaient redevables au sein de la Gestapo. Pour dire vrai, c'est le général Heydrich qui avait élaboré cette surveillance discrète dans toutes les branches du RSHA, Walter n'avait fait que l'entretenir telle une petite flamme qu'il alimentait de temps à autre ; c'était une question de survie, en particulier vis-à-vis de l'un de ses plus grands ennemis, le patron du quatrième département. Hier, il avait pris connaissance d'un compte rendu secret envoyé par Müller à Himmler. Le rapport affirmait qu'un major de l'Abwher, un certain Wilhelm Schmidhuber pris la main dans le sac dans un trafic de devises sensé financer un groupe de l'Abwher avait fait des révélations effarantes. Pour réussir leur opération, ils avaient créé la société Manospol destinée au commerce avec la Turquie, elle avait emmagasiné d'énormes bénéfices. Pour le faire taire, le rusé Canaris avait tenté d'envoyer le major devant une juridiction militaire en le présentant comme un agent retourne par le SIS anglais, il aurait été fusillé après une procédure expéditive et l'affaire se serait terminée. Un grain de sable de bonne taille était venu gripper le mécanisme. Étant donné que l'homme avait dû être extradé d'Italie, le tribunal avait hésité, l'histoire avait dérapé et se politisait, en définitive pour s'en débarrasser elle avait été transmise au service espionnage de la Gestapo.

Bien qu'il en ignorait encore les détails, le cas pouvait se résumer ainsi. Un avocat munichois, Josef Müller ou « Jo le Bœuf » impliqué dans d'innombrables dossiers douteux ; l'individu qui avait osé suivant la rumeur dire en public à la vue d'un cadre d'Hitler pendu de travers : - « il mérite d'être pendu correctement » était malgré les apparences un farouche chrétien doublé d'un opposant invétéré.

Ce Müller avait connu le pape Pie XII lorsqu'il était encore nonce apostolique dans la capitale bavaroise. Walter n'avait pas pour le moment tous les éléments en main, mais il ressortait du rapport secret que le major Schmidhuber avait été envoyé à Rome avec la bénédiction de Canaris par le colonel Oster responsable de la division Z de l'Abwher pour influencer le souverain pontife à faire intervenir ses diplomates auprès des Britanniques en leur fournissant les détails du plan jaune, l'invasion de la France.

Le major Schmidhuber par un mécanisme inaccessible à la raison était au courant de l'affaire, il avait proposé moyennant l'absolution sur ses trafics de tout révéler.

Un groupe de généraux était aussi mentionné. Schellenberg avait eu chaud, par le plus grand des hasards le nom de Franz Halder ne figurait pas dans la liste.

Walter savait que le Reichsführer avait pesé de tout son poids dans la balance pour que Wilhelm Canaris ne soit pas inquiété et bien entendu il s'était abstenu de rapporter l'incident à son chef du contre-espionnage. Une attitude pour le moins étrange, Himmler en petit groupe pestait avec une régularité de métronome contre le patron de l'Abwher, mais dans des circonstances parfaites où il avait à sa portée une occasion en or pour demander sa tête à Hitler et par la même occasion absorber son service, il faisait l'impasse. Après le cas du traître Gollnow, c'était la deuxième affaire contre l'Abwher à chaque fois dévoilée par Müller. Pour l'instant, la Gestapo et l'Abwher collaboraient étroitement au démantèlement d'un important réseau d'espions ce qui n'empêchait pas Müller de réclamer l'écartement de l'amiral.

Le marin devait avoir un moyen de se protéger d'Himmler et quoi de mieux que des dossiers suivant la bonne vieille méthode Heydrich. À la réflexion, il avait à plusieurs reprises pu constater que les rapports entre le patron du RSHA et le chef de l'Abwehr n'avaient jamais été aussi exécrables que Reinhardt voulait bien le faire croire, les deux hommes effectuaient souvent de longues promenades montées dans le Tiergarten. Schellenberg aurait apprécié d'être dans la tête d'un des chevaux pour connaître la teneur de leurs propos. Un côté noir lissé par son aspect bonhomme habitait Canaris.

Malheureusement en ce qui concernait le Reichsführer, à l'inverse de la majorité des dirigeants du Reich, il était strictement impossible de trouver quoi que ce soit de douteux dans son passé, pas une tâche, pas un faux pas. Alors quoi ? Quand il aurait répondu à la question, il deviendrait sans l'ombre d'une hésitation le maître du jeu !

Ces considérations ne devaient malgré tout pas parvenir à le déconcentrer du cœur de son problème principal, celui qui venait de naître ce huit novembre à deux heures du matin. Pourquoi les Américains agissaient-ils ainsi le mois où il allait toucher le but qu'ils lui avaient déterminé.

Pour obtenir la réponse, il n'avait pas d'autre choix que de les contacter, mais avant il avait besoin de voir le Reichsführer.

UN ETE SUISSE

Berlin, 68-72 quai Tirpitz, lundi 09 novembre 1942, 10h30

L'amiral avait vécu une interminable nuit blanche supplémentaire à maudire le major Schmidhuber, les Français, les Américains et par-dessus tout le chef des enquêtes douanières Johannes Wapenhensch.
Le trajet de Zehlendorf à Berlin s'avéra des plus pénibles, pris d'une fatigue extrême il aurait souhaité rester cloîtré dans le calme de sa maison ; sauf que dans la situation qui se détériorait à toute vitesse son absence pourrait être interprétée comme un aveu d'impuissance. La corruption au sein de l'Abwher était devenue endémique en particulier dans les officines de la péninsule ibérique, il passait la majeure partie de son temps à étouffer les scandales financiers de ses subordonnés. Les responsables des KO se complaisaient dans une vie royale parfois avec leurs femmes, le plus souvent dans les bras de leurs maîtresses tout en gonflant sans commune mesure leurs notes de frais. Les rapports qu'ils transmettaient tenaient plus de leur imagination fertile que de la réalité.

Il savait de source sûre que le bureau de Lisbonne était infiltré par le SIS anglais. C'était de ce bureau qu'en général partaient les agents pour l'Angleterre. Dans ces circonstances pas étonnant qu'ils n'aient rien vu venir des débarquements. Ses démons lui avaient fait prendre patience depuis trop longtemps. Chaque jour, ses rivaux se transformaient en redoutables adversaires employant des manœuvres qui accroissaient leurs pouvoirs à ses dépens ; il était grand temps de remettre de l'ordre dans l'Abwher si toutefois la chose était encore possible et l'affaire Schellenberg lui en donnait une double occasion.
Soit le chef SD réussissait le plan en cours ce qui avait de très loin sa préférence, dans ce cas en tant que probable ministre il n'aurait plus de comptes à rendre, un gigantesque nettoyage à tous les niveaux s'ensuivrait au sein de toutes les sphères du Reich suivi sur le champ par celui de sa propre structure.
Soit par malchance Schellenberg échouait, ce qui était de l'ordre du possible ; depuis quelque temps, il éprouvait un malaise, celui de subir une manipulation sans pouvoir la définir. Placé devant de telles circonstances, il devrait retourner sa veste sans attendre, c'était immanquable qu'Hitler ferait appel à lui pour le nommer à la tête d'un unique et énorme organisme de renseignement. Himmler et Schellenberg ne représenteraient aucun danger, ils transpireraient de grosses gouttes sages dans leur coin en laissant passer l'orage. Dans ce cas, chacun devrait payer sa dette pour avoir conspiré. Il serait dans l'obligation de se montrer impitoyable, à plus forte raison qu'il connaissait la longue liste des groupes de comploteurs et que son nom y figurait quelque part en bonne place.

Sur son sous-main en cuir, il avait trouvé la copie d'une note du FHO qui était remontée chez lui par l'OKW. Si Canaris ne l'avait pas par manque d'attention repoussée vers le coin de son bureau, il aurait pu prendre connaissance que le lieutenant-colonel Ghelen concédait à présent qu'une offensive sur le Don devenait de l'ordre du possible, mais qu'elle restait une diversion destinée à détourner le regard du groupe d'armée centre.
Le lieutenant-colonel avait juste omis d'y ajouter à l'attention de l'OKH le compte

rendu du service des écoutes qui signalait la cinquième armée de tank de l'armée rouge se positionnant à Serafimovitch face aux Roumains. Canaris en avait été averti dès le lundi par ses complaisants amis de Bucarest. Cette information additionnée au rapport du FHO pouvait représenter toute la différence.
En temps normal, le chef de l'Abwher serait allé sur-le-champ faire l'antichambre de Keitel ; ce dernier aurait été obligé de lui céder en compensation de l'affaire Giraud. Hitler se serait retrouvé placé devant un choix inévitable, persévérer dans les assauts sur le quartier des usines ou détourner la majorité de ses forces sur les têtes de pont du Don.
Cela n'aurait peut-être pas produit beaucoup d'effet sur l'idée qu'il se faisait de la capacité de l'ennemi, mais nul ne le saura jamais.
Surtout, l'amiral aurait pris son téléphone et joint Schellenberg pour lui expliquer que tout l'édifice commençait à menacer. Mais voilà, son esprit n'avait d'autre place disponible que pour l'objet de ses nuits blanches et la recherche de leur solution. La note se revêtit de poussière pendant une longue semaine.

UN ETE SUISSE

Berlin, 9 Prinz Albrechtstrasse, mardi 10 novembre 1942 11h00

Himmler, retenu auprès du führer à son quartier général n'avait pas pu le recevoir avant tard ce matin. En chemise et rompant avec ses habitudes pas du tout cérémonieux, fidèle à sa mise en condition coutumière, le Reichsführer initia la conversation avec son subordonné par des banalités : – La petite Ilka se porte bien ? Si elle est aussi turbulente que Helge, Irène doit passer des nuits blanches.

Walter se préparait à affronter une froide colère, mais Le Reichsführer par son manque de solennité était parvenu à le décontenancer une fois de plus. Prêt à ferrailler ferme point par point il dut, malgré ses bonnes résolutions, baisser un peu la garde pour lui répondre : – vous avez deviné Reichsführer, Irène ne dort pas bien, son caractère s'en ressent parfois, elle est quelque peu à fleur de peau. Ces dernières semaines, je suis rarement présent pour la réconforter. Avec ce qui se passe en Afrique du Nord ce n'est pour autant pas prêt de changer.

Himmler paraissait à titre exceptionnel d'humeur joyeuse comme si les évènements le réjouissaient, il hocha la tête : –Les enfants Schellenberg, ils sont tout pour nous et nous devons tout faire pour eux, en premier lieu les protéger de nos adversaires. À propos d'ennemis, Madagascar vient aussi de tomber, une fois de plus nous sommes obligés de constater que les Français se révèlent en dessous de tout. Pour nous ça simplifie certaines questions, plus moyen d'y penser comme île pénitentiaire. Trêve de plaisanterie, que concluez-vous des déplorables épisodes de cette semaine ?

Par cette question en apparence anodine la lumière rouge signe d'une alerte imminente clignota dans le cerveau de Walter, le temps de s'exposer au feu adverse était venu : –Une surprise totale Reichsführer. J'ai vu l'amiral Canaris à ce sujet, il n'a aucune explication à donner. Sans trop m'avancer, j'ai la certitude que nous aurions pu mieux faire si le renseignement militaire dépendait de nous. Ce que j'ai difficile à comprendre c'est pourquoi l'Abwher s'est fourvoyé dans les grandes largeurs sur la destination de la flotte ennemie. C'est une méprise lourde de conséquences. Walter n'avait à vrai dire pas l'intention de pousser Canaris dans les cordes, pour l'instant la nécessité ne s'en faisait pas encore sentir. Mû par un besoin de savoir, comme l'occasion se présentait, il cherchait à tester la réaction de son chef. C'était un jour de malchance, il en fut en partie pour ses frais.

Puisqu'il n'était toujours pas disposé à renoncer à ses vilaines habitudes, Himmler ne manqua pas de le jauger sans retenue d'un regard impénétrable tel des minuscules sphères bleues indépendantes de son corps tapies derrière ses lunettes d'instituteur ; à la suite d'un pénible et interminable intervalle pendant lequel Walter eut l'impression de ne plus exister en tant qu'humain, il sembla enfin satisfait. Son chef comme souvent décida de survoler au-dessus du sujet : – C'est exact, c'est assez surprenant de faire de si grandes erreurs reprit Himmler avec une sévérité relative, si ce n'est certes pas admissible ce n'est pas non plus inexcusable, voir impardonnable, mais nous ne connaîtrons la réponse qu'après un examen approfondi. Si ses services ont été déficients, il devra les remanier, de fond en comble si nécessaire. Il faudra veiller au bon déroulement des investigations. Vous souhaitez les superviser en sous-main ?

- Si l'amiral s'en aperçoit, il risque de renâcler ferme !

Himmler s'amusait sans beaucoup de retenue de son embarras, précisant : –Je n'ai pas envisagé de vous demander de surveiller le patron de l'Abwher, rassurez-vous, il s'agit de l'enquête sur ce malheureux coup de théâtre ou coup du sort, appelez-le comme vous voulez, ainsi vous auriez tous vos apaisements. Vous pourriez le faire en toute discrétion, ce sera notre petit secret, un de plus !

Prendre Himmler en défaut était plus difficile que de le faire passer pour un agent anglais. Pas un seul de ses mots n'incriminait sans équivoque Canaris, au contraire, à l'entendre ce sont ses propres services qui l'abandonnaient en bâclant leur travail, mais de toute évidence son chef avait réussi à le coincer.

Soit il investiguait et il y avait fort à parier que l'amiral en serait informé sur le champ, soit il lâchait l'affaire et l'on n'en parlerait plus. Dans un des cas il se mettrait à dos le responsable de l'Abwher ce qui n'était pas du tout opportun, dans l'autre, si plus tard on découvrait quelque chose on pourrait lui reprocher de ne pas avoir voulu s'engager dans l'enquête.

Himmler n'était pas censé être au courant de l'accord entre les deux hommes, à présent vu son art raffiné à même de fissurer les meilleures convictions Walter se mit à en douter ! Pour tenter de se sortir du coin ou son chef l'avait placé il s'efforça d'argumenter : – Son service est très étendu, étant donné qu'à l'évidence vous lui gardez toute votre confiance mieux vaut qu'il se charge lui-même de trouver une explication convaincante aux yeux de tous. Je dois réserver toute mon énergie à ce qui nous avons entamés et qui est sur le point de se concrétiser.

Himmler eut soudain l'air absent, il regarda par-dessus son épaule en direction de la grande fenêtre manifestement absorbé par une possible apparition dans le ciel. Après d'interminables secondes, paraissant pleinement satisfait de ce qu'il avait pu observer, il revint vers Schellenberg pour le prendre de court une fois encore : – Les évidences, bien sûr ! À ce sujet, ça ne vous est pas venu à l'esprit que vos interlocuteurs de Suisse agissent de façon contradictoire ?

Laissez-moi continuer sans m'interrompre voulez-vous ! Cette démonstration militaire à grands effets en Afrique du Nord si vous l'analysez en profondeur comme il se doit, n'a pas de sens si on l'imagine dirigée contre notre corps d'Afrique qui je vous le rappelle est situé à plus de deux mille cinq cents kilomètres du front est. Au demeurant, c'est une aide énorme pour les bolchéviques. De là à penser qu'elle est providentielle, il existe un pas que j'hésiterais à franchir. Les troupes françaises sont occupées à céder la place aux Américaines. Quand ce sera effectif, ils disposeront alors d'un balcon vers l'Europe, peut-être l'Italie par la Sardaigne ou la France par la Corse ? Le führer est obligé de réagir.

Je peux déjà vous l'annoncer, en le quittant il m'a fait part des ordres qu'il a donnés pour envahir sans tarder la zone dite « libre » de France, ce qui doit être en cours. Il a l'intention d'y transférer des divisions de l'Est pour parer à toute éventualité. Cela créera inévitablement un déséquilibre des forces en complète contradiction avec votre stratagème. Autant vous l'annoncer tout net, moi si je possédais cet explosif à l'uranium je ne prendrais pas le risque de faire traverser l'Atlantique à des milliers d'hommes.

Ce fruit-là Walter l'avait déjà cueilli depuis deux jours, il n'avait eu besoin de personne pour arriver à cette conclusion : – on peut envisager qu'ils aient entrepris ces opérations pour complaire à leurs alliés anglais. Depuis juin quarante, ces derniers ont lancé des actions plus ou moins d'envergure contre les Français, cela résume des siècles de haine accumulés entre eux, pourquoi ne pas en profiter pour se défouler. Il devient raisonnable de penser qu'ils veulent à présent ajouter l'Afrique du Nord à leurs colonies, tant qu'à faire pourquoi pas la France. Regardez ils ont débarqués à Madagascar, tout ceci démontre une certaine logique. Les gens de Washington ont difficile à le leur refuser, leur territoire tout entouré d'eau sert de porte-avions géant indispensable pour bombarder avec leur nouvel explosif. L'île anglaise dans sa globalité est irremplaçable aux vues hégémoniques de l'Amérique.

- J'aimerais que vous ayez raison, c'est même plausible que ce soit le cas, ce qui est indiscutable c'est que nous allons confronter très rapidement votre hypothèse aux réalités. Faites attention, Schellenberg, si elle ne se vérifie pas il vous faudra réagir séance tenante. Faute de quoi, mais bon, je n'ai pas à vous décrire de quoi votre avenir sera fait, vous êtes assez intelligent pour l'imaginer. Laissez-moi à présent, cette opération de France réclame une planification de plusieurs de nos départements. Comme vous allez être très occupé, vous demanderez au major Herbert Hagen de vous remplacer pour le redéploiement de votre organisation dans les villes du sud de France. Donnez les ordres en conséquence.

Pas un salut ni un signe de tête, Himmler baissa les yeux sur un document qu'il s'appliqua d'étudier.

Berlin, Berkaerstrasse 35, mardi 10 novembre 1942 16h00

Pour Schellenberg, l'amiral affichait un empressement trop marqué à dispenser sans retenue son aide pour ne pas éveiller ses soupçons ; le vieux marin était décidément trop disposé à vouloir orienter ses réflexions vers sa vision. Peut-être à bon escient, ce dont il doutait. Sans perdre de vue que les routes pavées de bonnes intentions devenaient en général mortelles dans le Reich. Une accumulation d'énigmes gravitait autour de la personne du chef de l'Abwher ; trop pour s'en tenir à une investigation superficielle. L'homme restait trouble et insondable ; son passé, trop aventureux. Walter voulait à tout prix trouver ce qui protégeait Canaris.

À présent que les évènements se télescopaient, Walter avait d'un seul coup pris conscience que son partenaire de jeu principal n'était autre que la montre et que celle-ci trichait peut-être en avançant les aiguilles.

Le chef du SD Ausland avait parié qu'en évitant les préambules il parviendrait à déstabiliser son interlocuteur : –Vous vous plaisiez à la Deutsche Bahn ?

Richard Protze avec un rien d'imagination ressemblait vaguement à Canaris, une corpulence identique, presque le même âge sauf que ses cheveux étaient coiffés avec une raie bien au milieu du crâne comme c'était la mode allemande quelques vingt ans plus tôt : – Bien entendu ! C'est pour vous informer de cela que vous m'avez demandé de venir ?

Sans prêter attention à la réponse Walter poursuivit : –Vous vous trouviez à la section des voyages de la Reischbahn en Hollande, à Den Haag[127], n'est-ce pas ? Délégué en Hollande, je me trompe ? En réalité capitaine de corvette à l'Abwher division IIIF, la contre intelligence, l'agence de voyages était une parfaite couverture créée par Canaris.

- Vous savez, je suis retiré du service, à l'heure actuelle, je tente de profiter de ma retraite. Si vous avez encore des questions sur la division spéciale IIIF vous devriez les poser à mon successeur le major Rohleder, d'ailleurs je crois qu'il est à présent lieutenant-colonel.

- Bien sûr, je prends note du conseil. Retiré ou pas, ça ne vous empêche pas comme tout bon Allemand d'aider votre pays quand il a besoin de vous et c'est le cas. Vous savez, nous ne sommes pas des inconnus, nous avons déjà travaillé ensemble sur la même affaire ? À Venlo en novembre trente-neuf, lors de l'arrestation des deux agents du SIS britannique[128] !

- J'ai entendu parler de vous, c'est exact. Félicitations pour votre extraordinaire ascension colonel Schellenberg.

- Merci. Comme vous faisiez partie de notre sphère, celle du contre-espionnage, vous ne serez pas surpris que je m'adresse à vous en tant que « confrère ».

- Peu de choses m'étonnent encore « collègue ».

- Exactement, considérez-moi comme un collègue avec qui vous pouvez vous exprimer sans retenue. Si cette conversation demeure officieuse, elle n'en reste pas moins placée sous le régime du secret d'État ; j'espère que je me fais bien comprendre ? J'ai besoin de vous pour explorer certains passages de la vie de l'amiral Canaris. Vous travailliez ensemble dans les années vingt, vous vous partagiez un service si je ne me trompe ?

Richard Protze se maintenait muet, attendant la suite.

- Si je ne m'abuse, il a été à plusieurs reprises en prison en 1920...

---

[127] Protze s'installe aux Pays-Bas le 15 septembre 1938 au Bloemcamplaan 36 à Wassenaar à la demande expresse de Canaris. Il a travaillé au Deutsche Verkehrsburo dans la Kalverstraat d'Amsterdam ; c'était l'agence de voyage officielle des chemins de fer allemands.
[128] Affaire de Venlo.

- Quelques jours, trois ou quatre. Deux fois si mes souvenirs sont bons.
- Le motif ?
- Noske[129] le soupçonnait d'avoir participé au putsch de Kapp[130].
- C'était exact ?
- Vous savez, Canaris à l'époque où il était jeune lieutenant de vaisseau n'a jamais caché ses sympathies pour la droite dure. Il orbitait dans le cercle intime de l'amiral von Trotha[131].
- Beaucoup de gens avaient de telles sympathies dans cette période trouble si je ne me trompe ?

Richard Protze prit le temps de l'étudier avec un air hautain exaspérant : - Disons qu'il en avait un peu plus que d'autres, il s'est aussi fort rapproché de Waldemar Pabst[132] ; on l'a même soupçonné d'avoir participé avec ce dernier à l'exécution de Rosa Luxemburg et de Karl Liebknecht en janvier dix-neuf. En tout cas, Wilhelm a été membre du tribunal militaire qui a jugé et acquitté ses amis impliqués dans l'assassinat des révolutionnaires.

- Ses convictions étaient sincères ?

Protze rit : - Assez pour ensuite créer un trafic d'armes en vue de financer la renaissance de la Kriegsmarine a la barbe de la commission de contrôle des alliés. La marine parmi les autres armes est celle qui intègre la plus grande foi national-socialiste. Je ne sais pas ce que vous cherchez colonel Schellenberg, mais si vous voulez un conseil vous ne devriez pas vous en approcher sans veiller à garder une distance de sécurité, vous risqueriez de vous brûler les ailes et en vitesse. Il a largement aidé des gens comme Hermann Ehrhardt[133] à éviter la révolution communiste en Allemagne en dix-neuf et beaucoup ne sont pas près de l'oublier. Pas mal de militaires lui sont restés redevables. C'est aussi grâce à lui que l'Allemagne a pu reprendre le programme interdit des sous-marins. Pour commencer au Japon et en Espagne, ensuite chez nous. C'est leur véritable père.

- Tout cela ce sont de vieilles histoires !
- Vous êtes bien jeune colonel, vous vous baladiez sans doute encore en culottes courtes à cette époque. Avez-vous entendu parler de l'organisation consul ?

---

[129] Gustav Noske, ministre de la Défense puis de la Guerre en 1919 principal adversaire de la révolte spartakiste. Karl Liebknecht et Rosa Luxemburg seront assassinés à sa demande.
[130] Putsch de Kapp, tentative de renversement de la république de Weimar.
[131] Adolf Von Trotha, Amiral chef du cabinet naval impérial ayant pris position en faveur du coup d'état de mars 1920.
[132] Julius Waldemar Pabst a ordonné les exécutions de Karl Liebknecht et Rosa Luxemburg en 1919.
[133] Hermann Ehrhardt commandant de corps franc combattant la révolution communiste à Munich et La république des conseils de Bavière

- Vaguement !
- Alors, laissez-moi compléter vos connaissances. Avec ses fonds secrets issus de la vente d'armes des stocks clandestins de la marine, Canaris a pour tout dire contribué à armer cette organisation. Ensuite, il les a influencés et c'est un bas mot, car il a mis sans compter la main à la pâte, pour qu'ils aident Hans Ulrich Klintzsch[134] à créer les S.A.

Walter leva les yeux au plafond : – Cela ne leur a pas porté chance !

Richard Protze afficha un sourire moqueur : –Cet Hans Ulrich était également un officier issu de la Reichmarine, il a lui aussi combattu avec Ehrhardt.

- Cela n'en fait pas un saint pour autant.

Protze lui lança un regard peu amène : – Hans Ulrich après un an à leur tête a remis les S.A. à Hermann Goering. Lui en est peut-être un de saint, qu'en pensez-vous colonel Schellenberg ?

- Un point pour vous
- Je vais vous en marquer un autre : – vers la moitié de 1923, peu avant le putsch de la brasserie, Canaris rencontrait Hitler à Munich, on suppose que c'était pour mettre au point la tentative, un travail en tous points dans ses cordes ! À l'époque, il avait la porte ouverte dans tous les milieux nationalistes. Les mauvaises langues disent qu'il a aussi introduit un certain Himmler dans le cercle du führer.
- Là, c'est à nouveau un superbe but que vous marquez.
- Attention au suivant colonel Schellenberg : – *En 1924* le patron de la marine le mute tout à coup sans raison apparente sur le croiseur Berlin. Le commandant du croiseur-école est une vieille connaissance, Wilfried von Loewenfeld[135]. Le seul autre ami qu'il a sur le navire est l'enseigne Reinhardt Heydrich. Vous sentez cette odeur de roussi, ne serait-ce pas vos ailes qui commencent à fumer colonel ?
- À propos de fumée, d'après vous, le major Joachim Rohleder est-il au courant de tout cela ?

Berlin, Grunewald Jagdschloss, mercredi 11 novembre 1942, 11h00

Pour clarifier ses pensées rien de mieux qu'un peu d'espace et d'air loin de tous dans la fraîcheur du jour naissant. Le Grunewald, un de ses endroits préférés dans

---

[134]Hans Ulrich Klintzsch : chef de la Sturmabteilung S.A. entre 1921 et 1923

[135] Wilfried von Loewenfeld. Commande un corps de volontaires de la marine soutenant la tentative de coup d'État. Commandant des forces navales de la Baltique en 1927. Promu au rang de contre – amiral.

Berlin, s'y prêtait à merveille. Il avait d'abord été tenté de traverser la foret en faisant un peu de vitesse sur le circuit Avus avant de changer d'avis pour aller tourner autour du château malgré le temps glacial et le léger crachin. La marche lui avait toujours produite un effet revigorant, elle nettoyait son imagination qui commençait à déborder pour faire place à de nouvelles idées. Le charme bucolique de l'endroit lui rappela le parcours qu'il avait effectué au Tiergarten en mai avec Heydrich, six mois déjà. Walter avait l'impression que c'était hier. Peut-être que l'esprit tortueux et rompu à toutes les intrigues du général lui viendrait en aide. Bon, à la vue des drapeaux en berne la date du onze novembre n'était pas trop idéale, mais il faisait avec ce qu'il avait et il avait très peu de temps devant lui, en tout cas pas celui d'attendre le jour suivant, en plus il n'était pas outre mesure superstitieux.

Avant d'entreprendre sa balade, Walter avait eu une conversation très instructive avec le lieutenant-colonel Walter Nicolai[136] qui avait été directeur du centre de renseignement de l'armée à l'époque de la Première Guerre mondiale, Canaris avait été sous ses ordres. Il œuvrait à présent à l'institut d'histoire ce qui était en soi prometteur, mais au bout d'une heure de tête-à-tête il n'avait rien appris de bien nouveau. Nicolai voyait Canaris comme un élément ultraconservateur de la marine, un composant qui avait exécuté son travail de façon remarquable sous son autorité, en particulier à Madrid et dans diverses autres missions en Espagne. Il restait bien un ultime individu pour compléter son information, cependant il hésitait à s'entretenir avec Conrad Patzig[137] entre-temps promu amiral et depuis quelques jours muté au commandement de la marine. Celui-ci devait en connaître un peu plus long, c'est lui qui avait proposé Canaris à l'amiral Raeder, patron de la Kriegsmarine, pour assurer sa succession. Son influence avait dû se montrer importante, car c'était un secret de polichinelle, Raeder et Canaris se détestaient. Hitler était-il intervenu en dernier recours ? Impossible à savoir. S'il rencontrait Patzig, encore fallait-il que ce dernier le reçoive, tout le Tirpitz ufer serait au courant dans la minute suivante. Pas concevable pour l'instant.

Canaris au même titre que tout officier possédait un dossier dans lequel ses chefs successifs avaient noté leurs évaluations, le sien devait être gros, pareil à un annuaire téléphonique. Toutefois, avoir accès aux archives de la marine était un rêve irréalisable, même Himmler n'y aurait pas droit. La flotte était un pilier de support trop important du parti, sans perdre de vue que la guerre sous-marine était considérée comme la bataille la plus essentielle du Reich. Leurs innombrables victoires dans l'atlantique faisaient les choux gras du docteur Goebbels en réconfortant la population aux prises avec les restrictions. Raeder en appellerait au führer, nécessité faisant loi, il trancherait sans hésiter en sa faveur même si l'amiral Raeder était en légère disgrâce depuis la destruction du Bismarck. Outre qu'il n'aurait eu aucune raison valable pour agir ainsi, Canaris demanderait sa tête en retour et à ce jeu les deux risquaient de la perdre.

Plus que jamais Walter avait besoin de prendre connaissance de tous les documents

---

[136] Walter Nicolai, chef du service de renseignement du haut commandement allemand entre 1913 et 1919.
[137] Amiral Conrad Patzig, prédécesseur de Wilhelm Canaris à la tête des services secrets allemands de 1929 à 1935.

et archives du deuxième bureau français saisis à la Charité sur Loire ; celles-ci, c'était forcé, devaient contenir des indices qui mèneraient au traître. Mais l'amiral fidèle à son habitude éludait le problème, une complication par laquelle il désirait toutefois cacher de n'avoir que peu de pouvoir ; lui-même tributaire du FHW.

L'Abwher ne lui avait donné accès qu'à l'accord qui démontrait que la Suisse avait signé secrètement avec la France une convention militaire dirigée contre le IIIème Reich. L'amiral lui avait affirmé que les autres pièces et dossiers n'avaient que peu d'importance. Jusqu'à présent, il avait dû se contenter de cette réponse.

Il se retrouvait à son point de départ. Canaris proche d'Hitler et de Himmler, bénéficiant de leurs protections ou Canaris opposant conspirateur prêt à fomenter un coup d'État. Qui était qui, ou se trouvait la vérité sur cet échiquier glissant ? Ce dont Walter était persuadé était que l'amiral avait été un national-socialiste convaincu, l'était-il encore ? Le patron de l'Abwher l'informait habilement des manœuvres russes, mais était contre toute apparence à l'évidence le protégé de Himmler, son chef au RSHA. Ces deux derniers n'avaient aucun intérêt à une modification du front alors que d'ordinaire ils avaient des desseins indépendants, l'un ignorant en apparence tout de l'autre.

Raisonnement valable si l'on n'incluait pas la « faute apparente » de Canaris dans la prévision de l'invasion américaine en Afrique du Nord qui interpellait tant Walter. Cet évènement déséquilibrait tous les rapports de force. L'erreur avait beau être mise sur le dos de l'incompétence de ses services, Walter en doutait. Sans écarter la possibilité de se retrouver en présence d'un splendide cas de restriction mentale, le vieux renard était un manipulateur de premier ordre.

L'Abwher était une machine puissante et bien rodée, bien plus que son département Ausland, avec des milliers d'informateurs à sa disposition, dont une majeure partie implantée dans le pays de prédilection de l'amiral, l'Espagne. Cela survenait à une époque pendant laquelle les tractations avec le général Franco n'aboutissaient plus, pourtant le « Caudillo » était très proche du chef de l'Abwher et au plus haut point redevable envers lui. Après tout s'il était au pouvoir, c'est à Canaris qu'il le devait.

Sauf à se tromper sur toute la ligne, d'un point de vue militaire, autoriser l'invasion de Gibraltar empêcherait beaucoup de mouvement allié en méditerranée ; les armées anglaises en Égypte pourraient à nouveau se retrouver à genoux en quelques semaines, la prise du canal signifierait la fin de l'Angleterre.

Walter était persuadé que Wilhelm Canaris aurait pu à force de manipulation convaincre le chef espagnol. Les coïncidences se transformaient en soupçons et les soupçons en suspicion. Il en vint aussi à se demander pourquoi il accordait une telle attention au patron de l'Abwher au point d'en devenir obsédé alors qu'il devrait consacrer toute son énergie à se concentrer sur son plan qui était en voie d'aboutir ? La réponse devenait évidente, il était entouré de signaux lui indiquant qu'il faisait fausse route. Walter avait de plus en plus la conviction de ressembler à un pantin dont tout le monde voulait tirer les ficelles et il avait plus horreur de cela que d'un plat de grenouilles à la française. Avant tout, il devait connaître la raison que l'américain Allen Dulles invoquerait pour justifier ce coup de force en totale contradiction avec leur accord. Il avait à tout prix besoin de savoir à quel jeu risqué ce dernier s'aventurait.

Impossible pour le moment de retourner en Suisse. Une fois de plus, l'homme incontournable se nommait Canaris. Tout revenait invariablement vers lui.

**Schlachtensee, Betazeile 17, maison de Canaris, samedi 14 novembre 1942
11h00**

Le temps était à présent devenu bien trop froid pour encore aller discuter au jardin. Walter s'était enfermé avec l'amiral dans la bibliothèque qui lui faisait office de bureau. Irène et les enfants bavardaient en compagnie de l'épouse de l'amiral au salon. Elle avait même abandonné l'idée de le sermonner pour la désorganisation de sa précédente nuit dominicale.

Canaris semblait détendu comme s'il s'agissait d'une banale visite familiale. C'était en tout cas l'attitude qu'il cherchait à adopter chaque fois qu'il trouvait l'occasion de démontrer sa maîtrise supérieure des informations et des réseaux qui les accompagnaient. Tout en servant une tasse de thé, il expliquait d'une voix joviale : – Bernd Gesivius, grâce à sa fonction au consulat de Zurich, est l'un des meilleurs éléments dont l'Abwher dispose en Suisse. Sous ses airs de diplomate innocent, c'est un homme qui a été très bien formé par la Gestapo, il sait que les chiens ne font pas des chats, il n'a pas son pareil pour détecter en quelques secondes si une locomotive quitte la gare sans ses wagons. Autre atout, il ne démontre aucune sympathie pour nos dirigeants ; Bernd est disposé à emprunter n'importe quel chemin qui mènerait à la paix même si celui-ci est parsemé d'épines.

Le chef du renseignement SD le connaissait très bien pour avoir épluché son dossier sous toutes les coutures, il s'agissait de l'un des principaux artisans de la conjuration de 1938. Canaris devait s'en douter, prudent, il fit comme s'il l'ignorait : – A première vue avec son poste en Suisse on devrait plutôt parler de wagon-restaurant.

- Mon cher Walter, je ne vais pas vous l'apprendre, ce n'est pas tant le menu qui compte, mais la façon de payer l'addition. Cette fois, c'était à son tour. C'est un grand ami du colonel Oster. Comme je protège ce brave Hans contre lui-même et sa grande gueule, l'attaché Gesivius ne peut pas me refuser grand-chose. Quand je lui ai proposé d'aller bavarder avec « Bull », c'est de cette façon qu'on surnomme votre américain, il n'a pas hésité un instant à se rendre sur les bords de l'Aar du côté de l'Herrengasse. Ne vous inquiétez pas, il reste avant tout un diplomate habitué à prendre langue avec tout le monde. Il m'a fait savoir qu'il s'est senti attendu. Votre Dulles devait bien se douter que vous enverriez quelqu'un pour lui demander des comptes.

Sacré amiral, l'attaché d'ambassade était un de ses meilleurs amis, c'était puéril de vouloir le dissimuler : –Vous n'avez pas mentionné mon nom à ce Gesivius quand même ?

- Ne me prenez pas pour un débutant, toutefois je lui ai bien fait comprendre que je devrais partager l'information avec des gens habillés en noir ; cela ne lui a pas beaucoup plu, mais c'est un homme qui sait faire la part des choses. Votre américain n'est pas fou non plus, il n'a pas plus été question de vous.

Walter ne doutait pas un instant qu'Allen Dulles devait être conscient du trouble qu'il avait jeté dans son esprit : – il a une explication valable à donner ?

Canaris savourait son plaisir dominical à petites doses, il prit le temps de boire son thé avant de répondre : –En soi, elle est simpliste, voici de quelle manière Gesivius la résume. Le président Roosevelt n'apprécie en aucune manière l'attitude de l'Allemagne depuis le début du printemps. Il n'est pas question d'un point de vue militaire, car nos deux pays n'ont pas encore été amenés à se rencontrer sur le terrain.

Roosevelt tient Hitler pour responsable de cette tragédie, celle des déportations massives dont les rapports s'accumulent sur son bureau et le remplissent d'une odeur insupportable qu'il ne parvient plus à inhaler ; à plus forte raison que pas mal d'électeurs importants à qui il a fait des promesses lui demandent des comptes, il est à présent tenu d'honorer ses engagements.

Pour votre américain, le son de cloche est différent, selon lui c'est de l'attitude incompréhensible d'Himmler dont il est question, il a perdu l'occasion de prouver sa bonne foi. Ce débarquement chez l'ennemi français, ce sont ses paroles, procure aux américains toute l'armée vichyste d'Afrique du Nord en otage. Un otage gagné à leur cause avec ce maudit Giraud à leur tête. D'après mes agents à Alger, les Américains ont accepté qu'il commande ces départements français. Nous avons bel et bien raté le train à Moulin, vous ne croyez pas ? Maintenant, le français qui nous déteste le plus menace de débarquer en métropole et de libérer son pays.

- C'est possible ?

Canaris leva les yeux au ciel : – Bien sûr que non. Là-bas, les Français sont certes près de cinq cent mille dont quatre cent mille indigènes, à part quelques pétoires ils sont presque désarmés. Les généraux américains doivent voir d'un mauvais œil l'idée de fournir du matériel à des gens qui tournent avec une telle rapidité leurs vestes. Ajoutez qu'ils savent avec juste raison que nous les attendons de pied ferme.

- Avec notre corps Afrique dans le dos qui lui-même a les Anglais dans le sien.

- Exact, cela n'en reste pas moins que nous demeurons une force conséquente qui pourrait leur faire très mal. Si elle parvient à toquer à leur porte, cette force garde des chances de rejeter les Américains à la mer, ils doivent en être conscients. En outre, les Français se chamaillent entre eux, ce détestable Giraud a dans les pattes l'amiral Darlan. Ce dernier se réclame de Vichy en soutenant que le maréchal Pétain est retenu prisonnier. Un foutoir. Que voulez-vous, La France restera la France.

- Vous croyez à l'explication de l'américain Dulles. Amiral, en ce qui me concerne, pas un mot n'est vrai ?

- Je suis de votre avis, vous avez pu remarquer que cela arrive de plus en plus souvent ces derniers temps. Ma conclusion c'est que le réel souci des Américains reste celui de la flotte de Toulon, c'est une concession d'Hitler à Pétain, le port demeure une zone non occupée à condition de nous aider à empêcher une invasion américaine. Ce Darlan leur a demandé de le rejoindre, ils n'ont eu aucune difficulté à faire belle figure et refuser, étant donné qu'ils n'ont pas une goutte de mazout dans leurs cuves. Leurs bâtiments ne sont pas neufs, mais ils peuvent réaliser beaucoup de dégâts en Méditerranée.

Comme Schellenberg semblait perdu dans ses réflexions voyant qu'il ne disait mot il poursuivit : - En définitive, le vrai problème de votre américain c'est vous ; il ment, car il ne peut pas trouver une autre manière de vous l'expliquer, mais il ment mal. Il se retrouve dépassé par la volonté présidentielle. Il ne peut qu'attendre la suite des évènements. Ne perdez pas de vue que lui et ses amis savent qu'en disposant de la flotte française pour protéger les convois approvisionnant les divisions de Rommel nous aurions toutes les chances de capturer leur contingent, dans ce cas Roosevelt devra démissionner. Vu ainsi, la carte change, elle est jouable au poker comme à la guerre.

Si la tournure devient différente, dans peu de temps vous n'allez plus lui être utile à grand-chose. Malgré tout, il cherchera à vous tenir sous le coude, vous avez servi ses intérêts. À travers vous, à condition de conserver votre place, il peut approcher Himmler, son intention n'est pas de couper le fil. Il a raconté une anecdote à Gesivius qui l'a fait tiquer et a éveillé mon attention, il y a quelques jours il est rentré à Berne de Washington via Lisbonne et Barcelone, le dix d'après ses dires. En possession de son passeport américain, il a été assez longtemps arrêté par les Français à la frontière avec la Suisse. Ça a coïncidé à la date ou nos troupes ont envahi leur zone dite libre. Au moment où il pensait être remis au SD, il a mystérieusement été libéré et a pu franchir in extremis la ligne suisse. Un conseil, faites-lui croire que c'est grâce à votre intervention.

Walter était une fois encore étonné par l'imagination à ce point tortueuse du chef de l'Abwher, la sienne allait déjà plus loin : – Excellente proposition, s'il en a parlé à Gesivius c'est que l'idée l'a déjà effleuré. Dulles doit à sa manière avoir voulu me faire passer un message à travers lui, une façon de me dire merci, à une autre fois. Pourtant je dois me résoudre à conclure que si sa faction est dépassée tout est remis en cause ?

Canaris leva les bras en signe d'impuissance : –Ne voyez pas en moi le devin que je ne suis pas, écoutez juste mon analyse, elle vaut ce qu'elle vaut, mais c'est la meilleure dont vous disposerez pour les semaines qui suivent. L'occasion est trop belle pour Staline, personne ne réunit autant de forces dans l'éventualité d'un cesser le feu ; il se tient aux aguets, je suis à présent certain que le russe va attaquer dans les jours prochains. Notre grand stratège est tombé dans le panneau, pour protéger la France il a dégarni ce qui lui était nécessaire du front russe à la place de le renforcer au sud. Alors qu'il suffisait d'envoyer une division parachutiste épaulée par des Brandenbourg sur le port de Toulon pour attendre l'arrivée de nos chars et capturer cette flotte sans demander l'avis des Français, y monter les hommes de la Kriegsmarine et fondre sur les Américains et leurs nouveaux alliés, par la même occasion ramener ce Giraud à Königstein. On se débarrassait de tout le monde en une seule opération. Nous tiendrions les deux côtés de la méditerranée et ils n'oseraient plus imaginer un débarquement avant les vingt prochaines années. Staline serait khan quelque part en Mongolie, Lindbergh président, Churchill apprendrait à fumer le cigare aux kangourous.

Canaris emporté par le sujet redevenait le marin vindicatif, il était urgent de le faire redescendre à terre : – Combien de temps avant l'offensive d'après vous, je parle de la Russie ?

- Ils auraient déjà dû quitter leurs positions depuis une semaine, c'est très difficile de dissimiler autant d'hommes.

- Ghelen ne change pas d'opinion amiral ?

- Même s'il changeait d'avis ce matin, cela n'aurait plus aucune importance. Il a une idée fixe que lui a transmise Hitler, l'attaque sur le groupe d'armée centre pour protéger Moscou. Vous allez apprécier la suite par vous-même, un officier rouge capturé par une unité Walli nous a informés qu'ils avaient des conseillers américains un peu partout. En clair, ça veut dire que là aussi votre américain a perdu la main. Probablement pas de façon définitive, les gens comme lui sont des chats qui retombent toujours sur leurs pattes, mais même si c'est provisoire plus rien ne sera jamais pareil. Tâchez d'en saisir l'opportunité. Continuez à faire comme si vous croyez à ses explications, peut-être pas maintenant, mais le moment venu ça vous servira. Dans notre métier, tout est question de patience.

De la patience, une bonne dose s'avérait indispensable dans le renseignement, mais elle finissait souvent par payer. À présent, il avait la certitude que l'amiral n'était pas le dirigeant du ou des traîtres dissimulé à l'O.K.W. qui informait Moscou. S'il avait adressé Bernd Gesivius, son envoyé spécial permanent en Suisse, aux Américains, c'en était la preuve irréfutable. Il existait une incompatibilité fondamentale, il ne pouvait servir les deux, l'homme était un anticommuniste convaincu. L'amiral ne pouvait profiter à deux maîtres avec des buts distincts et opposés. Walter trouva le moment opportun pour poser la question qui lui brûlait la langue : – Votre Bernd Gesivius a aussi mis son doigt dans la soupe en 1938 ?

- Vous connaissez un bon potage sans bouillon de viande Walter ?

La seule chose qu'il comptait avaler à présent était sa fierté. Le plat consistait à prévenir sans laisser transparaître son humiliation le lieutenant-colonel Gehlen de la supercherie américaine. Tenter par la même occasion de lui expliquer que peu devait lui importer si von Sedlitz se rebellait. Cela n'influencerait en rien le secteur centre qu'il privilégiait envers et contre tout.

UN ETE SUISSE

CINQUIÈME PARTIE

Stalingrad, terrain d'aviation de Pitomnik, mercredi 18 novembre 1942

L'image se superposait à toutes les autres, obnubilées par cette délicieuse pensée depuis une semaine, Göttingen, l'endroit magique d'Allemagne où demeurait Ruth sa fiancée. Son chef direct le lui avait refusé, mais à force d'intrigues le général von Hartmann lui était sans le vouloir venu en aide. Lors de la transmission de ses clichés vers Berlin le général commandant de la 71 division d'infanterie était tombé par hasard sur la photo de la fontaine aux enfants avec le chariot d'artillerie en arrière-plan. Ce hasard qui ne cessait de le soutenir et auquel Wiegand avait donné un coup de pouce en se trouvant au bon endroit au bon moment. Pas n'importe quel attelage, un chariot de l'artillerie de sa division en plein assaut au cœur des flammes, un instantané de toute beauté qui ferait avec un peu de chance la couverture de Signal. Von Hartmann avait fait appeler Wiegand pour le féliciter en personne. Après les compliments, il lui avait demandé s'il avait un souhait particulier. Le général n'avait pas dû répéter sa question !

Après s'être présenté, son titre de permission en main, il fut autorisé de se joindre à la queue pour entrer dans le Junker 52 à destination de Stalino. Ses pieds commençaient à refroidir pour de bon, il ne sentait déjà plus ses orteils. Deux feldgendarmes indifférents avaient débuté l'examen minutieux des papiers, il était le dernier de la file, le vingtième. Mais si un blessé arrivait, celui-ci aurait la priorité sur lui. Dans les ultimes minutes un capitaine des troupes d'assaut se rajouta, probablement « aidé » par une bienveillante relation et il en fallait pour avoir le laissez-passer pour intégrer la rangée à cet endroit. Ils décolleraient en surpoids, mais c'était assez courant, à Stalingrad les pilotes ne s'encombraient pas trop du règlement. Wiegand fut l'avant-dernier à monter dans le Ju 52, le capitaine le poussa pressé de fermer la porte en se trouvant du bon côté. Maintenant, il transpirait à grosse goûte, l'estomac tordu par l'angoisse de l'attente, finalement l'appareil se mit à rouler vers le bout de la piste.

Cet endroit maudit n'allait pas lui manquer. Rien que du froid, des poux et de la mauvaises nourritures ; forcé à se cantonner dans une ancienne distillerie de vodka derrière la gare principale. Les offensives d'octobre s'étaient essoufflées et il ne se présentait pour ainsi dire plus rien à photographier à part des landsers barbus et chevelus grelottants dans des uniformes sales et déchirés. Pas des images que le ministère de la Propagande allait approuver. Il ne manquait presque rien pour terminer la bataille, juste une toute petite bande le long de la rive et quelques ateliers d'usine au nord, après ils seraient relevés. Le samedi précédent, il avait été tenté de filmer les assauts aux fonderies du nord, mais le froid de moins vingt-cinq sous zéro bloquait son précieux Leica. Et puis pourquoi courir des risques à prendre des clichés de décombres à quatre jours du départ ?

La neige tombait quand les roues quittèrent le sol, le ciel était aussi blanc que la terre qui n'existait déjà plus.

Serafimovitch, jeudi 19 novembre 1942, 11h25

Aucun général n'est censé l'ignorer, la chance peut se substituer dans une proportion plus ou moins conséquente aux plans les mieux conçus, les hasards de la guerre sont pour une part importante tributaires d'un malheureux coup de dé.

Von Richthofen avait eu une mauvaise main, son aviation de la Luftflotte 4 s'était en grande partie envolée en Afrique du Nord. Quand le Colonel Herhudt von Rohden récemment déménagé de Marioupol vers le nouveau quartier général de la Luftflotte à Yessentouki dans le Caucase eut en ligne l'état-major de la sixième armée à Golubinskaya il chercha en vain une justification pour expliquer que la reconnaissance aérienne était pour la plupart redéployée dans le nord de la France, ils ne devaient pas non plus compter avec de soutien tactique des bombardiers en piqué, le 76 ème groupe, sa meilleure escadrille se trouvait depuis trois jours à plus de deux mille kilomètres en Crète. De toute façon, le brouillard était à couper au couteau.

À l'état-major du XXXXVIII corps panzer, le général Ferdinand Heim de son côté s'asseyait lentement sur sa chaise en se grattant la tête, il venait de raccrocher au nez du général Eberhard Rodt. Le commandant de sa plus puissante division de char 22 ème finissait à peine de lui apprendre par d'interminables précisions que plus de la moitié des blindés refusaient de démarrer. Les moteurs avaient été protégés des grands froids par de la paille. Des milliers de souris y avaient fait leurs nids et s'étaient alimentées avec l'isolation des câbles électriques. Les cent soixante-dix mille Roumains qui faisaient face à l'offensive soviétique devraient se débrouiller sans eux.

Dans les montagnes de Berchtesgaden au Berghof le führer convaincu que le russe était hors d'état d'entreprendre quoi que ce soit avait jugé inutile de convoquer un responsable de l'OKH, le feld-maréchal Keitel était lui bien présent. Un responsable de l'OKW qui n'avait pas été en mesure de partager avec Hitler les craintes qu'aurait dû émettre sans hésitation un Canaris en pleine possession de ses moyens. Un chef de l'Abwher à l'esprit épargné par ses tourments et attentif à ses notes d'information lui aurait à coup sûr confirmé sa conviction que l'attaque prévue sur le groupe d'armée centre frapperait Stalingrad. Hélas, précisément cette semaine l'amiral avait la tête tournée ailleurs.

Le colonel Ross, officier du génie désigné à la mise à feu des charges posées sous le pont de Kalatch, de manière incompréhensible n'exécuta pas la mission qui aurait stoppé la pince nord de l'armée rouge ; sa mise en œuvre aurait permis à la sixième armée d'obtenir le temps nécessaire pour monter une contre-offensive en bonne et due forme.

Lors du déjeuner de midi Paulus est de bonne humeur au final l'opération Hubertus pourrait encore se conclure par un succès, il en profita pour féliciter le comte von Schwerin commandant de la 79 ème division d'infanterie ; un peu plus de l'usine octobre rouge viennent d'être conquis, deux ateliers gigantesques. Il gardait tous ses espoirs de passer Noël auprès de son épouse. Il propose à son état-major de se réunir après le repas pour planifier l'attaque du lendemain sur le Martinofenhalle par le 179 bataillon de pionniers aidé de la légion croate. Personne n'avait pensé à le prévenir de l'offensive de l'armée rouge sur le Don.

Berlin, Berkaerstrasse jeudi 19 novembre 1942 16h00

À quoi bon disposer de bureaux puisque se réunir à la rue était devenu une habitude. L'amiral lui avait téléphoné pour lui demander de le retrouver dans la demi-heure à sa voiture qui l'attendrait stationnée au coin de la chaussée. Assis au volant, il lui fit signe de le rejoindre dans la Mercedes ; comme il prenait place Canaris démarra en expliquant : – c'est à présent le seul endroit sûr de Berlin pour pouvoir nous parler en toute discrétion. Vous êtes au courant ?

- Jusqu'à présent, je n'ai obtenu aucun détail, mais les bruits vont bon train. Le russe a déclenché une offensive de grand style.

- Pas une offensive, l'offensive. Les services roumains ont vu juste, l'armée de Paulus va se retrouve avec plus d'un million d'hommes et des centaines de chars sur ses flancs décidés à en découdre.

- Quelque chose a dû se passer.

- Il se passe que ça ne se déroule pas comme vous l'aviez prévu. Les Suisses ont acheté du plâtre russe à votre ami américain après ils vous l'ont vendu pour du fromage. Depuis des mois, je vous mets en garde. Vous avez été manipulé Walter et je m'y connais, admettez le une fois pour toutes. À présent, il faut sauver nos têtes, si nous ne prenons pas les devants nous allons nous retrouver face à un peloton d'exécution, bâillonnés pour ne pas pouvoir parler. Peut-être même noyés dans le Landwehrcanal, et je dois vous avouer que je nage très mal. Votre Reichsführer va bientôt se rendre compte de ce qui s'est tramé, il va s'enfermer dans les toilettes et se vider de peur que le führer apprenne son rôle. Pensez bien que votre chef n'en sortira que s'il ne risque plus rien, il pourrait récupérer d'emblée ses réflexes de marchand de poulet en vous tranchant la gorge lui-même.

Walter réfléchissait à toute vitesse ; l'amiral était trop dramatique à son goût, le connaissant, il cherchait à créer une tension du pire bien supérieure aux besoins actuels de la situation : – notre armée est en mesure de résister. Je conçois que c'est en contradiction avec tout ce dont nous avions convenu. Cependant, il doit exister une explication, c'est malgré tout un peu tôt pour la trouver.

- Il existe toujours une justification, mais c'est rare qu'elle corresponde à la réalité. A la marine on a coutume de dire que c'est un sparadrap sur une jambe de bois. Pour revenir à la résistance de notre armée, il faudrait qu'en l'occurrence on parle de notre armée et ce n'est pas le cas. Les flancs de Paulus sont gardés par tous les fonds de tiroirs de l'Europe, des Roumains, des Hongrois, des Croates et pleins d'Italiens en général armés avec à peine un peu plus qu'un lance-pierre. Bien sûr, nous avons des forces. Trois quarts de millions d'hommes, mais on réunit avec difficulté un tiers de troupes allemandes.

Des soldats souvent au bord de l'épuisement, des régiments exsangues brisés par deux mois de luttes abominables, des divisions sans réserve de carburant ni de munitions. J'ai pu lire les rapports sur les assauts, ce furent des combats dans des ateliers, des étages de maison parfois au lance-flamme. Si vous l'ignorez, c'est que vous n'avez pas accompli correctement votre travail.

- Ou pas d'amis à Bucarest amiral !

- Ou pas d'ami tout court !

- Vous n'envisagez tout de même pas que je sois votre ennemi.

Canaris lui lança un regard énigmatique : – Non, bien sûr ! Par contre, c'est le moment de se prouver l'un à l'autre notre franc jeu.

En tout cas, c'était la première fois qu'il se sentait de plain-pied avec l'amiral : – Quoi qu'il en soit cette affaire n'aurait pas dû se passer. Pourquoi Ghelen n'a-t-il pas averti ? C'était son travail bien plus que le nôtre.

- Reinhardt demeure obnubilé par le groupe d'armée centre, il tient en permanence son regard tourné sur Rzhev. Il répète en boucle qu'une source fiable confirme depuis le douze octobre une analyse postérieure faite par ses services comme quoi le rayon de protection de Moscou sera celui de la contre-offensive soviétique. Je ne lui cherche pas d'excuses, mais je le comprends. Les choix sont difficiles. Il reste malgré tout une petite chance qu'il ait raison, que ce ne soit qu'une diversion. Pourquoi vos Américains n'ont-ils pas tenu leurs engagements ?

Walter était loin d'être convaincu par l'attitude incohérente du FHO, il avait bien une idée du pourquoi de ses raisonnements absurdes, mais ça n'avait aucune d'importance pour le moment. Quant aux Américains, il ne comprenait pas, Allen Dulles semblait si persuadé de sa domination avec ses dossiers secrets. Mais à quoi bon se mettre à y réfléchir en cette fin de journée, sur l'heure ses préoccupations devaient se centrer sur les initiatives urgentes à prendre, si c'était encore possible. Il préféra ne pas répondre.

Ils continuèrent la route, chacun perdu dans ses pensées. Machinalement, le chef de l'Abwher avait conduit jusqu'à Zehlendorf, en s'engageant dans sa rue après avoir dépassé sa maison il vira à droite et stoppa près de la demeure d'Heydrich à présent abandonnée. Une fois le moteur coupé il se tourna vers lui, malgré le contrôle qu'il voulait garder son visage extériorisait des sentiments perturbés : – Vous voyez, on revient en général à l'endroit dont on est parti. C'est parfois nécessaire de tout mettre en œuvre pour rejoindre son port d'attache. Je parle de remettre les compteurs à zéro. Redevenez pour quelques heures l'adjoint d'Heydrich, agissez comme s'il était toujours là. Bientôt, il vous faudra affronter le Reichsführer, faites-le au plus vite, de la même manière arrogante qu'il l'aurait fait, ce dernier le craignait comme le feu. Si cela vous est difficile, ayez au moins une attitude qui démontre que vous restez sur de vous quoi qu'il dise. Je vais vous offrir une confidence exceptionnelle, j'ai connu Himmler il y a vingt ans. À l'époque j'étais déjà parfaitement rodé au métier que j'exerce, avec un peu de peine je suis tombé sur quelque chose qu'il veut à tout prix cacher. Mais voilà, cette chose n'est peut-être pas assez importante pour maîtriser la réaction qu'il pourrait avoir dans les jours qui vont suivre. Du moins, c'est ce que je crois.

- Naturellement, c'est un ballon hors du franc jeu que vous proposez, vous ne comptez pas me dire de quoi il retourne n'est-ce pas amiral ?

- Exact mon jeune ami. Nous étions deux à savoir, ça s'est présenté un an après l'excursion d'Hitler à la pension Hanselbauer à Bad Wiessee[138]. À cette époque, j'avais décidé de partager mon information avec Heydrich. Des liens tissés à la marine nous rapprochaient plus que son uniforme nous éloignait.

- Vous ne me direz pas pourquoi non plus.

- Si ! Himmler devenait de plus en plus puissant, beaucoup trop à mon goût après l'affaire Röhm. Un contre-pouvoir devenait nécessaire, nous en avons tous besoin d'un pour que l'équilibre reste acceptable ou ne se transforme pas en une simple lutte de prédateurs. En quelque sorte, vous êtes dans le cas présent devenu le mien. Reinhardt avait senti le vent passer de trop près avec Rudolph Diels[139] et Paul Hinkler[140], il a su apprécier.

- Sans me faire connaître ce secret à quoi cela vous sert 'il de me le raconter ?

- Pour que vous preniez dès maintenant en compte que votre chef sait qu'il n'est pas infaillible. Qu'il devrait se méfier de vous comme il se gardait du général. Par ricochet, vous me protégerez. Avant de l'affronter, prenez avis auprès d'un militaire. Inutile de vous préciser à qui je pense !

Walter médita quelques instants. Canaris se montrait logique comme toujours. Il ne parvenait pas à trouver une solution mieux appropriée, alors autant écouter ses suggestions : – Je vais suivre vos conseils. À présent, nous nous retrouvons dans une situation dans laquelle nous allons devoir envisager le pire. Et dans le pire, on découvre souvent le meilleur.

- Je ne vous comprends pas.

- Après tout, c'est éventuellement l'occasion rêvée... mais à chacun ses cachotteries. C'est à présent grand temps de ne plus perdre de temps, si vous me reconduisez Berkaerstrasse je vous en serais infiniment reconnaissant. Et je vous remercie pour la promenade et vous avez raison pour la question du caractère confidentiel, il n'existe pas mieux que de se balader sur quatre

---

[138] Pension Hanselbauer à Bad Wiessee ou fut arrêté Ernst Röhm le 30 juin 1934.
[139] Chef de la Gestapo de 1933 à 1934.
[140] Éphémère successeur de Diels en septembre 1933 à nouveau remplacé par ce dernier en octobre 1933.

pneus.

Bords de la Havel, vendredi 20 novembre 1942, 09h00

Pourquoi se passer de l'idée d'une succursale mobile de la Berkaerstrasse qui commençait juste à faire ses preuves. Avant d'affronter le Reichsführer, suivant le conseil du chef de l'Abwher, il avait tenu à parler avec le général Franz Halder qu'il avait embarqué devant sa maison de Grunewald. Sa voiture n'était pas aussi spacieuse que celle de l'amiral, mais à devoir choisir avec un peu de bonne volonté elle pourrait à l'avenir se convertir en un parfait bureau roulant outre qu'elle était équipée d'une radio de communication. Il avait même augmenté le confort en se munissant d'une bouteille thermos et de deux tasses.

- Vous êtes un bienheureux colonel, vous disposez à volonté de votre liberté d'action ; sauf erreur de ma part, dans peu de temps ce ne sera pas le cas de tout le monde.

Walter qui commençait à bien le connaître devinait qu'il avait préféré cette entrée en matière elliptique pour évoquer la situation de l'armée à Stalingrad.

Avant de répondre, il se parqua loin des regards sur la chaussée qui bordait la Havel. Il laissa tourner le moteur pour bénéficier du chauffage afin de ne pas se geler, dans sa hâte il avait quitté sa maison en oubliant de passer un manteau sur sa veste d'uniforme. Après avoir poliment donné la seule couverture qu'il avait à sa disposition au général, il leur servit un café brûlant : – J'ai mis du sucre dans la bouteille. Ce n'est pas non plus le cas de tout le monde en Russie, hélas. Inutile de vous expliquer pourquoi nous nous voyons.

Franz Halder plié aux coutures par son éducation prussienne évita de lui adresse des reproches ni de lui demander des comptes, juste une raideur dans son attitude, une légère intensité dans son regard témoignait de son mécontentement : -Inutile en effet. Mais à quoi bon vouloir commenter des évènements dont au moins la hauteur d'une partie était prévisible ? En outre, vous n'ignorez pas mes points de vue sur cette opération bleue et l'aberration qu'elle traîne avec elle depuis juillet. Je dois vous apprendre que c'est moi qui l'ai imaginé en novembre 1941, bien avant notre défaite devant Moscou.

Walter encaissa la remarque sans s'étendre, c'était inutile : - C'est l'avenir qui m'intéresse général ?

- Vous croyez que j'ai à ma disposition une boule de cristal ?

- Mais vous possédez néanmoins des informations !

- Colonel Schellenberg, après avoir été des années chef d'état-major de la Heer, ce serait à désespérer de tout si je n'avais pas gardé de bons amis. Zossen est une grande famille dont je demeure membre. Quand bien même, si je ne suis plus présent, mes avis sont encore pris en considération par d'autres généraux, ils me téléphonent ou nous nous voyons pour dîner. J'en abuse même un peu avant d'aller pour le restant de mes jours m'installer dans l'ennui de la Bavière. Être écarté à un côté déprimant auquel il est difficile de se résoudre ; pour tout dire, je ne m'habitue pas.

   Le général s'était resservi un demi-gobelet qu'il but lentement en regardant droit devant lui avant de tourner la tête : - Assez de larmes, vous n'êtes pas là pour entendre mes lamentations. Bref, pour apprécier ce qui se déroule en ce moment vous devez avant tout pouvoir disposer d'un certain recul, il faut que vous preniez en compte que cela pourrait constituer qu'une simple diversion, le russe est passé maître en la matière. À vrai dire je n'y crois pas beaucoup. Bien évidemment, Rzhev doit rester leur grande préoccupation, mais pas plus importante que le blocage de la Volga, les problèmes du Caucase et le vent de révolte qui y souffle. Ce qui me donne à réfléchir, c'est qu'ils ont mené leur attaque sur les seuls flancs nord de Paulus. Un lieutenant en première année d'école de guerre vous expliquerait que la situation étant encore moins défendable sur son flanc sud, ils auraient dû lancer en même temps des opérations à partir de ces positions. Il existe cependant un bémol, les généraux russes ne sont pas de grands innovateurs. Il se crée en ce moment, et selon ce dont j'ai eu vent tard hier soir, une double ligne d'assaut. Nous leur avons appris cette tactique à Smolensk et à d'autres occasions ; après le prix exorbitant payé, ils ont bien retenu la leçon. Elles sont distantes d'environ cinquante kilomètres vers l'ouest, mais à plus de cent kilomètres de la ville et ça comme on vous l'aurait enseigné à l'école de guerre, c'est un mauvais présage.

- Expliquez-moi général, mon ignorance en la matière n'est pas une nouveauté ?

   Pour faire simple, je dirais que c'est très loin, il semblerait qu'ils ont l'espoir de ratisser large. La pointe se situe à cent quatre-vingts kilomètres de la Volga.

- Ce qui voudrait dire ?

- Prendre toute la VIème armée de Paulus et la IVème de Hoth à front renversé.

- Ce serait possible ?

- Ce sera très difficile pour eux d'obtenir un succès stratégique si Paulus mène une contre-attaque sur le champ. Disons dans les quarante-huit heures. C'est mon analyse et elle est partagée.

- Alors c'est un coup pour rien des Russes.

- Pas du tout, c'est là que vous vous trompez. Si les troupes russes se confirment aussi puissantes qu'elles semblent l'être, Paulus ne pourra faire face qu'en tournant l'ensemble de ses forces à cent quatre-vingts degrés. Ce qui veut dire une contre-offensive qui abandonnerait la ville de Stalingrad. Tôt ce matin on m'a demandé en confidence mon avis. L'état-major du groupe d'armée insiste déjà pour prendre des positions d'hiver sur la ligne du Don et de la Tschir. J'ai répondu qu'il y a un mois que cela aurait dû être le cas, à présent c'est l'unique solution logique.

- Après une telle mesure d'après vous tout rentrerait dans l'ordre, façon de parler ?

- De la théorie à la réalité, le pas à franchir reste grand. Avec un peu de chance, ça devrait aboutir à une stabilisation. Cependant, Paulus se retrouvera devant l'impossibilité de réaliser cette audacieuse manœuvre. Hitler s'y opposera de toute sa volonté. À l'heure actuelle, il n'est pas arrivé à Rastenburg, tout le monde attend ses directives. Du haut de ses montagnes, il a déjà fait entendre que von Manstein pourrait devenir le nouveau patron en remplacement de von Weichs, ce dernier a eu l'aplomb de prôner le repli. Je le connais assez pour l'avoir fréquenté durant des années, suffisamment pour deviner ses réactions, il réagira pareil que pendant l'hiver passé, pas un pas en arrière, les généraux trembleront de peur. Ils ont en tête le sort des Hoepner, Guderian, von Rundstedt. Cet homme s'il est ignorant des tactiques a, au lieu de cela des réflexes primaires, il se comportera de la façon dont le font les ex-miséreux, il ne cédera pas un mètre carré de ce qu'il considère dorénavant comme son jardin potager.

Walter avait entendu de la bouche d'Halder de quoi faire condamner l'ancien chef d'état-major à de nombreuses années de camp et lui pour l'avoir écouté. Au point où il en était, cela n'avait plus aucune sorte d'importance, sa fatigue par rapport à tous ces scénarios le submergeait peu à peu. Il tendit une flasque de cognac au général, il fut surpris lorsque celui-ci accepta. Après avoir gardé la lampée un moment en bouche, il l'avala. Comme si ça lui avait donné un regain d'énergie il se redressa sur le siège inconfortable et posa la main sur son épaule : – Vous connaissez les regrets que j'éprouve de ne pas avoir poursuivi mon œuvre en 1938. Quand elle se présente, il est nécessaire de saisir l'occasion au vol. Il faut à tout prix savoir profiter de l'action sans tarder. Dans ce cas précis, en manœuvrant habilement, cela pourrait amener l'armée à se révolter. C'est ce que beaucoup escomptaient de nous à l'époque. C'est un peu ce que vous désiriez aujourd'hui colonel ou je me trompe ?

Le général était encore une fois parvenu à deviner ses intentions même si elles étaient restées très vagues depuis hier. Il avait pensé à autre chose à la fin de la conversation avec Canaris, mais pourquoi ne pas réunir les deux idées pour n'en faire qu'une : – elle est encore capable de ça ?

- Pas de la façon dont vous l'imaginez, mais il suffit d'un élément au caractère bien trempé pour décider les généraux les uns après les autres à enfreindre les ordres. Ça créerait un précédent qui pourrait tout faire basculer. Dans l'impossibilité de trouver le sommeil cette nuit, je me suis rendu auprès de Ludwig Beck mon prédécesseur à l'état-major, il habite à côté de chez moi à Lichterfeld. Nous nous retrouvons du même avis, ce qui n'a pas souvent été le cas, il faut que les maréchaux se révoltent. Hitler doit abandonner la direction de l'armée. Ce serait une première étape, bien que différente, elle correspondrait de toute manière à votre plan.

Son plan était à première vue bien compromis, cela ne voulait pas dire irrémédiablement perdu pour autant : –Leur faire prendre conscience qu'ils prennent le risque de perdre une armée ?

- Cette fois encore, il faut bien constater que vous n'êtes pas un stratège militaire. Par contre, je connais mon métier. Ce que je vais vous apprendre est la conclusion à laquelle je suis arrivé avec un autre général et deux feld-maréchaux. Si vous regardez attentivement une carte, elle saute aux yeux. En cas de succès, le russe sera tenté de pousser son avantage le plus au sud possible. Toutes les armées sud seront pris au piège. C'est de cette façon que nous aurions opéré en tout cas. Si Paulus ne peut retraiter, cet avantage atteindra la proportion d'une chance sur deux. Et croyez-moi je vous assure de rentrer dans les ordres si Hitler la lui autorise. Ça signifie qu'il y a une possibilité sur deux que la guerre se termine à Noël, sinon à Pâques au plus tard.

- Pour une simple offensive ?

- Si vous me promettez de me parler ce que devient l'explosif à l'uranium des Américains de mon côté je vous expliquerai la vraie histoire, de par quelle façon nous avons vaincu les Français en passant par les Ardennes. Une offensive bien menée peut réduire l'ennemi à peau de chagrin.

- Vous marquez un point, malgré cela ce n'est pas le jour adéquat pour comparer les scores, nous nous trouvons jusqu'à présent dans le même camp. Qui est-ce ce général au caractère bien trempé auquel vous pensez ?

- Vous le savez très bien, von Seydlitz, mais cela, ça risque de ne pas être facile. En 1938, il s'en est fallu d'un cheveu pour qu'il se joigne à nous. C'est une personne de convictions !

Walter savait que la clé de son mécanisme se nommait toujours Reinhard Gehlen, un homme qui à présent devait le haïr.

Zossen, Maybach I, bloc A3 centre Walli I, FHO, vendredi 20 novembre 1942 12h00

Dans le cadre des accords de mars, Walter s'était vu informé à la dernière minute par l'officier de liaison du département IIIC de l'Abwehr chargé des relations avec le RSHA d'une réunion d'urgence des divers services de renseignements avec l'armée. Canaris l'en avait prévenu officieusement tout en lui demandant de laisser fonctionner le canal normal.

Après avoir dû insister lourdement et user de quelques menaces en invoquant Himmler, le colonel finit par s'entendre dire du bout des lèvres que sa participation pourrait s'avérer souhaitable en considérant la convention définie depuis cette date. N'importe lequel des demeurés se douterait qu'un SS n'incarnait pas la personne qu'on voulait volontiers voir dans ce lieu sacro-saint de l'état-major. Sa présence n'était pas la bienvenue, on ne manqua pas de le lui faire ostensiblement comprendre dès son arrivée. Peu lui importait, effectuer le déplacement à Zossen était indispensable avant de rencontrer le Reichsführer. Une démarche humiliante, non sans posséder un bon motif, celui d'y coincer le patron du FHO dans un endroit où Reinhardt devrait se tenir relativement discret.

Le bloc A3, comme tous les autres d'ailleurs, était un lieu humide et désagréable aux murs mal éclairés, recouverts d'une peinture gris terne dont les relents de moisissures se masquaient à peine sous l'odeur des cigarettes. Dès que sa cible fut en vue, se frayer un chemin dans un couloir d'officiers aux uniformes colorés de rouge, d'or et de distinctions brillantes affectant de soigneusement l'ignorer représentait une épreuve mineure en comparaison de la suite. Par effronterie, Walter avait mis un point d'honneur à porter sa croix de fer autour du cou.

En le prévenant de la présence du responsable du FHO, Canaris avait joué le jeu. Le moment de surprise passé, Walter eut à peine le temps d'entamer la conversation avec un lieutenant-colonel Gehlen de fort mauvaise humeur ; celui-ci chercha d'emblée à couper court prétextant perdre inutilement ses peu d'instants disponibles dans des futilités, ce à quoi il n'avait pas tort de croire, alors qu'il devait se rendre immédiatement auprès du chancelier à Rastenburg, ce en quoi il n'avait aucune raison non plus de croire, le führer ne s'y trouvait pas. Peu lui importait, même caché sous la table d'Hitler dans son train, le chef du renseignement extérieur SD était déterminé d'acculer Reinhard sans lui laisser le l'occasion de souffler.

- Vous n'avez pas à m'en vouloir colonel Gehlen, la supercherie était trop belle. Je suis là pour vous prévenir et tenter de réparer ce qui peut encore l'être.

Le lieutenant-colonel ne se s'embarrassa d'aucun protocole pour lui rire à la figure. Deux généraux, cheveux blancs, bande de pantalons rouges, hautains, se retournèrent savourant sans vergogne une situation paraissant rehausser l'autorité de la Heer. Avant que tous les yeux se braquent vers eux, Walter lui saisit vigoureusement le bras pour l'entraîner à l'écart près des bruyants téléscripteurs auparavant de subir stoïquement ses railleries tout en espérant qu'elles restent couvertes par le staccato sur les cylindres des appareils. Gehlen se dégagea vivement de sa poigne, mais ne l'en suivit pas moins : - Les Américains vous ont bernés, c'est de bonne guerre, moi-même j'ai accordé beaucoup trop de crédit à votre belle histoire ce qui m'a amené à réaliser des choses très sales. En ce qui concerne votre désir de remettre la machine en ordre de marche, figurez-vous que chez moi sont nées les mêmes ambitions il y a une dizaine de jours. Point besoin d'être un surdoué du renseignement pour comprendre que leur débarquement en Afrique du Nord vous renvoyait dans les cordes. Votre orgueil y survivra ? Probablement ! Dommage j'aurais apprécié de poser quelques fleurs sur le cercueil. De chardons, bien entendu.

Le chef de l'AMT Ausland dut recourir à sa tactique favorite qui fonctionnait presque à tous les coups. Il regarda longuement le bras de son interlocuteur avant d'afficher après un haussement d'épaules son air le plus candide d'étudiant encanaillé : - Nous pouvons nous passer des Américains et à la rigueur les remercier, car en nous faisant appréhender que le conflit ne puisse plus se voir remporté à notre avantage, ces gens nous ont décidés à accepter l'idée d'un cessez-le-feu sauvegardant largement nos intérêts. Je le crois encore possible si nous unissons nos efforts.

- Qu'espérez-vous Schellenberg, que nous entamions ensemble une ronde en compagnie de Canaris en chantant Lily Marlène. Faites ce que bon vous semble, de mon côté j'examine quelques solutions. Oui, c'est exact, la guerre n'est plus gagnable, or elle n'est pas perdue pour autant, grâce à Dieu, des alternatives subsistent néanmoins. Malheureusement, à présent nous devenons les jumeaux ennemis du renseignement se tenant par un cordon ombilical vers cette expectative, si votre tête roule dans le son, la mienne suivra de quelques secondes. En dehors de cela, oubliez mon existence.

Walter avait décidé de monter les dents : - Allez attendre le führer à Rastenburg et prendre ses ordres si cela vous chante, sachez cependant qu'il respire encore l'air du Berghof. Auparavant, j'insiste pour vous rappeler notre accord que je considère comme inchangé. Je ne tiens pas à devenir votre ennemi si je n'y suis pas obligé, apprenez que cela ne m'inspire pourtant aucune crainte. Je dois m'entretenir à tout prix au plus vite avec le général von Seydlitz, sans aucun intermédiaire, cela vaudra mieux, je crois. Plus pour d'identiques raisons à celles de juin, cependant elles restent tout aussi bonnes.

Reinhart Gehlen cultivait le visage le plus impénétrable de l'armée allemande. Si on lui avait annoncé que Lavrenti Beria assisterait à la réunion il aurait gardé la même expression : - A quoi bon ? Tout ce remue-ménage doit l'occuper, patientez quelques jours, vous verrez bien quand tout cela se dégonflera.

- Reinhard je me dois de m'obstiner, si par malchance cette guerre durera encore longtemps, cela ne fait aucun doute que nous aurons aussi maintes occasions de nous rencontrer quelle que deviens son issue. Me comprendre au nombre de vos amis n'est pas une option dénuée de sens.

- Vous me menacez colonel Schellenberg ?

Walter eut le regret de mesurer, et ce n'était pas la première fois, à quel point il en était venu de compter sur le lieutenant-colonel Gehlen : - Au contraire, je suis persuadé qu'un jour nous serons amenés à travailler main dans la main, alors autant faire preuve d'un amour réciproque dès à présent. Je vous l'avais demandé en juin.

- Soit, c'est vous qui insistez. Il se trouve un tout petit endroit dans ma tête qui me dit que vous vous métamorphosez lentement en quelqu'un de sincère sans réellement y parvenir. Je vous considère comme un escroc, mais un escroc, si l'occasion se présente, presque franc, je me comprends. Je lui destinerai un radiogramme, j'en ai la possibilité ; qu'il y porte attention sera une paire de manches difficile à enfiler. Vous souhaitez lui parler quand ?

- Walter ne chercha pas à lui infliger de la peine en lui dévoilant qu'il correspondait à ses yeux à rien moins qu'un autre escroc : - Pas me contenter de lui parler, je veux aussi le rencontrer !

- Vous ne possédez pas toute votre tête colonel Schellenberg ?

- Autant que vous la vôtre avec chacun les mêmes chances de se tromper et de la perdre. Transmettez-lui que je me présenterai à lui au plus vite, dans les trois jours au plus. Tâchez de vous montrer persuasif. Inutile de dire que je compte sur vous pour que le poids de ce radiogramme pèse non moins lourd que vos analyses.

Ils se quittèrent sans un mot supplémentaire. Des groupes s'étaient formés, rien de bien sérieux, tout le monde semblait attendre une décision qui n'arrivait pas en se contentant de lire et commenter ce qui tombait sur les téléscripteurs. Walter que tous les officiers présents boudaient s'empressa d'aller aux nouvelles chez l'amiral avant de devoir prendre congé avec la certitude que son absence ne manquerait à personne. Le voyant venir vers lui ce dernier s'excusa auprès du colonel Piekenbrock.

Canaris souriait : – je vous ai observé discuter avec le sphinx, je me suis abstenu de me joindre à vous de toute façon je n'ose soupçonner ce que vous lui demandez, vous vous entêtez, c'est très bien, il finira par céder si ce n'est déjà le cas. Cela dit, avoir passé deux heures en sa compagnie m'a amplement suffi. Il continue d'affirmer envers et contre tout que ceci est une diversion. Il ne me la fera pas, à force de vivre avec, je jouis du nez de mes chiens ; je sens le doute s'insinuer dans son esprit. Le lieutenant-colonel Gehlen possède un argument auquel il se tient accroché comme un poulpe, cependant même ces bestioles-là finissent par lâcher prise.

Canaris réfléchit un instant avant de se lancer : - Au point où nous en sommes, autant vous le dire. Depuis l'année passée nous exploitions les informations d'un agent infiltré qui a accès direct à l'état-major russe. Alexandre Demyanov, nom de code « Max ». Un noble, petit-fils de l'Otaman des cosaques du Kouban, fils d'un officier du tsar, farouche nationaliste, antibolchévique ayant rejoint nos lignes en tant qu'émissaire de l'organisation Trône, il travaille pour nous depuis décembre de l'année précédente. Depuis la restructuration de février, nous l'avons repassé au FHO qui l'a renvoyé derrière les lignes rouges en le parachutant dans la région de Iaroslavl avec une solide légende. Après interrogatoire du NKVD, ils l'emploient maintenant comme officier de liaison à l'état-major, pas n'importe lequel, celui du maréchal

Chapochnikov, un des seuls amis de Staline. Ce matin après une longue conversation ponctuée de quelques menaces à peine dissimulées Reinhard m'a communiqué verbalement le message de « Max » du quatre novembre, celui-ci mentionnait que la date de l'offensive sur Rzhev aurait lieu le quinze, soit dix jours plus tard. Il l'a assorti des axes de pénétration des rouges et de leurs moyens. Évidemment, Model a reçu le même rapport, il prend Gehlen très au sérieux et a réagi en conséquence, il les attend de pied ferme.

Nous avons autorisé l'envoi de Brandenbourg derrière leurs lignes. Comme leurs vérifications correspondent, le général Schmundt s'est empressé d'abonder dans son sens, j'ai encore dans les oreilles la teneur de son vibrant appel téléphonique : » Nous avions raison, je suis de l'avis du führer, l'attaque s'effectuera sur le groupe d'armée centre, Stalingrad s'inscrira comme une diversion » il a raccroché en me faisant sentir le mépris qu'il me témoignait. Pour peu, il demanderait Reinhardt en mariage.

- Qu'est-ce qui vous tracasse amiral, si vous m'apprenez tout cela, c'est que vous voulez ajouter un chapitre ?

À l'Abwherstelle nous avions aussi joué, avec succès d'ailleurs, à intoxiquer les Russes à l'aide d'un journaliste soi-disant agent double, un certain Orest Berlinks[141]. Cette affaire me trotte souvent dans la tête, je me dis qu'ils pourraient bien nous rendre la monnaie de notre pièce. La légende ne colle pas, quand j'ai demandé à Reinhard comment il explique qu'un petit fils du chef des cosaques du Kouban, fils d'un officier du tsar repassant les lignes parvienne à approcher le maréchal Chapochnikov membre de la Stavka et devienne sous-officier aux transmissions de l'état-major rouge en quelques mois. Il me rétorque qu'avant d'être la sienne ce fut notre affaire de le vérifier. Ce n'est pas ce que j'appelle une bonne réponse ni le témoignage d'une grande reconnaissance. C'est vrai que pendant que nous l'avons interrogé en décembre 1941 nous n'avons pas démontré une tendresse particulière envers « Max », c'est le moins que je puisse dire. Nous l'avons en outre placé devant un peloton d'exécution dans un simulacre d'élimination. Il n'a pas bronché. C'est seulement lorsqu'il a regagné sa cellule qu'il a mentionné avoir déjà été contacté avant-guerre à Moscou par le chef de la mission commerciale allemande Otto Borovsky. Nous avons contrôlé dans le dossier de ce dernier, cela s'est avéré exact. Brefs, l'occasion était trop belle, nous l'avons préparé à Smolensk et donné à Gehlen. Quand nous l'avons remis au FHO, Keitel est intervenu en personne, même s'ils l'adoptent, il reste notre enfant. La condition était de nous maintenir au minimum informés.

- Mais encore ?

- Comme on dit quai Tirpitz, la mariée paraît trop agréable, elle s'est lavée à l'eau douce ! Quand ils l'ont parachuté à Iaroslavl en compagnie de deux assistants, Max avait reçu pour instruction de transmettre immédiatement, ils

---

[141] Agent double informateur d'Amaïak Koboulov responsable du NKVD pour l'Allemagne de septembre 1939 à juin 1941.

ont dû attendre deux semaines l'émission. Elle est venue de Moscou. Les deux autres ont disparu du paysage. Il prétend qu'ils se sont perdus dans une tempête de neige.

- Vous savez, ça arrive fréquemment chez nous. Sur le terrain, les difficultés deviennent vite énormes surtout avec un émetteur à dissimuler. Rentrer à Moscou ce n'est pas promener à Paris par la porte d'Orléans. Je n'ignore pas que c'est le temps moyen pour les retourner, mais dans ce cas, si c'est un de leurs agents ils l'auraient laissé transmettre immédiatement.

- Possible, mais ça a allumé une lumière, c'est peut-être la touche de trop, ils ont voulu peaufiner. La lueur ne s'est jamais éteinte, en étudiant son dossier j'ai remarqué qu'il était passé chez nous à ski, mais à travers un champ de mines russe. Ensuite pendant son stage radio, d'après son instructeur il était doué, trop doué, comme s'il connaissait déjà la matière, mais le cachait. Si j'en viens à aujourd'hui, d'abord le quinze est dépassé de cinq jours, si proche du centre de décision, je ne trouve pas beaucoup d'excuses à une telle approximation.

- Toujours pas de quoi s'alarmer, le report d'une offensive reste une affaire assez courante. Sinon, si c'est devenu leur agent, ils auront brûlé votre « Max ». Si c'est resté le vôtre, ils ont très bien pu le repérer et l'employer à son insu pour nous intoxiquer.

Canaris demeurait dubitatif : –Notre flotte de veille aérienne se retrouve pour une partie en France ou en Crète, pour l'autre au groupe d'armée centre sur l'insistance de Model où ils ne signalent aucun mouvement significatif. De toute façon depuis quelques jours la météo ne permet aucun vol de reconnaissance de qualité dans le secteur de Stalingrad. Les rouges possédaient sur la rive occidentale du Don d'une tête de pont grande comme le Luxembourg. Ils concentraient leurs forces dans la région de Saratov, c'est à mi-chemin des deux objectifs. Le choix est draconien, mais si je dois choisir c'est bien Paulus qui va recevoir les coups dans ses fesses.

- Amiral hélas je ne peux lancer les dés deux fois et je dois sortir un six. J'ai pris ma décision. J'ai audience chez Himmler ce soir et pas pour jouer aux devinettes.

Walter appréciait que l'amiral ait opté pour le mettre dans la confidence, pour adopter une démarche aussi difficile c'était nécessaire de tenir en compte un maximum d'éléments. De son côté, il aurait eu du plaisir à lui raconter sa petite cachotterie. Depuis pas mal de temps des hommes qui lui vouaient une fidélité absolue avaient pris le contrôle du centre d'écoute SD de la Dellbruekstrasse qui appuyait le centre d'écoute de Dresde. Fin octobre sur une intuition il avait donné comme instruction de renforcer la veille radio. Ses experts étaient tombés sur des émissions hertziennes provenant de Berlin à destination de Moscou. Pas de n'importe où, c'est au départ de la Gestapo Prinz Albrechtstrasse qu'elles avaient été interceptées par son service de radiogoniométrie, une triangulation de longue haleine qui ne laissait aucune place à l'erreur. Jusqu'à présent, elles s'étaient avérées impossibles à décoder. C'était trop beau, le coup qu'il attendait depuis des années, son rêve, soupçonner Heinrich Müller d'être un agent soviétique et d'ensuite être capable de le prouver. La Gestapo collectionnait les succès ces dernières semaines, Gollnow, un couple de conspirateurs[142], un autre officier de la Luftwaffe,[143] mais c'était une méthode bien connue, brûler une partie de son réseau pour détourner l'attention tout en augmentant sa crédibilité. C'était loin d'être dénué de sens. Avant d'être responsable de la Gestapo, alors qu'il était inspecteur de police à Munich, sa spécialité se résumait à traquer les membres du NSDAP, c'est d'ailleurs pour cette raison qu'il ne fut jamais admis au parti. Walter avait envoyé le lieutenant Spitzy au centre d'écoute dans le contexte du cas d'Herbert Gollnow, au préalable il avait donné des instructions à ses subordonnés pour laisser courir quelques indiscrétions en sa présence. Autant connaître si l'homme était sûr, ou s'il allait s'épancher auprès de Canaris, il projetait de lui confier bientôt du travail. Avant d'en arriver là, il allait l'étudier au microscope.

Si dans quelques heures Himmler se fâchait sérieusement, il lui lâcherait l'affaire, ça ferait tellement de bruit que la Gestapo avait des chances de sauter, façon de parler. Himmler était au courant qu'entre lui et Müller la détestation avait dépassé toute limite et que Walter tenterait tout pour le perdre. Le Reichsführer était intelligent, il savait aussi que si Müller expliquait qu'il tentait un jeu radio avec les Russes il empiétait d'une manière intolérable sur les plates-bandes de son département. Sans le prévenir ce qui était impensable. Même dans les circonstances actuelles, Hitler demanderait des éclaircissements et Müller serait obligé de fournir les codes et la teneur des messages. Ce jeu russe qui consistait à introduire une balle dans un barillet et de presser la détente sur la tempe après l'avoir fait tourner n'était pas du tout amusant.

Canaris lui sourit : – j'ai entendu dire que certains mettaient un minuscule poids dans le dé pour qu'il tombe sur le bon côté !

- Moi j'ai vu dans un film américain, vous savez, ceux avec des Indiens, des caravanes et des villages en bois dont ceux qui se faisaient prendre étaient recouverts de goudron et de plumes.
-
- Reste à espérer que le Reichsführer n'a aucune occasion d'aller au cinéma dans la salle de projection privée du führer !

---

[142] Arvid et Mildred Harnack
[143] Lieutenant Harro Schulze-Boysen

UN ETE SUISSE

Berlin, Wilhelmstrasse, samedi 21 novembre 1942 01h00

En fin d'après-midi, Halder lui avait communiqué que le russe avait débuté une offensive au sud en bousculant la quatrième armée roumaine. Autant boire la coupe jusqu'à la lie.

Un bloc de marbre noir illuminé de deux yeux remplis de haine lui demanda : –C'est à Washington que vous devriez déjà vous trouver, je crois qu'il n'y a que là-bas que vous ne craindriez rien. En Suisse, j'aurais pu encore vous faire retrouver ! Mais puisque vous êtes là, vous me rendez la tâche des plus faciles Schellenberg. Nous allons régler cela en vitesse, je suis attendu en Prusse orientale, ce n'est pas un endroit bien gai, mais en comparaison de celui où je vais vous envoyer c'est une sorte de paradis. Sur ce, il se remit à écrire.

Walter espérait que ce n'était pas déjà la rédaction d'un ordre pour rejoindre les caves de la Gestapo voisine : – Reichsführer, avec tout mon respect, si je suis en face de vous c'est que je sais n'avoir commis aucune faute contre vous et donc ne rien devoir craindre. Je n'ai jamais eu l'intention de vous nuire, ma présence devant vous en devient la plus belle démonstration.

Les deux yeux se soulevèrent de quelques degrés : –En quoi cela constituerait une quelconque preuve ?

Inutile de lui rappeler qu'il s'agissait en l'occurrence d'un plan qu'il avait approuvé en mai. L'autre témoin se trouvait au cimetière des Invalides de Berlin. Walter glissa sur un sujet de prédilection du Reichsführer, la fidélité : – Ma loyauté envers vous est la même que celle que vous manifestait le général. Jamais il ne vous aurait nui, il en va de même pour moi.

Il avait visé juste, la colère était toujours présente, mais la tête avait bougée de quelques centimètres : –Vous n'êtes pas Heydrich alors évitez de vous comparer à lui ! Vous en devenez ridicule pareil à ce pitre de Mussolini qui se prend pour le führer italien.

Lorsque Himmler ne gardait pas une stature immobile après une phrase, Walter s'était depuis longtemps rendu compte qu'il s'agissait du geste annonciateur de la diminution du danger, mais dans quelle proportion, c'était délicat à évaluer. Le signal du départ était malgré tout donné et il comptait bien remporter l'épreuve haut la main : – je ne me compare pas à lui, néanmoins je procède avec la réserve qui était la sienne. Tout comme vous, il m'entourait de sa bienveillante protection, à la différence que je le côtoyais beaucoup plus souvent que vous. Malgré sa sévérité exemplaire, cela a créé des liens qui ont dépassé la stricte discrétion du service. La dureté de sa tache impliquait des moments privés dans la camaraderie, c'était indispensable pour relâcher les tensions.

- Venez-en au fait ! Vous voyez la nécessité que j'aurais de connaître tout cela ?

Pas question d'abandonner au milieu du terrain, ne pas répondre permettait de ne pas mal répondre, bien répondre donnait une chance sur deux : – ce n'est un secret pour personne que le général aimait s'acoquiner à la nuit tombée dans Berlin. Il avait pris l'habitude de me faire participer à ses divertissements. Pour ma part, je n'y trouvais pas grand plaisir hormis celui d'être en compagnie de mon chef, néanmoins je ne pouvais pas lui refuser ces plaisirs simples et le laisser errer dans les bars comme une âme solitaire. Je crois être devenu malgré moi, sans perdre la notion de hiérarchie, un camarade proche. Le général en dehors de ces moments privilégiés n'était pas un homme démonstratif. Pourtant je considère qu'il cherchait à me prouver sa reconnaissance. Il devait avoir du remords pour les innombrables soirées où il me soustrayait à ma famille. Walter rit intérieurement, Heydrich était dénué des plus élémentaires scrupules, il n'avait non plus jamais poussé sur le bouton de l'ascenseur qui menait aux remords : – Il a découvert le moyen de l'exprimer à sa façon, en me faisant partager peu à peu sa passion et sa méthode. Il savait qu'en s'en allant pour Prague, nous devrions clore à jamais ce chapitre. Avant de partir, il a insisté pour me montrer sa plus grande richesse, ses précieuses archives personnelles. Après sa mort, j'y ai vu une prémonition.

Le bloc de marbre noir lui faisait toujours face, les deux yeux aussi, il y avait cependant une différence imperceptible, la haine avait laissé la place à la colère. Autant tenter de la transformer en indignation avant de grimper sur le podium : – Vous avez maintes fois pu expérimenter la méfiance proverbiale du général, ses chers dossiers avaient trouvé une pyramide à leur mesure, je me plais à croire que je suis le seul à avoir pu accéder un jour à la chambre royale. Concevez ma stupeur quand j'ai lu sur la couverture d'un dossier le nom de Wilhelm Canaris. Remarquant ma perplexité le général m'a négligemment dit en ricanant « n'allez pas imaginer que j'espionne ce brave amiral, j'ai en réalité consigné tout ce dont nous avons bavardé depuis le jour où je suis monté à bord de son navire en 1922 et vous connaissez le don de Canaris pour la narration » A un ou deux mots près ce furent les paroles exactes du général Heydrich. Mais trêve de tout ceci Reichsführer, ce sont de simples anecdotes pour vous prouver ma totale loyauté.

Himmler n'avait pas besoin de savoir qu'il n'avait jamais eu d'autre prémonition que celle de supposer que les dossiers avaient été dissimulés bien à l'abri dans leur demeure de sur l'île de Fehmarn. Quand Heydrich avait été blessé, Walter se trouvait en Hollande, il avait dans un premier temps cru que son chef était mort. Les archives du général étant l'indispensable garantie d'accéder à une vie plus longue. Sans perdre de temps, il s'était rendu dans la maison du Holstein. Le gardien le connaissait, Walter lui avait donné une raison qui lui avait permis de pénétrer dans la résidence. Il avait vu juste en moins d'une demi-journée il avait trouvé l'inestimable trésor. Ses cheveux s'étaient dressés sur sa tête lorsqu'il avait appris que Heydrich se rétablissait. Ce n'était pas dramatique et sans solution, il lui suffirait d'éliminer le gênant surveillant. Le jour après sa mort, il était revenu dans l'île pour les emporter et les mettre dans un endroit sûr. Lina s'était doutée que c'était lui qui les avait subtilisés. Quelques jours après l'enterrement, il lui avait rendu visite ; elle lui avait exprimé sa façon de penser, le gardien lui ayant révélé ses deux passages. Walter n'avait pas nié, à quoi bon. Elle ne l'avait malgré tout pas dénoncé, elle détestait Himmler et conservait un faible pour son ex-amant. Il avait été attristé lorsqu'elle n'avait pas voulu venir lui parler l'occasion de la partie de chasse en juillet. Il s'était consolé en se disant que c'était dû à la présence de Canaris à ses côtes. Tout ce qui rappelait la marine à Lina l'insupportait. S'il restait assez longtemps en vie, il irait la saluer à Prague.

- Vous êtes intelligent Schellenberg, très. Faites attention, au-delà d'une certaine limite ça peut s'avérer dangereux. Tenez précieusement en compte ceci, dans cette époque, un nombre incalculable de personnes intelligentes meurent prématurément. Vous avez aussi du cran ; dans cette même période, une quantité incroyable de jeunes gens pleins de cran disparaissent comme des mouches. Vous me parliez de votre totale loyauté si je ne m'abuse !

- Exactement Reichsführer, tout comme Karl Wolf, mais dans une autre dimension. Je pense que nous devrions évoquer les évènements à présent.

- Croyez-vous ? Vous vous rendez compte de ce qui arrive à cause de votre crédulité !

- Il est incontestable que quelque chose n'a pas fonctionné. Il est tout aussi évident que les Américains nous ont bernés, s'ils l'ont fait j'imagine que c'est parce qu'ils l'ont été eux même de leur côté. L'homme de Berne a trop d'intérêts en jeu pour que son plan se déroule de cette façon. Je peux me tromper, ce sera à élucider le moment venu. Le plus grand danger se trouve à présent autre part, il est dans les semaines qui vont suivre situé devant nous à l'est, pas de l'autre côté de l'Atlantique. Sans mentionner le nom du général Halder, Walter le lui expliqua ainsi que ce qui en découlerait selon toute hypothèse.

Malgré son attitude impassible, il nota que l'idée de la perte du toute l'armée du sud entraînant la fin de la guerre pour Pâques l'avait ébranlé. Walter le prenait au dépourvu, il devenait à présent indispensable de parvenir à pousser son avantage jusqu'au bout : – Que nous le voulions ou non, nous sommes contraints de continuer à agir. Un cessez-le-feu avec le russe doit à tout prix rester possible.

Tout le corps s'était redressé comme aiguillonné : –C'est à présent au Führer de décider de la marche à suivre. Pareil à lui, j'ai l'esprit national-socialiste, vous, je commence à en douter sérieusement !

Vous parlez de quelque chose qui a l'art de ne plus exister, excepté pour ceux qui pourront se permettre le luxe d'encore avoir des souvenirs. Le NSDAP a été remplacé en 1934 par le Führerprinzip qui s'est emparé de sa place.

- C'est la même chose !

Le candidat passeur de l'achéron assis en face de lui restait une énigme, il avait entre ses mains une autorité incomparable, il pouvait ordonner ce qu'il voulait, ses hommes le suivraient ; à plus forte raison s'il étalait au grand jour ses soupçons. Il était en mesure de prendre le contrôle de tout l'appareil d'état en moins d'un jour ; après tout ce n'était sans doute qu'un grand sphinx tête-de-mort uniquement capable d'évoluer de nuit à qui il devrait accorder la vie éphémère du papillon. Avec un peu de chance ce moment n'était pas si loin, mais avant cela Walter devait tout entreprendre pour que l'occasion se présente : – Non, Reichsführer, remémorez-vous les idées qui vous animaient en 1923. À cette époque, les membres du NSDAP formaient un groupe plein d'idéaux aux vues très larges, allant aussi loin à gauche qu'il le pouvait avec Strasser, vous admiriez Röhm. Depuis la prise du pouvoir, le parti ne représente plus qu'une ombre à l'image d'Hitler. Cela nous a fait adopter la projection de cette image pour la réalité. Cette réalité mène à la fin de l'Allemagne. Walter espérait qu'Himmler ne se rendrait pas compte qu'il lui parlait d'une époque pendant laquelle il usait ses pantalons sur les bancs du lycée au Luxembourg. La minute de vérité était venue, il avait l'opportunité de monter sur la première marche et de tendre le coup pour recevoir la médaille, pour cela il allait devoir lui faire mal : – Prenez la place qui vous est due, souvenez-vous comme vous avez dû lutter pendant l'été trente-trois quand le führer vous avait oublié à Munich. Si vous ne vous étiez pas battu de toutes vos forces, il vous y aurait abandonné. Ne me dites pas que vous n'avez pas eu des doutes sur lui, dans le plus grand secret vous avez demandé à un groupe spécial de la Gestapo de mener une enquête sur le führer ! Walter s'était aperçu depuis longtemps qu'il valait mieux éviter de prononcer le nom d'Hitler qui tétanisait son chef, il choisissait souvent d'employer führer, la proximité avec Reichsführer opérait un étrange pouvoir tranquillisant.

Himmler se passa du noir espagnol à la nuance rouge du marbre des Flandres. Dans son cas l'absence de réaction pouvait être considérée comme une réponse, cinq secondes de silence mortel avant de dire : – Si ma mémoire est bonne, les Américains la menaçaient de la même fin avec leur explosif à l'uranium. Il nous serait bien utile celui-là, bien que je sois de moins en moins convaincu de son existence. Bien sûr, vous la sauveriez une fois de plus à votre façon, l'Allemagne ; vous vous y prendriez mieux cette fois ?

Le « bon Heinrich » était toujours en vacances, c'est son jumeau sarcastique qui le remplaçait, il allait s'en contenter : –Un cessez-le-feu avec le russe doit rester possible si l'armée réagit sans plus attendre en se repliant et en montant une contre-offensive elle peut encore renverser la situation.

Une moue d'appréciation plus tard le triplé désolé rentrait en scène : –À mon avis, c'est devenu hors de question. Le führer a déjà fait savoir à Zeitzler que la ville ne serait abandonnée en aucun cas.

Walter venait de décider de vacciner toute la famille : –Le führer n'emploie pas le bon remède. C'est à vous qu'il incombe de la prendre Reichsführer, c'est la seule solution pour l'Allemagne. Il est encore temps de revenir au plan ; certes il a besoin d'un peu de modifications, mais je crois même que ce sera facilité par la situation. Cette désobéissance à Hitler entraînera la révolte des maréchaux. Une révolte selon la conception des Prussiens bien entendu, ils se borneront à demander à ce qu'il renonce à la direction de l'armée.

- Vous n'abandonnez jamais !

- Souvenez-vous de notre conversation du mois d'août à Berditchev, il se trouve toujours une autre alternative, une autre solution dans le tiroir comme le disait Bismarck. Tant que nous nous battrons, nous pourrons négocier. Alors, exact, pas un instant question d'abandonner l'Allemagne, jamais. Versailles ressemblera à une aimable plaisanterie en comparaison de ce qui l'attend sinon. Il faut recréer les mêmes évènements qu'en 1918, mais à la place d'une révolution communiste entamons une modeste rébellion de l'armée. Elle doit imposer au führer de démissionner de son poste de chef militaire et redevenir en excluant toute ingérence un homme politique.

Le vaccin n'avait pas encore fait tout son effet : – Qui vous dit qu'ils vont se rebeller ?

Un petit rappel n'était pas inutile : – Qui dit qu'ils ne vont pas le faire si près d'un million d'Allemands risquent de finir leur vie en Sibérie et les soixante-dix-neuf millions d'autres recevoir un passeport russe ?

- Votre révolte mènera à quoi Schellenberg ?

Rien ne changeait sous le soleil, même s'il était devenu plus pâle. Pour Himmler c'était redevenu sa révolte : – Vous obtiendrez le champ libre pour agir politiquement Reichsführer. Vous avez pour vous l'ordre noir qui vous suivra, une partie du parti et une part importante de l'armée.

- Ensuite ?

- Si l'armée réagit très vite, le front pourra se stabiliser à notre avantage. Ensuite, nous nous assiérons avec les Américains pour arriver à un accord, nous verrons bien ce qu'ils veulent faire. Les otages seront libérés en signe de bonne foi. À mon humble avis, ça devrait leur convenir à merveille de revenir au point de départ.

- Ne perdez-vous pas de vue qu'il ne s'agit que d'une partie des Américains.

- La partie qui importe ! Celle qui ne veut à aucun prix d'un Staline sur les bords de l'Atlantique et ce qui se passe risque de l'y mener en moins de temps qu'il ne faut pour le dire.

- Vous ne m'apprenez toujours pas de quelle manière vous compteriez agir.

- Je dois partir là-bas sans tarder et convaincre un général de déclencher la révolte.

- C'est un risque inconcevable, inconsidéré. Si vous êtes pris, les conséquences seront inimaginables, je n'aurai aucune explication à fournir à Hitler.

Un véritable incurable, il sera à jamais terrorisé par le führer, autant lui donner l'assurance qui lui manquait : – Alors je serai le Rudolph Hess de l'année, vous direz que je suis devenu fou. Il sera fâché, il criera, mais de cela vous avez l'habitude.

- Le général que vous voulez convaincre ne sera peut-être pas de cet avis, dans ce cas il vous livrera comme un traître à la Gestapo. Je ne pourrai rien faire, vous en êtes conscient !

- Ne vous en faites pas pour ce général, il a bien des choses à se faire pardonner !

- Un des fameux dossiers de la chambre royale ?

- On peut voir cela ainsi, Reichsführer ! Il me faudra me présenter à lui en tant que votre émissaire. En cas de malheur, vous nierez comme le führer l'a fait pour son dauphin Hess.

- Vous savez cela aussi !

- C'est d'une grande chambre royale dont je parle Reichsführer.

- Quelle garantie vous pouvez me donner Schellenberg ?

- À part celle que nous sommes deux, aucune.

- Trois avec le gardien de vos dossiers.

- Vous comptez bien Reichsführer

- En substance, comment ferez-vous ? Beaucoup de gens vous connaissent !

- L'Abwher est sur le point d'envoyer un bataillon de Brandenbourg sur le terrain avec un groupe Zeppelin. Une moitié doit s'infiltrer derrière les lignes rouges pour donner une image exacte de ce qui se passe, l'autre pour garantir la sécurité du quartier général de Paulus et le transférer. Je partirai avec eux comme un capitaine faisant partie de leur régiment. Ce sont des troupes sûres, entraînées à toutes les situations. L'amiral a demandé au colonel Lahousen de mettre les hommes les plus durs là-dessus. Le chef du commando a pour instruction de ne me laisser tomber vivant à aucun prix aux mains du NKVD. Là, Walter avait un peu enjolivé l'histoire, mais Himmler aimait bien les histoires avec un Parsifal prêt à être immolé.

- Vous espérez quoi de moi ?

- Une sorte de bénédiction, l'avion m'attend à Rangsdorf.

Berlin, aérodrome de Rangsdorf, samedi 21 novembre 1942 06h00

Pour peu que son analyse se vérifie exacte, les Russes avaient réussi à abuser les Américains, enfin un Américain en particulier, Allen Dulles, le représentant des « gens ». À son tour, ce dernier les avait embobinés encore plus fort. Lui en premier lieu. Jamais de sa vie il ne s'était senti aussi trompé, manipulé et berné. Il devait à tout prix éviter de se laisser submerger par la rage et le ressentiment, le temps des comptes viendrait tôt ou tard s'il prenait patience et s'il vivait assez longtemps. Pour l'instant, il avait besoin de tout son esprit pour mener à bien les quarante-huit heures suivantes qui pourraient bien devenir les dernières de son existence.

Il n'était pas rentré chez lui et n'avait pas dormi sur le lit de camp de son bureau, le long vol lui permettrait de rattraper le sommeil en retard. Les heures s'étaient écoulées à toute vitesse en buvant du café froid et en relisant une ultime fois ses notes. À quatre heures, le colonel Lahousen lui avait dépêché un chauffeur avec un paquetage qui lui était destiné. Il contenait un uniforme de camouflage avec des grades de capitaine, du matériel de maquillage de combat vert et noir complété par un pistolet réglementaire P38 de la Wehrmacht. Il avait eu de justesse eu le temps de se changer. Comme prévu, un major de l'Abwher envoyé spécialement par le colonel von Lanzenauer[144] s'était présenté et lui avait remis des papiers au nom du capitaine Reinhart Müller. Une tentative d'humour de la part de l'amiral qui ne l'avait pas fait rire. Il avait laissé un mot sur le bureau de Höttl le chargeant de prévenir Irène qu'il s'absentait pour quelques jours. Sans perdre une minute, l'officier l'avait conduit en personne à la caserne de Brandenbourg sur la Havel.

Pendant l'heure du parcours le major qui se nommait aussi Walter avait tenu à le rassurer : – un des chefs de groupe est le lieutenant von Fölkersam[145], il rentre du Caucase avec ce qui reste de ses hommes. C'est un habitué, c'est eux qui avaient tentés de capturer intacts les puits de pétrole de Maïkop. Ils viennent encore d'opérer un mois durant derrière les lignes russes, il s'est porté volontaire pour l'opération Stalingrad d'aujourd'hui, vous vous retrouvez entre de bonnes mains. Walter tout à ses pensées répondait par de courtes phrases. Devant un compagnon si peu loquace, le major avait fini par se taire.

Une fois arrivé à la caserne, après des présentations plus que sommaires il avait suivi le groupe d'une quarantaine d'hommes pour embarquer à l'arrière de deux transports de troupes Opel. Ces hommes étaient habitués aux opérations spéciales, aucun ne lui porta une attention particulière. La majorité se composait de Brandenbourg, mais quelques officiers parachutistes " Fallschirmjäger " de la Luftwaffe participaient à l'expédition.

En quittant le camion qui les avait conduits à l'aérodrome de Rangsdorf son voisin l'aida à descendre son paquetage : –C'est grâce à vous qu'ils ont changé de nom, il désigna le groupe ?

---

[144] Colonel Paul Alois Haehling von Lanzenauer commandant du régiment Brandenbourg.
[145] Lieutenant Adrian Freiherr von Fölkersam célèbre officier des Brandenbourg.

Walter avait remarqué au premier instant ce géant en uniforme de camouflage qui dépassait les autres d'une bonne tête : –Je l'ignorais, cela dit je ne crois pas y être pour quoi que ce soit.

- Oui, depuis ce matin c'est devenu le Sonderverband Brandenburg à la place du bataillon spécial 800. Moi je suis le capitaine Skorzeny, mais vous pouvez m'appeler Otto si cela vous dit. J'interviens souvent avec eux pour étudier la meilleure manière de former de telles unités chez nous ; je ne peux pas affirmer que cela leur plaît beaucoup. Cette fois-ci je serai aussi votre garde du corps personnel.

- Vous n'appartenez pas aux groupes du colonel Lahousen, à l'Abwher ?

- Non, je suis du même bord noir de l'encrier que vous colonel !

Surpris, il dévisagea le colosse, son visage balafré paraissait la conséquence d'une bataille avec des chats sauvages. À présent, il se souvenait qu'on lui avait déjà parlé du géant, et avoir vaguement consulté son dossier quelques mois auparavant, il avait d'ailleurs projeté de faire sa connaissance. Il fit comme de rien. Sacré Himmler, il n'aura pas pu s'empêcher de mettre un homme pour le surveiller. Maintenant, il était convaincu que son chef ne le laisserait pas tomber vivant aux mains des Russes. Il n'avait même pas l'absolue certitude qu'il ne s'agissait pas d'un voyage sans retour organisé par le Reichsführer : – Du bord autrichien d'après ce que j'entends. N'y voyez aucun reproche, vous n'êtes pas le seul qui ne parvient pas à se débarrasser de cet accent. Alors, ainsi donc vous savez qui je suis !

- Vous êtes célèbre colonel, depuis Venlo !

Walter doutait qu'il l'ait connu à cause de son aventure en Hollande, néanmoins il choisit d'accepter l'explication : – J'aimerais beaucoup croire que vous êtes le l'unique à le savoir.

- Ne vous billez pas, eux ne s'intéressent pas beaucoup à ce genre de détail. Notez qu'ils doivent sentir d'instinct que vous êtes un drôle de passager, répondit-il riant en montrant les Brandenbourg. Vous êtes déjà allé si près du front ?

- Non, disons que mes contacts avec l'ennemi se sont contentés des deux prisonniers anglais.

- Il faudra vous habituer très vite « capitaine ». Cela peut produire beaucoup de bruit, s'éclairer avec beaucoup de lumière, avoir des inconvénients comme la neige et la boue. Le pire ce sont les chars, il paraîtrait que ceux frappés d'une étoile rouge pullulent dans le secteur. En général, il y a plein de Russes dedans et dessus ; ajoutez ceux qui suivent à ski ou à cheval. Un conseil, il faut à tout prix éviter d'être pris par eux.

- Vous êtes un peu là pour ça, non !

- Exact, par contre pour les avions je reste impuissant. Vous allez être contraint de prier pour que la chasse russe nous laisse atterrir. Mais dites-moi, vous avez de hautes relations. Il désigna un Focke Wulf Condor 200 qui les attendait sur la piste. Il faudra que je vous fréquente plus souvent au retour. Si nous parvenons à valider le ticket, "voyage retour vers Berlin" bien entendu !

Nishne Tschirskaya, quartier général de la VIème armée, dimanche 22 novembre 1942, 16h00

Après un interminable vol de sept heures entrecoupé de trois étapes, la compagnie avait atterri en milieu d'après-midi à Tatsinskaïa ; à peine le temps pour changer d'avion. La majorité du groupe de Brandenbourg les avait abandonnés pour mener à bien leur mission. Le quartier général de Golubinskaya qui se retrouvait presque encerclé par les rouges, ils allaient y sécuriser le transfert de l'état-major. Pour effectuer les cent cinquante derniers kilomètres, ils avaient embarqué avec une dizaine d'hommes du lieutenant von Fölkersam dans un Junker 52, un des seuls appareils pouvant se poser sur le terrain sommaire de Nishne Tschirskaya. L'endroit avec ses carrioles abandonnées ressemblait à une gigantesque exploitation agricole, sauf que les fermiers portaient un uniforme et qu'il était encombré d'une quantité impressionnante de matériel militaire. Des voitures légères de commandement, trois panzers type IV, cinq Sd. Kfz. 251 avec canon de Flak, c'est Skorzeny qui le lui avait précisé. Il traînait même une roulante, mais le cuisinier brillait par son absence. Il régnait une atmosphère lugubre, presque hystérique comme devant un danger imminent, celle que transmettaient des gens conscients d'être les survivants d'un massacre. Un lieutenant était venu les saluer et leur souhaiter la bienvenue en leur tendant une main osseuse. Perplexe, il avait confirmé d'une voix plaintive qu'il se trouvait au courant de son arrivée, mais qu'il faudrait s'armer de patience et faire avec les maigres moyens du bord en attendant.

Cela faisait maintenant près de vingt-quatre heures qu'il espérait la rencontre avec von Seydlitz assis sur la paille à entendre au loin en direction du nord un roulement ininterrompu de salves sans pouvoir préciser si elles étaient allemandes ou russes. Si tout avait fonctionné comme prévu, le général aurait dû être prévenu par un radiogramme de Ghelen envoyé depuis Zossen. L'ambiance était déprimante, presque tous les officiers affichaient un air démotivé, les hommes adoptaient une démarche lente et découragée qui témoignait de leur lassitude. Il avait laissé passer le temps en écoutant le capitaine Skorzeny lui raconter sa campagne de Russie, les histoires du géant en grande partie enjolivées, sinon habillées avec un uniforme de soirée, avaient fini par le détendre et le faire somnoler.

Ce jour de fin d'automne avait été étonnement chaud pour la saison, ils avaient étouffés dans leurs tenue d'hiver fourrée. Au début de la nuit, un court orage avait nettoyé le ciel tout en les forçant à trouver provisoirement un autre abri qu'une étable. En investiguant un peu, ils étaient parvenus à dénicher dans une sorte de réfectoire réduit à sa plus simple expression de quoi prendre un rapide repas, quelque chose d'insipide et tiède, mais bien venu. Walter s'était rendu compte que la dernière chose qu'il avait avalée était le café froid du matin précédent. Le capitaine Skorzeny en soldat prévoyant leur avait amélioré cette sorte de pâte blanchâtre de biscuits secs qu'il trimbalait dans son sac ; l'homme était sans aucun doute un habitué de ces situations et y allait de son expérience, remarquant son hésitation, il s'esclaffa : - Les provisions comme les renforts sont toujours les bienvenues. Sinon il faut faire avec ce qui n'existe pas. Au moins, ses opinions tranchées étaient rassurantes. Walter s'était endormi sans répondre.

Pour l'avoir aperçu de loin, il savait que Paulus était arrivé la veille au soir, le général Hermann Hoth qui avait laissé son quartier général de Zarizinsky l'avait rejoint tôt dès l'aube avec quelques autres généraux ; depuis ils s'étaient enfermés dans un bunker de commandement dont aucune information ne transpirait. L'après-midi était déjà bien entamé alors que le chef de la VIème armée s'envola sous la protection des Brandenbourg vers le nouveau quartier général de Stalingrad. Il commençait à désespérer quand un colonel vint lui demander s'il était l'envoyé spécial de Berlin, il le conduit ensuite dans une cabane de bois un peu éloignée du blockhaus.

Un homme dont la détermination ne faisait place à aucun doute trônait assis derrière une table encombrée de cartes sur ce qui ressemblait à des caisses à munitions. Von Seydlitz avait l'allure distinguée qu'on attendait d'un officier supérieur avec un petit quelque chose en plus, sa présence suffisait à elle seule à remplir la pièce. Walter s'imagina que le général n'aurait pas non plus dénoté comme président des États-Unis, le rôle lui aurait été à merveille. Sans aucun préambule ni salut, il l'invectiva plus qu'il ne s'adressait à lui. Si le ton était rude il n'en restait pas moins celui de quelqu'un sûr de lui qui n'éprouve aucun besoin d'élever la voix : – Colonel, vous devez savoir que l'unique raison pour laquelle j'accepte de vous recevoir vient du fait que Reinhard Ghelen m'a demandé avec une certaine insistance d'y accéder. Avec cette phrase, le général d'artillerie lui signifiait qu'en dehors de cela il ne représentait rien pour lui. Il m'a dit que vous détenez des informations de la plus haute importance à porter à ma connaissance. Je suis venu exprès de mon quartier général pour participer à cette réunion avec Hoth et en deuxième lieu pour vous entendre puisqu'il semble que votre chef ne vous a pas autorisé à pousser jusqu'à Stalingrad. Si vous êtes arrivé de Berlin pour m'en faire part, c'est bien entendu qu'elles doivent être aussi secrètes qu'essentielles.

Walter prit le temps de le saluer militairement et non le bras levé, cela pouvait aider à détendre l'atmosphère : – Je dois vous remettre ceci à condition que vous me donniez votre parole que je puisse les brûler dès que vous en aurez pris connaissance. Le général eut un bref instant d'hésitation puis effectua un léger signe de tête qu'il interpréta comme un accord, alors il lui tendit deux lettres, l'une écrite à la main par Canaris, l'autre par Halder. Von Seydlitz procéda à leur lecture en silence puis les lui rendit sans un mot : – Merci général, je ne les détruis pas encore des fois que vous souhaiteriez les relire.

- Bien, faites comme vous voulez, je verrai, mais je ne crois pas. Je comprends vite d'habitude. Ces deux personnes ont l'air de faire de vous quelqu'un de bien, je n'aurais jamais imaginé cela possible dans votre organisation ! Venez-en au fait maintenant.

- Je viens vous présenter la manière de voir du général Halder qui est d'autre part celle du général Ludwig Beck ainsi que celles des maréchaux von Bock et von Brauchitsch.

- Ils ne sont plus aux commandes que je sache. Mais si Napoléon s'en mêle, alors tout semble permis.

- Napoléon ?

- Von Brauchitsch c'est son surnom à la fois pour son nez et la façon dont il a parlé à Hitler. Vous savez, « un caporal ne doit pas se prendre pour Napoléon ». Passons.

- Ce sont pourtant des gens que vous respectez. Au service de l'armement, vous étiez sous les ordres de l'un, et ici, jusqu'il y a peu, sous les ordres de l'autre.

- Continuez en prenant soin de me dire autre chose que ce que je sais déjà !

À vos ordres, général, mais pour la bonne compréhension de ce qui suivra, je me dois d'éclairer un léger décor. En ce qui concerne l'amiral Canaris, tout en étant proche, il ne s'est jamais mis en travers de votre route, L'Abwher non plus. Le colonel Oster est en outre devenu votre ami d'après ce que m'a raconté l'amiral. Walter avait tenu à le souligner, dans quelques minutes, il allait peut-être devoir monter des choses avec un doigt sale.

- C'est exact, en ce concerne Hans Oster, j'ai fait sa connaissance bien avant qu'il rejoigne l'Abwher. Canaris et moi avions les mêmes relations, ce n'est pas pour autant que nous nous sommes beaucoup rapprochés.

Walter nota que von Seydlitz affectait déjà une certaine prudence : –Ce qui suit est au détail près connu du général Halder et de l'amiral Canaris. Il prit le temps de lui préciser la menace américaine sans donner trop d'éclaircissements en négligeant d'exprimer ses sérieux doutes, tout en veillant à lui ménager entre chaque élément du puzzle l'espace nécessaire pour demander des explications. La tête du général aurait pu être un buste de bronze, pas un sourcillement ni une question. Il n'en eut pas plus lorsqu'il lui renseigna de quelle façon Halder et son cercle se représentaient la manœuvre russe. Devant son mutisme il décida de l'attaquer de front en abordant la partie la plus sensible, le pourquoi de sa venue : – Général, il faut que l'armée se soulève, si les maréchaux ne le peuvent pas, c'est aux généraux de prendre le relais. À certains généraux au cœur bien trempé.

Le général von Seydlitz écarquilla les yeux avant d'éclater : –Vous êtes fou à lier colonel, vous oubliez en présence de qui vous vous trouvez, je représente la plus haute autorité militaire dans ce secteur, si l'envie m'en prenait vous seriez passé par les armes sur le champ. Ce que vous me proposez est de la trahison pure et simple.

Walter avait imaginé que la partie serait dure, mais pas au point de la graver dans un bloc de granit, néanmoins il gardait l'espoir que ce dernier finirait malgré tout par se laisser tailler : – Fou si je vous donnais à croire que mon chef vous décorerait pour cette action. Fou d'être venu vous prévenir. Fou de vous offrir une chance d'éviter un désastre inimaginable en regard duquel la retraite devant Moscou sera qualifiée de simple échauffourée. Fou pour avoir cru que je bénéficierais des quinze minutes nécessaires pour vous expliquer la situation. Vous devez avant tout comprendre que tout colonel que je suis, mon attribution est le contre-espionnage, j'en suis même le chef.

- Lequel, celui qui arrive après le FHO ou l'Abwher. À ce propos, je ne vois pas de lettre de la part de votre patron ! Votre Reichsführer ne voulait' il rien m'expliquer de sa plus belle plume ?

Comme si Himmler imitant son maître allait laisser la moindre trace de quoi que ce soit. La bête se calmait, c'était un signe encourageant : –Parlons-en du FHO, Ghelen a été très efficace, ce n'est pas votre opinion ? Pour la première fois depuis le début von Seydlitz parut ébranlé : –Sa plus grande utilité a consisté à permettre cette rencontre, je ne l'en remercierai jamais assez, cependant j'ai beau chercher je n'en découvre pas d'autre jusqu'à présent. Il décida de déposer sur la table plus vite que prévu une carte maîtresse : –Reinhard reste convaincu que l'attaque se fera dans le secteur de Rzhev, suivant son analyse ce qui se passe ici n'est qu'une diversion. Il n'empêche que quatre stratèges qui ont fait plus que leurs preuves pensent le contraire. Ces stratèges eux croient voir clair dans les plans des bolchéviques, détruire toute votre armée et du même coup celle du Caucase. La guerre sera finie en trois ou quatre mois. Staline fêtera Pâques à Berlin.

Walter ne s'attendait pas à ce qu'il l'interrompe, ça n'entrait pas dans les manières d'un chef d'état-major habitué à écouter patient les arguments dans leur entièreté, malgré tout un nouveau relâchement à peine perceptible des muscles de son visage présentait un signe encourageant qu'il comptait bien exploiter : - Sans le savoir, vous êtes depuis des semaines le capitaine désigné qui pourrait sauver le bateau si la tempête évolue vers des conditions trop fortes pour sa coque autant que son équipage. Pour pallier cela, mon chef a tenté de vous faire nommer à la tête de la VIème armée. Il décida qu'il devait illico déposer la deuxième carte sans le laisser souffler : –C'est en collaboration avec lui et ces officiers que j'ai pris le risque de venir, vous imaginez les conséquences si les Russes me capturent ? Je suis là pour vous démontrer que ce qui se passe ici est l'aboutissement d'un stratagème tordu conçu à la base par les Américains que les Russes ont modifié en piège. Il n'en reste pas moins que c'est l'armée allemande qui se retrouve coincée au collet. Vous avez bien entendu, je vous l'explique pour la seconde fois, les Américains cherchaient une tout autre issue, à leur avantage, cependant pas au détriment de l'Allemagne quand on l'oppose à la situation que vit, plutôt vivrait, un Reich qui ne pourra en aucun cas gagner la guerre, sinon la perdre. Les Russes l'ont retourné à l'envoyeur. Je veux à tout prix vous faire prendre conscience que la réaction à ce piège doit être appropriée avant qu'il ne se referme. Aujourd'hui, elle ne peut l'être que par une insoumission. Demain quand la situation se rétablira, il sera toujours temps de donner une direction appropriée à ce tournant.

Il sentit que von Seydlitz était maintenant prêt à basculer de son bord, il décida de mettre une cuillérée de plus de son côté de la balance. En cinq minutes supplémentaires, Walter lui avait enseigné un peu plus de l'affaire en omettant de manière prudente de mentionner son influence et les détails sordides de sa collaboration avec le général Halder et l'amiral Canaris. Pour compléter la mesure, il choisit de ne pas occulter le rôle attendu d'Himmler.

Soit en militaire indigné il se levait et le chassait ou pire, soit en militaire rationnel il envisageait l'analyse. Le général von Seydlitz resta assis silencieux pendant une interminable minute, le temps d'apprécier ce que Walter lui révélait : – Stalingrad n'est plus à notre portée depuis quelques semaines. Il y a un mois que nous aurions dû prendre des positions d'hiver. Hier la solution de regagner des défenses dignes de ce nom sur la ligne Don Tschir a été adoptée elle nous aurait permis de lancer une importante contre-offensive et d'attendre une nouvelle campagne pour 1943. Sans doute victorieuse à la condition que von Kleist choisisse la même stratégie avec le groupe d'armée A.

- Aurait ?

- Après avoir donné son accord, l'OKH a contremandé en soirée. Tout se replie sur la Volga, il faut tenir la ville à n'importe prix. Paulus après avoir vu Hoth s'est envolé en début d'après-midi pour son nouveau quarter général près de Stalingrad, ils lui ont fait comprendre que le führer considérerait sa présence ici comme une lâcheté. Ils veulent une forteresse, Paulus va la leur offrir. Pour comble, Hoth vient de passer sous son autorité. J'ai consacré les précédentes trois heures à essayer de convaincre Paulus de la nécessité absolue d'un repli, il est d'accord, il l'a même demandé au commandement de l'armée, mais ne démord pas du fait que l'ordre doit provenir d'eux. Je dois le rejoindre dans l'heure, mon avion m'attend, il vous reste 10 minutes. Cela devrait suffire pour me dévoiler pourquoi vous êtes venu me voir.

- Je l'ai déjà mentionné à de nombreuses reprises ces derniers mois, je ne suis pas stratège, en revanche mes interlocuteurs oublient que je peux m'entourer de stratèges. Je ne serais pas arrivé jusqu'ici sans avoir au préalable parlé de considérations politiques avec un de vos amis.

- Un ami ?

- Un ami de 1938, le général Franz Halder. Là, nous ne traitons plus de stratégie, mais de bien de choses plus radicales, je vous accorderai l'honneur de ne pas revenir dans les détails. Vous aviez une connaissance commune, von Fritsch, vous l'avez défendu lors de son procès. Ce n'était pas le seul, comme je l'ai déjà mentionné le colonel Hans Oster complétait la liste. Cela a permis de rapprocher vos points de vue et d'élaborer une solution à la situation qui se présentait. Il constatait que le général était à présent disposé à consacrer les sept minutes restantes à l'écouter, le cas échéant d'y additionner une si nécessaire.

- La réponse de von Seydlitz le prit de court : –Le général Werner von Fritsch. Vous vous moquez de moi, c'était une pièce montée par votre ex-patron !

Il avait raison, à quoi bon tenter de nier : –Par lui, c'est plus que vraisemblable, pas par moi, je peux vous l'affirmer et c'est moi qui suis là présent devant vous. Le général Halder pressent qu'un redéploiement de la VIème armée hors de la ville sera refusé, c'est d'ailleurs fort probable que le führer l'ait déjà décidé en oubliant juste de le communiquer à l'armée, comme s'il s'agissait d'un détail. De pareille manière qu'il devine sans peine que Paulus fera ce qu'Hitler lui demande ou lui enjoint si vous préférez. Si comme le désirait mon chef vous aviez été à la tête de la VIème armée, vous auriez rejeté cette injonction tout comme von Rundstedt l'année passée à Rostov. Alors, faisons tout comme si vous étiez le commandant de cette armée. Obtenez de Paulus une retraite, votre volonté devrait suffire et s'il résiste, ordonnez-vous même un repli, mettez le devant le fait accompli. Que par cette action l'armée soit contrainte de refuser d'obéir, que cette transgression donne l'impulsion à une insoumission de la majorité des généraux et qu'elle aboutisse à écarter Hitler de la direction de l'armée.

- Vous êtes fou, là je dois me répéter.

- Cependant, vous ne me liez plus, on progresse. À la minute à laquelle la responsabilité de l'armée lui sera retirée, mon chef est décidé à lui soustraire l'autorité politique, mais pas une minute avant. Il a besoin de l'appui de la Heer. La Kriegsmarine et la Luftwaffe n'auront pas voix au chapitre, ils seront mis devant le fait accompli. Goering et Raeder seront trop heureux de pouvoir rester dans leur fauteuil.

- Que deviendra l'armée là-dedans ?

- Elle aura avant tout la nécessité d'un ministre de la Guerre énergique, un homme comme vous par exemple. Il sera contraint de faire accepter à l'armée la fin des hostilités, en premier lieu avec l'Amérique. Si ces cowboys ne sont plus dans notre dos, nous pourrons contenir le russe et établir un traité de paix en conservant l'Ukraine et la Russie blanche avec un peu de chance.

Von Seydlitz le regarda pour la première fois avec un œil moins sévère : –Pour cela il nous sera nécessaire de cette fois disposer d'un bon ministre des Affaires étrangères, un homme comme vous. Par exemple !

Walter ne put s'empêcher de sourire : – vous voyez, général, c'est peut-être le premier jour d'une future collaboration !

Von Seydlitz écarta la pensée de cette perspective en redevenant un général tel que l'Allemagne en méritait : –Mon 51ème corps est le plus solide, il est d'ailleurs intact. Dès que je verrai Paulus, je le persuaderai du bien-fondé d'un repli immédiat. Vous avez déjà dépassé de douze minutes votre temps de parole. Je vous crois pour la bonne raison que je ne crois plus guère en rien d'autre, je vous considère comme sincère, alors si les gens tels que vous se mettent à devenir sincères, il devient à nouveau possible d'espérer que quelque chose de mieux arrivera à mon pays. Rentrez maintenant à Berlin sans plus tarder. Remettez mes amitiés à Franz, dites-lui que sans lui ce n'a plus été la même chose, Zeitzler[146] n'a jamais été à la hauteur de sa tâche, que voulez-vous attendre d'un général qui a sauté les étapes en rejetant quelques canadiens à la mer. Laissez-moi à présent colonel, faites ce que vous avez à faire, suivez votre chemin, nous suivrons le nôtre et peut être ils se rencontreront un jour.

---

[146] Général d'infanterie Kurt Zeitzler, successeur du général Halder à la tête de l'état-major de l'armée de terre.

Stalingrad, lundi 23 novembre 1942, 17h30

En ce début d'après-midi, le général von Seydlitz fulminait après avoir passé la majorité de la journée précédente à tenter de convaincre Paulus.

Il n'avait pas eu besoin de ce colonel des renseignements pour se faire une idée précise du désastre qui s'annonçait, mais sa visite l'avait affermi. À présent, il se sentait appuyé par d'éminents officiers qui s'étaient retrouvés au sommet de l'armée, des hommes en qui il avait toujours eu pleine confiance. Sans se décourager, il était revenu à la charge tôt le matin. À chaque fois, le commandant de la VIème armée lui opposait la même rhétorique à ses arguments. Le radiogramme qu'il avait reçu d'Hitler à la dernière minute le jour précédent était sinistrement on ne peut plus clair « tenir les positions et espérer le ravitaillement aérien ». Ils avaient convenu qu'il apparaissait illusoire, voire impossible, d'approvisionner l'armée par air, le responsable de la Luftflotte se montrait pour une fois de leur avis.

Tard dans la nuit ils avaient mis au point une opération de percée[147] vers le sud-ouest entre les rivières Tchir et Aksaï et avaient décidé d'évacuer les divisions postées sur la rive occidentale du Don en position d'attente. Von Seydlitz à la dernière tentative pour le persuader avait pourtant ressenti un léger fléchissement de Paulus, le matin il avait refusé un ordre du führer de lancer une attaque, c'était le premier acte d'insubordination encourageant. Le chef du 51 corps se montra alors plus virulent que jamais, il tança les généraux présents en les enjoignant à abandonner le chaudron, forcer le passage avec les blindés et leurs forces d'infanterie en plaçant Hitler devant le fait accompli. Exhortation vite refrénée, Paulus avançait deux arguments à lui opposer, il leur fallait attendre les avions qui livreraient le carburant et se résoudre à sacrifier le matériel lourd. Voyant qu'il n'emportait pas l'unanimité, il ajouta un élément de poids, l'impossibilité de contacter le führer dans son train. Fidèle à son habitude, incapable de prendre une décision sur le champ, Paulus repoussa le semblant de délibération en se prononçant pour une attitude intermédiaire, la constitution d'une force la plus concentrée possible pour une attaque vers le sud-ouest le vingt-six au matin. Le chef de la VIème armée sauta à pieds joints sur l'occasion pour refiler la patate chaude à von Weichs au groupe d'armée. Bien entendu, ce dernier refusa de donner l'ordre, d'ailleurs des ordres il ne pourrait dorénavant plus en transmettre beaucoup, von Manstein venait de le remplacer.

Von Seydlitz ne se berçait d'aucune illusion, aucun des deux n'aurait le courage, convaincu qu'Hitler les tiendrait enfermés dans un bocal sans espoir d'en sortir sans que von Manstein en tourne le couvercle. Il s'imagina le dilemme du général York[148] à Tauroggen enchaînant Frédéric de Prusse, si Paulus était incapable de se résoudre à franchir le pas, il allait le pousser dans le dos et pas un peu. Il fallait bien que la révolte ait un point de départ, le seul où il pouvait se passer d'assentiment était son secteur nord. Il allait s'asseoir de tout son poids sur les directives du grand

---
[147] Opération Umbau
[148] Ludwig Yorck von Wartenburg

quartier général et faciliter le choix de ce maudit Paulus en le plaçant devant le fait accompli.

Le bouillant général von Seydlitz décida de ne pas faire les choses à moitié. Son 51ème corps qui ne subissait aucune offensive restait encore intact, le soir il fit communiquer à ses trois divisions les instructions d'abandonner les positions d'hiver si bien préparées de Yerzovka pour un recul de onze kilomètres au Sud-ouest. Comme il devait faire au plus vite avant que l'état-major s'en rende compte et contremande ses ordres, il était impossible de s'encombrer des approvisionnements et munitions qui ne pouvaient être emportés en quelques heures.

Pas question un instant de les laisser aux bolchéviques, il donna à ses commandants la consigne de faire brûler tous les dépôts. Le ciel s'embrasa, les explosions résonnèrent, attirant inévitablement l'attention des renseignements de la 66ème armée remontants aux oreilles du général Constantin Rokossovski qui pour le malheur de von Seydlitz réagit sur l'heure en attaquant à l'aube du vingt-quatre. La 94ème division se retrouvant avec tous ses côtés à découvert au milieu d'une étendue gelée. Dans la confusion qui suivit, au moment où la moitié de la division est déjà anéantie avant de risquer de la perdre dans sa totalité, von Seydlitz dut la mort dans l'âme demander à Paulus un soutien aérien pour défendre ses troupes. Les dérisoires nouvelles positions s'établissant dans une plaine enneigée battue par le froid glacial. Contrairement à ses illusions, Paulus avait esquivé la main dans son dos, il n'ordonna pas le début du plan Umbau, à la place il choisit de faire passer von Seydlitz en conseil de guerre.

En début de soirée, Hitler avait été informé de ce début de retraite, mais suite à une méprise il ignora que l'initiative avait été prise par von Seydlitz. Il en imputa la faute à Paulus qui par élégance ne dénonça pas son subordonné. Le soir même, le führer décida de couper la forteresse en deux. En adoptant cette étrange mesure, il ôta la responsabilité du secteur nord à Paulus pour mettre à sa tête le général von Seydlitz en qui il avait une plus grande confiance.

Rastenburg, Prusse orientale, mercredi 25 novembre 1942

Le lieutenant-colonel Gehlen pour une fois exultait. Dans sa serviette de cuir brun fermée avec la clé qui pendait à son cou, il avait les rapports qui confirmaient son analyse des semaines précédentes, l'offensive était bien dirigée vers Rzhev, le russe y attaquait avec des forces plus conséquentes que dans la boucle du Don. Tous les renseignements que son service avait recoupés ajouté aux informations de « Max » s'avéraient exacts, il est vrai avec quelques jours de retard, mais dans un sens cela permettait de vérifier la fiabilité de l'agent. Certes, l'encerclement de la sixième armée n'était pas réjouissant, le FHO aurait dû mieux l'anticiper cependant elle était due à un concours de circonstances chanceux pour l'adversaire que la piètre armée roumaine avait favorisée. Avec cette manœuvre, les bolchéviques voulaient selon toute vraisemblance détourner l'attention du groupe d'armée centre par une diversion dans le sud en espérant que Model se séparerait de quelques divisions en faveur de Paulus.

Son compte rendu serré sous le bras restait on ne peut plus laconique, le rapport conseillait qu'Hitler ne désengage pas l'armée de la ville de la Volga malgré l'avis contraire des généraux du groupe d'armée. C'était évident qu'en pleine offensive de Rzhev, pour l'état-major soviétique mieux valait opter pour fixer un maximum de troupes russes à Stalingrad, son explication tenait en deux pages qu'il était bien décidé à argumenter point par point. Son but premier n'était rien moins d'autres qu'à tout prix tenter de démontrer que son idée de se fonder sur des analyses était la bonne. Caché derrière ce décor l'objectif principal consistait à faire savoir que les méthodes de l'Abwehr basées sur les agents avaient ses limites, surtout en Russie dont le contre-espionnage s'avérait redoutable, étaient dépassées ; donc une structure à évincer avec quelques honneurs si nécessaire.

Sa joie descendit d'un cran quand il vit que Canaris faisait déjà antichambre debout dehors avec quelques généraux. Il était de toute façon trop tard, l'éviter semblait difficile alors que ce dernier l'ayant aperçu venait à sa rencontre avec la colère dans le fond des yeux. L'amiral avait dû l'attendre tel un faucon guettant sa proie.

Les deux hommes étaient trop connus pour que les regards ne se tournent pas aussitôt dans leur direction. Voir le petit l'amiral passer fermement sa main sur l'épaule pour tirer l'officier derrière le bunker dut les amuser. Quand il eut la certitude qu'on ne pouvait plus les entendre il l'apostropha : – Reinhard, quel plaisir de vous rencontrer ici, je sens que je vais enfin bénéficier d'un peu de compagnies. Dites-moi, c'est bien chez vous qu'a été pondu ce rapport qui concluait, si je parviens à le reprendre de tête, que les réserves soviétiques sont virtuellement épuisées et ne disposent que de maigres ressources leur interdisant à l'avenir de jeter dans la bataille des divisions aussi considérables que celles employées au cours de l'hiver précédent ?

Reinhard qui incarnait la discrétion détestait cette façon d'être abordé, cependant il ne pouvait refuser de répondre à un officier supérieur, patron de l'Abwher de surcroît, dont il connaissait si bien les réactions imprévisibles. Il ne put que se montrer arrogant, ça promettait un règlement de comptes : – Vous avez raison, mais fouillez votre mémoire, il date de l'époque du colonel Kinzel mon prédécesseur. Pour ma part, dès juin, j'ai informé qu'en regard des six millions d'hommes engagés par l'Allemagne à l'Est, à l'Ouest et en Afrique, les Soviétiques, sur le seul front de l'Est, peuvent disposer de dix millions de combattants. J'ai en personne étudié les écoutes radio et les rapports de la Luftwaffe ce qui m'a permis de localiser les forces rouges à Saratov.

La réponse de l'amiral ne se fit pas attendre : – très adroit de votre part, cette ville est à peu de distance près située entre Moscou et Stalingrad, ça a beaucoup aidé aux prises de décisions ! Si mes souvenirs sont exacts, la plupart du temps ils le sont, vous estimiez à la même époque que les fabrications d'armement soviétiques allaient beaucoup souffrir de la pénurie de matières premières. C'est toujours votre avis ?

- Vous utilisez « toujours » les données roumaines pour obtenir des informations sur le sujet ? Il avait conscience d'être injuste, c'est Hitler qui dès le déclenchement de la guerre avait défendu d'espionner les Soviétiques, deux ans plus tard le FHO était passé entre les gouttes de l'oubli.

- Guillaume d'Ockham, un franciscain anglais a émis une célèbre théorie qui consiste en peu de choses à ceci, c'est inutile de chercher quelle hypothèse est vraie, mais bien celle qu'il faut chercher en premier ; c'est exactement le contraire de ce que vous faites, vous allez à la pêche de nouvelles hypothèses quand celles que je vous présente suffisent ! Pourquoi faites-vous compliqué alors que cela semble très simple ? Depuis début octobre, le SSI nous a alertés sur une probable offensive sur le Don pour la fin octobre. Souvenez-vous que le deux novembre ils ont affiné la date de l'assaut entre le quinze et le vingt du mois. Difficile d'être plus précis. Par la même occasion, vérifiez cette fois dans le vôtre de célèbre mémoire qu'à la mi-septembre j'ai envoyé un représentant de l'Abwher prévenir d'un plausible axe d'attaque dans le couloir Don Volga. Les bolchéviques y ont construit assez de ponts sur le Don pour y faire passer l'entièreté de l'armée rouge. Cependant, vous avez écarté cette communication.

Canaris reprit sa respiration après une si longue tirade mais il n'en avait pas encore fini : -Depuis votre prise de fonction, vous n'avez eu de cesse de me limer les ongles pour laisser pousser les vôtres, vous nous avez de manière inadmissible dénigrés à l'OKH. Vous avez tout entrepris dans le but de vous emparer du centre Walli pour le transférer au chaud à Berlin, ce fut un véritable holdup up. Vous savez pertinemment que si nous avions eu un unique service de renseignements nous n'en serions pas là !

- Avec vous comme chef ?

- Mieux vaut un amiral qu'un lieutenant-colonel !

Le responsable du FHO encaissa l'insulte, il décida sans tarder de mettre les choses au point : – vous devriez vous en prendre à votre ami Schellenberg, c'est lui en mars, après des mois d'intrigues qui a obtenu d'Heydrich d'être aussi chargé des renseignements extérieurs. Les Roumains ont peut-être eu, comme vous l'affirmez, systématiquement les meilleures informations, mais ce sont vos "amis" du SD qui ont fait arrêter et massacrer leur chef le colonel Mihail Moruzov[149] par leurs copains de la garde de fer. Horia Sima[150] c'est un peu Brutus, non ? Moruzov sur les instructions du roi Carol cherchait des secrets militaires et politiques sur le Reich, Heydrich ne l'a pas digéré.

---

[149] Mihail Moruzov, fondateur et le premier chef de l'agence d'espionnage domestique moderne de Roumanie, le Secret Intelligence Service (SSI).
[150] Horia Sima, fasciste roumain, chef du mouvement paramilitaire fasciste Roumain Garde de fer violemment antisémite.

Canaris encaissa le coup, mais il faisait mal, il avait depuis toujours soupçonné une affaire sale de cet acabit, maintenant il en obtenait la preuve par quelqu'un qui savait de quoi il parlait. S'en prendre à Gehlen avec rage s'avérait un caprice qui n'avait plus beaucoup de sens : – ne fanfaronnez pas, pour Rzhev, vous n'avez aucun mérite, car sans Max vous n'auriez décroché aucun résultat et je ne dois pas devoir vous rappeler que c'était un homme à nous.

- Vos affaires sont devenues les nôtres, les bijoux de la famille aussi. En France, c'est Heydrich qui vous a dépouillé, vous êtes sans doute allé vous plaindre à Himmler ?

Le chef de l'Abwher prit le temps de savourer la réponse et décida de laisser tomber, après tout Gehlen avait en commun avec lui la haine des bolchéviques, c'était un concurrent pas un véritable ennemi. Le moment de dire les choses d'une autre façon était venu : – Vous allez courir le risque de sacrifier une armée pour satisfaire un ego dont la durée de vie sera de cinq jours en comptant large ? Quand von Manstein aura analysé la situation, il va vous écraser le nez dans la merde. Le rusé amiral constata que le coup avait porté, il savait qu'en son for intérieur Gehlen se doutait que quelque chose ne tournait pas rond. Il enfonça le clou comme il pouvait ; avec un petit marteau, il fallait juste donner plus de frappes. - Reinhard, en souvenir de beaucoup de choses que je n'ai pas envie de vous rappeler, si j'étais de vous je laisserais cette belle serviette fermée, son contenu ne vous porterait d'ailleurs pas chance, mais consentez-en une à Paulus. Sur ce, Canaris tourna les talons le plantant à l'endroit où il l'avait mis au pied du mur, la porte du bunker s'était ouverte et Keitel les invitait à rentrer.

Le lieutenant-colonel pourtant fervent partisan de la théorie qui voulait que si trois choses se montraient insuffisantes, il suffisait d'en ajouter une quatrième et ainsi de suite, se dit qu'à la réflexion il ferait bien de suivre le conseil de Canaris. Cela ne lui coûtait presque rien, juste un peu d'humilité, il trouverait bien des explications s'il s'était trompé.

Il avait toujours en mémoire les exploits d'Orest Berlinks[151], Max serait-il le leur ?

Par contre, il venait de se rendre compte qu'il était grand temps de faire disparaître une fois pour toutes l'Abwher au profit de son service. Schellenberg devait à tout prix devenir son allié.

---

[151] Orest Berlinks : agent de la Gestapo infiltré dans le NKGB et le cercles proche de Lavrenti Beria pour désinformer Staline en le faisant croire que la guerre entre l'URSS et l'Allemagne était peu vraisemblable.

Berlin, Tirpitz Ufer, bureau de Wilhelm Canaris, jeudi 26 novembre 1942
10h00

Dans les grandes lignes, Walter ignorait ce qui s'était passé à Stalingrad depuis son retour à Berlin. Il y avait bien quelques bruits qui courraient, des bribes d'informations que récoltait son service, mais l'accès aux données de la Heer était cloisonné. Pour l'aider à trier les rumeurs, il n'existait qu'un seul homme, Canaris, celui-ci avait proposé de le rejoindre à son bureau du quai Tirpitz. Déjà cinq mois qu'il avait franchis pour la dernière fois les portes du bâtiment, une éternité.

L'amiral l'attendait à son bureau dans lequel se trouvait aussi assis un officier de la Heer : – soyez le bienvenu colonel, en voici un autre, je vous présente le colonel Fritz Thiele,[152] mais je crois que vous l'aviez rencontré précédemment à l'occasion de l'affaire de Bruxelles, il est à présent l'adjoint du général Erich Fellgiebel,[153] le responsable des communications et écoutes radio à l'OKW.

Effectivement, ils avaient participé de concert à une réunion à l'époque où les codes de radiographie d'un espion rouge[154] avaient été cassés. Après concertation avec Canaris, ils avaient décidé de refiler l'ensemble du dossier à Müller. En approfondissant, ils avaient conclu que l'affaire ne concernait en rien le traître proche du führer. À cette occasion déjà, l'attitude de l'amiral l'avait pratiquement convaincu que le marin ne protégerait jamais des judas communistes, l'homme les abominait : – Enchanté de vous revoir colonel, loin de moi l'intention de vous interrompre, je peux patienter que vous en ayez terminé ?

Canaris se montra rassurant : –Il n'y a aucun problème, le colonel Thiele est un ami de toute confiance, une personne précieuse à connaître et avec qui travailler. À sa façon d'appuyer sa phrase Walter comprit que le complexe chef de l'Abwher ne se contentait pas de simples rapports de services avec l'officier qui devait faire partie du cercle étroit du chef de l'Abwher. Prenant tout son temps, l'amiral l'examina avec minutie des pieds à la tête avant de poursuivre : –Heureux de vous voir revenu entier à première vue. À présent, vous avez l'air d'un véritable combattant du front de l'est, vos traits se sont durcis. Puis se tournant vers Thiele il précisa : –Le colonel Schellenberg rentre d'une visite d'information au front sud ou il a pu apprécier la réalité du terrain. Peut-être devrions-nous lui présenter un résumé de la situation telle que nous venons de l'analyser. Sans attendre la réponse du responsable des communications il revint ironique vers Walter : –Notre ami le colonel Gehlen pavoise, le russe a bien lancé hier son attaque vers le groupe d'armée centre dans le secteur de Rzhev. À l'heure qu'il est, il doit s'imaginer être le plus grand chef de renseignement de tous les temps du plus grand chef de guerre de tous les temps. Son espérance d'être nommé général dans les jours qui suivent doit être au plus haut niveau. Sacré

---

[152] Fritz Thiele conspirateur de l'attentat contre Hitler du 22 juillet 1944, supposé informateur de Rudolf Roesler.
[153] Erich Fellgiebel conspirateur de l'attentat contre Hitler du 22 juillet 1944
[154] Capture de Johann Wenzel alias « Kent » en Belgique transféré à Berlin dans le cadre de ce qui sera appelé « l'orchestre rouge » qui mener à l'arrestation de Harro Schulze-Boysen.

Gehlen, en voilà un qui ne se remet pas beaucoup en question. Hier, il m'a été donné l'occasion de lui remonter les bretelles. Même si son pantalon semble tenu par une bonne ceinture on pourrait commencer à entrevoir ses chaussettes. Mais je vais vous laisser la parole Fritz, faites-moi confiance, malgré son uniforme noir nous pouvons incorporer le colonel Schellenberg dans nos confidences.

Walter prit note de la familiarité employée par l'amiral, et se rendit compte que ce colonel représentait un atout qu'il valait mieux avoir dans sa manche.

Après une légère hésitation l'officier sembla se détendre pour s'adresser à lui : –Les communications de la sixième armée sur sa situation sont claires, sans rentrer dans les détails comme je viens de le réaliser avec l'amiral Canaris, l'ensemble de l'état-major de la sixième demande l'abandon de la ville à cor et à cri. C'est secret, mais il y a trois jours un de leur général a même dégarni le front nord pour entamer une retraite. Paulus a refusé de suivre le mouvement. À quelques heures près, le commandant de la sixième armée a joué de malchance, le führer paraissait prêt à accepter un recul vers le Don entre Tchir et Aksaï, mais le maréchal Manstein l'en a dissuadé en préconisant de le remplacer par une opération de dégagement qui permettrait de garder Stalingrad. Hitler, sautant bien entendu sur l'occasion a donc communiqué l'ordre formel à Paulus de rester sur place, à présent ils n'osent plus bouger vers l'extérieur. Dans le sens inverse, ils retraitent avec succès les divisions et les rassemblent pour former une ligne de défense à soixante kilomètres à l'ouest de Stalingrad. Entretemps, les pinces rouges ont réussi à exécuter leur jonction dans un bourg nommé Kalatch. Une des mauvaises nouvelles vient de l'état-major de von Weichs, ils se sont aperçus que le russe comme nous le lui avons malheureusement appris pose sur le tapis la carte du double anneau d'encerclement. Une autre provient de la Luftwaffe, leurs responsables en dépit des assurances du maréchal de l'air ont donné pour certitude à l'état-major du groupe d'armée l'impossibilité de ravitailler la VIème armée de Paulus au niveau sollicité. Nous parlons quand même de trois cent mille hommes.

- Pardonnez-moi colonel Thiele c'est ma phrase de l'année, mais je dois vous avouer ma méconnaissance des affaires militaires, double encerclement en clair cela veut dire ?

C'est l'amiral qui lui répondit : – en clair le double encerclement crée un anneau large, dans le cas présent nous l'estimons à cinquante kilomètres. Ce qui veut dire que si Paulus envisage de le rompre, il ne s'agit pas seulement de s'affranchir d'une ligne de front par un assaut. S'il parvient à la percer, il devra faire parcourir à son armée cinquante kilomètres dans un chaudron mobile en territoire ennemi avant d'effectuer une seconde bataille à front renversé. J'attends plus de précisions, mais elles doivent venir du FHO, inutile de spécifier que le colonel Gehlen ne se précipite pas sur les téléscripteurs.

- Même sans connaissance militaire ça me semble une opération délicate.

Canaris leva les yeux au ciel avant de porter son regard vers le globe terrestre de son bureau. Walter devinait qu'il avait le reflet de la zone du Don dans ses pupilles : – Difficile et risqué, car ils ne disposent pour l'heure ni les munitions ni le carburant pour la réaliser avec quelques chances raisonnables de succès. L'autre conséquence c'est que Manstein rencontrera la même difficulté. Le colonel Thiele a fatalement eu connaissance de sa communication avec Rastenburg. Il lui sera nécessaire entre vingt et trente jours pour réunir une force suffisante. Hitler a accepté. Le colonel a également été mis au courant des prévisions de la Luftwaffe, ils pourront au mieux assumer à Paulus le tiers des approvisionnements demandés. Ce dernier va devoir faire face dans sa forteresse aux assauts des divisions rouges, il va avoir besoin de beaucoup de munitions et de carburant. C'est bien ainsi colonel ?

- Le résumé est exact amiral, si la Luftwaffe se montre à la hauteur ils pourront pourvoir à une partie de ses besoins. Beaucoup de précisions sont à ajouter, mais dans l'ensemble cela a décrit la situation.

- Merci Fritz, si vous le permettez, à présent je vais peaufiner des détails avec mon célèbre homologue du non moins fameux département VI du RSHA.

Le colonel Thiele comprit que le moment était venu de laisser les deux hommes à leurs affaires. Après avoir pris congé, avant de sortir, il se tourna vers Walter : – Vous savez ou me contacter, en cas de besoin, je me ferai un plaisir de vous renseigner.

- Moi de même, n'hésitez pas à venir me visiter si vous voyez arriver le genre de problèmes spécifiques à notre époque.

Une fois qu'ils se retrouvèrent seuls Canaris l'observa en souriant : –Votre opération a fait long feu, la révolte des généraux a eu à affronter les ordres de mise au pas d'un caporal. Paulus n'a pas l'étoffe pour remplir une autre mission que celle d'attaché militaire dans les salons huppés. Quand von Seydlitz a amorcé son retrait, il était toujours temps pour lui de retraiter sur le Tchir, les rouges n'avaient pas encore eu le l'occasion de se regrouper, ils n'étaient pas établis sur des positions fermes, Paulus pouvait les briser.

Walter revoyait devant lui le général von Seydlitz, il préféra changer de thème : – contrairement à l'opinion de Gehlen l'attaque de Rzhev semble bel et bien une diversion.

- Une belle, d'une envergure suffisante pour nous permettre de douter. L'espion « Max » nous avait prévenus. Par chance, Model les attendait de pied ferme, dans quelques jours nous saurons définitivement de quoi il en retourne. Cela dit, dans ma boule de cristal je découvre quand même un point obscur et vous devriez arriver à pareille conclusion avec la vôtre, cette offensive contre le groupe d'armée centre va mobiliser toutes les divisions de Model, je vous parie un de mes chiens qu'il ne pourra pas risquer d'en envoyer en renfort au sud.

- Comme vous y allez, un de vos chiens. Soyez assuré que j'en prendrais soin et vous pourriez même le visiter. C'est grave ?

- Ne sais. Si j'étais à la place des Russes j'aurais attendu pour attaquer que

Model se dégarnisse en expédiant des soutiens au groupe d'armée sud, c'est étrange, car nous sommes au courant que l'opération est dirigée par le front de Kalinine, celui-ci est commandé par un de leur meilleur généraux, Joukov. Il faudrait pouvoir soulever le tapis pour regarder ce qui est caché dessous. Pour terminer avec votre question, en effet, cela pourrait devenir dramatique. Avec les troupes que Staline a concentrées sur le Don, je ne vois pas comment Paulus pourra s'en sortir.

- J'ai cru comprendre que c'est tout le groupe d'armée sud qui pourrait se voir pris au piège !

- Décidément, vous avez des relations dans la Heer qui vous expliquent bien les choses. Exact, c'est d'ailleurs pour cette raison que je n'ai jamais donné beaucoup de crédit à cette affaire de Rzhev, là-bas ils peuvent gagner une bataille, dans le sud ils peuvent remporter la guerre et y mettre fin avant Pâques.

- Vous croyez au plan du général von Manstein ?

- À condition de disposer des effectifs nécessaires, il peut réussir. Model aurait pu lui en fournir, il ne devra plus trop compter dessus à présent, il devra faire avec ce qu'il a, c'est à savoir fort peu et ce que lui garantit Hitler, c'est-à-dire rien.

- Existe-t-il une autre solution ?

- À part le désencerclement promis par Manstein, non ! Par contre, il réside une alternative qui peut déboucher sur un dénouement si toutefois le commandement suprême conçoit l'abandon de la Ville et des rives de la Volga. La résistance de Paulus dans son chaudron conjoint à l'organisation d'une percée couplée à l'assaut de Manstein peut sortir la sixième armée de cette ville et créer une nouvelle ligne de défense. Si la chance se trouve au rendez-vous, ça contiendra le russe le temps que l'armée du Caucase retraite pour se joindre à cette ligne, un front qui mesurerait cinq cents kilomètres, à peu de choses près de la Chopper sur le Don au Terek aux pieds de l'Elbrouz. Nous en reviendrons grosso modo à la situation d'octobre majorée d'un net recul de cent kilomètres de plus en direction de l'ouest. Ça nous est déjà arrivé à la fin de dernière. Si l'offensive de Staline échoue à Rzhev, un cessez-le-feu resterait tout à fait dans l'ordre du possible. Encore faut-il que Hitler en donne l'autorisation. Ou que son commandant s'en passe. Là, vous pourriez aider !

- Moi ?

- Vous ! Enfin, vous et Himmler !

Berlin Berkaerstrasse 35, vendredi 27 novembre 1942 17h30

Walter se fit la réflexion qu'e depuis quelques semaines ils se voyaient autant que le feraient des amants, sinon plus. Il pensa qu'à tout choisir il valait mieux se trouver sous l'inculpation du paragraphe 175 du Code civil que celui traitant de la trahison dans le Code militaire.

Cette fois, l'amiral l'avait pris par surprise, il s'était rendu Berkaerstrasse sans se donner la peine de le prévenir. Annoncé par la garde, il l'avait fait monter sans attendre. En pénétrant dans son bureau l'homme avait assez vite troqué son air désespéré pour un sourire amusé : – La chance me revient, j'avais crainte de ne plus vous trouver, notez, j'aurais poussé jusque chez vous. Dominé par son excitation il refusa le siège qui lui était proposé avec le café : – Les salopards, ils nous auront tout fait subir !

Sachant qu'un des grands plaisirs de l'amiral consistait à ménager ses effets, il joua le jeu en affectant la surprise : –De qui parlez-vous ?

- Des Français pardi, de qui d'autre voulez-vous vous attendre d'un tel manque de loyauté. Nous sommes victimes de la plus belle supercherie de la guerre, ce matin ils ont mis en œuvre le sabordage de la flotte de Toulon, plus un navire à flot.

- Vous en êtes certains, toute la flotte ? C'est énorme !

- D'après l'antenne de l'Abwher à Marseille et des informations de l'OKW oui, sauf s'ils ne savent pas compter ce qui reste toujours envisageable !

- Comment une chose pareille est-elle possible ?

Canaris se montra amer : – Sans doute parce que nos génies de l'OKW ont jugé bon d'employer des gens de chez vous sous les ordres du général Hausser[155] et non des Brandenbourg qui auraient réussi l'opération sans coup férir. Notez que ce général est né à un kilomètre de leur caserne sur la Havel, ça n'a pas dû l'inspirer beaucoup.
À présent, c'est l'occasion rêvée pour envahir les îles britanniques, les Anglais vont débuter une semaine de réjouissance, ils vont faire la fête jusqu'à rouler sous la table, entre les évènements de ce matin et Mers el Kébir, il n'existe plus et n'existera plus jamais de flotte française.

Walter faisait semblant de s'intéresser à « l'évènement ». Canaris, en tant que marin et responsable des opérations Brandenbourg y voyait une défaite personnelle. Pour sa part, il avait l'esprit plutôt tourné du côté de Stalingrad et de Rzhev et accessoirement vers la Suisse. Il lui posa la première question qui lui vint à la tête, mais il

---

[155] Général Paul Hausser

n'en imaginait guère d'autre à formuler : – Vous pensez la chose irrémédiable ?

Canaris le regarda comme il aurait observé la réaction d'une girafe du Tiergarten à laquelle il aurait donné un coup de pied, néanmoins il se voulut didactique : –Un croiseur dont seules les tourelles dépassent de la surface de l'eau ne se remet pas à flot de la même manière qu'une barquette sur la Havel ! Cependant malgré ce malheur, il faut malgré tout se réjouir, il y a une guerre interne dans leur armée entre les gens d'Alger qui ont maintenant rallié les troupes américaines et ceux de la métropole. Les Français ont fait dans la demi-mesure comme c'est devenu leur habitude depuis qu'ils ont abandonné Jeanne d'Arc aux Anglais. Ils avaient la possibilité de sauver quelques bâtiments en pompant les fonds de cuves à mazout des autres, assez en tout cas pour que quelques-uns gagnent Alger où ils auraient été ravitaillés par les Américains. Lorsque nous avons envahi la zone dite libre, dans les jours qui ont suivi nous n'avions que peu de moyens pour les en empêcher.
En peu de mots, ils refusent au traître que représente pour eux l'amiral Darlan ses ordres de le rejoindre en Afrique du Nord, mais exécutent ses instructions de 1940 qui consistaient à saborder la flotte en cas de violation de l'Armistice. Ces gens sont incompréhensibles, à présent je m'explique que York ait abandonné Napoléon en Russie, parfois les Prussiens ont un peu de bon sens. Il faut dire que l'amiral Laborde qui commandait à Toulon déteste au plus profond de lui les Anglais, à la rigueur plus encore que son homologue Darlan qui lui a ravi le poste de chef de la marine.
Le seul élément positif, dorénavant ni nous ni les Américains ne pouvons plus employer cette flotte. C'est le vase de Soisson. Une de leur tournure de caractère supplémentaire. Pourquoi cet abruti de Falkenhausen a échoué sur la Marne en septembre quatorze, il nous aurait évité bien des tracas.

Pour complaire à Canaris il posa la dernière question qui lui paraissait utile : –C'est d'un grand préjudice pour nous ?

- Cette fois, nous devons arrêter de rêver, ce matin nous venons de perdre l'Afrique pour nous mettre en attente d'un débarquement qui peut se produire des côtes de Croatie à Port Vendres. Le führer est pris d'une rage incontrôlable contre la France. S'ils riaient encore un peu, ils vont devoir modifier leurs habitudes. Mais si vous voulez l'avis d'un marin, d'une manière générale pour l'essentiel cela ne change pas grand-chose. Bien entendu grâce à cette flotte nous aurions pu approvisionner à foison l'armée de Rommel et faire basculer l'affrontement en Afrique en notre faveur, même les rejeter à la mer, ça n'aurait pas été un grand problème, mais...

- Mais ?

- Mais il nous aurait fallu disposer de vingt mille hommes d'équipage aguerris pour mettre cette flotte en ordre de bataille et cette quantité n'existe pas dans la Kriegsmarine, les jeunes gens qui auraient fait l'affaire sont depuis longtemps morts dans les plaines russes. Ensuite, avec quel pétrole nous les aurions mis en état de naviguer ? Mussolini ne passe pas une semaine sans mendier auprès d'Hitler pour bénéficier de quelques gouttes pour sa marine.

Par jalousie, il aurait été capable de rappeler sa huitième armée de Russie et ensuite changer de camp. C'est vrai que pour ce qu'ils servent nous ne nous serions aperçus de rien !

Après que l'amiral eût pris congé, Walter se demandait encore pourquoi il avait tenu à cette visite, un simple coup de fil aurait été suffisant. Peut-être qu'inconsciemment il se sentait déjà un peu chez lui !

Berlin, Wilhelmstrasse, lundi 30 novembre 1942

Comme c'était souvent le cas avec l'énigmatique personnage, l'idée de Canaris était en même temps fort simple et compliquée à l'extrême à mettre en œuvre sans parler de pouvoir la mener à bien ! Pourtant loin d'être dénuée de sens, au contraire, elle coïncidait avec un de ses anciens projets dont il n'était jusqu'à présent pas parvenu à découvrir le bon levier pour l'entreprendre. À l'époque, il s'en était ouvert à Heydrich qui l'avait regardé comme s'il parlait des mystères de la Chine, il avait préféré ne pas insister, attitude le plus souvent plus payante à l'égard du général. Mais les cartes se rabattaient maintenant de manière différentes. Autre avantage en sa faveur c'était une opération politique inaccessible à une Abwher sinon en disgrâce au moins privée de moyens efficaces dans cette zone.

Le plus dur restait malgré tout de l'expliquer au Reichsführer alors que lui-même n'en percevait pas toutes les implications et encore moins les conséquences imprévisibles. L'expliquer sans paraître suffisant se présentait comme la difficulté supplémentaire, depuis quelque temps il avait la nette impression de lui forcer la main au moment où les lignes directrices auraient dû au contraire être imposées par son chef. À la longue, cette passivité apparente pourrait très bien se formaliser et entraîner une réaction funeste. Tant pis, il se sentait contraint d'agir, devant tout ce gâchis il valait mieux courir le risque que de rester à contempler les murs de son bureau.

Cela faisait déjà quelques minutes qu'Himmler le regardait d'un air sceptique : –Une nouvelle fois je suis obligé de constater que vous n'abandonnez jamais. C'est à la fois à votre honneur sauf que lâcher prise peut démontrer savoir-faire si pas modestie au lieu d'arrogance, il va sans dire que ce n'est pas du tout votre genre. Votre faconde ne rencontre d'égal qu'avec votre imagination.

Ce bref discours malgré le message qu'elle contenait avait balayé son inquiétude, ce coup-ci il n'avait pas employé une de ses formules monosyllabiques, le connaissant c'était déjà de bonne augure : – cette aventure a été amorcée précédemment si je ne m'abuse ?

Walter venait de lui exposer en quelques étapes rapides de phrases calculées l'éventualité d'une action politique dans le Caucase, ce qui n'était rien de moins qu'une tentative de soulèvement général des peuples musulmans si possible ralliés à leurs côtés et adhérents à leurs vues. Anticipant ses critiques il persévéra : – Exactement Reichsführer, nous avons des contacts prometteurs avec leurs chefs de file les frères Israilov[156]. Walter jugea superflu de préciser que c'étaient d'anciens liens tissés par l'Abwher. On rapporte que le mois passé ses troupes ont fraternisé avec la première unité avancée de List à atteindre Bryansk sur la mer Caspienne. Ils disposent d'une force combattante impressionnante rassemblée au sein de leur gouvernement révolutionnaire populaire provisoire de Tchétchéno-Ingouchie. C'est un nom ambitieux sinon pompeux sauf qu'il réunit plus de soixante mille hommes aguerris aux affrontements en montagne, l'équivalent de deux divisions, imaginez les biens armés, encadrées par nos officiers.

- C'est un effort d'imagination qui me coûte une ouverture d'esprit fort particulière sans oublier, si j'ai bonne mémoire, que les tentatives en ce sens ont été un insuccès. En convaincre Hitler ne serait pas la moindre des taches.

Si c'était bien l'amiral qui lui avait dressé la majorité des détails de son plan, Walter ne lui avait pas non plus promis en retour qu'il ménagerait l'Abwher, donc inutile de prendre des gants d'autant plus que le marin aurait bien été en peine de le présenter lui-même à Himmler sans passer par l'OKW et le haïssable von Ribbentrop.

En dehors de celui de creuser un peu plus profond la tombe des renseignements militaires la réponse ne demandait pas de fournir un effort particulier : – En vérité, ce fut une tentative dépourvue de moyens et d'inventivité. Ils ont omis d'y distinguer les importantes implications politiques que cela engendrerait. Par cette phrase, il venait d'éloigner son département de toute responsabilité dans cette négociation de l'été. Si nous avons collaboré de loin à l'opération Chamil, cela correspondait à votre directive sur les actions Zeppelin Reichsführer. Une participation toutefois limitée. L'Abwher a réussi à investir les installations de Grozny avec ses Brandenburg, mais faute d'appui local cela s'est résumé comme il fallait s'y attendre à un fiasco. Il passait sans scrupule sous silence qu'à cette époque il avait tout mis en œuvre pour avorter l'intervention. En revanche, il venait de rappeler à son chef que celui-ci avait déjà introduit une phalange dans l'engrenage. Il savait que ce dernier tel un pigeon picorant du pain ne perdrait pas une miette des détails de son exposé tout en se contentait de l'observer avec attention, suspendu à ses paroles dans l'attente de la suite : – ce qui leur a avant tout fait défaut c'est cerner la dimension politique. Hassan Izrailov a refusé que nous prenions le contrôle de ses hommes.

- Vous omettez volontiers qu'il insistait sur l'indispensable indépendance de la Tchétchénie Ingouchie, même du Daghestan. C'était une condition incontournable que nous avions jugé incompatible, sinon inacceptable avec nos plans pour la région.

Le côté clerc de notaire provincial d'Himmler gardait en permanence dans un coin dédié de sa mémoire les évènements qu'il ressortait sans aucune hésitation, inutile de vouloir le prendre en défaut de ce côté-là. : – Hélas Reichsführer, ce qui semblait inadmissible en été l'est beaucoup moins aujourd'hui. Cette position gagnerait à être

---

156 Hussein et Hassan Izrailov, dirigeants de l'insurrection tchétchène de 1940 à 1944 descendants du chef rebelle Chamil

revue, là-bas à présent la haine a atteint son maximum, leurs villages ont été bombardés sans retenue par l'armée rouge. L'époque est on ne peut plus propice à leur tendre la main, s'ils deviennent un territoire autonome comme les Croates nous les contrôlerons de la même façon que nous contrôlons Ante Pavelic[157]. Ils constitueraient un important front entre Grozny et Vladikavkaz dont l'armée rouge devra tenir compte. Sans oublier les désertions en masse des musulmans incorporés au sein de l'armée rouge. Après le désencerclement de Paulus et la formation d'une forteresse imprenable sur la ligne Don Tchir, les bolchéviques en seront réduits à stopper leurs offensives pour stabiliser le front. Comme à Rzhev, ils ne progressent pas, ils seront bien forcés de venir s'asseoir à la table des négociations.

- Ces Tchétchènes sont des sortes de bandits montagnards inaptes à se confronter à une armée disposant de moyens techniques importants.

- Pour l'instant, mais si nous les incorporons chez nous pour en faire des divisions SS l'affaire pourrait devenir différente sans perdre de vue que le Caucase n'est qu'une bataille de montagnes.

Himmler laissa apparaître son air outré, l'animosité jamais fort éloignée pointait son nez : –Vous êtes fou Schellenberg, leur faire l'honneur de notre uniforme, je ne sais pas pourquoi je vous écoute encore. Ces gens, s'ils abominent le régime de Moscou, ne nous voient sans nul doute pas d'un œil beaucoup plus favorable, leur religion ne correspond en rien à l'esprit national-socialiste, ils imaginent leurs lois supérieures à toute forme de gouvernement.

Walter savait que les personnes en face de qui Himmler ne récriminait pas se comptaient sur les deux mains, la bourrasque passée il continua : –Il faut parfois se permettre de regarder de haut pour distinguer les détails de la terre, ou si vous voulez le plan d'ensemble. Si vous m'autorisez d'exposer la suite, vous cernerez au plus juste le schéma que je propose ; ensuite, c'est évident, vous déciderez au mieux. Devant le silence d'Himmler, il comprit qu'une fois encore il était disposé à l'entendre jusqu'au bout, le personnage curieux de nature avait souvent montré un intérêt particulier pour les stratagèmes tordus sur toutes les coutures. Il se mit à développer ce qu'il nommait à présent « son plan » : – À Berlin nous hébergeons l'homme qui détient sur les mahométans une autorité incontestable, le grand Mufti de Jérusalem.

- Si je suis votre pensée, vous voudriez sans doute que Mohammed Amin Al-Husseini[158] provoque un soulèvement musulman dans le Caucase ?

- Non, ce n'est pas son rôle et d'ailleurs, il en serait bien incapable. L'homme témoigne depuis quelques temps d'une ambition sans limite, c'est un animal politique, à l'heure où nous parlons il garde toujours la prétention de créer la

---

157 Ante Pavelic dirigeant de l'état indépendant de Croatie de 1941 à 1945
158 Mohammed Amin al-Husseini grand Mufti de Jérusalem, chef religieux et homme politique

République unie de Palestine, Syrie et Irak sous protectorat allemand, avec bien entendu lui comme principal dirigeant du monde arabe. Ce n'est pas un novice, il n'en est pas à son coup d'essai, il a encouragé la prise du pouvoir par Gallani[159] en Irak, c'était du reste notre intermédiaire auprès de son gouvernement. À l'époque il a prononcé à la radio irakienne une fatwa appelant les musulmans au djihad contre le Royaume-Uni qui a quelques effets notables. Redoutable politicien il avait réussi à décider sans grand problème le Premier ministre irakien de garantir au Reich que leurs ressources pétrolifères, seraient mises à notre disposition en échange de notre soutien à l'indépendance des États arabes ainsi qu'à leur unité politique.

- Vous avez réponse à tout Schellenberg, n'oubliez pas de mentionner dans la pièce que vous mettez en scène que Gallani est hébergé à Berlin ou pour l'instant lui aussi bénéficie de notre hospitalité.

- Exact, à mon sens c'est n'est pas un mauvais investissement, il pourrait encore servir et comme vous prononcez le mot « instant » c'est peut-être le bon. Cet Amin Al-Husseini possède tout d'un fédérateur dans sa sphère d'influence qui est la religion. Grâce à lui nous pourrions former des divisions au Caucase, pourquoi pas en Bosnie ; en général de manière progressive dans tout le monde musulman. Ce serait une force avec laquelle il faudrait compter qui se retrouverait à combattre à nos côtés.

- Je suis une fois de plus impressionné par vos vues extravagantes, vous feriez le cas échéant un jour un bon politicien, mais en attendant ce rôle m'appartient, j'ai connaissance de contraintes dont vous ignorez tout. En premier lieu, je dois vous faire observer que le führer ne peut pas souffrir cet Al-Husseini. L'hospitalité lui est accordée avec complaisance, car il sert ses plans tout tenant en compte que c'est un sémite et son opinion sur ceux-ci n'est comme vous devez vous en douter pas du tout favorable.

Les inquiétudes de Walter trouvaient dans l'attitude de son chef leur fonds de commerce, pourquoi faisait-il sans cesse tourner les évènements autour d'un Hitler voué à disparaître à court terme : –Le führer n'aurait qu'à autoriser de constituer des divisions musulmanes à tour de bras en les fanatisant. Il pourrait même les décider à attaquer l'Iran par le Caucase pour y jeter les Anglais et les Russes à la porte. Cela anéantirait du même coup les approvisionnements de Staline, il ne s'en assiérait que plus vite à la table des négociations.

- C'est une éventualité, mais si vous cherchez des éloges vous devrez attendre longtemps, vous risquez plutôt des coups de bâton. Vous oubliez deux

---

[159] Sayyed Rachid Ali al-Gillani Premier ministre du royaume d'Irak en 1941

choses ayant dans le contexte toute leur importance, la France est une alliée de l'Allemagne, la Syrie ne peut lui être ôtée.

- Leur retournement de veste en Afrique du Nord leur enlève la dimension qu'ils représentaient aux yeux du führer, Roosevelt leur a arraché les dents, avec le sabordage de leur flotte ils ont perdu le peu qui leur restait de griffes !

- C'est quelque part exact, mais ils ne sont pas le fond du problème, nous pouvons passer par-dessus leur tête comme procèdent nos alliés japonais en Indochine. Par contre, vous omettez la seconde chose qui se trouve malgré tout être le point principal ; ce monde musulman ne peut avoir deux maîtres, vous devriez avoir à l'esprit qu'il ne peut qu'être Arabe ou Turc, le choix que nous devons réaliser avant tout autre. Nous ne sommes plus en quatorze, les Ottomans négocient dur pour se vendre au plus offrant, un pied à Berlin, l'autre à Washington. Depuis toujours, ils ne craignent que les Russes et abominent les Anglais depuis Thomas Lawrence[160], c'est votre meilleure carte. S'ils se positionnent à notre côté, nous pouvons mettre Al-Husseini au zoo de Tiergarten.

- Le temps presse Reichsführer.

- Vous ne pouvez mieux dire, le führer est à deux doigts de déclencher l'opération Gertrude[161], il annonce que quand Stalingrad sera désenclavée il n'hésitera plus. Si les Turcs l'apprennent, il sera trop tard, nous les aurons contre nous militairement dans le Caucase et politiquement dans le monde musulman. Comme vous le savez, İnönü[162] a signé un pacte d'amitié avec nous, mais il penche vers Churchill au point que s'il était un bateau on pourrait admirer sa quille. A contrario, il ne dispose pas de beaucoup de marge de manœuvre, elle est très étroite, si nous abandonnons le Caucase il se retrouvera avec Staline à sa porte et je doute que son « ami » Winston envoie des divisions à son secours.

Walter était bien entendu au courant de ce plan secret sans pourtant se figurer un instant qu'il soit exécutable ailleurs que dans l'imagination d'Hitler, il était surpris qu'il reste encore en vigueur. Entre l'invasion de la Suisse et celle de la Turquie, il aurait nécessité des yeux derrière la tête pour contrôler les élans bellicistes du chancelier. Pas plus que pour la Suisse, il n'éprouvait d'inquiétude. Tout cela se réduisait à du simple fantasme, Canaris et ensuite Halder lui avait affirmé qu'il était dans son intégralité irréalisable, mais faire mine d'y croire ne pouvait que servir ses intérêts, il était bien le dernier à souhaiter que le Reich disperse davantage des forces qui lui

---

[160] Thomas Lawrence dit Laurence d'Arabie
[161] Opération Gertrude, invasion de la Turquie à partir de la Grèce et la mer Noire.
[162] Mustafa İsmet İnönü Président de la République de Turquie de 1938 à 1950

faisaient défaut : – Une guerre contre eux serait mal venue, nos futurs alliés du Caucase se trouveraient à combattre sur deux fronts. Nous aussi par la même occasion.

Himmler qui s'était pris à dessiner une feuille avec un petit crayon, paraissait hésiter, après quelques traits, il se décida sans enthousiasme : – Alors, si vous estimez votre idée tellement intéressante, qu'attendez-vous pour sauter dans un avion à destination d'Ankara dans le but d'y vérifier la température. Il semble que Von Papen n'a d'yeux que pour Ribbentrop, cet idiot assure au führer qu'il se fait fort de les entraîner avec nous dans une croisade contre le russe tout en lui offrant le pétrole de l'Iran comme s'il s'agissait d'une simple caisse de son champagne, allez voir de quoi il en retourne !

La rivalité avec le ministre des Affaires étrangères avait atteint le point de rupture depuis que celui-ci avait dénoncé le Reichsführer de soutenir la garde de fer contre le général roumain Antonescu. Himmler n'était pas connu pour pardonner quoi que ce soit. Le voyage ne changerait pas grand-chose, l'ambassade à Ankara avec la même que toutes les autres était surveillée par ses hommes, il savait pertinemment que sauf revirement de dernière minute le président turc İsmet İnönü ne bougerait pas le petit doigt. Sa nature étant ce qu'elle était, sans quoi il serait resté un simple éleveur de poulets Walter dut encaisser stoïque sa perfide allusion comme pour le punir de son idée : – Toutefois, évitez d'inviter Canaris il pourrait avoir une négative influence sur votre jugement ! Là-bas, vous disposez de ce demi-juif SS qui bénéficie de votre protection. La mauvaise partie de son sang lui aura sans doute permis de berner les Turcs et d'en connaître un peu plus sur leurs ambitions.

- Il fait souvent preuve d'une intelligence rare.

- Méfiez-vous des gens trop intelligents !

Walter aurait aimé pouvoir se pencher au-dessus de son épaule pour regarder ses dessins afin d'y déceler ses intentions.

Istamboul, vendredi 04 décembre 1942

La tête du major Ludwig Carl Moyzisch[163] illustrait à merveille ce qu'il n'était pas, l'attaché commercial de l'ambassade d'Allemagne à Ankara. Il en portait le titre ainsi que les fonctions, mais son véritable travail demeurait le renseignement. Il dirigeait en Turquie le bureau de l'AMT VI en bénéficiant de l'entière confiance de son patron, sauf qu'il ne disposait pas d'un autre cabinet que le sien, celui d'attaché d'ambassade. Ce qui ne l'avait pas empêché de créer un très vaste et efficace réseau d'agents dans le pays en y jouant avec succès à cache-cache avec les Anglais et

---

[163] Ludwig Carl Moyzisch attaché diplomatique de l'ambassade d'Allemagne, responsable du renseignement SD en Turquie.

les Russes pour tenter de se disputer les faveurs de leur hôte.

Ils s'étaient donné rendez-vous à Istamboul à l'heure de grande affluence de la fin de matinée, la ville demeurait cosmopolite, y passer inaperçu était beaucoup plus facile qu'à Ankara. De toute manière, il ne pourrait pas y séjourner sans aller présenter ses respects à l'ambassadeur von Papen malgré le mépris que l'ancien chancelier lui témoignait. Depuis juin trente-quatre il avait en horreur de tout ce qui touchait de près ou de loin à Himmler, malheureusement cela s'étendait à Walter qui pour ce coup-là était innocent. Par chance, le diplomate était venu passer quelques jours dans sa résidence d'été du quartier huppé de Thermalia lieu où il se cloîtrait le plus souvent depuis l'attentat dont il avait été victime à Ankara.

Attablé confortablement en compagnie de son « agent » à une petite terrasse face à Sainte Sofie, Walter appréciait beaucoup Istamboul, son animation, le ballet incessant des bateaux, l'air marin y circulait en ventilant indifféremment les deux rives de la métropole contrairement à l'étouffante Ankara. Son histoire était aussi impressionnante que sa position stratégique, il n'avait jamais compris pourquoi la ville du Bosphore avait perdu son titre de capitale. Par les temps qui courent, c'était presque des vacances, il aurait aimé emmener Irène visiter la ville.

En versant lentement son café turc dans une minuscule tasse il crut bon d'exprimer sa satisfaction : –C'est un bonheur sans nom d'être ici et non à Ankara. La cité est certes étouffante, mais ce n'est pas la raison principale. En toute confidence, l'immeuble du boulevard Atatürk me fait penser à la résidence d'Heydrich à Prague, la ressemblance entre les deux demeures reste très grande et cela me donne froid dans le dos, car aux deux endroits leurs locataires ont été la cible d'un attentat à l'explosif.

En février, l'ambassadeur von Papen accompagné de son épouse avait été attaqué par un individu sur le trajet de son domicile à l'ambassade d'Allemagne. Par contre, ils n'avaient pas été atteints, le terroriste avait sauté avec sa charge, c'était très russe comme idiotie. En revanche Franz von Papen y avait trouvé une seconde raison d'en vouloir au chef du contre-espionnage. Dans une allusion à peine voilée il avait accusé les Russes d'en être les commanditaires et son département de ne pas avoir été capable de déjouer leurs plans. Walter avait mis beaucoup d'eau dans son vin, il tenait à entretenir les meilleures relations possibles, von Papen avait dans sa poche un immense réseau de contacts qui remontait même jusqu'au Vatican.

Quand l'occasion s'y prêtait le major Moyzisch ne manquait pas de sens de dérision :
– c'est difficile pour moi de comparer, je n'y ai jamais été invité par le général. Dommage, si ça s'était présenté nous aurions pu évoquer nos deux familles respectives, assis au coin du feu.

Walter faillit s'étouffer de rire, son subordonné assumait sans complexe sa part de sang juif. Thème qui à l'inverse mettait Heydrich dans des colères abominables lorsqu'il soupçonnait le moindre commentaire sur le point : – c'est un humour bien….

- Bien juif, n'ayez pas peur des mots sans prononcer des mots qui font peur !

Walter préféra changer de sujet : –Vous croyez qu'il viendra ?
- Cela ne fait aucun doute, il me l'a assuré. C'est lui qui m'a prié d'attendre ici. Avec ce qui se passe en ce moment dans le Caucase, Mehmet[164] se tiendrait sur une chaise à côté de mon lit s'il le pouvait. Les Turcs analysent chaque heure qui s'écoule, évaluent chaque tir pour savoir s'il atteindra sa cible. Il est juste l'homme le plus secret du pays. Même leur service le MEH[165] ne bénéficie pas de dénomination officielle, ici on l'appelle « le mythe ». Le vieux bougre tentera de mettre la musique en essayant de vous faire payer chaque pas de danse que vous effectuerez. Un conseil, tâchez de l'entraîner à valser avec vous.
-

Schellenberg reconnaissait que le président Ismet Inönü[166] détenait quelque chose de Franco en lui. En avril de l'an passé après la conquête de la Grèce Hitler lui avait demandé la permission de transiter par le territoire turc afin de fournir une aide militaire allemande aux putschistes irakiens en plein coup d'État. À l'inverse du Caudillo, le turc avait marqué son accord à la condition d'obtenir la rectification de sa frontière avec l'Irak et de continuer à vendre son Chrome au Reich à un prix exorbitant. Pour ne pas effaroucher Staline qui veillait d'un œil jaloux sur la région, le führer avait mis un peu trop de temps pour donner l'ordre de marche qu'il avait dû ensuite abandonner. Quelques jours plus tard, les Britanniques débarquaient à Bassorah.

Un géant corpulent coiffé d'un Fès en feutre rouge se présenta sans hésiter à leur table, il inclina le torse proche du mouvement d'un canif qu'on plie pour les saluer en disant sans préambules superflu : – mon chef vous demande d'avoir l'amabilité de me suivre, le chemin ne sera pas long, il désigna la taverne du doigt, sur quoi il tourna les talons. Les deux Allemands se regardèrent, comme à première vue ils n'avaient pas d'objection à formuler ils se levèrent pour l'imiter. Après avoir jeté un œil à gauche et à droite, le turc rentra prestement dans l'établissement. Il faisait sombre, mais pas assez pour ne pas le voir emprunter un escalier étroit situé dans le fond de la pièce. Moyzisch passa en premier pour grimper avec précaution à sa suite la main pressée sur la poche qui contenait son révolver. L'homme était déjà arrivé au bout du couloir. Il toqua à une porte, ayant visiblement reçu une réponse positive les invita d'un geste de la main d'y entrer.

La salle paraissait d'une dimension moyenne, mais une large baie vitrée permettait d'apercevoir tout ce qui se déroulait sur la place. Malgré ses murs d'un gris triste, la pièce restait lumineuse, un des côtés était occupé par une longue banquette avec des coussins de couleur vert pistache. Un homme proche de la soixantaine dont les cheveux gominés tirés en arrière couronnaient une imposante tête ovale dotée d'un gros nez sur lequel trônaient de grandes lunettes rondes y était assis. Devant lui quelques feuilles déposées sur une table allongée probablement destinée à des

---

[164] Mehmet Naci Perkel directeur du Service de sécurité nationale Riyâseti
[165] Milli Emniyet Hizmeti MEH
[166] Mustafa İsmet İnönü Président turc de 1938 à 1950

banquets privés. Il se leva à moitié pour les saluer : – Veuillez prendre place, pardonnez l'inconfort de cette pièce, j'aurais souhaité vous recevoir dans mes bureaux de la rue Kavaklidere, mais comme mon ami Moyzisch le sait, ils se trouvent à Ankara ce qui a l'inconvénient d'être à la fois fort éloigné et beaucoup moins discret. S'il y a bien quelque chose dont nous avons grand besoin c'est d'un précieux anonymat qui seul peut garantir le caractère privé de nos discussions. Car il s'agit bien d'affaires privées n'est-ce pas ?

Les préliminaires avaient quelque peu pris Walter par surprise, mais il se plongea vite dans ce bain turc : –Le plaisir de vous rencontrer est si possible sans commune mesure avec le vôtre. Par malchance je n'ai pas eu l'honneur de connaître votre prédécesseur le général Ögel[167], mais chez nous on a coutume de dire que dans toute infortune naît de la richesse et de l'espoir. Cela m'autorise à déclarer que vous êtes le premier responsable de la sécurité turque avec qui il m'est permis de parler. Je viens par conséquent rempli de confiance et d'espérance. Votre allemand parfait en est le messager pour peu je me croirais à Vienne. Qualifier ce qui nous intéresse de privé est une vision fort correcte puisque nos respectifs ministères des affaires étrangères n'y participent pas. Nous échangerons donc des points de vue d'un service à un autre. Cela vous va ainsi ?

Cette entrée en matière très orientale parut plaire à son homologue, il montra un pot à thé et des tasses. Osman va nous servir ensuite il nous laissera pour que nous parlions du monde en veillant à ce que personne ne monte l'escalier. Sans demander leur avis, le géant au Fès rouge expédia rapidement le travail. Il était évident qu'il obéissait au doigt et à l'œil sans se préoccuper de leur opinion. Si son chef lui intimait l'ordre de les abattre, il s'exécuterait sur le champ sans se poser la moindre interrogation. La tâche accomplie il se retira.

Le turc continua sans répondre directement à la question de Walter : –Vous êtes le bienvenu dans mon pays, l'Allemagne est une vieille connaissance, elle fait en somme partie de la famille si je puis dire. Nous sommes d'anciens alliés, nos deux États ont dû chacun de leur côté subir le couteau à décortiquer anglais, ils ont oublié qu'il est difficile de séparer une famille, le traité d'amitié que nous venons de signer en est la preuve la plus évidente, ne perdez pas de vue que nous envoyons d'innombrables wagons de nourriture à Berlin. Nous sommes fiers que les Allemands puissent manger du poisson turc. Quant à mon accent viennois je vous remercie, vous êtes indulgent, je fus cinq longues années prisonnier de ces maudits anglais dans un camp en Inde, ainsi que vous le mentionniez si bien à propos, cette malchance m'a apporté la richesse de la langue allemande, un colonel de l'armée autrichienne partageait ma baraque, il a eu la bonté de me l'apprendre. Il s'arrêta comme pour récupérer son souffle tout en profitant pour boire une gorgée de thé avant de reprendre : – Colonel, vous-même êtes un membre éminent de cette famille d'Allemagne. C'est un immense bonheur d'enfin vous connaître en chair et en os, vous faites un peu moins jeune que sur vos photos, mais cela vous va bien. Par contre, en uniforme vous êtes très élégant, plus que dans ce complet si vous me permettez cette remarque, elle ne veut que souligner que vous êtes fait pour l'uniforme. Ici,

---

[167] Général Sükrü Ali Ögel premier directeur des renseignements Turcs.

nous ne sommes hélas autorisés qu'à porter des costumes gris sans panache. Ne soyez pas surpris, j'ai eu le plaisir de voir un cliché de votre mariage. Félicitations, votre épouse s'avère resplendissante.

Le rusé manipulateur lui avait en douceur donné à comprendre qu'il savait pas mal de choses sur lui et par la même occasion cela sous-entendait que ce n'était pas uniquement sur lui. La danse pouvait commencer, l'orchestre faisait entendre ses premières notes : – excellent votre thé, il est anglais, je présume. Remarquez, je ne suis pas un grand connaisseur, il pourrait bien s'avérer Irakien ou Iranien. À la réflexion russe, puisqu'il semble qu'ils s'approprient des territoires au nord du pays, ils pourraient y cultiver le thé ? J'oubliais, nous vous remercions des denrées que vous nous fournissez, c'est un plaisir inaccoutumé d'échanger des devises or contre du poisson.

Le directeur du MEH désigna la tasse posée devant lui : –Vous semblez dans l'erreur, il s'agit bien de thé turc, de la province de Rize. Quant à l'or en temps de guerre c'est souvent son lot d'être changé contre du sang, parfois de poisson, le plus souvent d'hommes !

Walter but lentement la sienne puis la reposa retournée sur la soucoupe avant de répondre : – Alors vous pourriez bien en manquer un jour ou l'autre, je parle du thé bien entendu, c'est un risque énorme de le cultiver des feuilles aussi précieuses à moins de quarante kilomètres de la frontière soviétique. On raconte que c'est la boisson favorite de Staline, il pourrait bien vouloir mettre la main dessus.

- Son homologue turc ouvrit les bras en signe d'impuissance : –Il m'est impossible de vous donner tort, le russe est un ogre avec qui nous avons des démêlés depuis des siècles, contrairement à l'Allemagne qui ne les combat que depuis moins d'une trentaine d'années.

- Vous oubliez l'expérience acquise par les chevaliers teutoniques !

Il en fallait plus pour démonter les arguments du turc : –Une expérience dont ils auraient été bien inspirés de se passer. Mais les chrétiens étaient trop occupés chez nous que pour s'en soucier, fatale erreur. Assez parlé du passé, cessons de le mettre en avant, le présent se montre chaque jour si riche qu'il est nécessaire de s'en préoccuper sans perdre de temps. Dites-moi ce que vous proposeriez pour sauvegarder notre thé. Peut-être de le cultiver dans la province d'Erdine à la frontière avec la grecque d'Évros, celle où stationnent vos troupes comme celles positionnées à Kavala. Ou la meilleure idée serait de le disséminer le long de nos côtes de la mer Noire. Elle reste de toute beauté, vous devriez en demander des photos à l'amiral Canaris, les bateaux de la Kriegsmarine qui y naviguent doivent disposer d'un bel angle de prise de vue, peut-être pas aussi parfait que celles de mer Égée où croisent également vos sous-marins. Nous ne serions pas amis de l'Allemagne que je m'inquiéterais de voir mon pays si encerclé.

- L'orchestre s'était mis à monter le rythme, il ne faisait aucun doute que le turc savait à coup sûr qu'Hitler voulait les envahir. Walter n'allait sûrement pas le détromper, il y avait encore plein de viande sur la bête autant la laisser suer un peu plus : – Si c'est exact que nous positionnons des troupes elles correspondent au contexte de la guerre cela ne concerne en rien nos deux États qui ne sont pas en conflit. Vous devriez au contraire voir de l'avantage dans la localisation de ces divisions. Si le russe prenait l'envie de vous envahir, nous pourrions vous aider à le repousser.

- Nous restons sensibles à cette attention. Mais puisque nous en parlons, si je peux me permettre une question à ce propos. Comment vont les choses de la guerre ? Il est notoire que les Russes viennent de vous jouer un mauvais tour, je présume que l'armée allemande saura y remédier au plus vite.

- Les opérations sont en cours, vous vous en doutez. Trois mille kilomètres de front sont une distance respectable à défendre. Un coup de pouce de la part des amis n'est dans certains cas pas négligeable.

- Vous avez beaucoup d'amis, Italiens, Roumains, Hongrois, j'en omets certainement.

- La famille c'est parfois mieux !

- C'est indéniable, mon cher colonel Schellenberg. Nos frontières avec les bolchéviques obtenues après d'âpres discussions et de nombreux traités, Kars, Batoum, Moscou, Alexandropol et j'en oublie, sont un atout et un inconvénient. Toutefois, nous pourrions envisager de vous soutenir si vous nous aidez en retour comme le feraient des cousins. Si j'avais de l'humour j'oserais dire des cousins de germain, hélas ce n'est pas le trait principal de mon caractère. Réglez d'abord cette affaire de Stalingrad, ensuite si vous avez toujours besoin de nous beaucoup de choses deviendraient à nouveau concevables. Pour ma part, j'y suis favorable tout comme doit l'être mon chef Recep Peker[168] un fervent admirateur pour qui l'Allemagne reste un modèle. Qui sait, à deux nous pourrions parvenir à décider le président Inönü…

Walter se dit qu'un peu de Bach donnerait un caractère plus théâtral à la valse : – Une guerre des musulmans contre les pires des athées voilà qui n'est pas un symbole négligeable ? C'est vrai que la religion est importante dans votre pays. Depuis peu n'imposez-vous pas dix fois plus les non-musulmans ? Au-dehors, une longue mélodie se faisait entendre.

Memeth sourit astucieusement pourtant son regard semblait méprisant : –Vous êtes bien renseigné. Nous laissons aussi beaucoup de juifs rejoindre la Palestine, sauf lorsque nos efforts sont ruinés par les Russes ; ne perdez pas de vue que c'est leur

---

[168] Mehmet Recep Peker ministre turc de l'intérieur d'aout 1942 à mai 1943

marine qui a torpillé le Struma[169], mais ces deux cas ne me regardent pas, comme nous le disions au début de cette charmante conversation nous ne parlons que des affaires privées. De but en blanc, il changea de sujet : – Vous avez entendu cette mélodie, c'est ce que nous nommons Dhohr, le muezzin procède à l'appel de la prière quand le soleil se trouve au zénith.

Le directeur du renseignement turc venait d'un coup tranchant clore ce sujet sensible. Walter ne se laissa pas impressionner ; les Turcs avec une régularité consommée faisaient monter les enchères en autorisant quelques groupes à gagner la Palestine mandataire. Quant au Struma il soupçonnait que c'était un service demandé à Staline par les Anglais : – Les Russes doivent quelque part vous craindre, leurs populations musulmanes des anciens khanats pourraient faire cause commune avec vous.

Memeth prit son menton dans sa main et le regarda sans indulgence paraissant réfléchir à ce qu'il allait dire ou plutôt la meilleure forme possible de l'exprimer : –Je comprends les raisons de votre voyage colonel Schellenberg, vos stratèges pensent que la solution à leur problème dans le Caucase consisterait à prendre les Russes entre deux fronts. Développée dans une salle d'état-major cela a l'apparence d'une bonne approche, militairement il n'y a rien à y redire. Que ce soit par nous ou par les Tchétchènes peu vous importe c'est là que cette idée se transforme en une idiotie, croyez que je suis désolé de vous parler ainsi. Les peuples musulmans sont complexes, vous vivriez cent ans qu'en temps qu'Allemand vous n'y comprendriez toujours rien. À Berlin, vous hébergez Al-Husseini, dans le Caucase vous prêtez une oreille aux frères Izrailov soi-disant forts de soixante mille hommes, cependant vous ne voyez même pas Hassan Al Bannâ[170] qui au pays des pyramides possède plus d'un million d'adhérents avec les frères musulmans. Tout comme vous ignorez que la famille de mon chef est originaire du Daghestan. L'Islam représente une mosaïque que nous tenions en main jusqu'à ces maudits traités. En Tchétchénie, l'imam Chamil avait quatre fils, deux servaient dans l'armée russe, les deux autres dans l'armée turque. Ayez en tête que nous dominons ce monde depuis des siècles, Alexandre le Grand, ensuite les Romains nous le disputaient déjà. La Ciscaucasie et la Transcaucasie font l'objet d'âpres guerres depuis plus de cent ans je vous recommande de bien les étudier. Surtout, n'allez pas le prendre mal, mon seul but est de chercher à vous éviter bien des déboires.

- Je ne saurais jamais arriver à vous remercier du conseil doublé de votre hospitalité. En mon nom et au nom de mon gouvernement, je vous invite à venir nous visiter. Je me ferai d'ailleurs une joie d'être votre guide personnel. Ce sera ma façon de m'en rapprocher.

- C'est avec grand plaisir que j'accepte votre proposition. De mon côté, je suis convaincu que jamais je ne réussirai à me faire pardonner de vous avoir si

---

[169] Le paquebot Struma, refoulé par les autorités turques après avoir passé deux mois dans avec huit cents émigrants juifs à destination de la Palestine fut torpillé en mer noire le 24 février 1942 par un sous-marin soviétique.
[170] Hassan Al Bannâ : fondateur des Frères musulmans.

pauvrement reçu, avec votre permission j'essayerai quand même d'y parvenir. Nos bureaux ne sont pas aussi somptueux que ceux de la Prinz Albrechtstrasse, mais ils sont confortables. Ce n'est donc que partie remise.

- On vous aura mal renseigné, mes bureaux sont situés dans un modeste quartier de l'ouest de Berlin.

- J'ai toujours considéré que l'ouest était préférable à l'est, je constate que vous avez fait ce judicieux choix ! Walter le laissa avoir le dernier mot, après tout c'était l'hôte.

Une fois à la rue Walter se tourna vers le major Moyzisch : –Vous n'avez pas beaucoup parlé. Ludwig !

- Il n'y avait aucune utilité à m'y astreindre. Je n'ignorais rien de ce qu'il a pu dire même si je ne connais pas tous vos secrets j'en devine la majorité, c'est mon travail, vous m'avez nommé ici pour cela. Les ottomans sont ainsi, complexes, mystérieux, inaccessibles. Vous êtes le chef, c'était à vous de parler, le contraire vous aurait diminué à ses yeux. Quand vous serez parti, je redeviendrai son principal interlocuteur. Et vous, vous en pensez quoi colonel ?
-

Walter marqua un temps d'arrêt : – je comptais vous le dire à l'occasion du repas auquel je vous invite. Vous connaissez un bon restaurant ?

Ils prirent le vapeur qui reliait Karakoy à Kadiköy sur la rive asiatique, il en profita pour admirer le Bosphore avant de gagner la rue des poissonniers distante de trois cents mètres. La devanture du restaurant Yanyali ne payait pas de mine, la salle était simple. En contrepartie, la nourriture semblait excellente, d'agréables nappes blanches couvraient la table et chose rare pour la ville les assiettes étaient de porcelaine claire. Ils s'étaient fait servir des boulettes de viande Yanya spécialité de la maison et ensuite du poisson arrosé de Kavaklidere. Son adjoint lui avait garanti une cuisine ottomane authentique, à première vue il devait lui donner raison.

Carl Moyzisch voulut le rassurer – Yanyali est un nom grec, le patron Fehmi Sönmnezler y a ses origines. Il a aussi été emprisonné par les Anglais et a failli mourir dans leur prison, en tant qu'Allemands il se devait de bien nous servir.

Walter venait de terminer son plat, jusque-là il était resté silencieux en dehors de quelques politesses d'ordre privé : –À présent que j'ai eu le temps de réfléchir, ce délicieux plat m'y a aidé. Enfin pas lui précisément, ce sont surtout ses arêtes qui m'ont inspiré, je peux vous répondre. Ils ne bougeront jamais le petit doigt dans le Caucase, ils se sentent que nous allons devoir abandonner la ville de Stalingrad sans trop d'espoir d'y retourner avant des mois sinon jamais, cela ne fait plus aucun doute aux yeux de votre ami Memeth. Ils resteront encore longtemps dans notre famille comme il se plaît à le dire, au moins tant que le russe sera susceptible de les envahir, auquel cas ils nous laisseront passer sur leur territoire depuis la Grèce. Ce sont leurs vœux pieux. Ensuite si nous terminons la guerre ils iront se blottir dans les bras des Anglais qu'ils haïssent. À moins qu'ils donnent une bonne raison aux Américains de les aimer.

- Nous allons perdre la guerre ?

Si vous voulez dire contre le russe ? Nous n'allons en tous les cas pas la gagner ! Contre les Américains, ce n'est pas dit ! Pourtant la résolution de l'affrontement avec les premiers dépend des deuxièmes. Les industriels américains vont espérer produire à nouveau comme ils le firent au cours du précédent conflit et multiplier leurs bénéfices par dix, sinon plus. Ne doutez pas un instant qu'à l'heure actuelle ils convainquent Roosevelt de fournir aux Russes des quantités inimaginables de matériel y compris la façon de le financer. La dernière fois, ils ont réussi à vendre la dotation nécessaire à quarante millions d'hommes alors que les alliés en comptaient vingt millions.

- Nous pouvons encore empêcher cela de se déroule de cette façon ?

Walter sourit, but son café avant de répondre toujours amusé : – Faire la paix avec les premiers en donnant un os à ronger aux deuxièmes.

Même si ça ne constituait pas la meilleure solution, c'était une bonne solution

Sinon il ne lui resterait que Franz Wimmer-Lamquet[171] et son commando comme solution, le Lawrence d'Arabie de la Gestapo, une vielle idée de son ami Heydrich sauf que 1916 était à présent loin, A défaut, il pourrait toujours leur fournir du café.

Berlin Berkaerstrasse 35, mardi 08 décembre 1942

Depuis le début de la semaine, le scénario météorologique se répétait, il faisait venteux et nuageux à Berlin. Il se considérait privilégié d'être allé passer quelques jours sous le soleil en Turquie.

Même si son voyage n'avait pas obtenu le succès escompté, il entrevoyait davantage la situation. Toutes les informations, pour être fragmentaires, finissaient en fin de compte par former une mosaïque. Les opérations d'infiltration n'étaient pas en péril, avec un peu de chance elles allaient encore s'accentuer, c'était la façon turque d'œuvrer de concert. Éventuellement, elles se renforceraient. Il avait chargé le major Moyzisch d'arranger au mieux les contacts avec les services turcs en ce qui concernait l'action Zeppelin. Des Caucasiens azéris et des turcophones d'Asie centrale, spécialement entraînée allaient être envoyés de Turquie en Russie au-delà de l'Oural. Il était convenu que les renseignements collectés sur l'ennemi commun seraient

---

[171] Major Franz Wimmer-Lamquet : commandant d'une unité de combat spéciale pour une utilisation dans le Sahara également utilisée pour perpétrer des actes de terrorisme en Afrique du Nord

échangés entre les deux agences.

Le problème imminent du Caucase restait plus ennuyeux. Himmler allait encore pouvoir tirer avantage de ses déboires en se moquant de lui sans vergogne, mais il savait que c'était la manière aisée qu'avait trouvée le Reichsführer pour temporiser. Il devrait tout tenter pour parvenir à obtenir ces nouvelles divisions tchétchènes musulmanes, leur poids pourrait peser dans la balance et la faire basculer de leur côté. Tragiquement tant qu'Hitler serait au pouvoir c'est lui qui en déciderait.

Sa secrétaire Marliese[172] qui connaissait parfaitement les priorités avait posé sur le haut de la pile à consulter le rapport d'un de leurs espions qu'elle jugeait plus important que les sept voisins. Celui-ci était entouré d'une cordelette rouge, les autres d'une noire, il savait que c'était intentionnel, elle ne pouvait bien entendu pas participer aux discussions, mais les prenait souvent en sténographie et n'en lisait pas moins tout ce qu'elle mettait au propre et plaçait sur son bureau tout en se gardant bien de donne un avis. S'il était déposé à cet endroit ainsi signalé c'était pour une bonne raison il faisait une confiance totale à son jugement et l'avait donc ouvert sans perdre de temps. Il soutenait que les Russes après avoir encerclé la VIe armée piétinaient à bout de force, leur offensive ayant causé l'attrition de la moitié de leurs hommes, ils se retrouvaient dans la steppe sans munitions ni carburant ou ils tentaient avec peine de se rassembler. L'agent terminait en concluant que toute affirmation contraire serait pur mensonge. Dans ces cas-là, il appliquait le paradoxe qu'il avait appris en première année de droit, celui qu'il avait adapté à son département « Un agent dit que tous les agents sont menteurs. Et là, tout se complique ; agent lui-même, il ment donc forcément. Et s'il ment, c'est que tous les agents ne sont pas menteurs, ils disent la vérité. Notre homme, donc, dit vrai quand il énonce que tous les agents sont des menteurs. Et s'ils sont menteurs, lui-même… » C'était sans fin !

De son côté, Ghelen avait concédé à le lui révéler avec joie qu'à Rzhev l'armée rouge subissait une défaite totale. Il ne fallait jamais trop pousser le chef du FHO pour qu'il revienne illico à sa doctrine de la diversion.

Il allait peut-être avoir très vite l'opportunité d'en savoir plus. L'amiral Canaris lui avait communiqué une information cruciale, dans quatre jours débuterait l'opération de dégagement de la VIe armée de Stalingrad sous le commandement du maréchal von Manstein. C'était un secret absolu en principe ignoré du SD ce qui incluait le département de Müller, mais bien sûr pas le sien. Himmler à demi-mot le lui avait fait comprendre. À l'aide de ses écoutes radio en vigilance extrême, il espérait obtenir quelque chose de ce côté-là, on ne sait jamais. D'après les informations glanées auprès de Canaris, les hommes de Paulus résistaient avec succès. Von Manstein allait bénéficier de moyens importants dont deux divisions de chars supplémentaires, une venant du Caucase l'autre ayant débarqué toute fraîche de France. Conjointement, ils avaient décidé de faire cause commune en mettant leurs bureaux concernés en alerte maximale depuis quelques jours. Ses services d'écoutes de Dresde et de Sigmaringen étaient déployés en intégralité dans cette perspective, il avait triplé les équipes de radiogoniométrie, deux unités munies de matériel portable

---

[172] Marliese Schienke

se trouvaient déjà en Suisse, l'une à Lucerne, sa sœur à Genève.

Tout cela s'était paradoxalement mué en quelques instants en événements à ranger au niveau des « bonnes nouvelles ».

Marliese s'était bien involontairement fourvoyée, l'important s'habillait d'un visage quelque peu inattendu. La « mauvaise nouvelle » se tenait devant lui en la personne du lieutenant Hans Eggen rentré en urgence de Suisse : – reprenez l'affaire à son point de départ voulez-vous Hans, j'ai beaucoup de mal à la faire entrer dans mon univers. Le brigadier Masson vous a proposé un rendez-vous discret !

- Difficile d'effectuer plus furtif. Deux minutes assis sur le siège d'une voiture dans la rue la plus sombre de Zurich.

- Vous êtes certain d'avoir compris ce qu'il vous disait, deux minutes ce sont cent vingt secondes pour se tromper !

Le lieutenant Eggen semblait agacé par la mise en doute de ses compétences il répondit narquois : – Prenez en compte qu'il a passé les trente premières à me demander si je n'avais pas été suivi et les trente dernières à me faire promettre de rentrer sur le champ à Berlin pour vous avertir. Nous parlons tous les deux un parfait allemand malgré des accents différents. La phrase « L'américain Dulles tient vous remercier en vous prévenant que Roosevelt projette une rencontre avec ses alliés pour contraindre l'Allemagne à une capitulation sans condition ». Tout compte fait, il y a dû avoir des silences, car même avec la lenteur du patois zurichois ça n'a pas pris vingt secondes.

- Évidemment, il dit la vérité !

- Lui ! Sans aucun doute. L'américain c'est une paire de manches à l'aspect bien blanc, mais qui pourrait bien être tachée par dessous.

- Personne n'a traité l'autre de menteur ?

- Non, pourquoi cette étrange question ?

Berlin Tiergarten, mercredi 09 décembre 1942 12h30

Tout bien pesé, rien n'était fait pour durer ce mercredi. Il faisait plutôt chaud pour la saison, presque dix degrés, avec la pluie qui s'était arrêtée c'en était presque agréable en particulier dans le havre de paix que représentait le Tiergarten. Un temps d'avril. Il aurait été bienheureux d'être de quatre mois plus vieux, avec un peu de chance toute cette affaire se retrouverait derrière lui.

Ils avaient décidé de laisser leurs chevaux dans leurs écuries l'heure de la promenade équestre était de loin passée, à la place ils avaient préféré de se balader dans le calme du Jardin zoologique. Malgré l'odeur, ils avaient choisi la maison des singes déserte à cette heure de la journée. L'amiral désigna les cages des primates : – Ces pauvres animaux que nous tentons d'imiter sont confinés dans une cage elle-même emprisonnée dans celle dans laquelle nous nous trouvons qui elle-même se retrouve enfermée dans le Reich qui lui-même... vous souhaitez que je continue ?

Walter n'était pas dans un état d'esprit spécialement disposé à partager les montages intellectuels alambiqués du chef de l'Abwher toutefois il ne voulait pas non plus lui ôter ce plaisir par une réplique brusque. Comme d'habitude, il décida de répondre à sa question par une semblable tout aussi vague destinée à masquer son humeur : – Pas particulièrement, par contre comment estimez-vous de la situation ?

- Qu'il ment ! Tous les espions sont des fabulateurs, vous deviez le savoir dit-il en lui lançant un regard malicieux.

Voilà un maître-espion qui venait de traiter les autres espions de menteurs, le tourbillon du paradoxe recommençait. Mais à peine avait-il eu le temps de le penser que l'amiral poursuivait comme s'il avait deviné la maladresse de ses paroles : – Qu'il mente est possible, mais la proportion de chance qu'il en soit ainsi reste malgré tout minime. Je verrais plutôt qu'il se soit pris d'une affection particulière envers votre personne et tente de vous le démontrer. Ou bien il veut que vous effectuiez un voyage sans retour vers la Suisse à attendre la fin de la guerre en bavardant avec vous.

- C'est avec plaisir que je note la résurrection de votre humour, je vous ai connu plus morose ces dernières semaines.

Il subit un regard en coin qui en disait long : –Le manque de soleil mon cher Walter, tout le monde n'a pas l'opportunité d'aller vers lui pour en bénéficier par les temps qui courent !

Sans aucun doute, l'amiral apparaissait déjà au courant de son escapade turque, comment avait-il pu en être autrement : –Je ne pourrais trop vous conseiller de rendre une petite visite à vos amis espagnols, si du moins ils sont toujours vos amis ?

- Vous venez probablement d'être bien payé pour savoir que nous ne possédons plus guère d'amis, mais de plus en plus d'ennemis, car bientôt arrivera le moment où ils se retourneront contre nous, n'en doutez pas un instant mon jeune "ami".

- Nous n'y sommes pas encore, tant s'en faut. Alors, je reprends ma question, qu'en pensez-vous ?

Le chef de l'Abwher lui répondit irrité : –Que ce ne soit pas une situation agréable c'est plutôt évident, c'est une menace de mort, celle de l'Allemagne. Au-delà de cela, c'est d'une stupidité patentée qui a germé dans un cerveau sans vues. Je reconnais bien là la marque de Roosevelt, un homme qui n'a que mépris pour nous. Si nous étions contraints à une capitulation sans condition, elle unirait définitivement l'Union soviétique aux Anglo-Américains. Ce qui m'étonnerait c'est que Churchill accepte cette idée sauf en état d'imprégnation alcoolique importante. Il devrait savoir que tous ceux chez nous qui seraient séduits par des tentatives de paix séparée seront renvoyés dans les cordes. Au-delà de cela, nous disparaîtrions en tant que nation, aucune clause n'existerait en tant que telle, les conditions seraient éminemment pires qu'en dix-huit, car ils établiront sans ambiguïté qu'ils pourront faire ce qu'ils veulent de nous en cas de défaite. Cela ne fera que déterminer Hitler à mener une guerre totale et la majorité des Allemands le suivront sans hésiter. La rapidité avec laquelle vos affaires se compliquent et votre incapacité à empêcher le temps d'accomplir son œuvre destructrice devraient vous effrayer.

Walter réfléchit un instant, il n'était pas du tout terrifié, cette discussion avait mis en lumière l'aspect fort positif de la situation et le bénéfice qu'il pourrait en tirer en agissant sans tarder. Sa réponse était déjà toute prête quand il changea d'avis, il préférait orienter la conversation sur la Turquie. Canaris devait en connaître les détails par ses espions. Tant qu'à faire, il choisit de passer pour un bon camarade.

Berlin Berkaerstrasse 35, jeudi 10 décembre 1942

Reinhard Spitzy avait insisté pour le voir, il demanda à Marliese de l'introduire immédiatement, il n'avait pas l'habitude de faire patienter inutilement ses visiteurs dans le but de démontrer son pouvoir.

Afficher une tête plus penaude que celle du lieutenant aurait été un tour de force, un chien de chasse ayant perdu sa proie aurait eu un air plus fringant. Walter était décidé à le laisser mariner dans son jus sans lui venir en aide, s'il voulait en faire un bon chien de traque il était temps de passer au dressage.

Le mal à l'aise que l'officier exhibait sur le visage n'était pas de pure forme, le ton de sa voix trahissait celle d'un homme blessé dans son amour propre : – à la suite des informations que j'ai récoltées à Dresde, j'ai mis mon « ami » de la Gestapo dans les cordes, il a fini par m'expliquer que les arrestations étaient dues à des messages décodés en juillet, mais en réalité vieux de l'année précédente, d'après lui ils souhaitaient se faire mousser. Cet aveu qui ne leur ressemble pas est à ce point étrange, j'ai d'abord eu difficile à le croire. Il confirme malgré tout une émission au départ de Berlin en direction de Lucerne le treize octobre, peut-être la dernière de Gollnow, cela restera un mystère. Quand je tente d'aller plus loin, il se forme comme un mur. Au centre de Dresde, nous avons repris toutes les notes d'écoutes et leurs fréquences, la seule certitude c'est que l'opérateur est souvent le même, mais pas toujours, ils seraient trois jusqu'à présent. En ce qui concerne le treize octobre il y a confirmation que c'en est un qui fait partie du trio.

Walter était satisfait, en premier lieu Reinhard Spitzy lui disait la vérité. Sans avoir l'air d'y toucher, il s'était plaint en sourdine auprès de Karl Wolff[173] du manque de transparence de la Gestapo. L'aide de camp d'Himmler qui depuis l'époque d'Heydrich ne le portait pas outre mesure dans son cœur lui avait certifié que Müller suivait une piste franco-belge confiée à son camarade « Panz[174] » et son interrogateur Horst Kropkow[175] ; si elle le conduisait en Suisse, il serait mis au courant.

Walter savait qu'avec sa stature de grand bourgeois, fils d'un juge, formé au gymnasium, héros de guerre décoré Wolff détestait Müller le petit policier bavarois sans éducation. Il l'avait donc cru sans problème. Et si l'ami du lieutenant Spitzy avait sur ordre de Müller monté l'affaire de la transmission de Gollnow de toute pièce pour intoxiquer son département en lui faisant emprunter un chemin qui mènerait la Gestapo au sein de son intrigue. Et si le chef de la Gestapo renseignait les services russes. Et si, et si, son tiroir s'était rempli de « et si » à en déborder. Néanmoins, l'émission avait bien eu lieu et était dirigée vers un récepteur à Lucerne. Depuis sa visite d'octobre à Wolfsberg, il avait acquis la conviction que l'information avait bel et bien atterri sur le bureau des services secrets militaires suisse. Restait à en connaître le chemin. En tout état de cause, la boussole indiquait en permanence le sud dans la direction de Zurich dont le brigadier s'avérait devenir le centre magnétique.

Il se rendit compte qu'il s'était muré dans un silence depuis quelques minutes, Spitzy devait attendre avec une certaine appréhension la suite : –C'est indéniable, il vous a bien tourné en bourrique, c'est de bonne guerre, mais vous auriez dû y regarder à deux fois, trois quand il s'agit de « courtoisies » de la Gestapo. Vous aviez pourtant été formé chez Ribbentrop. C'est vrai que le ministre n'a pas une influence très remarquable hors de ses conseils sur les champagnes. Sortez quelque temps du circuit lieutenant, demandez à Canaris de vous renvoyer à titre provisoire dans les arènes de Madrid vous faire oublier, vous luisez comme un phare au milieu de la nuit et ce n'est pas ce dont j'ai besoin.

Spitzy se leva courbé sous le poids de la sentence, Walter opta pour lui passer la main dans le sens du poil : – ne vous inquiétez pas, provisoire est similaire de transitoire, je pense que vous aurez une place Berkaerstrasse. Patientez un peu, 1943 s'annonce l'année de notre collaboration définitive. Un molosse aurait remué la queue de plaisir, Spitzy le salua avec un large sourire entendu.

Une fois resté seul Walter ne put que se replonger dans ses réflexions. Il devait à tout prix découvrir le traître. Celui-ci commençait à contrarier ses plans pour de bon, toutes les informations qu'il transmettait à Moscou favorisaient sans conteste possible le russe au détriment de l'Allemagne en contradiction totale de son but, celui d'un indispensable cessez-le-feu dans le contexte combien défavorable de la fin quarante-deux. Il était à présent évident que cette taupe en agissant de la sorte recherchait la défaite du Reich. Impossible que ce serpent ne soit pas allemand. C'était malgré tout assez impensable, il voyait mal le commandant Hausamann et

---

[173] Karl Wolff adjoint d'Himmler, chef de son état-major et de son bureau du personnel
[174] Oberführer Friedrich Panzinger chargé des relations de la Gestapo avec Himmler. Commandant de l'Einsatzgruppe A en 1944. Travaillera au Service Fédéral de Renseignement (BND) dirigé par Gehlen en 1955.
[175] Capitaine Horst Kropkow, département 2A de la Gestapo. A travaillé pour le MI6 Britannique après-guerre.

encore moins le brigadier Masson se rendre complice en instruisant les Russes qui plus est à la barbe de l'américain Dulles. Le prix à payer en serait énorme, la confédération ne s'en relèverait pas. Il envisageait comme tout aussi improbable l'américain regarder d'un bon œil des renseignements filés à Moscou.

Ce dernier l'avait sans doute roulé comme il faut dans la farine avec la bombe à l'uranium, mais ça n'exigeait premièrement pas de penser qu'elle n'existait pas, deuxièmement bombe ou pas ce montage démontrait à quel point lui ou « ses gens » désiraient un cessez-le-feu sous statu quo à l'est. Cependant, détour ou pas, les informations parvenaient bel et bien au Kremlin, sa main à couper que l'un des Suisses devait connaître l'identité du traître, ou bien les deux. Pour autant, il devait contenir sa rage, s'il voulait le coincer son action devait se dérouler dans la douceur en adoptant un climat propice. Inutile de perdre sa bonne énergie avec le commandant Hausamann, il n'obtiendrait jamais rien de lui. Avec Masson il se sentait plus à l'aise, mais sous son air amène, l'homme s'avérait plus finaud qu'il l'avait imaginé, le piéger allait nécessiter une approche créative. Et d'abord y avait-il un traître ou plusieurs ? À choisir, Walter optait à présent pour plusieurs. Agissaient-ils par idéologie ou pour de l'argent ? Ou se cachaient-ils, OKW, OKH, Chancellerie ? Il pouvait avec une presque certitude éliminer ce dernier lieu, peu de secrets militaires y transitaient encore, le Führer passait de moins en moins de temps dans son immense bureau de marbre. Quant aux deux autres possibilités, son unité de décryptage devait sans perdre un instant s'acharner à mettre au clair quelques informations pour déterminer si elles concernaient l'ensemble de la Wehrmacht ou juste l'armée de terre. Demeurait toujours en suspens le cas de la Gestapo, en théorie elle était hors du jeu, mais l'affaire du lieutenant Gollnow lui restait en travers de la gorge.

Lac de Wannsee, Nordhav, villa Marlier, vendredi 11 décembre 1942

La vue des arbres dépouillés lui fit prendre conscience qu'il n'avait plus mis les pieds à la villa depuis des mois. À l'époque, les feuilles commençaient à peine à pousser, aujourd'hui les branches décharnées se retrouvaient presque nues. Himmler avait opté pour le calme paisible du lac pour donner une conférence. Heureusement, Walter avait été dispensé d'y assister.

Arrivé en toute discrétion peu avant la fin, il décida d'arpenter le parc pour tenter de ne croiser aucun des participants. Celle-ci s'étant terminée en retard, il avait encore dû patienter une heure avant que le Reichsführer le reçoive dans le grand bureau ; celui qu'occupait Heydrich lorsqu'il choisissait d'y venir.

Malgré une température d'un degré au-dessus de zéro, le temps toujours clément laissait poindre un pâle soleil. Assez pour lui permettre de parcourir les allées, ce qui l'aidait souvent à mieux réfléchir. Son moral ne se trouvait pas au beau fixe, il arrivait d'apprendre qu'Hanna Reitsch avait été victime d'un terrible accident d'avion lors d'un essai. Par chance, elle était sauve, mais elle avait très peu de chance de pouvoir voler à nouveau. Hélas, pas une minute disponible pour se rendre à son chevet. Il en était là à ressasser ses idées noires quand un garde vint l'avertir que le Reichsführer était disposé à le recevoir.

En pénétrant dans la pièce, Walter avait croisé l'imposant docteur Kersten qu'il avait salué sans s'attarder. Himmler cru bon d'expliquer : – Ce brave Félix tente de me remettre sur pied, pour l'instant mes douleurs me font atrocement souffrir. Il faut que je récupère ma forme. Au début de janvier, je vais effectuer une grande tournée d'inspection en Pologne, tout particulièrement à Varsovie. Félix possède des mains magiques, mais je présume que vous le savez.

Le Reichsführer lui avait conseillé de consulter son docteur, ce qu'il avait fait, mais sans beaucoup de résultats. Par contre, il avait beaucoup apprécié l'homme avec qui il avait eu de longues conversations assez personnelles. Mieux valait rester dans le vague : – Je suis un mauvais client, mon emploi du temps me fait rater tous mes rendez-vous.

Himmler prit le ton de la remontrance : –La santé Schellenberg, c'est le plus important et puis je n'ai pas envie de vous perdre, pas dans l'immédiat en tout cas. Vous avez insisté pour me parler en urgence, vous ne le savez que trop bien, ma porte vous est toujours ouverte.

Walter ne cernait pas avec précision l'exacte conception de "l'immédiat" de son chef, cela ne devait cependant pas inclure une notion qui comprenait plusieurs Noëls : - Après ce que je vais vous annoncer, vous serez peut-être tenté de la fermer en coinçant mes doigts dedans !

- Allons bon, dites-moi si je dois rappeler Félix, à vous entendre je vais moi-même souffrir avant de vous faire expier.

Walter choisit d'adopter l'air désolé sans beaucoup devoir se forcer, selon son intuition Himmler n'allait pas apprécier la tournure des évènements : - Pour éviter de vous communiquer ce qui va suivre, j'assumerais volontiers quelques semaines le port d'un plâtre, Reichsführer.

Himmler s'abandonna à son délassement favori, le sarcasme : - Vos pérégrinations finissent par porter leurs fruits ? Cependant, vous vous rendez compte que la récolte est gâtée, sont-ils à ce point pourris !

C'est exact qu'une très mauvaise odeur se laissait porter par le vent, autant lui contaminer les narines d'un seul coup : - Roosevelt projette une rencontre avec ses alliés pour contraindre l'Allemagne à une capitulation sans condition.

- D'où tenez-vous cette ineptie ?

- De la meilleure source qui soit, celle des Alpes. L'américain Dulles a fait passer le message.

- Meilleure source, comme vous y allez ; cette eau sent le soufre à plein nez. Pourquoi ferait-il cela ?

- C'est complexe d'y répondre, je forme cependant de solides intuitions. Il se rend compte de la folie de cette résolution du président américain, Staline va sauter de joie. Walter se rappelait le bizarre nom d'une danse géorgienne qui l'avait frappé en particulier lorsqu'il y avait assisté à l'occasion d'une soirée fort arrosée dans la délégation soviétique d'Unter den Linden donné par le minuscule ambassadeur Dekanozov au temps du pacte. Heydrich l'avait incité à accepter l'invitation. Un jeune traducteur du nom de Korotkov[176] qu'il soupçonnait d'être le responsable des agents du GRU à Berlin en avait exécuté une démonstration époustouflante : - Il se lancera dans une chorégraphie du « Mtiuluri » pendant trois journées et trois nuits quand il l'apprendra, si ce n'est déjà le cas. L'idée d'une paix séparée l'empêche de dormir depuis trois cent soixante-cinq jours. Une reddition sans condition exclut toute conception d'armistice, dans l'esprit de Roosevelt c'est clair qu'il ne veut pas recréer les clauses de novembre 1918. Ce sera le cadeau d'anniversaire du 11 décembre 1941...

En espérant inclure une petite touche drôle, il se demanda s'il n'en avait pas cette fois trop fait ; Himmler affichait une détestation maladive de la culture slave, à plus forte raison s'il ignorait ce dont il était question : - Content de constater que les Russes vous ont laissé de bons souvenirs. Vous êtes obnubilé Schellenberg, les « alliés de l'ouest » acquerront en peu de temps la conviction de l'ineptie de ce protocole et changerons d'avis plus vite qu'il n'en est nécessaire au Pape pour bénir ses ouailles.

- Roosevelt éprouverait toutes les difficultés à se retirer de cet engagement une fois émis, surtout s'il inclut nos alliés japonais dans l'affaire. C'est un risque que nous ne pouvons pas nous permettre de courir Reichsführer. Avec la situation défavorable qui se présente au front sud elle nuira gravement à nos intérêts dans redistribution.

- Je vous saurais pleinement gré de veiller si bien à mes intérêts en même temps qu'aux vôtres, toutefois je vous prie de considérer qu'en ce qui concerne les miens, jusqu'à ce jour, j'y parviens sans aide.

Attention, « le mauvais Heinrich allait sortir de sa cage » : - bien entendu Reichsführer, ce n'est pas ce que je voulais dire.
- Et vous envisagiez de dire quoi, colonel Schellenberg ?

---

[176] Alexander Korotkov : résident adjoint du NKVD à l'ambassade d'Urss à Berlin avant juin 1941.

La clé de la prison pendait au clou, vite mettre la main dessus avant qu'il ne la remarque : - C'est d'une pensée complexe dont tous les éléments ne sont pas encore emboîtés. Mais en entérinant une telle résolution, ils vont simplement donner raison au maréchal Goering, les alliés souhaitent anéantir l'Allemagne et la race germanique.

- Laissez ce pantin avoir au moins une fois raison par an, ce serait charitable. Ce discours n'est pas nouveau. On croirait entendre le lapin à la patte courte.

Avec Himmler on se faisait toujours bien noter en lui rappelant la fidélité aux fondamentaux : - L'affrontement à l'est concrétise ce combat à mort. À l'ouest, c'est une abstraction, la lutte n'est que celle de membres d'une même famille qui peuvent très bien se partager un espace vital. Les prétentions du führer sont continentales et ils le savent bien. Par contre, ce qui est plus inquiétant sera la réaction épidermique de l'armée. Aucun général n'acceptera cette menace, les militaires allemands n'ont pas acquis la culture de la reddition ; alors si on ajoute « sans condition », les maréchaux, chaque officier, sous-officier, homme de troupe, chaque membre du peuple allemand se rangera "inconditionnellement" derrière le führer.

- Vous feriez peut-être bien de suivre le mouvement !

Les mots allaient être durs à sortir, Walter escomptait que les barreaux se montreraient aussi solides qu'il l'imaginait : - Cela ne me poserait aucun problème s'il résidait une espérance de gagner la guerre. Tous les deux savons que ce ne sera pas le cas sans redistribuer les cartes. Nous allons tous souffrir si nous ne procédons pas rapidement aux ajustements que demande la situation. À mon avis, elle vaut la peine d'être examinée de très près, un dilemme va se présenter à nous, notre choix. Le conserver ou en changer.

En réponse, Walter reçut ce à quoi il s'attendait, une phrase courte assortie d'un mélange de mépris et de haine d'un écolier à qui l'on force à terminer ses devoirs ; pourtant de façon étrange la combinaison des deux semblait de nature comestible : - Vous persisterez donc dans votre position.

Walter était trop habitué d'endosser la paternité pour soulever : - Si une autre s'envisageait, je serais le premier à l'examiner, ce n'est pas le cas, ce ne sera jamais le cas tant que le cessez-le-feu à l'est ne sera pas établi.

Himmler lui souriait, peu accoutumé à l'exercice, le sourire s'apparentait plus à une crispation de la bouche. Walter avait appris depuis le temps à canaliser raisonnablement sa colère, il redoutait bien plus son affection : - Bien entendu vous détenez la solution miracle !

- Je n'irais pas jusqu'aussi haut dans les cieux. Avec votre accord, je poursuivrai l'orientation tracée. Néanmoins, j'ai besoin de votre soutien. Une offensive de désencerclement de Paulus se prépare avec le maréchal Manstein. En cas de succès, elle permettra à notre armée encerclée de se replier sur la ligne Don Tchir. Je désire me trouver au plus près de l'opération. Afin de ne pas attirer l'attention, je prétexterai les groupes Zeppelin, mon poids devant ces généraux deviendrait supérieur si je peux vous invoquer.

Ni affection, ni haine, juste une impression de profonde lassitude d'un parent qui cède à son enfant turbulent : - Vous parlez beaucoup d'opération ces temps-ci Schellenberg, il demeure cependant quelque chose dont vous ne m'avez pas entretenu, sauf à me cacher une information ce que je n'ose envisager ; cela voudrait dire que vous n'y avez pas pensé, c'est désastreux pour quelqu'un qui est placé à la tête des renseignements extérieurs. Devant le silence de son chef de département, il continua : - Si par aventure, les ragots des marchands de gruyère se confirment véridiques, avez-vous une idée du lieu et de la date de leur rencontre ?

- Dans l'état actuel de la collecte d'information, non Reichsführer.

- Tout cela n'est bien entendu qu'un ridicule piège dont je ne vois pas la finalité et dans lequel vous paraissez tomber. Au cas combien improbable ou cela s'avérerait exact, vous n'avez pas plus imaginé que Staline pourrait alors être hors de Russie, il se présente là un beau coup de faux à réaliser, non ? Trois en un tir. Cela résoudrait tous les problèmes.

Depuis longtemps, Walter n'avait plus été aussi coincé, il devait remonter aux années Heydrich pour s'en souvenir. Face à Himmler, c'était une première, s'il avait pu il se serait donné des coups de bâton à clou. Non, tel un amateur, il n'avait pas pensé à cette éventualité. Comme un chat, il disposait d'une seconde pour retomber sur ses pattes, aux moins deux, si trois ou les quatre n'étaient pas possible : - Je considère indispensable de vous amener des solutions réalistes et il est beaucoup trop tôt pour cela sauf à vous faire perdre votre temps Reichsführer. Une telle action dans laquelle la part militaire devenait si importante ne s'envisagerait qu'avec l'appui de l'amiral Canaris. Avant de concevoir cette collaboration, la source doit être confirmée dans mon département. À tout prix éviter d'y mêler qui que ce soit d'autre, Himmler était capable de toutes le manigances : - Si je me sens susceptible de mener plusieurs affaires de front, celle de Stalingrad reste prioritaire. Mais je demeure bien entendu à vos ordres.

En guise d'accord, Himmler lui demanda perfide : : - il y a quelque temps que je voulais votre avis, que pensez-vous de Kaltenbruner ?

La branche sur laquelle il était assis était fine, au cas où elle résisterait, Himmler avait déjà la scie en main. Walter comprit à cet instant qu'il ne parviendrait pas facilement à la tête du RSHA. Un seul faux pas et il subirait l'opprobre devant ses pairs. Et encore, il avait soigneusement évité de lui annoncer que le traître qu'il soupçonnait d'évoluer au plus près de Hitler n'était pas le bon.

Berlin, 68-82 quai Tirpitz, samedi 12 décembre 1942

- Si vous êtes là, c'est que « Henni[177] » vous prépare des misères, je me trompe ?

Les deux chiens de Canaris le regardaient avec des yeux pétillants tout en remuant la queue. À son avis, ils devaient se rappeler de lui à force, ce qui n'était pas son cas, il ne parvenait jamais à retenir leurs noms : - Je ne fais que vous rendre la politesse de votre visite Berkaerstrasse de la fin novembre amiral.

- Vous avez apporté des gâteaux si je ne me trompe, non. Tant pis il doit bien me rester quelques biscuits de mer pour accompagner le thé. Dites-moi ce que cache cet air de mauvaise digestion.

Au point où ils en étaient, le moment ne se prêtait pas à des escarmouches à fleuret moucheté entre les deux chefs de renseignements. Walter se décida. Il était convaincu que Canaris bénéficiait de la protection d'Himmler, ce qui ne voulait pas dire que l'amiral protégerait le Reichsführer s'il pouvait agir autrement : - une brise de montagne m'a apporté un murmure des Alpes, tellement léger que j'ai du tendre l'oreille. Je ne sais si j'ai bien entendu le message. Éventuellement avez-vous obtenu la même mélodie en ouvrant la fenêtre ?

- Vous savez, mes goûts musicaux sont réduits au bruit de la mer. Mes chiens ne supportent ni le son du piano ni celui du violon.

- Un projet de conférence dans le but de nous imposer une capitulation sans conditions.

- Je vous le répète depuis des mois, nos services doivent fusionner. Nous monterions un ensemble musical rien que pour enrager Müller. Ma collaboration avec ce sinistre personnage dans ce qu'il nomme stupidement l'orchestre rouge me donne envie de jouer du tambour avec lui dans la caisse.

- Je dispose d'assez de place pour vous Berkaerstrasse, je vous y libérerais un bureau à ce point vaste que vous pourriez laisser courir vos chiens comme en forêt.

- Je ne vois pas d'eau dans votre rue. À une époque où tout n'est qu'ersatz, le canal fait bien plus mon affaire. Cela dit, je crois en savoir un rien plus que vous, cela devrait se passer à la maison blanche à Washington. Les Français y participeraient. Ne me demandez pas la date je n'en sais strictement rien.

---

[177] Surnom de Heinrich Himmler.

Ne pas afficher une complète surprise demandait des talents de comédien consommé, ce qu'il possédait en suffisance ; d'un autre côté, jouer l'indifférence n'était pas une posture sérieuse, autant rester beau joueur : Depuis longtemps, j'entends traiter d'un service nommé Abwehr, je m'imaginais une sorte de centre de retraite pour marins méritants. Le dicton « le bon potage se mijote dans les vieilles casseroles » vaut toute sa réputation. Donc, vous y croyez ?

- Si je devais croire tout ce qui passe dans ce bureau, le Tirpitz Ufer ne serait pas assez grand pour tout archiver. Ne renversez pas la vapeur Walter, si vous m'en parlez, il existe bien une raison à cela, je vous connais.

- « Henni » comme vous dites

- Ha, vous avez cru bon de faire le malin auprès de lui pour vous faire bien voir et vous l'avez mis au courant avant de vérifier. Chez moi cette information n'est jusqu'à présent pas ressortie de mon coffre, elle s'y trouve en convalescence, j'attends patiemment le pronostic du médecin des fois qu'elle serait contagieuse. Vous êtes encore bien jeune, vous devrez apprendre. Je parie que cela lui a donné des idées. Pas un mot de plus Walter, j'ai compris. Ne perdez pas une seconde supplémentaire, abandonnez tout de suite. Cet été, j'ai gaspillé huit hommes en tentant de les débarquer sur le territoire américain. C'est une impossibilité matérielle et humaine.

- Bien sûr, je n'en doute pas un instant, mais vous le connaissez, lui dire non commence toujours par oui !

- Buvons ce thé et voyons si les biscuits ne sont pas moisis. Ensuite, rentrez auprès des vôtres, moi je dois malheureusement passer la fin de semaine dans cet horrible Zossen. Par chance, mes chiens m'accompagneront. Lundi, j'aurai éventuellement une surprise pour vous. Si c'est le cas, je téléphonerai chez vous dimanche soir en vous demandant si vous désirez adopter un chiot provenant de ma lignée. Si cela se produit, ne prévoyez rien pour cette journée, apprêtez-vous à réaliser un petit voyage.

Au fait, von Manstein a lancé son attaque ce matin, pris dans un des choix les plus difficiles.

Caserne Brandenbourg, lundi 14 décembre 1942

Les deux jours passés auprès de sa famille l'avaient revigoré. Bien emmitouflés, ils avaient pu le mettre à profit le dimanche pour se balader le long des lacs du Grunewald. La température avait atteint les dix degrés, un insuffisant soleil les avait accompagnés. Comme avec sa femme et ses enfants il sortait la plupart du temps sans uniforme, il s'était muni de tickets de rationnement en prévision de trouver un restaurant acceptable ; finalement, Irène avait préféré préparer un casse-croûte qu'ils avaient dégusté en silence assis sur une couverture au bord de l'eau. Un vrai pique-nique un peu pareil à ceux avant la guerre. Ensuite, ils avaient en vain recherché un loueur de barques. En désespoir de cause, voyant le soleil baisser vers quinze heures, ils avaient regagné leur demeure. Une heure plus tard, l'amiral lui téléphonait.

À présent, son chauffeur klaxonnait devant la porte. Walter sortit immédiatement et s'installa avec lui à l'arrière de la Mercédès.

- Où allons-nous ?

Canaris lui tendit une thermos et un gobelet : - Vous n'aimez pas les surprises !

- Énormément pour Sankt Nikolaus et Noël, l'un est dépassé de six jours, l'autre viendra dans douze. Donc, soit vous arrivez en retard, soit en avance, soit les deux, mais alors il me faut deux cadeaux.

- Le premier, vous l'avez reçu avant la date, fin novembre, un joli uniforme de Brandebourg que vous a fait livrer Erwin Lahousen[178]. D'ailleurs, vous auriez pu l'endosser ce matin, là où nous allons, il ferait moins tache que le vôtre.

- Si je comprends bien je vais devoir subir vos railleries pendant cinquante kilomètres et si vous avez l'infinie bonté de me reconduire cinquante autres.

Il eut droit à un sarcasme en retour : - Vous serez éventuellement tenté de repartir admirer le Don. Hier soir, Nishne Tschirskaya se trouvait toujours en territoire militaire allemand selon les généraux présents à Zossen.

- Stalingrad aussi !

Canaris lui lança un regard courroucé : - N'ironisez pas. J'ai un excellent ami qui est resté là-bas dans le chaudron, vous auriez gagné à le connaître, c'est un spécialiste du monde musulman. Ce merveilleux officier vous aurait aidé. Nous avons voyagé ensemble en Iran, il me semble que c'était dans une autre vie.

Walter avait relevé l'incongruité de sa propre remarque ; il avait une excuse, c'était tôt le matin et le « café » ne l'avait pas encore réveillé : - Désolé Wilhelm, sans se rendre compte que c'était la première fois qu'il l'appelait ainsi. Apparemment, votre chauffeur n'a pas pu mettre la main sur du café. Vous conviendrez avec moi que ces quelques graines de café mélangées à un océan de pois cassé torréfié n'obtiennent pas l'effet escompté quand il s'agit de rallumer l'esprit. Comment se nomme-t-il votre ami ?

Le marin s'était radouci, Walter était persuadé de son affection personnelle, mais

---

[178] Colonel Erwin Lahousen, responsable Abwehr II opérations commando.

voilà, le travail prenait souvent le pas sur tout : - Groscurth, le colonel Helmuth Groscurth[179]. C'est lui le vrai père des Brandenbourg, enfin c'est du moins grâce à lui qu'ils ont été créés et intégrés à mon l'Abwehr. À présent, il se gèle là-bas sous les ordres du général Strecker, il est chef d'état-major au onzième corps dans le secteur nord.

- C'est un 1938 ? Évidemment, quelle drôle de question que je pose. Walter le connaissait de réputation pour avoir lu un rapport, l'homme avait fait l'objet d'un signalement au RSHA par Paul Blobel, le chef de l'Einsatzgruppe C à l'été 1941.

On ne peut rien vous cacher, mais ne m'en demandez pas plus.

Le reste du voyage s'était déroulé en débitant des généralités que Walter avait néanmoins appréciées, elles évoquaient en particulier ses souvenirs embellis en tant que commandant de sous-marin.

Malgré qu'il ne l'eût vu que fugacement de nuit, en passant la barrière d'entrée, Walter reconnut la caserne à son monumental édifice ocre aux apparences de château médiéval

- Pas de contrôle ?

Canaris ne put s'empêcher de pécher par fierté : -Ils connaissent ma voiture, ici je suis un peu chez moi, au bout de la ligne je représente leur chef. Le chauffeur qui savait visiblement où aller avec l'automobile se parqua devant un imposant bâtiment blanc et rouille. La large double porte était surmontée de l'inscription « Haus der Offiziere ».

Le garde d'entrée n'eut pas plus l'intention de les contrôler, il rectifia la position pour saluer leur passage. Malgré tout, ce geste revêtait une allure plus désinvolte que ceux pratiqués chez les SS. C'était éventuellement une posture irrespectueuse qui lui était destinée. Magnanime il décida qu'il ne s'agissait là que d'un peu d'impertinences. Après tout, ils devenaient concurrents des unités commando qui se créaient au sein de l'ordre noir.

En définitive, cela l'indifférait, la discipline n'avait d'utilité que dans l'esprit.

Après avoir gravi un large escalier de marbre à deux volutes, ils pénétrèrent dans une sorte de gigantesque cafétéria dont la moitié de l'espace était occupé par des tables aux nappes immaculées. Le reste de la salle consistait en un ensemble de sofas devant des tables basses. Un colonel y menait une discussion animée avec un major des Brandenbourg. Quand ils aperçurent l'amiral, ils s'interrompirent en se levant, mais sans montrer de signe particulier autre qu'une légère inclinaison du buste. La Prusse détenait des codes qu'elle seule connaissait. Canaris serra chaudement la main du colonel et plus sommairement celle du major.

---

[179] Colonel Helmuth Groscurth : Prédécesseur du colonel Erwin von Lahousen à l'Abwehr, chef d'état-major général du XIe corps d'armée.

Les deux officiers ne lui avaient jeté qu'un regard de biais en s'interrogeant sur l'attitude à adopter. Ce fut Canaris qui rompit la glace : - Colonel, je vous présente le colonel Eckart Schoeler et le major Hans Schiele. Walter leur tendit spontanément une poignée chaleureuse dont ils s'emparèrent avec méfiance. Messieurs vous connaissez probablement le colonel Schellenberg de réputation. Malgré son vilain uniforme, le contenu est d'une autre qualité. Je le connais depuis longtemps, plus en bien qu'en mal je vous l'assure. Peut-être pas au point de lui confier mon portefeuille. Ne vous méprenez pas, il n'y volerait rien, mais ne pourrait s'empêcher d'analyser interminablement tout ce qu'il contient. C'est sa nature. Les deux officiers sourirent, mais visiblement restaient sur leur garde.

Un ange passa, admiré moralement par l'amiral qui continua. Ne laissons pas ces accueillants sofas se reposer, asseyons-nous, messieurs. Hans, hélas pour vous, étant le moins gradé malgré que vous n'êtes pas le moins décoré, il vous revient de commander du café à condition que café comprennent uniquement quatre lettres. L'atmosphère se décrispait : - Le colonel Schellenberg est un peu de la famille, il a commencé humblement avec nous en tant que capitaine recevant l'indicible honneur de porter votre uniforme. Il le conserve d'ailleurs religieusement dans un coin de son armoire des fois qu'il changerait d'avis sur sa carrière. Il a accompagné un de nos détachements à Nishne Tschirskaya il y a quinze jours. Mais cela vous le savez déjà. Les raisons de ce voyage restent les siennes, je dois toutefois spécifier que je les ai approuvées et les valides toujours ; du moins jusqu'à aujourd'hui. Vous êtes dotés d'imagination, alors faites la travailler, mais ne m'en demandez pas plus, je ne vous dirai rien d'autre à ce sujet précis.

Schellenberg ne voyant pas ce qu'il pourrait ajouter se contenta de leur sourire angéliquement comme un bon élève qui a réussi un examen haut la main tout en demeurant modeste.

Canaris continua : - Mon ami Groscurth, est à présent chef d'état-major général du XIe corps d'armée ; en même temps, il commande l'Abwherstelle du district à la onzième dans sa partie relation avec l'OKH. Il [180] a usé de son influence pour envoyer le colonel Schoeler hors du chaudron. Il est arrivé avant-hier, mais j'ai tenu à ce qu'il voit sa famille en premier. Ce qui va vous raconter est édifiant. Je vous propose de l'écouter, nous boirons le café après.

Tous se tournèrent vers l'officier qui s'éclaircit la gorge avant de commencer : - Je vais tenter de séparer le volet logistique du volet militaire, ensuite ce dernier de sa partie opération. Pour vous rassurer, nous sommes parvenus à repousser le russe dans ses attaques du début décembre sur le secteur ouest-sud-ouest ; nous avons bien entendu subi des pertes importantes. La zone nord a été le plus touchée, la 94ème division qui retraitait sur des positions non préparées fut presque anéantie. La majorité du LIème corps se récupère à grande peine en grande partie dans une plaine sans abris dignes de ce nom, sauf en ce qui concerne le quartier des usines. Sachez que les températures sont actuellement de moins vingt-deux et qu'un vent

---

[180] Abteilung Heerwesen zbV

de trente kilomètres souffle en moyenne, créant de gigantesques congères obstruant et la vue et le ravitaillement qui se retrouve à sa portion la plus congrue.

Il porta un regard vers Walter qui ne connaîtrait probablement jamais sa signification. Depuis la stabilisation, nous estimons les disparitions à trente mille hommes, mais c'est un calcul optimiste, cinquante mille serait plus conforme à la réalité. C'est très dur à énoncer, mais les pertes les plus importantes restent celles de nos dotations munitions. Depuis la consolidation du chaudron, nous recevons en moyenne de quatre-vingt-douze tonnes jour ; sauf le jour exceptionnel du sept décembre ou nous avons réceptionné trois cent vingt-quatre tonnes. Tous ici savons que cinq cents tonnes représenteraient un minimum, et ce chaque jour bien entendu.

Le colonel s'interrompit un instant pour vérifier de leur attention : - Question nourriture, l'armée est à demi-ration ; par chance, nous disposons d'encore beaucoup de chevaux. Beaucoup de chevaux ne veulent en rien dire des chevaux pour beaucoup de jours, nous sommes plus de trois cent mille rationnaires. À présent, je vais vous parler de ce qui nous concerne plus particulièrement. Bien entendu, je ne minimise en rien l'intérêt que vous portez à la VIème armée. À notre plus grand effarement, nous avons appris que von Manstein disposait de trois divisions sur les onze promises et encore, tout le matériel n'est pas davantage débarqué, une partie est toujours bloquée dans diverses gares d'Ukraine. Effarement devient un mot ridicule. Les illusions ne nous ont pas bercés en ce qui concerne les engagements de l'OKH, enfin, de son chef, vous l'avez tous compris ajouta-t-il après un regard appuyé à Walter.

Messieurs, jamais le dicton "aide-toi et le ciel t'aidera" n'aura été aussi bien à propos. Le maréchal Manstein est déchiré, la huitième armé italienne reçois des coups de boutoir qui la feront plier à brève, s'il n'intervient pas, brève se transformera en immédiat. Le maréchal a également compris que c'est la ville de Rostov qui est visée, sa capture sonnerait le glas de tout le groupe d'armée sud. Pardonnez la longueur de la description de la situation, mais croyez-moi, il ne s'agit-là que d'un sommaire résumé.

Maintenant, parlons brièvement de tactique. Von Manstein ayant cédé aux demandes du général Hoth, l'axe de pénétration s'exécute à partir de la rivière Aksaï Kourmojarski à hauteur de Kotelnikovo. Il lui faut parvenir au moins à la Donskaja Zariza. C'est sujet à changement suivant l'opposition qui sera rencontrée avec le russe. Un groupe Panzer effectue une pointe en direction de Nijné Koumski également sur la Donskaja Zariza. Ils pourraient se rejoindre.

Le café venait d'être servi par un caporal des Brandenburg, mais personne n'y porta attention captivés qu'ils étaient par le récit du colonel : - Il apparaît qu'il sera indispensable de donner un coup de pouce aux forces de désencerclement. Le général Paulus sous la pression des généraux Strecker, von Hartmann et von Seydlitz a communiqué son accord pour qu'un détachement commandé par le général Hube se positionné discrètement dans la zone sud avec plus de cinquante chars. Cela constituera un poing armé pour écarter le russe en vue de réaliser la jonction avec les unités de Hoth. Si je me base avec les réserves du jour de mon départ, soit jeudi, ils seraient en mesure d'accomplir maximum trente kilomètres, peut être quarante à moitié dotation, car Paulus pense que si la tentative échoue il faut rester dans la possibilité d'effectuer le chemin retour. Pour réaliser cela, il se voit contraint de solliciter un millier de tonnes, je peux vous donner les proportions carburant, munitions vivres si cela vous intéresse.

C'est Canaris qui posa la première question : - J'ai passé mon dimanche à Zossen, les avis bien que partagés demeurent optimistes. Avec le regroupement, il faut compter encore cinq jours pour constituer un choc violent. Le secteur choisi par Hoth s'est après analyses révèle le plus faible des Soviétiques. Comment voyez-vous tout cela Eckart, vous qui ne portez pas ces stupides bandes rouges sur le pantalon.

- Mon cher Wilhelm, vous le savez, nous ne pouvons pas courir deux chevaux à la fois, un est déjà beaucoup. Tenir le balcon sur la Volga et sauver la sixième est aussi incompatible que le feu et l'eau. Manstein fait bien préparer une colonne d'un millier de camions de ravitaillement qui suivra ses chars. Toutefois cet homme ne se berce d'aucune illusion ; j'ai eu grâce à Groscurth accès à des transmissions secrètes, elles sont éloquentes. Paulus doit abandonner tout son matériel lourd et les blessés qui ne pourront pas être évacués par le pont aérien. Jusqu'à présent, onze mille sont déjà partis dont cinq mille récupérables.

- Évidemment, c'est la position du führer qui se montrera déterminante.

- Déterminante, vous employez le mot exact Wilhelm.

Walter était occupé à remarquer la proximité qui reliait les deux hommes quand il s'aperçut que les regards étaient à présent tournés vers lui. C'est à nouveau Canaris qui prit la parole, mais en s'adressant cette fois à lui : - Mon cher Walter, vous le serinez à tout bout de champ, vous n'êtes pas un stratège. Le ton le surprit, conscient qu'en employant « mon cher Walter » en public il l'autorisait à pénétrer un cercle très privé ; le patron de l'Abwehr voulait faire passer un message aux deux officiers. Ce qui nous a été expliqué par le colonel est clair. Nous sommes ici dans la caserne la plus sécurisée d'Allemagne et seulement huit oreilles entendront ce qui va se dire. Quatre langues peut-être moins donneront leur opinion. Notre présence se justifie par le besoin de prévoir l'imprévisible. Dans le cas qui nous concerne imprévisible n'est que peau de chagrin ou même papier à cigarette. Jamais, sauf à croire aux miracles, le führer n'autorisera Paulus à abandonner la ville. C'est une information confidentielle de première main que je tiens de son aide de camp. Notez qu'elle ne confirme que ce que je pensais.

Walter les regarda l'un après l'autre, prit le temps de leur servir un café pour leur témoigner de sa bonne volonté : - Si vous m'avez entraîné jusqu'ici, ce dont je vous remercie sincèrement, il existe une raison. Laissez-moi la deviner, l'armée devra désobéir. Les conséquences de cette boîte de pandore restent difficiles à calculer tout autant que la réaction de la sécurité de l'état, du RSHA, la SS qui je l'ai appris hier participera au désencerclement. Mettons le parti de côté, dans les conditions actuelles le moins qu'il puisse faire est de garder la bouche close. C'est ainsi ?

Bizarrement, c'est le colonel Eckart Schoeler qui lui répondit : - Félicitations colonel, pas stratège, mais fin analyste. Oui, c'est notre plus grande préoccupation, enfin, celle de plusieurs généraux dont Paulus ne fait pas partie. Bien sûr, éclairez-nous, tant pis si la lanterne est petite, toute lumière devient bonne dans cette horrible nuit.

Walter savait qu'il n'avait rien à craindre de ces hommes. Excepté Canaris, quelque part il les admirait. Pour le marin, ses sentiments étaient différents, proche de la complicité, de la rivalité, de la famille, de la haine et de l'amitié. Il devait les rassurer même si lui-même ne l'était pas entièrement, c'est le moins qu'il pouvait faire sur le chemin de la rédemption : - Je ne peux que croire à certaines choses et moins à d'autres. Je me retrouve entre l'église et la maison close. L'amiral, ou Wilhelm, si vous préférez, pourra vous confirmer cette position. Je regarde le ciel et ensuite le sol puis je vous regarde à vous. Ne conjecturez cependant pas un mot de ce que je vais dire, car je ne peux y croire moi-même. Tenez-la pour une vérité, dans la mesure où je m'y raccroche. Si l'armée se révolte, le Reichsführer ne se mettra pas en travers de sa route, il se montrera assez malin pour s'élever jusqu'à la première place du podium. Ce qui implique d'en faire tomber certains. C'est mon chef, s'il procède ainsi, je l'appuierai inconditionnellement et même un peu plus si nécessaire. Au cas improbable où il déciderait d'agir autrement, une maladie opportune m'autoriserait à prendre de longues vacances, disons un mois. Si vous acceptez cela, le reste repose entre vos mains.

Personne ne répondit, Walter aimait pense qu'il comptait deux amis de plus, des amis de là-bas. Il se rappelait Nishne Tschirskaya, il se le rappellerait toute sa vie.

Ils parlèrent encore un moment de choses insignifiantes, puis il apprit que le colonel Schoeler repartirait dans quelques jours à Stalingrad, il ne trouva pas les mots à lui dire et lui serra la main en plongeant son regard dans le sien.

Une fois dans la voiture il s'adressa à l'amiral : - désolé, amiral, je vous ai probablement fait perdre votre temps, je n'ai rien pu dire d'autre.

- Vous avez dit ce qu'il fallait, le reste aurait été superflu. Ces hommes boivent la vérité et vomissent le mensonge. Vous méritez de connaître que le colonel Groscurth va tenter de dépêcher le major Alfred von Waldersee auprès des généraux Friedrich Olbricht et Ludwig Beck. En vous disant cela, vous emboîtez quelques pièces supplémentaires à votre puzzle.

Walter ne voulait pas le savoir, en définitive il ne désirait plus rien savoir ce qui ne l'empêcha pas de poser la question : - Vous avez des nouvelles du lieutenant-colonel Gehlen.

Poltava, Ukraine, jeudi 17 décembre 1942

Cette fois, ce Ghelen en personne qui se manifesta.

À cause des circonstances qui l'empêchaient de se rendre à Berlin, Walter avait effectué le voyage jusqu'au quartier général de Poltava pour le rencontrer. Himmler magnanime l'avait autorisé à prendre place dans « son » Condor amenant une importante équipe d'officiers SS à Kiev. Ensuite, c'est un affreux Junker « frigo » de liaison qui l'avait emmené à franchir les trois cents derniers kilomètres qui le menaient Poltava. À n'en pas douter, une punition que lui avait réservée le maître d'école.

Le « bon Heinrich » ne lui avait plus adjoint de garde du corps, cependant en « contrepartie du « Condor », plus pour la forme que par sécurité, il avait suggéré à Walter de se faire accompagner par trois hommes « solides » de son département, Erich Hengelhaupt et Rudolf Oebsge[181] qui devaient faire distraction avec la coordination des groupes zeppelin. Le troisième Heinz Gräfe[182] avait dû se désister au dernier moment, une chance incroyable, c'était un ancien de la Gestapo qui se serait empressé d'aller rapporter leur excursion à Müller dès leur retour.

Schellenberg se serait bien passé de cette insupportable compagnie. Hélas, il était forcé de l'accorder au Reichsführer, faire diversion prenait le pas sur son confort moral. Tout détenait son prix. Il se consola en songeant qu'ils vagueraient à leurs affaires de leur côté.

À présent, le lieutenant-colonel paraissait un tout autre homme, opposé à l'officier obstiné des semaines précédentes. Moins arrogant, plus ouvert. Du moins en surface. Une des premières qualités de Gehlen qu'avait apprécié Walter lorsqu'il avait fait sa connaissance fut qu'il était plus petit que lui, constatation immédiatement contredite par la pensée de comment une personne dotée d'une si minuscule tête pouvait en contenir autant.

Les deux hommes n'avaient jamais pris l'habitude d'user de longs préliminaires, ils n'envisageaient pas plus de commencer aujourd'hui ; les politesses s'étaient résumées à leur plus simple expression, aucun salut militaire, juste une vigoureuse poignée de main. Devant le silence de Schellenberg, Reinhard Gehlen se décida un peu à contrecœur d'entamer la conversation en premier : - Ne sombrez pas dans la facilité colonel Schellenberg, le russe a tâtonné, comment vouliez-vous que de mon côté je n'hésite pas. Halder est peut-être le seul à savoir qu'en juillet je lui ai communiqué le résultat de l'opération Flamingo. À l'époque, mon agent signalait que les rouges se retireraient sur la Volga en s'accrochant au Caucase pour nous forcer à y passer l'hiver. Personne n'y a porté attention, je me suis dirigé vers d'autres choses. Le travail ne manque pas ici. Je pense que vous auriez fait pareil.

Walter comme d'habitude prit son temps avant de répondre : - C'est l'amiral qui vous

---

[181] Major Rudolf Oebsger-Röder, section spéciale VI C / Z dans le bureau VI de la RSHA
[182] Major Heinz Gräfe section spéciale VI C / Z. Préparation et la mise en œuvre des groupes Zeppelin.

blâme, moi je me contente de simplement souligner qu'il a raison. En même temps, vous avez bien fait de raisonner ainsi, vous avez sauvé les fesses de Model. Bémol, sauver les fesses de Model ne sauveront ni celles de Paulus, ni celles du chef de Paulus et du peuple qu'il représente. C'est pour me dire cela que vous vouliez me voir ?

- C'est pour entendre cela que vous avez effectué le déplacement ?

- Non !

- Moi non plus ce n'est pas la raison pour laquelle je voulais vous voir ! Si j'ai bien compris, nous avons décidé de la même chose au même moment.

Walter désigna la bouteille sur le bureau : - c'est toujours celle de Berlin, si vous n'avez pas déjà rincé mon verre servez-moi en deux doigts, voulez-vous.

Gehlen se détendit, ce n'était pas facile à deviner, pour cela il fallait avoir l'habitude du personnage : - Je rentre à peine du quartier général de Starobielsk, tout n'est pas encore opérationnel ici, mais la bouteille a bien supporté le voyage. Le mien non plus n'est pas lavé depuis, alors trinquons. À quoi au fait, vous avez une idée.

Schellenberg écarta les mains dans un signe de conciliation : - Aucune autre que la victoire finale ne me vient à l'esprit. Mais ne me demandez pas la victoire de qui. Ne faites pas attention Reinhart, je me lance à peine dans l'humour. J'ai longuement parlé mardi avec votre ancien chef le général Halder. L'occasion de son pot de départ était l'opportunité rêvée. Rassurez-vous, je n'ai pas été invité au Bendlerblock, nous nous sommes vus à l'hôtel Adlon ou il comptait passer sa dernière nuit berlinoise. En définitive, c'est l'endroit le plus discret. À propos, il vous transmet ses salutations, à l'heure actuelle, il doit d'avance respirer l'air de la montagne.

- Il m'a téléphoné juste après, c'est pour cette raison que je vous ai demandé de venir.

- Il m'avait promis de le faire. C'est pourquoi j'ai insisté pour vous voir.

- Il vous a donc expliqué.

- Il a eu cette dernière bonté. À vous, je l'ai déjà dit ?

- Dit quoi ?

- Je ne suis pas un stratège. Je le dis à tellement de monde que je ne me souviens plus à qui. Le général Halder a émis des pensées effrayantes.

Le responsable de l'AMT VI se rappelait à présent que Canaris surnommait Gehlen « le sphinx », le personnage en face de lui n'usurpait pas son nom de guerre, il aurait sans trop de peine pu concourir avec Himmler. Par chance alors qu'il croyait qu'il allait se taire, il actionna lentement ses lèvres : - Le connaissant depuis longtemps et pour l'avoir eu pour patron, je peux vous affirmer qu'il sait montrer ce côté inquiétant. Et encore, si vous êtes au courant des derniers évènements, vous comprendrez que l'épouvantable rattrape ses pensées les plus pessimistes. Hier le russe a débuté une offensive qui pousse devant elle le détachement d'armée Hollidt, ce qui reste des Roumains et à présent elle se dirige sur la 8ème armé italienne dont je ne donne pas cher de la peau. Il semblerait qu'ils arrivent déjà sur la rive gauche du Tchir.

- Bien entendu cela confirme les dires de notre général.

- Bien entendu, Halder sait de quoi il parle, sinon il se tait.

Depuis son arrivée Walter désirait effectuer une mise au point, il estimait que le moment était bien choisi : - Mais avant d'aller plus loin, prenons un instant pour clarifier notre situation. Je ne viens ici ni en ennemi ni en concurrent. Vous avez dû vous rendre compte qu'il devient indispensable d'œuvrer ensemble. Que ce soit dans la même équipe ou pas ne dépend pas encore de nous. Pour être franc, de vous. Je ne cacherai pas ceci. Je ne tiens pas à absorber le FHO, par contre je tiens à ce que le FHO travaille pour mon Amt Ausland. Si cela ne vous effraie pas, poursuivons.

Reinhart Gehlen se garda bien de consentir quoi que ce soit, en guise de réplique il leur resservit deux verres, quatre doigts cette fois : - Revenons à ce qui nous préoccupe. Le général vous a donc averti que nous risquons de subir la plus grande défaite de tous les temps ?

- Ce furent en tout cas ses dernières paroles avant « au revoir et bonne chance ». Laissez-moi poser la question dont la réponse est difficile. Cette nouvelle offensive est-elle normale. Je veux dire dans la procédure opérationnelle des rouges. À leur place, je me concentrerais sur la poche de Stalingrad et l'armée de désencerclement.

Reinhart Gehlen émit un sifflement, cela devait probablement être l'unique fois de sa vie : - Nous ne nous retrouvons pas à leur place. La logique voudrait cela, sauf qu'ils peuvent penser que cela inférera sur les décisions de Manstein qui porte son offensive sur leur ventre mou. Sauf que...

- Sauf que...

- Les bataillons de reconnaissances et un groupe zeppelin confirment ce matin que la deuxième armée de la garde de Malinovski viendrait à la rencontre de Hoth. C'est absolument anormal, c'est leur plus puissante armée. Nous avons tout entrepris pour que les rouges croient que l'armée de secours partirait de Nishne Tschirskaya à seulement soixante-cinq kilomètres du chaudron et non d'un point situé à cent vingt kilomètres. Et je peux vous assurer qu'avec les mouvements qu'ils ont effectués, ils y croyaient jusqu'à leur revirement soudain. A la réunion de situation avant votre arrivée, nous estimons qu'ils ont emprunté un axe qui les mènera entre demain pour leurs unités avancées et dimanche pour le gros devant La 57ème de Hoth et non dans la zone Nishne Tschirskaya. Par les écoutes, nous savons qu'initialement elle aurait dû participer à leur offensive d'hier et s'engouffrer dans la brèche vers Morozovsk ou Millerovo. Aucune armée ne change ainsi de direction pour accomplir une marche forcée à cent quatre-vingts degrés sans raison. Hoth attend des renforts du Caucase, dont votre division SS Wiking.

- Vous voulez dire que ......Walter suspendit sa phrase.

Ghelen le regarda froidement, c'était sa façon habituelle de démontrer la puissance de son analyse. Lui qui avait pour principe de toujours rester calme et doux s'exprimait maintenant avec une dureté difficilement contenue : - Oui, ils sont attendus, plus exactement les Russes ont été prévenus depuis quelques jours, ou quelques semaines. Moins selon moi. Ils savent également pour les renforts. Ce ne serait pas votre rôle d'enrayer cela ? Je veux dire le travail de ceux de Berlin !

Après avoir reçu la gifle en pleine figure en son nom et en celui de l'amiral Walter sentit le sang se retirer de son visage. Aux premiers jours de décembre, ses services d'écoute de Dresde avaient signalé une intensification du trafic radio vers la Suisse en direction de Lucerne. Les codes résistaient, le travail secret de ses équipes de radiogoniométrie en Suisse était compliqué, les unités mobiles de gonio postées le long de la frontière enregistraient elles un intense trafic vers Moscou depuis la zone de Genève un jour ou deux après celui de Lucerne. Rien de tout cela ne constituait une excuse valable.

Cela ne l'empêchait pas de se sentir doublement coupable. La Confédération était un relais radio entretenant une ligne de traîtres qui plongeaient au cœur de l'OKW. Pour l'instant il pouvait se permettre d'exclure la chancellerie, Hitler ne s'y trouvait plus depuis deux mois. Il ne s'agissait pas en l'occurrence de comploteurs, mais sans doute d'officiers de l'OKW, des traîtres qui abreuvaient Moscou jour après jour d'informations capitales avec la probable complicité des Suisses. Arriver à la conclusion qu'il existe plusieurs infiltrés à un si haut niveau était facile. Sinon comment faire parvenir autant d'informations pertinentes de manière permanente avec le cloisonnement en vigueur dans l'armée. Comment les transmettre sans disposer d'un réseau organisé.

Devant le mutisme de Schellenberg perdu dans ses pensées, constatant qu'il avait l'avantage, le chef du FHO sauta sur l'occasion pour vider une vielle rancœur : - L'amiral a eu beau médire à mon sujet, il semblerait qu'il n'a pas réussi à faire beaucoup mieux. Si vous êtes dépourvu de stratégie vous pouvez malgré tout comprendre ceci, à quoi bon chercher des informations sur le terrain puisque l'ennemi dispose des nôtres à la source ! Toutefois, ce fut pour moi un plaisir sans nom de remarquer que le chef des espions se cachait au ministère de l'Air chez Goering et que son épouse petite fille de prince est proche de sa famille. Les autres de ce fameux « orchestre rouge » nichés chez Ribbentrop. Nous sommes donc infestés de taupes. Hélas, il semble que le filet de la Gestapo n'a pas ramené les bons poissons.

Cet officier ne pouvait pas transmettre des décisions qui n'existaient pas avant son arrestation.

Manifestement, Gehlen savourait à petites doses la situation : - Par chance chez moi nous parvenons à en piéger quelques centaines par mois généralement mêlés à des déserteurs qui veulent rejoindre Vlassov. Je leur évite le peloton, les retourne. Depuis peu, je commence à envoyer les plus prometteurs au camp de Dabendorf pour les former comme Walli. À propos, vous m'aideriez grandement en décidant Canaris et en m'autorisant vous aussi à diriger moi-même les opérations radiophoniques. Plus d'un demi-million de déserteurs a déjà franchi nos lignes, un dixième de pour cent me suffit. Le général Halder était d'accord. Le blocage provient de chez vous deux. Il vous en a parlé ?

Ce n'était pas facile de répondre à cela, le reproche s'adressait autant à son département qu'à l'Abwehr. Walter comprenait le ressentiment justifié de Gehlen. Pour le travail radio, l'obstruction émanait aussi de Müller, c'était d'une moindre importance, un bon mot à Himmler pourrait débloquer la situation si Walter le voulait vraiment. L'amiral avait la tête plus dure sans qu'il soit exclu qu'il pourrait toujours tenter de l'influencer. Pour le reste, le lieutenant-colonel avait raison sur toute la ligne, même s'il s'agissait d'une ligne en zigzag.

Le chef du FHO s'entêta à poursuivre comme s'il purgeait un abcès : - Pour en revenir à ces traîtres, je ne revendique pas la paternité de cette conclusion, je n'en deviens que l'oncle par mariage. Avec les évènements, je bénéficie d'un accès privilégié à von Manstein. Souvent avec son responsable des renseignements, le major Eismann, et quelquefois directement avec le maréchal. C'est ce dernier qui m'a ouvert les yeux. Mieux que quiconque, il renifle le terrain ; en moins de deux, il sait à quoi s'en tenir. Son verdict est tranché et sans appel, Hoth était attendu.

Walter était écœuré par ce qui se passait chez les Suisses et s'en voulait encore plus. Les espions que la Gestapo avait pris dans ses filets ne pouvaient en aucun cas connaître les intentions de von Manstein, il en avait convenu avec Canaris. Seul un homme haut placé à l'OKW ou près d'Hitler pouvait savoir. Par quel moyen transmettait-il ? Ce mystère peuplait ses nuits. Il préféra ne pas s'en ouvrir à Gehlen et continuer sur le sujet : -Au point de ne pas remplir ses objectifs.

- C'est à envisager très sérieusement. Manstein doit se porter au secours des Italiens ou au moins protéger les aérodromes et les centres de ravitaillements.

- La situation en devient à ce point ?

- Bien pire, ça a toutes les chances de virer au drame. Le maréchal sentait depuis le début de l'offensive que le but du russe se résumait à prendre tout le groupe d'armée sud dans la nasse. À présent, il en a l'absolue conviction. Sa priorité consiste à empêcher ce cauchemar ; je crois qu'Hitler l'a compris sans pour autant donner les ordres en conséquence. Hélas, le maréchal se retrouve à quart de dotation. Sur douze divisions promises, il peine à en rassembler quatre et ne peut les couper en deux, encore moins en trois.

- Trois cent mille hommes se trouvent dans la poche, je crois que cela correspond à vingt divisions. Ils peuvent tirer avantage des chars et d'artillerie lourde toujours à leur disposition.

- L'équivalent de vingt-cinq divisions, sans une goutte d'essence ni quantité de munitions dignes de ce nom. Autant les avoir sur la lune.

- Ce n'est pas exact, selon le général Halder, s'ils sont dotés de faibles réserves, suffisantes malgré tout de quoi venir à notre rencontre. En augmentant le ravitaillement, on augmenterait les chances, non.

- Vous croyez encore le maréchal de l'air, vous devez être le seul au-delà de la Spree. Faisons cependant comme si. Ravitailler Paulus pour lui permettre une sortie viable demanderait cent cinquante avions-jour pendant quatre jours. Cent cinquante appareils répartis en trois aérodromes. Soit un atterrissage et déchargement toutes les quinze minutes sans compter l'embarquement des blessés. Ajoutez la chasse russe, le mauvais temps et l'artillerie antiaérienne. Qui peut croire à cela excepté le garde-chasse du Reich !

Walter ne comptait pas s'avouer facilement vaincu : - Oublions, j'ai entendu qu'ils pourraient effectuer quatre-vingts kilomètres avec leurs réserves.

- En abandonnant tout le matériel lourd et les blessés qui ne peuvent se déplacer à pied ! C'est exact que Hube dispose de très bonnes divisions pleinement opérationnelles. Tenez en compte que munition et carburant diminuent un peu plus chaque jour, ils les emploient à repousser les attaques.

- Qu'attendent-ils ?

- L'ordre de Paulus ? Celui-ci ne viendra jamais, c'est un couard qui fera ce que Hitler lui dit de faire en se mettant au garde à vous.

Walter ne pensait pas qu'il allait apprendre quelque chose de neuf à Gehlen concernant ses intentions : - C'est exactement la situation idéale. Que les généraux se passent de son ordre.

- Si ce rêve se réalisait, il durerait le temps des fleurs de cerisier japonais. L'OKH contremanderait sur le champ toutes les unités. Il s'en suivrait une pagaille sans nom. Trouvez une autre solution, mon cher colonel.

- Que Manstein coupe toutes les communications et donne l'ordre à Paulus.

- Dans quel but ferait-il cela. Je soupçonne Manstein de vouloir remplacer Zeitzler en tant que chef d'état-major général. Son ambition pourrait lui faire briguer de devenir le chef suprême de la Ostheer. En agissant ainsi, au mieux, il se verrait limoger, sinon partageant la forteresse de Germersheim avec Hans von Sponeck. Au pire fusillé.

- Reinhart vous connaissez le but que je poursuis et qui se trouve derrière moi.

- Premièrement en êtes-vous toujours persuadé, ne vous sentez-vous parfois pas bien seul ? Mettriez-vous votre tête en jeu. Si vous répondez par l'affirmative, l'étape suivante sera celle-ci. Vous désirez aller rencontrer von Manstein à Novotcherkassk, ce n'est qu'à deux heures de vol d'ici, allez y donc, un mot et je vous fais réserver une liaison !

- Pourquoi pas ?

- C'est votre tête après tout. Avant de prendre votre décision, je dois quand même vous expliquer une conception. La sortie du chaudron a une chance sur trois de réussir. Une fois la jonction établie le russe aura une inévitable réaction, celle du loup qui fond sur sa proie. Il tournera toutes les forces disponibles comme une meute vers le secteur Tchir Askaï. Dans l'état actuel de la situation Manstein se retrouvera avec, disons deux cent mille hommes valides dont cent mille ne sont pas des combattants au sens propre du terme. Gens du train, cuisinier, j'en passe. Un poids à évacuer le plus vite possible.

- Il en restera cent mille.

- Trois à six divisions, sans beaucoup de ressources. L'équivalent de ce que le maréchal peut perdre dans l'engagement, dix pour cent de ce que l'Allemagne devra abandonner en homme dans le Sud, Caucase inclus. Les chiffres lavent le sang Walter.

Walter savait qu'il subissait tout le poids de sa culpabilité : - Je persiste à croire que la révolte des généraux pèsera de façon identique dans la balance.

- Vous avez raison. Sauf qu'il y a une chance sur deux qu'ils mènent à bonne fin cette révolution de palais ; vous inclus. Pas plus loin que Pâques en tout cas. À ce moment-là, le russe apercevra au loin les fumées des cheminées de Berlin.

- Prenez le problème par l'autre bout. L'Allemagne peut-elle se permettre le choc que constituera toute une armée de trois cent mille hommes prisonniers ? Quelles conséquences cela aura sur le russe. Il ne nous craindra plus.

Gehlen s'agaçait : - C'est aussi exact. Manstein malgré ses ambitions personnelles reste avant tout un officier allemand qui accomplira tout ce qui est en son pouvoir pour sauver les hommes de la sixième armée. Il sait qu'Hitler s'y opposera. Autant que vous le sachiez, demain le maréchal va envoyer son officier de renseignement, le major Eismann dans la poche. Le but est de persuader Paulus à donner lui-même l'ordre de percer. Ponce Pilate, vous connaissez ?

- Je peux lui parler !

- Pas plus au maréchal qu'au préfet de Judée. Suivez mon conseil Walter, n'allez pas voir Manstein, ne mettez pas un pied là-bas. Au mieux, il ne vous écoutera pas, au pire, il avertira le führer sur l'heure. Je penche plutôt pour la deuxième solution. Laissez-moi vous apprendre ce qu'il a décidé, je l'ai compris à demi-mots mon intuition a effectué sans difficulté le reste du chemin. Hoth ne tiendra pas longtemps, le maréchal le laissera avancer tant qu'il ne risquera pas de se faire encercler. Manstein est déjà passé dans une autre dimension, il sait qu'il dispose de peu de temps d'action pour sauver l'armée du Caucase. Secrètement, il a au préalable suggéré à von Kleist[183] de préparer le chemin du retour vers Rostov. Les demandes d'informations qu'il nous transmet sur ce secteur sont éloquentes. Pourquoi agir ainsi. Il pense qu'en constatant le désastre Hitler cédera, le maréchal ne fait qu'anticiper avec chaque fois un coup d'avance dans sa partie avec le führer. L'encerclement géant signifierait la fin de la guerre. Seuls les hommes de Stalingrad peuvent permettre cette manœuvre en se sacrifiant à fixer le russe pendant un mois.

- Alors, pourquoi poursuivre l'offensive de l'armée de secours ?

- C'est de loin notre meilleur stratège, il sait que ça va occuper le russe. Ceux-ci croient que l'affaire sera résolue en une semaine. Le russe peut calculer, avec le précédent de Demyansk, il nous juge capables d'approvisionner par air cent mille hommes, plus reste impensable. Par les écoutes, nous avons appris qu'ils considèrent demeurer quatre-vingt-cinq mille "landsers[184]" dans le chaudron alors que le chiffre réel est de trois cent mille. Ils vont avoir une jolie surprise. Manstein compte que pour les anéantir le russe va perdre au moins six cent mille "frontovik[185]", c'est le ratio de leurs pertes jusqu'à présent. Ce sont six cent mille combattants qu'il ne trouvera pas sur son chemin.

- Vous tentez de me dire qu'il va envoyer à la mort trois cent mille de nos hommes.

---

[183] Général de cavalerie Ewald von Kleist promu commandant du groupe d'armée A le 22 novembre 1942.
[184] Landser : Le soldat d'infanterie allemande
[185] Frontovik, appellation du soldat du front de l'armée rouge.

- C'est un calcul froid, de la simple mathématique appliquée à la guerre mon cher Walter.

- Quelle horreur. Quand je demandais à lui parler, je ne pensais pas à von Manstein, mais à son officier de renseignement, le capitaine….

- Le major Eismann vous voulez dire, l'officier de renseignement qui va partir chez Paulus.

- Reinhart, si ce que vous m'apprenez est exact, tout en ne revenant pas une fois encore sur mes connaissances militaires, je me dis que reclus dans le chaudron ou perçants vers le Tchir, les troupes de Paulus fixeront tout autant le russe. Si vous estimez que je puisse lui faire confiance, j'aimerais qu'il fasse passer mon message.

- À qui ? À Paulus ? D'avance, je peux dire que c'est inutile.

- J'ai entendu parler d'un général Strecker[186].

- Le commandant du onzième corps. Vous finirez par tous les connaître. Vous êtes un sacré entêté Walter. Pourquoi lui ?

- Je sais de source sûre qu'avec Seydlitz c'est le plus chaud partisan d'un retrait.

- Walter prenez le très mal, mais maintenant je m'oppose à ce que vous mettiez les pieds à Novotcherkask. Il y a peu de SS à cet endroit et je peux vous garantir qu'ils y sont très mal vus. Vous tomberiez comme un rat au milieu d'une marmite de soupe. Le major Eismann ne vous adressera pas la parole sans l'autorisation expresse de Manstein. Au cas où vous l'obtiendriez, ce que vous pourrez bien lui direz ou de l'air lui sera égal. Finissons cette bouteille et rentrez à Berlin. Je connais Eismann. Je communiquerai avec lui avant son départ. En d'autres mots, je ferai passer votre message. Qu'il le transmette ou pas dépendra de sa décision.

- Merci. C'est le mot qu'il faut ?

- Un jour ou l'autre, vous ferez prendre sa retraite à l'amiral, c'est inévitable, son service lui glisse à travers les doigts. Considérez que je n'ai pas envie de me retirer. À présent que je m'habitue à travailler avec vous, autant continuer.

- Je saurai m'en souvenir.

---

[186] Général d'infanterie Karl Strecker

Reinhart Gehlen avait tenu à lancer sa dernière flèche empoisonnée : - Votre ami l'amiral Canaris vous a-t-il informé qu'il a envoyé le capitaine Goerg Wiegand subordonné du lieutenant-colonel Joachim Rohleder de la bande de Bentivegni négocier à la frontière espagnole avec un certain Rodolphe Lemoine, de son vrai nom Rudolf Stahlmann ; un Allemand devenu agent du deuxième bureau français. Ce dernier connaîtrait le nom d'un traître allemand en rapport avec les documents et codes découverts dans le wagon de la Charité sur Loire, c'était probablement son agent traitant. Il ne vous l'a pas dit ?

Walter était éberlué, les seuls mots qu'il parvint à articuler furent : - Bon sang, comment savez-vous cela Reinhart ?

Les documents de la charité sur Loire ont été étudiés par le FHW Walter, le colonel Ulrich Liss est, sinon un ami, un bon camarade !

Berlin, Berkaerstrasse 35, dimanche 20 décembre 1942, 12h00

Bien entendu qu'il savait de l'histoire Lemoine. Canaris se comportait parfois comme un enfant crédule...

Comme conséquence de l'absorption de l'Abwehr par le SD en France, Hans Kieffer [187] adjoint de Karl Bömelburg le responsable de Gestapo en France voulait compléter ses équipes avec un certain adjudant Joseph Placke. L'homme qui parlait couramment français était interprète dans les bureaux de la section III F de Canaris dans le pays.

Ce dernier qui désirait passer au SD. Juste après sa visite à Paris du mois de mai Heydrich en tant que chef du RSHA avait eu à parapher son dossier. À cheval sur le recrutement, celui-ci avait demandé une investigation de routine. Avec son esprit tortueux, à la place d'employer la voie du centre du personnel de l'AMT IV Gestapo, dans le but évident d'entretenir le feu des rivalités, il avait désigné les services de l'AMT Ausland. Walter de son côté avait chargé son département de mener l'enquête à l'occasion de son voyage en Hollande. Les résultats lui avaient été retournés quelque temps après. Suite à la disparition du général, il pensa un moment l'envoyer à l'AMT II. Curieux, il y avait jeté un regard discret. Et surprise, il tenait dans ses griffes un dossier dans lequel on avait remarqué que l'adjudant Placke avait passé sa scolarité chez les jésuites à Arlon en Belgique. Incompatible avec une incorporation dans le SD. Walter avait flairé la bonne affaire. Lors d'une visite à Paris, il lui avait accordé un intéressant entretien privé au bout duquel il avait accédé à sa demande. Depuis l'homme mangeait dans sa main et le renseignait sur tout ce qui se déroulait au sein du bureau IIIF de l'Abwehr en France.

Sacré amiral, le moment voulu il comptait bien lui mettre le nez dans sa soupe. Avant

---

[187] Major Hans Josef Kieffer

il lui laisserait le soin de dégrossir l'affaire pour la simple raison qu'en procédant ainsi l'Abwehr faisait la nique au contre-espionnage de la Gestapo. Le département IIIF ne lâcherait pas le morceau sans l'intervention de Keitel, dons d'Hitler. Walter garderait les mains propres, ne se ferait pas d'ennemi inutile et au dernier moment il emporterait la casserole et mangerait seul son contenu.

Cette histoire Lemoine ne l'inquiétait pas. Instinctivement, il flairait le mauvais cheval et il ne comptait pas miser dessus. La piste mènerait probablement vers une petite grappe de traîtres, pas de quoi produire plus d'un verre de vin. Sans l'écarter, il n'envisageait pas de canaliser beaucoup son énergie par cette orientation. Il en avait trop besoin dans une autre direction.

Tout n'ouvrait pas d'aussi bonne perspective. Gehlen venait de lui transmettre une courte note codée telle qu'ils l'avaient mis au point. La mission du major Eismann se soldait par un échec, Paulus n'avait rien voulu savoir. Le patron du FHO ne précisait pas si le major avait pu exposer ses vues aux généraux Strecker et von Seydlitz.

Par contre, il lui confirmait que von Manstein dubitatif devant les forces russes engagées lui avait donné des consignes sans passer par l'OKH. Le retrait devrait probablement être stoppé pour endiguer une victoire russe vers Rostov et exécuter encerclement de l'armée du Caucase. Gehlen était prié d'envoyer des équipes d'infiltration au-delà de toutes les lignes du groupe d'armée Don. Cela avait le mérite d'être clair.

La colère ne l'avait pas quitté depuis Poltava. Une rage qui l'avait empêché de tenir des idées claires. Ce matin, elle n'avait pas disparu, elle s'était dilué telle une grosse cuillérée de sucre dans un café trop amer. Une haine qu'il édulcorait dans un plan vengeur. Un stratagème qu'il étudiait au calme de son bureau depuis l'aube.

Seul Schellenberg ne pouvait rien, avec l'appui d'Himmler il pouvait tout.

Berlin, 9 Prinz Albrechtstrasse, jeudi 24 décembre 1942 11h00

Maintenant que le travail du dimanche était devenu obligatoire pour tout le monde plus rien ne se différenciait dans la capitale, les jours se ressemblaient pareils. Personnellement, depuis longtemps il ne démêlait plus les jours et travaillait ainsi. C'est le flot de la rue qui changeait, les avenues se voyaient encore plus désertées et les quelques bombardements n'y étaient pas pour grand-chose. Les Allemands enfermés sur leurs lieux de leur activité n'auraient plus beaucoup d'occasions de lever la tête en mille neuf cent quarante-trois.

Sauf à regarder le calendrier, plus personne n'imaginait que dans douze heures ils célébreraient la veillée de Noël

Walter était assis sur un des grands bancs de l'immense couloir blanc aux fenêtres démesurées. L'atmosphère de l'ancienne école d'art appliqué était pour une fois perceptible et de rester là assis sur le banc de longues heures ne l'aurait pas dérangé outre mesure, mais voilà, Himmler vivait ponctuel comme un coucou suisse ; excepté que ce fut un officier d'ordonnance qui passa la porte pour l'inviter à entrer.

Ponctuel et de bonne humeur n'entraînait pas automatiquement de la jovialité. C'était plutôt une bonne humeur de prédateur qu'il affichait, de l'animal qui veut déchiqueter sa proie après l'avoir débusquée. Son colonel des renseignements extérieurs du RSHA se retrouvait exactement dans le même état d'esprit. Ils s'étaient parlé brièvement à son retour de Poltava, le Reichsführer avait désiré disposer de temps pour mettre au point leur plan.

Inutile d'attendre un café, Himmler n'offrait jamais rien d'autre qu'un verre d'eau et encore, pour le mériter il fallait s'asseoir à table en sa compagnie. Celui-ci inspira avant de prendre un air grave : - c'est donc fini d'après vous colonel ? Le führer assure qu'il ira les chercher au printemps.

Schellenberg sourit légèrement, car il ne pouvait faire plus : - Pardonnez ma franchise Reichsführer, au printemps c'est en Sibérie qu'il faudra aller les chercher. Himmler ne répondit pas attendant d'entendre la suite qu'il connaissait déjà : - il y a quatre heures le maréchal Manstein a donné l'ordre aux forces de désencerclement du général Hoth d'entamer une retraite offensive. Ses chars sont parvenus à quarante-huit kilomètres de Paulus. Ses pensées se perdirent dans les tours du Kremlin, se faisant la réflexion que les chars du général Hoepner étaient eux aussi arrivés si proches de Moscou en décembre de l'année précédente, à un ou deux kilomètres près. Regardant sa montre il précisa : - A présent cela doit être cinquante-cinq, ce soir probablement soixante. C'est un mouvement inexorable. Von Manstein parviendra sans aucun doute à l'arrêter, mais en aucun cas à le remonter dans le sens inverse.

Himmler contracta son visage, ce n'était pas joli à voir, cependant pour une fois Walter ressenti chez lui une colère dénuée d'idéologie, remplacée par le patriotisme qui prenait sa place ou quelque chose qui y ressemblait : - C'est donc la faute aux Suisses que nous allons perdre trois cent mille hommes.

- Je n'aperçois pas d'autres coupables extérieurs et je peux vous assurer que nous avons cherché nuit et jour. Tout le monde Berkaerstrasse, excepté le garde de l'entrée, a été mis à contribution à un moment ou autre. Il est important que vous sachiez que cette question n'a rien à voir avec celle de l'américain Dulles. Cet homme a toujours voulu tout le contraire de ce qui se passe en ce moment. Les criminels sont à chercher avant tout ici. Bien sûr, cela n'ôte rien à la responsabilité des Suisses, ils sont coupables d'ingérence, d'espionnage. D'autre part, ceux qui sont impliqués peuvent s'avérer les mêmes dans les deux affaires. C'est un petit pays.

- Vous avez des noms en tête ?

- Impossible d'éliminer le Brigadier Masson, c'est le chef de leurs renseignements. Ni Hausamann, ni Meyer, ni quiconque d'ailleurs. Au BUPO[188] ils disposent d'un service d'écoute très efficace. Invraisemblable qu'ils n'aient pas entendu les mêmes pianotages que nous autres à la différence qu'ils se trouvent à l'intérieur, donc ils ont localisé le récepteur. Si le trafic radio continue, c'est la preuve qu'ils ne l'ont pas arrêté. Et s'ils ne l'ont pas arrêté, à présent il œuvre pour eux. C'est une démonstration simple, mais dont l'évidence saute aux yeux. Ensuite, cela peut être n'importe qui de leur service qui travaille pour les Soviétiques. Partons du principe qu'ils sont tous complices. La passerelle manquante, c'est de savoir comment cela repart en direction de Moscou.

Himmler paraissait intrigué : - Pourquoi ne découvrons-nous pas l'émetteur chez nous.

- Parce qu'il parvient probablement à très bien se dissimuler en s'infiltrant dans des milliers de messages au départ de Zossen ou d'un centre de transmission important. Walter voulait garder une carte dans sa manche, les transmissions à destination de Moscou émises de l'endroit où il se trouvait en ce moment et ses soupçons sur Müller. Nous n'avons pas le choix il faut mettre les pieds au pied du mur.

Walter pressentait ce que le Reichsführer allait négocier, il le redoutait, mais c'était impossible d'éviter ce marchandage : - Très bien Schellenberg, j'appuie votre dessein. Dès que je pourrai, j'irai voir le führer, je le déciderai à actionner cette fois pour de vrai le plan d'invasion de la Suisse. À votre demande, j'insisterai pour que ce soit le général Dietl[189] qui soit chargé de l'opération. Les Suisses vont débuter l'année avec des chars massés à leur frontière. Il se racla la gorge faisant semblant de chercher le sens exact des mots : - par contre, vous comprenez aisément que nous devons suspendre redistribution !

Stalingrad, distillerie derrière la gare numéro 1, jeudi 24 décembre 1942 14h30

Sa fiancée Ruth n'avait pas pu cacher ses larmes aussi bien que lui les avait su refouler les siennes. Partir c'est toujours un peu revenir, Wiegand se l'était répété dans le wagon qui l'avait amené de Göttingen à Dresde, assis dans la voiture dont sa bien-aimée avait touché de ses doigts la fenêtre comme une dernière caresse de désespoir. Ce cocon roulant qu'elle avait effleuré de la main lui avait procuré une

---

[188] BUPO service de contre-espionnage helvète.
[189] Colonel Général Eduard Dietl commandant de la 20e Armée de montagne

chaleur apaisante, il retournerait vers elle, cette promesse ressurgissait à chaque crissement des roues.
Ses amis en général bien informés lui avaient assuré que l'offensive de libération du maréchal von Manstein allait bon train, les camarades encerclé redeviendraient bientôt libres, il ne pouvait pas manquer d'immortaliser ce moment qui ferait la une des journaux du monde entier. Néanmoins après le changement de train en direction de Varsovie à sa grande confusion il sentit sa conviction légèrement fléchir, la caresse de ses doigts disparaissait peu à peu, il évacua cette pensée en se réfugiant dans le sommeil.

Sa fonction lui avait permis d'embarquer assez vite dans l'avion-navette à destination de Kiev. Là il dut encore attendre deux jours un vol en direction de de Stalino, journées qu'il mit à profit pour visiter les grottes du monastère de Pechersk Lavra dont les gravures dantesques qui décoraient l'entrée le perturbèrent au point de le figer de longues minutes dans leur terrifiante contemplation. Il se demanda s'il ne s'agissait pas là d'une étrange vue prémonitoire.

Le hasard aidant, le soir il parvint à se joignit à un groupe d'officiers de la Luftwaffe. Sa première intention avait été de les amadouer dans le but d'obtenir un appui pour trouver une place à destination de Stalino, mais ils s'avérèrent de « bons camarades » en lui conseillant de se faire le plus discret possible en retournant au plus vite de la ville qu'il n'aurait jamais dû quitter. Malgré ces avis de nombreuses fois répétés, le surlendemain l'un d'eux l'embarqua dans le Condor dont il faisait partie de l'équipage. Cerise sur le gâteau, après un stop de quelques heures dans la cité ukrainienne de façon inespérée le vol continuait vers Rostov, encore plus près de son but.

L'effervescence prédominait dans la ville, il avait cru y retrouver de l'enthousiasme, mais à la place de l'exaltation il régnait une tension palpable, les nouvelles n'étaient pas encourageantes, l'offensive de libération en cours par la quatrième armée stagnait et le russe attaquait sans répit dans la direction des ruines aux portes de la Volga.
Ses fonctions d'officier au propaganda kommando lui permirent de monter à bord d'un Ju 52 de ravitaillement non sans s'être au préalable fait traiter de fou. Ils durent rebrousser chemin à deux reprises, au troisième jour ils parvinrent avec l'aide de la chasse basée à Stalingrad à percer vers le terrain de Goumrak.

Rien n'avait changé, tout était demeuré blanc comme la journée où il avait quitté la ville dans l'espoir de ne plus la revoir, le froid était juste devenu plus intense. À la distillerie de vodka, il rejoint dans une atmosphère lugubre ses compagnons d'infortune ébahis, sachant déjà qu'il avait fait la plus grande erreur de sa vie, il ne lui restait d'autre consolation que celle de fêter Noël ensemble.
On lui raconta que quelque part dans Stalingrad il y avait une Madone.

Schlachtensee, Betazeile 17, maison de Canaris, vendredi 25 décembre 1942
14h00

Pour célébrer Noël, Erika avait confectionné deux « Streuselkuchen » aux cerises qu'elle avait précieusement mises en conserve en été en vue de la préparation. Le deuxième était emballé avec un soin particulier dans un joli papier vert fermé d'une ficelle à l'intention d'Irène et des enfants. Avant de se retirer dans la cuisine, elle avait insisté pour qu'il ne l'oublie pas.

Assis face à Canaris, Schellenberg sentait une froideur régner dans la pièce. Dehors, il gelait ; toutefois il ne s'agissait pas d'un froid de cette sorte. Prenant le temps de terminer en silence sa portion de gâteau, puis de boire son thé sucré après l'avoir longuement remué, attitude empruntée à Hjalmar Schacht, il pensa d'abord féliciter Canaris pour les talents culinaires de son épouse avant de décider que cela ne cadrerait pas avec le moment : - Vous paraissez bien maussade amiral !

Canaris lui lança un regard lourd, y mélangeant reproche et honte : - Et vous, vous avez le cœur à être joyeux ? Le marin ne semblait pourtant pas le mettre expressément en cause. Une simple flétrissure marquée au fer rouge sur l'âme qui devait en comporter de nombreuses.

Walter insistait depuis quinze minutes pour tenter une dernière chance. Canaris paraissait parfois absent, puis le rejoignait pendant de courts moments. Il décida de ne pas trop s'acharner pour l'instant sachant que son interlocuteur s'obligerait à y revenir de lui-même : - Rarement je vous ai vu si préoccupé, vous m'inquiétez.

Le marin se contenta de ricaner : - Vous non ? Semblant se rendre compte que ses réponses allaient devenir brutales, il changea de thème pour aborder un sujet plus personnel comme un train qui actionne sa soupape de sécurité en relâchant la vapeur de sa chaudière : - Vous vous souvenez de cet officier de la Luftwaffe arrêté en août dans cette affaire que Müller s'obstine à appeler « orchestre rouge ».

- Oui, Boyens quelque chose...

- Harro Schulze-Boysen[190], il a été exécuté mardi. Son père Edgar est un ami de longue date, un officier de marine de grande lignée. Son grand-oncle était l'amiral von Tirpitz. Je me suis souvent demandé quelles étaient les motivations de son fils. Trahison de la patrie, la plus haute accusation qui soit, ce n'est pas rien. Et au profit des Soviétiques qui plus est. Voyez-vous Walter, je considère la trahison à l'ennemi comme étant la pire des abominations et pourtant c'est étrange, je n'éprouve aucun ressentiment envers ce garçon.

---

[190] Lieutenant d'aviation Harro Schulze-Boysen du bureau des transports au RLM (Reichsluftfahrtministerium). Co fondateur d'un cercle de résistance.

Laissez-moi vous expliciter le fond de ma pensée. Peu après la prise du pouvoir en trente-trois, il a été arrêté pour une peccadille par des gens de chez vous, pas de ces incontrôlables groupuscules S.A. Ce jeune garçon a subi les plus basses ignominies pour avoir écrit quelques articles dans une petite gazette que même pas cent personnes lisaient. Inutile de vous dépeindre les monstruosités, vous savez de quoi je parle.

- Vous me considérez comme coupable par extension ?

- Pas du tout, vous n'avez pas créé ce système, vous vous y êtes aggloméré comme…c'est difficile à décrire, à trouver le bon mot.

- Un parasite !

- Non, pas du tout Walter. En mer, il existe ces minuscules poissons qui s'accrochent aux requins, ils nettoient leurs branchies et cette sorte d'affaires là. Utiles, indispensables, pas forcément méchants bien qu'au fond je n'en sache rien. En tout les cas beaucoup plus petits que le squale.

- Vous vous estimez différent.

- Encore une fois non. Bien que n'y ayant jamais participé, j'ai ordonné à des gens de l'Abwher d'exécuter des choses pas très reluisantes, parfois carrément horribles. Je tiens la part belle en me persuadant que ce sont des questions militaires. Je ne m'en sens pas mieux pour autant. Toutes ces formules pour vous dire qu'il est grand temps que cela diminue. J'insiste sur le mot diminuer, stopper est hors de portée.

Walter savait qu'il s'apprêtait à revenir au cœur du sujet, ce que l'amiral entreprit sans tarder : - Le colonel Gehlen ne vous a pas été d'une énorme aide sinon vous ne seriez pas là.

- Détrompez-vous, je serais là uniquement pour vous souhaiter un bon Noël et à Erika aussi bien entendu. Donc vous êtes au fait de mon voyage.

Le marin se montra un peu offensé ; pour qui le connaissait rien de très sérieux en dehors d'une posture machinale : - Voyons mon cher Walter, c'est l'Abwehr que je dirige, pas le secours d'hiver. Oui, vous seriez venu, mais avec Irène et les enfants. Leur absence est significative. Vous êtes pressé. Laissez-moi compléter les lignes, vous avez demandé à notre ami Reinhart son assistance dans votre tentative de révolte des généraux. Appui ou collaboration. Sans aucun doute les deux pour le mettre à l'épreuve. Je commence à maîtriser votre sens étendu des limites.

- Difficile de vous cacher quoi que ce soit amiral.

- Bon camarade, prévoyant le futur avec intelligence, notre colonel a entrepris une démarche dans le but de vous plaire. Quoi, là je dois avouer que c'est un mystère. Mais pour autant, pas une inconnue à deux chiffres. Donnez-moi le temps pour remplir les cases doucement vu mon âge. Il s'agissait d'envoyer un émissaire dans le chaudron pour souffler dans les oreilles des généraux.

- Disons que vous avez vingt ans amiraux, voire moins.

- Merci, Walter, je me contenterais déjà du vôtre. Donc, si vous êtes là à boire mon thé et manger mon « Streuselkuchen » cela veut dire que Gehlen s'est cassé les dents sur un noyau trop dur.

Pour la première fois de la journée Walter rit : - Un noyau de généraux.

Canaris lui se cantonna à sourire : - Vous prêtez trop de courage à ces généraux. Ils n'ont pas été éduqués à l'école de guerre dans ce sens. Certains changeront un jour, mais ce jour-là le Reich se retrouvera avec l'ennemi à ses portes, bien trop tard pour entreprendre quoi que ce soit. Ce sont là des considérations d'un chef d'un service de renseignement avec beaucoup d'expérience. Quelque part, vous vous dites que cette expérience peut mener votre démarche à bien.

- À bien ou à mal dans l'état des choses.

- Reinhardt a dû vous faire part de son opinion. En me demandant la mienne, vous vous seriez épargné un long voyage, car elle sera cette fois la même. Le rôle de la sixième armée est d'éviter la défaite en permettant aux divisions du Caucase de se replier dans des positions sur le Mious. L'horreur de cette décision vous fait honte n'est-ce pas. Vous allez devoir vivre avec tout comme moi. À une similitude près.

- Laquelle ?

- Il se peut, quand je dis « il se peut », j'invoque une possibilité infime genre une sur mille que l'armée encerclée puisse se retire. Mais puisqu'elle existe, autant la jouer. C'est un jeu à prix nul. S'ils retraitent et à cette occasion les troupes de Paulus sont anéanties par le russe, cela ne fera qu'abréger leur souffrance. S'ils réussissent à passer la moitié des hommes dans un chaudron mobile, je crois que cela occupera le russe autant que le chaudron fixe. Ils y gagneront un peu plus d'honneur militaire. Paulus finira fusillé, mais serait-ce une grande perte ?

- Comment comptez-vous vous y prendre ?

- Vous vous souvenez du colonel Fritz Thiele, vous l'avez rencontré dans mon bureau à la fin de novembre. Son supérieur le général Erich Fellgiebel l'a chargé de désigner un officier responsable des communication, à cause d'une succession de conjonctures ils en sont dépourvus. Le colonel van Hoovens a été pour la circonstance nommé chef des transmissions à la VIème. Cet officier doit rejoindre Paulus à Stalingrad. Imaginez sa joie. Comme quoi être spécialiste n'a pas que de bons aspects. Thiele est un ami à qui je peux me permettre de confier beaucoup. Il remettra le message à van Hoovens.

- Ce dernier acceptera.

- Ce dernier n'a guère plus rien à perdre. Cela constituerait d'ailleurs sa seule chance de ne pas finir en Sibérie.

- Il…, ce sont des….

Canaris ouvrit les bras mimant une étendue : - Oui, mon cher Walther, ce sont « des » de cette année que vous affectionnez particulièrement. Vous ai-je déjà souhaité un joyeux Noël. Parfois en cette occasion on offre un modeste présent, les uns un gâteau, les autres un service, certains rien ajouta-t-il en le fixant.

Novotcherkask, Groupe d'armée du Don, lundi 28 décembre 1942

Le colonel Hans-Günter van Hoovens arrive au quartier général de von Manstein. Les deux hommes conversèrent pendant vingt minutes, un long moment en regard de l'emploi du temps chargé du maréchal. Excepté le chef du groupe d'armée Don, personne ne sut jamais ce qu'ils s'étaient dit.

Stalingrad, gare de Goumrak, mardi 29 décembre 1942

Le colonel Hans-Günter van Hoovens arrive par le premier vol au quartier général de Paulus.

Quand la réunion de « bienvenue » se fût terminée, il profita d'un moment privé ou le général Schmidt[191] était absent pour lui dire que certains cercles politiques et militaires lui demandent de passer à l'action. Si le général décidait de la percée en désobéissant à Hitler, il y avait de fortes chances que cela provoquerait une révolte

---

[191] Général Arthur Schmidt, chef d'état-major du général Friedrich Paulus

dans l'armée.

C'était difficile d'expliquer une telle perspective à un officier, qui avait la responsabilité de deux cent quarante mille hommes. Disposant de cent vingt tonnes de carburant à qui il en fallait mille et que s'il voulait ce poids d'essence il devrait se priver du même poids de munitions que les hypothétiques avions devraient livrer en omettant dans leur cargaison le fourrage de vingt-cinq mille chevaux. Les hommes tombaient déjà d'inanition dans un froid de moins quarante.

Au moins, le colonel van Hoovens lui dépeint avec d'infinies précautions la situation hors du chaudron dont Paulus ignorait tout.

C'était insoluble, abandonner les positions de la ville pour rassembler son armée pour réaliser une sortie ne pouvait déboucher que sur un désastre pareil à celui qui avait amené à la destruction la 94ème division de Seydlitz le 24 novembre.

Alors, il resterait un cheval à manger pour dix hommes, accompagné de rares compléments ; il fallait faire durer.

Au moment de se séparer Paulus lui dit : - Notre sacrifice à lui seul provoquera la révolte de l'armée.

Que répondre à un général qui ne commandait déjà plus la sixième armée ?

Berlinerstrasse 131, Maison de Schellenberg, jeudi 31 décembre 1942, 19h00

Demain, un trois remplacerait un deux sur la feuille du calendrier.

Tout en regardant Irène jouer avec les enfants, il se souvenait de chaque homme qu'il avait croisé au long de l'année mille neuf cent quarante-deux. Particulièrement, ceux de Nishne Tschirskaya hantaient son esprit.

Le matin, Himmler lui avait annoncé que le führer avait donné son autorisation sur le plan de Schellenberg d'invasion la Suisse. Les ordres avaient été transmis à Zossen. L'OKW s'était vu astreindre un délai de trois semaines pour le mettre au point. Le général Dietl avait déjà été prié de prendre ses dispositions.

Le regard perdu sur la dentelle de glace qui décorait les vitres du salon, Walter n'y voyait aucune rédemption. Il était encore trop tôt pour qu'il décide s'il avait bien agi ou non, il devait déposer beaucoup dans la balance pour peser le plus minutieusement possible sa culpabilité. La seule chose dont il n'avait pas besoin de se persuader c'était de sa bonne foi, de la justesse de sa réflexion, de la pertinence de ses actions. Les dés étaient pipés depuis le départ. Cependant, il était en faute, en tant que chef des renseignements extérieurs il aurait dû prévoir l'imprévisible.

Difficile à dire si sa conscience se verra hantée par des dizaines de milliers de morts.

Le travail était loin d'être fini. Himmler avait négocié son appui. Le destin funeste de l'Allemagne ne changeait pas pour autant. Il se faisait fort de ramener rapidement le Reichsführer à ses raisons.

Stalingrad, Distillerie de vodka derrière la gare numéro un, dimanche 31 janvier 1943

C'est probablement la dernière fois qu'il verrait cet endroit, il le regarda longuement en ayant l'impression d'y avoir vécu mille ans. Il l'avait aimé puis détesté, maintenant il aurait voulu y rester mille autres années. Dehors, les haut-parleurs lançaient leurs messages en allemand, un bel allemand avec l'accent du Rhin, peut-être celui d'Heidelberg, très élégant. Paulus avait capitulé, ils pouvaient sortir sans armes main sur la tête, ils seraient bien traités. À la table, assis, un feldwebel pleurait. Depuis plus d'un mois qu'il le côtoyait, il ignorait son nom, juste feldwebel... ils avaient souvent discuté, il savait tout de lui, sauf comment "feldwebel" s'appelait. Il était marié avec deux enfants là-bas à Solingen, il disait qu'il ne les reverrait jamais. Il avait probablement raison !

Bien traités ? Ils avaient tous en tête les récits d'horreur qui circulaient sur la Sibérie qui engloutissait les hommes. Chaque jour comme tout le monde à Stalingrad, ils avaient concoctés des plans pour passer l'encerclement et rejoindre les lignes allemandes ; comme tout le monde, ils avaient toujours remis l'évasion au lendemain.

Certains officiers voulant imiter le général von Hartmann commandant de la 71ème division étaient sortis armes à la main pour affronter debout les soldats de l'armée rouge. Quelques autres avaient décidé de se faire sauter la cervelle, mais aucun dans leur « quartier ». La distillerie détenait une bonne réputation, celui d'un des endroits les plus « chic » de Stalingrad. Ils y avaient vécu bien mieux que ceux perdus dans la plaine hors la ville. Ils n'avaient manqué de presque rien. Silencieusement, ils engloutirent un maximum de nourriture et chacun eut droit à une demi-bouteille d'alcool de prune.

Avant de s'embrumer le cerveau, il se retira solitaire dans le coin le plus reculé de la pièce. Dans le désœuvrement régnant, il avait passé son temps l'avant-veille à révéler un peu de pellicule. Malheureusement, ne disposant de papier et de produit que pour cinq clichés il avait choisi ceux qui l'avaient le plus marqué.

Au temps où il était encore possible de circuler un peu, vers le cinq il s'était aventuré à photographier un avant-poste de la 29ème division motorisée le long du chemin de fer près de Nowo Rogatchik. Les regards des hommes restaient cependant fiers, la plupart s'accrochaient dur comme fer à l'espoir d'un désencerclement proche. Barbus, quelques-uns riaient comme victime d'une bonne farce. Huit jours plus tard, cette division subissait le gros de l'attaque ; après la destruction d'une cinquantaine de chars ennemis, ils durent abandonner une grosse partie du matériel lourd pour se replier dans une tempête de neige vers la vallée de la Rossoska. Qu'étaient maintenant devenus les hommes qu'il avait figés sur le papier.

Le neuf janvier, il avait évidemment « raté » la demande de reddition soviétique. Quelle merveilleuse photo manquée que celle de trois officiers soviétiques, drapeau blanc à la main, venant devant leurs lignes du secteur nord remettre une lettre scellée à l'attention de Paulus. Il ne put résister au plaisir de s'imaginer qu'il réussissait à l'immortaliser, ensuite l'envoyer par un avion de ravitaillement à l'attention du ministre de la Propagande et du Peuple. Le jour suivant, ce secteur subissait une pluie d'obus lancée par des milliers de bouches à feu. Pour ne pas rester sur sa faim, il avait photographié le camarade de la 60ème division qui lui avait raconté l'histoire. Un cliché comme si !

Le quatorze janvier à Pitomnik, il avant accompagné des hommes de son groupe dans le chemin de croix vers l'aérodrome ou ils espéraient recevoir une dotation de médicaments. La route était parsemée de véhicules et d'étranges cadavres blancs que la mort avait surpris dans des positions surprenantes. Ils n'étaient revenus avec rien hormis cette scène d'apocalypse introduite dans son Leica. L'image apparaissait un peu floue, mais c'était sans importance, personne ne la verrait jamais. Deux jours après, l'aérodrome de Pitomnik se réveillait dans un autre monde.

Le vingt janvier partis à la recherche de parachutages, ils aboutirent à l'ancienne prison de la Guépéou transformée en hôpital, toujours à la recherche de médicaments, à quatre ils avaient pénétré l'enfer de Dante. Trois mille hommes y mourraient dans des conditions abominables en maudissant le führer et sa cour. La puanteur des lieux l'avait fait vomir. S'il n'avait eu ses camarades, il serait resté là dans le froid à attendre la fin en s'incrustant à tout jamais dans le tableau. Les trois camarades l'avaient surveillé jusqu'au retour à la distillerie.

Enfin le dernier, pris de loin le vingt-cinq ou le vingt-six janvier, il ne se rappelait plus bien. Le général Paulus et le général von Seydlitz sortant de leur quartier général. Ils figuraient à ce point minuscules sur la photo, lui seul savait de qui il retournait. Il avait tenté de les prendre dans son objectif curieux de connaître s'ils enduraient les mêmes souffrances que leur armée. La feldgendarmerie n'avait pas voulu porter attention à son statut de propaganda commando et l'avait refoulé. Il s'était perché plus loin pour pousser sur le déclencheur. Malheureusement, il n'avait qu'un objectif.

Comme pour trinquer avec eux il arrosa les photos d'un peu d'alcool de prune avant d'y mettre le feu.

Wiegand se décida à enterrer son Leica et les quelques rouleaux de pellicule qui lui restait. À quoi bon, il n'y avait imprimé dessus que de la détresse volée sans conviction. De toute façon, il serait confisqué. Par respect pour l'appareil, il l'enveloppa dans un morceau de toile cirée qu'il entoura de fil de fer. Quand ce fut fait, il regarda le sous-officier, lui tapa sur l'épaule comme pour lui signifier qu'il lui laissait l'honneur de sortir en premier.

Le soleil n'avait pas voulu participer à leur malheur, la blancheur de la neige les empêcha de distinguer les silhouettes, après un moment la vue se fit plus nette, pas un Russe, rien que des Allemands qui se parcouraient des yeux sans se voir, un peu perdus, plus étonnés qu'effrayés de ce qui se passait. C'était fini, ils avaient survécu, mais ils ne pouvaient pas rentrer chez eux c'était principalement cela qu'ils ne parvenaient pas encore à comprendre.

Ils se mirent naturellement en file et marchèrent lentement vers la gare comme s'ils allaient prendre le train. Après tout, c'était dimanche…

FIN DU LIVRE I

À SUIVRE

LE MAUVAIS FILS 1943
LA CENDRE DES CERISIERS 1944
NUAGES D'ETOILES 1945

UN ETE SUISSE